기억과 재현

—만주국 붕괴 이후의 동아시아 문학—

이 저서는 2014년 대한민국 교육부와 한국학중앙연구원(한국학진흥사업단)을 통해 해외한국
학중핵대학육성사업의 지원을 받아 수행된 연구임(AKS-2014-OLU-2250004)

중국해양대학교 한국연구소 총서 08

기억과 재현

—만주국 붕괴 이후의 동아시아 문학—

김재용 · 李海英 편저

역락

머리말

오늘날 한중일 세 나라가 세계에서 갖는 위상을 고려할 때 과거 제국주의 지배 문제로 인하여 지역 내부에서의 갈등을 해결하고 있지 못하다는 것은 쉽게 이해하기 어려운 일임에 틀림없다. 단지 동아시아 지대 내의 평화만이 아니라 세계의 평화를 위해서도 세 나라의 평화로운 공존이 매우 중요하다는 사실에 비추어 보면 더욱 그러하다. 하지만 작금의 현실을 고려할 때 이 작업이 그렇게 만만치 않은 것임을 그 내부에 살고 있는 이들은 어렵지 않게 알 수 있다. 가장 큰 장애물은 역시 일본의 제국주의 지배와 그 해석이다. 해결해야 할 많은 문제가 있지만 만주국에 대한 해석은 그 핵심 중의 하나이다.

만주국에서의 문학은 만주국이 그러한 것처럼, 현재 한중일 동아시아 문학의 아킬레스 끈이다. 만주국이란 괴뢰를 세워 내면지도를 하였던 일본은 과거의 만주국에 대해 복잡한 감정에 휩싸여 있다. 제국주의 지배에 대한 반성부터 향수에 이르기까지 다양한 시각이 공존하지만 정작 당대의 역사적 현실에 정면으로 마주하기는 꺼린다. 많은 일본인 작가들이 이주하였으며 또한 저명한 작가들이 방문하였던 만주국에서의 문학의 전모를 엄밀하게 탐구하는 것을 방기한다. 심지어는 만주국에서의 중국인문학과 조선인문학에 대해서는 일본의 인문학이 어느 정도 자유롭게 접근하고 있지만 정작 일본인문학에 대해서는 여전히 유보적이다. 아마도 일본의 주요 작가들이 만주국 안팎에서 행했던 부정적인 면모 즉 제국주의적 행태까지 밝혀낼 수 있어야 하는데 아직 거기까지는 미치지 못하고 있는 것이다. 현재 중국은 과거와 달리 만주국의 문학장에 대해 접근하고 있다. 과거에는 만주국의 문학장 자체를 전부 일본에 협력한 것으로 보았기에 연구를 할 필요성을 느끼지 못해 봉쇄하였다. 중국 작가들 중에서 관내 지역으로 탈출하지 않고 만주국에 남아있던 작가들은 모두 한간으로 간주하였기에 굳이 연구할 가치를 느끼지 못하였던 것이다. 하지만 1980년대 이후 일련의 연구자들에 의해 만주국에서의 중국어 문학에 대한 연구에 시동이 걸리기 시작하였고 현재는 적지 않은 젊은 연구자들이 이 분야에 정성을 쏟고 있다. 하지만 중국의 인문학 전반에 걸쳐 있는 지적 관성으로 말미암아 가야할 길이 멀다. 실제로 연구자들은 만난을 무릅쓰고 이 분야에 뛰어들어야 하며 또한 그 과정에서 조심스러운 것이 부인하기 어려운 현실이기 때문이다. 한국도 예외가 아니다. 일제하에 많은 작가들이 만주국으로 가 창작을 하였거나 혹은 만주국을 일시 방문하고 돌아와 이를 바탕으로 작품을 썼다. 특히 '동아신질서'가 선포된 1938년 이후에는 많은 한국의 작가들이 만주국을 방문하고 작품을 썼다. 그런 점에서 만주국과 관련하여 한국문학을 논하는 것이 한국근대문학의 중요한 영역임에도 불구하고 냉전으로 인한 굴절과 국민국가의 틀이란 좁은 시각으로 인하여 그다지 깊은 연구를 산출하지 못하였다. 최근에 이르러 비로소 연구가 본격화되고 있는 실정이다.

이처럼 만주국과 관련된 중국문학, 일본문학, 한국문학의 연구는 세 나라에서 막 시작되었지만 그래도 어느 정도 축적이 이루어지고 있다. 하지만 놓쳐서는 안 될 것은 만주국 붕괴 이후의 한중일 동아시아 세 문학 자체에서의 만주국에 대한 기억과 재현이다. 만주국 붕괴 이후 중국의 작가들은 정치적 격변 속에서 위축되었지만 나름의 목소리를 가진 채 아슬아슬하게 세상을 걸어갔다. 일본의 작가들은 정치적 입장과 만주국에서의 행적에 따라 만주국을 다르게 기억하기는 하였지만 지속적으로 기억의 글을 남겼다. 한국의 작가들은 분단된 조국에서 각자의 정치적 경향에 입각하여 만주국을 기억하고 글을 남겼다. 이러한 작업의 흐름은 현재까지도 지속되고 있을 정도로 강한 힘을 갖고 있다. 이들 세 나라의 작가들이 겪은 일과 남긴 글들이 이렇게 중요한 동아시아의 유산임에도 불구하고 그 동안 제대로 조명을 받지 못하였다. 만주국 문학장 안팎에서의 활동이 이제 겨우 조명을 받는 마당에 붕괴 이후의 것을 생각한다는 것은 분명 숨이 차는 일이었을 것이다. 하지만 만주국 시절의 것과 붕괴 이후의 것 사이에 놓여 있는 연속성과 단절을 제대로 파악하지 않고서는 만주국 붕괴 이후의 것은 물론이고 만주국 시절의 것도 온전히 파악하기 힘든 것임을 고려할 때 만주국 붕괴 이후의 한중일 동아시아 문학에 대한 접근은 더 이상 미룰 수 없는 과제라고 할 수 있다. 물론 각 나라에서 우선적으로 연구가 되어야 하겠지만 전체를 비교하는 작업도 필수적이다. 그런 점에서 이 책은 이러한 작업의 첫 삽을 든 셈이다. 만주국에서의 문학과 동떨어져 진행될 수는 없지만 그렇다고 그것의 단순한 연장만은 아닌 만주국 붕괴 이후의 동아시아에서의 만주국의 기억과 재현의 작업에 대한 연구는 앞으로 세 나라의 인문학자들이 힘을 들여 탐구할 중요한 분야이다. 이러한 작업은 향후 동아시아 세 나라의 평화로운 공존을 위한 작업과 직결된다는 점에서 국민국가의 틀을 넘어서는 새로운 공동체의 건설과도 무관하지 않다. 책은 이러한 미래지향적 의도와 절박한 문제의식에도 불구하고 부족점이 많다. 특히 일본의 학자와 중국의 학자들의 참여가 간접적인 것에 그쳐서 매우 아쉽다. 앞으로 이 방면의 연구가 한국은 물론이고 일본, 중국에서도 활성화되고 나아가 세 나라 인문학자들의 공동작업이 가능해지기를 빈다.

차례

제1부 한국

제2부 일본

第3부 중국

제1부 한국

해방 직후 염상섭과 만주 재현의 정치학

김재용

1. 만주국에서의 염상섭

1936년 염상섭이 왜 조선을 떠나 만주국으로 이주했느냐에 대해서는 의견이 구구하다. 필자는 염상섭이 내선일체를 감지하고 이를 피한 것으로 보고 있다. 조선은 미나미가 총독이 되면서 내선일체를 강조하였다. 이 구호는 당시에는 그렇게 널리 퍼진 것이 아니었다. 실제로 이 구호가 조선의 대중들에게 강한 영향을 미치기 시작한 것은 1938년 10월 무한, 삼진 함락 이후 동아신질서가 제창될 무렵이다. 하지만 미나미 총독이 부임한 1936년 8월 이후 '일장기 말살사건' 등이 터지면서 일부 예민한 지식인들은 이를 감지할 수 있었는데 오랫동안 신문 기자 생활을 하였던 염상섭은 금방 알아차렸던 것으로 보인다. 하지만 내선일체가 싫다고 만주국으로 건너가는 것은 결코 쉽지 않았다. 생계를 영위할 수 있는 일이 있어야 하는 것이다. 그런 점에서 만주국의 조선어 신문사에서 일하는 것은 최소한의 근거지를 마련할 수 있는 일임에 틀림없다. 이 과정에서 진학문 등 지인의 도움을 받았을 것이다.

그런데 여기서 놓치지 말아야 할 것은 염상섭의 만주국 인식이다. 염상섭은 만주국이 오족협화를 통치 이데올로기로 하고 있는데 이것은 내선일체와는 간극이 있다는 것을 눈치챘던 것으로 보인다. 일본 제국의 통치 이념이 조선에서는 내선일체, 대만에서는 내대일체이지만 만주국에서는 오족협화였다. 내선일체에서는 내가 일본인이 아니고 조선인이다라고 할 수 있는 여지가 거의 없지만 만주국에서는 내가 일본인이 아니고 소선인이나라고 할 수 공간이 매우 컸다. 그렇기 때문에 염상섭은 조선을 떠나 만주국으로 이주하였던 것이다. 신문기자의 경험을 살려 언론인으로 활동하면 기본적인 생활이 되었기 때문에 큰 문제가 없었을 것으로 판단했을 것이다.

이러한 염상섭이 1939년 말에 만선일보를 그만두는 일이 벌어졌다.[1] 염상섭이 만선일보를 그만 둔 데에는 일본 관동군의 간섭이 결정적이라고 생각한다. 만주국 성립 자체가 일본 관동군의 책략에서 나온 것이기 때문에 만주국 성립 이후 관동군의 통치는 지속적으로 이루어졌다. 초기에 관동군은 미국, 영국 등의 눈치를 보느라 마음대로 만주국을 지배할 수 없었다. 독립국으로 만든 것도 사실 이러한 견제 탓이라고 할 수 있다. 초기에는 미영이 주도하는 국제연맹의 눈치를 보았고 나중에 국제연맹을 탈퇴한 후에도 사정은 크게 나아지지 않았기에 만주국을 마음대로 조종할 수 없었다. 독립국의 틀에 구애를 받지 않을 수 없었던 것이다. 하지만 무한, 삼진 함락 이후 실질적으로 중국을 지배하게 되었다고 믿은 고노에 내각이 동아신질서를 외칠 무렵인 1939년에 이르면서 상황은 매우 달라졌다. 이제는 영미의 눈치를 보는 것이 아니라 영미와 맞서려고 하였다. 허

1) 염상섭의 자필 이력에는 1939년 9월 무렵 만선일보를 그만두고 안동에 있는 대동항건설사업선전에 종사했다고 되어 있으나 만선일보 지상에는 염상섭이 1940년 1월 6일까지 근무한 것으로 되어 있고 1월 7일부터 후임자인 홍양명이 맡은 것으로 되어 있다.

울로 뒤집어 썼던 오족협화마저도 던져버리고 조선인에게 내선일체를 요구하였다. 실제로 관동군은 만선일보에 사람을 파견하여 사사건건 간섭하기 시작하자 염상섭은 이를 견디지 못하고 만선일보를 그만 둔 것이다.

안동으로 가서 일상의 생활인으로 살고 있던 염상섭이지만 내선일체에 맞서서 오족협화를 내세우면서 조선인의 자립을 도모하였다. 그 대표적인 사례가 『북원』 서문이다. 염상섭 자신은 창작을 하지 않지만 만주에서 작가활동을 하던 조선인 작가에게 큰 애정을 갖고 있었다. 그렇기에 재만조선인 소설가들의 작품을 모은 『싹트는 대지』에 서문도 쓰면서 큰 기대를 보내기도 하였다. 오족협화가 형해화되고 내선일체가 만주국에서도 강요되는 마당에 그가 할 수 있는 일 중의 하나가 바로 후배 소설가들의 작업을 지지하면서 조선인의 존재를 알리는 것이었다. 재만조선인들이 조선어로 창작한 작품을 작품집 등으로 출판 하는 것 자체가 오족협화를 활용하여 조선인의 존재감을 드러내는 일이었기에 적극 동참하였다. 그런데 일본인들은 오족협화를 무시하고 내선일체의 시각으로 조선인을 바라보았고 더 나아가서는 아예 조선인들의 존재를 무시하는 방향으로 흘러갔다. 그 대표적인 사건이 바로 1942년에 발간된 『만주국각민족창작선집』의 출판이다. 川端康成, 岸田國士, 島木健作(내지측), 山田淸三郎, 北村謙次郎古丁(현지측)이 편한 이 책에는 재만 러시아계 작가를 비롯하여 많은 만주국 작가들이 수록되어 있는데 조선의 작가들은 들어 있지 않았다. 조선인을 오족협회의 일원으로 간주했다면 이런 식의 편집은 나오지 않았을 것이다. 내선일체의 입장에서 동등하게 보았더라도 이런 식의 구성은 나오지 않았을 것이다. 조선인을 아예 무시했던 것이다. 이 점을 염두에 두고 염상섭은 안수길의 창작집 『북원』에서 이러한 일본인들의 태도를 강하게 비판하였다.[2] 하지만 1944년에 나온 2권에도 조선인들의 작품은 한 편도

들어 있지 않았다. 이러한 일본인의 무시를 견디기 힘들었던 염상섭은 아마도 스스로 장편소설 『개동』을 썼던 것으로 보인다. 이 책을 편집하던 일본인 작가들은 염상섭이 1920년대 중반부터 결코 높이 평가하지 않았던 작가들이다. 그런 작가들이 만주국에서 와서 이런 폭력을 행사하는 것을 보아 넘기지 못하였을 것이다. 물론 이 작품의 연재에는 여러 가지 측면이 작용하였겠지만 이것이 중요한 요인이었을 것이라고 생각한다. 염상섭은 조선인들의 자립을 위하여 다양한 각도에서 노력하였기 때문에 해방 후에 당당하게 만주국을 바라볼 수 있었을 것이다.

2. 해방과 전사(前史)로서의 만주국

8 · 15 이후 만주국에 거주하던 조선 작가 중에서 가장 당당한 이가 바로 염상섭이 아닌가 한다. 유치환처럼 일제에 협력하는 시를 썼던 이들은 만주국의 붕괴에 매우 당황했을 것이고 이를 어떻게 받아들여야 할지 부심했을 것이다. 안수길은 만주국 당국에 협력을 하지는 않았지만 '북향'을 내세우면서 만주에 터전을 마련할 것이라고 결심했기에 만주국의 붕괴를 쉽게 받아들이지 못하였을 것이다. 하지만 염상섭은 당당하게 만주국의 붕괴와 조선의 독립을 받아들였을 것이다. 그 자신이 만주국으로 이주한 것 자체가 북향의식 때문이 아니라 내선일체를 피해 오족협화를 활용하고자 했던 것이기 때문이다. 만주국에서 조선인임을 외치고 싶

2) 이러한 상황에 대한 자세한 서술은 필자의 글 「동아시아적 맥락에서 본 만주국 조선인 문학」, 이해영 · 리상우 편, 『문명의 충격과 근대 동아시아의 전환』, 경진, 2012을 참고.

었던 것이다. 그렇기 때문에 해방 후 신의주를 거쳐 서울에 귀향했을 때 「해방의 아들」과 같은 소설을 쓸 수 있었다.

「해방의 아들」은 기본적으로는 해방의 의미를 묻는 작품이다. 해방 된 후 조선인들이 어떻게 살아가고 있으면 또한 어떻게 미래를 준비해야 하는 것인가이다. 특히 이 작품에서 다루고 있는 몇 가지 주제, 예컨대 남북에 진주한 소련군과 미군의 문제, 서로 앞다투어 지도자가 되려고 하면서 민중의 살림살이는 돌보지 않고 오로지 한몫을 챙기려고 하는 어지러운 현실의 문제 등을 다루고 있다. 실제로 염상섭은 해방의 진정한 의미를 이 작품뿐만 아니라 이후의 작품에서도 반복적으로 다루고 있는데 이 작품은 그러한 것들의 편린을 보여주고 있어 흥미롭다.

이 작품의 처음에는 '카렌스키이 도움' 이야기가 나온다. '카렌스키이 도움'은 소련군 병사들이 일본인 아녀자들을 겁탈하는 것을 피하기 위하여 조선인들이나 일본인들이 집 대문에 붙인 글이다. 당시 소련 군인들은 규율이 엉망이었다. 전쟁 막바지에 군인들이 부족하여 자격이 미달되는 이들을 징집하여 대일전선에 배치하였기 때문에 삼팔선 이북에서 불미스러운 일이 많이 저질러졌다. 그중의 하나가 일본인 여자들을 겁탈하는 것이었기에 조선인들은 혹시나 자신들을 일본인으로 오인하여 아녀자들을 겁탈할 것을 우려하여 집 대문에 이런 글을 써 붙였다. 일본인들은 소련군으로부터의 위험을 피하기 위하여 조선인 집처럼 가장하기 위하여 이런 글을 써 붙이기도 한 것이다. 어쨌든 이런 글이 붙어 있는 것 자체는 소련군들의 행패를 증명하는 것이기 때문에 이런 풍경을 묘사하는 것 자체가 북에 진주한 소련과 소련 군인에 대한 작가의 비판에서 나온 것임을 알 수 있다.

해방의 현실에 대한 염상섭의 비판 중의 다른 하나는 모두가 높은 자리 하나를 차지하려고 하는 출세주의적 지향이다. 미소의 영향 하에서 남북이 분단될 지도 모르고 또 서민들이 생계를 꾸려 나가기 힘든 상황에서 많은 이들은 이 기회를 한몫 잡는 계기로 삼으려고 한다, 특히 염상섭은 보안대원들을 뚜렷한 예로 든다. 그렇기에 이 작품에서는 작중 주인공을 건국과 독립을 위해 장작을 패서 파는 노동일을 하는 것으로 설정한 것도 당시 출세주의적 풍조에 대한 작가의 비판이라고 할 수 있다. 작중 주인공이 "보안대에 들어가서 총대를 메고 나서야만 건국사업에 보탬이 되는 것일까. 그 소위 한자리 해보겠다는 그런 생각부터 집어치우자는 것이요. 조군은 아직 취직이 이른 것 같기도 하니 우리 맞붙들고 실지 노동을 해보는 것도 갱생 제일보라는 의미로 좋은 체험일 것 같은데"라고 하는 대목에서 작가 염상섭의 뜻을 잘 엿볼 수 있다.

이처럼 이 작품은 해방 후의 조선의 현실 특히 삼팔선 이북의 현실에 대한 비판이 그 기본축이라고 할 수 있지만 무시할 수 없을 정도의 비중을 차지하는 것은 역시 전사로서의 만주국의 재현이다. 일반적인 조선인이 아니라 만주국에서 살다가 조선으로 귀향하여 살려고 하는 조선인들의 이야기인 것이다. 안동에서 살다가 신의주로 이주한 홍규와 그 주변의 인물들이 겪는 것이 이 소설의 기본 구성이다. 만주국에서 생활하던 조선인들이 해방을 어떻게 맞이하고 있는가를 쓴 이 소설은 아무나 쓸 수 있는 작품이 아니다. 만주국에서 조선인들의 자립을 위해서 분투한 이가 아니라면 이런 소설을 쓸 수 없는 것이다. 우선 이 작품의 주인공은 만주국에서 조선인들의 자립을 위하여 노력하던 홍규다. 홍규는 만주국 치하에서도 자신이 조선인이라는 것을 의식하면서 조선인들의 자립을 위하여 살아왔던 인물이다. 그렇기 때문에 일본인들이 조선인들을 비하하거나 무시하면 견지지 못하고 울분에 젖기도 하였다. 홍규가 양곡회사를 그만두었을 때 직장에서 타던 배급이 끊기고 '도나리쿠미'에서 배급을 받아야 했지만 시 공서의 일본인이 일본인에게는 배급표를 주지만 조선인에게 배급표를 주지 않고 가로채서 착복하였던 것을 알고서 항의하고 싸우기도 한 인물이다. "죽은 뒤에 물려 줄 것이라고는 가난과 굴욕과 압박 밖에 없는 신세가 무엇하자고 자식을 바라느냐고"하면서 자식을 갖지 말자고 부인에게 말할 정도로 조선인으로서의 자립성이 강한 사람이었다. 이런 인물이기에 그동안 조선인임을 부정하고 일본인으로 행세해온 조준식(마쓰노)을 어엿한 조선인으로 만들 수 있었던 것이다.

홍규가 조준식을 당당한 조선인으로 만드는 과정에서 흥미로운 것은 친일협력한 인물에 대한 비판이다. 만약 조준식이 그동안 만주국에서 행한 행동이 친일파나 민족반역자로 취급될 정도였다면 홍규는 이런 구명운동에 나서지도 않았을 것이라고 말한다. 조준식은 가정문제로 일본인 행세를 한 것이기 때문에 충분히 도와주어야 한다는 것이다. 실제로 조준식은 시 공서에서 홍규가 조선인 배급 문제로 이리 저리 뛰어다녀 경황이 없을 때 조선사람의 편의를 보아준 적이 있는 인물이기에 이렇게 나설 수 있다고 말할 정도이다. 아무리 이름을 일본식 이름으로 하고 일본인 행세를 해도 조선인이라는 일말의 의식이 있었기에 홍규와 같은 조선인들의 편의를 보아 주었던 것이다. 그렇기 때문에 홍규도 조준식을 구하려고 마음을 먹고 조선인민회에서 증명서를 만들어서 그를 가족의 품에 가게 해준 것이다. 만약 그가 친일파나 민족반역자였다면 홍규는 이러한 일에 나서지도 않았을 것이다. 그런 점들을 고려할 때 작가 염상섭은 재만조선인 중에서 친일협력을 한 이들과 그렇지 않은 조선인들을 아주 분명하게 구분하고 있다는 점을 알 수 있다. 이 역시 다른 이들은 할 수 없고 염상섭처럼 만주국에서 조선인의 자립을 위하여 노력한 떳떳한 이들만이 가질 수 있는 태도이다.

3. 삼팔선과 후경(後景)으로서의 만주국

염상섭이 신의주를 거쳐 서울에 도착한 후 본격적인 글을 쓸 무렵의 남북은 극단적인 분단의 위기에 놓여 있었다. 미소 공동위원회의 불발 이후 조선임시정부의 수립의 전망은 매우 어두워졌다. 특히 2차 미소공동위원회에 마지막 희망을 걸었지만 이 역시 예정된 실패였다. 신의주에 머물면서 어느 정도 짐작한 일이지만 훨씬 심각한 상태로 진행되고 있었다. 염상섭은 이러한 현실을 극복하기 위하여 남북의 협상을 지지하는 지식인의 서명에 참여하는 등 활발한 활동을 하였다. 이 시기에 쓴 그의 작품들은 주로 이 문제에 집중되었다. 만주국은 후경으로 물러났다.

단편소설 「삼팔선」, 「이합」 그리고 「재회」 등의 소설은 북에서 남으로 내려오는 귀환의 과정을 다루기는 하였지만 기본적으로는 삼팔선을 경계로 미군과 소련이 진주한 상황, 남북의 주민이 민족의 운명에는 아랑곳하지 않고 오로지 자기 잇속을 차리는 행태 등을 다루고 있는 작품들이다. 겉으로는 귀환의 서사처럼 보이지만 속으로는 더 이상 귀환의 문제가 아니고 삼팔선을 경계로 민족의 통일독립이 이루어지지 못한 해방 직후의 현실에 대한 비판인 것이다. 그렇기 때문에 이 작품에 등장하는 인물들이 하나같이 만주에서 살다가 귀환하는 인물로 설정되어 있지만 만주국은 더 이상 작중 인물과 내적 연관이 없는 것으로 그려지고 있다.

「삼팔선」은 소련군과 미군이 일본 군인들의 무장해제를 명분으로 각각 진주해서 조선을 통치하고 이에 대해서 조선인들은 뚜렷한 전망 없이 하루하루를 살아가는 기막힌 혼란의 현실을 신의주에서 서울로 귀환하는 인물을 통해 그리고 있다. 소련군과 미군이 각각 진주하여 다스리고 있어 남북 간에는 그 어떠한 교환도 이루어지지 않아 어려움을 겪게 된다. 주인공이 서울에 도착하여 농민에게 형편을 물었을 때 농민은 비료가 없어서 큰일이라고 한다. 이북의 흥남질소비료공장에서 생산되는 비료가 남으로 올 수 없기 때문에 남쪽의 농민들은 고생을 하게 된다. 어떤 면에서는 일제하에서 이루어진 통합적인 경제마저 거덜이 난 상태라 일시적으로 더 나빠진 것이기도 하다. 일군들의 무장해제를 하기 위해 들어온 소련군과 미군은 조선 사람들의 살림살이에는 아무런 관심이 없는 것이다. 자신들의 이익을 위해 들어왔기 때문에 그것만 신경 쓸 뿐이지 조선 사람들은 안중에도 없는 것이다. 따라서 조선 사람들은 고통을 겪게 되는데 특히 귀환하는 사람들은 더욱 그러하였다. 화자인 나는 조선 사람들이 남부여대해서 다니는 모습을 두고 다음과 같이 생각한다.

> 행진이 시작되는 것을 보니 저절로 비장한 마음이 든다. 추방당한 약소민족의 이동과는 다르다. 아무리 약속민족이기로 손바닥만한 제 땅 속에서 왔다갔다하는데 이렇듯 들볶이는 것을 생각하면 절통하다. 배주고 뱃속 빌어먹기에 이골이 나고 예사로 알게쯤된 이 민족이기로 이 꼴이 되다니 총부리가 올테면 오라고 악에 바치는 생각도 든다.[3)]

일제하도 아니고 엄연히 해방이 되었는데도 조선 사람들이 우왕좌왕하면서 자신의 뜻대로 살 수 없는 현실을 개탄하고 있는 것이다. 삼팔선을 두고 북으로 남으로 이동하지만 아무 것도 정돈되지 않아 어떤 면에서는 일제시대보다 훨씬 더 혼란스러운 것을 비판적으로 보고 있는 것이다.

이 작품에서 귀환은 그렇게 큰 의미를 가지지 못한다. 단지 귀환이라는 모티브를 통하여 혼란스러운 남북의 현실을 보여주고자 하는 것뿐이다. 해방 직후 미군과 소련군이 진주한 삼팔선 이남과 이북의 현실을 보

---

3) 『염상섭 전집 10』, 민음사, 1987, 91쪽.

여주려고 할 때 귀환자들의 이동만큼 더 좋은 소재는 없다고 판단했기에 이를 채용한 것뿐이다. 남쪽에서 내려가는 사람, 북쪽으로 올라가는 사람들이 교차하고 있는 곳이 바로 삼팔선이라는 것을 고려할 때 더욱 그러하다. 주인공이 만주국의 안동에서 나왔다는 사실은 거의 의미를 갖기 어려운 것이다. 이제 만주국은 염상섭의 소설에서 하나의 배경 혹은 후경으로 떨어지고 말았다.

단편소설 「이합」 역시 만주국에서 나와 처가 고향에서 터를 잡으려고 하다가 부인과 틀어져서 결국 삼팔선 이남으로 내려가는 한 교사의 이야기이다. 「삼팔선」이 소련군인과 미군이 점령한 삼팔선 이남과 이북의 무질서한 현실을 다루었다면, 이 작품은 조선인들이 앞뒤 재지 않고 한 자리 차지하겠다는 잇속 때문에 더욱 혼란해지는 해방 후의 현실을 다루었다. 주인공 김장한은 처가 고향에서 교사생활을 하는데 아내 신숙이 군부인회 부위원장을 맡으면서 사단이 생기기 시작한다. 아내는 당과 국가가 요구하는 일이기에 무조건 복종하는 자세로 가정도 팽개치고 나다닌다. 이런 것을 말리는 남편을 봉건적 잔재의 소산이라고 비판할 정도이다. 남편 김장한은 아내의 이런 행위 자체가 싫은 것이 아니라 갑자기 돌변하여 위로부터 시키는 일이라면 무조건 따르는 순응적인 행위가 더 미운 것이다. 결국 아내는 이런 남편을 봉건이라고 규정하고 더 높은 지위를 향하여 타지로 나가고, 이를 결별로 받아들인 남편은 다시 짐을 싸서 형이 있는 서울로 떠나는 것이다. 얼핏 보면 부부의 이별을 다루고 있는 것처럼 보이지만 해방 후 우리 조선인들의 행태 특히 한자리를 차지하여 벼락 출세하려고 하는 모습을 비판하고 있는 것이다. 김장한이 같은 학교에 있는 현 선생과 대화하는 다음 대목은 이를 잘 보여준다.

"무사타첩이라니 지금 와서는 세상이 다 알게 된 일을 결국은 내가 당장 당원이 된다든가 해서 사상적으로는 아내를 따라가겠다는 실증을 보여야 할 텐데, 어디 사상이라는 것이 앉았다 일어서듯이 돌변할 수도 없고 하룻밤 새에 물이 들어 줘야 말이지"하며 장한이는 웃어 버렸다. "허허허 김선생도 의외로 고지식하군. 당에 들겠다. 당신 말씀도 다시 생각해 보니 옳다. 이렇게 한 마디만 하면 그만 아니요, 또 당에 들어 가기루 어떻소.정식 당원이 되고 처고모부는 교육과장이었다. 아 이 판에 당장 교장으로 발탁이 될지 누가 알우 허허허" "사상에도 모리가 있읍디까? 얼마쯤 연구라도 하구 얼마쯤이라두 자기의 사상적 체계를 세우 놓구야 말이지 목전에 발등에 불이 떨어진다고, 네 네 한데서야 경찰에 붙들려 간 놈이 고문이 무서워서 헷소리 부는 것 같아서, 인텔리로서 양심이 허락할 수가 있어야지" "온 연구를 하고 당원이 된다니 청처짐한 소리를 하니까 부인부터두 언제 기다리느냐고 달아나시지 않나! 아 속 허연 홍당무는 없던가"하고 현선생은 또 껄껄 웃는다[4]

'속 허연 홍당무'에서 이 작품이 노리는 바가 너무나 분명하게 드러난다. 출세를 하기 위해서는 위에서 시키는 대로 해야 한다는 것이다. 밑으로부터의 해방이 아니라 위로부터의 해방이 가져다주는 폐해를 조선인들의 삶을 통해서 보여주는 것이다. 이 작품 역시 귀환의 플롯을 띠고 있지만 실제로는 위로부터의 해방이 조선인들에게 가져다 준 실제적인 의미를 묻는 것이라고 할 수 있다. 이 작품에서도 주인공이 만주에서 귀환하고 있다는 것은 하나의 배경으로 떨어지고 말았다.

앞서 「삼팔선」이 소련군과 미군이 주둔한 삼팔선 이남과 이북의 혼란을 다루었다면, 「이합」은 위로부터의 해방 속에서 조선인들이 한몫 잡으려고 하는 행태를 비판하고 있는 것이다. 이 두 개의 주제는 첫 작품인

4) 위의 책, 112쪽.

「해방의 아들」에서도 부분적으로 드러나고 있음을 이미 지적한 바 있다. 물론 「해방의 아들」에서는 해방 전후의 역사적 연속성이 강하기 때문에 이 주제가 밑으로 잠복되어 있었던 것이다. 하지만 당면한 현실에 대한 비판적 개입이 급한 까닭에 이러한 현실의 문제들이 부상하고 오히려 만주국이 배경으로 떨어지고 마는 것이다. 해방 전후의 역사적 연속성 문제를 다루었을 때에는 만주국이 핵심적인 전사로서 작동했지만, 당면의 현실에의 개입에서는 후경으로 물러난 것이다.

4. 분단과 우회(迂回)로서의 만주국

1948년 8월 남북이 분단된 것은 염상섭에게 참기 어려운 고통이었다. 안동에서 신의주로, 신의주에서 서울로 귀환한 후에 본격적인 글쓰기를 하면서 집중했던 것이 통일독립이었기 때문이었다. 염상섭은 삼팔선 이북과 이남을 모두 체험하였기 때문에 당시 그 어떤 작가도보다도 한반도의 미래에 대해서 많은 생각을 갖게 되었다. 게다가 만주국에서 활동할 때에도 끝없이 조선 민족의 자립이란 문제에 대해서 고민하면서 협력하지 않고 살아온 터라 더욱 그러하였다. 하지만 현실에서는 그의 바람과는 반대로 분단이 되었다. 그토록 걱정하던 사태가 벌어진 것이다. 아마도 염상섭의 고통은 더욱 컸을 것이다.

하지만 염상섭을 더욱 고통스럽게 만든 것은 분단 이후 남한의 현실과 반공주의 억압이었다. 분단이 확정되자 일반 사회뿐만 아니라 문학계에서도 반공적 억압이 가속화되었다. 한때 남북의 통일을 바라며 했던 모든 형태의 노력이 갑자기 불온하게 취급당하였다. 염상섭은 남북협상을 지지하다가 구금될 정도로 분단 극복을 위해 노력했는데 이 모든 것이 갑자기 빨갱이 취급당하는 사태가 벌어졌다. 이제는 현실의 문제에 직접적으로 개입하는 것조차 불가능해져 버린 것이다. 1949년 중반 이후에는 국가보안법이 만들어져 전무한 사상적 탄압이 가해졌기에 염상섭과 같은 지식인이 발언할 공간은 더욱 좁아졌다. 그 자신도 강제로 보도연맹에 가입할 정도니 당시의 사정을 짐작할 수 있다.

우회적인 글쓰기만이 가능해진 공간에서 염상섭이 찾은 것 중의 하나가 만주국이라는 것은 대단히 역설적이다. 해방의 전사로 작동했던 만주국이 현실에 직접적으로 개입하여 발언하면서부터는 배경으로 물러나고 말았다. 그런데 정작 분단이 된 후에 직접적인 글쓰기가 어려워지고 우회적인 글쓰기만 가능해지자 엉뚱하게도 만주국이 부활하게 된 것이다. 이 점을 잘 보여주는 작품이 아동문학 『채석장의 소년』과 「혼란」이다.

『채석장의 소년』[5]은 이 시기 염상섭의 우회적 글쓰기를 가장 상징적으로 보여주는 작품이다. 현재 알려진 것으로는 이 작품이 유일하게 염상섭이 쓴 아동문학이 아닌가 한다. 염상섭이 왜 갑자기 아동문학을 창작했는가 하는 점은 쉽게 짐작하기 어려운 문제이다. 아주 손쉬운 해석은 원고료 수입이다. 경향신문과 신민일보를 그만둔 염상섭이 원고료로 생계를 이어나가야 하는데 이를 위해서 아동문학까지 손을 댔다고 보는 것이다. 하지만 해방 이전과 해방 이후 곤궁한 삶 속에서의 염상섭의 글쓰기를 고려할 때 이는 대단히 설득력이 부족하다. 다음으로 생각할 수 있는 것이 미래에의 희망을 아동들에게 부여하기 위한 것이라는 점이다. 이것은 고려할 만한 견해이다. 분단이 확정되는 것을 목격하면서 염상섭은 일제

5) 이 글을 통하여 처음으로 소개하는 염상섭의 작품이다. 『소학생』 1950년 1월부터 연재되다가 전쟁으로 중단되었다. 1952년에 단행본으로 출판되었다.

시대의 잔재를 강하게 가지고 있는 세대들에게서 새로운 희망을 갖는다는 것은 불가능하다는 것을 몸소 체험하였기 때문에 새로운 세대에게 희망을 걸려고 했을 것이다. 그래서 이런 아동문학을 통하여 민족의 통일독립과 민주주의를 이야기하려고 했을 것이다. 하지만 가장 중요한 이유는 아동문학이 우회적인 글쓰기의 산물이라는 것이다. 그동안의 글쓰기 방식을 계속 유지하려고 할 때 분단이라든가 민주주의라든가 통일독립 같은 것은 다루기가 힘들다. 실제로 1949년 이후 염상섭이 쓴 소설 작품 「임종」, 「두 파산」 등의 작품은 당시의 세태를 소박하게 다룬 것으로 그가 이전부터 다루어오던 분단, 통일독립, 민주주의, 일제 잔재 청산과 같은 것은 전혀 나오지 않는다. 현실의 예민한 문제를 다루려고 한다면 이제 아동문학과 같은 우회적인 방식이 아니고는 안 된다. 아마도 이러한 이유로 염상섭은 아동문학인 『채석장의 소년』을 쓴 것이 아닌가 짐작된다.

이 작품도 귀환 이야기이다. 만주국에서 선생을 하다가 서울로 귀환하였지만 잠시 들었던 적산가옥이 불타는 바람에 산골의 방공굴로 이사하여 거주하는 한 여인네의 이야기이다. 만주국에서 일본말로 학생들을 가르쳤기에 해방 된 남쪽에서 선생을 할 수도 없어서 공장에 나가 노동일을 하면서 남매를 키운다, 아동문학의 틀을 갖고 있기에 얼핏 보면 아동들의 우애를 다룬 것처럼 보인다. 잘 사는 집 아이가 잘 살지 못하는 아이를 이해하고 끌어안는 것이 주 이야기이기 때문이다. 하지만 이 작품의 진짜 주제는 민족의 통합이다. 해방 전에 일본 제국의 치하에 있을 때 뿔뿔이 헤어져 살아야 했던 조선 사람들이 해방 후에는 누구의 눈치도 보지 않고 함께 모여서 살아야 한다는 것이다. 현실에서는 남북이 갈라져 따로 살고 있는 것이기에 진정한 독립과는 거리가 먼 것이다. 미국과 소련이 자국의 이해를 위해 한반도의 통일독립을 진정으로 주선하지 않는 탓도 있고, 다른 한편에서는 조선인들이 개개인의 잇속을 차리기 위하여 민족의 장래를 제대로 보지 않는 탓도 있는 것이다. 이런 점들 때문에 조선 민족이 갈라져 살아가야 하고 식민지와는 다른 방식으로 고통을 감내해야 하는 것은 도저히 참을 수 없다는 것이다. 자칫 잘못하면 전쟁이 나서 많은 사람들이 다치는 극단적인 사태도 벌어질 수 있다. 그렇기에 이런 방식으로의 통합이라도 보여줌으로써 통일과 독립의 의미를 되새기고 분단세력에 경고를 주려고 한 것으로 보인다.

현실에서 통일독립이 좌절되고 험난한 앞길만이 예고된 상태에서 조선 민족이 통합된 모습을 애써 찾으려고 했을 때 현실에서는 결코 쉽지 않았다. 또 발견한다 하더라도 그리는 것은 다른 문제이다. 현실에 직접적으로 개입하는 것이 어렵기 때문이다. 이럴 때 그가 떠올린 것이 만주에서 돌아온 조선인들이 원래 한반도에서 거주하던 이들과 잘 섞여 사는 모습이다. 실제로 이 작품은 이전의 귀환 이야기와는 매우 다르다. 「해방의 아들」이 안동에서 신의주이고 「삼팔선」과 「이합」이 신의주에서 서울이라면, 이 작품은 이미 서울로 귀환하여 살고 있는 것을 배경으로 하고 있다. 서울로 오기까지 어떤 과정을 겪었는가 하는 것은 이 작품에서는 전혀 나오지 않는다. 알 수 있는 정보는 과거 만주국에서 일본어로 학생들을 가르치면서 살았다는 것과 거기서 남편을 잃었다는 것밖에 없다. 이제 만주국은 전사도 아니고 배경이 아니고 오로지 과거의 기억일 뿐이다. 민족이 분열되는 안타까운 현실에서 통합된 민족이란 가느다란 희망을 보여주기 위하여 불러온 것에 지나지 않는 것이다. 만주국의 삶이 현재와 전혀 연결되지 않는다.

이러한 점은 이 작품의 중심축이 더 이상 만주에서 온 사람이 아니라 서울에서 살고 있는 사람이라는 점에서 더욱 분명하게 드러난다. 앞의 작품들에서는 하나같이 만주에서 귀환하는 이들이 작품의 중심축이 되고 있다. 하지만 이 작품에서는 귀환하여 서울에 정착하는 이는 부차적이고 중심축은 해방 전부터 서울에서 거주하였다가 해방 후에도 그대로 살고 있는 붙박이 인물이다. 이미 단단한 기반을 갖고 있는 서울 사람이 만주에서 귀환한 뿌리 뽑힌 이를 받아들이는 과정이 이 작품의 핵심이다. 이 통합의 과정에서 서먹할 수도 있는 어른들의 관계를 아이들을 매개로 풀어나가기 때문에 한층 설득력을 더한다. 염상섭은 아동문학이라 것을 통하여 현실에 대한 상징적 해결을 바랐기에 이런 장르를 선택한 것으로 보인다.

이 작품에서 만주국은 거울이다. 현실을 바로 재현하기 어려울 때 현재의 자신과 현실을 되비추어보는 거울로서 만주국을 불러온 것이다. 우회적인 글쓰기를 택할 수밖에 없었던 염상섭이 창안한 독특한 방식이다. 만주국에 비추어 봄으로써 현실에 개입하는 이러한 방식은 비단 이 작품에 그치지 않는다. 귀환 이야기가 아니기 때문에 참고로 읽을 수 있는 한계는 있지만, 이 시기 염상섭의 만주국 재현을 이해함에 있어 매우 중요한 작품이 「혼란」이다.

작품의 배경은 만주국이 붕괴 한 직후의 만주이다. 만주인들이 해방을 축하하면서 거리에서 춤을 추고, 일본인들은 서로 단결하여 앞을 예의주시하면서 탐색하는 반면, 조선인들은 술과 싸움으로 날을 샌다. 만주국 산하 협화회 때의 조선인민회를 대신하여 새로 조직한 조선인회는 피난민 보호와 식량 확보 대신에 주정꾼들의 싸움을 말리는 일을 한다. 작중 주인공인 창규는 조선인들의 안전과 미래를 위해 조선인회를 만드는 데 한몫 하지만 결국은 파벌 싸움에 지치고 만다. 현재 조선인회의 회장인 임회장이 자신을 무시한다는 이유로 따로 한교 자치회를 만든 김호진이 독자적으로 활동하기 시작하면서 조그마한 조선인 사회는 분열된다. 해방 된 조선인들이 새롭게 통합하지는 못하고 이렇게 자리를 놓고 분열된 것을 보면서 창규는 민족의 암울함을 느끼고 만다.

이 작품은 분단된 남북의 현실을 우회적으로 비판하였다. 미군과 소련군 산하의 남북이 각각 독립된 정부를 세우자 남북은 분단을 겪을 수밖에 없다. 조선인들이 서로 통합을 하여 이 난국을 극복하여 독립을 해야 하는데 오히려 두 나라로 결렬된 것이다. 이것을 보면서 염상섭은 남북의 위정자에게 극도의 비판을 가하고 싶었지만 현실을 바로 쓸 수 없었기 때문에 이런 우회로를 선택했다. 해방 직후 만주에서 패전국인 일본과 승전국인 중국은 자기의 나라를 다시 만드는 데 힘을 쏟지만 조선인들은 자리와 감투싸움에 건국은 뒷전이다. 동아시아에서 유독 조선만이 고통을 다시 겪을 수 있음을 예감한 것이다.

만주국 붕괴 직후 만주의 조선인들의 행태를 통하여 정작 말하고 보여주고 싶었던 것은 해방 후의 남북의 현실이었다. 분단된 남북의 현실을 말하기 위해 과거 만주국 붕괴 직후의 만주를 불러낸 것이다. 만주국이란 거울에 비추어 현재의 자신을 성찰하려고 한 것이다. 이 소설에 이르면 염상섭의 만주 재현 소설은 귀환과는 아무런 관련이 없다. 예의 『채석장의 소년』이 그러하였던 것처럼 이 작품에서도 만주국은 거울에 지나지 않는다.

5. 만주 재현의 정치학

해방 직후 안동에서 신의주를 거쳐 서울로 귀환한 직후 작품 활동을 한 염상섭이 독립의 희망을 감지하면서 쓴 작품 「해방의 아들」, 미소 주도하의 미소공동위원회가 무산되고 조선인들이 주도한 남북협상도 가망이 없게 되는 것을 보면서 쓴 작품 「삼팔선」과 「이합」, 남북이 분단된 후 독립이 물 건너간 후에 쓴 『채석장의 소년』, 이 모든 작품은 하나같이 귀환의 이야기가 그 토대를 이루고 있다. 하지만 그것을 재현하는 방식에 있어서 만주국은 전사로서, 후경으로서 그리고 거울로서 작동할 정도로 각각 달랐다.

만주 재현의 작품을 집중적으로 쓴 염상섭은 다른 어떤 작가에게도 찾을 수 없을 만큼 많은 양을 차지하고 있다. 염상섭에 필적할 만한 작가를 한국문학에서 찾기는 결코 쉽지 않을 것이다. 또한 염상섭은 해방 직후부터 시작하여 한국전쟁시기까지 지속적으로 이를 다루고 있다는 것 역시 다른 작가에는 찾아볼 수 없는 특징이라고 할 수 있다. 이런 점들은 염상섭이 만주국과 만주에 많은 관심을 가지고 있었다는 사실을 넘어서 만주와 만주국을 가장 당당하게 마주볼 수 있는 작가라는 사실을 말하는 것이기도 하다. 만주에서 귀환한 작가 중에서 염상섭을 제외한 다른 작가들의 경우 만주국을 정면에서 마주 본다는 것은 생각처럼 쉽지 않은 일이었다. 만주국에서의 자신의 굴절된 삶을 기억하고 재현한다는 것이 결코 쉽지 않기 때문이다. 그렇기에 한참 시간이 흐른 후에 만주와 만주국을 불러내 이를 재현했던 다른 작가들의 방식과 염상섭의 그것은 매우 다를 수밖에 없다. 해방 직후의 정치적 상황의 변동과 작가의 입장에 따라 굴곡을 거쳤던 염상섭의 만주 재현 방식을 다른 작가들의 그것과 비교하는 작업은 향후 한국문학 또 다른 중심 주제로 부각될 것이며 나아가 만주국 붕괴 이후 동아시아 문학이란 새로운 의제로 확산될 것이다.

안수길의 해방전후 "만주" 서사에 나타난 민족 인식
- 타민족과의 관계를 중심으로 -

李海英

1. 들어가기

위만주국 조선계의 대표작가 안수길은 위만주국의 붕괴를 앞두고 고향인 북한 함흥으로 귀국하며 3년의 병 요양을 거친 뒤, 1948년 월남하여 "월남민"이자 "전재민"의 일원으로 남한 사회에 합류한다. 만주시절의 염상섭과의 반연으로 낯설고 생소한 남한 땅에서 다행히 『경향신문』 문화부 기자로 취직한 안수길은 이제 더는 위만주국 조선계를 대표하는 작가여서는 안 되었다. 만주시절, 조선계 작가로서는 유일하게 개인창작집 『북원』을 간행했고, 『만선일보』 문예란을 통해 장편소설 「북향보」를 간행했으며, 위만주국 중국계 시인 오랑(吳郎)이 주관하던 중국계 잡지 『신만주(新滿洲)』(1939년 창간)의 '재만일만선아 각계 작가전'(1941년 11월호)에 조선계 작가로서는 유일하게 단편소설 「부엌녀」를 실었던 조선계의 중견작가이자 대표작가로서의 찬란한 경력은 이제 위만주국의 붕괴와 함께 과거가 되어버렸고, 남한 땅에서 안수길은 그저 남보다 순조롭게 취직한

"월남민"이자 "전재민"이었다. 안수길은 이제 독립된 나라 한국의 민족주의 작가로 스스로를 정립해야 했다.

이런 맥락에서 1959년부터 1967년에 이르기까지 만 8년의 긴 시간을 두고 창작된 장편소설 『북간도』[1]는 안수길을 위만주국 조선계의 작가 내지 "월남민"작가, "전재민"작가에서 한국 민족주의 작가로 우뚝 서게 한 대표작이다.[2]

한편 안수길 스스로는 이 작품에 대해 다음과 같이 말하고 있어서 무척 흥미롭다.

> 만주 지방의 우리 농민과 민족의 생활을 발굴하는 것으로 작품의 출발점을 삼아온 나는 6년 전에 『북간도』를 완결함으로써 재만 시절의 중단편적 단편(斷片)들의 규모를 크게 해 종합적인 것으로 마무리한 셈이었으나, 민족 수난의 역사를 펼쳐본 그 작품도 기초는 "어떻게 사느냐", "어떻게 사는 것이 올바른 삶이냐"에 두고 있음은 두 말할 것도 없는 일이다.[3]

---

1) 안수길(1911~1977)의 『북간도』는 1957년 12월부터 『문학예술』을 통해 3부작으로 연재 계획 중이었으나 잡지의 폐간으로 발표되지 못하다가 『사상계』에 제1부(1959년 4월호)와 제2부(1960년 4월호), 제3부(1963년 1월)가 발표되었고, 마침내 1967년 8월 제4부와 제5부가 합쳐져 완성되기에 이른다.

2) 이는 당시 『북간도』에 대한 한국 문단의 긍정적인 평가를 통해서도 볼 수 있다. 1959년 4월 『북간도』 1부가 연재되고서 곧바로 사상계 5월호에 중견 평론가 4인의 작품평이 특집처럼 실리는데, 한결같이 『북간도』를 극찬하면서 안수길의 문학을 새롭게 발견하게 되었다고 토로한다.(곽종원, 「다시 기교 면의 요령」: 선우휘, 「이것은 명편이다」 최일수, 「기념비적인 노작」; 백철, 「또 하나의 리얼리즘」, 「북간도를 읽고」, 『사상계』, 1959. 5 참조.) "해방 뒤 십여 년 래의 우리 문학사에 있어서 가장 뛰어난 작품" (백철, 「서문」, 『북간도』 (상)(중판), 삼중당, 1985, 3쪽), "민족문학의 하나의 초석이 되어 줄 만한 거작"이라는 찬사가 어어졌다(신동한, 『비평문학 산책』, 자유문학사, 1981, 165쪽). 물론 김우창과 같이 작중인물의 성격화가 이루어지지 못했음을 지적한 비판적인 평문도 없지 않았지만(김우창, 1982) '민족의 얼', '민족의 저항', '민족 주체성' 등의 개념과 결합된 긍정적인 평가가 대세를 이루고 있는 것이다(김종욱, 「역사의 망각과 민족의 상상」, 『국제어문』 제30집, 2004, 277쪽).

3) 안수길(1977B), 239쪽.

이는 『북간도』가 안수길의 창작 과정에서 '완결편'의 의미를 차지하며 "재만 시절의 중단편"을 종합함으로써 나타난 작품임을 보여준다. 또한 재만시기의 작품과 마찬가지로 『북간도』 역시 만주에서의 조선 민족의 수난의 역사를 보여주고 있으며 안수길의 글쓰기가 일관되게 추구하고 있는 "어떻게 사느냐"를 탐구한 작품임을 보여준다. 그러나 안수길 자신의 이러한 발언에도 불구하고 그가 남한에서 쓴 『북간도』와 재만시기의 소설 사이에는, 다 같이 그의 만주 체험을 서사화한 것이면서도 큰 단절이 존재하는데, 이는 민족주의 이데올로기를 비롯한 당시 한국사회의 여러 가지 이데올로기의 중압에 의한 것으로 의견이 수렴되고 있다. 『북간도』 내부에 존재하는 현저한 서사적 단절과 그로 인한 구성적 파탄 역시 이런 맥락에서 분석되고 있다. 당연히 일국을 초과하는 광역권 만주국에서 그가 민족과 국가에 대해 사유한 방식과 해방 후에 정착한 국민국가에서 민족과 국가를 사유한 방식이 동일할 수는 없는 일이다.[4]

이러한 안수길의 재만시기의 소설과 『북간도』 사이의 단절, 그리고 『북간도』 내부의 단절에 대해 가장 먼저, 그리고 깊이 분석한 연구로는 김윤식의 『안수길 연구』[5]가 있다. 김윤식은 안수길의 재만시기 소설은 만주국 국책문학으로서의 성격을 분명히 띠고 있으며 그런 맥락에서 『북간도』는 재만시기의 행적에 대한 안수길의 부끄러움과 속죄의식, 반성의식이 작용한 것으로 보았다. 2000년대 이후 이에 관한 다양한 논의들이 제기되었다. 생존논리를 대변하는 일상적 이념과 역사적 이념의 충돌과 길항[6]이라는 데로부터, 위만주국 시기 행적에 대한 은폐,[7] 1950, 60년대

---

4) 김미란, 「만주, 혹은 자치에 대한 상상력과 안수길 문학」, 『상허학보』 25집, 2009, 302쪽.
5) 김윤식, 『안수길 연구』, 정음사, 1986.
6) 한수영, 「만주(滿洲)의 문학사적 표상과 안수길의 『북간도』에 나타난 '이산(移散)'의 문제」, 『상허학보』 11집, 2003.

남한 사회의 사회적 통합이념인 민족주의와 만주에서의 민족 주체성을 회복하려는 '민족서사'에 의한 것,[8] 민족주의의 영향[9]과 반공이데올로기의 개입[10] 등 1950년대 60년대 한국사회의 지배적인 이데올로기의 중압에 의한 것[11]이라는 다양한 논의들이 전개되었다. 이러한 논의들은 대부분 『북간도』의 민족주의로 표상되는 이데올로기를 주목하면서 그것이 어떻게 안수길 문학의 연속성을 이루고 있는 내적 논리로서의 "어떻게 사느냐"의 문제, 즉 생존논리와 정면으로 충돌하고 있는지를 보다 면밀하게 분석하고 있다. 그러한 충돌이 서사적 단절 내지 구성적 파탄을 초래한 것으로 보았다. 본고는 이러한 기존 논의들에 동의하면서 안수길의 해방전후 "만주"서사에서 민족주의의 중요한 표상의 하나인 민족인식에 대해 타민족과의 관계를 중심으로 살펴보고자 한다. 사실 안수길만큼 민족인식 특히 타민족과의 관계를 주목한 작가도 없다. 안수길 소설의 주요한 두 축인 민족주의 이데올로기와 생존논리는 모두 타민족과의 관계를 통해 표상되고 있는데, 해방전후 안수길의 "만주"서사에서 중요한 자리를 차지하는 「벼」와 『북간도』는 모두 국민국가의 보호를 상실한 조선인이 중국과 일본의 틈바구니에 끼어서 스스로를 보존하기 위해 안간힘을 쓰는 곤혹스러운 처지와 선택의 갈등을 보여주고 있다. 그러나 지금까지의 논의들은 안수길 소설이 담아내고 있는 이런 복잡한 민족관계를 단순히 생존논리 혹은 민족주의 이데올로기의 강화로 수렴함으로써 민족관계의 복잡한 단면을 놓치고 있다. 본고는 안수길 소설의 민족관계에

7) 김종욱, 「역사의 망각과 민족의 상상」, 위의 글.
8) 이선미, 「<만주체험>과 <만주서사>의 상관성 연구」, 『상허학보』 15집, 2005.
9) 김종욱, 「역사의 망각과 민족의 상상」, 위의 글.
10) 김재용, 「안수길의 만주체험과 재현의 정치학」, 『만주연구』 제12집, 2011.
11) 김미란, 「만주, 혹은 자치에 대한 상상력과 안수길 문학」, 『상허학보』 25집, 2009.

대한 치밀한 분석을 통해 안수길의 해방전후 "만주"서사에 나타난 민족 인식을 살펴보고자 한다.

2. 만주국에서의 "민족협화"의 실현 : 연대와 거리두기

안수길의 만주국 시기 소설에 나타난 민족관계는 대체로 "민족협화"에 기초하고 있다. 주지하다시피 만주국은 "왕도낙토"와 "민족협화"를 건국이념으로 했던 국가이다.[12] "민족협화는 역사적인 만주의 이질성, 즉 수십개 민족집단의 혼재를 반영한 면이 있었"고 "만주국은 오늘날 지구화시대 몇 나라의 다문화주의, 혹은 미국의 '거대한 용광로'(melting pot)를 연상시키는 개방성, 국제주의를 표방했다."[13] 만주국의 이러한 "민족협화"는 당시 식민지 조선의 일부 예민한 작가들에게는 조선 국내에서 강화되기 시작한 "내선일체"를 피할 수 있는 하나의 방편으로 인식되었다. 식민지 조선에서는 미나미가 총독이 되면서 1936년부터 "내선일체"가 강화되기 시작하였는데 이 "내선일체"와 만주국의 "오족협화"는 모두 일제의 지배 이데올로기이지만, 이 둘 사이에는 미묘한 단층과 간극[14]이

12) 한석정, 『만주국 건국의 재해석』, 동아대학교 출판부, 2009, 133~142쪽 참조.

13) 한석정, 위의 책, 136쪽.

14) 일본의 지배이데올로기인 조선에서의 "내선일체"와 만주국에서의 "오족협화" 사이의 단층과 간극에 대해 자세히 다룬 연구로는 다음과 같은 연구가 있다.
田中隆一, 「滿洲國民の 創出ど 在滿朝鮮人 問題」, 『만주, 동아시아 융합의 공간』, 소명출판, 2008.
윤휘탁, 「「滿洲國」의 '民族協和' 運動과 朝鮮人」, 『한국민족운동사연구』, 2000.
신규섭, 「在滿朝鮮人의 '滿洲國'觀 및 '日本帝國像」, 『한국민족운동사연구』 36, 2003.
김재용, 「동아시아적 맥락에서 본 '만주국' 조선인 문학」, 『문명의 충격과 근대 동아시아의 전환』(이해영・이상우 편, 중국해양대학교 한국연구소 총서 03), 도서출판 경

존재한다는 것을 식민지 조선의 일부 작가들이 예민하게 감지하였던 것이다. "내선일체" 하에서는 내가 일본인이 아니고 조선인이다라고 할 수 있는 여지가 거의 없지만 만주국에서는 내가 일본인이 아니고 조선인이다라고 할 수 있는 공간이 매우 컸다.[15] 조선 국내의 "내선일체"의 압박을 피해 만주로 이주한 작가들 중, 가장 대표적인 작가는 염상섭이다.[16]

염상섭이 만주국의 "민족협화"에 상당히 큰 기대를 하고 있었음은 안수길의 개인 창작집 『북원』의 「序」를 통해 볼 수 있다. 염상섭은 『북원』의 「序」에서 "眞實로 協和精神을 實踐하고 모든 機會에 우리도 滿洲國의 文化建設에 參劃하고 貢獻코저 할진대, 日滿系의 그것에 連繫와 協調를 一層緊密히 하고, 先進의 啓發과 鞭撻을 힘입을 何等의 方途가 있었어야 할 것인데, 滿洲國에 藝文團体가 誕生된지 임의 三四星霜을 閱하얐을 터이로되, 朝鮮人作家와 作品이 그 圈外에 遊離되어 있는 現狀은 그 理由와 原因이 那邊에 있든지간에 畸形的事態가 아니라 할 수 없다"[17]고 하면서 조선인 작가와 작품을 배제하고 있는 만주국 예문단에 대해 날카롭게 비판하고 있다. "진실로 협화정신을 실천하려면" 어떠한 형태로든 조선인 작가와 작품을 포함해야 할 것이라는 것이 염상섭의 주장이다. 이어 염상섭은 "萬一 滿洲의 藝文界가 朝鮮文作品이라 하야 無關心한다면 非違는 藝文

진, 2012.
한석정, 『만주국 건국의 재해석』, 위의 책.

15) 김재용, 「해방 직후 염상섭과 만주 재현의 정치학」, 『'만주국' 붕괴 이후의 동아시아 문학』, 중국해양대학교 해외한국학 중핵대학 사업단 2단계 제1회 국제학술회의 발표 자료집, 2015.3, 1쪽.

16) 1936년 염상섭이 조선을 떠나 만주국으로 이주한 원인이 조선 국내의 "내선일체"를 피하기 위해서였다는 데 대해서는 김재용 교수의 위의 글 「해방 직후 염상섭과 만주 재현의 정치학」에서 자세히 다루고 있다.

17) 염상섭, 「『북원』序」, 연변대학교 조선문학연구소 편, 『안수길(연세국학총서 73 · 중국조선민족문학대계 10』, 2006, 582쪽.

壇에 있다할 것이니, 滿洲藝文壇도 반듯이 好意로써 마저줄 것을 믿는다"[18]고 하였다. 이는 "민족협화" 정신에 의한다면 조선문으로 쓰인 작품이라도 만주국 예문단에 받아들여져야 하며 조선문 작품이라고 하여 만주국 예문단이 배제한다면 이는 "민족협화" 정신에 어긋난다는 것이다. 이로부터 염상섭이 서있는 지점이 명확해진다. 염상섭은 "민족협화"를 통해 만주국 예문단에서 조선인 작가들의 권리를 확보하려 했던 것이다. "朝鮮文作品이라고 藝文運動에 參加할 方途가 없는 것이 아님은 煩說할 것도 없는 것이다"[19]는 그의 주장은 역으로 말하면 조선문 작품도 "민족협화" 정신에 의해 만주국 예문 활동에 참가할 당당한 자격과 권한을 갖고 있다는 것이다.

그런데 안수길은 이와는 조금 다른 시각에서 "민족협화"를 바라보고 있다. 만주국 시절 그는 만주국 중국계 문예잡지 『新滿洲』의 주간인 시인 吳郎을 만난 자리에서 "당신네나 우리나 다 같은 처지니 협조해서 문학 활동을 하자"[20]고 하였다. 안수길이 중국 작가들을 연대의 대상으로 생각하고 있음을 잘 보여주는 대목이다. 실제로 안수길의 '만주국'시기 소설들에 나타나는 만인의 형상은 대부분 긍정적이고 조선인에게 호의적이다. 개척이민의 전사를 다룬 「새벽」에서마저도 땅주인 호 씨는 조선인 소작농민들의 사정을 가긍히 여기는 대단히 인간적인 인물이다. 반면 악인은 오히려 동족인 마름 박치만이다. 똑같이 만주 개척이민의 전사를 다룬 최서해의 소설들이 중국인 지주와 조선인 이민들간의 계급대립과 민족갈등으로 일관되어있고, 중국인 지주들이 하나같이 악인으로 되어있

18) 염상섭, 위의 글, 583쪽.
19) 염상섭, 위의 글, 583쪽.
20) 안수길, 「龍井・新京時代」, 연변대학교 조선문학연구소 편, 『안수길(연세국학총서 73・중국조선민족문학대계 10』, 위의 책, 609~610쪽.

는 것과는 대단히 대조적이다. 이는 물론 안수길과 최서해의 이민시기의 차이와 가정배경의 차이로 인한 개인적인 이민 체험의 차이에 의한 것으로 볼 수도 있다. 그런데 안수길과 거의 비슷한 시기에 같은 곳인 간도 용정에 이주해, 학교 교사인 남편을 내조하는 가정부인으로 안정된 삶을 살았고, 실제 안수길과 "북향회" 등 활동에 함께 참여하기도 하면서 친분을 갖고 있던 강경애의 "소금" 등과 같은 소설에 등장하는 중국인 지주는 조선인 여인을 유린하고 집에서 내쫓는 등 매우 야비하고 파렴치한 모습으로 형상화되어있다. 그러므로 안수길의 소설에 일관되게 나타나고 있는 중국인 지주나 원주민에 대한 우호적인 시각을 단지 이민 시기나 개인적 체험의 차이로만 설명하기에는 논리성이 다소 결여되어있다.

사실 중국인 지주나 원주민 혹은 관리에 대한 안수길의 우호적이고 너그러운 시각은 만주에서 수전개간을 둘러싸고 일어난 조선농민과 만인(한족)농민간의 유혈사태인 "만보산 사건"을 다루었다고 하는 중편소설 「벼」에서 가장 집중적이고 분명하게 나타나는데 이를 통해 안수길이 서 있는 지점 즉 최서해나 강경애와는 구별되는, 그리고 염상섭의 "민족협화"에 대한 시각과도 구별되는 안수길의 인식적 측면을 확인해 볼 수 있다. 「벼」에서 매봉둔으로 이주한 조선인 농민들은 이주 초기에, 원래 그 지역의 땅을 소작하고 있던 원주민 즉 만인 소작농들로부터 그들이 소작하던 땅을 빼앗고 집을 빼앗는 침입자로 오해를 받아 야밤에 그들의 습격을 받게 되며 그들과 유혈충돌을 겪게 된다. 그 와중에 박첨지의 아들 익수가 원주민들에게 맞아죽게 되며 익수의 죽음 이후, 그들은 비로소 그곳에 집을 짓고 수전을 개간하는 등 정착이 가능하게 된다.

> 원주민들은 어린이 어른할것없이 모다 구경나왔다. 나쌀이나먹은 원주민은 익수의 묘앞에가 꾸러앚아절을하며 묵도를하는이도있었다. 부인들

은 원주민에게떡과술을대접하였다. 아이들에게는 전을주었다.

방치원도 초대하였다. 그는 농악을 보고 대단히부러워하였다. 원주민들도 그들의 경작지를 침해 하지않고 못쓸 땅을 갈아가득이 나락이 매어지도록 되게한 이주민솜씨에 몰래감탄하며 농악을 재피며 노는모양이 힘차고 재미있다고 구경하였다.(안수길, 「벼」, 『안수길』, 보고사, 2006, 287쪽)

위의 인용문은 이주 첫해에 벼 풍년을 맞아 익수의 묘 앞에서 제를 지내고 그를 위로하기 위해 농악을 하는 매봉둔의 조선인 이주민들과 그들을 바라보는 원주민들의 모습이다. 이주 초기에 있은 익수의 죽음으로 조선인 이주민들은 더는 원주민들의 습격을 당하지 않게 되며 수로를 파고 볍씨를 뿌려 익수의 유언대로 벼농사에 성공한다. 원주민들은 마침내 "그들의 경작지를 침해 하지 않고 못쓸 땅을 갈아 가득이 나락이 매어지도록 되게"한 조선 이주민들의 솜씨에 몰래 감탄하며 그들을 이해하고 받아들인다. "나쌀이나 먹은 원주민"이 "익수의 묘앞에 가 꾸러앚아 절을 하며 묵도를 하는"것은 익수의 죽음에 대한 원주민들의 사죄의 표현이며 그들이 마침내 조선인 이주민들을 받아들였음을 뜻한다. 익수의 죽음을 대가로 조선인 이주민들은 매봉둔에 자리를 잡을 수 있었고 수전을 개간할 수 있었으며 원주민들과 화해할 수 있었다. 여기서 우리는 만주국 시기 안수길이 서 있는 지점을 확인할 수 있다. 즉 익수의 죽음을 대가로 하고서야 비로소 조선인 이주민들이 만주 거주의 권리를 확보할 수 있었다는 것이 안수길의 인식인데, 이는 곧 만주가 조선인 이주민들에게는 남의 땅이기 때문이라는 인식이 깔려 있다. 만주의 주인은 인구의 대다수를 점하는 원주민이며 조선인은 생존을 위해 어쩔 수 없이 만주에 이주해 살아가지 않으면 안 되는 처지이므로 만주의 개척에 대한 공로를 인정받아 만주의 진정한 주인인 원주민들의 이해와 양해를 구하고 만주

거주 권리를 확보해야 한다는 것이다. 그러므로 「벼」에서는 원주민들과의 화해와 함께 중국에 대한 이해와 객관적 시각, 중국인들과의 공존의 사상이 주를 이루고 있다. 반일 감정으로 무장한 새로운 정치인 소현장이 조선농민을 일본제국주의 앞잡이라고 하여 백방으로 본국으로 구축하려고 할 때도 소현장에 대한 묘사는 극히 객관적이다.

> 민국십칠년(소화삼년) 장개석의 북벌(北伐)이 성공하여 동년시월십일부터 동삼성(東三省)에도 청천백일기가 나부낀지 불과반년이 남짓한때라 그들은 종래의 매관매직의 부패한 정치를 쇄신하고 삼민주의에 의거한 새롭고 힘센 정치를 펴야된다고 지방에는 소위 정예분자를발탁하여 파견하였다.
>
> 거기에 발탁되어온것이 소현장이였다.
>
> 그는 북경의대학을 졸업하자 동경에 가서도 모 대학에서 정치를 배운일이 있어 지식으로나 패기에 있어서나 또는 정치적의식에 있어서나 가위 진보적 인물이었다.
>
> 한현장이나 양현장같은 돈으로 현장의 자리를 사고 돈만 주면 죽일놈이라도 살리고 친분만 있으면 아무리 어려운 일이라도 그래야지하고 허락하는 정치가에 비긴다면 국책에 충실하고 의식적인 정치를 행하는데 있어서는 소현장은 발탁될만한 자격이 충분히 있었으나 그것은 중국이란 국가로보아 그런것이고 매봉둔 주민에게는 정예분자가 아닌 물렁물렁한 한현장이나 양현장편이 더 무난하였다.
>
> 소현장의 정치적 목표는 배일에 있었다. 그는 배일사상으로 무장을 하였다.(안수길, 「벼」, 『안수길』, 보고사, 2006, 304-305면)[21]

우선 안수길은 장개석의 북벌 성공으로 인한 새로운 정치에 대해 매

---

21) 연변대학교 조선문학연구소 편으로 보고사에서 출간된 『안수길』에서 안수길의 해방 전 원작은 발표 당시의 맞춤법 띄어쓰기를 그대로 따랐으나, 본고에서는 원문 표현을 그대로 두되, 독자들의 편의를 위해 띄어쓰기만은 적절하게 조정하였음.

우 긍정적으로 평가하고 있는데, 이는 만주국이 만주국 건국이전을 군벌체제의 학정(虐政)으로, "새만주국"을 군벌체제의 학정(虐政)의 대안으로 제시했던 것[22]과는 매우 다른 맥락에 놓여있다. 「벼」가 비록 친일여부를 두고 논란이 되고 있지만, 안수길이 완전히 만주국의 이념에 침윤되지 않았음을 보여준다. 특히 소현장에 대해서는 조선인의 시각이 아닌 중국이란 국가의 입장에서 바라보고 있다. 중국이란 국가의 입장에서는 마땅히 소현장과 같은 민족의식에 투철한 진보적 인물이 관리로 발탁되어야 한다고 하면서 중국의 군벌정치의 쇄신과 애국주의, 민족주의의 고양에 대해 보다 객관적이고 긍정적인 평가를 보인다. 하지만 역으로 매봉둔 주민에게는 그런 중국의 단호한 민족주의가 오히려 불편함과 어려움을 가져다주며 부패한 관료의 허술함이 훨씬 더 편하다고 하였다. 비록 중국의 배일사상이 애매한 재만 조선농민에게 피해를 주지만 일본의 침략에 맞서 배일사상을 고취하는 중국의 입장도 충분히 이해할 수 있다는 것이 안수길의 지점이다. 이것이 바로 같은 조선인의 만주 개척 이민사를 형상화하면서도 안수길이 이태준이나 이기영과는 다른 지점이다.

만인에 대한 호의적인 태도와 재만 조선인에 대한 그들의 배타적 입장마저도 이해한다는 타자 이해적 시각은 『북향보』에서는 만인과 한인이 호형호제하며 서로 이해하고 배려한다는 전망에 이른다.

> "하하하, 반서방, 오늘 말이야, 모내기 마지막 날 아니유. 우리 조선사람 모내기 끝나는날 제일 기쁜 날이오. 헌데 또 마가둔 사람들 모두 한자리에 모여서 점심을 먹지안우. 동생은 재미없소."
>
> ……
>
> "우리 조선 못 가봤지만 이야기 들어서 조선이 좋은줄 알고 성님이랑

22) 한석정, 위의 책, 141쪽.

우리 마가둔 사람들 사귀어서 조선사람 좋은 사람인줄 아오."

……

사실 반성괴는 마가둔에 네호 박게 업은 만주인 중의 하나였다. 원래 순직한 그이지만 만흔 조선사람 농가에 끼어 살자니 자연히 조선말을 유창하게 하지 안을 수 업섯고 생활뿐아니라 감정까지도 속속들이 이해하는 사람이엇다. 강서방과는 형님 동생으로 친하게 지내는 터이엿다…….

(『북향보』, 530-531면)

위의 인용문에서 흥미로운 것은 만주인 반성괴가 '똑똑한 조선말'로 마가둔 조선인들의 모내기 정경이며 모내기 노래가 재미있다고 이야기하는 장면이다. 또한 반성괴는 조선에 가보지는 못했지만 "조선이 좋은 줄 알고" 마가둔 사람들과 사귀면서 "조선사람 좋은 사람인줄 안"다고 하였다. 한 마을에서 서로 부딪치며 사귀는 과정에 자연스럽게 조선 사람을 이해하게 되었다는 이해적 시각이다. 반성괴를 포함한 마가둔 만인들에게 있어서 조선인은 더는 자기들의 경작지를 빼앗고, 삶을 파괴하는 일본의 앞잡이가 아닌 어우러져 살아가야할 형제 같은 사람들이다. 반성괴는 조선인의 모내기 노래에 흥미를 갖고 가르쳐달라는 청을 하며 강서방은 반성괴한테 만주인의 노래를 가르쳐달라고 하면서 "서로 엇바꾸자"고 한다. 서로의 노래를 함께 부르고 서로 상대방의 것이 재미있다고 하면서 배우자고 하고 가르쳐달라고 하는 이 정경은 타자를 이해하고 관용하는 따뜻한 이웃의 시각에 다름 아니다.

이와는 대조적으로 『북향보』에 나타나는 일본인과 조선인의 관계는 그다지 조화롭지 못하고 껄끄럽고 애매하다.

사도미는 술이 거나해 심기가 조앗는지 친구를 밋는 까닭에 그랫든지 그가 평소에 선계(鮮系)에 대하여 품고잇는 생각을 털어노앗다.

> (아편밀수, 야미도리히끼, 부동성, 몰의리, 무신용, 불건실, 무책임……)
> 찬구는 조선사람의 결점이라고 일반적으로 정평이 되여잇는 단어들을 입속에 되뇌이면서 사도미도 마침내는 이런 말들을 끄집어낼것이라 생각하고 묵묵히 그의 하는이야기를 듯고잇섯는데, 사도미는 찬구가 잠잠히 안저잇는 것이 그의 말이 아니꼬와서 그리는것인줄 짐작햇슴인지
> "아핫핫, 내가 이러케 함부로 지껄이다가는 고상한테 뺨 맛겟네."
> 하고 너스레를 떨엇다.
> "원별말슴 우리선계의 결점은 비단 그분이겟습니까. 책선은 붕우지도랫다구 책선해주시는 그 뜻만해두 달게 바더야할 터인데……."
> ……
> "앗다 고상 흉측두 하시우. 책선이라구 점잔은 명사를 부치니…, 빰때리는것보다 더하구려……."
> ……
> 찬구는 사도미와함께 술을 들엇스나, 눈에 피가 지도록 읽엇고 귀에 못이 백이도록 들은 선계의 단점이 허두만 떼올이다가 중둥무이된것이 일편으로 다행하기도하엿다……(『북향보』, 435면)

성공서 기좌인 일본인 사도미와 오찬구의 대화는 진심에는 닿지 못하고 겉돌고 있다. '만주국'에서 일본인과 조선인은 수평적 관계가 아닌 지도와 피지도, 계몽과 피계몽의 수직상하 관계에 있으며 서로에 대해 껄끄러운 감정을 갖고 있음을 보여준다. 도움을 받는 조선인의 입장에서도 그것은 유쾌한 일이 아닌 불편하고 부담스러운 일이라는 것이다. 앞에서 보여준 중국인과의 조화로운 연대의식과는 매우 다른 분명한 거리 두기가 느껴진다. 이는 '만주국'에서 조선인은 일본인과 같은 처지가 아니며 같은 이해관계에 있는 집단이 아님을 보여준다. 그것은 원래도 조선인은 '일본 제국의 신민'이 될 수 없었을 뿐만 아니라 "남의 땅"인 '만주국'에서는 더욱 그래서는 안 된다고 보았다. 어쩔 수 없는 이유로 만주에 이주해 수전을 개간하고 정착하여 살지만 분명 조선인은 침략자 일본인이 아

닌 생존을 위해 이주한 이주민일 뿐이며 일본과의 관계에서 만인과 똑같이 피지배자의 입장에 있을 뿐이라는 것이다. 안수길의 마음속 깊은 곳에는 만주의 주인, 즉 '만주국'의 진정한 주인은 현재 지배적 입장에 있는 일본계가 아닌 만계, 즉 만주의 원래의 주인이자 인구의 대다수를 점하는 만족과 한족이라는 견고한 인식이 자리 잡고 있었던 것이다. 만주의 진정한 주인은 만인(한족 및 만족, 몽고족 등)이라는 입장에 설 때, 모든 논리는 자명해진다.[23] 그것은 바로 '만주국' 땅에 수전을 개간하고 정착해 살 수 있는 권리를 갖기 위해 익수의 죽음을 대가로 해야 했던 「벼」의 논리와 같은 맥락에 놓이는 것이다. 이러한 인식과 입장이 해방 전 안수길의 "만주"서사의 복잡하고 미묘한 민족관계를 만들어내고 있다. 즉 안수길의 해방전 "만주"서사는 "민족협화"라는 큰 틀 속에서 중국인과의 연대와 일본인과의 거리 두기라는 묘한 민족관계를 만들어내며, 이는 바로 안수길의 만주시기 문학을 간단히 어느 한 가지 성격으로 단정 짓기 어렵게 하는 요인이다.

3. 만주 출신 전재민의 민족 주체성의 확립 : 대결과 타협하기

안수길의 해방전 "만주"서사가 "민족협화"의 틀 속에서 중국인에 대한 이해 내지 강한 연대 의식을 보여주고 있다면, 해방 후, 남한에서 창작한 "만주" 서사의 대표적 작품인 『북간도』는 만주 출신 전재민의 민족

23) 이해영, 「안수길의 장편소설 『북향보』의 현실인식」, 『한국현대문학연구』 43집, 2014.8, 419쪽.

주체성 세우기를 목표로, 날카로운 민족대결을 보여주고 있다. 『북간도』가 만주 출신 귀환 전재민의 일원으로 50, 60년대 남한에서 주변적 위치에 처해있던 안수길이, 중심으로 진입하기 위해 시도한 만주 출신 전재민의 민족 주체성 확립을 위한 서사라는 것에 대해서는 이선미,[24] 김미란[25]의 논문이 자세히 다루고 있다. 이러한 구도는 안수길의 해방전 "만주"서사와 『북간도』 사이의 서사적 단절로 인식되기도 한다. 만주 출신 전재민의 민족 주체성 세우기를 목표로 한 『북간도』의 민족대결은 두 가지 측면에서 이루어진다. 하나는 청국인과의 대결이고 다른 하나는 항일독립 투쟁이다.

우선 『북간도』는 이주민 1세대 이한복의 "간도는 우리 땅"이라는 선언에서 출발한다고 해도 무리는 아니다. 그는 흉작으로 사잇섬 즉 간도에 가만히 건너가 감자농사를 짓다가 이 일로 관가에 잡혀와 종성부사를 향해 "강 건너는 우리땅입메다. 우리땅에 건너 가는기 무시기 월강쬠니까?"라고 기백 있게 말한다. 이한복은 "그의 머릿속에 꽉 박혀 있"으며 그가 "태산같이 믿는" 할아버지의 말, 다시 말해 역사를 기억하는 방식으로 땅에 대한 소유권을 확인하는 것이다. 이한복의 할아버지는 "만주는 우리 민족의 발상지였고 천여 년 전의 고구려와 그 뒤를 잇는 발해 때에는 우리 판도의 중심지"라고 주장하며 그 실증적인 근거로 백두산 정계비를 제시했으며 이한복은 할아버지를 "성자의 모습"처럼 간직하고 있으며 할아버지의 말은 "연골에 박혀"있다.

이런 이한복의 월강농사로부터 시작된 『북간도』의 4대에 걸친 이민사는 1870년에 시작된다. 이것은 조선인의 만주이주 초기에 해당한다. 사

---

24) 이선미, 「<만주체험>과 <만주서사>의 상관성 연구」, 위의 논문.
25) 김미란, 「만주, 혹은 자치에 대한 상상력과 안수길 문학」, 위의 논문.

실, 이 시기 만주는 뚜렷한 국경의식 없이 청인들과 조선인들이 국경 부근을 중심으로 흩어져 살았다. 그러나 법적으로는 봉금령 때문에 국경을 넘으면 월경죄로 처벌되었다. 1881년 봉금령이 해제되고 만주에 진출한 조선농민들을 통해 만주를 개척하려는 중국의 정책에 따라 조선인의 거주가 합법화된다. 그러나 청나라에 입적하고 변발흑복을 받아들여야 허락되었다. 반면, 이런 조건부 합법화는 곧바로 조선정부의 반대에 부딪힌다. 이로써 국경을 중심으로 흩어져 있는 조선 이주민들에 대한 관리문제가 국가간 외교문제의 현안으로 떠오르게 된다. 이주민들의 일상생활을 묶고 있는 조치들이지만, 국가간 외교적 문제이기 때문에 쉽게 마무리 되지 않는다. 국가 간의 논의가 진행되는 동안 두만강 건너 만주지역은 조선인들에게 새로운 개척지로 인식되어 집단적으로 이주한 농민들이 늘어나게 된다.[26) 『북간도』는 이와 같은 국가 간의 변경분쟁을 소설 속에 수용하면서 막바로 농민 이한복의 입을 빌어 "간도는 우리 땅"이라고 간도 귀속 문제를 확정해버린 것이다. 이 부분은 소설의 서두로 무려 35쪽에 이르는 편폭을 가지고 있으며 이는 위만주국 시기를 10쪽 정도로 스케치해 지나가버린 것에 비하면 상당히 큰 편폭을 할애하고 있어 안수길이 매우 중요하게 다루었음을 미루어 짐작할 수 있다. 그러므로 이때 이들의 만주 이주는 더는 생존을 위해 "남의 땅"에 빌붙어 사는 것이 아닌 "자기 땅"을 지키기 위한 당당한 행위이므로 신성함까지 띠게 된다. 만주국 시기 소설 「벼」에서 익수의 죽음을 대가로 하고서야 매봉둔에 정착할 권리를 가질 수 있었던 것과는 매우 다른 맥락에 놓여 있다. 간도 영유권의 주장으로 『북간도』의 이민사는 조선인의 이주 초기부

---

26) 김춘선, 「1880~1890년대 청조의 '移民實邊' 정책과 한인 이주민 실태 연구」, 『한국근현대사연구』, 1998 참조.

터 시작되며, 이는 30년대에 대규모로 이루어진 일본의 개척이민과는 무관한 자리에 놓이게 된다. 이처럼 조선농민의 만주 이주를 만주의 개척, 만주의 개간을 위한 헌신적 기여로 자랑과 긍지에 찬 시선으로 그린 것은 안수길의 만주국 시기 소설에서도 일관되게 나타는데, 만주국 시기 장편소설 『북향보』에서 만주국 건국전과 건국이후를 분기점으로 건국전에 이주한 조선농민에 대한 긍정적인 평가와 만주국 건국이후, "경의선을 타고" 만주로 들어온 양복선인들에 대한 비판적 시각을 통해서도 볼 수 있다. 이는 안수길이 조선농민의 만주 이주를 일본의 개척이민 정책에 의한 집단 이주와는 분리시켜 바라보고자 했음을 알 수 있다. 이런 맥락에서 안수길의 소설에 나타나는 만주 이주는 식민지 시기 이농민의 만주이주를 형상화한 대표적인 작품인 이태준의 「농군」에 나타난 만주 이주와는 사뭇 다른 만주 체험이다.[27] 이것은 '월경농사'가 만주 이민사를 통해 민족 주체성을 회복하려는 1950~60년대 만주담론과 직접 연관된 것임을 새삼 확인할 수 있는 대목이다. 당당하게 "우리 땅"에 건너가 농사를 짓는다는 설정을 통해 『북간도』는 이한복 가문을 비롯한 만주 이주 조선인들의 민족적 주체성을 세우고자 하며 이는 안수길을 비롯한 만주 출신들의 주체성 세우기이기도 하다. 일본의 대륙침략과 연결된 식민지 시기 조선 이농민들의 만주 이주를 통해서는 만주 출신들의 민족적 주체성을 세우기 어렵기 때문이다.[28]

간도 귀속 문제의 변화는 조선인과 청국인의 관계에도 변화를 가져온다. 우선 변발흑복과 입적 문제에서 이한복 영감은 대단히 단호하다.

---

27) 안수길의 만주 체험이 식민지 시기 조선 이농민의 만주 체험과는 다른 맥락에 있음을 상세히 분석한 연구로는 이선미, 「<만주체험>과 <만주서사>의 상관성 연구」, 위의 논문, 366~370쪽 참조.

28) 이선미, 「<만주체험>과 <만주서사>의 상관성 연구」, 위의 논문, 368쪽.

"백두산 빗돌을 제 눈으로 보고 온 그였으므로, 청국에의 입적 문제는 처음부터 말이 안되는 일이었다."(『북간도』, 40쪽)

……그러나 그렇게 되면 이 지역이 청국 영토라는 걸 스스로 인정하고 들어가는 일이 되고 만다. 우리 땅인 걸 알면서 어떻게 그럴 수 있을 것인가? 이것이 이한복 영감을 중심한 사람들의 주장이었다.

……그러나 문제는 국토가 우리 것임을 일치 단결해 주장하느냐? 남의 것임을 시인하고 들어가느냐의 중요한 고비에 처하고 있는 것이다. 이 지역은 분명히 우리 땅이다. 정부야 힘이 없건, 썩어빠졌건, 어쨌건 우리 땅인 이 고장, 피땀으로 개척한 이 농토를 남의 나라 땅으로 바치고 그들에게서 토지 문권까지 받는다는 건, 지금은 방편상 편리하다고 할 수 있겠으나 후손에게 청국 사람의 종살이를 마련해 주는 유력한 근거밖에 되지 않는다……(『북간도』, 47쪽)

위의 인용문에서 보다시피 입적문제에 대한 이한복의 주장은 처음부터 끝까지 "간도가 우리 땅"이라는 논리에 입각하고 있으며 그래서 변발흑복이나 훗주인의 문제가 아니라 입적 자체가 "우리 땅"이기를 포기하는 행위가 된다는 것이다. 이 주장은 땅 즉 영토에 대한 소유권을 주장하는 것으로 변발흑복이 싫어서 입적할 수 없다는 것과는 다른 차원의 문제이다. 그것은 변발흑복을 함으로써 포기되어지는 민족의 얼보다도 우위에 놓이는 국권의 문제이다. 바로 "우리 땅" 지키기에 해당하는 것이다. 재만시기의 소설에서 생존논리의 대안으로 제시되던 중국인과의 협화 내지 공존의 논리는 전혀 보이지 않는다. 다만 민족 주체성과 그것과 갈등하는 삶의 현실 즉 생존 논리가 있을 뿐이다. 이를 두고 김윤식은 "환상적 민족주의"[29]라고 하는데, 이한복의 이 환상적 민족주의는 대

29) 김윤식, 『안수길 연구』, 위의 책.

를 이어 그의 손자 창윤이에게로 이어진다. 광화사의 향약 사무소를 비봉촌에 옮기는 일로 창윤이가 갈등하는 장면은 그의 할아버지 이한복의 원론적 주장을 그대로 이어받고 있다.

> 비대해질 최삼봉이네들의 권세, 그 권세에 눌리어 어쩔 줄 모를 주민들의 모습이 빤히 보이는 듯했다.
>
> 그러나 그 뿐이 아니었다.
>
> 주민이 서명 날인해 청국 정부에 청원한다는 사실이 그대로 우리가 청국 정부에 예속된 백성임을 뜻하지 말라는 법이 없다.
>
> 만만히 그렇게 할 수 있을까? 할아버지대에서부터의 싸움을 이렇게 흐지부지 손을 듦으로 해서 끝막을 수 있을는지?
>
> 창윤이의 고민은 여기에 있었다.(『북간도』, 117쪽)

비봉촌의 발전을 위하는 일은 좋은 일이나, 그 일을 청국 정부에 청원한다는 것은 곧 청국 정부를 정부로 받아들이는 것으로 여기가 청나라 땅임을 인정하게 되는 것이라는 생각을 창윤이가 하고 있는 것이다. 그러나 창윤이는 이미 호주인 최삼봉과 노덕심을 통해 부다조를 받고 토지를 경작하고 있다. 이는 창윤이가 사실상 그것이 청국의 토지임을 받아들인 것으로, 한낱 향약 사무소를 옮길 것을 청국 정부에 청원하는 것을 거절한다고 달라질 것은 아무 것도 없다. 그러므로 창윤이의 주장은 이한복 영감의 주장을 되풀이한 원론적인 것에 불과하다. 그의 이런 원론적 주장은 한편 체질적인 것이기도 하다. 어릴 적 청인지주 동복산네 밭에서 감자를 훔치다가 잡혀서 변발을 하고 청복을 입는 굴욕을 당하고 그 충격으로 할아버지 이한복 영감이 세상을 뜬 아픈 기억은 창윤이로 하여금 청국인에 대한 미움과 불신이 체질적인 것이 되게 하였던 것이다.

이러한 원론적 주장과 기억에 의한 청국인과의 갈등과 반목, 불신은 일본을 공동의 적으로 한국인과 청국인이 힘을 합쳐 싸워야 한다는 서당 훈장 조선생의 주장에 대해서도 이해하고 인정하면서도 선뜻 받아들이지 못하게 한다. 창윤이 계사처에서 만난 중국 혁명당인 청년이 "한궈렌, 칭궈렌 이양"이라고 하면서 한국인과 중국인의 연대를 이야기하고 창윤 역시 그에 대해 인정하고 받아들이지만 그러한 연대의 사상은 『북간도』에서 서사적 추동력과 힘을 얻지 못하고 있다. 그러나 조중 연대의 사상이 힘을 얻지 못한 것은 『북간도』가 30년대 이후 즉 위만주국 시기를 소략하게 언급하면서 20년대 후반부터 간도지역 항일운동의 주류였던 공산주의자들의 활동을 거의 다루지 않았기 때문이다. 실은 간도 지역에서 본격적인 조중 연대는 공산주의자들의 활약으로부터 시작되기 때문이다.[30]

『북간도』에서 만주 출신 전재민들의 민족 주체성을 세우기 위한 또 하나의 민족 대결은 항일독립투쟁을 통해 이루어진다. 『북간도』의 4부와 5부는 간도 "3 · 13만세운동", 봉오동 전투, 청산리 전투, 15만 원 사건 등 당시 간도 지역에서 실제로 벌어졌던 항일독립투쟁이 소설의 전면에 대대적으로 부각되며 상당히 많은 편폭을 차지하게 된다. 또한 청산리 전투를 이끌었던 김좌진 장군, 봉오동 전투를 이끌었던 홍범도 장군, 그리고 이범석 장군 등 한국 독립운동사에서 중요한 위상을 차지하는 독립운동가들이 아무런 소설적 장치도 없이 막바로 시야에 들어오며 민족주의자 이한복 가문의 자손들인 창윤의 동생 이창덕과 4부, 5부의 주인공인

---

30) 안수길의 『북간도』가 공산주의자들의 활동에 대해 외면한 원인에 대해서는 김재용의 「안수길의 만주체험과 재현의 정치학」(위의 글)에서 자세히 다루었음. 역시 조선인의 만주 이민사를 다룬 중국 조선족 작가 이근전의 『고난의 년대』는 20년대 후반부터 30년대 중반까지 간도지역 항일운동의 주류였던 공산주의자들의 활약을 중심으로 이민사를 재구성하였는데 여기서는 조중 연대의 사상이 중점적으로 부각되었다.

창윤의 아들 정수와 막바로 관계를 맺는다. 이를 두고 많은 연구자들이 "이념에 짓눌린 현실", 일상을 압도하는 역사적 사건, 일상성의 파괴, 소설의 구성적 파탄 등 『북간도』의 서사적 단절 내지 구성적 파탄으로 지적하였다. 여기서 우리는 안수길이 만주 이민의 역사를 항일독립운동사 중심으로 서사화하기 위해 얼마나 고심했는지 알 수 있다. 만주에 이주한 조선인 농민들이 결코 생존만을 위한 삶을 산 것이 아니라는 것, 오히려 생존보다는 항일독립투쟁에 적극 가담했고 그것을 지원했다는 것, 그리고 항일독립투쟁을 위해 목숨을 바쳤다는 것을 안수길은 말하고 싶었던 것이다. 이를 통해 50, 60년대, 만주 출신 전재민들에 대한 남한 사회의 통념 즉 "부정업자", "아편 밀수업자", "친일분자" 등 부정적 인식에서 벗어나고자 했던 것이다. "훈춘사건", "천보산 금광 사건", "샛노루바위사건" 등 실제로 일제가 간도에서 조작했던 양민학살사건을 통해서는 간도의 조선인 이주 농민들이 얼마나 일제의 피비린 탄압을 받았는지를 보여줌으로써 만주에서의 일본인과의 민족대결을 극대화하고자 했다.

그럼에도 독립군이었던 정수가 소설의 말미에서 스스로 일본 경찰에 자수하고 5년간 옥고를 치른 뒤, 교사가 되어 일상으로 복귀하는 것은 이러한 만주 출신 전재민의 주체성 세우기에 상당한 훼손이 아닐 수 없다. 더구나 그것이 "간도가 우리 땅"이라는 원론적 주장을 견지하며 청국인과의 타협을 거부하던 창윤이의 권고에 의한 것이라는 점은 더욱 그러하다. 물론 정수가 자수한 뒤, 심문과정에서 싸우다가 피검된 옛 동지 김경문을 만난 뒤, 극심한 자책감과 부끄러움에 시달리면서 경관들의 심문에 고분고분 응하지 않았고 적극 변명하지 않았기 때문에 형이 예상보다 더 중하게 나왔다는 것과 재판장에서의 늠름한 모습을 할아버지인 이한복 영감에게 보여주고 싶도록 자랑스러웠다지만, 그러나 이러한 것들이 독립군 이정수가 일본 경찰에 제발로 걸어가 자수했다는 사실을 개변시킬 수는 없다. 『북간도』는 비록 일본의 간도 침략과 피비린내 나는 조선인 양민 학살을 부각하고 이한복 일가의 이창덕과 이정수가 독립군에 참가하여 영용하게 싸우며 한국 독립운동사의 불패의 신화로 자리 잡은 청산리 전투와 봉오동 전투가 서사의 전면에 대폭 부각되지만 한쪽에서는 어쩔 수 없이 일본에의 암묵적인 타협이 이루어지며 이러한 일본과의 타협은 생존논리의 한축을 이룸으로써 매우 견고하게 작동한다. 이는 이한복 영감의 손자 창윤이의 변화를 통해 잘 나타난다.

> 「……그렇지마는 어저는 이렇게 된 바에 어쩌겠능가? 더구나 우리 백성들이 무슨 심이 있능가? 결국으는 살아야 될 기 아잉가 말이네. 호랭이한테 물레가두 정신만 차리문 된다구 했거덩, 국운이 기울어져 남우 나라 법에 살 바에야 되놈우 법보다두 왜놈의 법이 훨씬 나을기 아잉가구 생각해.」
>
> 「……나두 되놈 아아들이라문 치가 떨리네……. 그 후에 자네 집에 놀라 갔다가 감줘 때문에 자네가 당하던 일도 눈에 생생하네. 그래서…….」
>
> 「……그래서 같은 남우 법으 따를 바에야 청국법으는 앙이 따르겠다는 말일세.」
>
> ……
>
> 현도가 그냥 일본법을 따르겠다는 심정이 아님은 알 수 있었다. 그러나 그 말이 그대로 수긍되지 않았다. 그렇다고 달리 현도의 생각을 그른 것이라고 비판할 말을 찾아낼 수도 없었다. 사포대 때나 노랑수건 때의 창윤이라면 청국 토호와 관헌은 물론 싫다. 그리고 일본은 더욱 싫다. 한마디로 단언했을 것이다……. 그러나 지금의 창윤이는 그때의 패기가 가셔진 것일까? 나이를 먹어 가는 탓일까? 그렇지 않으면 실제로 청국의 토호나 관헌들과 옥신각신을 겪는 사이에 현실을 보는 눈이 침착해진 탓일지도 모른다…….
>
> ……

「……난들 좋아서 일본법으 따르자구 하겠능가? 국권이 절반 이상이나 일본에 넘어가구 있는 이 마당에서 말이네. 그러나 그래두 숨으 쉴 수 있는 데가 여기네. 일본 아아들이 영사관이라구 저어 나라 깃발으 높이 달구 있지마는 그기 무슨 상관이 있능가? 가아들이 우리르 보호해 준다문, 그러라구 해 두잔 말이네. 그거르 되비(도리어) 이용해 보자능 길세.」

(『북간도』, 158~159쪽)

위의 창윤이와 현도의 대화를 통해 드러나는 것은 청국과 일본에 대한 현도의 현실주의적 생각이며 또한 그 무렵 용정을 중심으로 모여든 재만 조선인들의 생각이다. 청국법보다는 일본법을 따르겠다는 현도의 말에 창윤은 수긍되지 않았으나 그것을 그르다고 달리 비판할 말을 찾아낼 수도 없었다. 물론 창윤은 "청국 토호와 관헌은 물론 싫다. 그리고 일본은 더욱 싫다"라고 생각하지만 자기의 생각을 구체적으로 현도에게 납득시킬 방안도 없고 그 자신마저도 여기에 대한 뚜렷한 비판정신을 갖고 있지 못하다. 거기다 어릴 때의 감자 사건을 이야기하면서 그래서 청국법을 따르지 않겠다는 현도의 말에는 더욱 할 말을 찾지 못한다.

결국 창윤은 현도에게 설득당하여 용정근교의 대교동으로 이사한다. 물론 주요 원인은 비봉촌에서의 청국 토호와 지주들의 행패이며 대교동은 청국관헌도 일본 영사관도 없는 조선 사람만의 동네이기 때문이다. 또 다른 하나의 주요한 원인은 대교동에 이사하면서 창윤이 자기의 이름으로 처음으로 논문서를 가지게 되었기 때문이다. 간도협약 후, 개방지 안의 토지는 조선 사람의 명의로 소유권을 낼 수 있었는데 대교동은 개방지는 아니나 조선사람만이 개간한 곳이므로 개방지처럼 토지소유권을 낼 수 있었던 것이다.

……그러나 부다조는 홋주인과 토지 소유자와의 사이에 계약서의 성질을 띠고 있을 뿐, 청국 정부에 강력한 법적 책임이 없는 토지 소유 문서인 것이다.

그랬던 창윤이 이제 처음 법이 책임지는 토지 문권을 이창윤 자신의 이름으로 가지게 된 것이었다. 일본 법률을 좇는 것이 내키는 일이 아니면서도 자신의 명의인 토지 문권은 대견하지 않을 수 없었다. 비봉촌에서 여기로 이사하게 된 동기의 하나가 법이 보장하는 토지를 가질 수 있다는 점임에 틀림이 없었다.

그리고 그것은 비봉촌에 비겨 생활에 안정감을 줄 수도 있었다.

『북간도』, 196쪽)

위의 인용문은 창윤이가 서있는 지점이 어디인지를 잘 보여준다. 간도가 "우리 땅" 즉 조선 땅임을 주장하여 청정부에서 인정하는 정식 토지 소유권자가 되기 위한 입적을 거부했던 창윤이 일본 법률에 좇아 대교동에서 자신의 명의인 토지문권을 낸 것이다. 창윤은 비봉촌에서 청정부에 입적을 거부함으로써 직접 토지를 소유하지 못하고 홋주인을 통하여 부다조라는 계약을 맺게 되는데, 부다조는 청국 정부에 법적 책임이 없는 토지 소유 문서였다. 이에 비해 대교동에서 일본 법률에 좇아 얻은 토지 문권은 법이 보장해주는 것이며 이는 "비봉촌에 비겨 생활에 심리적인 안정감을 줄 수도 있었"다. 비봉촌에서도 청국에 입적만 하면 최삼봉이나 노덕심처럼 정식으로 토지를 소유할 수 있었다. 그러나 창윤은 입적을 거부했다. 그것은 간도가 "우리 땅"이므로 입적을 한다면 청국 정부의 땅으로 인정하는 것이 되기 때문이다. 그런데 이번에는 대교동에서 망설임없이 일본 법률에 좇아 토지문권을 냈다. 현도가 청국법보다는 일본법을 따르겠다고 했을 때, 마음으로 "청국 토호와 관헌은 물론 싫다. 그리고 일본은 더욱 싫다"라고 생각하면서 현도의 말에 동의하지 않았던 창윤이다. 그랬던 창윤이가 대교동에서 일본 법률에 좇아 토지문권을 냈다는 것은 결국 그도 현도가 말했던 많은 조선사람들처럼 암묵적으로 현도의 말에 동의했고 현실에 영합해가면서 일본의 간도 침략 정책에 침윤되어가고 있음을 보여준다.

이로써 『북간도』에서 만주 출신 전재민의 민족 주체성 세우기는 청국인과의 민족대결과 항일독립투쟁을 통해 이루어지지만 이는 동시에 생존을 위한 현실과의 암묵적인 타협을 묵인한다. 그중 청국인과의 관계는 원론적인 대결을 견지함으로써 현실과 타협해 살면서도 마음으로 그것을 타협으로 받아들이지 못한다.

> (첨부터 이 동네서 살았더라문?)
>
> 동규는 비봉촌에서 시달림을 받던 일이 회상되면서 몇 번이나 이런 말을 뇌였는지 모를 일이였다. 입적해라, 흑복 변발을 하라, 살인자를 잡아 오너라, 못 잡겠으면 곡식을 모아 오너라…….
>
> 지난밤 아버지의 기일 제사를 드리면서도 이런 생각을 했다.
>
> (첨부터 여기서 살았다문 아버지도 그렇기는 앙이 됐을 기야.)
>
> 최삼봉이를 얼되놈으로 만든 원인인 대표 입적 문제 같은 것이 여기서는 있을 수 없는 일이기 때문이었다.(『북간도』, 276쪽)

비봉촌에 정착하기 위해 청인과 손을 잡았던 최칠성 가문의 손자 동규가 아버지 최삼봉이 얼되놈이 된 것에 대해 원통해하고 애석해하는 마음을 보여준다. 그만큼 "얼되놈"이 되었다는 것, 즉 청인과 타협했다는 것은 그 자손 동규마저도 받아들일 수 없는 치욕스러운 것이라고 소설은 말하고 있다. 이것에 비해 일본과의 타협은 해서는 안 되는 것이지만 생존을 위해 받아들이지 않으면 안 되는 어쩔 수 없는 것이 되어있다. 그러한 체념과 타협이 결국 독립군 정수를 제 발로 걸어가 일본경찰에 자수하도록 만든 것이다. 작품의 전반부에서 청인과 손을 잡았던 최칠성 일가를 "배신"이라는 윤리적 범주를 통해 신랄하게 비판하고 있음에 비해, 장치덕 일가에 대해서는 "적응"이라는 말로 윤리적인 애매모호함을 보여주고 있다.[31] 이러한 청국인과 일본인과의 관계는 만주국 시기 소설에서 보여주었던 청국인과의 연대와 일본인과의 거리 두기와는 매우 다르다. 이는 만주국 시기에는 일본의 검열법 통과와 함께 친일에 대한 부담을 안수길이 느끼지 않을 수 없었기 때문이었을 것이다. 그런데 "만주국 출신자들을 구제해야 할 가련한 동포인 전재민으로 통칭"한 "남한에서는 이들의 친일 전적이 크게 문제되지 않았"다.[32] 그러므로 『북간도』에서는 항일독립투쟁이 전면에 부각되었지만, 동시에 안수길의 만주 체험의 원형이기도 했던 일본과의 타협이 은밀하게 드러나지 않을 수 없었던 것이다.

4. 결론

본고는 안수길의 "만주" 서사에 대한 기존 논의들이 단순히 생존논리 혹은 민족주의를 중심으로 한 이데올로기들의 강화에 의한 것으로 수렴됨으로써 정작 민족관계의 복잡한 단면을 놓치고 있는 점에 착안하여 안수길의 "만주" 서사에 대한 치밀한 분석을 통해 안수길의 해방전후 "만주" 서사에 나타난 민족인식을 살펴보았다.

---

31) 김종욱, 위의 글, 296쪽.
32) 김미란, 위의 논문, 289~290쪽.

안수길의 만주국 시기 소설에 나타난 민족관계는 대체로 "민족협화"에 기초하고 있었는데, "민족협화"에 대한 안수길의 시각은 당시 재만조선인 문단의 지도자 격이었던 염상섭과는 다른 맥락에 있었다. 염상섭이 "민족협화"를 통해 만주국 예문단에서 기타 재만 민족 작가들과 동등한 조선인 작가들의 권리를 확보하려 했다면 안수길은 이런 권리의 확보 보다는 중국인 작가들과의 연대에 관심을 두었으며 실제 만주국 시기 소설들에서도 중국인들에 대한 우호적인 시각과 이해의 시각, 그리고 연대의 사상을 보다 뚜렷하게 드러내었다. 역으로 일본인들과는 그다지 조화롭지 못하고 껄끄럽고 애매하며 분명한 거리 두기가 느껴진다. 이는 안수길의 마음속 깊은 곳에 만주의 주인 즉 '만주국'의 진정한 주인은 현재 지배적 입장에 있는 일본계가 아닌 만계 즉 만주의 원래 주인이자 인구의 대다수를 점하는 만족과 한족이라는 견고한 인식이 자리잡고 있었기 때문이다.

안수길의 해방 후, "만주" 서사의 대표적 작품인 『북간도』는 만주 출신 전재민의 민족 주체성 세우기를 목표로, 날카로운 민족대결을 보여주고 있는데, 하나는 청국인과의 대결이고 다른 하나는 항일독립투쟁이다. 우선 『북간도』는 이주민 1세대 이한복의 "간도는 우리 땅"이라는 선언에서 출발하므로 청국인과의 민족대결은 불가피하며 이는 원론적이고 원칙적인 이념으로 되어 소설 전체를 지배한다. 일본의 침략에 직면하여 일본을 공동의 적으로 조중 연대의 사상이 제기되지만 이는 소설이 간도 지역에서 본격적으로 조중 연대의 사상을 제기했던 공산주의자들의 활동을 배제함으로써 서사적 힘을 얻지 못하고 만다. 또 하나의 민족대결은 항일독립투쟁을 통해 이루어지는데, 이를 통해 안수길이 만주 이민의 역사를 항일독립운동사 중심으로 서사화하려고 했음을 알 수 있다. 그러나 독립군이었던 정수가 스스로 일본 경찰에 자수하는 것과 독립군이었던 아들 정수를 자수하도록 권고하는 창윤의 변화는 일본의 간도 침략 정책에 서서히 침윤되어가고 있는 현실을 보여주며 이는 안수길의 만주 체험의 원형이 은밀하게 작동하고 있었기 때문이다.

이처럼 안수길의 해방전후 "만주" 서사에 나타나는 청국인과 일본인과의 관계는 매우 다른 양상을 띠고 있다. 해방 전, "만주" 서사가 청국인과의 연대와 일본인과의 거리 두기를 보여주었다면 해방 후의 『북간도』는 청국인과의 원론적 대결과 항일독립전쟁을 통한 일본과의 대결을 보여주면서도 동시에 일본과의 암묵적인 타협을 드러내기도 하였다. 이는 만주국 시기에는 일본의 검열법 통과와 함께 친일에 대한 부담을 안수길이 느끼지 않을 수 없었기 때문이었을 것이다. 그런데 남한에서는 만주 출신 전재민들의 친일 전적이 크게 문제 되지 않았다. 그러므로 『북간도』에서는 항일독립투쟁이 전면에 부각되었지만, 동시에 안수길의 만주 체험의 원형이기도 했던 일본과의 타협이 은밀하게 드러나지 않을 수 없었던 것이다.

참고문헌

1. 기본자료

안수길, 「북향보」, 연변대학교 조선문학연구소 편, 『안수길』, 보고사, 1990.

_____, 『북간도』(학원 한국문학전집), 학원출판공사, 1997.

_____, 『북간도』(상)[중판], 삼중당, 1985.

_____, 『북간도』(하)[중판], 삼중당, 1985.

_____, 『명아주 한 포기』, 문예창작사, 1977.

_____, 「나의 처녀작 시절」, 『안수길 전집 16 : 수필집』, 도서출판 역락, 2011.

_____, 「횡보(橫步) 선생」, 『안수길 전집 16 : 수필집』, 도서출판 역락, 2011.

염상섭, 「『북원』 序」, 연변대학교 조선문학연구소 편, 『안수길(연세국학총서 73 · 중국조선민족문학대계 10』, 2006.

2. 단행본

김윤식, 『안수길 연구』, 정음사, 1986.

한석정, 『만주국 건국의 재해석』, 동아대학교 출판부, 2009.

손춘일, 『"滿洲國"의 在滿韓人에 대한 土地政策 硏究』, 백산자료원, 1999.

윤휘탁, 『滿洲國 : 植民地的 想像이 잉태한 '複合民族國家'』, 혜안, 2013.

3. 논문

한수영, 「만주(滿洲)의 문학사적 표상과 안수길의 『북간도』에 나타난 '이산(移散)의 문제」, 『상허학보』 11집, 2003, 105～133쪽.

박진임, 「국경 넘기와 이주의 시학」, 『한국현대문학연구』 11, 2002,6.

김종욱, 「역사의 망각과 민족의 상상」, 『국제어문』 제30집, 2004, 276～303쪽.

이선미, 「<만주체험>과 <만주서사>의 상관성 연구」, 『상허학보』 15집, 2005, 349～386쪽.

김미란, 「만주, 혹은 자치에 대한 상상력과 안수길 문학」, 『상허학보』 25집, 2009, 273～307쪽.

김재용, 「안수길의 만주체험과 재현의 정치학」, 『만주연구』 제12집, 2011, 7～26쪽.

_____, 「동아시아적 맥락에서 본 '만주국' 조선인 문학」, 『문명의 충격과 근대 동아시아

의 전환』(이해영 · 이상우 편, 중국해양대학교 한국연구소 총서 03), 도서출판 경진, 2012, 271~291쪽.

_____, 「해방 직후 염상섭과 만주 재현의 정치학」, 『'만주국' 붕괴 이후의 동아시아 문학』, 중국해양대학교 해외한국학 중핵대학 사업단 2단계 제1회 국제학술회의 발표자료집, 2015.3, 1~9쪽.

田中隆一, 「滿洲國民の 創出ど 在滿朝鮮人 問題」, 『만주, 동아시아 융합의 공간』, 소명출판, 2008, 255~274쪽.

김기훈, 「만주의 코리안 디아스포라」, 『만주, 동아시아 융합의 공간』, 소명출판, 2008, 197~214쪽.

윤휘탁, 「「滿洲國」의 '民族協和' 運動과 朝鮮人」, 『한국민족운동사연구』, 2000, 143~171쪽.

신규섭, 「在滿朝鮮人의 '滿洲國'觀 및 '日本帝國像'」, 『한국민족운동사연구』 36, 2003, 279~320쪽.

이해영, 「만주국의 국가 성격과 안수길의 북향정신」, 『문명의 충격과 근대 동아시아의 전환』(이해영 · 이상우 편, 중국해양대학교 한국연구소 총서 03), 도서출판 경진, 2012, 249~270쪽.

_____, 「안수길의 장편소설 『북향보』의 현실인식」, 『한국현대문학연구』 43집, 2014.8, 401~438쪽.

_____, 「만주국 "선(鮮)계" 문학 건설과 안수길」, 『만주, 경계에서 읽는 한국문학』(김재용 · 이해영 편, 중국해양대학교 한국연구소 총서 07), 소명출판, 2014, 195~224쪽.

김춘선, 「1880~1890년대 청조의 '移民實邊' 정책과 한인 이주민 실태 연구」, 『한국근현대사연구』, 1998.

만주의 서정, 해방의 감각
-유치환의 만주시편 선택과 배치의 문화정치학-

최현식

1. 유치환의 귀환, 만주국과 해방 조선의 사이

일제의 패망, 조선의 해방은 무엇보다 건국(혁명)의 파토스가 밀물처럼 밀어닥치는 사태를 뜻했다. 하지만 '나라 만들기'는 예비 국민의 주관적 열정과 상상으로만 성취될 수 없는 것이었다. '새 나라'에 걸맞은 신형의 국가이념과 국민의식, 그것의 순수성과 미래성을 더욱 드높이는 데 기여하는 과거에 대한 통렬한 반성이 더불어 요청되었다. 과연 좌·우파를 막론하고 조선의 문인들은 일제 잔재의 소탕과 봉건 유습의 청산, 민족문화(문학)의 건설을 건국의 전제 조건으로 내걸었다. 물론 좌파는 그 주체로 노동자와 농민 중심의 민중계급을, 우파는 전(全) 민족공동체를 내세웠다. 민족문화의 성격 역시 전자는 인민에 복무하는 진보적 문화를, 후자는 민족단위의 휴머니즘을 실현하는 보수적 문화를 중심에 두었다.

좌파든 우파든 그들의 나라 만들기는 일제 식민주의에 대한 객관적 분석과 스스로의 식민성에 대한 비판 없이는 대중의 지지가 난망한 과업이었다. 글쓰기의 식민성, 바꿔 말해 일제 말 시국협력의 '국민문학'에 대한 자기반성은 '나'의 "생명욕이 승리한 일본과 타협하고 싶지 않았던가"를 자기비판할 것을 강력히 주장한 좌파에서 우선권을 먼저 쥐었다.[1] 이에 반해 우파, 특히 '청년문학가협회'(이하 청문협)는 '국민문학' 참여에 대한 자기비판을 생략한 채[2] 정치·이념에 맞선 문학의 자율성과 순수성 유지, 휴머니즘적 민족정신의 앙양을 선변에 내세웠다.

이런 좌우파의 차이는 과거사 반성의 윤리성 문제를 제기할 법하다. 실제로 좌파는 '청문협'의 핵심멤버 서정주와 유치환의 일제 말 시국협력에 대한 비판을 놓치지 않았다. 예컨대 『전위시인집』(1946)의 김상훈은 "서정주 씨는 일제 때 『국민문학』을 편집하다가 이때는 급각도의 애국자가 되어서 (…중략…) '대한국 즉시 독립'과 '찬탁배 타도'를 웨쳤다"[3] 라며, 미당의 『시인부락』 동인 오장환은 유치환에 대해 "과거 학병출정 장려 시 「춘추」를 쓴 유치환 씨"라며 '청문협' 맹원들의 과오를 서슴없이 끄집어냈다.[4] 좌파의 '청문협'에 대한 협력의 식민성 비판은 그들의

1) 이기영, 한설야, 임화, 김남천, 김사량, 이태준 등 해방기 진보적 작가들의 자기비판에 대해서는 김윤식, 「해방공간의 나라 만들기 비판—문학과 정치」, 『해방공간 한국 작가의 민족문학 글쓰기론』, 서울대출판부, 2006, 3~30쪽 참조.

2) '청문협'을 대표하는 문인들로 김동리와 서정주, 조연현, 유치환, 청록파를 들 수 있다. 이 가운데 서정주와 조연현은 '대동아공영권' 건설의 총력전에 봉사하는 '국민문학'에 참여한 바 있다. 조연현은 '청문협'의 결성 대회를 앞두고 좌파 문학의 정치에 대한 예속을 "어떤 주의의 해설이나 혁명이론이 아니면 관념적인 사상표백"(「문학의 위기」, 『청년신문』, 1946.4.2)에 떨어지고 만다고 비판한다. 이것은 일제 말 그의 '국민문학'에 그대로 돌려줄 수 있는 성격의 발언이다. 해방기 '청문협'의 성격과 한계에 대해서는 신형기, 『해방직후의 문학운동론』, 화다, 1988, 143~146쪽 참조.

3) 김상훈, 「테로문학론」, 『문학』 4호, 1947.4. 여기서는 신승엽 편, 『항쟁의 노래』, 친구, 1989, 215쪽.

4) 오장환, 「민족주의라는 연막—일련의 시단 시평」, 『문화일보』, 1947.6.4.~6.6. 「춘추」는 의미맥락상 학병출정 특집호로 기획된 『춘추』 1943년 12월호에 게재된 「前夜」을 지시한다. 이 글에서 비판된 작품은 「용시도(龍市圖)」(제3시집 『울릉도』(행문사, 1948)에 「고대용시도(古代龍市圖)」로 수록)인데, 오장환은 "다시 여기서는 봉건사회를 동경하고 예

정치적 · 미학적 비윤리성에 대한 문제제기에 그치지 않는다. 그것은 기필코 '청문협'의 현재성, 다시 말해 조국(肇國)과 문학 활동의 정당성에 대한 비판으로 연동될 성질의 것이었다.

다시 이렇게 물어보자. 좌파의 '청문협'에 대한 현재성 비판은 무엇을 뜻하는가. 답은 비교적 명료하다. '청문협'의 나라 만들기에 정당성이 결여되어 있다는 것, 따라서 그 결여를 보충 · 수정할만한 이념적 · 미학적 갱신이 필수적임을 의미한다. 물론 그 이상(理想)은 좌파의 혁명문학에 주어질 것이나, 우파에게 그것은 선택의 여지없는 부정항(否定項)일 따름이다. 바른대로 말해 '나라 만들기'가 한층 집단적인 문제라면 '미적 갱신'은 보다 개인적인 과제에 해당된다. '시인됨'의 근거는 일반적으로 특정 이념의 파지보다 개성적 미학의 구축에 주어진다. '청문협' 시인들의 자기증명 역시 시쓰기와 그것의 결집체로서 시집 간행에 걸친 어떤 개성과 어떤 보편성에 주어질 수밖에 없는 이유다. 시인의 시집을 통한 '자아-서사(self-narratives)'의 구축은 그래서 피할 수 없는 과제로 떠오른다. '자아-서사'는 미래의 가능성을 선취하는 데 없어서는 안 될 자기이해와 자아통합 행위로, 일관되고 유의미한 자아정체성의 구축/재구축을 필수 요건으로 한다.[5]

하지만 이를 어쩔 것인가. 당시 '청문협'의 미래는 휴머니즘적 민족문화와 자본주의 체제에 기초한 '대한국' 건설에 긴박되어 있었다. 이를 지속적으로 환기하지 않는 한 진보적 민족문학을 배제하는 보편적 민족(주의)문학의 성취는 요원한 과제가 되고 만다. 이런 부정적 사태는 개인(의

찬하는 것인가"라며 유치환의 전통추수주의를 강력하게 비판한다. 김재용 편, 『오장환 전집』, 실천문학사, 2002, 470쪽.

5) 자아-서사의 구축에 필요한 제 조건에 대해서는 앤소니 기든스, 권기돈 역, 『현대성과 자아정체성-후기 현대와 자아정체성』, 새물결, 1997, 143~150쪽 참조.

문학)과 집단(의 문학)에 걸친 자아—서사의 구축이 실패했음을 뜻한다. 그들이 미의식과 이념성을 입체화하는 시집의 편찬, 곧 수록 시편의 취택과 배치에 자아—서사의 반듯한 국면을 구성하여 주체의 승리와 갱신을 도모하지 않을 수 없는 이유다.

이 과정은 세 가지의 꼭짓점을 포함한다. 일제 말 '국민시'에의 참여 흔적을 은폐 / 삭제하며 새로운 민족(주의)문학에의 동참을 입체화하기, 이를 위한 자기 미학의 독창성과 집단 이념의 보편성을 대폭 강화하기가 그것이다. 뒤의 꼭짓점 둘은 현재와 미래의 서사를 향한 것이므로, 맨 앞의 꼭짓점, 곧 '국민시'를 포함한 일제 말엽 자기 시의 위상과 가치의 조절이 선행 과제로 부상한다. 단적인 예로, '영원성'으로 흘러들기 시작한 서정주의 『歸蜀道』(1948)[6]와 절대고독을 내포한 '생명의지'를 향해 걸어가는 유치환의 『生命의 書』는 자아—서사의 삼각형을 구축함으로써 우파의 휴머니즘적 민족문화 내부로 명랑하게 안착한다.

모두가 길었다. 유치환의 '만주시편'[7]에 얽힌 자아—서사의 충동과 거기 게재된 문화정치학을 엿보기 위한 예비 작업이었다. 이를 위해 본고는 앞서의 삼각 꼭짓점이 뚜렷한 『生命의 書』(행문사, 1947) 소재 만주시편(총 25편)[8]에 특히 주목한다. "내가 북만주로 도망하여 가서 살면서 (진정

---

6) 졸저, 『서정주 시의 근대와 반근대』, 소명출판, 2003, 149~161쪽. '춘향의 말' 삼부작이 대상이었다.

7) '만주시편'이라 함은 만주 체험을 다룬 시를 말한다. 따라서 조선의 생활경험을 담았으되 만주에서 발표된 시들, 이를테면 『만주시인집』(길림제일협화구락부문화부, 1942)의 「편지」와 「귀고(歸故)」, 『재만조선시인집』(예문당, 1942)의 「생명의 서」 「노한 산」 「음수(陰獸)」는 '만주시편'에 해당되지 않는다. 이들 작품은 실제로 만주 이외의 생활과 세계경험을 담은 『생명의 서』 1부에 묶여 있다.

8) 그밖에 만주체험을 담은 시로 『울릉도』(1948)의 「오상보성외(五常堡城外)」, 『청마시집』(문성당, 1954) 4장 소재의 「사만둔부근(沙曼屯附近)」 「북방추색(北方秋色)」 외 5편을 들 수 있다. 본고에서는 해방기 '만주시편'의 의미와 가치 검토에 집중한다는 의미에서 「오상보성외」만을 추가로 다룬다. 다만 『청마시집』의 '만주시편'들에는 '여수(旅愁)'와 '향수'

도망입니다) 떠날 새 없이 허무 절망한 그곳 광야에 위협을 당하여 배설(排泄)한 것들입니다"라는 서문을 신뢰한다면, 이 작품들은 만주 창작본을 아껴두었다가 조선 귀환 후 『생명의 서』에 묶은 것이다. 실제로 1940년 이후 『인문평론』, 『국민문학』, 『만주시인집』에 발표되었다 저 시집에 묶인 작품들, 「광야에 와서」, 「절도(絶島)」, 「수(首)」, 「합이빈 도리공원」은 특별한 개작 없이 그대로 실렸다. 해당 시편들이 희락(喜樂)보다 노애(怒哀)가 보다 우세한 만주 생활의 현장성을 풍부하게 담고 있다는 평가는 그래서 가능하다.

그러나 시집 출간의 지평에서 볼 때 만주 체험의 현장성은 해방기 현실에서 유의미한 현재성으로 고스란히 치환되지는 않는다. 청마(青馬)는 "지낸 날의 어둡고 슬픈 기억은 깨끗이 벗어 버리고 오직 조국(祖國)의 크고 바른 앞길만을 위하여 나의 노래와 아픔이 선혈처럼 의(義)로워"지기를 희망하며 만주시편을 수록한다고 말한다. 이 진술은 『생명의 서』 소재 만주시편이 과거의 고통을 기억하는 한편 그것을 초극하는 이상적 조국의 건설에 소용될 것임을 암시한다. 시인이 일제 말~해방기에 걸친 개인의 고통과 상실, 그리고 갱신을 '향토'와 '조국'의 그것으로 정확히 등치시키고 있음이 확인되는 지점이다. 이런 점에서 청마의 만주시편은 단순한 과거의 회상에 머물지 않고 자아와 조국의 미래를 앞뒤로 비추는 양면거울로 작동 중인 것으로 이해되어 무방하다.

현재 확인 가능한 유치환의 만주시편은 중층적인 선택과 배제의 과정을 거친 것으로 판단된다. 그것들은 크게 문예지와 만주 시인집에 발표

의 감각이 두드러질 뿐 민족애(조국애)의 표명이 거의 드러나지 않음을 밝혀둔다. 이때는 한국전쟁에의 종군체험이 담긴 『보병과 더불어』(문예사, 1951)를 발표한 뒤인지라, 시인의 '조국애' 표상에 대한 강박관념이 꽤 엷어졌을 것으로 짐작된다.

된 시편, 해방 후 『생명의 서』에 전재된 시편, 문예지에 발표된 후 버려진 시로 구분된다. 이 가운데 단연 문제적인 것은 기존에 발표된 시편들로, 몇몇 시는 시국협력의 혐의[9]를 받고 있다. 해방기 유치환이 이 때문에 곤욕을 치뤘음은 오장환의 비판에서 이미 보았다. 『생명의 서』에 수록된 '만주시편'이 시국협력의 과오를 품은 타락한 '만주시편'을 은폐하는 한편, 일제 말~해방기 자아와 고국에 관련된 상실과 충만의 감각을 유감없이 전파하는 양가적 언어로 호명될 수밖에 없었던 이유다. 이런 까닭에 청마의 만주시편을 향한 반성과 기대의 이중발화는 보다 안정적인 자아정체성과 보다 이상적인 미래를 구축하기 위한 자아-서사의 충동으로 읽힌다. 이곳에 이르러서야 유치환의 만주시편의 '과거-현장성'은 해방기 조선의 '현재성'으로 새롭게 육화(肉化)된다.

2. 만주의 서정 혹은 절대 고독의 내면

유치환에게 만주는 양가적 공간이었다. 한쪽에 시가 놓인다면, 다른 한쪽에 생활이 놓인다. 입만(入滿) 초기에는 시적 욕망이 생활의 안정을 압도한 듯한 인상이 짙다. 무슨 말인가. 유치환의 만주행은 예민한 영혼의 유랑도, 궁핍한 삶을 풍요로운 만지(蠻地)에 가탁하는 개척민의 그것도 아니었다. 그의 만주행은 그 설이 분분한 도피 행각[10]의 일환으로, 가당

9) 유치환의 '국민시' 경향의 시는 모두 '조선어'로 창작되었다. 일본 유학파인 그가 당시의 '국어' 일본어로 쓰지 않았다는 사실은 국내파 서정주 등에 비춰볼 때 특이한 현상이다. 조선인 농장 중심의 만주 체류나 오족협화를 내세운 만주국의 언어상황과 관련된 현상인지에 대해서는 또 다른 숙고가 필요할 듯싶다.

10) 아나키즘 운동 관련의 지사형 도피설과 사적 추문 관련의 개인형 도피설로 나뉘는데,

은 북만(北滿) 연수현에서의 생활은 친형 유치진 처가의 농장과 정미소를 관리하는 일이었다. 고된 개척과 노동 관련의 '생활' 압박은 이로써 거리가 먼 것이 되었다. 만주벌은 그래서 "오늘 나의 핏대 속에 脈脈히 줄기 흐른/ 저 未開적 종족의 鬱蒼한 性格을 깨닫"는 장소, 다시 말해 '생명의 지'의 처소로 자연스럽게 전유되기에 이른다. 하지만 여기의 건강한 원시성은 "人智의 蓄積한 文明의 어지러운 康衢"에 항(抗)하는 추상적·관념적 매개로서의 "生命의 몸부림"[11]에 가까운 것이다. 왜냐하면 그가 접한 만주는 친밀성 한 점 없는 위협의 공간에 가까웠기 때문이다.

이미 온갖을 저버리고
사람도 나도 접어주지 않으려는 이 自虐의 길에
내 열번 敗亡의 人生을 버려도 좋으련만
아아 이 悔悟의 앓임을 어디메 號泣할 곳 없어
말없이 자리를 일어나와 문을 열고 서면
나의 脫走할 思念의 하늘도 보이지 않고
停車場도 二百里 밖
暗담한 진창에 가친 鐵壁 같은 絶望의 曠野!

―「曠野에 와서」(『인문평론』, 1940.7) 부분[12]

청마에게 만주는 입명(立命)의 땅인가 절명(絶命)의 땅인가. 애초에 만주

최근에는 후자 쪽의 정황이 두드러지는 편이다. 자세한 내용은 박태일, 「유치환의 만주국 체류시 연구」, 『유치환과 이원수의 부왜문학』, 소명출판, 2015, 42~62쪽 참조.

11) 이상의 인용은 유치환, 「생명의 서 2장」, 『생명의 서』, 행문사, 1947, 59쪽. 이 시는 김조규 편, 『재만조선시인집』(예문당, 1942)에서 「生命의 書」로 게재되었으며, 「怒한 山」과 「陰獸」도 함께 실렸다.

12) 텍스트는 『생명의 서』 107쪽에서 취했는데, 발표 원문에서 띄어쓰기 정도만 수정한 까닭이다. 이후의 만주시편 인용도 마찬가지의 방식을 취한다.

는 "고향도 사람도 회의도 버리고" 들어온 "立命"[13]의 '장소'였다. 현실과의 절연은 '만주'에서 진정한 장소성, 그러니까 그곳에 소속됨과 동시에 완전히 동화됨으로써 자아를 유지・보존케 하는 '실존적 내부성'[14]을 얻겠다는 의지의 다른 표현이다. 하지만 주체의 재건 의지와 다르게 만주는 "절명지", 즉 "나의 탈주할 사념의 하늘도 보이지 않"는 "절망의 광야"였다. 요컨대 태양만 피보다 붉게 뜨고 질 뿐 "도시와 사연과 인간의 분간이 없"[15]는 광막한 타나토스의 공간이었다.

이를 두고 뜻밖의 '장소 상실'이라 부를 수 있다면, 유치환은 내면적 상태로는 '향토'와 '이주지'의 장소성 모두를 박탈당한 상태인 것이다. 이런 소외현상은 소극적 니힐리즘, 그러니까 삶의 권태와 체념, 세계의 무의미함에 따른 만성적 환멸을 초래하기 마련이다.[16] '절도(絶島)'에 버려졌다는 유폐감은 주체의 위기를 한껏 밀어 올리는 핵심요인이다.[17] 이것은 드디어는 일상에서도 타자들의 박해와 공격, 그 결과로서 주체의 격리와 배제에 따른 피해의식과 공포감을 부풀리는 단초로 작용한다. 실제로 청마의 '만주시편'에 센티멘털리즘의 징후가 편만하다는 의견이 적잖다.[18] 그것은 주체의 위기감이 왜곡된 형태로 반영된 결과 발생한 정

---

13) 유치환, 「絶命地」, 『생명의 서』, 99쪽.

14) 에드워드 렐프, 김덕현 외 역, 『장소와 장소상실』, 논형, 2005, 127~128쪽.

15) 유치환, 「광야의 생리」, 『구름에 그린다』, 신흥출판사, 1959. 여기서는 남송우 편, 『청마 유치환 전집』 V, 국학자료원, 2008, 293쪽. 이 산문에서 몇몇 '만주시편'에 대한 회고가 이뤄지고 있다.

16) 요한 고드스블롬, 천형균 역, 『니힐리즘과 문화』, 문학과지성사, 1988, 36쪽.

17) 만주양곡회사에 취직할 겸 입만(入滿)했던 서정주 역시 유폐와 소외의식에 시달려 만주인들에게 "이놈아 이 속 모를 놈아 바보 같은 놈아 외국인의 외국인아 가거라 지구 밖으로…… 우주 밖으로!"(서정주, 「만주일기」(1940.11.12), 『매일신보』 1941.1.21.)라는 호통을 내면에서 경험하는 일종의 환청현상에 처한다. 서정주의 「만주일기」 전문 및 그 분석은 졸고, 「서정주의 「만주일기(滿洲日記)」를 읽는 한 방법」, 『민족문학사연구』 54호, 민족문학사학회 편, 2014 참조.

18) 김윤식, 「청마론」, 『한국현대시론비판』, 일지사, 1985, 76쪽. 그는 회한 컴플렉스가 자

서적 편향일 가능성이 크다.

> 여기는 哈爾濱 道裡公園
> 오월도 섣달 같이 흐리고 슬픈 氣候
> 사람의 솜씨로 꾸며진 꽃밭 하나 없이
> 크나큰 느릅나무만 하늘도 어두이 들어 서서
> 머리 위에 까마귀떼 終日을 바람에 우짖는
> 슬라브의 魂 같은 鬱暗한 樹陰에는
> 懶怠한 사람들이 검은 想念을 망토 같이 입고
> 惑은 뻰취에 눕고 惑은 나무에 기대어 섰도다
>
> ―「哈爾濱 道裡公園」 부분[19)]

하얼빈은 비록 북만(北滿)에 위치했지만, 1920년대 파리와 모스크바의 새 양식이 가장 먼저 박래한 탓에 중국의 패션 수도로 여겨질 만큼 개명한 국제도시였다. 이곳의 짙푸른 하늘을 일러 이효석은 '벽공무한(碧空無限)'이라 불렀거니와 상쾌한 모더니티의 섭취에도 남달랐다. 이에 비한다면 유치환의 하얼빈에는 도회 문명의 번다함도, 거기에 휩쓸린 문명인의 명랑도 없다. 그들의 쉼터일 '도리공원'에는 오히려 "나태한 사람들"의 "검은 상념"만이 울울한 뿐 그들의 권태와 환멸을 초극할만한 어떤 기구도 장치도 없다. 청마는 그들을 무심한 듯 바라보지만, 실상은 "人生을 倫理ㅎ지 못하고/마음은 望鄕의 辱된 생각에 지치"(「합이빈 도리공원」)어

학의 증상, 다시 말해 '섬뜩한 새디즘'으로 나타나 「광야에 와서」를 뒤덮고 있는 바, 이것이 「광야에 와서」를 "진짜 센티멘탈한 시"로 존재케 한다는 입장을 취한다. 이명찬의 「한국 근대시의 만주 체험」(『한중인문학연구』 13호, 한중인문학회 편, 2004) 역시 김윤식의 입장에 동의한다.

19) 江川龍祚 편, 『만주시인집』, 길림 제일협화구락부문화부, 1942. 「편지」, 「歸故」도 함께 실렸다. 여기서는 『생명의 서』, 102쪽.

있다는 점에서 소극적 니힐리즘에 나포된 상태이기는 마찬가지다. 친밀성이 나날이 열어지는 근대에의 독한 호흡은 번화한 하얼빈의 일상 역시 “무작정 험악한 세월”로 후퇴시켜 갔던 것이다. 이런 고독한 정서에 휩싸여 있는 한 그게 어디든 ‘참된 장소감’의 재구축은 기대난망의 이상이 아닐 수 없다. 여기서 급전직하하는 존재의 위기를 읽지 않고 또 다른 무엇을 찾겠는가.

그러나 「합이빈 도리공원」에는 의미 반전의 징후가 엿보인다는 점에서 신중한 재독(再讀)에 값한다. 청마의 골똘한 자기응시는 결함투성이 자아에 대한 정직한 이해를 넘어 날 것 그대로의 생명의지를 낳고 있다. 무슨 얘기인가. 자아의 ‘비윤리’와 ‘무익한 망향’의 감정은 그저 광막할 뿐 인간적인 것 하나 없는 만주벌의 무의미함에서 연유한 것이다. 하지만 더더욱 문제적인 것은 근대의 “기념비적인 것의 압도적인 이익”[20]에 지배되는 국제도시 하얼빈의 ‘무장소성’이었다. 첨단 문명이 지배하는 이곳은 계량적이며 예측 가능한 시계-시간이 지배하는 환금(換金)의 공간일 뿐, 자아의 내면을 충족하고 발현하는 데 기여하는 진정한 장소와 거리가 멀다. 하지만 ‘무장소성’이 강요하는 실존의 파편화는 낯설고 두려운 만주벌을 “荒漠히 나의 감정을 부르는” 인간적인 장소로 되돌아보는 반전의 계기를 마련했다. 여기서 만주가 ‘에로스’로 충만한 장소는 아닐지라도 긍정적 의미의 ‘시적 공간과 감흥’[21]을 제공하는 생활세계로 제시되거나 거듭날 가능성이 확보되는 것이다.

---

20) 에드워드 렐프, 『장소와 장소상실』, 189쪽.

21) 조은주는 만주에서의 극심한 슬픔이 허무주의를 넘어 거대한 시적 공간과 감흥을 확보하는 예로 백석의 「북방에서」를 들고 있다. 유치환의 「나는 믿어 좋으랴」(『생명의 서』) 역시 “유랑에서 온 슬픔과 비애를 축제의 힘”으로 돌려놓는 시편이라는 것이 그의 주장이다. 보다 자세한 내용은 조은주, 『디아스포라 정체성과 탈식민주의 시학-만주를 유랑하는 시』, 국학자료원, 2015, 351~356쪽.

예컨대 「나는 믿어 좋으랴」를 보라. 이 시편은 개척민들의 농장 생활을 그리고 있는데, 아마도 '만주국'내지 일제에의 통합보다는 신분과 생활의 안정을 위해 창씨개명한 조선인들[22]이 여럿 등장한다. 이들의 생활은 풍요로운 생산과는 거리가 먼데, "야윈 목숨의 雨露를 피할 땅뺌이를 듣고 찾아 / 北만주도 두메 이 老爺嶺 골짝 까지 절로 모여 든" 사람들이다. 이들은 "우리네 사람이 傳하는 故國 소식을 들"으며 "속에는 피눈물 나는 흥에 겨워 밤 가는 줄 모르"는 것으로 고단한 삶을 견딜 뿐 '더 나은 삶'에의 가망을 박탈당한 하위주체들이다.[23] 이들에게 고국의 소식을 전하는 시적 화자는 농장관리인인 바 그가 유치환임을 알아차리기에는 별다른 어려움이 없다.

그런데 우리는 유치환이 '만주국'의 양곡정책과 협화(協和) 활동에 협조적인[24] 까닭에 궁핍한 이농민과의 긴밀한 접촉과 대화가 어려웠을 것으로 단정 짓는 태도를 주의해야 한다. '만주벌'과 '하얼빈'의 경험은 청마 자신의 타자성과 이질성을 확인하는 결정적 계기들이었다. 허나 그 소외의식은 만주 이농민의 것이기도 했다. 이런 동질적 상황은 그들에 대한 청마의 연민과 동정은 물론이고 양자가 무력한 식민지인에 지나지 않는

---

22) 일제는 식민지의 수월한 통치와 인구 / 종족 관리를 위해 조선은 물론 만주에서도 취적(就籍) 사무와 창씨개명 사업을 적극 추진했다. 조선 이주농의 창씨개명 역시 대체로 근로에 관련된 각종 업무나 금전거래의 편의, 일본인과 기타 종족과의 관계에서 차별을 피하기 위해 행해졌다. 미즈노 나오키(水野直樹), 정선태 역, 『창씨개명－일본의 조선지배와 이름의 정치학』, 산처럼, 2008, 262～272쪽.

23) 하얼빈 방문기가 포함된 함대훈의 「남북만주편답기」(『조광』, 1937.7. 『일제 말기 문인들의 만주 체험』, 역락, 2007 참조)는 조선 이주농의 생활을 긍정적으로 묘사한다. 하지만 그들의 생활이 고통과 절망으로 얼룩지고 있음은 만주에 정착했던 이찬이나 김조규의 시편들에서 생생하게 확인된다. 이에 대해서는 조은주, 『디아스포라 정체성과 탈식민주의 시학－만주를 유랑하는 시』, 198～213쪽.

24) 이런 입장에서 유치환의 만주 생활 및 친일 행위를 평가하는 연구로는 박태일, 「유치환의 만주국 체류시 연구」(『유치환과 이원수의 부왜문학』, 소명출판, 2015)가 대표적이다.

다는 서글픈 동료의식을 발생시키기에 적합한 조건이다. '고국'에의 기억과 만주 생활의 슬픔에 대한 공유가 절망의 공간 '만주'를 인간적 장소로 역전시키는 힘으로 작용했을지도 모른다는 판단은 그래서 가능하다. 요컨대 유치환은 '만주 광야'에서 벗어나 그곳에 점점이 박힌 "父母도 故鄕도 모르는" "슬픈 四十代"들과 접촉함으로써 절대 고독과 허무에서 벗어나 생명의지를 더욱 달구게 되는 것이다. 유치환의 '만주'를 "기회와 위험 사이의 균형"[25]을 제공한 유의미한 장소로 가치화할 수 있다면, 그것은 무엇보다 결락의 삶을 공유하는 식민지 조선의 이농민에 대한 정서적 공감과 동화 때문일 것이다.

광막한 벌판과 번화한 도회에서 동시에 경험된 자아의 '변방성'과 '타자성'에 대한 자각은 어떤 의미와 효과를 발휘할까. 하층 이주민에 대한 동질성의 확보와 '고국'의 재발견, 그에 따른 자아의 안전성과 잠재성 확인이 주목된다. 그런 고로 시인의 변방의식은 "자아를 통합된 전체로 응집시키는 한 방식"이며 절망의 '만주'를 "내가 살고 있는 곳"[26]으로 다시 가치화하는 아이러닉한 방법론이 아닐 수 없다. 만약 이런 성찰의 감각과 갱신의 욕망이 더욱 강화되고 지속되었더라면, 유치환의 '만주'는 '향토'와 '고국'에 맞먹는 진정한 장소로 거듭났을지도 모른다.

그러나 유치환은 말할 권리를 박탈당한 이농민과 달리 말의 권능을 부릴 줄 아는 지식인인 동시에 농장관리인이기도 했다. 이것은 시인을 일제와 만주국의 총력전, 바꿔 말해 천황의 대동아공영권 창설에 기여하는 이등국민으로 징발하기에 더할 나위없는 조건이었다. 하여 그에게 생명의 가능성은 두 가지 형식으로 주어졌다. '고국'에의 내면적 밀항이 하

---

25) 앤소니 기든스, 『현대성과 자아정체성 - 후기 현대와 자아정체성』, 147쪽.
26) 앤소니 기든스, 위의 책, 147쪽.

나라면, '대동아공영권'에의 개방적 참여가 다른 하나이다. 주지하는 바와 같이 조선과 만주에 하달된 총력전의 현실은 청마가 생의 가능성을 후자에서 구하도록 강제했으며, 특히 식민지 조선에서 발표된 몇몇 시편은 그 사례로 아직도 남아 있다. 물론 시집, 즉 공식적 기록물로서가 아니라 굳이 찾지 않으면 접촉하기 어려운 오래 전 문예지의 글쓰기로 말이다.

하지만 우리는 동시에 다음과 같은 사실을 기억하여 마땅하다. 『생명의 서』 II장에 '고국'에의 내면적 밀항을 담은 시편들이 적잖게 존재한다는 사실 말이다. 이 텍스트들은 적어도 시의 경우, 만약 일제 말 창작이 신뢰된다면, 첫째, 협력의 문장을 강요된 문서로 뒤바꾸는 알리바이로, 둘째, '고국'에의 귀환과 자아-서사의 기획을 더욱 심화하는 자아 갱신의 알리바이로 함께 작동할 수 있다. 두 가능성이 활짝 열린 시공간은 말할 것도 없이 '대한국', 다른 말로 '조국'이었다.

그러나 '고국' 밀항의 만주시편들은 사실과 민낯 그대로 선택·배치되었다고 보기에는 석연찮은 구석이 없잖다. 그것들은 협력시편에 대한 방어막의 일종으로 제출되었다는 가정을 완전히 불식시키기에는 지나치게 저항적이고 애국적이다. 몇몇 시에서 그렇게도 부인되던 '고국'에의 열띤 추회(追懷)와 호소는 총력전의 만주에 걸맞지 않게 과잉되어 있다는 느낌을 준다. 자기 확신의 과잉 피로(披露)야말로 만주서의 자기발견이 고백된 "나는 믿어 좋으랴"는 청마의 자문(自問/諮問)에 흔쾌히 동의하기 어렵게 하는 요인인 것이다. 여기서 『생명의 서』를 보편적 휴머니즘의 발로 못지않게 자아를 구원하기 위한 문화정치학적 기호 활동으로 겹쳐 읽을 수 있는 가능성이 생겨난다. 이와 관련된 유치환 시편의 사상적·언어적 전략을 신중히 들여다보는 장(場)이 이후의 문장들이다.

3. '대동아'의 앞뒤 혹은 건국의 에스닉(ethnic)

만주 체류 중인 조선 시인들이 펴낸 『만주시인집』과 『재만조선시인집』은 만주국 건국 10주년을 기념하기 위해 편찬되었다. 박팔양의 "돌덩이흙덩이 하나하나에도 우리네 역사와 전설과 한업는 애정이 속속드리 숨어잇다"[27]는 사랑은 새로 발견된 '만주'의 '장소성'을 되짚어보게 하는바 있다. 그러나 이 장소성은, "대동아신질서문화건설에 참여하면 된다"[28]는 김조규의 또 다른 서언이 암시하듯이, 총력전의 폭력성과 파괴성에 의해 침탈될 성질의 것이었다. 두 시집에 만주국 이데올로기로 충실한 작품보다 만주의 서정이나 만주낙토(滿洲樂土)의 허구성을 암암리에 비판하는 작품들이 더 많이 포함된 것[29]도 핏빛 전쟁에 대한 위기의식이 예민하게 반영된 것일지도 모른다.

1942년 당시 유치환은 두 시집에 5편의 시를 실었다. 「하얼빈 도리공원」을 제외한 나머지 4편은 첫 시집 『청마시초』에 방불한 허무와 생명욕구를 담았다는 점에서 통상의 만주시편에서 제외된다. 적어도 만주 현지서 발표된 작품들만큼은 만주 체류 이등국민의 이중성, 그러니까 내면의 (무)의식적인 식민주의와 식민성 모두를 배제했다는 평가가 가능해지는 지점이다. 오히려 뒤틀려 얽힌 식민주의와 식민성의 내면이 자기표현을 얻은 것은 식민지 조선이었다는 사실, 여기에 1942년 이후 유치환의 시적 협력, 곧 '국민시'의 특이성이 존재한다.

---

27) 박팔양, 「序」, 江川龍祚 편, 『만주시인집』, 길림 제일협화구락부문화부, 1942.
28) 김조규, 「編者 序」, 김조규 편, 『재만조선시인집』, 예문당, 1942.
29) 두 시집에 실린 88편의 시편 중 만주국의 이념과 정책을 적극 반영한 작품은 12편 정도에 불과하다는 견해가 있다. 보다 자세한 내용은 조은주, 『디아스포라 정체성과 탈식민주의 시학—만주를 유랑하는 시』, 51~53쪽.

(1) 전선(前線)의 '대동아', '국민시'의 은폐

1942년이라면 이미 '대동아전쟁'이 확산일로를 달리던 때였으며, 조선은 '내선일체'와 '황국신민'이라는 명분 아래 전선총후(前線銃後)의 현장으로 나날이 징발되던 때였다. 대동아공영의 성전(聖戰)을 선전하고 찬양하는 광기어린 나팔수 역할을 자임하던 전투의 언어가 '국민시'를 포함한 '국민문학' 일반이었음은 주지의 사실이다. 이렇게 물어보자. 유치환처럼 만한(滿韓) 양쪽에서 활동하는 시인들은 오족협화(五族協和)의 만주국과 내선일체의 조선에서 어떤 역할을 부여받는지 또 자아의 위상은 어떻게 조절되는지 말이다.

만주국의 '오족협화' 정책은 다섯 민족의 일체화가 아니라 협화(協和)를 '국민' 형성의 원리로 취했던 만큼 만어(滿語, 곧 중국어)와 일본어를 공용어로 함께 사용하는 등 느슨한 협력이 그 기저를 형성했다. '반만항일'에 나선 무장집단이 끊이지 않았으며, 그들이 말 그대로의 도둑패거리 비적(匪賊)으로 치부되어 일본의 토벌에 직면했던 사태들[30]은 일체화 아닌 '협화'의 영향과 결과였을 것이다. 이것은 만주 조선 문인들의 협화(協和) 역시 비교적 느슨한 형태로 존재했을 지도 모른다는 해석[31]을 낳는 바, 앞서 말한 두 권의 만주시집이 하나의 증례일 수 있겠다.

---

30) 야마무로 신이치는 '만주국'의 양가성을 "왕도국가−국민 없는 병영 국가"로 표현했다. '왕도'는 '병영' 없이는 도대체 불가능하다는 모순성에서 만주국의 허구성과 폭력성이 적나라하게 드러난다. 보다 자세한 내용은 야마무로 신이치(山室信一), 윤대석 역, 『키메라−만주국의 초상』, 소명출판, 2009, 277~283쪽 참조.

31) 오카다는 '만주문학'과 '만주국문학'은 존재하지 않았다는 결론을 내린다. 첫째, 공통의 언어가 존재하지 않았다는 점, 둘째, 국가의 존재를 긍정하고 그런 다음 '만주의 독자적 문학'을 창조하고자 한 일본인의 문학과, 국가의 존재를 거부함으로써 이민족 지배의 '어둠'을 그렸던 중국인의 문학이 서로 대립한 점을 들었다(오카다 히데키(岡田英樹), 『문학에서 본 '만주국'의 위상』, 역락, 2008, 283쪽). 조선 문인의 협력과 저항 역시 일본인 문학과 중국인 문학 사이에 놓였을 것이다.

하지만 조선의 경우, 조선 문인과 재조일본문인이 굳건히 결속된 '조선문인보국회'가 총력전을 수행하는 단일대오를 형성했던 만큼, 거기서 생산되는 '국민시'는 일제의 총력전에 충실히 부합하는 협력의 언어로 제출될 가능성이 매우 농후했다. 미학적 총력전의 부산물『국민문학』,『조광』,『춘추』등에는 조선 문인이, 조선총독부와 재조일본문인이 직접 관할한『녹기』,『총동원』,『국민시가』등에는 일본 문인의 활약이 상대적으로 두드러진다. 유치환의 협력 시편들은 공교롭게도 앞의 잡지에만 실렸다. 만주 체류 중인데다 문단과의 연락선이 주로 조선 문인들로 제한되었기 때문에 발생한 제약일 것이다. 그렇다면 '만주국민'을 벗어나 '일본인'으로 정위된 조선 문인 유치환의 '국민시'는 어떤 형상을 취하고 있을까.

1) 死ー生 破壞ー建設의 新生과 創設/天地를 뒤흔드는 歷史의 심포니ー.(「前夜」 중)

2) 終幕이 내려지면/위대한 人生劇에로 옴길/많은 俳優 俳優들은/새 出發의 그年輪에서/征服의 名曲을 부르려니/승리의 秘曲을 부르려니ー.(「前夜」 중)[32]

3) 北熊이 우는 / 북방 하늘에/耿耿한 일곱별이 슬픈 季節/이 거리/저 ー 曠野에/불멸의 빛을 드리우다.(「北斗星」 중)

4) 밤은/어름같이 차고/상아같이 고요한데/우러러 斗柄을 재촉해/亞細亞의 山脈 넘에서/동방의 새벽을 일으키다.(「北斗星」 중)[33]

32) 유치환,「前夜」,『춘추』, 1943.12. 이후 남송우 편,『청마 유치환 전집』Ⅳ, 217~218쪽 수록.

33) 유치환,「北斗星」,『조광』, 1944.3. 이후 남송우 편,『청마 유치환 전집』Ⅳ, 219~220쪽 수록.

이후 유치환과 '청문협'의 맹원으로, 또 '생명파'로 함께 묶일 서정주는 '국민시'를 작(作)함에 있어, 「航空日に(항공일에)」(『국민문학』, 1943.10)나 「松井伍長頌歌」(『매일신보』, 1944.12.9)에서 보듯이, 총력전의 상황을 직접 드러내는 한편 때로는 일본어로 때로는 조선어로 그것에의 감개를 표현했다. 물론 예찬과 애도의 대상은 일본 병정으로 출정한 조선 청년들이었다. 이에 반해 청마는 1)~4)에서 보듯이 심포니와 우주에의 비유를 통해 '대동아공영'의 이상과 미래를 축원한다. 이렇듯 간접화된 '국민시' 양식은 어떤 점에서 천황 만세의 '국민시'에 항(抗)하는 복화술의 일종으로 해석할 여지마저 제공한다. 더군다나 당시 금지의 구역으로 내몰리는 '조선어'로 일관하는 태도까지 더하고 있는 것이다.

하지만 이런 전도된 이해는 시의 시대적·의미적 맥락과 발표 공간,[34] 여타 시와의 상호 텍스트적인 관계상 간단히 동의키 어려운 의문을 남긴다. 유치환의 만주시편에서 위 시들과 같은 명랑성과 상징성은 예외적 현상에 속한다. 역시 여타의 시편에서는 광야에 던져진 실존적 고독감과 소외감을 스케치하는 음울한 표현이 압도적인 것이다. 더군다나 "파괴－건설"의 진화론적 문법, "정복의 명곡"과 "승리의 비곡", "아세아의 산맥"과 "동방의 새벽" 따위는 당시 '국민시'상의 '죽은 비유'라 불러도 좋을 정도로 매혹과 긴장 없는 '타락한 이념어'에 가까웠다. 여타의 만주시편이 살뜰히 챙겨져 시집에 자랑스럽게 수록됐던 것과 달리 「전야」와 「북두성」은 어디서도 제 자리를 찾지 못하고 버려졌다. 어쩌면 두 시를 향한 이 '절명(絶命)'의 행위야말로 미학적 시국협력의 역설적 징표인지도 모른다. 서정주는 1970년대 이후 협력시편에 대한 반성과 변명의 진술을

34) 김재용, 「유치환의 친일 행적들」, 『한겨레신문』, 2004.8.7.

교차시켜 갔지만, 유치환의 경우 두 시편을 비롯 나중에 보게 될 '국민시' 경향의 시편들에 대해 시종 묵묵부답이었다. 어쩌면 다음의 '북두성'과 '동방'의 형상이 조선 잡지에서의 시국협력을 허구의 발화로 전도시키는 것인지도 모른다.

> 1) 인간의 須臾한 營爲에 / 宇宙의 無窮함이 이렇듯 맑게 因緣되이 있었나니 / 아이야 어서 돌아와 손목 잡고 / 北斗星座가 지켜 있는 우리집으로 가자(「驚異는 이렇게 나의 身邊에 있었도다」 중)[35]

> 2) 주먹 같은 光彩의 별 하나 남아 있는 東方으로 부터 / 끝없이 淸凉한 銀빛 아침을 데불고 오나니 / 안해는 항상 이렇듯 맑게 일어 나오는 것이었고나(「안해 앓아」 중)[36]

여타의 만주시편과 달리 '아이'와 '아내'에 대한 연민과 사랑을 아끼지 않는 친밀성이 도드라진다. 그의 '가족애'는 외아들 '일향(日向)'[37]을 만주에서 잃은 고통과 슬픔 때문이라도 더욱 절실하고 무애(无涯)한 것인지도 모른다. 그런 점에서 이곳에서의 "북두성좌"와 "동방"은 이념의 작란(作亂)과 상징의 왜곡 없는 우주와 자연의 경개(景槪)로 읽어 무방하다. 이곳에 앞서 거론한 죽은 비유들, 다시 말해 '사실의 세기'에 즉한 공격적 언어들이 들어차 즐거울 리 없다. 가장 진솔한 가족애의 고백과 발산이 「전야」와 「북두성」 속 '동방'과 '북두성'의 타락과 파시즘화를 오히려 입증한다는 해석은 그래서 가능한 것이다.

---

35) 유치환, 『생명의 서』, 행문사, 1947, 83쪽.

36) 유치환, 위의 책, 87쪽.

37) 외아들 '일향'의 죽음을 거리화하는 동시에 아이에 대한 회억을 담담하게 술회하는 시편이 「六年 後」이다. 이 작품은 『생명의 서』 88~90쪽에 실렸는데, 이 부근에 가족시편이 나란히 배치되었다.

(2) 어제의 '만주국'과 오늘의 '대한국', 그 전유의 감각

유치환의 해방기 자아―서사 충동과 조국(祖國/肇國)에의 열정을 생각한다면, 오히려 문제적인 시편은 「首」와 「들녘」이다. 「수(首)」는 시 전반의 내용보다 "街城 네거리"에 높이 걸린 "匪賊의 머리 두개"의 성격 때문에 협력과 저항 두 갈래의 해석에 던져졌다.[38] 「들녘」은 발표 없이 『생명의 서』에 수록된 시편으로, 만주벌 농사의 풍요로운 수확을 예찬하고 있다. 이것이 '만주낙토'의 전파와 내면화를 위한 선전문일 수도 있다는 판단은 「나는 믿어 좋으랴」에 표상된 이농민의 곤고한 현실에 반하는 풍경을 그리고 있기 때문이다.

그런데 청마는 해방정국의 갈등과 피로가 극에 달하던 무렵에 두 작품을 제2시집 『생명의 서』(1947)에 거리낌 없이 실었다. 만주 생활을 묘사한 시편이라는 자신감의 발로였을 것이다. 하지만 과연 그런가. 「수(首)」와 「들녘」은 당혹스럽게도 '만주국'에 경향된 것 이전에 해방기 '새 나라'의 비전을 담은 것으로 해석될 때 그 개연성이 더욱 높아진다는 인상을 준다. 두 편은 어떤 점에서 유치환, 나아가 '청문협'의 조국(祖國/肇國)을 향한 문화정치학으로 해석될 수 있는가.

> 너희 죽어 律의 處斷의 어떠함을 알았느뇨
> 이는 四惡이 아니라
> 秩序를 보전하려면 人命도 鷄狗와 같을수 있도다
> 或은 너의 삶은 즉시

---

38) 청마 자신과 그를 신뢰하는 입장들은 '비적'의 정체를 사전적 의미인 "무기를 지니고 떼를 지어 다니며 살인과 약탈을 일삼는 도둑"에서 구한다. 최근 중국 만주 학계의 의견을 참조한 박태일은 "비적"의 정체를 '항일 무장투쟁 세력'에서 구한다. 후자의 입장에 설 때 '비적'을 강력 비판하는 「수(首)」는 협력시편의 의심을 받는다.

나의 죽음의 威脅을 意味함이었으리니
힘으로 써 힘을 除함은 또한
먼 原始에서 이어온 피의 法道로다

—「首」(『국민문학』, 1942.3) 부분[39]

「수(首)」의 핵심은 '비적'들의 잘린 머리인가. 아니다. "街城 네거리"에 내걸린 그 "검푸른 얼굴"은 전제적 '국가주의'와 그에 대한 주체의 자발적 참여를 정당화하는 매개물에 오히려 가깝다. '비적'은 "사악(四惡)"[40]의 폭정(暴政) 탓에 도적이나 '반만항일'파로 돌변하지 않았다. 그들은 정치와 무관하게 저속한 욕심을 채우기 위해 '질서'를 파괴하는 가금(家禽='계구')에 지나지 않는다. 이상적 사상과 이념 없는 일차원적 폭력은 누구보다 힘없는 '장삼이사'들을 피해와 죽음의 당사자로 징발하기 마련이다. "너의 삶"이 "나의 죽음의 위협을 의미함"인 까닭이 이로써 설명된다.

만약 우리가 화자의 태도에 동의한다면, "율의 처단"과 "피의 법도"는 개인 혹은 국민의 삶을 안정시키고 보존하는 선한 권력의 통치술로 이해될 법하다. 하지만 이 '율'과 '법도'는 '사악(四惡)'의 제도적·교화적 개선을 무시한 채 '피'의 '처단'으로 직결한다는 점에서 전형적인 우승열패, 곧 힘의 논리가 아닐 수 없다. 천황의 '왕도낙토'를 실현하는 '만주국'과 '대동아공영권'이 문명과 야만, 식민주의와 식민성, 서양 타도와 동양 승리 같은 우승열패의 논리, 바꿔 말해 전도된 오리엔탈리즘에 기

39) 유치환, 『생명의 서』, 108~109쪽.
40) 논어(論語) '요왈(堯曰)'편에 나오는 말로, '경계해야 될 네 가지 악행(四惡)'을 가리킨다. "가르치지 않고 함부로 죽이는 것을 '잔학', 미리 주의시키지 않고 완성을 요구하는 것을 '포악', 명령을 늦게 내리고 기한을 재촉하는 것을 '잔적', 사람들을 위한 출납에 인색한 것을 '유사(有司)' 곧 창고지기의 행색이라 이른다."

반하고 있음은 주지의 사실이다.

혹자는 '비적'의 머리가 걸린 살풍경을 "不毛한 思想의 風景"으로 관조하는 청마의 시선을 두고 "街城 네거리"를 "피의 법도가 지배하는 '폭력성'의 공간으로 이해"하는 것으로 해석한다.[41] '관조'가 현상에 대한 거리화를 뜻한다면, 청마의 태도는 '비적'과 국가 권력 모두를 비판・경원하는 것으로 이해될 수 있다. 더군다나 "내 이 刻薄한 거리를 가며 / 다시금 生命의 險烈함과 그 決意를 깨닫노라"는 구절의 '생명의지'를 고려하면 꽤 일리 있는 해석이다. 하지만 우리는 청마의 내면이 현실에 촘촘한 '폭력성'에 대한 성찰보다 '나'의 안전과 질서 잡힌 일상에 먼저 가닿고 있음을 유의해야 한다. 그의 '생명'에 대한 거듭된 자각을 인간 보편의 에로스 충동 못지않게 규율・규격화된 질서를 도모하는 '국가주의'에 대한 원만한 동의로 해석할 수 있는 근거인 것이다.

만주에서 서울 귀환 이후 청마의 삶에서 '국가주의'적 '친제제성'이 가장 열렬했던 시공간을 들라면, 단연 '청문협'의 결사를 통해 '조선문학동맹'과 맞섰던 해방기를 꼽아야 한다. '개성'과 '생명'의 구경을 탐구하는 우파의 휴머니즘적 민족문학론에서 볼 때, 인민전선에 기초한 좌파의 민족문학, 즉 혁명문학은 단일한 민족공동체를 특정 이념에 따라 분열・해체하는 무질서와 혼란의 '붉은 기호'[42]에 지나지 않는다. 해방기 좌우파

41) 조은주, 『디아스포라 정체성과 탈식민주의 시학－만주를 유랑하는 시』, 155쪽.

42) 「전조선문필가협회」(이하 '전문협')의 좌장 박종화는 장편소설 『민족』(1947)에서 전봉준의 목소리를 빌려 "나라가 흥하고 망하는 기로에 서고, 민족이 지옥 속에 떨어지고, 백성들이 노예가 되려는 이 위급하기 일각이 천추 같은 이때에 처해서 자기 민족의 계급투쟁만을 일삼고 집안살림의 봉건타파만을 주장한다면 최후에 남는 것은 무엇이 있겠소?"(여기서는 신형기, 『해방직후의 문학운동론』, 150쪽)라며 좌파의 혁명문학을 거세게 비난했다. 이것은 우파문단의 행동대장 격이던 '청문협'의 입장이기도 했을 것이다.

문인들은 문학 이념과 언어의 갈등에 그치지 않고, 적대자의 실질적 제거와 추방을 최종적으로 목표했다. 그런 까닭에 그들의 대립은 물리적 폭력과 테러까지 동원되는 비상사태로 급속히 변질·타락해 갔다.

하지만 해방기 (문학)권력의 향방은 이기영, 한설야, 임화, 이태준, 김남천, 오장환 등이 대거 월북함에 따라 '전문협'과 '청문협' 쪽으로 거세게 환류(還流)되었다. 승자는 권력의 정당성을 구가하기 위해 패자를 '힘'과 '윤리'의 동시적 결격자로 비하하기 마련인 바, 이것을 두고 "율의 처단"과 "피도 법도"로 일러 그릇될 것 없겠다. 요컨대 우파문단은 '조국'의 질서와 법도를 함부로 해하고 파괴하는 좌파문인, 그들의 언어로 말한다면 '공산비적(공비)'의 준동을 힘겹지만 유쾌하게 제압한 것이다.[43] 그 결과 그들은 생과 이념, 미학 모두에서 승리자로 우뚝 서게 되는 것이다.

「수(首)」가 우파에게 자아와 민족주의 실현을 위한 시간 통제 장치, 곧 외부(좌파)의 타락한 시간에 맞서 내부(우파)의 충만한 시간을 구현하는 '미래－시간'으로 가치화될 수 있다면 무슨 이유에서일까. 해방기의 혼란한 정국에서 국가('조국')와 개인을 완벽히 통합하되 국가에 우선권을 주는 친제제적 "율"과 "법도"에 대한 상상과 신뢰를 제공했기 때문일 것이다. 이로써 만주 시절의 「수(首)」는 '만주국'에의 친제제적 성격을 명랑하게 벗어났다. 동시에 해방 공간에 절실한 국가(주의적) 윤리의 '현장성'과 '현재성'을 거꾸로 되비치는 미학적 효과까지 손에 거머쥐었다. 이로부터 1950년대 말 '비적'의 효수(梟首)를 다시 떠올리며 고백한 청마의 내면심리, 곧 "내 자신 정당할 유일의 길은 나도 마땅히 끝까지 원수처럼

43) 청마는 '광복한 조국'에 대한 감격과 애정이, 첫째, "저 가증스런 공산주의 신봉자들의 음모로 빚어낸 악착한 상쟁(相爭)", 둘째, "양두구육적으로 인민을 우롱하는 일부 집권배들에 대한 증오" 때문에 급속도로 식어갔다고 고백한바 있다. 유치환, 「행방 잃은 감격」, 『구름에 그린다』, 신흥출판사, 1959. 여기서는 『청마 유치환 전집』 V, 304쪽.

아니 원수 이상으로 굳세어야 한다는 준렬한 결의"여만 했다는 진술은 해방기의 '공산도배'들에게도 그대로 발화될만한 것이었다는 판단이 가능해진다. 이에 동의한다면, 「수(首)」는 청마의 사적 경험에 대한 고백이기 전에 해방기 '청문협'의 집단적·정치적 발화였다는 보다 이질적이며 심층적인 해석도 충분히 동의할만한 견해이겠다.

한편 「수(首)」와 상반되는 명랑성으로 충만한 「들녘」은 청마의 만주시편 중 가장 이채로운 감각과 서정을 보여준다. "만주 농업, 일본 공업"이라는 구호가 명시하듯이, '만주낙토'의 핵심은 추상적 통합의 성격이 짙은 '오족협화'가 아니라 상호평등의 원칙 아래 '오족'의 배를 양껏 불릴 수 있는 '농업혁명'에 있었는지도 모른다. 농장관리인으로 일한 청마의 입장에서도 '양곡'의 풍요는 조선 이농민의 생활수준 향상과 그가 적을 붙인 '만주국'의 안정을 함께 꾀할 수 있는 매혹적인 과제였을 것이다. 재만 조선시인들의 가장 친제제적인 활동 가운데 하나가 일제의 수탈 정책을 숨기면서 '만주국'의 풍요로운 생산을 예찬하는 시가나 노래를 제작하는 일이었다는 사실[44]은 청마의 그런 마음에 대한 적절한 예시를 제공한다.

골고루 골고루
잎새는 빛나고
골고루 골고루
이삭은 영글어

44) '만주낙토'의 이념성에 적극 부응하여 만주를 이상적인 국가로 노래한 재만 조선시인들과 그 시작품에 대해서는 조은주, 『디아스포라 정체성과 탈식민주의 시학－만주를 유랑하는 시』, 47~80쪽 참조.

勤勞의 이룩과
기름진 祝福에
메뚜기 해빛에 뛰고
잠자리 바람에 날고

아아 豊饒하여 다시 願할바 없도다

—「들녘」 부분[45]

곡식이 왕성하게 자라나는 여름 들녘의 생명력만을 노래했다면 아무런 문제없는 자연과 노동 예찬의 시일 수 있다. 하지만 만주 생활의 궁핍한 현장은 청마 자신의 「나는 믿어 좋으랴」에서 이미 감각적인 표현을 얻은 바 있다. "검정 胡服"과 "핫바지 저고리", "당꼬바지" 차림의 "父母도 故鄕도 모르는" 창씨개명한 조선 농부들. 그들의 꿈은 언젠가 "우리나라 우리 겨레를 / 반드시 다시 찾을 날이 있을 것"에 존재할 따름이다. 과연 조선 이농민들은 몇몇 경우를 제외하고는 중국 지주의 소작농으로 전전하거나 일본 개척민에 떠밀려 만주 곳곳으로 흩어지는 '빈농 중의 빈농' 생활을 면치 못하는 실정이었다.[46] 「나는 믿어 좋으랴」에 당시 이농민의 불안과 좌절이 반영되어 있다는 해석은 유치환이 저런 현실에 둔감하지 않았다는 전제 때문에 가능한 것이다. 이런 상황은 「들녘」을 풍년에 대한 개인적 희원보다 '만주낙토'의 이념성이 과잉 반영된 시편으로 다시 이해케 하는 핵심요인 가운데 하나이다.

'욕망의 진짜 주어는 결핍이다'라는 말이 있듯이, 낙토(樂土)의 진짜 주어는 단연 궁핍이다. 만주로의 남부여대(男負女戴) 행렬은 이 말들이 구상

45) 유치환, 『생명의 서』, 78~79쪽.
46) 윤휘탁, 『만주국 : 식민지적 상상이 잉태한 '복합민족국가'』, 혜안, 2013, 109~122쪽.

화된 현상이라 할 만하다. '빈농 중의 빈농'인 현실은 일제의 패망, 곧 '만주국'의 해체 및 '조선'의 해방과 더불어 '남부여대'의 행렬을 다시 남쪽, 곧 '고국(故國)'으로 돌렸다. 하지만 '이토' 만주와 '향토' 조선을 하나로 봉합하는 질기되 질긴 재봉선은 여전히 존재했으니, "勤勞의 이룩과 / 기름진 祝福"에의 요청과 실현이 그것이다. 만주 '들녘'의 조선 그것으로의 재편, 물론 경자유전(耕者有田)의 법칙을 존중하는 '들녘'의 분배는 '조국(祖國 / 肇國)'의 핵심적 가치이자 존재 이유로 떠올라 마땅한 것이었다. 적산(敵産) 처리와 토지개혁이 그 분배 요청에 대한 응답이었는 바, 그 희망의 땅은 아마도 「들녘」의 이미지로 내내 종횡(縱橫)되었을 것이다.

그러나 유상몰수·유상분배의 남한 토지개혁은 "독립이 됐다면서 고작 그래, 백성이 차지할 땅 뺏어서 팔아먹는 게 나라 명색야"[47]라는 원색적인 비난이 자연스러울 만큼 저 「들녘」의 부푼 꿈을 가차 없이 희화화했다. 이런 해방정국의 부조리와 모순을 고려하면, '만주'의 실제 현실과도, 자기 경험과도 제법 어긋날 「들녘」은 어쩌면 감춰졌을 법한 이물(異物)의 언어였는지도 모른다. 그럼에도 청마는 「들녘」을 『생명의 서』에 기억할만한 '만주시편'으로 주저 없이 등재했다. 이런 선택과 배치는 무엇을 뜻하는가.

'만주낙토'의 조선적 전유는 기실 「들녘」과 같은 명랑한 서정시편에 국한된 현상은 아니었다. 예컨대 아직도 가창과 청취가 어렵잖은 대중가요 「감격시대」(1939)나 「꽃마차」(1939)는 1930년대 이후 본격화된 만주의 개척과 그 결과로서 '만주낙토'의 낭만성과 심미성을 담뿍 담고 있다. 이런 정서와 감각은 '만주'를 이국적 정서가 울울한 '여행지'로 바라본 결과, 또 일제의 식민지 문화시책과 순순히 타협한 결과 얻어졌을 것이

47) 채만식, 「논 이야기」, 『해방문학선집』, 종로서원, 1946.

다.[48] 하지만 해방 이후에도 특히 「꽃마차」는 '하루삔'이 '서울'로, '송화강'이 '한강'으로 대체되어 널리 유통, 향유되었다. 이를 '일제 잔재의 미청산' 정도로 한정짓고 만다면, 그것을 거리낌 없이 즐긴 대중의 취향과 정서를 제대로 파악할 수 없다는 한계에 부딪힌다.

「들녘」이 그렇듯이 '만주가요'도 환상의 '만주낙토'나마 되짚어보려는 회고적 · 감상적 의식의 산물이 아니다. 「들녘」과 '만주가요'에 제시된 풍요롭고 아름다운 '장소성'은 당대 현실에 비춰만 봐도 허구임이 여지없이 드러난다. 그럼에도 '만주'에 투사된, 허구적 '복지만리(福地萬里)'의 형상이 그 모습을 살짝 바꾸어 해방기 조선에서도 대유행했다는 것은 '고국'의 궁핍한 현실을 거꾸로 입증한다. 이것은 당대의 부조리한 현실을 극복하는 '더 나은 삶'에 대한 희구 또한 대단히 강렬했음을 알려주는 증거이기도 하다. 여기서 해방기의 이념투쟁과 인민정권의 수립을 위한 정치투쟁, 삶의 개선과 직결된 수차례의 파업투쟁을 구체적으로 이름갈라 따로따로 언급할 필요는 없을 것이다.

시집 편찬은 시인의 자기 확인과 실현만을 목적하는 언어행위가 아니다. 그것은 자신 고유의 세계관과 심미관을 대중에게 전달하고 그들과 함께 나누려는 대화와 소통 행위이다. 만주 시절을 빼놓고는 거의 교직을 생활 삼았던 청마이고 보면 시집의 이런 효용성에 대해 더욱 민감했을 것이다. 그는 허구적인 대로 '만주'의 풍요를 다시 불러냄으로써 '조국(祖國 / 肇國)'의 참된 가치와 무궁한 잠재성을 독자대중, 아니 전체 국민들에게 재차 계몽하고 싶었는지도 모른다. 그러나 해방기 민중의 '복지만리'는 '만주국'에서도 그랬지만 '대한민국'에서도 요원한 꿈에 지나지

48) 1930년대 후반 이후 대유행한 '만주 가요'의 이념성과 시국적 성격을 논한 글로는 이영미, 『한국대중가요사』, 민속원, 2006, 108~123쪽 참조.

않았다. 청마의 '만주낙토'는 이 지점에서 득의만만한 '현재성'과 '현장성'을 한꺼번에 다시 잃었던 것이다.

4. 결어를 대신하여 : '만주'와 '국토' 접변의 의미

앞장에서 「수(首)」와 「들녘」은 청마가 어제의 '만주국'을 오늘의 '대한국'으로 전유, 그 의미를 이전의 봉건국가와 대별되는 전혀 새로운 조국의 발명에 접변시킨 텍스트로 재해석될 가능성을 얻었다. 하지만 과거-시편의 현재-시편으로의 재영토화나, 그때의 '현장성'과 '현재성'을 계속 활성화하기 위한 자아 및 시적 갱신은 일순간에 얻어질 수 없는 성질의 것이다. 그런 변화는 오랜 시간 "내적 소망과 일치하는 삶의 궤도"가 기획되었으며, 그를 통해 자아가 "지금 속에 존재하는 법"[49]을 내면화하기에 이르렀다는 서사적 체계가 넉넉히 드러날 때야 건전하고 신뢰할만한 사건으로 각인된다. 이후 살펴볼 '만주시편'들은 「수(首)」와 「들녘」의 시효 만료된 "피의 법도"와 "근로의 이룩"을 '해방' 조선의 '조국애의 법도'와 "근로의 이룩"으로 거듭 전유하는 데 없어서는 안 될 디딤돌 역할을 감당하는 것으로 여겨진다.

이런 연유로 이후 만주시편들에서는 식민주의적 (무)의식을 웃도는 식민지적 (무)의식이[50] 상상된 '고국'의 발견과 내면화에 관여하는 방법에

49) 앤소니 기든스, 『현대성과 자아정체성-후기 현대와 자아정체성』, 138쪽.

50) '만주국'의 양곡 정책에 협조하는 농장관리인으로서 청마의 위치는 자신의 말을 빼앗긴 하위주체들에 대해 식민주의적 (무)의식을 발휘하는 입장에 놓인다. 하지만 이등국민, 곧 식민지 조선의 '유치환'이라는 기호는 그의 내면에 똬리를 튼 식민지적 (무)의식을 끊임없이 자극하고 성찰하는 기반이 된다. 『생명의 서』 II장의 만주시편 가운데

대한 탐구가 중요해진다. 이것은 해방기 유치환의 자아—서사의 일차적 완결, 다시 말해 청마가 조국(祖國/肇國)에의 열렬한 참여자로 뜨겁게 귀환했음을 '대한국'에 널리 알리는 저간의 사정에 대한 검토와 등가관계를 형성한다. 이 등가성의 검토는 궁극적으로 청마의 해방기 시학의 문화정치학을 체계화하고 그 본질과 성격을 드러내는 계기로도 주어질 것이다. 따로 결어를 두지 않고 자아—서사의 완결에 결정적 역할을 삼낭하는 청마의 에스닉(ethnic) 의식의 의미와 한계에 대한 검토를 본고의 종결점으로 삼는 까닭인 것이다.

쉴즈(Shilds)에 따르면 '전통'은 과거의 지혜를 축적함으로써 후대의 자아정체성에 관여하기보다는 전통이 구현되어 있는 규범적 지침을 제시함으로써 그렇게 한다.[51] 식민지 조선의 가장 불행한 현실은 오랜 역사의 나라를 빼앗김으로써 전통이 제시하는 바 규범적 지침 역시 철저히 억압되기에 이르렀다는 사실이다. 1940년 이후 '내선일체'와 '황국신민화', 그것의 확장으로서 대륙문화의 건설은 정치와 경제는 물론 문화와 언어에 걸친 조선인의 삶 전반을 '일본적인 것'에서 그 전통과 모범을 구하도록 강제되었다.[52] 하지만 '오족협화'의 '만주국'에서 '일본적인 것'은 '내선일체'의 조선에서만큼 강력한 규범성과 강제성을 발휘하기 어려운 것이 현실이었다. 식민지 조선에서는 '동조동근론'의 강조 속에서도 일본인에 의해 타자화되는 것이 조선인의 운명이었다. 하지만 '만주국'의 조선인은 일본인은 물론 최저의 하위주체로 배치된 만·한·몽 3족에 의해서 한편으

자신의 국민됨을 묻는 시편들에는 식민지적 (무)의식에 대한 성찰이 두드러진다. 이것 역시 해방기 조선에서 그 진정성과 신뢰성이 배가된다는 점에서 유의미한 문화정치학의 실천으로 간주될 수 있다.

51) 앤소니 기든스, 『현대성과 자아정체성—후기 현대와 자아정체성』, 243쪽.

52) 이와 관련된 일제 말엽의 식민지 문학과 문화 현상에 대한 다각적 검토로는 김응교 외, 『전쟁하는 신민, 식민지의 국민문화』(소명출판, 2010)가 유용하다.

로는 '이등국민'으로 다른 한편으로는 '일제의 협력자'로 대극화되는 양가적 소외자로 던져졌다. 아래 시에서 전통이 제시하는 바의 규범적 지침이 자기이해의 근거로 작동하는 까닭은 이중소외의 국외자적 현실 때문일 것이다.

胡ㅅ나라 胡同에서 보는 해는
어둡고 슬픈 무리(暈)를 쓰고
때 묻은 얼굴을 하고
옆대기에서 甘瓜를 바수어 먹는 니—야여
할아버지의 할아버지쩍 물려 받은
道袍 같은 슬픔을 나는 입었소
벗으려도 벗을수 없는 슬픔이요
—나는 한궈人이요
가라면 어디라도 갈
—꺼우리팡스요

—「道袍」 부분[53]

만주에서 "한궈인", 특히 "꺼우리팡스"는 경멸의 호칭에 가까웠는 바 일제 협력자로서 조선인의 식민주의적 위치 때문이었다. 하지만 「도포」에는 경멸적 호칭의 양 축인 일본인도, 만주족·한족도 등장하지 않는다. 후경화된 그들을 대신하여 시인의 식민지적 (무)의식을 환기하는 자는 "니—야"[54]로, 이 아이도 청마와 마찬가지로 식민화된 존재인 것이다. 소

53) 유치환, 『생명의 서』, 74~75쪽. 「車窓에서」에서는 기차에 올라 자아의 향방을 고뇌하는바, '고국'과 격절된 '탈향인'이 됨으로써 오히려 진정한 향수(鄕愁)를 내면화하겠다는 다짐이 고백된다.

54) 위키백과에 따르면, '니야'는 타림분지의 남쪽 가장자리에 위치한 고고학적 장소로, 중국 신장(新疆)에 위치한다. 신장은 청나라 건륭제(1711~1799) 당시 중국의 일부로

외된 타자에의 동일시를 통해 자신의 타자성을 발견하는 간접적이며 우회적인 자기이해는 "니-야"에 대한 '연민'을 발동시키는 한편 상실/억압된 민족의식까지 환기한다는 점에서 의미심장하다. 만약 일본인이나 만주족·한족과의 갈등 상황이 제시되었다면, 자아의 열등감과 우월감, 분노와 시기 따위의 타자 공격적이며 파괴적인 정서가 더욱 앞섰을지도 모른다.

이처럼 약소민족에 가탁된 '타자성'의 발견은 자아의 "지금 속에 존재하는 법"을 식민주의보다 식민성 극복의 자기기획에서 탐구하는 기회를 제공하기에 이른다. 경멸의 "한궈人"과 "꺼우리팡스"가 자아 자존의 그것으로 재역전되며, "할아버지의 할아버지의 물려받은 도포" 역시 치졸한 '전통'에서 자아 회복을 위한 '규범적 지침'으로 새롭게 발견된다는 평가는 그래서 가능하다. 아직은 미약하기 짝이 없으나 '전통'과 '현재'를 위한 실존의식의 긍정적 내면화는 그 '장소성'의 비중에서 '고국'이 '만주'를 다시 앞서게 하는 계기를 암암리에 제공한다.

> 一九〇三년
> 하그리 먼 歲月은 아니언만
> 異國의 땅에 고이 바친 삶들이기에
> 十字架는 一齊이 西녘으로
> 꿈에도 못잊을 祖國을 向하여 눈감았나니
> 아아 우크라이나 우크라이나
> 보리빛 먼 하늘이여
>
> —「우크라이나사원」 부분

복속되었다. 이를 참조할 때 「도포」의 "니-야"는 만주족·한족과 확연히 구분되는 신장 출신의 아이를 지칭하는 것으로 이해된다.

하얼빈의 "우크라이나 사원"은 하얼빈 중동철도 건설(1896~1903) 당시 희생된 우크라이나인들의 공동묘지 내부에 위치한다. 우크라이나는 근대 이후 러시아와 독일의 침략과 지배에 시달린 끝에 1938년 소련에 강제 합병되기에 이른다. 당시 조선에서 곧잘 호명되던 영국 식민지 아일랜드와 함께 조선의 식민성에 대한 동일시가 가능한 약소국인 것이다. 이를 고려하면 우크라이나인에 대한 애도는 청마 자신의 "꿈에도 못잊을 조국"을 향한 것이 아닐 수 없다. 따라서 「우크라이나 사원」에서 가장 유의미한 정서 증폭장치를 찾으라면, 약소자에 대한 연대의식[55]과 그들을 통한 자아의 타자성 발견에서 구해져야 한다.

이 가운데 자아 소외의 핵심을 이루는 '타자성' 해소는 상징적으로든 현실적으로든 '고국'에 귀환할 때야 비로소 성취 가능한 것이다. "우크라이나 보랏빛 먼 하늘"을 대체 호명하는 목소리는 그것을 위한 상징적 행위라 할 만하다. 그러나 그것은 만주에 위치한 주체의 형편으로 말미암아 결국 '상상적인 것'으로 내재할 수밖에 없다. 여기서 자아—서사의 완결이 계속 지연·유예되는 낭만적 아이러니가 발생한다. 이런 상황은 '총력전'의 개입과 그것이 강제하는 '국민시'로의 일정한 경사 때문에 더욱 악화일로를 걷게 될 것이었다. 이는 앞서 말한 청마의 연대감과 타자성 이해가 그 자신을 견인하는 내부준거로 계속 유지되었겠는가 하는 회의를 발생시킨다는 점에서 매우 문제적이다.

1942년 이후 조선에서 발표된 '국민시' 수편은 협력의 의향을 숨김없이 피로(披露)하는 까닭에, 그 연대감과 타자성 이해가 현저히 약화되거나 아니면 수면 아래로 잦아든 형편이었을 것이라는 추측이 훨씬 수월해진

55) 조은주, 「공동묘지(共同墓地)로의 산책—심연수, 유치환의 시에 재현된 하얼빈 소재 외국인 공동묘지 이미지를 중심으로」, 『만주연구』 18집, 만주학회 편, 2014, 128쪽.

다. 하지만 이것은 협력의 규율이 나날이 촘촘해지던 조선의 시좌에서 바라본 의견일 따름이다. 만약 「도포」와 「우크라이나 사원」을 비롯하여 『생명의 서』 II부에 수록된 시편들이 '국민시'와 나란히 창작된 후 숨겨졌다는 가정이 얼마간이라도 현실성 있다면 어떤 사태가 벌어질까.

청마의 예의 연대감과 타자성 이해는 무엇보다 군국주의적 파시즘에 의해 관통당한 생활세계를 향해 진정한 장소성을 되돌려주는 역능(力能)의 감각으로 확장·심화되었을지도 모른다. 그러나 이런 가능성은, 현재의 주어진 사실, 곧 창작 시점이 확인되는 만주시편이 수편에 불과하며, 또 '만주국' 현실에서는 청마의 연대감과 타자성 인식이 내향화될 수밖에 없었다는 점을 고려하면, 우리의 주관적 기대로 그칠 수밖에 없다. 청마의 만주시편에서 '고국'이니 '조국'이니 하는 말이 곧잘 언급되지만, '고국'과 '향토'의 진정한 장소성을 구체적 자연과 사물을 통해 추적, 각인하는 장면이 거의 드물다는 사실도 당시 시인의 현실적 위치를 가감없이 보여준다.

이 점, 해방기 '조국(祖國 / 肇國)'의 심상지리를 선점함으로써 휴머니즘적 민족공동체를 실제 현실로 밀어 올리고자 했던 청마, 나아가 '청문협'의 입장에서 보면 상당히 아쉬운 약점일 수밖에 없다. 이 부근에 이르면, 청마가 '조국'의 재건을 목 놓아 자축하되 그 실질적 계기의 하나를 만주체험에서 구하는 「五常堡城外－泰和 雲谷에게」를 1948년 간행의 제3시집 『울릉도』에 수록했는지가 비교적 분명해진다.

> 미기에 닥쳐올 북방의 참담한 계절을 징조하여
> 대해처럼 陰雲이 내려 깔린 먼 남 나라의 五常堡城外
> 日沒의 길을 밟고 농부들 말없이 돌아오고
> 까마귀떼 날아 우짖는 들길로 나와

아까 요기로 한잔 나눈 胡酒 알맞게 오른 얼굴을
싸늘한 첫겨울 들녘 바람에 쏘이며
격월하고도 우의로운 담론에 열중하여
조국을 논하고
이땅에 와서 박힌 겨레의 거취를 논하고—
요컨대 탈출할 수 없는 절망의 철창 틈새로
한오래기 민족의 광명의 붙들 길을 찾기에
우리는 한가지로 憫憫하지 않았던가

—「五常堡城外—泰和 雲谷에게」 부분[56)]

그간의 '만주시편'에서 '조국'은 만주 정착을 위해 의식적으로 잊힐 공간으로, 혹은 오히려 그럼으로써 다시 진정한 장소감을 획득하는 곳으로 기억, 표상되었다. 또한 자아 중심의 내면 고백이 핵심이었고 「나는 믿어 좋으랴」 정도에서나 '고국'의 이농민들과 직접 소통하는 모습이 그려졌다. 그런데 「오상보성외」에 와서 갑자기 벗 이태화, 문운곡과 함께 '조국'의 빼앗김을 슬퍼하며 드디어는 "한오래기 민족의 광명의 붙들 길을 찾기에" 나섰었음을 미쁘게 고백하고 있다. 만약 자아의 식민성 탈피와 새 나라 건설의 당위성을 보다 강조할 목적이었다면, 「오상보성외」는 『생명의 서』에 실리는 것이 더 적합하지 않았을까.

그러나 해방기 현실은 1948년에 「오상보성외」가 창작, 발표되는 것이 훨씬 타당하고 또 필요했음을 입증한다. 같은 해 8월 15일 드디어 빼앗겼던 바의 '고국'은 '조국', 곧 자본주의(자유주의) 체제에 입각한 '대한민국'으로 거듭났다. 청마는 그 감격을 2연에서 "지난 날은 그의 이름조차 부를 수 없던 애달픈 조국이/드디어 천년대도(千年大道)의 반석 위에

56) 유치환, 『울릉도』, 행문사, 1948. 여기서는 남송우 편, 『청마 유치환 전집』Ⅰ, 159쪽.

다시 서는 날"이라고 적었다. 근대 국민국가 내지 민족주의의 핵심서사 중 하나는 국가(민족)의 위기 극복과 발달을 위해 강토와 이토에 흩뿌려진 피와 땀을 애도하고 기록하는 작업이다. 그것의 공식적 제도화가 전쟁기념비와 희생자추도비, 국립묘지 건설, 기념일의 제정과 연연의 기념식 개최 등임은 주지의 사실이다.

그렇다면 청마의 「오상보성외」는 한 번도 발설한 적 없는 '조국' 회복의 개인적 행위를 '대한민국' 건설에 바쳐진 집단적 실천의 하나로 기념비화한 시쓰기로 해석할 수 있다. 물론 그 행위는 자기의 말을 박탈당한 이농민과의 연대가 아니라 스스로 발화할 수 있는 지식분자 이태화와 문운곡을 문면(文面)에 호명함으로써 완결되고 있다. 이들 지식의 결속은 조국(肇國)의 기획이 과학적 객관성과 현실화 가능성에 대한 검토를 동시에 거친 것으로 이해되고 수렴되는 효과를 발휘할 가능성이 크다. 그럼으로써 청마에게 '만주'는 식민주의 내지 협력과 거의 무관한 광막한 공간, 아니 '조국' 회복을 염원하고 그 역사를 다시 구하는 역사적 장소로 그 가치가 다시 전도된 것이다.

그러니 마지막으로 결론 삼아 「오상보성외」에 대한 청마의 개인적 가치와 '청문협'에서의 의미를 이렇게 말해보자. 이제 청마의 만주체험은 식민주의나 협력과 관련해서는 무엇 하나 숨겨질 이유도, 극복될 이유도 없는 가치론적 장소로 문득 변전되었다. 이것은 그의 만주체험이 군국주의 파시즘에 의해 관통당한 상실의 표면을 닫고, 오히려 그 폭력성에 맞서 저항하고 조국의 미래를 기획하는 진정한 '이면'의 장소로 새롭게 조형되었음을 뜻한다. 하여 「오상보성외」를 두고는 이런 평가가 가능해진다. 청마 발(發) 만주의 서정과 해방의 감각이 그 자신의 의지적 기억[57]을 통해 극적으로 결속, 조국애의 윤리와 건국의 논리로 유감없이 치환

되는, 새로이 발명된 에스닉의 장(場)을 기호화하고 있다고 말이다.

해방기에 이런 개인사의 집단사로의 전유만큼 '청문협'의 전통 의식과 보수적 역사의식을 "민족단위의 휴머니즘"으로 치환할 수 있었던 문화정치학이 거의 존재하지 않았다고 말하면 어떨까. "우리는 민족적으로 과거 반세기 동안 이족(異族)의 억압과 모멸 속에 허덕이다가 오랜 역사에서 배양된 호매한 민족정신이 그 해방을 초래하여 오늘날의 민족정신 신장의 역사적 실현을 보게 되었"다. '청문협'의 전통 이해와 역사의식이 압축적으로 요약된 문장의 하나이다. 이를 근거로 '청문협'은 자신들의 민족문학을 "데모크라씨로서 표방되고 세계사적 휴머니즘이 연속적 필연성에서 오는 민족단위의 휴머니즘"[58]으로 가치화했다.

그러나 이 '민족단위'에서는 조선과 만주, 러시아 심지어 일본에서 유랑과 불안의 삶을 떠돌던 하위주체들의 피와 땀이 충분한 가치도 보상도 얻지 못할 것으로 예정되어 있었다는 사실, 이 불행한 진실은 우리 현대사의 환등기가 오늘도 저 검푸른 벽면에 거듭하여 상영 중이다. 이로써 청마 만주체험의 한국적 '현장성'과 '현재성'은 미학적 지평에서 문화정치학의 지평으로 거의 예외 없이 이월되었다. 적어도 청마에게는 '만주'가 '고국'의 파국(破局)과 '조국'의 입명(立命)에서도 도하(渡河) 불가능한 심연이었음이 새삼 두드러지는 장면이다.

---

57) 벤야민에 따르면 인간의 기억은 두 종류로 나눌 수 있다. 하나는 '무의지적 기억'이다. 이것은 어떤 구체적 대상의 경험에서 떠오르는데, 그 경험은 의식적 노력이 아니라 우연히 솟아오르는 형태로 주어진다. '장소' 감각으로 말한다면, 자아정체성의 유지와 보존에 결정적 역할을 하는 '실존적 내부성'으로 주어진다. 다른 하나는 '의지적 기억'이다. 이것은 외부적 사건이 정보의 형식으로 전달될 때 환기되는 기억이다. 이런 물리적 현실 때문에 그 사건은 의식적 체험의 내용으로 존재할 뿐 무의지적 기억의 내용으로 가치화되지 못한다. 「오상보성외」 상의 '만주'와 '대한국'의 접변 그간의 '만주시편'의 맥락상 '의지적 기억'으로 읽힐 가능성이 다분하다.

58) 김동리, 「순수문학의 진의－민족문학의 당면과제로서」, 『서울신문』, 1946.9.15.

박영준 해방 전후의 만주서사와 그 의미

韩红花

1. 서론

1934년 단편 <모범경작생>과 장편 <일년>이 각각 『조선일보』 신춘문예와 『신동아』 현상소설 모집에 동시에 당선되면서 등단한 박영준은 작가생활 40여 년 동안 장편소설 20여 편과 중단편소설 200여 편에 달하는 방대한 양의 문학작품을 창작하였다. 하지만 그동안 그의 문학은 학계의 주목을 크게 받지 못했다. 농촌을 배경으로 한 <모범경작생>, <일년>, <어머니>, <목화씨 뿌릴 때> 등 등단 초기의 작품들이 주요 논의의 대상으로 거론[1]되어 왔을 뿐, 그의 해방 이후의 문학은 <빨치

1) 권영기, 「박영준의 농민소설 연구」, 연세대 석사논문, 1977 ; 정현기, 「작가의 사회의식론－박영준의 장편소설 『일년』을 중심으로」, 『연세어문학』 7-8, 연세대 국어국문학과, 1976, 115-137쪽 ; 김준, 「한국농민소설 연구－광복 이전의 작품을 중심으로」, 경희대 박사논문, 1990 ; 신진호, 「楊逵의 <模範村>과 박영준의 <모범경작생>」, 『중국현대문학』 7, 한국중국현대문학학회, 1993, 149-170쪽 ; 오양호, 「1930년대 초기 농민소설 고찰」, 『현대소설연구』 2, 한국현대소설학회, 1995, 243-263쪽 ; 박진숙, 「1930년대 농촌진흥운동과 농민소설의 텍스트화 양상」, 『동아시아 문화연구』 52, 한양대 동아시아문화연구소, 2012, 367-393쪽.

산>, <용초도근해> 등 개별 전쟁소설에 대한 소량의 연구[2)]를 제외하고는 거의 연구가들의 관심 밖에 머물러 있었다. 그 까닭은 박영준 문학의 전체적인 흐름이 사회적인 것, 시대적인 것보다는 신변의 쇄말사나 개인적인 차원에서의 윤리적 삶의 형상화에 기울어져 있었다는 점, 또 "문단사교나 문단정치와는 무관한",[3)] "문단의 시류에 영합하지 않고 자기만의 사실주의 문학"[4)]을 견지해온 작가로서 박영준이 독자들의 눈길을 끌지 못했다는 점 등과 긴밀히 연관되어 있을 것으로 짐작된다.

박영준의 만주 배경 소설에 대한 연구가 소략한 것 또한 이러한 이유에서 크게 벗어나지 않는다. "예술성이 없는 정치적인 것은 예술적 작품에서 구한다는 것이 무리"[5)]이며, 따라서 "만주조선인문학에 이데올로기를 세우려고 초조할 필요가 없다"[6)]라고 한 박영준의 주장은 그가 만주문학을 창작함에 있어서 정치성과 사회성을 그다지 중요한 위치에 놓지 않았음을 증언해준다. 특히 박영준 식민지시기의 만주문학은 '만주국'의 이념이나 사회적 분위기, 그리고 그 속에서 살아가는 조선인들 삶의 현실에 대한 관심보다는 오히려 개인의 진실한 감정이나 내면의식의 예술적 구현에 더욱 무게를 두고 있다. 예컨대 재만 조선인작가들 경우 만주의 조선농민과 원주민들과의 갈등, 아편중독자, 밀수업자를 비롯한 조선인 부정업자들의 피폐한 삶 등 '만주국' 정부의 통치 밑에서 생존을 위해 살아가는 이주조선인들의 실상을 사실적으로 그리는 데 치중하고 있

---

2) 김외곤, 「구세대의 전쟁문학에 나타난 중립적 시각과 윤리의식」, 『한국학보』 16, 일지사, 1990, 118-134쪽 ; 신영덕, 「박영준의 전쟁소설 연구」, 『개신어문연구』 22, 개신어문학회, 2004, 345-372쪽.

3) 조남철, 「박영준」, 『황소걸음』, 동연, 2008, 221쪽.

4) 강승희, 「박영준의 문학과 사랑」, 『황소걸음』, 동연, 2008, 174쪽.

5) 박영준, 「김동한 독후감」, 『만선일보』, 1940.2.22.

6) 위의 글, 1940.2.24.

었다면, 박영준은 만주(만주국)의 사회적 현실보다는 주로 자신의 직접적인 생활체험에서 오는 감정이나 내면적 갈등 또는 인간의 윤리적 가치에 대한 고민을 표현하는 데 초점을 두고 있는 것이다. 최근 만주에 대한 관심도가 높아지고 재만조선인문학 연구가 활발해지기 시작하면서 '재만조선인작가'의 범주 안에서 박영준이 언급되기는 하나 강경애나 안수길만큼 주목받지 못하는 주요 이유이기도 하다.

그러나 1934년과 1937년 두 차례에 걸친 만주 이주 경험과 8년간의 만주생활 체험을 갖고 있는 박영준에게 있어서 만주 공간이 지닌 실제적 의미는 작지 않다. 이는 박영준의 해방 전 작품인 <교유부인>(1936), <중독자>(1938), <무화지>(1941), <밀림의 여인>(1941)을 비롯하여, <과정>(1946), <물쌈>(1946), <고향없는 사람>(1947), <전사시대>(1966), <죽음의 장소>(1973), <밀림의 여인>(개작, 1974) 등 만주를 배경으로 한 소설 창작이 해방 후에도, 1976년 작가가 별세하기 전까지 긴 시간에 걸쳐 지속적으로 이루어졌다는 점만 보더라도 알 수 있다. 박영준에게 만주가 어떠한 공간으로 인식되고 기억되고 재현되든 지간에 위의 사정은 결국 작가의 만주체험이 그의 전반적인 생애에서 결코 등한시할 수 없는 중요한 위치를 차지하고 있음을 역설해 주는 것이다.

그동안 박영준의 만주서사에 대한 몇 안 되는 연구는 작가의 재만시절 소설에 집중되어 있는 경우가 많다. 이 연구들에서 만주는 주로 만주국의 이념에 부응하는 '친일'의 공간,[7] '가난, 방황, 탈출의 기착지',[8] '작가 불안 의식의 노출 공간'[9] 등으로 이해되었는데, 다소 소극적 의미

---

7) 이상경, 「'야만'적 저항과 '문명'적 협력」, 『재일본 및 재만주 친일문학의 논리』, 역락, 2004.

8) 전인초, 「만우 박영준의 재만시절 소설 시탐」, 『인문과학』 97, 연세대학교 인문과학연구소, 2013, 5-38쪽.

로 해석되는 만주의 이러한 이미지는 사실상 이 시기 절망, 실패의 서사가 주를 이룬 박영준의 소설적 특성에서 비롯된 것이다.

하지만 박영준에게 있어서 만주의 의미는 결코 여기에 국한되지 않는다. 해방 전에는 만주를 배경으로 삼으면서도 만주의 사회적 현실과는 거의 무관한 소설을 창작해 오던 그는 해방 직후, 식민지 시기의 만주를 배경으로 민족 수난의 현장을 직접적으로 그려낸다. 그리고 약 20년이나 지난 1960년대에 와서 자기고백적 성격을 띤 자전 소설 <전사시대>를 발표하며, 7년 뒤에는 해방 후 만주로부터의 귀환을 소재로 다룬 소설 <죽음의 장소>에 이어 이듬해, 친일적 성격의 소설로 논란이 되었던 <밀림의 여인>을 개작하여 발표한다.

만주 배경 소설의 창작에 있어서 이와 같은 시간적 배치와 구체적인 소재 내용의 선택 과정에는 분명 만주에 대한 작가 나름대로의 의도나 개인적 욕망이 존재했을 터인데, 그 욕망과 창작의도가 구경 무엇인지를 추적하는 일은 결국 박영준에게 만주란 무엇인가 하는 질문의 해답을 찾는 작업이 될 것이다. 본고는 박영준의 식민지시기 만주체험이 해방 후 어떻게 내면화되고 기억되고 또 소설로 재현되는지, 그 과정에 작가의 어떠한 의식과 의도와 욕망이 작동하고 있었는지를 박영준 해방 전 만주 서사와의 상호 연관성 속에서 통시적으로 살펴봄으로써 박영준 만주체험이 갖는 의미와 만주가 그의 전반적인 생애에서 차지하는 위치를 재정립하고자 한다.

---

9) 차희정, 「재만시기 박영준 소설에 나타난 불안의 양상과 그 의미」, 『한국문학 속의 중국 담론』, 경진, 2014.

2. 실패의 서사와 연속으로서의 만주

박영준의 식민지 시기 만주서사가 지닌 공통적인 특징은 작품 속 인물들의 만주에서의 염원이나 환상이 모두 실패로 끝나고 있다는 것이다. <교유부인>의 선비, <중독자>의 '나'(김상현), <무화지>의 재춘, <밀림의 여인>의 '나'는 모두 이러한 인물에 속한다.

<교유부인>에서 소학교도 제대로 마치지 못한 선비는 전문학교 출신인 남편과 결혼한 후 엄격한 시부모 밑에서 시댁식구들의 시중을 들면서 갖은 고생을 다 하지만 남편에게서 아내다운 대접도 받지 못하며 살아간다. 그러다가 중학교 교사가 된 남편을 따라 만주에 오는데, 자신의 전력을 숨기고 숙명 졸업생으로 거짓말을 꾸며 교유부인 행세를 하고 다니다가 결국 들통 나서 창피를 당하게 된다. <중독자>의 '나' 또한 부채를 주고받는 인간관계의 "겹쳐 돌아가는 생활이 싫어"[10] 조선을 떠나 만주에 오지만 열여덟 살 된 하숙집 식모의 순정을 빼앗는 것으로 또 다시 새로운 인간관계를 맺게 됨으로써 애초 만주행의 목적이 실패로 돌아가고 마는 것이다.

조선에서의 굴종적이고 피동적인 삶을 청산하고, 만주에서의 새로운 삶을 간절히 원했던 선비나 '나'의 뜻이 깨지고 만 것처럼, 만주에서 기대했던 삶이 낭패를 당하기는 <무화지>의 재춘 역시 마찬가지이다. 조선에 아내를 두고도 만주에 지방 유지로 와 있는 동안 불륜을 서슴치 않는 재춘은 두 번째 아내가 죽은 지 얼마 안 돼 또다시 젊은 새색시를 얻어서 데려오는데, 도중에 조선에서 본처가 찾아왔다는 갑작스러운 소식

10) 박영준, 「중독자」, 『박영준전집』 1, 동연, 2002, 238쪽. 이하 인용문은 본문에 쪽수만 표기하기로 한다.

을 전해 듣고 당황해한다. 만주에서의 자유롭고 방종한 생활에 대한 재춘의 환상 역시 깨지고 만 것이다.

위 세 편의 작품에서 직접적으로 드러나는 주인공들의 실패와 좌절에 비해, <밀림의 여인>에서는 '나'가 오랜 기간의 산속 생활로 원시적인 삶을 살아 온 공산비 순이를 정신적으로 귀화시키고 부모까지 찾아 줌으로써 표면적으로는 귀순의 목표를 달성한 것처럼 그려진다. 그러나 순이를 '문명인'으로 귀순시키는 과정에 '나'가 번번이 느끼는 괴로움과 회의적인 감정은 '나'의 노력의 결과가 사실상 처음 기대했던 것에 어긋나 있음을 암시해 주는 것이다.

> 나는 새로운 책임을 느끼었다. 내 자신이 어떻게 해서 그 책임을 다할 수 있는가. 나는 명안을 찾을 수가 없었다. 그를 행복스럽게 하려면 그의 장래에 대한 참생활을 가르쳐주어야 할 것이다.
>
> 그런 것을 생각할수록 나는 점점 나의 무능을 깨닫게 되고 따라서 괴롬을 느끼게 되었다.[11]

> 나는 눈물 흘리는 순이를 바라볼 뿐 아무 말도 하지 못했다. 그를 바라보는 것 외에 아무것도 못해준 방관자에 지나지 못할 사람이다. 부모에게 데려다준 뒤에 어떤 생활이 있어져야 할 것도 생각할 수 없는 나다.
>
> 그의 엄숙한 눈물을 막아줄려고 한다는 것이 도리여 거짓 같은 말이다. 다만 앞으로 눈물을 흘리지 않고 살아주었으면 하고 나 혼자 속으로 바랄 뿐이었다.[12]

열다섯 살 때 산 속으로 들어가 십년간 '야만인'으로 살아온 순이를

---

11) 박영준, 「밀림의 여인」(『싹트는 대지』 수록), 『중국조선족문학사료전집』, 연변인민출판사, 2001, 516쪽.
12) 박영준, 「밀림의 여인」, 위의 책, 524쪽.

'문명인'으로 교화시키는 것이 '나'가 순이를 집에 데려다 놓은 주요 목적이었다, 그러나 사회와 현실을 점차적으로 알기 시작한 순이가 진정 자신의 인생을 고민하고 미래의 생활에 대한 질문을 던져올 때, 명안을 찾을 수 없는 '나'는 책임을 다 할 수 없는 것에 대한 무능함을 느낀다. '나'의 괴로움은 바로 이러한 무능함이 가져다주는 자괴감에서 비롯된 것이다. 또한 순이에게 마음의 안정을 주려는 의미에서 수소문 끝에 부모도 찾아주지만, 부모를 만나러 떠나는 기차 안에서 이유를 알 수 없는 눈물을 흘리는 순이를 볼 때, '나'는 순이의 예측 불가능한 미래에 대한 걱정과 함께 묵묵히 그녀의 행복을 기원할 뿐이다. 순이를 부모의 품으로 돌려보내는 것이 진정한 행복을 찾아주는 길이라고 굳게 믿었던 것에 대한 '나'의 회의적인 감정의 표현이라 할 수 있는 것이다. 결국 순이에게 행복을 주기 위한 '나'의 노력이 오히려 역효과를 발생하게 됨으로써 기대한 바와 어긋나고 있다는 점에서 <밀림의 여인>의 '나' 역시 실패자임에 다름 아니다.

이처럼 박영준의 식민지시기 만주서사에서 공통으로 나타나는 실패의 구도는 당시 작가의 절망적이고 환멸적인 태도와 맞닿아 있다. 다시 말해 소설에서 설정된 주인공 실패의 구도는 우연적인 것이 아니라 작가 자의식의 직접적인 발현이라 할 수 있는 것이다.

중학시절 선부(船夫)의 꿈을 이루고자 일본의 우선(郵船)회사를 지망하지만 낙방함으로써 박영준의 첫 희망이 깨지게 된다. 가난한 농촌의 생활 속으로 돌아가기는 싫고 "현재의 곤궁한 상태에서 빠져나오고 싶다는 생각"[13]에 문학공부를 시작한 박영준은 졸업 후에는 취직의 연속적인

13) 박영준, 「자전적 문학론」, 『황소걸음』, 동연, 2008, 359쪽.

실패로 반복적인 좌절을 겪는다. 조선중앙일보사, 경성일보에서 발행하는 영문신문사, 화신상회(和信商會) 등 곳곳에 지원을 하지만 모두 떨어지고 만다. 연희전문 졸업과 함께 <모범경작생>, <일년>, <새우젓> 세 작품이 동시에 당선, 발표되는 명예를 안은 자신의 화려한 경력이 어느 정도 인정받으리라는[14] 자신감을 가졌던 박영준이었기에 취직의 실패에서 오는 상처와 고통은 더욱 컸던 것이다.

취직시험에 염증을 느끼고 있을 때쯤 박영준은 지인의 소개로 간도에 있는 용정의 동흥중학교에 취직되어 가나, 과중한 강의 부담과 생활을 지탱해나가기 어려울 정도의 낮은 월급[15] 등 원인으로 그곳에서도 역시 자리를 잡지 못하고 1년 만에 조선으로 돌아온다. 귀국한 지 얼마 안 돼 독서회사건에 연루되어 유치장 생활을 하게 되고, 5개월 만에 석방된 후 어렵게 취직한 상미사(商美社)마저 파산되면서 또다시 실업의 아픔을 겪는다.

'가난과 무지로 얼크러진 극히 좁다란 농촌 세계에서 이탈하려는 노력 속에서 살아온'[16] 박영준이었던 만큼 서울에서 취직운동의 반복적인 실패는 그로 하여금 철저한 패배감과 절망감에 빠지게 한다. 이러한 절망감을 미처 해소하지도 못한 채 만주로 이주한 박영준이 만주를 바라보는 시각은 극히 제한적이고 감성적일 수밖에 없다. 그에게 만주는 독자적인 정체성을 지닌 객관적 인식의 대상이라기보다는, 자기 내면적 감정 이입의 대상으로서 그 존재의 의미가 더 컸을 것으로 보인다. 지리적인 공간 이동과 물리적인 환경 변화 속에서도 작가는 만주의 현실을 관찰하고 그

14) 박영준, 위의 글, 376쪽.

15) 박영준은 「자전적 문학론」에서 당시 60원을 받기로 하고 간 용정 동흥중학교에서 첫 달 월급을 25원밖에 못 받았고, 그것도 다음 달부터는 줄어들기 시작하여 생활을 유지해 나갈 방도가 없었다고 회억하고 있다(박영준, 위의 글, 401쪽).

16) 박영준, 「나의 문학생활 자서」, 『백민』 14, 1948.

것을 소설에 담아낼 만한 정신적 여유를 가지지 못한 것이다. 이 시기 박영준은 화려하게 등단하고도 온전한 취직자리 하나 구하지 못하는 자신의 초라한 처지에 절망하고, 이로 인해 상처받은 자기 내면의 소리를 소설로 구현해 내는 것에 충실한 것으로 보인다.

따라서 이 시기 박영준의 만주서사에 등장하는 인물들 모두 생활의 패배자로 그려지고 있는 것은 바로 쉽게 해소되지 않는 작가의 이러한 좌절감과 절망감이 직접적으로 투영된 결과라는 해석이 가능해진다. 또한 이 시기 박영준 소설에서 만주가 "전망이 거세된 '중독'과 '무화'"[17]의 이미지로 그려진 것도 만주 현실에 대한 작가의 경험적 인식의 결과라기보다는, 자신을 알아봐주지 않는 당시 조선 문단사회에 대한 작가의 염증[18]적인 태도와 "질식할 것 같은"[19] 조선의 현실에 대한 부정적인 인식의 연장선 위에서 이루어진 것으로 이해될 수 있다. 그런 점에서 만주는 박영준에게 있어 조선과 단절된, 새 생활의 출발을 상징하는 신생의 공간이 아닌, 조선의 연속된 공간으로서의 의미를 갖는다.

박영준 만주서사에 나타나고 있는 인물들의 실패가 모두 조선과의 연관 속에서 경험되고 있다는 점은 이를 재차 증명해준다. 소설 속 주인공들은 만주는 조선과 단절되어 있다는 착각 또는 그러한 염원 속에서 살아가지만 그것은 한낱 관념적인 환상에 불과한 것으로 드러난다. <교유부인>의 선비나 <무화지>의 재춘은 허위와 허세, 불륜의 땅으로서의 만주를 기대하지만 그들의 기대와 믿음은 '조선'의 개입에 의해 산산이

17) 위의 논문, 190쪽.
18) 박영준은 「자전적문학론」에서 당시 중견작가인 안회남에게 인사를 여러 번 건넸으나 매번 만날 때마다 자신을 냉담하게 대하였던 사실을 들어 당시 문학하는 사람들의 오만에 실망을 적지 않게 느꼈음을 밝히고 있다(박영준, 「자전적문학론」, 앞의 책, 430쪽).
19) 박영준, 위의 글, 375쪽.

깨지게 된다. 숙명 졸업생으로 가장한 선비의 거짓말은 조선에서 갓 부임해온 정윤화 선생의 부인, 즉 숙명 졸업생인 숙자의 입을 통해 폭로되며, 재춘의 경우, 두 번째 아내가 죽었다는 소문을 접한 조선의 본처가 돌연 들이닥침으로 인해 "만주에 와서 마음대로"[20] 살려고 했던 소원이 물거품으로 되고 마는 것이다.

조선과 만주의 이러한 연대성은 <중독자>에서 아내를 잊고자 만주에 도피해온 '나'가 조선의 아내를 자주 떠올리는 장면에서도 확인된다.

> (1) 며칠만에 먹은 밥값을 내려고 돈을 꺼내면 돈의 유래가 꼬리에 꼬리를 물고 내 머리를 조선으로 몰아내며 그런 뒤에는 기필코 아내가 눈앞에 나타난다.(216쪽)
>
> (2) 나와는 정반대의 인간이라는 것을 느끼면서도 말씨가 서울 말씨라는 것을 안 뒤,
> "고향이 어디십니까?"
> 하고 물은 내 마음은 나를 떠난 명희가 서울로 가 있음을 알기 때문이었으리라.(219쪽)
>
> (3) 그 여자는 눈물을 흘리었다. 자기의 괴로움을 나라는 사내에게 전염시키어 고통을 분할시켜 보겠다는 노력이 눈앞에 보이므로 나는 적이 불쾌를 느끼었으며 따라서 여자의 눈물이라는 데에 명희를 연상케 하여 그 방에 들어온 것을 후회하게 하였다.(227쪽)

아내(명희)의 미모에 반해 부친이 남겨준 모든 재산을 탕진해버린 '나'는 아내가 도망가자 만주로 온다. '나'가 조선을 떠나 만주로 온 목적은 뚜렷하다. 부채를 주고받는 인간관계와 과거, 즉 조선에서의 삶을 청산

---

20) 박영준, 『무화지』, 앞의 책, 288쪽.

하기 위해서이다. 그 청산해버리고 싶은 인간관계, 과거 속에는 물론 아내도 포함되어 있다. 그러나 '나'는 순간순간 떠오르는 아내의 그림자를 쉽게 떨쳐버리지 못한다.

위의 세 인용문에서 보다시피 '돈', '서울 말씨', '여자의 눈물'은 모두 '나'로 하여금 조선에 있는 아내를 연상케 하는 매개물로 작용한다. '나'는 인용문 (3)에서처럼 무의식중에 아내를 연상시키는 '그 여자'의 눈물을 보는 순간, 그녀의 방에 따라 들어온 자신의 행동을 후회하기도 하지만, 인용문 (2)에서처럼 여관방 한 칸을 같이 사용하게 된 젊은 남자와 대화를 나누던 중, 서울 말투임을 알아차리고는 서울에 가 있는 아내를 의식적으로 떠올리기 위해 일부러 그 남자의 고향을 묻기도 한다. 과거(조선)의 기억을 잊어버리는 동시에 새로운 기억을 만들지 않으려는 생각(229쪽)에 선택한 곳이 만주였으나, 만주에 와서도 여전히 남아 있는 아내에 대한 집착과 미련은 결국 끊을 래야 끊을 수 없는 조선과의 연대성을 말해주는 것이다. 또한 하숙집 식모의 정조를 빼앗음으로써 인간관계를 새롭게 맺게 되는 것은 만주에서의 삶이 과거(조선)의 반복이자 연장에 불과한 것이었음을 암시해주는 것이다.

'절망 속에서 고민하는 한국 청년의 모습을 절망적인 태도'[21]로 그린 소설 <중독자>는 가난과 취직의 실패, 친구의 배신[22] 등 여러 가지 불상사로 당시 박영준이 받았을 극도의 좌절감과 절망감, 심리적 고통을 잘 대변해주는 동시에 조선의 연속된 공간으로서의 만주 의미를 잘 드러내 보여주고 있다.

---

21) 박영준, 『자전적문학론』, 앞의 책, 383쪽.

22) 박영준은 『자전적문학론』에서 친한 동창생에게 아내가 결혼할 때 갖고 온 돈 오십원을 빌려줬다가 친구가 그 돈을 떼먹고 도망간 일로 심한 배신감을 느꼈던 당시의 심정을 털어놓고 있다(박영준, 위의 글, 430-431쪽).

3. 망각과 기억의 역설적 공간

(1) 과오 은폐와 자기보호의 전략

박영준의 식민지시기 만주 배경 소설이 실패의 서사를 통해 작가 개인의 내면적 감정을 표현하는 데 초점을 두었다면 해방 직후에는 민족의 서사를 통해 재만조선인의 수난의 현장을 그려내는데 주력하였다. 해방 직후 박영준의 이러한 창작적 경향은 '해방'이라는 역사적 대사건과 더불어 일제잔재의 청산 및 민족국가의 건설 등 '민족' 문제의 해결이 급선무였던 당시 사회적 분위기와 어느 정도 겹쳐져 있기는 하지만, 그렇다고 해서 이태준의 <해방전후>(1946), 채만식의 <민족의 죄인>(1948)처럼 과거 친일행위에 대한 자기반성과 자기고백적 성격의 작품과 맞물려 있는 것은 아니다. 또한 만주로부터의 귀환을 소재로 한 염상섭의 <이합>(1948), 김만선의 <귀국자>(1948), 허준의 <잔등>(1946)처럼 당시 귀환담론의 문단적 흐름에서도 벗어나 있다.

이 시기 박영준의 만주서사는 식민지 시기의 만주를 배경으로 민족이 겪는 서러움과 고통을 집중적으로 다룬다. <과정>(1946)은 일본인 회사에서 조선인 직원들이 받는 부당한 대우와 민족차별을, <물쌈>(1946)은 관청과 결탁하여 저수지를 만들어 물을 독차지하려는 툰장의 횡포로 인해 물 고생을 심하게 겪고 있는 조선농민들의 처지를, <고향 없는 사람>(1947)은 고생스레 개간해 놓은 땅을 일본인 이민단에게 빼앗기고 황량한 황무지로 쫓겨 가야 하는 조선이주민들의 불행을 그리고 있다.

보다시피 이 시기 만주서사에서 공통으로 강조되는 것은 '민족'인데, '민족'이라는 거대 기표가 전면화되어 나타나면서 작품 속에서 개인의 역할과 의미는 약화되거나 소멸된다. 일본회사 이사장에게 갖은 욕설과 비난을 당하는 인주와 경숙(<과정>), 전쟁에 나갈 툰장의 아들 혼사 제안을 거절했다가 끌려가 구타를 당한 종석(<물쌈>), 만주에 와서 애타게 개간한 땅을 일본인에게 뺏기지 않으려고 이민을 거부한 황보 영감(<고향 없는 사람>) 등 인물들이 겪는 수모와 고통은 개인의 것이 아닌 민족의 것으로 대체된다. '개인'의 삶을 '조선인'의 삶과 대등시키고, '개인'의 운명을 '민족공동체'의 운명으로 치환시키고 있는 것이다.

(1) 무엇 때문에 이런 곳엘 찾아왔던가 하는 자기의 운명을 다시 한탄하고 싶었다. 그러나 만주 넓은 들에 물 있는 곳마다 찾아가 논을 풀어 놓은 조선 농민이나 조선에서 직업을 구하지 못해 그들이 사는 곳으로 찾아온 자기나 꼭 같은 운명이 아닌가![23]

(2) "이놈……. 네가 민족적 사상이 있는 건 전부터 알았다. 그래 너희 놈이 나간다구 너희들끼리만 장행회를 하는 법이 있어?"
난데없는 벼락이었다. 되려 이편이 하고 싶은 말이다. 인주는 술이 취했으나 눈에서 눈물이 났다. 그러나 참아야 하는 것이 조선 사람의 운명이었다. 그는 방바닥에 쓰러지어 소리를 쳐 가며 울고 또 울었다.[24]

일본회사 서무주임을 맡고 있는 인주는 회사 내 조선인들의 질서유지와 '만주국' 정책의 선전 등 책임을 맡고 있다. 조선인에 대한 부당한 대우와 민족차별에 불만을 품고 있으면서도 저항 한 번 못하는 인주는 동리마다 돌아다니면서 조선농민들을 모아놓고 전선에 보낼 식량의 증산

---

23) 박영준, 「과정」, 『박영준전집』 1, 동연, 2002, 303쪽.
24) 박영준, 「과정」, 위의 책, 306-307쪽.

을 독려하는 연설을 한다. 인주의 개인적 사정이야 어떠하든 엄밀히 말해 친일에 다름 아닌 그의 행위는 인용문(1)에 나타나 있듯이 자신의 운명을 조선농민의 운명과 동일화시킴으로써 그 친일적 성격이 어느 정도 희석화되는 것이다. 인용문(1)에서는 만주 땅을 개척해 놓은 조선농민이나, 조선에서 취직자리를 찾지 못해 만주의 일본회사에 취직한 인주나 피해자라는 짐에서는 '같은 운명'으로 취급되고 있는데, 이는 인용문(2)에 와서 절대 권력을 가진 일본에 순종할 수밖에 없는 것이 바로 조선사람(민족)의 운명이라는 논리로 이어지고 있다.

위의 인용문에서는 인주의 심리묘사와 서술자의 입으로 전달되는 "개인=조선농민=조선사람(민족)"의 논리를 통해, 8년간의 만주생활에서 "너무나 소극적이고 너무나 비굴했던"[25] 자신의 처신을 '민족'에 귀속시킴으로써, 과거 협화회에 근무한[26] 개인적 전력을 은폐하고자 한 작가의 숨은 의도를 엿볼 수 있다.

---

25) 박영준, 「만주체류 8년기－굴욕과 개간」, 『신세대』 1, 1946.3.

26) 박영준의 1938년 두 번째 도만 이후의 구체적인 행적에 대해서는 반석현 교사 경력만 소개되고 협화회 근무 전력은 생략(박영준, 『박영준 전집』 1, 동연, 2002, 542쪽)되어 있거나, 혹은 1938년부터 1945년 해방을 맞아 귀국할 때까지 줄곧 길림성 반석현의 홍광중학에서 교사로 일하면서 창작에 전념한 것(전인초, 「만우 박영준의 재만시절 소설 시탐」, 『인문과학』 97, 연세대학교 인문과학연구소, 2013, 9쪽)으로 소개되거나, 도만 후 반석에서 교직에 종사하다가 이후 협화회교하분회로 옮긴 것(표언복, 「역사적 폭력과 식민지 지식인의 주체분열－박영준 소설의 '만주' 인식 방법」, 『어문학』 104, 한국어문학회, 2009, 179-200쪽)으로 전해지고 있다. 필자가 조사한 데 의하면 1939년 12월 1일자 <만선일보>에 실린 박영준의 글 「장편소설 쌍영 연재 예고－작가의 말」과, 1940년 1월 24일자 <만선일보>에 실린 글 「현단계의 진실한 비평과 발표기관의 기대」의 맨 끝머리 약력에 모두 "현재 협화회반석현본부근무"로 적혀있다는 점, 그리고 『싹트는 대지』(1941)에 수록된 소설 「밀림의 여인」 앞부분에 "도만 후 협화회 회무직원 근무, 현재 협화회 교하분회에 근무"로 기록되어 있다는 점 등으로 미루어 볼 때, 박영준은 1938년 도만 후 최소한 1941년 이전까지는 반석현 협화회 본부에서 근무하고 있다가 협화회교하분회로 자리를 옮긴 것으로 추정된다. 박영준이 반석현 협화회 본부에 취직, 협화회교하분회에 전근한 구체적인 시간에 대해서는 좀 더 실증적인 조사 연구가 필요하다.

'협화회'란 작가 스스로도 밝히고 있듯이 "오족협화(五族協和)를 표면에 내세우면서 일본정책을 실천한 정신적인 강력한 조직체"[27]이다. "그런 기관에 근무했다는 것은 결국 일제에 협력했다는 증거"[28]가 된다. 물론 당시 시대적 상황 속에서 친일과 관계하지 않은 문인을 찾기 쉽지 않은 것이 사실이라 할지라도, 누구보다도 공포와 억압으로 일관된 반생을 살아온[29] 박영준이었기에 과거 협화회 근무 전력이 그에게 엄청난 불안으로 작용하였을 것임은 가히 짐작할 수 있는 일이다. 만주에 있었던 8년간이라는 시간을 '冬死의 期間', '零'[30]으로 치부해 버리고 싶을 만큼 박영준에게 있어서 만주의 과거는 은폐, 삭제해버리고 싶은 시공간이었다. 협화회 근무 전력에 대한 작가의 고민이 이 시기 만주서사에 나타나 있지 않는 것도 결국은 이로 인해 자신에게 몰아닥칠지도 모를 후폭풍의 위협으로부터 스스로를 보호하려는 데서 비롯된 전략적 글쓰기로 해석할 수 있겠다. 개인은 한 발 뒤로 물러서는 대신 '민족'이라는 이름으로 독자들의 공감대를 자극하고 재만조선인들에 대한 동정심과 민족의식을 유발시킴으로써 작가의 과거는 어느 정도 무마되어 버리는 효과를 얻을 수 있게 되는 것이다.

이러한 민족의식은 <고향 없는 사람>에서 이민을 끝까지 거부하는 황보 영감의 보다 적극적인 대응모습을 통해 더욱 강화되어 나타난다.

---

27) 박영준, 「전사시대」, 『현대문학』 135, 1966.3, 38쪽.

28) 박영준, 「죽음의 장소」, 『현대문학』 225, 1973.9, 32쪽.

29) 박영준, 「전사시대」, 위의 책, 41쪽. 유년시절 만세사건으로 할아버지가 투옥되고, 독립운동가 아버지가 죽음을 당하는 사건과, 1934년 도만 후 독립투사들을 향한 일본관동군의 잔인무도한 만행을 직접적으로 목격, 1935년 귀국한지 얼마 안 돼 독서회사건에 연루되어 유치생활을 하는 등 체험은 박영준에게 큰 공포심을 심어준다. 그의 이러한 공포심은 자전적 소설 「전사시대」에 잘 드러나 있다.

30) 박영준, 「만주체류 8년기－굴욕과 개간」, 『신세대』 1, 1946.3

"난 못 가겠소. 차라리 호수에서 자라난 고기를 잡아먹으며 살지언정 그런 덴 못 가겠소. 죽을 날을 뻔히 내다보는 놈이 또 속아 넘어가요. 내가 이민단에게 쫓겨 이리루 올 때두 차마 이런 꼴을 보리라고는 생각지 않았소. 만주 사람이란 잘 사귀기만 하면 좋습네다. 그들과 같이 밭농사라두 짓지요. 그게 애쓰구 개간한 땅을 그놈들에게 뺏기구 쫓겨다니는 것보다는 날 거요."

황보 영감은 신세타령 비슷한 말로 거절해 버렸다. 할 말을 다했다는 듯이 주먹으로 무릎을 몇 번 두들기고 일어서서는 김을 향해 발걸음을 옮겼다.

"안 간다. 아무 데두 안 간다."[31]

일본인이 쌓은 방축의 파괴로 조선농민이 개간해 놓은 논밭이 전부 물에 잠겨버리게 된 사태 속에서 황보 영감은 이민을 끝까지 거부한다. 위의 인용문에서 볼 수 있듯이 황보 영감이 이민을 거부하는 이유는 명백하다. 조선인은 어디로 가든 고생스레 개간해놓은 땅을 일본 이민단에게 빼앗기고 쫓겨나게 될 것임을 뻔히 알고 있었기 때문이다. 속는 줄 알면서도 생존을 위해서는 어쩔 수 없이 이민대열에 가담하는 대부분의 조선농민들에 비해, 생명줄이라 할 수 있는 논농사를 포기할지언정 일본인의 수작에 속아 넘어가지 않으리라 결의를 다지는 황보 영감은 그야말로 숭고한 민족적 인물로 그려지고 있다.

일본의 이민정책 속에 내포된 의도를 정확하게 통찰하고 이를 비판하고 이에 과감히 대응할 수 있을 만큼의 뛰어난 지략과 담대한 용기를 지닌 황보 영감의 과장된 인물형상 속에는 독자들의 관심과 호응을 '민족' 담론에로 유도하고자 한 작가의 노력이 깃들어 있음을 감지할 수 있다. 다시 말하면 '민족'을 자기보호의 방패막으로 내세움으로써 자신의 과거

31) 박영준, 「고향 없는 사람」, 『박영준전집』 1, 동연, 2002, 332쪽.

를 은폐하려는 시도로 독해된다.

이처럼 스스로를 보호하기 위해 과거와 결별하고자 하는 작가의 욕망은 이 시기 만주서사의 서술방식이 현재 해방 공간의 시점에서 과거를 회억하는 방식이 아니라, 식민지시기 현재진행형으로 전개되고 있다는 점에서도 확인할 수 있다. 서술자는 등장인물들과 같은 식민지 시・공간에 놓여 있음으로 인해 과거의 시간이란 존재하지 않는 것이다. 만주는 현재적 시간 속에서 체험되며, 이때의 만주는 일본인으로부터 차별과 학대, 수모를 견뎌내야 하는 민족수난의 공간으로만 표상되고 있다.

재만조선인들의 삶과 민족의 운명에 대해 무관심했던 식민지 시기의 만주서사와는 전혀 다른 작가의 이러한 반전적인 태도와, 시대를 외면한 퇴행적 글쓰기방법은 결국 작가가 당시 혼란스러운 해방공간에서 스스로를 지키고 보호하기 위한 나름대로의 고민의 표현이라 할 수 있다. 식민지의 만주서사를 다시 씀으로써 자신의 전력을 감추기에 급급해야 했던 박영준에게 이 시기의 만주는 수치와 치욕을 상징하는 공간이었고, 그러하기 때문에 기억 속에서 삭제되어야 할 공간이기도 했던 것이다.

(2) 자기고백과 기억의 장소

민족의식이나 민족정신에 대한 언급은 해방 된 지 20년이 지난 1960년대 이후의 만주서사에서도 계속된다. 일본인의 멸시로부터 오는 민족적 설움과 일본인에 대한 적개심의 분출 대상으로 관동군 수비대장 부인에 대한 정복을 상상한다거나(<전사시대>), 생포된 독립군 조선여성의 목숨을 살리기 위해 '나'를 비롯한 조선인 관리들이 신변의 위험에 불안해하면서도 노력을 보이는(개작 <밀림의 여인>) 등에서 소설 속 인물들의 내면에 살아 숨 쉬고 있는 민족의식을 확인할 수 있다.

유의할 점은 이 시기 만주서사에 드러나는 민족의식은 과거를 부정하고 은폐하기 위한 수단으로 강조되었던 해방 직후의 만주서사와는 달리, 과거의 솔직한 고백 속에서 대일협력에 대한 변명의 기제로 변주되어 나타난다는 것이다.

(1) 유치장을 나온 뒤 삼년동안 영수는 취직운동을 했지만 끝내 취직을 못했다. 그때 만주의 친일단체인 H회에서 조선인을 쓴다는 말을 듣고 만주로 왔다. 오직 목숨을 살리기 위해서였다. 특히 불온분자로 블랙 리스트에 올라있는 그로서 어찌할 수 없는 일이다. 할아버지와 아버지를 생각할 여유가 없었다. 그래서 영수는 이름까지 일본식으로 기노시다(木下)라 고쳤고 직장에서 집으로 돌아오면 유까다(일본 여름옷)나 단젱(일본 겨울 옷)을 입고 게다를 신는 생활을 하지 않을 수 없었다.[32]

(2) "실제로 그런 걸 어떡헙니까? 일본 사람에게 땅도 자유두 모든 걸 빼긴 조선 사람들이 그래두 살겠다구 만주까지 온 것은 무엇때문입니까? 죽을 수가 없어서 살려는 거지요. 순이씨는 나를 경멸하구 있겠지? 그렇지만 누군 좋아서 일본인에게 아첨하며 사는 줄 알우? 어쩔 수 없으니까 그러며 사는 거 아니겠소?"[33]

위의 두 인용문에서 드러나는 가장 뚜렷한 공통점은 주인공의 대일협력 사실을 낱낱이 밝히고 있다는 것이다. 인용문 (1)에서처럼 만주의 친일단체인 H회에 근무하는 동안 창씨개명하고 일본인의 생활을 해 온 영수와, 인용문 (2)에서처럼 만주 흥농합작사(興農合作社) 이사로 있으면서 일

32) 박준, 「전사시대」, 앞의 책, 38쪽.
33) 박영준, 「밀림의 여인」, 『현대문학』 234호, 1974.6, 236쪽.

본인에게 아첨하며 살아 온 '나'의 순응적인 행위가 고백적 서사를 통해 고스란히 드러난다. (1)에서 영수의 입장을 대변한 서술자의 고백으로 드러난다면 (2)에서는 순이와의 대화 속에서 '나'의 직접적인 고백으로 드러난다. 그리고 이러한 고백은 대일협력 행위에 대한 변명의 목소리도 담고 있다. 친일기관에 취직하고 일본에 아첨하는 것은 '오직 목숨을 살리기 위해서'였고, '어쩔 수 없'기 때문이라는 식의 변명을 하고 있는 것이다. 여기서 친일기관에 취직하게 된 동기가 '생존'의 논리로 설명되고 있다면, <죽음의 장소>에서는 '생존'이라는 본능적인 욕구를 초월하여 '민족을 위한 것'이라는 보다 '숭고한' 이유로 포장되고 있다.

> 이것은 특수한 이야기지만 만주땅에 와서 농사를 짓는 조선사람들은 모두가 보기 딱할 지경이었다. 그런 사람들을 위해 무엇인가 도움이 되는 일을 해주고 싶었다. 그래서 협화회에 들어가 일을 보기 시작했다.[34]

> 일본이 전쟁에 패하고 만 이 순간부터 그 기념비는 일본에 협력한 증거물로 바꿔지고 말 것이다. 일제에 협력했다고 해도 부끄러울 것은 없다. 삼사십명의 일본인을 살려주기도 했지만 오륙백명의 조선인을 구출하지 않았는가? 그때 나는 일본인보다도 조선인을 살리기 위해 위험을 무릅쓰고 행동하지 않았던가? (…중략…) 협화회에 근무했다는 것도 민족적으로 부끄러운 일이 아니다. 협화회에서도 조선인을 위해 일해왔으니까.[35]

주인공 종구는 만주사변 직후 장학량 군대에 의해 마을이 포위되었을 때 일본군의 밀사로 파견되어 마을의 일본인과 조선인을 성공적으로 구출해낸 '삼용사' 중의 한 사람이다. 위험과 불안을 극복하고 밀파원의 임무를 차질

34) 박영준, 「죽음의 장소」, 앞의 책, 40쪽.
35) 박영준, 「죽음의 장소」, 앞의 책, 32쪽. 이하 인용문은 본문에 쪽수만 표기하기로 한다.

없게 수행한 공로가 인정받아 협화회에 채용되었고 종구의 일본이름이 새겨진 '용사기념비'도 세워졌다. 위의 인용문은 해방과 동시에 친일의 증거로 되고 만 용사기념비 및 협화회 근무 내력에 대해 해명하는 대목이다.

여기서 대일협력의 근거로 '민족의식'이 부각되고 있다. '협화회'에 들어간 것은 '조선사람들을 위해 도움이 되는 일을 해주기' 위해서였고, 실제적으로도 '조선인을 위해 일해 왔으니까', '일제에 협력했다고 해도', '민족적으로 부끄러운 일이 아니'라는 식으로 자신의 협력행위를 합리화시키고 있다. '배반(背叛)'과 '충의(忠義)'의 이율배반적인 논리가 서로 겹쳐지면서 후자는 전자에 원인을 제공해주는 격이 된 것이다. '친일은 민족을 위한 것'이라는 왜곡된 논리 속에서 민족의식은 곧 자기합리화를 위한 변명의 기제로 활용되고 있음을 위의 인용문을 통해서 보아낼 수 있다.

이러한 변명은 민족에 대한 죄의식을 어느 정도 최소화하고자 하는 작가의 의도를 내포한다. 태생적으로 "도덕적 결백성향"[36]과 강한 윤리의식[37]을 소유한 박영준에게 있어서 협화회 근무 전력은 스스로 용납할 수 없는 인생의 커다란 흠집으로 자리했을 것이고, 이로 인해 작가가 엄청난 죄의식에 시달렸을 것임은 가히 짐작할 수 있는 일이다. "눈을 감고 임종할 때 스스로 부끄럼을 느끼지 않는 사람이 되어야 하며", "그러기 위해서는 죄의식이라는 것을 좀 더 예민하게 느낄 수 있는 인간이 되어야 한다"[38]는 박영준의 주장에서도 죄의식에 유달리 민감한 그의 성격적 특징을 확인할 수 있다. 결국 작가가 그동안 느끼고 있었던 민족에 대한 죄의식은 종구의 입을 빌려 변명의 방식으로 전달되고 있는 셈이

---

36) 이선영, 「박영준의 문학」, 『월간문학』 4, 월간문학사, 1971, 227쪽.
37) 박영준은 아버지가 목사인 종교가정에서 자랐다는 것이 자신의 사상이나 인격 형성에 큰 영향을 주었다고 밝힌 바 있다(박영준, 「자전적문학론」, 앞의 책, 397쪽).
38) 박영준, 「예민한 죄의식을」, 동아일보, 1959.8.27.

다. 그러나 협화회에 근무하게 된 동기와 과정이야 어떠하든, 해방과 동시에 "만주 땅에서 숙청 대상 제일호"(44쪽)로 지목된 부인할 수 없는 사실 앞에서 이러한 변명은 무력할 수밖에 없으며 그러므로 자기반성이 뒤따를 수밖에 없게 된다.

종구의 반성은 민족을 위한 육체적인 헌신과 희생적인 각오 속에서 이루어지고 있다. 그는 스스로를 '민족의 죄인'(46쪽)임을 인정하고 귀환 후 서울 기차역에서 짐 운반 일을 시작한다. 동포를 위해 힘이 되어준다는 것에서 보람을 찾고 힘든 육체적 노동에서 오는 고통을 통해 죄를 씻기 위해서였다. 하지만 쉽게 사라지지 않는 죄의식 속에서 종구는 괴로워하다가 결국에는 기차에 치일 뻔한 노파를 구하기 위해 레일에 용감히 뛰어들었다가 죽음을 맞게 된다. 종구는 죽음을 통해 "자기를 사로잡고 있던 죄의식에서 해방"(51쪽)될 수 있었던 것이다.

유의할 점은 이 시기의 만주서사에서 뒤늦게야 변명과 반성이 이루어지고 있는 이유는 단지 민족적 죄의식에서 해탈하기 위한 데 그치는 것이 아니라는 것이다. 그 이유는 아이러니하게도 만주에 대한 기억을 회복하기 위한 데 있었다. 말하자면 이 시기 만주서사에 나타나고 있는 변명과 반성은 작가가 만주를 다시 기억해 내기 위해 마땅히 바탕되어야 할 전제적 조건으로서 역할하고 있는 것이다. 만주의 기억을 들춰내기 위해서는 우선 만주 부정적인 과거에 대한 해명이 있어야 할진대, 자기합리화를 위한 변명과 속죄를 통한 반성이 전제되어야만 만주를 추억하는 작가의 행위에 정당성이 부여될 수 있기 때문이다.

박영준의 만주를 향한 추억 또는 미련의 감정은 작품 속에서 직접적으로 드러나지는 않지만, 주인공이 만주생활에서 느꼈던 자부심, 공적 등을 회억하는 것에서 노출되고 있다.

(1) 조금 후련해진 마음으로 집을 향해 걸을 때 동쪽 언덕에 서있는 삼용사 기념비가 눈에 보였다. 가슴이 철렁 내려앉았다. 기념비를 세운다 해도 왜 시가 어디서나 볼 수 있는 저 높은 곳에 세웠을까? 일제 밑에서는 한번도 느껴보지 못했던 감정이었다. 도리어 그런 곳에 세워준 그들에게 감사했고 스스로 자랑스럽게 생각해왔던 것이다.(33쪽)

(2) 그는 농촌으로 다니며 논을 개간하도록 장려했다. 저수지만도 다섯 개나 만들었다. 물론 조선인 농민들이 계획을 세우고 일을 했지만 현공서에 연락하여 원조금을 얻는다든가 중국인 지주의 협력을 얻는 일들을 종구가 맡아 했다. 그 결과 오륙천명밖에 안되던 조선인이 점점 늘어났다. 그러니 현 내에 사는 조선사람으로 그를 모르는 이가 없게 되었고 그를 아는 사람이면 대개가 그를 존경했다.(41쪽)

인용문 (1)은 '용사기념비'에 대한 종구의 자부심을 보여주고 있고, 인용문 (2)는 종구의 협화회에서의 활약과 존경의 대상으로 추앙받던 당시의 면모를 보여주고 있다. 물론 목숨의 위험을 무릅쓰고 획득한 '용사'의 명성과 협화회 관리의 지위는 일본인이 부여한 것이고, 그것이 해방을 맞은 지금 대일협력의 증거물로 탈바꿈하지만, 그럼에도 불구하고 종구는 시종 당시의 생활을 잊지 못하고 있다. 해방과 동시에 숙청 대상으로 지목되어 서울로 도피해야 하는 시급한 상황 속에서도 만주사변 직후 오륙백 명의 조선인을 구출한 사건이며, 협화회에 있는 동안 조선인을 위해 해 온 여러 가지 일들이 회억되고 있다.

특히 산간벽지의 늙은 부부를 마을에 안주시킴으로써 즐거움을 체험했던 것에 대한 회억은 서울에서까지도 계속된다. 서울의 친일파 처벌에 관한 기사를 볼 때마다 긴장과 불안감으로 전전긍긍하면서도 늙은 부부에게 거처를 마련해주고 생계의 문제와 정신적인 외로움을 해결해 준 일로 보람을 느꼈던 당시 만주에서의 생활을 떠올리는 것이다. 그런 점에서 만주는 종구에게 있어서 하루 빨리 잊고 싶은 망각의 공간이기도 하면서도 다른 한편으로는 기억하고 싶은 추억의 대상이기도 한 것이다. 조선인들이 해방의 기쁨을 만끽하고 있을 때 종구는 오히려 우울할 수밖에 없었던 까닭도 여기에 있다. 즉 그것은 자신의 친일행위로 인한 개인적 안위의 염려 외에도, 그에게 삶의 전환점이 되어 준 만주를 떠날 수밖에 없는 아쉬움의 모순된 감정에서 기인한 것이라 할 수 있다.

현실적으로 박영준에게 있어서 만주는 삶의 전환점이었다고 할 수 있다. 가난과 실패와 배신으로 점철된 조선 현실에 대한 염증을 품고 도피처와 탈출구로서 선택한 곳이 바로 만주였다. 그에게 있어 만주는 조선에서 어려웠던 취직의 해결과 더불어 상대적으로 삶의 안정을 보장받을 수 있었던 공간이었으며, 조선에서 잃어버린 자존감의 보상과 상처 치유의 공간으로 작용했다고 할 수 있다. 다시 말해 만주는 단지 옛 과오의 흔적이 남아있는 부정적 공간만이 아니라, 취직과 생계의 현실적 어려움을 해결해 준 곳으로서 작가 개인에게는 추억의 의미와 가치를 갖는 공간이기도 했던 것이다. "만주가 일시적 거주지가 아니고 때를 묻히고 살 영주지"[39]라는 인식과 만주에 대한 '주인'의식[40]을 갖고 있었던 박영준이었고, 만주로부터의 귀환이 자발적인 것이 아니라 "언제 어떻게 숙청당할 지 모르"[41]는 상황의 강요에 의한 '어쩔 수 없는' 선택이었기에 만주를 향한 작가의 미련은 더욱 컸을지도 모른다. 소설 <죽음의 장소>는 대일협력에 대한 변명과 반성, 재만시절의 활약과 공적에 대한 회억을

39) 박영준, 「작가의 배출과 독자의 향상을 긴급출동」, 『만선일보』, 1940.1.23.
40) 박영준, 「현단계의 진실한 비평과 발표기관의 기대」, 『만선일보』, 1940.1.24.
41) 박영준, 「전사시대」, 앞의 책, 41쪽.

통해 작가의 만주생활에 대한 망각과 추억의 모순된 감정을 종합적으로 보여주고 있는 것이다.

4. 결론

이 글은 그동안 박영준의 만주서사에 대한 논의가 식민지시기에 집중되어 온 편협성을 극복하고 작가의 만주체험이 해방 후 어떻게 내면화되고 소설로 재현되고 있는지를 박영준 해방 전 만주서사의 연속선상에서 통시적으로 고찰하는 것을 통해 박영준에게 있어서 '만주'라는 공간이 갖는 의미와 위치를 규명하는 것을 목적으로 하였다.

박영준의 해방 전 만주 배경 소설은 실패의 서사 속에서 조선의 연속으로서의 만주의 의미가 부각되고 있다. 이는 당시 가난한 생활과 거듭되는 취직의 실패로 인해 철저한 패배감과 좌절감에 빠진 작가의 자의식이 투영된 결과로서 이때 만주는 재만조선인들의 삶의 현장에 대한 관찰과 기록의 객관적 대상이 아니라, 개인적인 내면 감정 이입의 대상으로 존재한다.

해방을 맞게 되면서 만주는 박영준에게 재만시절 협화회 근무 전력과 함께 망각되어야 할 공간으로서 그 의미가 바뀌어진다. 이 시기 만주 배경 소설은 작가 개인의 내면적 감정을 표현하는 데 초점을 맞추고 있는 해방 전 만주서사와는 달리 재만조선인의 수난의 현장을 집중적으로 그려낸다. 개인과 민족의 운명을 등치시키고, 개인의 감정보다는 민족적 정신을 강조하는 것을 통해 독자들의 공감을 얻음으로써 자신의 과거 전력이 가져다주는 위험으로부터 스스로를 보호하기 위한 작가의 글쓰기 전략이 담겨 있음을 엿볼 수 있다.

협화회 근무 전력에 대한 작가의 고민은 해방된 지 20년이 지난 뒤에야 나타난다. 과거를 부정하고 은폐하기 위한 수단으로 '민족'을 방패막으로 내세웠던 해방직후의 소설과는 달리, 이 시기에는 고백적 서사 속에서 자기합리화를 위한 변명과 속죄의 반성이 동시에 이루어진다. 변명과 반성의 궁극적 이유는 민족적 죄의식에서 해탈하기 위해서만이 아니라 만주를 추억하는 행위에 정당성을 부여하기 위해서였다. 만주에 대한 기억은 작품 속에서 재만시절 만주생활에서 느꼈던 자부심, 공적 등을 회억하는 것을 통해 드러난다.

결국 박영준에게 있어서 만주는 친일기관 협화회 근무 전력을 내포하고 있다는 점에서 망각하고 싶은 공간이기도 하면서, 현재의 시점에서 돌아볼 때, 조선에서 어려웠던 취직의 해결과 더불어 상대적으로 삶의 안정을 보장받을 수 있었고, 조선에서 잃어버린 자존감을 어느 정도 보상받을 수 있었던 공간으로서, 기억하고 싶은 대상이기도 했던 것이다. 그런 점에서 박영준의 전반 생애에 있어서 만주라는 공간은 모순과 역설 그 자체일 수밖에 없다.

참고문헌

박기동 외, 『황소걸음』, 동연, 2008.

박영준, 『박영준 전집』 1, 동연, 2002.

백 철, 「박영준형의 생애와 그 문학」, 『예술원보』 20, 예술원, 1976.

서영인, 「박영준 문학과 만주」, 『한국근대문학연구』 24, 한국근대문학회, 2011, 65-94쪽.

손혜민, 「단정 수립 이후 '전향'과 문학자의 주체구성」, 『사이』 11, 국제한국문학문화학회, 2011, 163-191쪽.

이상경, 「'야만'적 저항과 '문명'적 협력」, 『재일본 및 재만주 친일문학의 논리』, 역락, 2004.

이선영, 「박영준의 문학」, 『월간문학』 4, 월간문학사, 1971.

전성호, 「박영준과 그의 중국에서의 문학」, 『박영준』(연세국학총서73), 보고사, 2007.

전인초, 「만우 박영준의 재만시절 소설 시탐」, 『인문과학』 97, 연세대학교 인문과학연구소, 2013, 5-38쪽.

차희정, 「재만시기 박영준 소설에 나타난 불안의 양상과 그 의미」, 『한국문학 속의 중국 담론』, 경진, 2014.

표언복, 「역사적 폭력과 식민지 지식인의 주체분열－박영준 소설의 '만주' 인식 방법」, 『어문학』 104, 한국어문학회, 2009, 179-200쪽.

표언복, 「해방을 전후한 창작환경의 차이가 작품에 미친 영향－김창걸의 「낙제」와 박영준의 「밀림의 여인」을 중심으로」, 『어문학』 69, 한국어문학회, 2002, 371-397쪽.

『20세기 중국조선족 문학사료전집』(제5집), 연변인민출판사, 2001.

만주국 붕괴 후 귀환 서사에 나타난 기억의 정치학
-「잔등」과 『요코 이야기』를 중심으로-

서재길

1. 머리말

1986년 미국에서 출간된 요코 가와시마 윗킨스(Yoko Kawashima Watkins)의 『대나무 숲 저 멀리서(So Far from the Bamboo Grove)』[1]라는 소설이 한국에서 『요코 이야기』라는 제목으로 번역출간된 것은 이 책이 처음 출판된 지 20여 년이나 지난 2005년 4월의 일이었다. 반일 감정 때문에 중국에서도 번역되지 못했고 전전(戰前) 일본의 악행을 사실적으로 묘사하고 일본 정부를 강하게 비판했다는 이유로 일본에서도 번역되지 못했다는[2] 이 책은 동아시아에서는 한국에서 가장 먼저 번역이 된 것이다. 그

---

1) 이 책은 1986년 4월 뉴욕의 Lothrop, Lee & Shepard에서 초판이 간행되었고 이후 Puffin Books, Beech Tree Books, Haper Trophy 등에서 출판되었다. 이 책은 300편의 문학작품과 이 작품들에 관련된 역사를 서술한 *Literature and Its Times : Profiles of 300 Notable Literary Works and the Historical Events That Influence Them*(1997)라는 책에서 다른 영미문학의 고전들과 함께 등재되어 있기도 하다.

2) 요코 가와시마 윗킨스, 『요코 이야기』, 윤현주 옮김, 문학동네, 2005, 291쪽 '옮긴이의

런데 출간 직후에는 그다지 주목을 받지 못했던 이 소설은 미국내 상당수 중등학교에서 교재로 채택되어 사용되고 있다는 사실이 재미 한인사회에서 문제시되어 퇴출 운동이 전개되면서 2007년 초두 한국 내에서 '요코 이야기 사건'으로 비화되면서 세간에 알려지기 시작했다.

'요코 이야기 사건'에서 가장 문제시되었던 부분은 해방 전후 북조선과 부산 등에서 조선 남성들에 의해 일본 여성들이 강간당하는 장면에 대한 소설 속의 묘사였다. 미국과 한국의 한국인 독자들은 이 장면들이 당시의 역사에 대한 왜곡된 인식을 심어줄 우려가 있다고 보았다. 이 책을 고심 끝에 번역 출판하기로 결정했던 출판사는 결국 2007년 1월 이 책을 '잠정적'으로 절판하기로 결정한다. 출판사는 한국의 독자들에게 이 소설이 작가의 자전적 체험을 바탕으로 한 허구적 소설이라는 점을 강조하는 한편으로, 저자의 부친에 대한 의혹이 명백하게 해명될 때까지 책의 출판을 보류하겠다고 했다. 아울러 저자에게 이에 대한 소명을 요구하였다. 그 당시까지 이 책은 한국에서 5,000부 인쇄되었고, 3,000부 정도가 판매되었다고 한다.[3] 그리고 현재까지도 이 책의 재출간 소식은 없다.

흥미로운 것은 앞에서 밝힌 것처럼 이 책이 한국사회에 처음 소개될 때에는 그다지 반향을 일으키지 못했다는 점이다. 일부 언론에서 '얼빠진 한국'이라는 제목의 기사를 통해 문제가 있는 소설을 출간했다면서 출판사를 비난한 것[4]은 미국 교포사회에서 이 책이 문제시된 이후의 일

말' 참조. 앞으로 이 책에서의 인용은 페이지만 표시함.

3) Wookyung Im, "Yoko's Story and the Battle of Memory : Fragmentation and Suture of National Memory and Gender in the Age of Globalization," *Inter-Asia Cultural Studies*, Vol.11 No.1, 2010.

4) 「'얼빠진 한국' 일본마저 거부한 '요코이야기' 출간」, 『연합뉴스』, 2007.1.17.

이었다. 오히려 이 책이 출간된 시점에서는 "이제까지 우리들이 쉽게 접하지 못했던 패망한 일본인의 심리와 그 당시의 풍경을 다른 각도에서 보여준다"[5]는 등의 상당히 호의적인 서평기사가 실리는가 하면, 작가와 번역가의 대담을 게재하기도 하였다.[6] 실제로 출판사에서도 "식민 통치의 피해자—가해자라는, 한일 관계의 가장 크고 오래된 구도뿐만 아니라 이제는 그 안에서 민족이나 국가라는 이름하에 더 큰 고통을 당했던 개인들의 다양한 목소리에 귀를 기울여야 할 때"[7]라는 이유로 이 소설의 출간 이유를 밝힌 바 있었다. 나아가 '요코 이야기 사건'이 한국사회에서 논쟁의 중심에 있을 때에도 한국의 지나친 저항적 민족주의를 염려하고 한국인의 성숙한 자세를 촉구하는 신문 기사와 칼럼이 적잖이 게재되었다. 이 책은 "기존의 민족주의적 관점에서는 소홀히 다루어졌던 '여성에게 가해지는 전쟁폭력'의 문제를 제기하고 있다는 점에서 역시 의미있는 작품"[8]일 뿐만 아니라, 한국사회가 전쟁 피해자로서의 일본인에 대해서도 성숙된 인식을 보여주는 계기가 되었다는 점에서도 의미 있는 작품이었다고 할 수 있을지도 모른다.

물론 이 '자전적 소설'이 드러내고 있는 것과 감추려 한 것에 대해서는 좀더 해명이 필요할 것이다. 이를테면 아버지가 만주에서 한 일 때문에(소설에서 아버지의 직업은 만주에서 일하던 "일본 정부의 관리"(17쪽)[9]로 묘사된다) 일본이 패전할 즈음 가족들에게까지 현상금이 걸려 러시아군의 정밀

---

5) 「일 소녀가 본 일 패망 풍경」, 『문화일보』, 2005.5.9.
6) 「'요코이야기' 일 저자와 한 번역가 '전쟁을 말하다'」, 『동아일보』, 2005.7.21.
7) '인터넷서점 인터파크도서'의 '출판사 서평' 참조.
8) 「역사왜곡 논란 '요코 이야기' 한국어판 판매 중지」, 『한겨레』, 2007.1.24. 인용된 부분은 이 작품이 논란이 된 후 출판사에서 내어놓은 보도자료의 일부분임.
9) 원문에는 "a Japanese government official"이라 되어 있다. Yoko Kawashima Watkins, *So Far from the Bamboo Grove*, New York : Haper Trophy, 2008, p.2.

추적의 대상이 됐다는 내용 등은 소설의 서사 구성상 중요한 이야기 요소임에도 불구하고, 그 구체적인 이유와 맥락이 의도적으로 감추어진 것으로 보인다. "평화에 대한 책"(9쪽)임을 표방한 저자의 진정성이 의심을 받지 않기 위해서는 이 같은 의혹에 대한 해명이 필요하다. 특히 이 소설이 여러 나라에서 번역되어 아동 교육을 위한 교재로서 널리 사용되고 있다는 점을 고려한다면 도의적인 차원에서도 저자의 책임 있는 답변이 요구된다.[10]

어쨌든 이같은 논란은 일단 제쳐두고, 필자는 '요코 이야기 사건'를 하나의 화두로 삼아 해방 이후 만주 귀환 서사에 나타난 잔류 일본인 인식의 문제를 살펴보려고 한다. 필자는 『요코 이야기』를 읽으면서 문득 해방기에 씐 소설의 한 장면이 문득 떠올랐다. 전공자 이외의 사람들에게는 이름이 아주 생소할지도 모를 월북 작가 허준(許俊)의 「잔등(殘燈)」(1946)에 등장하는 장면인데, 남쪽으로 도망치는 잔류 일본인을 밀고하고 그 대가로 돈을 받는 청진에 살던 한 소년의 모습이 『요코 이야기』에 나타나는 '가해자'로서의 조선인들의 모습과 오버랩 되었던 것이다. 해방 직후에 씐 이 소설에서 한 어린 조선 소년의 모습을 통해 묘사되는 패전

10) 한인 사회의 퇴출 운동으로 초중고 교재에서 퇴출되었던 이 책은 최근에 다시 미국 일부 지역에서 교재로 채택되고 있는데, 저자가 여러 학교에 강연을 다니는가 하면 재미 일본인 사회에서 로비활동을 벌인 결과라고 한다(「"한국인이 일본 여성 성폭행" 일 역사왜곡 소설 '요코 이야기' 미 초중학교 교재서 퇴출되다 다시 채택 늘어」, 『조선일보』, 2012.12.3). 또한 '요코 이야기' 논쟁 과정에서 작가인 요코 가와시카 윗킨스가 피해자로 미주 한인 사회가 가해자로 간주되고 있기도 하는데, 이같은 상황은 동아시아의 전쟁 피해자에 대해 무관심한 미국 저널리즘과 비평가들의 편향된 역사 이해에서 기인하고 있다고 한다(요네야마 리사, 「일본 식민지주의의 역사기억과 아시아계 미국인—'요코 이야기'를 둘러싸고」, 한일연대 21편, 『한일 역사인식 논쟁의 메타히스토리, 뿌리와이파리, 2008). 이는 미국 내에서 비교적 관심의 대상으로 부각되고 있는 '위안부 문제'와 비교할 때, 난징대학살이나 최근 새로운 자료가 발굴된 731부대 문제가 철저히 묻히고 있는 것과 일맥상통하는 것으로 보인다.

직후 잔류 일본인의 모습을 통해 가해자와 피해자가 역전된 상황에서 진정한 '화해'란 어떻게 가능할 수 있을까 하는 문제를 살펴보려는 것이다.

2. 귀환 본능과 향수라는 보편정서

허준(1910-?)은 이상, 박태원, 최명익 등과 함께 1930년대의 대표적인 모더니즘 소설가 중 한 사람으로 평가받고 있다. 등단작인 「탁류(濁流)」(1936)를 통해 심리 묘사에 탁월한 작가로 문단의 주목을 받고 '순수-세대 논쟁'의 와중에 신진을 대표하는 소설가로 좌담회에 나서기도 하였다. 그러나 비슷한 시기에 등단한 다른 작가와 비교해 보면 지나친 과작이었던 것도 사실이다. 해방 이전 십여 년의 작가 생활 중 그가 발표한 소설은 데뷔작인 「탁류」, 「야한기(夜寒記)」(1938), 「습작실에서」(1941)의 세 편과 한 편의 일본어 콩트에 불과할 정도였다. 해방 이듬해에 출간된 『잔등』(1946) 단 한 권만을 창작집으로 남긴 그이지만 문학사에서 끊임 없이 문제시되는 것은 몇 편 되지 않는 그의 작품이 지닌 문학사적 문제성 때문이다. 해방 이전 작품인 「탁류」에서 나타나는 개성적인 성격 창조, 「야한기」가 보여주는 서사적 독창성과 더불어 해방 이후 발표한 대표작 「잔등」이 보여주는 성찰적 시선은 다른 작가들과 구별되는 허준만의 독자적인 문학적 성취로 평가되고 있는 것이다.

특히 허준의 대표작 「잔등」(1946)[11]은 패전 직후 잔류 일본인을 대하

11) 이 작품은 『대조』 창간호(1946.1)와 2호(1946.6)에 연재되었으나 완결되지 못하고 같은 해 9월 단행본 『잔등』의 표제작으로 실렸다. 이하 「잔등」과 해방기 허준 소설에 대한 2, 3절의 논의는 서재길, 「타자와의 조우와 새로운 주체의 탄생-해방기 허준 소설론」,

는 주인공의 성찰적 시선 때문에 해방 직후 쓰인 많은 귀환 서사 중에서도 독특한 지위를 지닐 수 있었고 문학사 속에서도 높이 평가될 수 있었다.[12] 대부분의 작가들이 서사성에 눈이 멀어 자기의 흥분된 감격 이외에는 아무 것도 보지 못했던 것[13]과는 다르게 해방이 가져온 흥분 속에서 당시의 현실을 과장된 시선으로 바라보지 않고 팽배하고 있던 민족주의적 태도로 현실을 왜곡하지도 않았기 때문이다.

「잔등」과 비슷한 시기에 쓰인 「문학방법론」(1946)이라는 짧은 글에서 허준은 "이즈음 더러 문학의 새 방법론이 제기되는 모양이나 그런 이론들이 작가에게 직접 효용이 될 때까지엔 얼마나한 날짜가 필요할 것이며 또 사실 너무나 특수한 감상(鑑賞)들을 가지고 나왔다고 생각하는 문학인들에게 그것이 어느 정도로 뼈가 되고 살이 될는지도 문제 아니할 수 없는 것이다"[14]라며 시대가 변화했다고 해서 작가의 창작 태도가 근본적으로 변화하는 것은 아니라는 견해를 드러내기도 했다. 어떤 면에서 보자면 그가 해방 이전부터 견지해 왔던, 개별자로서의 인간의 고유한 경험의 특수성과 내면성을 강조하는 문학관[15]과 기법적인 면에서의 모더니스트적인 색채[16]를 여전히 유지하고 있었던 것이다.[17]

장수익 외, 『한국 현대소설이 걸어온 길 : 작품으로 본 한국현대소설사(1945-2010)』, 문학동네, 2013의 내용을 본 논문의 논지에 맞게 부분적으로 수정, 개고한 것임.

12) 김종욱, 「허준 소설의 자전적 성격에 관한 연구」, 『겨레어문학』 48, 2012.

13) 김윤식, 「허준론」, 김윤식 · 정호웅 편, 『한국 근대 리얼리즘 작가 연구』, 문학과 지성사, 1988, 219쪽.

14) 허준, 「문학방법론」, 『중앙신문』, 1946.4.7. 여기에서는 허준, 『허준전집』, 서재길 편, 현대문학, 2009, 539쪽. 이하 허준의 글에서의 인용은 이 전집의 인용면수만을 표시함.

15) 서재길, 「허준의 생애와 작품 세계」, 『허준전집』, 위의 책, 577~584쪽.

16) 신형기, 「허준과 윤리의 문제」, 『상허학보』 17, 2006, 174쪽.

17) 그러나 「잔등」에 나타난 허준의 성찰적이고도 냉철한 태도는 해방기의 역사적 굴곡을 거치면서 다소 변모한다. 「습작실에서」의 속편으로 평가되는 「속 습작실에서」(1948)는 이러한 변화를 단적으로 보여주는 작품이라고 할 수 있다. 이 작품은 타자와의 조우를 통해 주체가 변모한다는 점에서 해방 이전의 「습작실에서」와 유사한 서사적 틀을 지

"장춘서 회령까지 스무 하루를 두고 온 여정이었다"(225쪽)라는 구절로 시작되는 「잔등」은 이른바 '여로형의 서사구조'[18]를 통해 접경 지역과 함경북도 일대의 해방 직후의 풍경을 묘사한 작품이다. 이 작품의 주인공은 동경 유학을 갔다온 지식인으로서 '천복'이라는 이름을 가진 화가이다. 이 작품은 만주에 살던 주인공이 해방을 맞이하여 장춘을 출발하여 경성으로 귀환하는 과정에서 만나게 되는 사람들을 통해 '해방'의 의미를 되새겨보는 내용을 담고 있다. 이 여로에서 만나게 되는 사람들과의 대화와 주인공의 생각이 서사를 이끌어나가는데, 이 중에서 특히 두 개의 만남이 주인공에게 특별히 의미 있는 것으로 각인된다.

작품의 첫 장면은 만주를 떠난 주인공이 회령 역에서 그동안 동행하던 친구 방(方)과 예기치 않게 헤어지는 장면에서 시작된다. 시간적 배경이 정확하게 제시되어 있지 않지만 '마가을'이라는 표현이 나오는 것으로 보아 주인공이 만주를 떠난 시점은 늦가을이었던 것으로 추정된다. 즉 일본이 패전한 뒤 소련군이 진주하고 만주국이 붕괴된 지 두어 달 정도 지난 시점에서 주인공의 귀환의 서사가 시작되고 있는 것이다. 만주국 시기의 '신경(新京)'이라는 표현 대신 원래의 '장춘(長春)'이라는 지명이 등장하고 '만주'라는 말 대신 '동북'이라는 말이 이미 사용되기 시작했음도 이 소설을 통해서 확인할 수 있다. 주인공이 장춘으로부터의 일반적인 귀환 루트인 압록강 쪽 안봉선(安奉線)을 경유하는 '서선(西鮮) 루트'를 이용하지 않고 두만강 쪽으로 돌아가야 하는 '북선(北鮮) 루트'를 이용하게 된 것은 이쪽이 비교적 안전하다는 이유 이외에도 방의 고향인 청진

니고 있지만, 그 변화의 과정과 양상이 사회적이고 정치적인 성격을 띠게 된다는 점에서 이전의 작품과 차별성을 띤다.

18) 김윤식, 앞의 논문.

에서 여비도 마련하고 "열흘이고 스무 날이고 주을(朱乙, 함북 경성의 지명으로 온천으로 유명한 곳―인용자)에 푸욱 잠겨서 만주의 때를 뺄 꿈"(229쪽)을 가졌기 때문이기도 하였다. 이에 따라 주인공들의 여정은 장춘, 길림(吉林), 금생(金生)을 통해 두만강을 건넌 다음 회령, 청진으로 이어진다. 만주로부터의 귀환이라는 여로형 서사구조를 취하고 있는 이 소설의 담화―시간(discourse-time)은 중편소설의 분량 정도로 길지만, 작품에서 실제 사건이 벌어지는 이야기―시간(story-time)은 만주를 벗어난 회령에서 시작되어 청진에서 끝맺는 며칠만으로 이루어지고 있다.[19]

회령역에서 떠나는 열차를 얼결에 놓치게 되어 동행인 방과 헤어지게 된 주인공 천복은 거액을 주고 트럭을 얻어타고 청진을 바로 앞에 둔 수성역(輸城驛) 부근에서 내리게 된다. 순식간에 헤어지게 된 일이라 따로 만날 약속을 하지 않았지만 방의 고향이 청진이라는 점 때문에 이심전심으로 청진에서 만나겠거니 하는 생각으로 그는 수성에서 강둑을 따라 청진역으로 발걸음을 옮기게 된다. 강둑을 건넌 뒤 륙색 속에 넣어두었던 물건들을 볕에 말리기 위해 강모래 위에 던져 두고 휴식을 취하던 주인공은 조선의 하늘과 물을 바라보면서 "너 만주서 이런 물 봤니"라는 대화를 주고받던 어른과 아이의 대화를 떠올리다가 아이를 닮은 사촌 매형의 조카아이들을 생각한다. 주인공이 만주행을 택하게 된 원인은 자세하게 밝혀져 있지 않지만, 일찍이 입만(入滿)하여 정착한 사촌 매형의 영향도 있었던 것으로 보인다. 사촌 매형은 만주사변 이전에 공주령(公主嶺)

19) 담화를 정독하는 데 걸리는 시간이 담화―시간이라면 서사물에서 기도된 사건들의 지속을 이야기―시간이라고 할 수 있다. 이에 대해서는 시모어 채트먼, 『영화와 소설의 서사구조』, 김경수 역, 민음사, 1995, 73~74쪽을 참조할 것. 두 텍스트 모두 이야기―시간 속에 만주의 서사가 없지만 담화―시간 속에서는 만주가 존재하기 때문에 본고에서는 두 작품을 넓은 의미에서의 만주 귀환 서사로 간주하여 논의를 진행한다.

부근 어느 마을에 정착하여 어느 정도 성공하여 손자까지 보게 되었으나 5년전 쯤 일본인 집단 개척 때문에 만척에 강제수용을 당하고 다시 북안(北安)으로 옮기지 않으면 안 되었다. 만주의 흙바람이 싫어졌다는 매형을 떠올리면서 천복은 "향수란 이렇게 근본적인 것일까"(242쪽) 하고 되뇌어 보기도 한다.

문득 '찰그닥'하는 날카로운 소리가 상념에 잠겨 있던 그를 현실로 돌아오게 한다. 그 소리는 열 세 살 쯤 먹어 보이는 앳된 한 소년이 삼지창으로 강에서 뱀장어를 잡는 소리였다. 이 소년의 검은 눈동자에서 고국에서 만나는 동포의 순수함과 건강함을 발견하려는 나의 기대는 소년의 뱀장어 잡기가 지닌 의미를 알아채면서 놀라움으로 변모한다. 소년의 뱀장어 잡이는 해방 이전 일본인의 입맛에 맞춘 돈벌이였으나, 지금은 잔류 일본인을 감시하고 밀고하는 수단이 되어 있었던 것이다. 즉 소년은 강가에서 뱀장어를 잡으면서 조선 사람의 눈을 피해 남쪽으로 도주하는 일본인을 감시하는 일을 하고 있었던 것이다.

소년의 이야기에 따르면 패전 직후 잔류 일본인들은 청진 시가지에서 모두 쫓겨나 특별구역에서 집단수용되고 있었다. 패전 직전까지만 해도 기세등등하던 이들의 모습을 소년은 "건 정말 다들 죽은 거 한가집니다."(260쪽)라는 말로 표현하고 있다.

> "내 뱀장어깨나 사 먹는 녀석들 어디다 숨켰던지 간에 숨켜서 돈푼 있는 놈들이 틀림없지만요, 정말 다아들 배가 고파서 쩔쩔 맵니다. 다아들 얼굴이 하얗고 가죽이 축 늘어지고 다리가 부들부들 떨리는 걸 가지고 밤낮을 모르고 망개를 비라리하러 촌으로 내려오지 않습니까. 배추꼬랑이를 먹는다 고춧잎을 딴다, 수박 껍데기를 핥는다, 그래보다가 저영 할 수가 없으면 고무산이나 아오지로 가지요. 누가 보내지 않아도 자청해서 갑

니다. 우리 여기는 쌀이 없는 덴데 일본 것들이란 거지반 사내 없앤 것들만인 데다가 애새끼들만 오굴오글허는 걸 데리고 가기는 어딜 가며 어딜 가면 무얼 합니까."(260쪽)

위의 장면은 흡사 『요코 이야기』의 주인공 자매가 서울역과 부산항 주변에서 쓰레기통을 뒤지는 모습을 연상케 한다. "외목 나쁜 것만 해온 놈들은 돈이 있어 도리어 뭘 사 먹기들이나 하지만, 그렇게 아이 새끼들만이 많은 거야 업구 지구 걸리고 해서 당기는 게 말이 아니"(261쪽)라는 것이다. 결국 이들 중 일부는 굶주림을 해결하기 위해 아오지나 고무산 같은 곳으로 자진해서 간다는 것이다. 반면 돈푼께나 있던 이들은 틈을 엿보다가 남쪽으로 야반도주를 시도하는 이들이 많았다고 한다. 소년은 자신이 몇 명의 일본인이 도망치는 것을 발견해서 잡았다는 사실을 자랑스러운 어조로 이야기한다. 처음엔 돈푼이나 받게 되어 좋아했지만 나중에는 무언가 이 일에 사명감 같은 것을 느끼게 되었다는 것이다. 이 이야기를 들으면서 소년의 '웃음'을 바라보는 주인공의 태도는 복잡해 보인다. "죽은 사람이 다시 일어나는 수가 있단 말이야"(259쪽)라는 '위원회 김선생'의 말을 좇아 사명감을 갖고 도주 일본인의 색출에 열성적인 소년의 모습에 공감하는 듯하지만, "미꾸라지 새끼처럼 샌단 말이야요."(257쪽)라는 말에서 소년의 삼지창에 잡혀 대가리가 으깨어진 채 모래 위에 던져진 뱀장어의 모습을 연상하게 된다.

"그렇게 물 샐 틈 없이 꼼짝 못하게 하는 데도 달아나는 놈은 미꾸라지 새끼처럼 샌단 말이야요."

내가 이때 소년의 미꾸라지라는 말에서 문득 연상한 것은 아까 모래판 위에서 그 행동을 들여다보고 있던 한 마리 생선이었다. 대가리가 산산이 으깨어져 부서진 이 생선의 단말마적인 발악은 지금 소년이 말하는 소위 그들의 운명을 이야기하며 남김이 없는 듯도 하였다. 그 하잘 수 없이 된 존재의 애타는 목숨을 추기기 위하여 물의 방향을 더듬어 날뛰던 적은 미물— 그것은 내가 강을 건너온 뒤에 한 개 더 잡힌 동족 동무와 함께 소년의 자유스러히 내쳤든 왼팔 끝에 매달이어 역시 간헐적으로 퍼둥거리기를 마지 아니하였다.

주인공은 잔류 일본인이 처한 비극적인 상황을 보면서 조금 전 강가에서 그가 보았던 뱀장어의 '단말마적 운동'을 떠올리는데 이는 생명에 대한 강렬하고 정확한 구심력이라는 '철리의 단초'로까지 격상되어 표현되고 있다. 그런데 여기에서 주목되는 것은 생명에 대한 이같은 구심력이 만주의 흙바람이 싫어졌다는 매형의 근원적인 향수와도 묘하게 겹쳐지고 있다는 점이다. 뱀장어의 '단말마적 운동'이라는 원초적인 상징을 통해 피해자였던 매형의 근원적 향수와 가해자였던 잔류 일본인의 귀환 본능을 교묘하게 연결시키고 있는 것이다.[20] "자기의 생명이 찾아야 할 방향을 으레히 지향하고 있"다는 점에서 셋은 공통성을 지니고 있기 때문이다. 해방 이후에 잔류 일본인을 다룬 그다지 많지 않은 작품들 속에서도 이 같은 성찰적 시선은 가장 빛을 발하는 부분이 아닐 수 없다.[21]

목숨이 어디가 붙었는지도 모르는 그 목숨에 대한 본능적인 강렬한 집착— 그리고 그 본능의 정확성은 놀라리만큼 큰 것이었다.

곰불락일락 쳐 보아서 전후좌우의 식별이 없이 그저 안타까워서 못 견디는 맹목적인 발동 같아 보이지만, 나중에 그 단말마적 운동이 그려나간 선을 따라가보면 그것은 언제나 일정한 것이었다. 그것은 자기의 생명이

20) 같은 맥락에서 '뱀장어'의 상징을 분석한 논의로는 임기현, 「허준의 <잔등> 연구」, 『한국현대문학연구』 30, 2010.

21) 김종욱, 「식민지 체험과 식민주의 의식의 극복 : 허준의 <잔등> 연구」, 『현대소설연구』 22, 2004.

찾아야 할 방향을 으레히 지향하고 있는 것이었다.

수부(首部)가 전면적으로 으깨어져 나간 나머지는 그저 고기요, 뼈다귀요, 피일 밖에 없는 생명이 어디가 붙었을 데가 없는 이 미물이 가진 본능이라 할는지 육감칠감이라 할는지 혹은 무슨 본연적인 지향이라 할는지, 어쨌든 이 생명에 대한 강렬하고 정확한 구심력— 나는 무슨 큰 철리(哲理)의 단초나 붙잡은 모양으로 흐뭇한 일종의 만족감을 가지고 동물의 단말마적 운동을 바라보고 있었다.(247쪽)

3. 잔류 일본인에 대한 성찰적 시선

머리말에서도 지적했듯 「잔등」은 패전 직후 북조선 지역에 잔류하게 된 일본인을 바라보는 고유한 시각 때문에 해방 직후 쓰인 많은 귀환 서사 중에서도 독특한 지위를 지닌 작품으로 평가받았다. 이는 해방을 맞이한 시점에서도 허준의 문학적 태도가 해방 이전의 그것과는 크게 달라지지 않은 것에서 연유한다. 실제로 허준은 창작집 『잔등』의 서문에서 해방이라는 역사적 사건을 소설적으로 형상화하는 자신의 태도를 다음과 같이 밝힌 바 있다.

너의 문학은 어째 오늘날도 흥분이 없느냐, 왜 그리 희열이 없이 차기만 하냐, 새 시대의 거족적인 열광과 투쟁 속에 자그마한 감격은 있어도 좋을 것이 아니냐고들 하는 사람이 있는데는 나는 반드시 진심으로는 감복하지 아니한다. 민족의 생리를 문학적으로 감득하는 방도에 있어서, 다시 말하면 문학을 두고 지금껏 알아오고 느껴오는 방도에 있어서 반드시 나는 그들과 같은 방향에 서서 같은 조망을 가질 수 없음을 아니 느낄 수 없는 까닭이다.(548쪽)

그럼에도 불구하고 그의 문학 작품에서는 다른 사람들과는 다른 방식으로 '흥분'과 '희열'을 표현하고 있다고 할 수 있는데, 「잔등」에서 그것은 민족을 초월한 보편적인 인류에 대한 박애주의적 열정으로 표현되고 있다. 그것은 청진역 부근에서 친구 방을 기다리다가 만나게 된 국밥집 할머니에 대한 애틋한 시선을 통해서 표현되고 있다. 할머니는 일찍이 아이들과 남편을 잃고 유복자로 태어난 아들 하나만 의지하여 살아 왔는데, 보통학교를 졸업하고 공장에 들어간 아들은 사상 관련으로 감옥에 들어갔다가 해방을 불과 한 달 남기고 옥사하게 되었다. 자기 인생의 유일한 목표였던 아들의 죽음을 마주하고서도 이 할머니는 범인(凡人)으로서는 상상할 수도 없는 크고 넉넉한 마음을 보여준다. '죽은 거나 매한가지'인 모습으로 아오지행 열차를 기다리다가 굶주림을 견디지 못해 시장통으로 내려오는 일본인들(그들의 대다수는 아이를 두셋씩 거느린 여성들이었다)에게 따뜻한 국밥을 퍼주는 아량을 보이는 것이다.

> "부질없는 말로 이가 어째 안 갈리겠습니까— 하지만 내 새끼를 갔다 가두어 죽은 놈들은 자빠져서 다들 무릎을 꿇었지마는, 무릎 꿇은 놈들의 꼴을 보면 눈물밖에 나는 것이 없이 되었습니다 그려. 애비랄 것 없이 남편이랄 것 없이 잃어버릴 건 다 잃어버리고 못 먹고 굶주리어 피골이 상접해서 헌 너즐떼기에 깡통을 들고 앞뒤로 허친거리며, 업고 안고 끌고 주추 끼고 다니는 꼴들— 어디 매가 갑니까. 벌거벗겨 놓고 보니 매 갈 데가 어딥니까."(287쪽)

그런데 할머니가 처음부터 이같은 자비로운 마음을 갖고 있었던 것은 아니었다. 아들과 함께 감옥에 들어간 '가토'라는 일본인의 옥바라지를 하면서 일본인을 대하는 태도가 달라지기 시작한 것이었다. 아들의 말에 따르면 가토는 "먹을 것이 있으되 제 먹을 것 때문에 애쓸 수 없던" 사람인데 '일본 사람은 일본 바다에서 나는 멸치만 잡아먹어도 넉넉히 살아갈 수 있다'고 한 것이 죄가 되어 감옥에 가게 되었다고 했다. 어머니는 아들이 했던 말의 의미를 해방이 된 오늘에서야 깨달았다고 하면서 "저것들이 저 업고 잡고 끼고 주릉주릉 단 저 불쌍한 것들이 가토의 종자인 것을 모른다고 할 수 없겠으나 어떻게 눈물이 아니 나……" 하고 말한다. 조선인들을 돕다 감옥에 간 가토의 박애주의는 다시 '가토의 종자'들을 애틋하게 여기는 국밥집 할머니의 박애주의로 이어지고 주인공은 할머니의 모습을 통해서 "인간 희망의 넓고 아름다운 시야를 거쳐서만 거둬들일 수 있는 하염없는 너그러운 슬픔"을 경험하게 된다. 이같은 성찰적 태도는 주인공이 지닌 "너 나의 네 것과 내 것의 분별감이 모호해지는 신비"(264쪽) 혹은 "애꿎은 제삼자의 정신"(278쪽)에서 연유하는 것으로 나타난다.[22)]

이렇게 하여 청진에서의 하룻밤을 보낸 그는 자기보다 늦게 열차로

---

22) 구재진은 「잔등」에 나타난 '제삼자의 정신'을 니체적 의미에서의 '수동적 허무주의'로 평가한다. 구재진, 「허준의 「잔등」에 나타난 두 개의 불빛과 허무주의」, 『민족문학사연구』 37, 2008, 340~344쪽. 한편 '나'와 '너'의 구별이 없는 곳에 진정한 인간의 자유가 존재할 수 있다는 사유는 해방 이전 소설에서부터 해방이후의 소설까지 허준 소설에 공통적으로 나타나고 있다. 예를 들어 「탁류」의 주인공 현철은 "대체 사람이 이것과 저것을 분명히 색별(色別)하여 알면서 또 동시 그 구별점이 모호해가는 그런 허무를 사람은 어떻게 하여야 하겠느냐!"(48쪽)라는 생각을 품고 있는 사람이고, 「야한기」의 주인공 남우언이 병상에 누운 친구로부터 받은 편지에는 "그 고요한 슬픔 가운데－이날의 이 모색(暮色)이 가진 너 나의 분간이 없는 그 무한한 번뇌 가운데 몰할 것"(83쪽)을 꿈꾸고 있는 것으로 그려진다. 이같은 주제는 해방 후에도 이어지는데 두 사람의 대화로 이루어진 「임풍전 씨의 일기」(1947)는 이 문제를 전면적으로 그리고 있기도 하다. 남한 현실을 비판하는 발언이 문제가 되어 교단에서 쫓겨나는 교사에게 "내가 네 자리에 앉어서 네 것을 다 빼앗어 먹고 네가 내 자리에 앉어서 내 것을 다 빼앗어 먹도록 너와 나의 분간이 없을래서야 미치는 것 아니고 무엇입니까?"라고 질문하는 제자에게 주인공은 "미치고 안 미치는 것이 문제가 아님은 말할 것도 없지만 양심이란 말하자면 이 대치(對置)의 능력이랄 수도 있는 것 아니야."라며 지나치게 낙심하지 말라고 위무하기도 한다.

청진에 도착한 방을 만나 함께 하룻저녁을 보낸 뒤 무개열차를 얻어타고 청진을 떠나게 된다. 이리하여 이 소설은 주인공이 청진역을 떠나면서 국밥집 할머니의 장막에서 새어나오는 불빛을 바라보는 것으로 마무리되고 있다.

> 지금껏 차꼬리에 감치어 보이지 아니하였던 정거장 구내의 임시 사무소며 먼 시그널의 등들이 안계(眼界)에 들어오는 동시에, 또한 그들의 거리마저 차차 멀리 떼어놓으며 우리들의 차가 그 긴 모퉁이를 굽어 돎을 따라 지금껏 염두에 두어보지도 아니하였던 그 할머니 장막의 외로운 등불이 먼 내 눈 앞에서 내 옷깃을 휘날리는 음산한 그믐밤 바람에 명멸(明滅)하였다. 그리고 그 명멸하는 희멀금한 불빛 속에서 인생의 깊은 인정을 누누이 이야기하며 밤새도록 종지의 기름불을 조리고 앉았던, 온 일생을 괴정하게 늙어온 할머니의 그 정갈한 얼굴이 크게 오버랩되어 내 눈앞에 가리어 마지 아니하였다. 그 비길 데 없이 따뜻한 큰 그림자에 가리어진 내 눈 몽아리들은 뜨거이 젖어들려 하였다. 그러고도 웬일인지를 모르게 어떻게 할 수 없는 간절한 느껴움들이 자꾸 가슴 깊이 남으려고만 하여서 나는 두 발 뒤꿈치를 돋울 대로 돋우고 모자를 벗어 들고 서서 황량한 폐허 위, 오직 제 힘 뿐을 빌어 퍼덕이는 한 점 그 먼 불 그늘을 향하여 한 없이 한 없이 내 손들을 내어 저었다.(305쪽)

4. 귀환서사와 기억의 정치학

『요코 이야기』에도 「잔등」의 국밥집 할머니와 같은 박애주의적 태도를 보이는 조선인들의 모습이 묘사되고 있다. 삼팔선 부근의 작은 농가에서 살고 있는 김씨 일가는 눈보라 속에서 문앞에 쓰러져 있는 주인공의 요코의 오빠 '히데요'를 극진히 간호해 주었을 뿐만 아니라 임진강을 통해 남쪽으로 탈출하는 것을 도와주는 것으로 그려지고 있다. 저자는 이들의 안전을 염려해 이들의 이름을 익명으로 처리하고 작품을 소설로 분류해 달라고 했을 정도였다(10쪽).

그럼에도 불구하고 이 작품에서 그려지는 대다수의 조선인들, 특히 소련이 점령한 북쪽 지역의 조선인들에 대한 저자의 기본적인 입장은 '불령선인(不逞鮮人)'의 이미지에서 크게 벗어나 있지 않다. 잔류 일본인이 바라본 조선인과 조선인이 바라본 잔류 일본인에 대한 상은 너무도 다르게 묘사되고 있는 셈이다. 특히 두 작품이 재현하고 있는 잔류 일본인을 대하는 조선인상이 차이가 나는 것은 작품의 발표 시기와 깊은 관련이 있어 보인다. 「잔등」이 해방 직후의 시점에서 거의 동시대적인 감각에 의해 집필되었음에 비해 『요코 이야기』의 경우 실제 사건이 일어났던 시간으로부터 40여년이 지난 상태에서 작가의 자전적 체험에 대한 '기억'에 의존해서 집필되었기 때문이다. 또한 「잔등」이 지식인인 주인공이 화자로서 체험하고 관찰한 것을 서술하고 있음에 비해 『요코 이야기』의 경우 사건을 체험하는 주체가 아직 열 두세 살밖에 되지 않은 아이라는 점도 중요하다.

기억을 연구하는 인지 심리학자들의 표현을 빌면 기억은 '구성적 능력'으로 이해되는데, 여기에는 '작화(confabulation)', '출처 혼동(source confusion)', '상상팽창(imagination inflation)' 등의 메커니즘을 작용하고 있다고 한다.[23] 어린아이의 충격적인 원체험은 나중에 성인이 된 시점에 작가의 '해석'에 의존해서 '기억'으로 재현되고 있기 때문에 '기억'을 소설로 재구성하는 과정에서 사후적으로 원체험이 가공되거나 왜곡될 가능성이 농후한 것

---

23) 엘리엇 애런슨 · 캐럴 태브리스, 『거짓말의 진화』, 박웅희 옮김, 추수밭, 2007, 112-135쪽 ; 진은영, 「기억과 망각의 아고니즘」, 『시대와 철학』 21권 1호, 2010.

이다.[24] 『요코 이야기』의 경우 주인공이 겪게 되는 전쟁 폭력은 「잔등」에 나타난 조선인들의 모습을 통해서도 충분히 개연성이 있을 것으로 짐작할 수 있다. 그럼에도 불구하고 이 작품이 전쟁의 폭력성을 고발하는 작품으로서는 썩 만족스럽지 못한 것은 어린아이의 눈으로 본 전쟁의 참상이 일면성을 벗어나기 힘들다는 점에 있다.

그런데 『잔등』에 나타난 잔류 일본인에 대한 묘사를 통해서 우리는 그들 사이에도 계급, 신분, 젠더의 위계에 따라서 패전 이후의 삶에도 차이가 있었다는 것을 알 수 있다. "그중에서도 외목 나쁜 것만 해온 놈들은 돈이 있어 도리어 뭘 사 먹기들이나 하지만, 그렇게 아이 새끼들만이 많은 거야 업구 지구 걸리고 해서 당기는 게 말이 아니랍니다. 저어번에 또 한 놈은 다다미를 들치구 판장을 제치구 그 밑에 흙을 두 자나 파고, 돈 십만 원인가 이십만 원인가 감춘 걸 알아 낸 것도 내가 알아냈지요. 그런 놈들이 벌떡 일어나지 못하게는 해야겠지만요……. 그밖엔 정말 다 죽었습니다. 죽은 거 한가집니다."(261쪽)라는 뱀장어잡이 소년의 말이 이를 보여준다. 이런 점에서 『요코 이야기』에 나오는 요코의 가족들이 일본의 패전 소식을 미리 알고 환자 수송 열차를 타는 편법을 이용하였기 때문에 소련군과 인민위원회에 의해 북조선 지역이 완전히 접수되기 이전에 경성으로 들어올 수 있었던 점은 강조할 필요가 있다.[25] 「잔등」에서 묘사하듯 "거지반 사내 없앤 것들만인 데다가 애새끼들만 오굴오글허"(260쪽)는 많은 일본인들은 상당수가 굶주림을 피해 자진해서 아오지행 열차를

---

24) 나진이 대나무가 자라지 않는 지역이라는 점, 미군이 나남을 폭격한 것으로 서술하고 있는점, 인민군이 등장한다는 점 등이 역사적 사실에 부합하지 않는다는 한국 언론의 의혹 제기에 저자가 명쾌한 답변을 내놓지 못하는 것이 이를 반증한다고 할 수 있다.
25) 주인공의 어머니는 이미 탈출 2주 전부터 통장을 인출하는 등(227쪽) 퇴각을 준비하고 있었음을 알 수 있다.

타는 숙명에 처해졌다. 가족이 '고위 관리'가 아니었던 대다수의 일본인들, 일본의 패전을 미리 알 수 없었던 대다수의 일본인들의 처지가 대개 이러하였을 것이다. 패전 당시 조선에서는 북조선에 약 50만 명, 남조선에 약 27만 명, 그리고 만주에서 빠져나온 피난민 12만 명이 있었다. 북한 지역에서 기차를 탈 수 있었던 것은 군인과 경찰관 가족 등 극소수에 불과했고 겨울을 넘기지 못하고 죽은 사람의 숫자만 해도 약 2만 5천 명에 달했다고 한다.[26] 또한 해방 직전까지 만주 지역에는 총 155만 명의 일본인이 있었던 것으로 추정되는데, 그중 도시가 아닌 농촌 지역에 입식되었던 22만여 명의 농민 중 8만여 명이 사망했다고 한다.[27] 군인을 비롯한 러시아인, 중국인, 조선인 남성에 의해 전시성폭력의 희생이 된 일본 여성도 드물지 않았다고 한다.[28]

이같은 사실을 감안하면, "특정한 사람들을 잡아오면 많은 현상금을 주겠다는 공고가 내걸"(111쪽)린 상황에서 "만주에서 훈련받은 인민군이 아버지를 잡기 위해 혈안이 되어 있다는 걸 오빠도 어렴풋이 짐작하고 있었다"(111쪽)는 서술이 있는 것으로 보아 요코의 아버지는 단순한 일개 관리 그 이상이었을 가능성이 있다. 요코의 아버지와 관련된 야마다, 다케다, 마쓰무라 등의 인물들이 모두 731부대와 관련이 있는 인물들이라는 사실에 근거하여 저자의 아버지가 하얼빈의 731부대 간부였던 가와

---

26) 다카사키 소지, 『식민지 조선의 일본인들－군인에서 상인, 그리고 게이샤까지』, 이규수 옮김, 역사비평사, 2002, 182쪽.

27) 蘭信三, 「満洲における「帝國臣民」とは－日本人, 朝鮮人, 「台湾籍民」, そして琉球人」, 2011년 서울대 규장각한국학연구원 국제심포지엄 발표논문, 2011.

28) 猪股祐介, 「満洲移民の引揚経験－岐阜縣黒川開拓団を事例に」, 蘭信三編, 『帝國崩壊とひとの再移動』, 勉誠出版, 2011；猪股祐介, 「満洲引揚げにおける戦時性暴力」, 蘭信三編, 『帝國以後の人の移動：ポストコロニアリズムとグローバリズムの交錯点』, 東京：勉誠出版, 2013；猪股祐介編, 『帝國日本の戦時性暴力－京都大學グローバルCOEワーキングペーパー110』, 2013.

시마 기요시(川島清)일 가능성도 제기된 상황이기 때문이다.[29]

다른 한편 『요코 이야기』에서 '불령선인'의 이미지로서 나타나고 있는 북쪽의 조선인에 대한 묘사는 「잔등」에 나타난 '위원회' 사람들의 모습과 부분적으로 겹쳐진다. 소년의 말에 따르면 '위원회 김선생'은 전에 감옥에 있다가 나와 지금은 일본인이 살던 주택에서 살고 있는 것으로 그려지는데, 문맥상 '인민위원회'를 의미하는 듯하다. "죽은 사람이 벌떡 일어나는 수가 있단 말이야"라며 소년의 일본인 감시를 독려하는 모습을 통해서 북쪽에서 새로운 권력으로 대두하고 있는 세력들의 모습을 암시적으로 묘사한다. 흥미로운 것은 '위원회 김선생'과 그 부모님의 모습이 '국밥집 노파'의 모습과 대비되고 있다는 점이다. 두 사람 모두 식민지 말기에 사상적인 이유로 입감(入監)하지만 한 사람은 끝내 옥사하고 한 사람은 살아남아 새로운 권력의 중심으로 대두하게 된 것이다. 이와는 달리 아들을 잃은 노파는 국밥집에서 가해자였을 수도 있을 일본인들에게 국밥을 나누어주며 이들을 용서한다. '완장'의 주인이 될 수 있었음에도 이를 거부하고 "이 질긴 고기를 좀 더 써먹다 죽으리라 싶어 나왔는데, 나와보니 안 나왔던 것보담 얼마나 잘했다 싶었는지요."라며 아들 대신 피난민들과 잔류 일본인들의 뒤치다꺼리를 하는 데서 삶의 의의를 찾고 있는 노인의 모습은 그래서 우리에게 더욱 큰 감동으로 다가오는 것이다.

---

29) S. Walach, "*So Far from the Bamboo Grove* : Multiculturalism, Historical Context, and Close Reading," *English Journal*, vol.97 no.3, 2008, pp.19. 그러나 731부대의 전후 처리 문제를 다룬 『731－石井四郎と細菌戰部隊の闇を暴く』(新潮社, 2008)에 따르면 가와시마 기요시는 패전후 러시아에 억류되었다 일본으로 인양하여 돌아간 것으로 알려져 있다. 2015년 봄 '일본의학회총회 2015 간사이' 병행 기획으로 교토 지온인(知恩院)에서 열린 심포지엄('역사에 근거한 일본의 의료 윤리의 과제(歴史を踏まえた日本の医の倫理の課題)', 2015.4.12)에서 필자가 만난 이 책의 저자 저자 아오키 후키코(青木富喜子) 역시 이 같은 가능성을 일축했다.

"우리나라도 안적 채 자리가 잡힐 겨를이 없어서 그렇지 인제 딱 제 자리가 잡히고 나면 나 같은 노폐한 늙은 것이야 무슨 소용이 있는 겁니까. 무용지물이지요. 무엇이 내다보이는 게 있어서 무슨 근력이 나겠기에 아글타글 돈을 벌 생각이 있어 그러겠습니까마는, 이렇게 해가다 벌리는 게 있으면 가지고 절에 들어간 밑천이나 하자는 거지요. 없으면 구만두고. 그리노라면 세상도 차차 자리를 잡아 깔아앉을 터이고, 그렇지 않아요— 뭣을 이떻게 하자고 무슨 욕심이 복바쳐서 허둥지둥이야 할 내 처지겠어요. 이렇게 내가 나온다니까 해방이 된 오늘에야 왜 뻐젓이 내어놓고 자치회라던가 보안대라던가 안 가볼 것 있느냐 하는 사람도 없지 않었지마는, 이 어수선하고 일 많은 때에 그건 무슨 일이라고……"

"무슨 일이라니 무슨 말씀입니까? 당연히 할머니께서야 그리셔야 될 거 아닙니까?"

"그러지 않어도 우리 집 애하고 가깝던 젊은이들이 요새 모두들 무엇들이 되어서 부득부득 끌고 갈려는 것을 내가 안 들었지요. 그런 호산 내게 당치도 아니한 거려니와 그렇지 않단들 생눈을 뻔히 뜨고야 왜 남에게 신세 수고를 끼칩니까. 반평생 돌아본들 나처럼 가죽 질긴 늙은이도 없는가 했습니다. 이 질긴 고기를 좀 더 써먹다 죽으리라 싶어 나왔는데, 나와보니 안 나왔던 것보담 얼마나 잘했다 싶었는지요."

"네에. 네에, 잘 알겠습니다. 하지만 언제까지나 그러실 수야 있습니까."

"뭘이요? 인제 앞이 얼마 남었는지 모르지마는 이제 얼마 안 가서 쓸데도 없는 무용지물 될 것이, 그 동안에라도 무엇에나 뼈다귀를 놀리고 먹어야 할 거 아니겠어요? 또 안 그렇다면 이렇게 피난민이 우글우글하고 눈에 밟히는 것이 많은 때에 무엇이 즐거워서 혼자 호사를 하자겠습니까?"(292-293쪽)

5. 맺음말

이상에서는 허준의 소설 「殘燈」(1946)과 요코 가와시마 윗킨스의 『요코 이야기』(1986 / 2006) 두 작품을 대상으로 하여 해방 이후 만주 귀환이라는 모티프를 담은 소설에 나타난 조선인의 잔류 일본인 인식과 일본인의 조선인 인식 문제를 '기억의 정치학'이라는 관점에서 살펴보았다.

허준의 대표작 「잔등」(1946)은 만주에 살던 주인공이 해방을 맞이하여 만주국을 출발하여 서울로 귀환하는 과정에서 만난 소년과 노파의 모습을 통해 '해방'의 의미를 되새겨보는 내용을 담고 있다. 이 작품은 해방 직후 북한 지역에서 강제 격리되었던 잔류 일본인을 감시하던 한 소년과, 처참한 처지의 일본인들을 위해 국밥을 말아주는 한 노파와의 만남을 대비적으로 묘사하면서 해방이 가져온 두 민족의 역전된 처지를 그리고 있다. 주인공은 일본인에 의해 만주의 개척부락에서 쫓겨나야 했던 매형의 근원적인 향수를 떠올리면서 일본인의 비극적 처지에 동정의 시선을 보내는 한편으로, 사상 운동으로 감옥에서 옥사한 아들을 둔 노파가 보여주는 보편적 인간애와 박애주의에 무한한 경의를 드러내고 있다. 작가가 해방 이전부터 견지해 온 인간에 대한 상호주관적 이해가 이같은 성찰적 시선을 가능케 하였던 까닭에 이 작품은 해방기의 귀환 서사 중에서 가장 뛰어난 문학적 성취를 거둔 작품으로 평가받을 수 있었던 것이다.

이에 비해 『요코 이야기』에 등장하는 조선인들을 대부분 '불령선인'의 이미지로 그려지고 있다. 두 작품이 재현하고 있는 잔류 일본인을 대하는 조선인상이 차이가 나는 것은 각각의 작품의 발표 시기와 관련이 크다. 「잔등」이 해방 직후의 시점에서 거의 동시대적인 감각에 의해 집필되었음에 비해 『요코 이야기』의 경우 40여 년의 세월이 흐른 뒤의 작가의 '기억'에 의존해서 집필되었기 때문이다. 지식인 주인공이 주인공으로 등장하는 「잔등」과 달리, 소녀의 원체험을 바탕으로 한 『요코 이야기』의 경우, 작가에 의한 소설적 재구성 과정에 기억의 '왜곡'이 개입할 여지가 크다는 점도 중요하다. 소녀의 눈으로 본 전쟁의 참상이 일면적이고, 기억의 구성과정이 왜곡될 수 있다는 점에서 반전소설로서의 『요코 이야기의 한계가 있다고 할 수 있다.

참고문헌

1. 자료

요코 가와시마 킨스, 『요코 이야기』, 윤현주 옮김, 문학동네, 2005.

허준, 『잔등』, 을유문화사, 1946.

허준, 『허준전집』, 서재길 편, 현대문학, 2009.

Watkins, Yoko Kawashima, So Far from the Bamboo Grove, New York : Haper Trophy, 2008.

『문화일보』, 『조선일보』, 『한겨레』, 『동아일보』.

2. 연구문헌

구재진, 「허준의 「잔등」에 나타난 두 개의 불빛과 허무주의」, 『민족문학사연구』 37, 2008.

김윤식, 「허준론」, 김윤식 · 정호웅 편, 『한국 근대 리얼리즘 작가 연구』, 문학과 지성사, 1988.

김종욱, 「식민지 체험과 식민주의 의식의 극복 : 허준의 <잔등> 연구」, 『현대소설연구』 22, 2004.

김종욱, 「허준 소설의 자전적 성격에 관한 연구」, 『겨레어문학』 48, 2012.

서재길, 「허준의 생애와 작품 세계」, 『허준전집』, 서재길 편, 현대문학, 2009.

서재길, 「타자와의 조우와 새로운 주체의 탄생-해방기 허준 소설론」, 장수익 외, 『한국 현대소설이 걸어온 길 : 작품으로 본 한국현대소설사(1945-2010)』, 문학동네, 2013.

신형기, 「허준과 윤리의 문제」, 『상허학보』 17, 2006.

임기현, 「허준의 <잔등> 연구」, 『한국현대문학연구』 30, 2010.

진은영, 「기억과 망각의 아고니즘」, 『시대와 철학』 21권 1호, 2010.

시무어 채트먼, 『영화와 소설의 서사구조』, 김경수 역, 민음사, 1995.

엘리엇 애런슨 · 캐럴 태브리스, 『거짓말의 진화』, 박웅희 옮김, 추수밭, 2007.

蘭信三, 「滿洲における「帝國臣民」とは－日本人, 朝鮮人, 「台湾籍民」, そして琉球人－」, 2011년 서울대 규장각한국학연구원 국제심포지엄 발표논문, 2011.

猪股祐介, 「滿洲移民の引揚経驗—岐阜縣黑川開拓団を事例に」, 蘭信三編, 『帝

國崩壊とひとの再移動』, 勉誠出版, 2011.

猪股祐介, 「滿洲引揚げにおける戰時性暴力」, 蘭信三編, 『帝國以後の人の移動：ポストコロニアリズムとグローバリズムの交錯点』, 東京：勉誠出版, 2013.

猪股祐介編, 『帝國日本の戰時性暴力-京都大學グローバルCOEワーキングペーパー110』, 2013.

青木富喜子, 『731—石井四郎と細菌戰部隊の闇を暴く』, 新潮社, 2008.

Im, Wookyung, "Yoko's Story and the Battle of Memory：Fragmentation and Suture of National Memory and Gender in the Age of Globalization," *Inter-Asia Cultural Studies*, vol.11 no.1, 2010.

Lee, Sung-Ae, "Remembering or Misremembering? Historicity and the Case of *So Far from the Bamboo Grove*," *Childrens Literature in Education*, vol.39 no.2, 2008.

Moss, Joyce and George Wilson, *Literature and Its Times：Profiles of 300 Notable Literary Works and the Historical Events That Influence Them*, Detroit：Gale, 1997.

Walach, Stephen, "*So Far from the Bamboo Grove*：Multiculturalism, Historical Context, and Close Reading," *English Journal*, vol.97 no.3, 2008.

김만선의 만주서사 : 해방직후, 재만조선인, 만주의 중층적 현실

-「이중국적」,「한글강습회」,「압록강」,「귀국자」를 중심으로-

고명철

1. 문제제기

'민족협화(民族協和)', '왕도낙토(王道樂土)', '대동(大同)'이란 건국이념을 기반으로 일제에 의해 중국 동북지역을 중심으로 수립된 만주국(1932~1945)은 일본에게 서구의 근대를 초극하는 일본 중심의 근대 문명을 실험하는 식민지 경영의 대상이었다. 특히 만주의 지정학적 특성은 일제로 하여금 아시아의 다른 지역을 대상으로 한 식민 지배와 다른 방식의 식민 통치(혼종과 융합)를 수행하도록 하였는데,[1] 일본의 패전은 만주국의 붕괴를 초래함으로써 이후 만주를 대상으로 펼쳐진 전후의 현실은 복잡한 정치적 이해관계의 소용돌이에 휩싸인다.

---

1) "주권국의 형식을 통한 영향력 행사는 분명 새로운 유형의 제국주의적 통제 방식이다."(한석정・노기석 편, 『만주, 동아시아 융합의 공간』, 소명출판, 2008, 9쪽)

만주국의 붕괴는 일제의 식민통치로부터 해방된 것으로, 해방 이후 만주의 현실에 대한 탐구는 해방 이전 만주의 식민 지배 질서를 이해하는 또 다른 통로를 열어줄 뿐만 아니라 식민주의를 극복할 수 있는 계기를 모색할 수 있도록 한다는 점에서 요긴한 일이 아닐 수 없다. 그런데 여기서 주의를 기울여야 할 것은 해방 이후의 만주를 이해하는 데 '해방'에 비중을 지나치게 둠으로써 식민주의를 성급히 청산하고자 한다든지 식민주의와 단절 짓고자 하는 강박에 은연중 사로잡힌 채 정작 치밀히 탐구하고 성찰해야 할 만주국의 식민주의에 대한 문제의식은 옅어진다. 뿐만 아니라 '해방'의 역사적 성취마저 온전히 이해할 수 없게 된다.

우리는 이 같은 점을 염두에 둘 때 해방 이후 난마처럼 뒤엉킨 만주의 현실을 살아낸 재만조선인을 다룬 작품에 주목할 필요가 있다. 작가 김만선(1915~?)[2]의 작품집 『압록강』(1949)에 수록된 네 단편 「이중국적」, 「한글강습회」, 「압록강」, 「귀국자」가 바로 여기에 해당한다. 김만선의 이 네 작품에 특별히 주목하는 데에는, 이 작품들이 무엇보다 해방'직후' 만주의 중층적 현실을 재만조선인을 중심으로 면밀히 형상화하고 있기 때문이다. 여기서 강조해두고 싶은 것은 김만선의 네 작품이 세 가지, 즉 ① 해방 '직후'의 만주라는 시공간, ② 만주의 중층적 현실, ③ 재만조선인의 실존을 서로 밀접히 연관지음으로써 해방 이후의 만주에 대한 보다 심층적인 문학 탐구의 길로 우리를 안내한다는 점이다. 그런데 김만선의 이들 작품

---

2) 작가 김만선은 해방 전 『조선일보』의 마지막 신춘문예에 단편 「홍수」(1940)가 1등 없는 2등으로 당선되었다. 그는 해방 전까지 『만선일보』 기자로 근무한 경험이 있으며, 해방 후 귀국하여 안회남과 함께 출판사 육문사(育文社)를 경영하였고, 조선문학가동맹에 가입하여 "8 · 15 뒤 당시의 정치적 이념을 가장 선명하고 예술적으로 형상화한 제일급의 작가"(임헌영, 해설 「김만선 작품세계」, 『압록강』, 깊은샘, 1989, 13쪽)로서 사상 문제로 투옥되기도 하였다. 한국전쟁 동안 인민군과 함께 월북 후 종군작가로 활동하였으며 1958년에 작품집 『홍수』를 발간한 이후 행적은 알려져 있지 않다.

에 대한 기존 논의들은 바로 이와 같은 세 가지를 적극 고려하지 못한 문제점을 낳는다.

우선, 대부분 김만선의 재만조선인의 귀환에 초점을 맞추다보니 귀환 도정에서 재만조선인이 겪는 온갖 고초와 내면의 상처가 주목된다.[3] 분명, 재만조선인의 귀환은 문학이 탐구해야 할 중요한 내용이다. 제국의 식민 지배로부터 벗어난 해방의 환희를 만끽한 채 그토록 그리워한 조국으로 돌아가는 서사 그 자체는 식민주의와 관련한 유무형의 것들에 대한 성찰의 과정을 밟는다. 그러면서 도래할 새로운 세상을 향한 벅찬 꿈을 꾸기도 한다. 때문에 귀환 서사의 중요성을 아무리 강조해도 지나치지 않고, 이러한 문제의식에 초점을 맞춘 기존 논의들 역시 주목하지 않을 수 없다.

그런데 이러한 재만조선인의 귀환을 이른바 귀환 서사로 유형화하여 논의하는 과정에서 일국주의(一國主義)에 기반한 국민국가의 결락된 서사를 충족시키는 데 자족하는 것은 아닐까. 바꿔 말해 해방공간의 한국문학사에서 결핍된 이산(離散) 관련의 내용을 보완시킴으로써 자칫 한국문학사의 여백으로 남거나 부족한 부분으로 남을 수 있는 결여를 메꿔 결국 온전한 한국문학사를 복원하기 위한 민족주의가 작동하는 것은 아닐

---

3) 최병우, 「해방 직후 한국소설에 나타난 귀환과 정주의 선택과 그 의미」/「귀환소설에 나타난 만주 체험과 그 의미」, 『이산과 이주 그리고 한국현대소설』, 푸른사상, 2013 ; 이양숙, 「에스니시티와 민족의 거리」, 서울시립대 『인문과학연구』 38집, 2013 ; 정원채, 「해방 직후 만주 공간의 형상화와 민족의식」, 『국제한인문학연구』 4호, 2007 ; 정종현, 「해방기 소설에 나타난 '귀환'의 민족서사」, 『비교문학』 40집, 2006 ; 정원채, 「김만선 문학세계의 변모 양상 연구」, 『현대소설연구』 30집, 2006 ; 이정숙, 「귀국자—작품 해설」, 계용묵 외, 『별을 헨다』, 푸른사상사, 2006 ; 정종현, 「근대문학에 나타난 '만주' 표상」, 『한국문학연구』 28집, 2005 ; 강진호, 「지식인의 자괴감과 문학적 고뇌」, 이근영 외, 『한국소설문학대계』 25, 동아출판사, 1995 ; 전흥남, 「해방기 '귀환형소설' 연구」, 『한국언어문학』 32집, 1994 ; 김윤식, 「우리문학의 만주 탈출 체험의 세 가지 유형」, 『80년대 우리 문학의 이해』, 서울대출판부, 1989.

까. 가뜩이나 만주를 분단 이데올로기에 의해 대한민국과 조선민주주의 인민공화국으로 서로 다르게 전유해온 엄연한 현실을 직시할 때 김만선의 재만조선인의 귀환 서사에 초점을 맞춘 연구는 이를 비판적으로 경계해야 한다.

그렇다면, 중요한 것은 김만선의 만주 귀환 서사에서 그려지고 있는 귀환의 '도정'에 천착하는 문학적 진실이다. 이것은 앞서 필자가 강조한 ①, ②, ③을 면밀히 염두에 두어야 한다. 김만선이 직접 언급했듯이 이 네 작품은 모두 "<노래기> 이전 소위 만주에서 취재한 제작품"[4]으로, "<노래기>를 쓴 1946년 10월"[5] 이전, 곧 해방 '직후'의 재만조선인의 현실을 다룬다. 이것은 김만선의 네 작품을 살펴보는 데 매우 중요하다. 해방 이후 재만조선인의 귀환에 대한 역사학 탐구에서도 "이중국적 부여나 토지개혁이 전면적으로 실시되기 이전인 45년 8월−46년 전반기 사이 동북지방 조선인의 귀환상황"[6]에 대해 각별히 주목해야 함을 환기하듯, 김만선의 네 작품은 바로 해방직후 재만조선인에게 펼쳐진 만주의 중층적 현실을 다룬다. 김만선에게 목도된 만주국의 해방은 결코 관념과 추상이 아닌 엄연한 구체적 현실이었다. 그 자신이 한때 『만선일보』의 기자로 근무하면서[7] 목도한 만주국의 식민경험과 만주국의 급작스런 붕괴로 엄습한 해

4) 김만선, 「후기」, 『압록강』, 깊은샘, 1989, 269쪽. 이후 이 작품집에 수록된 작품의 부분을 인용할 때는 별도의 각주 없이 본문에서 (쪽수)로 표기한다.

5) 임헌영, 위의 글, 20쪽.

6) 이연식, 「해방직후 조선인 귀환연구에 대한 회고와 전망」, 『한일민족문제연구』, 2004, 138쪽.

7) 지금까지 통용되는 김만선의 연보에 의하면 정확한 입사와 퇴사 시기는 알 수 없으나 1941년부터 해방 전까지 만주에서 『만선일보』의 기자로 근무하였다는 것을 추정할 수 있다. 안수길은 만주에서 장편 『북향보』를 『만선일보』에 연재할 무렵을 회상하면서 "본사에 불려 가니 편집국에는 (…생략…) 김만선(金萬善)씨(조선일보 해방 전 마지막 당선작가)의 새 얼굴도 보였다."(안수길, 「용정·신경 시대」, 강진호 편, 『한국문단이면사』, 깊은샘, 1999, 281쪽)고 술회한다.

방의 충격은 그동안 일제에 의해 주도면밀히 실행된 만주식 근대에 대한 냉철한 성찰의 계기를 가져왔고, 아직 완전히 벗어나지 못한 만주국의 유산과 해방의 틈새에서 겪는 극심한 혼돈의 현실이 작품에 용해돼 있다.

따라서 이러한 면들을 세밀히 고려하지 않을 경우 김만선의 네 작품에 대한 피상적 읽기와 부분에 대한 오독을 피해갈 수 없다. 「이중국적」에서 주요한 인물인 재만조선인 박노인의 생존을 위한 처신을 식민 지배자와 식민지의 공모 관계로 파악하는 것,[8] 박노인이 직면한 절체절명의 곤경은 에스닉적, 법적 정체성이 생명의 위협을 초래하는 기원이 되는 사태로 파악하는 것,[9] 박노인과 같은 재만조선인의 불안이 식민 체제의 붕괴로 초래한 혼돈이 야기한 피식민인의 집단적 히스테리와 결부시키는 것[10] 등의 논의들은 「이중국적」의 해당부분과 이 작품에 용해된 해방'직후'의 만주의 중층적 현실을 피상적(혹은 정태적)으로 이해한 데서 낳은 문제다. 이 같은 문제점은 「압록강」에서 귀환하는 재만조선인이 조선족 2세인 소련군 병사와 만나는 장면을 두고, 작가의 좌익적인 성향과 연결된 것[11]으로 보는가 하면, 작품의 표면상 줄거리와 관련하여 피상적 해석에 그친다.[12] 이것은 「한글강습회」에서도 고스란히 해당되는데, 이

---

8) 정원채, 「해방 직후 만주 공간의 형상화와 민족의식」, 『국제한인문학연구』 4호, 2007, 216-224쪽.

9) 김예림, 「'배반'으로서의 국가 혹은 '난민'으로서의 인민 : 해방기 귀환의 지정학과 귀환자의 정치성」, 『상허학보』 29집, 2010, 352-353쪽.

10) 김종욱, 「'거간'과 '통역'으로서의 만주 체험」, 『한국현대문학연구』 24집, 2008, 24쪽. 이 같은 해석이 의미가 없는 것은 아니되, 여기에는 좀 더 자세한 분석이 뒤따라야 할 것이다. 박노인처럼 만주에 잔류를 희망하는 재만조선인이 지닌 만주국의 식민경영의 이해관계로부터 자유롭지 않은 불안은 다른 부류의 재만조선인을 엄습하는 불안의 성격과 다르다. 그런데 문제는 자칫 이러한 해석이 연구자의 의도와 무관하게 만주국의 식민체제를 옹호함으로써 작가의 창작 의도를 거스르는 만주국의 식민 근대를 용인할 수도 있다는 점이다.

11) 정원채, 위의 글, 230쪽.

12) 강진호, 위의 글, 492쪽 ; 전흥남, 위의 글, 307쪽. 두 논의의 핵심은 조국으로 귀환하

작품에서 한글강습회가 실패한 이유는 쉽게 간과할 수 없는 해석의 지점인데도 불구하고 작품의 표면상 줄거리로 이해할 수 있는 것 이상의 심층적 해석을 결여하고 있다.[13)]

김만선의 재만조선인 만주 서사가 지닌 문학적 진실을 온전히 이해하기 위해서는, 거듭 강조하건대 ① 해방'직후'의 만주라는 시공간, ② 만주의 중층적 현실, ③ 재만조선인의 실존을 서로 밀접히 연관지으면서 작품의 실상을 꼼꼼히 읽어야 한다. 그럴 때 김만선의 재만조선인 만주 서사의 문제의식을 뚜렷이 파악할 수 있는 바, 이것은 동시에 해방직후 혼돈의 현실에 놓인 만주를 이해할 수 있는 것이기도 하다.

2. 해방직후 재만조선인이 직면한 만주의 중층적 현실

재만조선인이 마주한 해방직후의 만주의 현실은 어떠했을까. 김만선의 「이중국적」, 「압록강」은 일본의 패전과 함께 만주국의 붕괴로 엄습한 혼돈의 현실을 재만조선인의 시선에서 보여준다. 우선, 주목해야 할 것은 해방직후 재만조선인의 생존을 위협하는 만주의 현실이다. 여기에는 재만조선인이 만주국의 식민지배 권력에 협력한 "일본인인 '반도인'으로서

는 재만조선인에게 소련병사는 민족적 동질감을 자아내는 낭만적 대상으로 비쳐지고 있다.

13) 김종욱은 만주국 시절 제국에 협력한 친일적 인사들이 언어 문제에 관심을 갖지 않은 게 한글강습회의 실패 원인임을 주목함으로써 "김만선은 '언어=민족'이라는 관점을 통해서 민족/반민족에 대한 인식을 심화시켜 나간다."(김종욱, 위의 글, 318쪽)는 것을 밝히지만, 이것은 해당 부분에 대한 연구자의 지엽적 해석일 뿐 작품 전체의 맥락에서 한글강습회가 실패한 것과 관련한 김만선의 문제의식을 비껴간다. 이에 대해서는 이 글의 3장에서 본격적으로 논의하기로 한다.

였던 까닭"(117쪽)에 기인한다. 그리하여 중국인은 일본이 패전한 직후 재만조선인을 향한 민족적 분노를 폭발한다.[14]

그런데 김만선의 작품을 이해할 때는 앞서 ①, ②, ③을 밀접히 연관 지으면서 작품의 실상을 꼼꼼히 읽어야 한다는 것을 강조한 바, 재만조선인이 직면한 위협적 현실에 대한 세밀한 검토가 요구된다. 그렇지 않을 경우 해방직후의 만주의 현실을 정태적으로 이해할 수 있다. 여기서, 다음과 같은 일련의 물음을 제기할 수 있다. 해방직후 재만조선인을 향한 분노를 터뜨린 중국인은 구체적으로 어떠한 사람들인가. 아무리 만주국 시절 친일협력한 조선인들이 있었다고 하여 그에 대한 민족적 분노를 터뜨릴 수 있다고 하지만 오랫동안 중국의 동북지역에서 중국인과 함께 생활해온 재만조선인의 삶을 중국인이 송두리째 부정할 수 있는가. 특히 이 지역에는 만주국에 협력한 조선인만 있는 게 아니라 중국과 협력하여 항일운동을 펼친 재만조선인도 살고 있기 때문에 이들 모두를 구별하지 않고 친일 협력한 재만조선인으로 단죄할 수 있는가. 더욱이 이 지역은 만주국 붕괴 직전 소련의 개입으로 인한 동아시아의 민감한 국제정세의

---

14) 염상섭의 회고에 따르면, 해방직후 재만조선인은 해방의 기쁨을 만끽하기보다 중국인으로부터 목숨의 위협을 받는 매우 위험한 현실에 놓인다. "광복의 첫날을 맞이한 것은 압록강 대안(對岸), 만주땅 안동(安東)에서 있었다. 이날 일본 동경으로부터 '중대방송'이 있다는 예고에 (…중략…) 방송은 목메인 소리가 흘러나오는 일제의 침통한 항복선언이었다. (…중략…) 바로 그날 저녁이 공교롭게도 내가 야경(夜警)을 도는 차례이었다는 것이다. (…중략…) 나는 당일로 밤을 도와 가며 조직하여야 할 우리 거류민회(居留民會)에 참석하기 위하여 순번을 바꾸어 달라고 청하여 인근의 초등학교의 일본인 선생이 대체하게 되었던 것이다. 그리하여 회(會)를 마치고 야반(夜半)에 집에 돌아와 앉았자니 마침 내 집의 옆골목에서 딱딱이 소리가 나자마자 뒤미처 캑하고 비명이 흐미하게 들리고는 잠잠히 밤은 깊어 갔다. / 이튿날 회에 나가서 간밤에 내 집 옆골목에서 보통학교 **일인(日人) 교원이 흉한(兇漢)의 백인(白刃) 아래 자살(刺殺)되었다**는 소식을 듣고 나는 내심(內心)으로 어크머니나! 하고 몸서리를 쳤으나, (…생략…)"(염상섭, 「만주에서」, 『동아일보』, 1962. 8. 15 ; 한기형 · 이혜령 편, 『염상섭 문장 전집 III』, 소명출판, 2014, 587-588쪽, 밑줄 강조—인용)

각축장이었고, 모택동의 공산당과 장개석의 국민당 사이의 치열한 내전이 전개되었다는 점을 고려할 때[15] 이처럼 만주의 복잡한 중층적 현실 속에서 재만조선인의 삶을 과연 정태적으로 이해할 수 있는가.

이 같은 물음들을 숙고하지 않은 채 김만선의 작품 속 재만조선인이 직면한 절박한 생존의 위협을 이해하는 것은 김만선의 작품에 대한 피상적 읽기에 그칠 따름이다. 그래서 각별히 주목해야 할 부분은 김만선의 작품에 등장하는 시공간으로, 해방직후와 만주국의 수도 신경(부근)에 초점을 맞추고 있다는 사실이다. 「이중국적」에서 간과하기 쉬운 부분이 바로 이것이다. 일본의 패전 소식을 들은 후 재만조선인 박노인의 아들 명환은 중국인 장씨를 만나 해방의 기쁨을 서로 나누는데 명환에게 장씨는 정치방면에까지 박식한 것으로 보이는 그를 "응당 국민당원일 게라고"(113쪽) 확신한다. 이 부분과 다음의 대목을 겹쳐서 읽어보고, 해방직후 신경(부근)의 정세를 참조하면, 재만조선인을 위협하는 현실에 대한 김만선의 문제의식을 징후적으로 포착할 수 있다.

15) 1927년에 만주로 이주하여 현재 흑룡강성에 살고 있는 재중조선인 황해수씨는 소련의 태평양전쟁 종전 직전 만주에 개입한 당시의 정황을 생생히 다음과 같이 증언하고 있다. "각자 살아온 문화가 달라서 그런지 마우재(소련군)들 하는 짓을 보면 난장판도 그런 난장판이 없었네. 글쎄 중국인과 조선인도 식별 못하는 자신들의 잘못은 뒤로한 채 총부리로 겁부터 주지 않겠나. 그 바람에 나도 왼쪽 가슴팍에 붉은 천 조각을 꽤 오래 달고 지냈는데, 그게 바로 중국의 홍기紅旗를 상징하는 일종의 살아남는 방법 중 하나였었네." / 길거리에서 수시로 만주치는 소련군에게 헬레바리(빵)를 얻어먹어 가며 까레이스끼(조선인), 아진 뜨바 뜨리(하나 둘 셋), 이그라시(같이 놀자), 빠빠예시?(아버지는 계시냐?), 마마예시(어머니는 계시냐?) 등 간단한 일상의 노어를 배우는 중이었다. 소련군이 종적을 감추자 장춘은 또 한 번 혼란에 빠져들었다. / "중앙군과 팔로군. 장개석과 모택동. 7·7사변으로 중단됐던 중국의 내전이 다시 전개되자 우리로서는 둘 중 하나를 선택하는 일이 결코 간단치가 않았네. 보다시피 우리는 만주 땅에 외롭게 남은 이방인들이 아닌가."(박영희, 『만주 그리고 조선족 이야기—해외에 계신 동포 여러분』, 삶창, 2014, 22-23쪽)

「조선으루 가서 사실 수 있건 **어서 속히 서둘러 돌아갈 준빌 하십쇼.** 세상 인심은 점점 소란해질 것이니ー」

옆방에다 잠자리를 봐주고 물러나며 왕씨는 급기야 이런 충고까지 하였다.

「글쎄요ー」

일인들이 만주서 물러갈 것이니 이제부터는 마음놓고 그러니까 중국 사람으로서 행세하는 편이 유리하다면 중국인으로서 또 조선인들을 외국인으로서 우대해 준다면 그대로 조선인으로서 살아보겠다고 마음 먹었던 박노인은 왕씨의 충고를 어떻게 해석할 줄 몰랐다. 문득 생각나는 것은 **만인들 사이에 조선인에 대한 무슨 흉계라도 있기에** 친한 사이니까 내통을 해 주는 것이나 아닌가 싶었다.

그렇다면 좀 고려해야 할 문제였다. 그래서 박노인은 좀처럼 잠을 이루지 못했다.(밑줄 강조ー인용, 119-120쪽)

중국인 유력자 왕씨의 충고를 듣고 박노인은 중국인들 사이에 '무슨 흉계'가 있을 것으로 의심한다. 해방직전 소련은 '얄타밀약'(1945.2)을 통해 국민당을 지지하면서 만주에 전격적으로 개입하고 국민당과의 '중・소우호동맹'(1945.8.14)을 체결하여 국민당에게 심양, 장춘 등 동북지역의 대도시와 이 지역의 철도를 이양한다. 이렇게 해방직후 옛 만주국의 대도시 일대는 국민당의 영향권에 놓이는데, 국민당은 재만조선인을 '한교(韓僑)'로 간주하여 국민당이 점령한 수복구(收復區)에 살고 있는 재만조선인을 모두 송환한다는 기본방침을 제정하였고[16] "이들의 산업과 재산을 '日僞遺

16) 국민당은 1945년 8월 동북부흥위원회를 설치한 후 「동북복원계획강요초안」을 작성한 바, 제9조 「농업」에서는 "日僞政府에서 설립한 農・林・木・漁 및 기타 기관을 접수하고, 日韓移民의 농장을 접수, 관리한다"고 하였는가 하면, 제16조 「日韓移民」에서는 "일본적 이민은 일률로 경외로 축출하며 일본이 동북 점령시 이주한 한인들에 대해서는 귀환을 명하고 재산은 조례에 따라 처리한다"고 규정하였다. 김춘선, 「광복후 중국 동북지역 한인들의 정착과 국내귀환」, 『한국근현대사연구』 28집, 2004, 194쪽.

産'으로 간주하고 몰수, 차압하여 한인들의 생활기반을 빼앗아 갔다."[17] 김만선의 「이중국적」에서 보이는 중국인의 재만조선인을 향한 폭동의 정치사회적 배경에는 해방직후 옛 만주국의 대도시 일대를 점령한 국민당의 이 같은 통치를 간과해서 곤란하다. 작품 속 중국인 장씨와 왕씨는 국민당의 수복구 안에서 전개될 재만조선인을 향한 국민당의 통치를 징후적 맥락으로 간파할 수 있도록 한다.[18] 따라서 이러한 국민당의 통치는 해방직후 만주의 대도시를 중심으로 자행된 재만조선인을 향한 중국인의 폭동을 국민당의 내셔널리즘에 기반한 것이라는 알리바이를 제공해주었다 해도 과언이 아니다.

이처럼 해방직후의 만주의 정세를 고려할 경우 만주에 잔류하고 싶어 하는 박노인의 생존을 위한 처세는 일제의 식민 지배권력(만주국)과 또 다른 탈식민 지배권력(국민당)과 공모하는 차원이 아니라 해방전후 무렵 복잡하게 전개되는 만주의 정세 속에서 어떻게 해서든지 삶의 기반을 잡으려는 재만조선인의 치열한 삶의 욕망으로 읽어야 한다. 그럴 때 박노인이 해방직후 중국인의 폭동 속에서 "만주국군(滿洲國軍)과 똑같은 후줄근한 군복을 걸친 군인"(126쪽)에게 중국인임을 증명해주는 '민적(民籍)'을 보임으로써 위기를 모면하려고 하지만, 결국 해체되는 만주국 군인에게 폭행을 당하는 곤경이야말로 해방직후 대도시 일대의 정세를 시사한다. 작품의 말미에서 보이는 만주국군의 폭행에 속수무책일 수밖에 없는 박

17) 김춘선, 앞의 글, 182쪽.

18) 국민당이 그의 수복구에서 재만조선인을 향한 위압적 통치와 달리 공산당은 그의 해방구에서 재만조선인의 중국 국적을 인정하고 토지개혁을 통해 토지를 무상으로 분배하여 그들을 만주에 정착하도록 하였을 뿐만 아니라 재만조선인의 문화풍속을 존중하는 등 중국공산당에 적극 협조할 경우 재만조선인의 만주 정착을 적극 지원하였다. 곽승지, 『조선족, 그들은 누구인가』, 인간사랑, 2013, 95-102쪽 ; 손춘일, 「해방 전후 재만조선인사회의 동향」, 『만주연구』 제8집, 2008, 182-186쪽 및 김춘선, 앞의 글, 204-217쪽.

노인의 모습 속에서 파악해야 할 것은 해방직후에 "생명을 보존하려고 자취를 감추어야 할"(127쪽) 만주국군이 박노인을 폭행했다는 점이다. 사실 일제는 만주국에 관동군과 만주국군을 군대로 편제하면서 만주국군을 만주의 토착민들로 구성한바, 비적출신 군벌장군들과 그 휘하의 군인들이 만주국군의 근간을 이룬다.[19] 문제는 "조선인들은 만주국에 저항하는 비적들의 사냥감이었"[20]는데, 국민당은 "태평양전쟁 종전 직후부터 한인을 주요 공격목표로 삼아 괴롭혔던 비적들과 협조적인 관계를 유지"[21]하면서 재만조선인을 통치했다는 사실이다. 만주국군과 관련한 이 관계를 고려할 때 해방직후 신경 변두리에서 박노인이 만주국군에게 폭행을 당할 수밖에 없는 이유가 더욱 분명히 드러난다. 따라서 만주국군에게 폭행 당한 박노인을 통해 우리가 심층적으로 읽어야 할 것은 만주와 만주국에서 오랫동안 토비(土匪)들에게 생존을 위협 당한 재만조선인은 만주국 붕괴 이후 특히 해방직후 대도시 일대를 점령한 국민당과 결탁한 비적에게 여전히 생존을 위협받는 절박한 현실에 놓여 있다는 점이다. 「이중국적」은 이렇게 해방직후 대도시-신경 일대에 살고 있는 재만조선인이 직면한 만주의 정세와 현실을 담아내고 있다.

이렇게 국민당의 수복구에서 생존의 위협에 직면한 재만조선인의 상당수는 만주에 잔류하지 않고 조국으로 귀환한다. 「압록강」은 귀환하는

19) 한석정, 『만주국 건국의 재해석』, 동아대학교 출판부, 2007 개정판, 80쪽.

20) 한석정, 앞의 책, 184쪽.

21) 강인철, 「미군정기의 인구이동과 정치변동」, 『한신논문집』 15집 2권, 1998, 12쪽. 사실 "해방이 되어 일본군이 철수하고 만주국이 해체되자 무정부상태에서 국민당군과 중공군이 양립했지만, 조선족에게 무서운 것은 토비였다. 토비는 군벌부대의 도망병, 위만군대 해산병, 만주국의 경찰·헌병·특무대원이었던 사람, 그리고 살인자·강도 등이 합세한 것으로 그 수가 20여만 명에 달했다. 이들 토비는 일본 패잔병, 위만 패잔병들의 무기를 압수해 무장을 했고 때로는 국민당군이 이들을 이용하기도 했다."(전병철, 『20세기 중국조선족 10대사건』, 환경공업출판사, 1999, 132쪽)

재만조선인의 지난한 여정을 생동감 있게 보여준다. 이 여정에서 매우 흥미로운 부분이 있다. 재만조선인이 젊은 재소고려인 소련병사를 만나면서 지루하고 험한 귀환 여정 틈새에서 잠시 생기를 찾는다. 일제의 식민지 지배를 받는 제국의 신민(臣民)과 피식민지 국민, 그리고 타방을 떠도는 난민으로서의 자격이 아니라 독립국의 국민으로서 귀환하는 재만조선인에게 재소고려인 병사와의 만남은 조국의 낯익은 풍경을 떠올리며 귀환의 의지를 더욱 북돋운다. 그러면서 쉽게 간과할 수 없는 것은 이들을 횡단하는 정치적 감각이다. 이것은 단순히 조국을 공유하고 있는, 그래서 민족적 동질성을 발견하였다는 데 기인하는 것과 다른 성격의 문제의식을 제기한다. 그래서 우리는 김만선의 만주 서사를 일국주의 내셔널리즘의 시계(視界)로만 국한시키지 말고 동아시아의 지평 속에서 살펴볼 필요가 있다. 김만선이 등장시킨 소련병사가 재소고려인이라는 사실은 예사롭지 않다. 스탈린은 중앙아시아로 연해주의 조선인을 강제이주(1937)시킨바, 제2차 세계대전에 참전한 소련은 재소고려인을 일본의 첩자나 적성국(敵性國)의 국민, 즉 소련에 대한 적성민족으로 간주한 채 전방이 아닌 후방으로 징집하는 소수민족 차별 정책을 펼쳐왔다.[22] 말하자면 재소고려인 역시 재만조선인 못지 않은 제국의 파시즘적 민족차별을 감내하였던 것이다. 여기에 덧보태, 우리는 세계냉전체제의 한 분극을 구성하는 소련 병사로서 재소고려인이 바로 그 냉전체제의 동아시아판 서막을 개시하는 해방직후 만주에서 조국으로 귀환하는 재만조선인과의 만남—헤어짐을 통해 이 지역이 갖는 복잡한 국제정세의 역학관계[23]를

---

22) 재소고려인은 소련의 그들에 대한 소수민족 차별 정책을 감내해왔는데, 이러한 그들의 슬픔의 역사는 문자로 기록한 문학이 아니라 재소고려인 사이에 노래로 구술전승되고 있다. 고명철, 「재소고려인의 구전가요(노랫말)의 존재양상」, 『문학, 전위적 저항의 정치성』, 케포이북스, 2010, 513-518쪽.

새삼 음미해본다. 그리하여 「압록강」에서 재소고려인 병사와 만난 작중 인물 재만조선인 원식이 귀환할 곳이 바로 38도선 이남[24]이라는 사실은 해방직후의 만주가 국제 냉전질서를 잉태하는 문제적 시공간이라는 점, 그리고 바로 이곳에서 만난 그들을 횡단하는 것은 해방공간 내내 길항하고 경합을 벌여야 할 냉전 이데올로기의 소여(所與)다.

3. 만주국 붕괴로부터 비쳐진 만주국 근대 문명의 허상

김만선의 만주 서사에서 자칫 간과하기 쉬운 것은 일제의 만주국 경영에서 침전된 만주식 근대의 허상에 대한 그의 비판적 문제의식이다. 김만선의 만주 서사를 해방공간의 결락된 한국문학사의 결핍을 충족시켜주는 데 자족해서는 이러한 그의 문제의식을 간과하기 십상이다. 김만

23) 만주는 미·소의 냉전체제와 결코 무관하지 않다. 미국은 태평양전쟁 이후 동아시아 지역에 대한 밑그림을 그리고 있었다. 미국은 "중국 동북지역(만주)을 중국에 귀속시키고, 한국은 국제적 보호와 감독에 두는 방향으로 선회하였다. 이때 미국은 중국 대륙은 물론 동북지역·대만 등지를 중국에 귀속시키고, 그 가운데 동북지역은 소련을 견제할 수 있는 전략적 요충지로 주목하였다. 그리고 한국은 미국 주도하에 안보체계를 마련하는 것이 필요하다는 입장을 지니고 있었다."(장석흥, 「해방 후 중국지역 한인의 귀환과 성격」, 중국해양대학교 해외한국학 중핵대학 사업단 편, 『귀환과 전쟁, 그리고 근대 동아시아인의 삶』, 도서출판 경지, 2011, 51쪽) 이와 함께 미국은 자신의 안보전략 차원에서 국제사회의 문호개방의 명분을 삼은 '먼로독트린(1823)'을 계기로 유럽식 세계개조론에 맞서 미국식 세계개조론이 투사된 국경으로 만주를 인식하였다고 한다. 이에 대해서는 최정수, 「미국의 세계안보전략과 만주 개방정책의 실체」, 『아시아의 발칸, 만주와 서구 열강의 제국주의 정책』, 동북아역사재단, 2007 참조.

24) "원식의 피로는 한결 풀린 것 같았다. 신경서 서울을 생각하던 언뜻 머리에 떠오르는 게 경성역 앞 광장에서 남대문통, 광화문통, 그리고 고작 종로 네거리 밖 그 거리의 이름과 함께 아롱거리질 않았었는데, 기차가 움직이기 시작한 때부터는 조그마한 샛골목까지도 눈에 선-하게 전개되었고(…생략…)"(「압록강」, 149쪽)

선이 겨냥하고 있는 만주 서사의 또 다른 문제의식은 바로 만주국을 지탱하고 있는 일제의 식민통치에 대한 비판이다. 따라서 우리는 김만선의 만주 서사를 동아시아의 시계(視界)로 심화・확장시킬 필요가 있다.

만주를 다룬 그의 작품 곳곳에는 만주국 붕괴에 따른 테러와 약탈이 빈번하며 심지어 타민족의 목숨을 빼앗고 생존의 절박한 상황 속에서 목숨을 잃는 지옥도(地獄圖)가 그려져 있다. 우리는 「이중국적」과 「압록강」에서 이러한 지옥도를 쉽게 대한다. 「이중국적」에서는 만주국이 붕괴되면서 해방직후 "신경(新京) 변두리"(113쪽)에서 전횡하는 폭동의 살벌한 풍경을 가감없이 만날 수 있다. 만주국 붕괴에 따라 "일인들이 경영하던 공장을 쳐부수고 주택을 습격해서 인명을 닥치는 대로 살해하면서 물품을 약탈하기 시작했다는 소식과 아울러 조선사람들도 걸리기만 하면 한 몽둥이에 개죽음을 당한다는 것"(114쪽)의 적나라한 현실을 우리는 마주한다. 이렇게 해방직후의 만주는 무질서와 혼돈 자체인바, 서구의 문명을 초극하기 위해 그토록 심혈을 쏟은 일본의 새로운 제국의 통치를 모색하여 실험한 만주국의 근대 문명은 언제 그랬던 적이 있냐는 듯 순식간에 몰락하였다. 여기서 김만선은 만주국 근대의 붕괴와 몰락의 풍경 속에서 그동안 만주국을 지탱하고 있는 문명을 가장한 일제의 반(反)문명의 가증스러운 모습을 묘파한다. 그것은 중국인의 폭동 양상이 일본인과 조선인을 향한, 달리 말해 만주국의 식민 지배권력(일본인)과 그에 협력한 자(조선인)에 대한 역사적 보복과 응징의 차원을 벗어나 "이제는 누가 폭도인지 약탈꾼인지 분간할 수 없이"(122쪽) "민족적인 감정이 저들 폭도들의 눈에서 사라졌고 이제는 물욕에 완전히 사로잡힌" 양상을 보이는 데서 드러난다. 사실 '민족협화', '왕도낙토', '대동'이란 만주국의 건국이념은 공존할 수 없이 상충하는바,[25] 일본은 만주국 건립을 통해 동아시아 식민주의 지배 욕망을 현실화시키는 데 주력함으로써 만주를 일본이 제국으로서 성장할 군사적 요충지로, 그리고 이를 실현시키기 위한 정치경제적 자원을 새롭게 제공해줄 수 있는 신천지로서 주목했다. 따라서 일제에 의해 추진된 만주국의 근대의 근간을 이루고 있는 것은 식민주의 경영을 위한 물욕(物慾)에 초점을 맞췄다 해도 과언이 아니다. 그리하여 일제의 만주국 식민통치에 수반된 물욕은 만주국 붕괴 직후 적나라하게 드러난 것이다. 「이중국적」에서 확연히 읽을 수 있듯이, 이 물욕에는 민족, 계급, 젠더, 연령을 망라한 오직 물신(物神)의 노예가 된 인간의 탐욕스런 광기만이 난무할 따름이다. 가난한 중국의 민중이든, 중국의 유력자 왕씨이든, 심지어 폭동의 위협에 내몰린 재만조선인 박노인이든지 모두 만주국이 붕괴하면서 미처 처분하지 못한 채 남겨진 일본인의 유무형의 재화를 더 많이 소유하기 위한 데 정신이 없다. 만주국의 태생 자체가 그렇듯이 만주국의 식민 경영으로 분식(粉飾)된 물욕은 만주국 붕괴에 따른 무질서와 혼돈으로 얼룩진 맨얼굴의 탐욕스런 물욕으로 드러난바, 김만선은 만주국의 근대를 이처럼 예리한 비판적 시선으로 포착한다.

김만선의 이 비판적 문제의식은 일제가 그토록 힘주어 강조한 만주국의 근대 문명에는 문명의 온전한 윤리감각이 부재했음을 방증해준다. 「압록강」에서는 이와 관련한 흥미로운 대목이 그려지고 있다.

> 8·15 이후 원식이 그가 본 일본인은 마음으로나 생활로나 하루 아침

---

25) 김재용, 「혈통주의적 '내선일체'를 통해서 본 만주와 만주국」, 『만주, 경계에서 읽는 한국문학』(김재용·이해영 편), 소명출판, 13-17쪽. 김재용은 일제 말 지배 이데올로기인 내선일체, 오족협화, 대동아공영이 지닌 연속성과 불연속성을 세밀히 천착할 때 일제 말 조선인 작가의 내적 지향을 제대로 읽어낼 수 있다는 것을 강조한다. 이것은 만주국 붕괴 이후 재만조선인의 현실을 다룬 작품을 읽을 때도 중요하게 고려해야 할 대목이다.

> 에 더러워진 일본인이었다. **나라만 망한 게 아니라 민족으로서도 망한 성싶어 일본인을 경멸해온 터**인데, 산중에다 이천여명의 조선 사람 피난민들을 내동댕이치고 도주한 기관사와 같은 그런 종류의 왜종을 가끔 발견할 때는 원식은 치를 떨었다. 피난민은 조선 사람만이 피난민인 게 아니요, 일본인들도 적지 않아, 산동(山東) 쿠리(苦力)보다도 더 걸뱅이 같은 거적때기 한 잎씩을 끼고 다니는 그런 피난민들의 수용소의 넓은 마당에는 의례껏 조그마한 애총들이 날마다 늘어가 그 수를 헤아릴 수 없게끔 즐비한 광경을 보고 또 이른 아침에 젊은 여자들이 자식의 무덤 앞에 꽃을 꽂아 놓고 합장하는 꼴을 발견할 때면 가슴이 찌르르했던 원식이었으나 여전히 치를 떨었다.(밑줄 강조—인용, 152쪽)

재만조선인들이 타고 있는 기차는 신경을 떠나 봉천을 거쳐 신의주로 가는 철로를 이용한, 만주국의 근대를 표상하는 만철(滿鐵)로 짐작할 수 있다. 그렇다면 이 대목이 예사롭지 않다. 비록 그들이 타고 있는 기차가 만주국이 세계에서 자랑스러워한 대륙 특급 열차 '아시아'[26]란 뚜렷한 단서는 없지만, 만주국의 식민 경영을 위해 일제가 첨단의 과학기술을 동원해 구축한 기차의 교통이 갖는 중요성을 환기해볼 때 만철의 교통 체계가 급속도로 붕괴되었다는 것과 함께 만철을 보증하는 교양[27]의 기반마저 소멸

26) 일본이 1933년 7월에 제조를 시작하여 1934년 11월부터 운행을 시작한 대륙 특급 '아시아'는 기관차에 유선형의 덮개를 씌우고 에어컨을 장착하고 시속 100킬로 이상을 질주하였다. 일본의 최첨단 철도기술을 세계에 과시한 '아시아'는 만주국이 서구의 근대를 넘어서고자 한 욕망의 산물이며 만주국의 근대 문명을 표상한다고 해도 과언이 아니다. 대륙 특급 '아시아'에 대해서는 고바야시 히데오, 『만철』(임성모 역), 산처럼, 2004, 22-25쪽 참조.

27) '만철'은 단순히 일본이 만주국의 식민 경영의 효율을 높이기 위해 만주를 대상으로 연결한, 즉 운송 목적의 협소한 철도 교통에만 국한되지 않는다. '만철'은 근대의 운동 목적을 위한 철도 교통이되, 철도 교통이 표상하고 함의하는 근대의 유무형의 체계와 관련된다. 그리하여 '만철'은 일제의 만주국 식민 경영에서 추진된 공업화는 물론, 철도 교통에 수반되는 관료 조직, 그리고 교통으로 매개되는 문화 등을 아우른다. 이와 관련해서는 고바야시 히데오, 앞의 책 참조.

되었다는 것을 알 수 있다. 신의주로 가는 만철에는 재만조선인뿐만 아니라 일본인 피난민도 타고 있는데도 불구하고 일본인 기관수는 "처음부터 달아날 계획"(151쪽)을 품고 있었던 것이다. 패전국 일본인 기관수에게 만철의 기관수로서 자긍심을 가질만한 만주국 근대 문명의 엘리트로서 윤리감각은 존재하지 않는다. 그러다보니 타자를 향한 연민의 윤리감각마저 찾을 수 없다. 이 기차에 재만조선인뿐만 아니라 일본인도 타고 있음에도 불구하고 일본인 기관수에게 오직 관심 있는 것은 지극히 사적인 목적을 이루기 위한 것일 뿐이다. 이것을 이 기관수에게만 일어난 특별한 사건으로 이해해서는 곤란하다. 김만선이 이 삽화를 그리게 된 데에는 만철로 표상되는 만주국 근대 문명의 윤리감각이 얼마나 식민지배 권력의 이해관계에 투철한 것인지에 대한 비판적 문제의식이 자리하고 있다.

사실 만철은 어디까지나 일제의 동아시아 식민주의 경영을 위한 정치경제적 이해관계 아래 구축된 교통인 바, 여기에는 언제든지 만철의 다양한 정치경제적 이해관계의 구성에 따라 재편되는, 그러면서 식민 경영의 지배권력을 피식민에게 관철시키는 윤리감각의 실재가 존재할 따름이다. 말하자면 이러한 윤리감각은 지배와 피지배의 상하 주종의 관계를 고착화하는 윤리감각으로 상호주관적 관계를 구성하는 윤리감각이 아니다. 따라서 김만선에게 약소자를 향한 연민의 윤리감각이 부재한 "일본인은 마음으로나 생활로나 하루아침에 더러워진 일본인"(152쪽)이다. 김만선은 도주한 일본인 기관사의 삽화로부터 이러한 비판적 문제의식을 보인다.

이처럼 만철로 표상되는 근대 문명의 윤리감각에서 쉽게 간과할 수 없는 것은 만주국을 지탱하고 있는 식민지배 권력이며 그 유산이 해방직후에도 여전히 잔존하고 있다는 점이다. 「한글강습회」에서 주목되는 것은 해방직후 신경에서 재만조선인을 위한 한글강습회가 실패하는데, 그

원인을 성찰하는 과정에서 등장인물 원식은 해방직후 재만조선인을 보호하기 위해 꾸려진 민단이 재만조선인의 구체적 현실에 밀착하지 않은 채 만주국 시절 친일협력 관계 아래 식민지배 권력에 기생하는 삶을 되풀이하고 있다고 비판적으로 성찰한다. 그래서 김만선은 만주국이 붕괴되었는데도 해방직후의 신경에서는 아직도 식민지배 권력의 유산의 매혹에 젖어 있는 민단의 사람들, 즉 "협화회나 만주국 관리질들을 해온 사람들"(141-142쪽)이 여전히 영향력을 행사하고 있다고 지적한다. 물론 김만선은 여기에 그치지 않는다.

> 해만 사라지면 이내 어두워지는 만주의 하늘, 그래서 이제는 아주 캄캄해진 거리를 조심조심 건너며 원식은 내일은 민단 간부들을 찾아보리라 작정한다. 그들이 그의 충고를 들을지는 측량할 수 없으나 한바탕 비난을 해야만 속이 풀릴 것같이 생각된다.(142쪽)

김만선의 비판이 직접 행동으로 이어질 징후가 작품의 말미에서 결연히 보인다. 만주국을 전횡하는 식민지배 권력을 향한 김만선의 매서운 비판이 나타나 있다. 김만선에게 협화회[28]와 여타의 친일협력 지배권력은 그들의 정치사회적 이해관계에만 충실한 재만조선인의 진정한 해방과 거리가 먼, 그리하여 비판과 부정, 그리고 청산의 대상이다.

---

28) 협화회는 5개년 계획에 의한 만주국의 총동원체제에서 민중동원을 담당한다. 관동군 사령관 우에다 겐키치는 「만주제국 협화회의 근본정신」(1936. 9)이란 성명을 통해 협화회는 "건국정신을 무궁하게 호지(護持)하여 국민을 훈련하고, 그 이상을 실현해야 하는 유일한 사상적, 교화적, 정치적 실천단체"로서 "건국정신의 정치적 발동 현현은 만주국정부에 의하고, 사상적, 교화적, 정치적 실천은 협화회에 의해야 하며—협화회는—정부의 정신적 모체가 되고—관리는 협화회 정신의 최고 열렬한 체득자가 되어야 한다"고 강조한다. 오카베 마키오, 『만주국의 탄생과 유산』(최혜주 역), 어문학사, 2009, 168-188쪽 참조.

4. 만주국의 식민지배 권력의 협력에 대한 비판과 자기성찰

그렇다면, 재만조선인의 친일협력에 대한 김만선의 구체적 비판을 살펴보자. 김만선의 「귀국자」에서는 이러한 면을 여실히 읽을 수 있다. 그런데 김만선의 친일협력에 대한 비판에서 주의를 기울여야 할 것은 비판의 주체가 그 타자를 대상으로 날카로운 비판적 문제의식을 제기함과 동시에 비판의 주체 당사자도 그 비판적 성찰의 대상으로 삼는다는 점이다. 말하자면 타자를 향한 비판은 주체의 자기성찰을 향한 비판을 동시에 아우른다. 이것은 매우 적실한 비판적 태도로, 이들 작품에서 비판의식을 지닌 작중인물 지식인은 그 자신을 포함하여 만주국 시절의 친일협력자-재만조선인을 비판적으로 성찰한다.

> 8・15 이전 신경(新京) 조선인 사회에서는 혁의 존재보다 그의 아내의 존재가 뚜렷했었다. 그러나 그건 결코 좋은 뜻에서 추앙받았던 것이 아니었던 그 반면 일인들—그 중에서도 극히 일부분인 상층부 고관들의 부인들 사이와 일부 군인들에게는 늘 호감을 준 모양이었다.
>
> 내선일체가 아닌 민족협화(民族協和)가 만주에서의 왜정의 구호였을 때 만주국의 한개 구성민족이라고 겉으로나마 대접을 받았고 그래서 영애는 도모노가이(友之會)란 일종 귀족적인 부인회를 조직해 이민족과의 친선을 부르짖게 되었다. 딴 민족과의 친선이라고 하나 피동체였으며 조선사람들은 만주국에서의 조선사람들 지위가 정말 한개 민족으로서의 대접을 받는 것인지 일인 취급인지 도무지 분간키 어려웠듯이 조선부인네들만의 분회(分會)를 가졌으면서도 일인들의 예속적 혹은 보조적 기능밖에 발휘를 못했었다.
>
> (…중략…) 이 회에 가입할 자격은 상당한 교양이 있어야 한다는 것이 첫째 조목이었던 만큼 일인들 회원은 만주국의 고관들 부인이거나 특수회사 사장급의 아내인 사람들이어서 그들의 비위에 맞게 한다는 건 곧

> 어떤 이익을 상상할 수 있게끔 되었었다.
> 영애는 그중에서도 이채를 띠었다. 많이 배운 것은 없었으나 일어에 능숙했고 그것을 미끼로 또 일녀들의 마음까지도 나꾸었기 때문에 그는 출세나 한 듯 혼자서도 만족이었다. 그래서 그는 더욱 일어와 왜식 생활에 재미가 나게 되었다.(163-164쪽)

작중인물 혁의 아내 영애는 만주국의 식민지배 권력과 적극적으로 협력한다. 영애는 만주국 건국이념인 민족협화에 매우 충실히 적응하였고, 자발적 친일협력의 노력 속에서 만주국의 또 다른 식민지배 권력을 소유하였다. 물론 영애의 그 권력은 어디까지나 일제의 하수인으로서 만주국 식민주의 경영을 위한 수단 그 이상도 이하도 아니다.[29] 혁은 이러한 아내의 도움으로 처우와 복지가 좋은 친일언론계로 일터를 옮겨 말 그대로 일제의 만주국을 지탱하는 이데올로기적 국가장치로 전락하였다. 김만선은 「귀국자」에서 혁과 영애, 그리고 그들의 딸이 얼마나 견고히 만주국의 식민지배 권력과 유착되었으며, 친일협력에 적극 동참하였는지, 그래서 식민주의에 얼마나 철저히 내면화되었는지를 잘 보여준다. 한때 재만조선인으로서 만주국의 기자 생활을 한 적이 있는 김만선에게 작중인물과 같은 친일협력의 전형을 고스란히 재현하는 것 자체가 곧 작가의 비판적 실천이다. 친일협력의 양상을 지배 이데올로기의 시선으로 미화하지 않고 그것의 경험을 왜곡되지 않게 재현함으로써 해방직후에 실천해야 할 식민주의 청산과 극복의 작업에 박차를 가할 수 있는 것이다. 해방직후에 재현해낸 이러한 친일협력의 모습을 응시하는 과정 속에서 비

29) 만주국의 통치를 위해 일제는 여성을 관동군 군부 아래 조직화함으로써 무조건적 충성을 통해 전쟁을 후원하는 일에 복무하도록 하였다. 그리하여 만주국에서 여성은 가족과 함께 식민통치의 틀 속에 결합되었다. 프래신짓트 두아라, 『주권과 순수성 : 만주국과 동아시아적 근대』(한석정 역), 나남, 2008, 282-291쪽.

로소 식민지배 권력에 직간접에 동참한 자기성찰의 진정성을 보증할 수 있다. 따라서 김만선의 만주 서사에서 이러한 자기성찰은 섬세한 읽기가 요구된다.

> 조선 안이라고 인재가 없을 건 아닌데 만주에 있던 지식인들 혹은 협화회나 만주국 관리로 앉아 있는 게 무슨 정치운동에나 참가한 것처럼 믿고 정치가연 하던 대부분의 사람들은 조선은 땅이 좁으니까 그리고 정치운동을 할 수가 없었으니 정치적 수완을 가진 인재가 있을 수 없다는 그런 망령된 인식에 사로잡혔던 것처럼 혁 자신도 그렇기 때문에 돌아만 오면 무슨 자리든 높직한 의자를 차지하게 되리라 믿었었다. 그러나 정작 서울에 발을 붙여본 그는 고국의 독립은 즉시로 실현되는 게 아닌 데다 만주서 왔다는 이유만으로도 그는 처세하기에 곤란한 것을 알았다. 그것은 만주서 살았었다면 아편을 팔았었든지 계집장사였겠지 하는 항용 국내 동포들이 갖는 이것 또한 잘못된 선입관이 걸친 데다 몇몇 만주서도 선배라기보다는 사기꾼으로 지목받던 자들이 서울에 나타나 새로 조직되는 정당에 그것도 중요한 자리에 앉아보려다 전신이 폭로되어 일조에 매장을 당하고 만 넌센스사건도 얽혀 더욱 큰 일에는 참례하기가 힘들 것 같이 혁은 느꼈다.(168-169쪽)

김만선은 만주국 붕괴 이후 귀환한 엘리트 재만조선인이 조국의 구체적 현실을 몰각한 채 만주국 식민지배 권력의 유산에 여전히 젖어 있는 것을 직시한다. 식민지 유산을 말끔히 청산하지 않는 한 "고국의 독립은 즉시로 실현되는 게 아닌"(168쪽) 것이다. 뿐만 아니라 고국에서도 재만조선인을 에워싼 왜곡된 시선이 존속하고, 고국에서 해방의 어수선한 틈을 이용하여 반윤리적 재만조선인이 고국의 정치사회적 기득권을 유지하려는 일이 빈번히 일어나는 한 식민주의의 완전한 극복은 요원하다는 것을 작가는 등장인물 혁의 생각을 통해 드러낸다.

이러한 혁의 비판적 성찰에는 "만주생활 십 년 동안 누구보다도 시야가 넓어졌다고 자부해 왔었고 체험도 풍부하다고 믿어 왔었다. 그러나 그가 만주에서 **이리저리 줏대없이 뒹굴어 다니는 동안** 그는 도리어 조선 안 사정에 어두워졌던 것을 이제야 깨닫게 되었다."(밑줄 강조-인용, 170쪽)는 소중한 깨달음이 뒷받침되고 있다. 또한 이것은 식민주의에 대한 뚜렷한 문제의식 없이 만주국의 재만조선인으로서 식민지배 권력에 협력하면서 안일하게 삶을 살아온 피식민지 지식인이 해방된 고국의 지식인으로서 무엇을 어떻게 살아야 하는지 갈팡질팡하는 부끄러운 자화상에 대한 자기고백이기도 하다. 때문에 혁은 "해방의 덕택을 보려는 기분으로 높직한 자리만을 연상하며 귀국했던 양심의 부끄러움"(170쪽)과 마주한다. 마침내 혁의 이 자기고백은 다음처럼 자신을 매섭게 비판하는 반성적 성찰에 이른다.

<**부끄러운 짓이다!**……>

하고 학교로 향하는 도중에나 교단에서 강의를 하면서까지 이렇게 속으로 뇌까리었었다. 남을 가르칠 실력이 있다 해도 우선 먼저 그는 진정한 의미의 조선사람이 되어야 한다는 것을 깨달았으면서도 무한히 바쁘고 피가 끓어야 할 순간에 가르친다는 것에까지 정열을 못 내니

<넌 사람이 아니다. 조선 사람이 아니다! 어디로든지 가 버려라!>

그는 이따금씩 만주로나 어디로나 좌우간 멀리 도망할 일을 꿈꾸기도 했다.

그는 그러면서 제 자신에 대한 노염을 폭발시키고 싶었다. 노(怒)한다는 것은 때로는 유치한 감정의 표현에 그칠 수도 있으나 혁이 그가 지금 생각하기에는 노는 건전한 정신의 소행이므로 정열의 표현일 수도 있다는 것을 우선 그 자신에게 주장하려 든다. 아내 하나 마음대로 휘어내지 못하고 자식 하나 올바로 건사 못하는 주제, 마음대로 지도할 수 있는 학생들을 맡았으면서도 그 자신의 성의 문제로 싫증을 일으키는 혁은 **딴**

<u>일을 제쳐놓고라도 먼저 제 자신을 채찍질할 수 있는 '노'를 터뜨리고 싶었다.</u>(170-171쪽)

"부끄러운 짓이다!……"의 한 문장 안에, 혁으로 재현되는 식민주의 지배권력의 유산을 청산하지 못한 재만조선인의 삶과 연루한 그 모든 부정한 것들이 함의돼 있다. 말줄임표가 단적으로 보여주듯, 이 말줄임표에는 만주국의 식민주의 유산에 젖어 있는 것들에 대해 이루 말로 표현할 수 없는 자괴감과 매서운 비판이 응축돼 있다. 혁의 이 자괴감과 자기비판이 동반되는 자기성찰의 의미를 숙고할 때 작품 말미에서 보이는 혁의 고뇌를 온전히 이해할 수 있다.

여기서, 작품의 말미에서 '모스크바 삼상회의(1945.12.16~25)'의 신탁통치 결정에 대한 집회의 거리행렬 풍경을 본 혁이 역사현실에 대한 거리두기와 사회윤리 의식에 대한 극심한 혼돈을 보이는 것을 두고, "현실적으로 분명한 세력을 형성하고 있는 이념과 집단, 그 어떤 것에도 가치를 두지 않았다는 점에서 그는 허무주의자로 불리울 수밖에 없다."[30]고 파악하는 것은 작품의 표면적 의미만을 염두에 둔 논의다. 더욱이 「귀국자」의 혁은 김만선의 분신이라고 해도 과언이 아닌바, 아무리 이 작품이 해방직후의 시기를 다루는 데다가, 해방공간 자체가 정파(政派)의 잦은 부침과 정치사회적 이데올로기의 갈등이 심각한 시기라고 하지만, 혁을 회의주의자로 단정짓는 것은 이 시기의 김만선마저 자칫 회의주의자로서 잘못 파악할 수 있다. 이것은 명백한 오류가 아닐 수 없다. 김만선은 작품집 『압록강』의 후기에서 "새로운 민주주의 민족문학"(269쪽)에 정진할 것을 표방

30) 조남현, 「해방직후 소설에 나타난 선택적 행위」, 『해방공간의 문학연구(II)』(이우용 편), 태학사, 1990, 50-51쪽.

하듯, 뚜렷한 정치적 이념을 지닌 조선문학가동맹에 투철한 문학 활동을 하였다. 따라서 작품 말미에서 보이는 혁의 번민은 회의주의자로서의 그것보다 만주국의 식민지배 권력과 협력 관계에 있던 재만조선인으로서 체화된 식민주의 유산을 말끔히 청산하지 못한 데 대한 자괴감과 자기성찰이 동반된 현실에 대한 거리두기로 읽어야 한다. 이것은 「귀국자」 이후 뚜렷한 정치적 이념을 견지한 김만선의 여타의 작품이 씌어지고 있음을 고려할 때 식민주의 유산을 청산하여 자주적 독립국의 새로운 주체로 갱신하기 위한 자기윤리의 정립 과정에서 보이는 고뇌로 읽는 게 온당하다.[31]

5. 맺음말

2015년은 일본이 태평양전쟁의 패전으로 아시아가 해방을 맞이한 지 70주년이 되는 해다. 식민지 조선이 독립을 하였을 뿐만 아니라 만주국이 붕괴되면서 중국의 동북지역도 중국으로 회복되었다. 그런데 중요한 것은 해방의 기쁨을 만끽함과 아울러 온전한 민족독립국가를 수립하기 위한 정치사회적 혼돈을 겪게 된다. 특히 해방된 조선은 일제의 식민지배로 인해 중국 동북지역으로 이산한 재만조선인의 현실과 마주한다. 무엇보다 만주국의 시절을 살아낸 재만조선인은 그대로 만주에 잔류하든

---

31) 필자의 이러한 견해는 "「귀국자」는 식민지제국과 만주국의 이중 국적과 조선인이라는 민족 정체성이 애매하게 혼종되어 있었던 식민지 조선인의 모호한 정체성이 해방 이후 민족 국가 건설의 과정에서 정리되어 가는 과정을 '혁' 일가의 어제와 오늘을 통해 보여주는 소설이라고 할 수 있다."(정종현, 「해방기 소설에 나타난 '귀환'의 민족서사」, 146-147쪽)의 문제의식과 포개진다.

지 아니면 조국으로 귀환하든지 그 과정에서 숱한 역사적 질곡을 감내할 수밖에 없었다.

이 글에서는 김만선의 작품들 중 만주 서사에 주목함으로써 해방직후 펼쳐진 만주의 복잡한 중층적 현실에 직면한 재만조선인의 삶으로부터 세 가지 문제의식을 중심으로 살펴보았다. 첫째, 해방직후의 혼돈의 만주의 현실을 주목해보았다. 재만조선인에게 가하는 중국인의 폭동 양상을 정태적으로 살펴보아서는 곤란하다는 것을 확인할 수 있었다. 여기에는 해방 무렵 소련군의 전격적인 만주 개입과 그에 힘을 얻어 옛 만주국의 대도시 일대를 점령한 국민당의 재만조선인 통치 아래 벌어진 중국인의 폭동양상을 이해할 때 김만선의 작품은 보다 심층적으로 읽을 수 있다. 둘째, 이러한 해방직후의 혼돈 속에서 보이는 만주국 근대 문명의 반문명적 모습을 살펴보았다. 제국의 새로운 통치 방식을 실험했던 만주국의 근대는 기실 근대 문명의 교양과 거리가 먼, 그래서 만주국의 식민 경영으로 분식(粉飾)된 물욕(物慾)은 만주국 붕괴에 따른 무질서와 혼돈으로 얼룩진 맨얼굴의 탐욕스런 물욕으로 드러났을 따름이다. 이것은 만주국을 지탱하고 있는 식민지배 권력의 물신(物神)에 예속당하고 있는 데 대한 작가의 비판적 문제의식을 보여준다. 셋째, 김만선의 식민지배 권력에 대한 비판적 문제의식은 그러한 권력에 협력한 재만조선인의 자기 비판과 자기성찰로 이어진다. 무엇보다 만주국의 식민 경영에 협력한 재만조선인의 적나라한 실상을 재현하고, 해방직후 어수선한 조국의 현실 속에서 아직도 식민지배 권력의 유산을 이용하여 독립국의 기득권을 행사하고자 하는 재만조선인에 대한 비판은 진정한 독립을 위해 새로운 주체로 갱신되어야 할 자기윤리의 모색이 결코 간단하지 않음을 보여준다.

앞으로 해방직후를 다룬 한국문학뿐만 아니라 개별 아시아 문학과의 비교를 통해 해방직후 혼돈의 현실을 넘는 탈식민의 문학적 진실을 탐구해야 한다. 그럼으로써 식민주의를 극복하는 문학적 연대의 길을 통해 튼실히 다져나갈 수 있을 것이다. 만주와 만주국은 그래서 일제의 새로운 식민 경영의 파시즘적 실험장소로부터 이러한 식민주의를 온전히 극복할 수 있고 극복해야 하는 해방으로서 문학적 실천의 시공간으로 전도되어야 한다.

만주국 붕괴 이후의 귀환서사 연구
-채만식의 <소년은 자란다>를 중심으로-

이경재

1. 만주국 붕괴 이전과 이후의 조선인

만주국은 1932년 3월 1일 건국되어 약 13년 6개월 동안 존속되다가 1945년 8월 18일 황제 푸이의 퇴위 선언과 함께 사라진 국가이다. 만주국의 붕괴는 그곳으로 이주해 온 여러 민족들이 귀환이라는 문제를 무엇보다도 중대한 과제로 여기게 만들었다. 만주국 붕괴 이후 만주로부터 남북한으로 유입된 인구는 753,322명이고, 그 가운데 1947년 말까지 남한으로 귀환한 인구는 343,581명으로 집계되고 있다. 따라서 1944년을 기준으로 할 때 종전 후 1949년까지 만주 조선족 전체의 45.4%가 한반도로 귀환했으며, 귀환인구의 54.4%는 북한으로, 45.6%는 남한으로 돌아온 것으로 파악된다.[1] 삶의 터전을 버리고 과반수에 가까운 인구가 한

1) 만주국 건국시에 67만 명이었던 조선인은 1945년에는 216만 명으로 늘어났고, 만주국 붕괴 이후에는 약 112만 명의 사람들만 만주에 잔류하게 되었다(야마무로 신이치, 『키메라―만주국의 초상』, 윤대석 옮김, 소명, 2009, 341쪽).

반도로 이동한 이유와 양상은 아직 분명하게 밝혀져 있지 않다.[2] 이 글에서는 만주국 붕괴 이후를 다룬 소설에 나타난 귀환의 양상과 원인을 살펴보고자 한다.

만주국이 붕괴되었을 때, 만주라는 지역은 본래 그 땅의 주인들이었던 만인들의 민족주의로 뜨겁게 달아오른다. 조선인 작가들에게 그 열기는 우선 만인들의 일본인과 조선인을 향한 폭력으로 나타난다. 『소년은 자란다』에서는 해방 이후 조선인들의 생존을 위협하는 "거짓말 같기도 한 참말 같기도 한 소문"[3]이 만주에 널리 퍼진 것으로 형상화된다. 실제로 귀환하는 과정에서 영호의 어머니는 소반을 가지러 고향집에 갔다가 만인들에게 겁탈당한 후 살해당한다. 조선인들은 만인들의 소행인 것을 확신하지만, 사방에서 만인들이 들고 일어나 조선 사람을 해친다는 소문이 자자한 판국에 감히 그들과 시비를 가리자고 나서지 못한다. 실제로 영호가 이리역에서 만난 이주민의 딸자식 역시 "무도한 되놈들"(278)에 의해 희생된 것으로 그려진다. 김만선의 「압록강」에서도 "대부분의 조선사람들은 만주서 그대로 살아나갈 자신을 잃었고 생활이 불안해만 갔다. 이러한 현상은 도시에서 보다도 법이 멀고 집단생활이 아닌 촌에서 더 심한 까닭으로 만주땅과 몇십년씩 씨름을 했던 농삿군들이 대부분 피란민열차에 몸을 실"[4]었다고 설명된다.

이러한 폭력을 이해하기 위해서는 만주국에서 조선인이 차지한 독특

---

2) 강인철은 "유감스럽게도 각각의 시기별로, 그리고 개별 하위집단별로 귀환인구의 규모를 정확히 파악할 수 있는 자료는 거의 없다."(강인철, 「미군정기의 인구이동과 정치변동」, 『한신논문집』, 15집 2호, 1998, 15쪽)고 이야기되는 상황이다.

3) 채만식, 『소년은 자란다』, 『채만식전집 6』, 창작과비평사, 1989, 309쪽. 앞으로의 인용시 본문중에 쪽수만 기록하기로 한다.

4) 김만선, 「압록강」, 『압록강』, 동지사, 1948, 91쪽. 「귀국자」, 「압록강」, 「이중국적」은 모두 이 책에서 인용하였다. 앞으로의 인용 시 본문 중에 쪽수만 기록하기로 한다.

한 위치를 이해해야 한다. 오족협화를 공식이념으로 내세운 만주국에서 조선인은 매우 애매한 처지에 놓여 있었다. 이것은 김만선의 「귀국자」와 「이중국적」에서 가장 실감나게 그려지고 있다.

> 「내선일체」가 아닌 「민족협화」(民族協和)가 만주에서의 왜정(倭政)의 구호이었을 때 「만주국」의 한 개 구성민족이라고 겉으로나마 대접을 받았고 그래서 영애는 「도모노가이」(友情會)란 일종 귀족적인 부인회를 조직해 이민족과의 친선을 부르짖게 되었다. 딴 민족과의 친선이라고 하나 주동체는 일녀(日女)들이라 만주여자들은 그냥 따라다니는 피동체였으며 조선사람들은 만주국에서의 조선사람들 지위가 정말 한개 민족으로서의 대접을 받는 것인지 일인취급인지 도무지 분간키 어려웠듯이 조선부인네들만의 분회(分會)를 가졌으면서도 일인들의 예속적 혹은 보조적 기능밖에 발휘를 못했었다.
>
> 그러므로 이 도모노가이에 입회한 조선여자들은 줏대가 없었다.
>
> (「귀국자」, 18)

위의 인용문에서처럼 만주국의 조선인은 '정말 한 개 민족으로서의 대접을 받는 것인지 일인취급인지' 분간하기 어려운 상황에 처해 있었던 것이다. 조선인은 오족협화와 내선일체의 담론공간 모두에 포섭되어 있었던 애매한 위치였던 것이다. 그러나 일본인과 대등한 민족으로 대우받는 것은 사실상 불가능했다. 혁은 신문사에서 관청으로 다시 관청에서 신문사로 직업을 옮기는데, 이유는 모두 일본인 상사의 간섭이나 특별취급 때문이다. 관청에서는 "'기무라'란 이름으로 통했으나 역시 센징(조선인)이라서 특수한 취급을 받아 실증이 났었"(21)다는 말처럼 외양은 아무리 일본인과 비슷하다고 하더라도 결코 일본인과 동등한 대우를 받을 수는 없었던 것이다. 일본인 되기에 열중하던 영애조차도 일본인과는 달리 삼분의 이는 좁쌀이 담긴 배급을 받자, "이렇게 차별대우를 하면서 황국신민은 무엇이고 징병은 무엇이냐"(24)며 불만을 토로한다. 그럼에도 신문사와 관청을 넘나들며 일본인들만 사는 관사에 거주하는 이들 부부는 보통의 농민이나 만인들과는 다른 특별대우를 받은 것이라고 할 수 있다.[5)]

이러한 애매한 위치는 지식인이 아닌 농민의 경우에도 어느 정도 적용된 것으로 보인다. 「이중국적」에서도 일제의 항복 소식을 들은 만인들은 "만세를 부르려는듯한 기색은 영 보이지않고 눈에는 살기들을 뻗"(65)친 채, 몽둥이를 들고 다닌다. 이웃 동네에서는 일본인들은 물론이고 조선인들도 살해하고 다닌다는 소문이 돌고 있다. 그럼에도 수십 년간 "신경(新京) 변둘이"에서 살아온 박노인은 앞으로도 별 탈 없이 만주에서 살 수 있을 것이라고 생각한다. 이웃과 친하고, 폭동이 일어난 곳과는 거리가 떨어져 있고, 늘 만주옷을 입고 다녔으며, 능숙한 만주말을 할 수 있기 때문이다. 무엇보다 박노인은 "중국인으로 귀화했다는 어엿한 중국인이란 국적"(70)을 가졌고, 이제 곧 본실로 들어설 만주여자를 첩으로까지 거느리고 있는 것이다. 그러나 만인 "폭도들"(67)은 박노인의 집에도 들이닥친다. 박노인은 평소 친분이 있던 왕씨 집으로 옮기고, 자신을 살해하려는 만인들의 행동이 "천만부당한 것"(70)이라고 생각한다. 그러나 다음의 인용문에서는 아무리 만인들과 동등한 존재가 되고자 해도, 조선인이 누릴 수밖에 없었던 일말의 차이점(특권)이 암시되어 있다.

---

5) 혁과 영애는, 야마무로 신이치가 만주국에서의 조선인 위치를 두고 한 "한반도에서는 항상 헌병으로부터 감시를 받지만 만주는 대단히 넓기도 하고 또 조선민족이 오족협화 가운데 일본 다음 가는 중요한 구성요인이라 생각되고 있었기 때문에 일본으로서는 어느 정도 중시했습니다. 그러니까 다른 민족보다는 대우를 했다는 말이지요."(야마무로 신이치, 앞의 책, 8쪽)라는 말에 해당하는 경우라고 할 수 있다. 이들 조선인 부부는 "만주에서 이등국민"(같은 쪽)으로 대우 받았던 것이다.

> '만주사변'이 일어나기 십수년전 일인들의 만주에 대한 야망은 차츰 노골해가는 한편 이것을 막으려는 중국인들틈에 끼어 재만조선인들은 처신하기에 난처했다. 아주 일인들의 앞잽이가 되던가 그렇지 않으면 중국정부 현지당국인 길림성장(吉林省長)의 소청대로 귀화하던가 하지않으면 그날그날의 생활에까지 위협을 느끼었다. 그때 박노인은 선선히 중국인으로 국적을 고치고 말았다. (…중략…) 만주국이 탄생된 후에야 궤속에다 간직했었다. 농사를 짓는 한편 토지매매를 소개해오던 그로서는 그가 중국인으로 귀화했다는 사실을 숨기는 편이 유리한 까닭이었다. 그것은 그가 만어를 잘하는 조선인이기에 쉽사리 일인들에게 토지를 소개해 올 수 있었던 까닭이었다. 중국의 동삼성(東三省)이 만주국으로 행세하게된 후로부터 일인들 앞에서 조선인들이 공공연하게 조선인으로서 처세한 것은 기실 조선인으로서이기보다도 일본인인 '반도인'으로서였기 까닭에 일어는 불과 몇마디 못하는 박노인이었으나 아들 명환의 일어를 빌어 만인들의 토지를 일인에게 소개해 주는 잇속에 빠른 그에게는 중국인으로 귀화했다는 증거물을 지니고 다닐 필요가 없어서였다. 그리던 그는 작년부터 또다시 묵은 문서를 저고리 안주머니에다 지니고 다녔다. 정쟁 때문에 하도 세상이 시끄러우니까 어느 때 또 그놈이 긴요하게 쓰일지 몰라서였다. (71-72)

박노인은 '만어를 잘하는 조선인이기에 쉽사리 일인들에게 토지를 소개'해 주며, 이득을 챙길 수 있었던 것이다. 또한 그는 만주국 건국 이후에는 '조선인으로서이기보다도 일본인인 '반도인'으로서'도 행세할 수 있었다. 국적보다는 생존을 더 우선시하는 박노인은 일본이 만주에서 물러난 상황이 닥치자 "중국사람으로서 행세하는 편이 유리하다면 중국인으로서 또 조선인들을 외국인으로서 우대해준다면 그대로 조선인으로서 살아보겠다고 마음먹었던"(74) 것이다. 이러한 애매한 상황이 만인들로 하여금 "조선사람들은 일인들의 앞잽이었으니까 조선사람들도 닥치는대로 처야한다는 민족적인 감정"(78)을 일으키게 한 것이다.[6] 결국 박노인

은 중국사람이라는 민적을 내세웠으나 '중앙군'이 아닌 '국군'들에게 돈도 빼앗기고 살해당하고 만다.[7]

이러한 상황에서 수많은 조선인들이 조선으로의 귀환을 선택하였으며, 이를 반영한 소설 역시 다수 창작된 것이다.[8] 최근 들어 귀환의 서사는 '국민'의 정체성을 형성하는 하나의 기제라는 관점에서 많은 논의가 이루어졌다. 귀환서사가 국가(민족) 건설과 민족 정체성 형성의 핵심적인 기제라는 관점에서 접근하고 있는 연구들이 주류를 이루고 있는 것이다.

정종현은 식민지 시기 동안 "동아시아적 지리가 어떻게 소설의 심상지리에서 축소되어 해방기 민족국가의 지리로 경계 조정되었는가를 밝히고, 새롭게 형성되는 남북한이라는 국민국가로 그 경계가 고착되어 갔는가"[9]를 검토하고 있다. 정재석은 "귀환의 서사가 국가 건설 과정에서 국민을 형성하는 하나의 기제"[10]이며, "결속의 상상력과 더불어 내적인 균열의 양상도 드러낼 수밖에 없었"[11]다고 주장한다. 귀환 서사에는 '국민 만들기'와 '국민 되기' 사이의 길항관계가 내포되어 있다는 것이다. 오태영 역시 해방기 귀환서사는 "그 자체로 개인의 '조선인'으로서의 자기 정체성

---

6) "중국인은 한국인을 더러운 일—아편굴 경영자, 매춘, 밀정활동 등—은 무엇이든지 하는 '일본인의 하수인'이라 믿고 있었던 것이다. 이제 한국인의 대부분은 재산을 잃기보다 중국인에 의한 학대를 감수하는 길을 택한 수백 세대의 가족을 남기고 중국 북부로부터 귀환했다."(아사노 도요미 감수 해설, 『살아서 돌아오다—해방공간에서의 귀환』, 이길진 옮김, 솔, 2005, 45쪽)

7) 박노인이 겪는 일은 "재만 조선인은 만주국 시대에 일본인='둥양궤이즈(東洋鬼子)'에 다음가는 위치에 있었기 때문에 '얼궤이즈(二鬼子)'로서 전후에 참혹한 상태에 놓이게 되었"(야마무로 신이치, 앞의 책, 341쪽)다는 설명에 부합된다.

8) 만주로부터의 귀환을 다룬 작품으로는 김동리의 「혈거부족」, 김만선의 「압록강」과 「귀국자」, 염상섭의 「해방의 아들」과 「삼팔선」, 정비석의 「귀향」, 채만식의 「소년은 자란다」, 허준의 「잔등」 등이 있다.

9) 정종현 「해방기 소설에 나타난 '귀환'의 민족서사」, 『비교문학』 40집, 2006, 132쪽.

10) 정재석 「해방기 귀환 서사, 결속의 상상력과 균열의 역학」, 사이間SAI 2호, 2007, 182쪽.

11) 위의 논문, 188쪽.

확립의 욕망을 내포"[12]하고 있으며, 귀환서사가 보여주는 "'조선인-되기'의 과정은 귀환 주체의 계층, 직업, 성별 등에 따라 위계화된 차이를 보인다."[13]고 이야기한다. 최정아 역시 "귀환서사는 민족국가의 이데올로기를 반영하고 강화하는 상징적인 의례와 형식"[14]이라는 입장을 보여준다.

실제로 대부분의 귀환소설들이 제국의 신민이 조선민족으로 변형되는 과정을 그리고 있다. 염상섭의 「해방의 아침」(『신천지』, 1951년 1월)에는 아버지는 조선인이고 어머니는 일본인인 조준식 / 마쓰노라는 남자가 등장한다. 부산 동래가 원적이었던 그는 아버지가 죽은 후 나가사키에 있는 외가에서 성장하면서 외조부의 민적에 이름을 올린다. 조준식 / 마쓰노는 만주국에서는 조선인 아버지를 감추고 철저히 일본인 마쓰노(조준식)로 살아간다. 이것은 오족협화의 이념과는 달리 실제로 만주국에서 일본인이 철저히 지배자로 군림했던 상황을 간접적으로 증명하는 것이다. 그러나 해방 이후에는 역전된 상황이 펼쳐진다. 조준식 / 마쓰노는 이제 자기 안에 있는 일본적인 것은 철저히 부정하고, 조준식(마쓰노)으로 새롭게 태어나는 것이다. 조준식 / 마쓰노를 조준식(마쓰노)으로 탄생시키는 데 핵심적인 역할을 하는 것이 만주국에 살다가 신의주로 먼저 귀환한 조선인 홍규이다. 홍규는 조준식 / 마쓰노를 만주로부터 귀환시키고, 그가 생존하는데 여러 가지 도움을 준다. 그런 홍규는 조준식 / 마쓰노에게 "조선으로 가겠느냐 일본으로 갈 생각이냐는 것이요. 다시 말하면 당신은 조선사람이냐? 일본사람이냐?는 말이요."[15]와 같은 양자택일적인 질문을 던

12) 오태영 「민족적 제의로서의 '귀환'」, 『한국문학연구』 32집, 2007.6, 515쪽.
13) 위의 논문, 516쪽.
14) 최정아, 「해방기 귀환소설 연구」, 『우리어문연구』 33집, 2009, 389쪽. 해방기 귀환서사는 일본으로부터의 귀환과 만주로부터의 귀환으로 나누어 볼 수 있는데, 전자에서는 정화와 재생의 상상력이 후자에서는 회복과 결속의 상상력이 서사 전개의 기본 동력이 된다고 파악하고 있다.

지고, 조준식 / 마쓰노는 "인제는 조준식이지 마쓰노는 아닙니다."라고 하여 조준식(마쓰노)이 될 것을 선언한다. 작품은 지워버릴 수 없는 혼혈적 정체성으로 힘들어 하는 조준식(마쓰노)이 홍규로부터 태극기를 받은 후에, "이 기를 받고나니 인제는 제가 정말 다시 조선에 돌아온것 같고 조선사람이 분명히 된것 같습니다."(41)라며 자신의 정체성을 확인하는 것으로 끝난다. 흥미로운 것은 조준식 / 마쓰노라는 혼혈적 정체성을 조준식(마쓰노)으로 변경시키는 일은, 그 과정에서 핵심적인 역할을 하고 있는 홍규 자신에게도 해당하는 일이라는 점이다.[16]

김동리의 「혈거부족」(『백민』, 1947.3)에서도 만주에서의 귀환은 곧 조선민족이 되는 것을 의미한다. 그런데 흥미로운 것은 이때의 민족은 남한이라는 국가로 그 범위가 한정된다는 점이다. 평안도와 경상도의 사투리가 어우러지는 방공호에서 살아가는 이들은 당시 생존의 최저한계선으로까지 내몰린 조선민족을 상징하기에 모자람이 없다. 그런데 주목할 것은 이들 혈거부족들은 일본의 패망을 독립으로 받아들이지 않는다는 것이다. 이들에게 독립은 강대국의 신탁 통치에서 벗어나 법이 서고 그에 바탕해 국가가 성립하는 일에 해당한다. 이때 이 국가의 구성원에는 공산주의를 지지하는 애꾸눈이 윤서방은 배제된다. 그것은 윤서방이 순녀를 겁탈하려고 시도하는 식으로 부정적으로 형상화되는 것에서 선명하

---

15) 염상섭, 「해방의 아침」, 『염상섭전집 10』, 민음사, 1997, 23쪽. 앞으로의 작품 인용시 본문 중에 쪽수만 기록하기로 한다.

16) 김승민은 해방 직후 쓰여진 「해방의 아들」, 「혼란」, 「모략」이 "일제 말 만주 체험에 대한 염상섭 식의 자기 고백"(「해방 직후 염상섭 소설에 나타난 만주 체험의 의미」, 『한국근대문학연구』 16호, 2007, 269쪽)이라고 해석한다. 김종욱은 「해방의 아들」에서는 식민지배자로서 토착민을 억압했던 지배의 경험은 망각되고, 피해의 경험만이 부각된다고 보고 있다. 또한 "제국주의의 붕괴 이후 흔히 나타나는 동일화와 반동일화를 통한 민족정체성의 재구성 과정"(「언어의 제국으로부터의 귀환」, 『현대문학의 연구』 35집, 2008, 115쪽)이 드러난다고 보고 있다.

게 드러난다. 만주에서 살다 돌아온 순녀에게 귀환은 남한이라는 국가의 국민으로 재탄생하는 것으로 의미부여가 되고 있는 것이다.

그러나 일부 귀환소설에서는 만주국의 붕괴와 동아시아를 점령한 민족주의의 열기에서 벗어나 탈식민의 역사적 과업을 수행한 소설들이 있다. 허준의 「잔등」과 채만식의 『소년은 자란다』가 대표적 사례이다. 허준의 「잔등」은 뱀장어소년/국밥집 노파의 대비를 통하여 민족주의적 구심력을 뛰어넘는 인류적 차원의 보편애를 주장하는 작품으로 굳건하게 자리매김하고 있다. 그러나 채만식의 『소년은 자란다』에 나타난 '반식민주의적 비민족주의의 문학적 양상'에 대해서는 충분한 조명이 이루어지지 않고 있다. 이 글에서는 비슷한 시기 후지와라 데이가 쓴 『흐르는 별은 살아 있다』라는 귀환서사[17]와의 비교를 통하여 『소년이 자란다』에 나타난 만주국 붕괴 이후의 탈식민 양상에 대하여 살펴보고자 한다. 만주국의 붕괴는 실질적인 지배자라고 할 수 있던 일본인에게도 귀환이라는 문제를 절실한 과제로 만들었고, 실제 수많은 귀환과 그에 따른 이야기들을 창조해냈던 것이다.[18] 이러한 비교 작업을 통해 한국 귀환소설이 지닌 특질과 의미는 더욱 뚜렷하게 부각될 수 있을 것이다.

---

17) 귀환자들이 쓴 귀환서사는 일반적으로 다음과 같은 특징을 지닌 것으로 알려져 있다. "① 소련 참전, 8·15 시기부터 서술되기 시작한다. 그 이전의 사실이 서술되는 경우에도 간략하고, 일본 이민의 중국인, 조선인 등과의 관계는 거의 나타나지 않는다. ② '비적'의 반란, 소련군의 폭행, 전염병 발생으로 인한 귀환 당시의 비참함이 묘사되고 있다. ③ 이민자를 남기고 도망간 관동군, 송출할 때와 정반대로 차가운 조치를 취한 국가에 대한 비판이 나타난다."(山田昭次, 『近代民衆の記録6満州移民』, 新人物往来社, 1978, 49쪽. 오미정, 『일본 전후문학과 식민지 경험』, 아카넷, 2009, 171쪽에서 재인용) 이러한 특징은 후지와라 데이의 『흐르는 별은 살아 있다』에도 해당하는 특징이다.

18) 1931년 9월 만주사변 발발 당시 재만 일본인은 약 23만 명이었지만 1945년 8월에는 6.7배인 약 155만 명에 달했다. 패전 이후 대부분의 일본인은 귀환하였으며, 이 과정에서 155만 명 가운데 18만 명이나 사망했다고 한다(야마무로 신이치, 앞의 책, 346-348쪽).

2. 가족의 품에서 싹트는 민족주의－후지와라 데이 『흐르는 별은 살아 있다』

후지와라 데이의 『흐르는 별은 살아 있다』[19]는 만주국 붕괴와 함께 신경에서 조선을 거쳐 고향인 스와까지 돌아가는 과정을 기록한 수기이다. 남편과 헤어진 후지와라는 홀로 세 아이(여섯 살, 두 살, 1달도 안 된 아이)를 책임지며, 신경, 봉천, 안동, 선천, 평양, 개성, 부산을 거쳐 일본에 도착한다. 경제적인 궁핍은 그녀의 여로를 더욱 고통스럽게 만든다.[20] 귀환의 여로가 이 작품의 서사 전부라고 해도 과언이 아닌데, 그 여정을 관통하는 하나의 의미소를 찾아내자면 그것은 '제국(만주국)의 붕괴 과정'

---

19) 이 책은 1949년에 일본에서 단행본으로 출판되었다. 다음해에 『내가 넘은 삼팔선』(수도문화사, 1950)이라는 제목으로 발간되어 베스트셀러가 된다. 1965년에는 『세계 베스트셀러 선집』 실화편에, 1970년에 『20세기 고발문학선집』에 수록되었다. 이 글에서는 2003년 청미래에서 위귀정이 번역한 책을 텍스트로 삼아 논의를 진행하였다. 앞으로의 인용 시 본문 중에 쪽수만 기록하기로 한다.

20) 패전 당시 일본인은 북한 지역에 약 50만 명, 남한 지역에 약 27만 명이 있었으며, 만주에서 빠져나온 피난민은 약 12만 명에 달했다. 북한에 거주하던 일본인 중 피난 기차를 탈 수 있었던 사람은 군인과 경찰관 가족 등 일부에 불과했으며, 대부분의 사람들은 수용소 등지에서 1945년 겨울을 보낼 수밖에 없었다. 겨울을 넘기지 못하고 북한에서 죽은 사람은 약 2만 5천 명에 달했다. 남한의 미군은 일본에 대해 비교적 유화적이었지만, 일본인은 제한된 재산을 가지고 밀항해 일본으로 향하기도 했다. 1945년 말 남한의 일본인은 2만 8천여 명으로 감소했지만, 1947년에 이르러서야 귀환은 완료되었다. 또한 부산의 일본인 세화회는 1948년 8월까지 계속해서 활동했는데, 이는 일선결혼 파탄자의 송환이 계속해서 이루어지고 있었기 때문이다(다카사키 소지, 『식민지 조선의 일본인들－군인에서 상인, 그리고 게이샤까지』, 이규수 옮김, 역사비평사, 2006, 182쪽). 후지와라 데이의 귀환 여로는 이러한 역사적 사실에 부합된다. 김만선의 「압록강」에서도 귀환 일본인의 모습은 매우 처참한 것으로 묘사된다. "피란민은 조선사람만이 피란민인게 아니요 일본인들도 적지않아, 산동(山東) 쿠리(苦力)보다도 더 걸뱅이같은 거적떼기 한잎씩을 끼고 다니는 그런 피란민들의 수용소의 넓은 마당에는 의렛것 조그마한 애총들이 날마다 늘어가 그 수를 헤아릴 수 없게끔 즐비한 광경을 보고 또 이른 아침에 젊은 여자들이 자식의 무덤앞에 꽃을 꽂아놓고 합장하는 꼴을 발견할 때면 가슴이 찌르르 했던 원식이었으나 여전 치를 떨었다."(99)

이라고 정리할 수 있다. 그리고 그 붕괴의 빈 곳을 채우는 것은 따뜻한 고향과 가족의 품이다. 그녀가 귀환하는 곳은 국가가 아니라 고향과 가족인 것이다.

처음 신경에서 출발할 때는 기상대 직원 가족 50명이 함께 출발하지만 그 인원은 39명에서 29명으로, 다시 18명으로 줄어들다가 38선을 넘은 시점에서는 후지와라 데이 혼자 남게 된다. 일본제국의 흔적이라고도 할 수 있는 일본인회의 역할도 점차 약해진다. 처음 만주에서는 제법 큰 역에 도착하자 일본인 부인회에서 나와 주먹밥과 감자를 나눠주기도 하지만, 1년여를 머문 선천을 떠나 남하하려고 할 때 일본인회의 책임자인 야마기시 씨는 "이제 운명에 맡길 수밖에 없다는 것입니다."(159)라는 말을 할 정도로 모든 기능을 상실하고 만다.

이 귀환의 여정에서 일본이라는 공동체는 철저하게 분해되는 데, 이 과정은 만주국의 정당성이 붕괴되는 과정이기도 하다. 일본인 공동체의 붕괴는 "천문학자"(122) 나리타와 어린 다미오의 죽음을 통해 가장 압축적으로 나타난다. 천문학자 나리타의 죽음은 일본이 만주 식민지배를 정당화하는 가장 근본적인 논리일 수도 있는 도구적 이성의 무참한 몰락을 의미한다. 후지와라가 속한 단체는 기상대 소속의 사람들로 이루어져 있으며, 이들은 당시 가장 뛰어난 과학적 능력을 소유한 기술 엘리트들이라고 할 수 있다. 나리타는 선천에 머물 당시 시간을 알기 위해, 새끼줄과 막대기 등의 원시적 도구만을 이용하여 해시계를 만든다. 나리타 씨는 꼿꼿한 막대기를 구하지 못해 10분 정도 오차가 날 것이라며 안타까워한다. 나중에 보안대 사람이 가져온 시계를 통해 10분이 아니라 15분의 오차가 난다는 것을 확인한 후, 나리타는 "15분이나 틀리다니, 이상한데. 아마 그 사람 시계가 안 맞는 모양이네요."(64)라고 말할 정도이다.

그는 일본의 발전된 도구적 이성을 대표한다고 해도 무리가 없는 인물이며, 이러한 인물이야말로 일본이 조선이나 만주를 야만시한 논리적 근원이라고도 할 수 있다. 그러나 그는 귀환 도중 무력하게 죽고 만다.[21] 물질적인 열악함과 공동체 정신의 파괴는 여섯 살 밖에 되지 않은 다미오의 죽음을 통해 극적으로 드러난다. 그는 계모가 학대하여 굶어 죽는데, 이것은 아이의 생명 하나도 지켜내지 못하는 일본인 단체의 허약하고 비인간적인 측면을 날카롭게 드러낸다. "이제 의사 같은 것은 있거나 말거나, 죽을 사람은 죽게 되어"(147) 버린 것이 귀환하는 일본인들의 현실이 되어 버린 것이다.

이런 상황에서 일본인들은 "누가 뭐래도 좋다, 그저 나만 제일 먼저 이곳을 떠나야 살 수 있다는 생각"을 하고, "남의 물건을 빼앗아서라도 도망치겠다는 추악한 모습들"(156)을 보여준다. 기상대 내부에서도 도난사고가 발생하며, 사람들은 악착같이 돈을 챙기기 시작한다. 사람들은 아이에게서 나는 대소변의 냄새나 살기 위해 어쩔 수 없이 내는 얼음 깨는 소리도 용납하지 않으려 한다. 후지와라 자신도 "나머지는 알 게 뭐냐"(184)며 아이들과 자신만을 생각한다.

동시에 후지와라의 귀환 여로는 만주국에서 경험했던 민족적 위계가 깨져 나가는 과정이기도 하다. 이 작품에서 무책임한 일본인과 그에 대비되는 조선인의 모습은 곳곳에서 드러난다. 후지와라 데이는 담배장사, 비누장사, 인형장사, 밥집일을 하기도 하고 심지어는 구걸할 지경에까지 이르는데, 이때마다 조선인들은 그녀를 도와준다.[22] 그것이 가장 극적으

21) 이 부분에서 후지와라는 "힘없이 비틀거리는 다리를 지탱하며 여름 밤 하늘을 올려다보던 천문학자의 최후가, 어찌하여 이렇게 어둡고 비 오는 밤이어야 하는지!"(178)라며 감정적인 모습을 보여주는데, 이것은 다른 수많은 죽음을 대하는 무심한 태도와는 구별되는 것이다.

로 드러나는 것은 후지와라의 아들이 아팠을 때이다. 마사히로가 아플 때, 일본인 단체의 오야 의사는 "디프테리아가 틀림없으니, 포기하는 수밖에 도리가 없다"(100)며 아예 오려고도 하지 않는다. 이에 반해 구세병원의 조선인 의사는 돈을 제대로 받지도 않고, 순수한 선의로 마사히로에게 매우 비싼 주사를 무료로 놔준다.[23] 이 귀환기의 클라이막스라고 할 수 있는 38선 돌파의 장면에서는, 조선인 보안대원이 "제길! 일본놈들! 이렇게 곤란한 사람을 내버려 두고 도망가다니. 늘 그렇다니까! 아무리 패전국민이라지만, 쳇!"(204)이라고 말하는 모습까지 보여준다.[24]

이 글에서는 만주에서 멀어질수록 위에서 말한 '일본인 공동체의 해체'와 '일본인의 비인간화'가 더욱 심해진다. 38선을 넘은 후에는 아이를 트럭에 태워주던 백발 노인같은 일본인은 더 이상 등장하지 않는다. 개성에서는 "돈이 남아돌아 걱정인 모양"(213)인 법학 전공의 사기꾼 일본인을 만나기도 한다. 부산행 기차에서 "일본 사람들은 늘 그랬듯이 개인주의와 극도의 혐오감이 뒤죽박죽이 되어, 눈을 흘기고 마음으로 시기하며 인간의 근성 저 밑바닥까지 속속들이 드러낸 채 구더기처럼 들끓었다."(220)고 이야기된다. 실제로 후지와라의 두 아들이 설사를 하자, 일본인들은 후지와라에게 냄새가 난다며 온갖 구박을 퍼붓는다. 하카다항에

22) 노영희는 "후지와라 테이가 『흐르는 별은 살아 있다』에서 기록한 한국인들은 참으로 일본인 귀향단원에게 호의적이고 인간적인 면을 보여주고 있는데 반해, 오히려 같은 일본인 귀향단원들의 비인간적인 태도가 그려져 있어서 흥미롭다."(「『흐르는 별은 살아있다』와 여자의 전쟁체험」, 『일본학보』 72집, 2007, 177쪽)고 이야기한다.

23) 이와는 별개로 '무저항주의'라는 제목의 장에서는 조선인들이 일본인을 향해 드러내는 적대적 행동이 강하게 암시되어 있다.

24) 그러나 일본인들 사이에도 연대의 정과 행동이 조금은 남아 있다. 마사히코가 폐렴을 앓았을 때나, 마사히로가 디프테리아에 걸렸을 때 일본인들은 후지와라 테이를 도와준다. 그러나 이러한 우의는 일본인들이 서로에게 보여주는 적대와 분열에 비한다면 무시해도 좋을 정도이다.

정박한 배에 한 달여를 머무는 동안에는 불공정하고도 매우 부실한 배급을 받는데, 그것은 "개성에서도, 의정부에서도, 부산에서도, 남조선의 피난민 수용소 어느 곳에서도"(234) 경험하지 못한 일이다. 그 배 안에서 후지와라는 "아이 딸린 여자라는 이유"(236)로 책도 보지 못하고, 냄새가 난다며 온갖 구박을 당하고, 심지어는 배급문제를 항의하러 갔다가 선창장에게 "추잡한 년 같으니라고!"(237)라는 말까지 듣게 된다.

그러나 고향인 스와에 이르는 일본 땅에서의 여정을 통해 후지와라는 일본인들의 따뜻한 인간성을 다시 확인하게 된다. 그것은 후지와라가 자신을 회복(인식)하는 과정과 맞닿아 있기도 하다. 기모노를 입은 여인을 보며 후지와라는 처음으로 "버선도 없이 걷고 있는"(252) 자신의 모습을 생각한다. 도쿄행 보통열차에서 만난 한 일본인은 아이들에게 배를 주는 호의를 베풀기도 한다. 그러나 그 사람은 이상한 선입견을 가지고 송환될 때 이야기를 "자꾸만 꼬치꼬치"(257) 캐묻는 한계를 보여준다. 고향과의 거리가 가까워질수록 사람들은 점점 친절해진다. 나고야 역에서는 의료 봉사를 하는 학생들이 아픈 사키코를 돌봐주고, 사오지리에 도착했을 때는 한 무리의 청년 남녀가 기다리고 있다가 후지와라의 "짐을 빼앗듯이 들고, 마사히로를 안고, 마사히코를 업"(259)어 주기도 한다. 이들을 보며 후지와라 데이는 "고향의 고마움을 절실히 느끼"(259)는 것이다. 이후 기차에서 만난 고향 말씨의 노파는 눈물을 흘리며 선반의 보자기에서 주먹밥을 꺼내어 모조리 후지와라의 손에 쥐어 준다. 그리고 마침내 부모 형제들이 살고 있는 스와시에 도착해서야 후지와라는 유령의 모습을 한 거울 속의 자신을 보게 된다. 생존에만 매몰된 짐승을 벗어나 비로소 인간으로서의 자신을 확인하게 된 것이다. 후지와라가 동생들과 부모님의 품에 안기며, 마음속으로 "이젠 됐다. 이젠 죽어도 여한이 없다."(265)

고 되뇌는 것으로 후지와라의 귀환기는 끝난다. 그 귀환의 서사는 고향, 더 좁게는 부모님의 품 속을 향한 여정이었던 것이다.

『흐르는 별은 살아 있다』는 귀환의 과정을 통해 만주국의 실질적 주인이었던 일본이라는 공동체의 환상을 기초에서부터 허물고 있다. 그러나 이 글에서 내셔널리즘은 은밀하지만 강력한 힘으로 그 존재를 드리우고 있다. 일본이라는 공동체를 새롭게 구성하는 결정적인 구심점으로 작용할 수 있는 가족과 고향이 절대적 존재로 굳게 자리하고 있는 것이다. 근친애가 혈통에 대한 강조와 친연관계에 있으며, 혈통과 고향에 대한 강조가 종족적인 내셔널리즘의 밑바탕으로 전환될 수 있음은 불문가지이다.[25)]

이와 관련해 『흐르는 별은 살아 있다』에 등장하는 대머리와 그를 바라보는 후지와라의 시선을 주목해야 한다. 모든 인간이 동물로 변해 가는 이 작품에서, 대머리는 수많은 동물 중에서도 가장 악랄한 동물로서 형상화된다. 후지와라가 진심으로 증오하는 인간이 바로 대머리이다. 미야모토 단체의 책임자인 대머리에게 후지와라는 자신의 단체와 함께 동행하자고 제안을 하지만, 대머리는 "알겠소. 개라고 생각하고 데리고 가

---

25) 혈연과 향토애를 상징하는 '피와 흙'은 민족(주의)의 가장 근원적인 뿌리라고 할 수 있다. 민족의 원어인 "Nation이란 라틴어의 nasci에서 유래된 말로 원래 출생"(이광규, 『신민족주의의 세기』, 서울대출판부, 2006, 17쪽)을 의미하며, 민족 집단은 "가족이나 친족과 같이 출생에 의하여 부가되는 원초적인 것"(Fredrik Barth(ed), Ethnic Groups and Boundaries, Waveland Press, 1969, p.13)이라는 견해도 있다. 장문석은 "민족은 기본적으로 공통의 조상과 영토에 기초한다고 여겨지는 사회 집단이다. 가족의 특징이 유전되듯이, 민족의 특징도 유전된다. 단, 민족의 경우에 유전은 생물학적일 뿐만 아니라 문화적이기도 하다. 어쨌든 '피와 흙'은 늘 민족을 따라다니는 본질적 요소이다.(…중략…) 민족은 일단 영토적인 혈연 공동체의 일종이라고 말할 수 있다. 즉 그로스비의 간명한 정의에서 출발하자면, 민족이란 '혈연 공동체, 특히 구획되고 영토적으로 확장되며 시간적으로 깊이 있는 원주민 공동체'인 것이다."(장문석, 『민족주의』, 책세상, 2011, 24-25쪽)라고 설명한다.

지."(155)라고 쏘아붙인 후에 결국에는 몰래 자신의 단체만 인솔하여 출발한다. 신막을 지나 남하하는 과정에서 다시 만난 대머리는 그때도 지난 일을 따지는 후지와라에게 "비렁뱅이 계집 주제에!"(179)라는 폭언을 하기도 한다. 대머리는 38선을 넘기 직전에 보안대의 강요로 후지와라의 큰아들인 마사히로를 맡아 남하하지만, 얼마 가지 않아 마사히로를 산속에 팽개치고는 도망간다. 그러나 일본땅을 밟은 후에, 대머리가 책임자로 있는 미야모토 단체의 해산 장면을 보며 후지와라는 다음과 같이 반응한다.

> 선천에 있을 때 십여 개에 이르던 단체 중에서 오직 하나, 이 단체만이 마지막까지 결속해 온 것은 역시나 대머리의 통솔력 때문이었으리라.
> "내 단체라고 생각하기 전에, 우리의 단체라고 생각을 할 수 있습니까."
> 단장들의 회의석상에서 이렇게 말하던 대머리는, 사실 절대적인 개인주의자였으며 내가 불구대천지원수처럼 증오했던 남자였다. 그러나 자기 단체를 지휘하는 데 그 개인주의를 버린 것은 아무나 할 수 없는 일이었다. 나는 대머리 눈에 띄지 않도록 돌아섰다.
> "어이, 기상대 여단장. 당신네 단체는 어찌 되었소?" 대머리가 내게 묻는다면 나는 그에게 완패하고 말 것이기 때문이었다.
> 기상대 단체는 어떻게 된 것인가. 어디에도 없다.(256)

대머리는 여타의 일본인들에게는 그토록 사악한 존재였지만, 자신이 책임진 단체를 위해서는 모든 것을 헌신한 위인이었던 것이다. 그리하여 대머리의 단체만이 유일하게 일본까지 그 체제를 유지해온다. 이러한 대머리를 보며 후지와라는 이전과 같은 분노 대신 부끄러움과 패배감을 느끼고 있다. 위 장면을 통해 대머리는 '우리'와 '우리 아닌 것'을 선명하게 구분하고, '우리'를 위해 헌신해 온 인물임이 밝혀진다.[26] 후지와라는 대머리의 이러한 공동체 지향성을 그 어떤 인간적 흠집보다도 중요하게 취급하고 있는 것이다. 가족과 고향으로부터 방사되어 나오는 육친애와 향토애, 그리고 대머리를 통해 보여지는 공동체지향성이 엄존하는 한, 선천에서 후지와라가 조선인들의 감정을 자극하지 않기 위해서 조심하지만, "자신도 모르게 '조센징'이라는 말이 튀어나"(50)왔듯이,[27] 또다시 일본 내셔널리즘은 역사의 무대에 귀환할지도 모른다.

3. 반식민주의적 비민족주의의 문학적 양상 –채만식『소년은 자란다』

후지와라 데이의『흐르는 별은 살아 있다』와 채만식의『소년은 자란다』가 가장 구별되는 지점은 바로 후지와라가 그토록 갈망하던 고향이『소년은 자란다』에서는 애당초 배제되어 있다는 점이다.『소년은 자란다』에서는 사실상 가족과 고향은 미래에 만들어나가야 할 미래형으로만 존재한다. 민족주의의 근원적 뿌리가 될 수 있는 가족과 고향 자체를 지워버리고 있는 것이다. 이것은 한국의 다른 귀환소설들과도 매우 차이나는 지점이다.

---

26) 민족주의는 "'우리'와 타자, 즉 외부를 구분하여 '우리'를 본질화·총체화하는 문화적 힘을 생산"(김은실,「민족 담론과 여성」,『한국여성학』10집, 1994, 25쪽)해내는 담론이다. 민족주의는 타자를 상상하고 그들과의 차이를 강조하는 과정을 통해 '우리'라는 일체감은 형성하고, 이것은 차별과 배제의 메커니즘으로 연결될 수도 있다.

27) 후지와라 데이의『흐르는 별은 살아 있다』에서 중국인의 존재도 철저히 망각되고 억압되어 있다. 유일하게 한번 모습을 드러내는 것이 선천에 머물 때 일본인을 상대로 야채를 파는 젊은 중국인이다. 그는 세이코라는 예쁜 소녀에게 반해 결혼하기를 원한다. 그러자 세이코의 어머니인 오치 부인은 그것을 단호하게 거부하며, "옆에서 자고 있던 어린아이를 끌어안고 낮은 소리로 울기 시작"(97)한다. 정서의 가장 깊은 곳에 자리한 인종적 타자의식이 드러나는 순간이라고 할 수 있다.

대부분의 귀환소설에서 고국은 기대를 충족시켜 줄 공간으로 상상되며, 지난날의 조선은 그리움의 대상으로 호출되기 때문이다.[28)]

한국의 귀환소설들도 대부분 고향에 대한 강렬한 그리움을 드러낸다. 정비석의 「귀향」(『경향신문』, 1946.10-11)에서 최노인은 아내의 죽음으로 자신의 여명이 얼마 남지 않았음을 깨닫고는 "고향 생각이 간절"[29)]해진다. 이전부터 그에게 고향은 "이십 년을 누고 오매로 그리던"(574) 대상이었다. 고향에 대한 그리움은 김동리의 「혈거부족」에서 가장 강렬하게 나타나 있다. 중병이 든 순녀의 남편은 해방이 되자 아내에게 "이보, 날 어짜든지 고향까지만 데려다주"(64)라고 말한다. 남편은 "희망이란 것이 다만 고향에 가 묻히기나 하고 싶다"(65)는 것뿐이다. 이후 병이 깊어져 말도 못하는 지경에 이르러서도 남편의 눈빛은 "고향에 돌아간다"(65)라는 말을 하는듯한 광채를 드러낸다. 이러한 남편의 모습은 순녀의 회고 속에서 세 번이나 반복해 등장한다. 순녀 역시도 남편의 귀향을 향한 강렬한 욕망에 적극적으로 동조한다. "인제 해방이 됐으니까 병도 물러나겠지, 고향에 돌아가 개나 몇 마리 구해 먹고 하믄 그만한 병쭐쯤이 설마 안 떨어질라꼬?"(65)라는 위로의 말을 하는 것은 물론이고, "몸을 팔아서라도"(66) 남편의 고향으로 돌아가야만 할 것이라고 생각하는 것이다. 그러나 채만식의 『소년은 자란다』에서 고향은 공백으로 남겨져 있다. 이 작품에서는 '지워버린 고향'이라는 장을 따로 두어 그 사정을 상세하게 밝히고 있다.

오서방의 고향은 본래 충청북도 청주이며, 먼 웃대 조상은 양반이었으

---

28) 정재석, 앞의 논문, 173쪽.

29) 정비석, 「귀향」, 『한국소설문학대계』 23권, 동아출판사, 1995, 572쪽. 앞으로의 인용시 본문 중에 쪽수만 기록하기로 한다.

나 오서방의 아버지 말년에 선대로부터 물려받은 땅은 모두 일본 사람의 것이 되고, 오서방은 "송곳 하나 꽂을 땅이 없는 알짜 소작인"(312)이 된다. 오서방은 열여섯에 장가를 갔지만, 아내는 영호의 배 다른 형 영만이 열 살 되던 해에 "양복 입고 하이칼라하고 똑똑하고 돈 있고 한 사람을 따라 봇짐을 싸고 말았"(312)다. 동네 사람들은 "위인이 오죽 못났으면 계집을 뺏기느냐"(313)며 오서방을 비웃고 손가락질한다. 이로 인해 큰 상처를 받은 오서방은 "'내가 죽는 날까지도 고향에는 발길을 들여놓지 아니하리라.' '자식더러도 고향을 찾지 말라고 가르치고 유언하리라.'"(313)는 결심으로 영만을 이끌고 고향을 떠난다. 오서방이 만주까지 떠나온 이유에는 만주가 "농사하고 살기가 좋다"(313)는 것도 있지만, 만주에서는 "또, 만나 창피할 아무도 없"(313)다는 점도 포함되어 있는 것이다.

오서방의 아내 역시 전남편이 아무 근거도 없이 저 혼자만의 의혹과 질투로 무서운 매질을 했던 것이고, 이를 피해 가출했다가 오서방을 만나 부부의 연을 맺는다. 선뜻 오서방을 따라 만주에 가기로 결심한 것도 바로 고향에 있는 그 사내 때문이다. 해방이 되고도 조선이 좋다는 사람들의 말에 오서방의 아내는 "돌아갈 고향이 있는 사람이 말이지!"(317)라며 귀향하는 것을 꺼려한다. "그 사나이는 지금도 고향에 살아 있을 것이요, 그 사나이가 살아 있는 날까지는 돌아가지 못하는 고향"(318)인 것이다. 이처럼 영호의 부모에게는 돌아갈 고향이 사라지고 없다. 따라서 『소년은 자란다』에서 "실재의 장소라기보다는 친밀한 세계에 대한 감각"[30]으로서의 향수가 발생할 여지는 애당초 봉쇄되어 있다.

『흐르는 별은 살아 있다』가 가족과의 결합을 지향점으로 한 서사라고

---

30) Svetlana Boym, The Future of Nostalgia, Basic Books, 2001, p.251.

한다면, 『소년은 자란다』는 가족의 해체로 귀결되는 서사라고 할 수 있다. 『소년은 자란다』에서 가장 큰 사건은 영호와 영자 남매가 아버지 오서방과 헤어져 영호 혼자 남겨지는 것이다. 이러한 일이 발생한 근본적인 이유 역시도 '지워버린 고향'과 무관하지 않다. 만주에서 어머니와 동생 영수를 잃어버린 오서방 가족은 농사를 짓기 위해 막연히 전라도로 향한다. 그리나 대전역에서 아버지가 기차를 잘못 타는 바람에 영호는 아버지 오서방과 헤어지고 영자와 둘만 남겨지게 된다. 본래 가고자 하는 역이 분명하다면, 이런 사소한 일로 가족이 헤어지는 일은 발생할 수 없다. 그러나 "영호의 아버지도, 서울서 떠나면서까지도 향방이 작정이 없었"(359)기에 이처럼 사소한 실수로 인해 가족간의 이별이라는 끔찍한 비극이 벌어지게 된 것이다. 설령 심신이 모두 허약했던 오서방이 병들거나 심지어 죽은 것이라고 해도 목적지만 분명했다면, 그 소식을 영호 남매는 알 수 있었을 것이다. "이 '지워버린 고향'이 장차에 어린 영호 남매로 하여금 불행을 더 크게 할 것인 줄이야 아무도 짐작인들 못하였던 노릇이었다."(316)라는 말은 이러한 사정을 잘 보여준다.

고향이 부재한 상태에서 조선을 향하는 영호 가족의 여로는 귀환이라기보다는 차라리 유랑에 가까우며, 영호 가족은 귀환자가 아니라 피난민에 가깝다. 따라서 여타의 귀환소설들에서 등장하는 '민족공동체의 일원으로 귀속되기 위한 상징적 의례'[31]같은 것은 존재하지 않는다. 간도 왕청현 대이수구(大梨樹溝)를 떠나 서울에 도착하는 과정은 단지 한단락으로 간단하게 처리되어 있다.[32]

---

31) "만주로부터의 귀환서사에서는 만주 이주 이전의 조선인으로서의 정체성을 복원하고 민족공동체의 일원으로 귀속되기 위한 상징적 의례들이 발생한다."(최정아, 앞의 논문, 372쪽)

32) 그 대목을 옮기면 다음과 같다. "낙타산을 떠나 도문(圖們)으로 해서 국경을 넘어 소련

영호의 아버지를 지배하는 것은 철저한 생존의 논리뿐이다. 이들이 만주에 온 이유 역시 "무식하고 가난하기 때문에 만만하였"(285)고, "만만하기 때문에 땅 기름지고 기후좋은 고국에서 살지 못하고 쫓기어 이 풍토(風土) 사나운 만주로 흘러와 강냉이 조팝을 먹으면서 고생을 하는 것"(285)이다. 그들은 고국으로부터 쫓기어 만주로 몰려난 것은 "나라를 잃은 백성이기 때문인 것보다도 오히려 가난하고 무식하여 만만한 사람이기 때문"(286)이라고 생각하는 것이다.[33]

조선으로 돌아가는 이유 역시도 민족의식보다는 생존의 논리에 따른 것이다. 대이수구의 농민들은 일본 사람들이 숱해 땅을 내놓고 갔으니 최소한 붙여먹을 땅은 있을 것이며, 압제 주던 일본인이 없다면 만주보다는 훨씬 살기 좋을 것이라는 생각에 귀향을 결심하는 것으로 그려진다. "새 조선의 주인이 되네 어쩌네 하는 것은 당치도 않은 말"(307)이고, 가장 중요한 것은 "땅은 하여커나 부쳐먹을 땅이 있을 것은 번연"(307)하다는 사실이다. "땅이야 집을 얻어 편안히 농사하면서 가난과 압제 없는 세상"(338)을 사는 것이야말로 귀환의 이유인 것이다. 영호의 "전라도루 농사하러 가는 길예요. 우린 전재민예요."(360)라는 말처럼, 이들 가족의 정체성은 만주에서 귀환한 '농민'이라는 것밖에는 없다. 그들은 다만 농사를 짓기 위해 귀환하는 것이고, 오선생의 추천에 따라 넓은 벌이 있는 전라도로 향할 것을 결심한 것이다.

영호의 가족은 조선 땅을 밟은 순간부터 민족적 일체감이 아니라 차

군이 차지하고 있는 고국의 이북땅을 함경도로 내려와 38선이라는 것을 넘어, 그러는 동안 여러 곳에서 차를 내려 며칠씩 기다렸단 겨우 다시 얻어 타고 하면서, 그러다가 가까스로 '남대문' 정거장에 닿아, 전재민 열차로부터 영호 남매를 손목을 이끌고 내리기는 시월도 다 가는 그믐이 임박하여서였었다."(337)

33) 물론 이들에게도 살에 배어져 있는 "수수한"(289) 민족의식과 일본에 대한 적개심은 존재한다.

이와 적대감과 마주치게 된다. 영호는 계동 어귀에서 잘 차려 입은 사람들을 보고서는, "영호는 저 사람들이 저희들처럼 조선 사람이 아닌성만 싶어졌다."(341)고 이야기한다. 일반 서울 사람들은 물론이고 전재민의 원호를 담당하는 원호소 사람들까지도 "유심히 보거나 더욱이 동정의 빛을 보이거나 하는 사람은 단 한 사람도 없"(343)다. 그리고 곧 해방 이전과 별반 다르지 않은 현실이 펼쳐지고 있음을 깨닫게 된다. "왜사람 대신 미국 사람들이 들어앉았는 것과 마찬가지로, 순사는 여전히 백성에게는 무서운 물건인 채로 있던 것"(345)이다.[34]

일반 백성들은 오서방의 생각과는 달리 여전히 "주림과 추위에 시달리고"(349), 살찌는 것은 "장사치들과 이 장사치들이 들여미는 뇌물로 치부를 하는 군정의 벼슬아치들"(349) 뿐이다. 오서방이 조선으로의 귀환을 결심하게 된 동기는 모두 사라져 버린 것이다. 조선으로 귀환 이후 가장 많이 눈에 띄는 것은 곳곳에 널려 있는 대소변이다.[35] 그것은 서울과 이리를 가리지 않고 나타나는 현상이다. 그렇다면, 채만식의 『소년은 자란다』에서 우리의 국토는 여타의 귀환소설에서처럼 무엇과도 비교할 수 없는 '금수강산'이 아니라 온통 대소변에 덮여 있는 일종의 "변소"(351)로 표상되고 있는 것이다.

『소년이 자란다』는 민족공동체의 불가능성을 이야기하는 것에 가깝다. 이리를 작가가 지향하는 하나의 공동체로 볼 수는 없다. 그곳에는 엄연히 파렴치하며 돈만 밝히는 여관 사람들이 존재하고, 그들이야말로 영호

---

34) 이러한 인식은 마지막에도 다시 한번 반복된다. "그렇다면, 타국으로 흘러가서 간신히 의지하고 살던 집과, 농사하던 땅이며, 농사진 곡식, 애탄가탄 장만한 세간과, 더러는 어머니까지도 해방은 우리에게서 뺏은 것이 아닌가? 그리고서 준 것은 압제 없는 살기와, 살 집과 농사할 땅과의 대신에 입었던 옷을 누더기를 만들게 한 것과, 석탄 부스러기와 밀가루와 쓰러져가는 저 알량한 집과 이것이 아닌가?"(404)

35) 최정아, 앞의 논문, 382-383쪽 참고.

의 삶에 가장 깊숙이 개입하고 있기 때문이다. 영호는 여관 주인과 주인의 형님이라는 여자는 자신들과 '다른 사람들'로 받아들인다. 이 두 여자와 같은 계열의 사람들로는 이리역에서 영호를 놀리던 "양복 신사"(389)와 같은 사람들이 제시되며, 영호는 그들을 "조선 사람인 것 같지가 않"(389)다고 여긴다. 여기에는 6호실에 머무는 눈딱부리와 빈대머리도 포함된다. 그들은 미국 사람에게 술과 선사와 색시와 돈을 안기고는 그 댓가로 엄청난 이득을 챙기는 사람들이다. 그들은 모두 "딴 세상 사람들인 것만 같은 사람들"(399)인 것이다. 심지어 그들은 적실히 차가운 것이 있는 "물고기"(377)로 표상됨으로써, 같은 인간의 축에도 들지 못하는 것으로 형상화된다.[36]

오히려 기차 속 사람들이야말로 인간성을 발휘하는데, 그들은 아버지와 헤어진 영호의 딱한 사정을 듣고는 십시일반 돈을 모아 준다. 기차 속의 사람들은 서울에서 본 "조선 사람으로 여겨지지를 않던 사람"(366)과는 완전히 다른 모습이다. 그들은 영호가 보기에도 "옷 차림이랑, 거친 살결이랑, 다같이 가난하고 명색도 없고 한 사람들"(366)이었다.[37] 다음으로 영호가 조선인 공동체에 포함시키는 사람들은 다음의 인용문에 등장하는 기층민중들이다.

---

36) 안미영은 「해방공간 귀환전재민의 두려운 낯섦—채만식의 『소년은 자란다』를 중심으로」(『국어국문학』 159집, 2011)에서 "간도, 서울, 이리 일련의 공간은 각각 생존 공동체, 이기적 집합체, 정서적 공동체라 명명"(287)할 수 있다고 보고 있다. 그러나 위에서 살펴본 것처럼, 이리도 분열된 공간이라고 할 수 있으며, 그 속에는 '이기적 집합체'의 성격도 강하게 남아 있다.

37) 류보선은 또한 기차 안의 사람들이 영호 남매를 돕는 모습에서 채만식이 "교환의 경제를 넘어선 탈자본적 민족=국가를 상상해야 한다고 믿었던 것"(「해방 없는 해방과 귀향 없는 귀환」, 『현대소설연구』 49권, 2012, 176쪽)이라고 주장한다. 그러나 이러한 우애의 공동체가 형성되고 있는 장소가 기찻간이라는 것, 따라서 그 우애의 상황을 만든 사람들이 모두 행인이라는 것은 공동체의 성립을 불가능하게 한다.

> 이 여자들에게서는 그 떡장수 할머니를 비롯하여 정거장 너른 마당에 널려 있는 수많은 여러 가지 장사 사람들이며, 지겟벌이꾼이며, 또 아버지를 잃어버리던 그날 밤에 만난 촌 영감이며, 그 양복 입은 사람이며, 돈을 보태어 주던 사람들이며, 목단강서 온다던 전재민 내외며, 더는 대이수구의 동네 사람들이며, 오선생이며…… 이런 사람들에게서 느낄 수 있는 따뜻한 맛이나, 무례하고 지저분한 흠은 있어도, 흉허물 없고 임의롭고, 그래서 저절로 우러나는 구수한 맛이나 이런 것은 조금도 느낄 수가 없었다.(388)

> 그런 훌륭해 보이면서도 실상은 아무것도 훌륭할 것이 없는 세상에다 대면, 차라리 누더기를 걸치고 지저분하고 좀 무례하고 하기는 할망정, 정거장 앞에서 대떡을 파는 할머니며, 여러 음식장수들과 지겟벌이꾼이랑, 아버지를 잃어버리던 그날 밤 찻간에서 만난 촌 영감, 그리고 양복 입은 사람이며, 오선생님 이런 사람들이 비록 훌륭한 사람이든 못하겠지만 얼마나 사람스럽고 고지식하고, 그래서 따뜻한 맛 구수한 맛이 풍기는 사람들인지 몰랐다.(400)

이들의 모습은 일종의 무산자 공동체를 연상시키기에 충분하다. 그러나 영호는 여기서 한걸음 더 나아간다. 영호는 이런 사람들이 "훌륭한 사람이든 못하"다며, 자신은 "정말로 훌륭한 사람이 되는 길로 나아가기만이 원"(402)이라고 다짐하는 것이다. 일단 훌륭한 사람이 되기 위한 첫 번째 방법으로 영호가 택하는 것은 "우선부터라도 훌륭하지 못한 것에 대하여는 삼가"(401)는 것이다. 그 첫 번째가 '물고기'들로 가득한 여관을 떠나는 것이고, 영자를 또한 여관주인 언니의 집에서 데리고 나오는 것이다. 『소년은 자란다』는 영호가 아버지가 죽었다고 가정하고, 자신이 스스로의 힘으로 이 세상에 맞서 나갈 것임을 다짐하는 것으로 끝난다.

> 아버지는 아무리 생각하여도, 이제는 세상을 떠난 것으로 여길 수밖에

> 는 별수가 없었다.
> 아버지는 세상을 떠났고……
> 영호, 저 홀로 이 세상에 있었다.
> 영호, 저 자신에 대하여서나 영자한테 대하여서나, 이 세상에는 오직 영호 저 하나만 있을 따름이었다.
> 부모도 없고, 영자를 데리고서 저 혼자인 영호는, 그러므로 영자를 데리고 저 혼자서 이 세상을 살아가야 하는 것이었었다.
> 내일 정거장에 나간 길에 방을 하나 얻고, 조그맣게 하꼬방 장사를 내자면 얼마나 들겠는지, 부디 알아보아야 하겠다고 영호는 생각을 하였다.(408)

인용한 위의 대목에는 '홀로', '하나', '혼자'라는 말이 계속해서 반복된다. 여기에서는 너무도 분명하게, 그 어떤 것에도 기대지 않고 혼자의 힘으로 세상과 맞서겠다는 영호의 강력한 의지가 발견된다. 완전한 단독자로 선 영호를 통해서 민족으로의 통합이라는 귀환서사는 해체되어 버리며, 미약하지만 가능성으로 충만한 새로운 주체의 탄생을 기대하게 되는 것이다.

4. 단독자의 가능성

1장에서도 살펴본 바와 같이 해방기에 씐 한국의 귀환소설은 대부분 강렬한 민족주의적 의식을 드러내고 있다. 일부 소설에서는 과거 만주국에서 제국의 신민으로 살던 경험 자체가 무화되어 버리는 경우도 있다. 정비석의 「귀향」을 대표적으로 꼽을 수 있다.

21년 전에 "왜놈들 때문"(573)에 고향인 오리나무 마을을 떠나 만주로 건너갔던 최노인은, 만주에서 가난한 삶을 살다가 죽은 아내를 만주에 남겨두고 아들 내외와 함께 돌아온다.[38] 이 작품에서 최노인은 단 한 번도 만주에서 살았던 자신의 정체성에 대한 고민의 흔적을 드러내지 않는다. 심지어 이 작품에서는 최노인이 모르던 또 다른 아들이 오리나무 마을에 살고 있다는 우연적인 설정까지 등장한다. 최노인의 첫사랑인 탄실이 최노인의 아이를 임신한 상태로 권참봉의 첩이 되어, 그 아이를 권씨 가문의 아이로 길러낸 것으로 그려지는 것이다. 해방 이후 탄실의 아들은 마을의 보안대징이 되어 "배급이니 치안이니 하는 것을 척척해나가는"(580) 마을의 지도자로 성장해 있다. 최노인이 만주에서 산 20여 년의 세월은 사실상 이 작품에서는 아무런 의미도 지니고 있지 않은 것이다. 실질적으로 그는 고향을 떠난 적이 없으며, 제국 신민으로서의 모습은 존재하지 않는다. 「귀향」은 종족적 민족주의의 강렬한 파토스를 환기시키며 다음과 같이 끝난다.

> 그렇게 해서 이 오리나무 마을 사람들은 연년세세로 바뀌어 가겠지만, 그러나 그들이 그들이라 이 마을은 언제나 이 마을 사람들로 해서 유지되어 갈 것을 굳게 믿었다.
>
> 설령 권세를 다투는 무리들이 제아무리 날치더라도 이 마을의 주인은 역시 이 마을 사람들뿐이라, 형이요 아우요 하는 그들이 일치단결하여 마을을 굳게 지켜 가면 조금도 두려울 것이 없어 보였다. 그렇게 생각하자 마음에 느긋한 행복감이 느껴져서, 최노인은 하루바삐 우리나라의 정부가 서기를 고대하며 저물어 가는 마을을 언제까지고 그윽한 시선으로 정답게 굽어보고 있었던 것이다.(586)

'이 마을 사람들로' 이루어진 '오리나무 마을'이 환기시키는 강렬한

---

38) 정종현은 해방 이후 귀환소설에서 "식민지 제국 시절 개인의 욕망과 경제적인 이해에 따른 이주와 이동도 모두 식민지적 현실에 의한 수난의 기억으로 단일화·서사화되었다."(정종현, 앞의 논문, 154쪽)고 주장한다.

민족주의야말로 해방 이후 귀환서사를 지배하는 근본적인 정서라고 할 수 있다. 일본인이 쓴 수많은 귀환서사 중에서도 유독 후지와라 데이의 『흐르는 별은 살아 있다』만이 동시대 한국인들에게 그토록 큰 반응을 얻은 것도, 후지와라의 글에 잠재된 민족주의적 정서와 분리해서 이해할 수 없다. 만주국 붕괴 이후 일본에서도 수많은 귀환서사가 쓰였다. 이들 중에는 고향이나 국가의 근본적인 의미를 묻거나 고향의 상실에 대하여 말하는 것들도 많다.[39] 그러나 그것들은 대부분 한국에 번역조차 되지 않았다. 이와 달리 "죽더라도 고향으로 한 발짝이라도 가까이 가서 죽고 싶었다."(162)라는 마음을 기본적인 정서로 삼고 있는 후지와라 데이의 『흐르는 별은 살아 있다』는 창작과 거의 동시에 한국어로 번역되었으며, 곧바로 베스트셀러가 되었다. 이것은 『흐르는 별은 살아 있다』가 당대의

---

39) 만주국 붕괴 이후의 귀환서사는 일본인에 의해 여러 편이 쓰였다. 대표적인 것으로는 아베 고보(安部公房)가 쓴 장편소설 『짐승들은 고향을 향한다』(1957)를 들 수 있다. 아베 고보는 만주국이 괴멸된 후 1년 반 남짓을 심양에서 보냈다. 이 작품은 북만주에서 태어난 16세의 일본인 소년 규조가 패전 후 일본으로 귀환하는 이야기이다. 그러나 끝내 귀향에 실패하고 죽음을 맞이한다. 이것은 "봉천에 있을 때에는 일본 꿈을 꾸고 일본에서는 봉천 꿈을 꾼다. 나는 가끔씩 내 자신이 고향 주변을 맴돌면서 결국에는 그 속에 들어가지 못하는 아시아의 망령인 듯한 기분이 든다."(이정희, 「아베고보(安部公房)와 <만주>체험」, 『일어일문학연구』 39권, 2001, 346쪽에서 재인용)는 작가의 생각을 형상화한 것이라고 할 수 있다. 아베 고보에게 만주국 붕괴와 그에 따른 귀환은 "국가라든가 고향이라든가 하는 것에 귀속되지 않고, 오히려 '인간이란 존재는 무엇일까'를 생각"(위의 논문, 348쪽)하게 만드는 체험이라고 할 수 있다. 또 다른 귀환소설로는 만철의 사원이자 만주문단의 핵심 작가였던 아키하라 가쓰지(秋原勝二)가 쓴 장편소설 『커다란 느릅나무－지린의 동란・어떤 기억(楡の大樹－吉林の動亂・ある記錄)』(1979)를 들 수 있다. 이 작품은 재만 일본인인 소우키치가 만주국 붕괴라는 상황에서 분열과 괴리를 겪으면서 일본 내부로 '귀환'하려 하지만, 결국 그의 죽음을 통해 드러나듯이 그 '귀환'은 실패로 돌아가고 만다. 재만 일본인들은 만주에서도 일본 내부에서도 '고향'을 상실했음을 상징적으로 보여주는 작품이라고 할 수 있다(안지나, 「재만 일본인 작가의 '귀환'과 '고향상실'」, 『'만주국' 붕괴 이후의 동아시아 문학』, 중국해양대학교 해외한국학 중핵대학 사업단 2단계 제1회 국제학술회의 자료집, 2015, 1-10쪽 참조).

한국인들과 교감할 수 있는 매우 중요한 정서적 통로를 확보했기 때문에 가능했던 일로 판단된다.

이러한 시대적 상황을 고려할 때, 민족주의의 열기에서 벗어나 단독자로서의 새로운 가능성을 꿈꾸는 채만식의 『소년은 자란다』는 매우 이례적인 귀환서사라고 할 수 있다. 소년이라는 존재를 통해 해방 이후를 조망하며, 반식민주의적 비민족주의의 가능성을 타진하고 있는 이 작품은 당대의 인식론적 지평을 훌쩍 벗어난 작품인 것이다. 이러한 점을 고려할 때, 채만식의 『소년은 자란다』가 1949년 2월 25일에 창작되었지만 발표는 1972년 9월에야 이루어진 것은 우연을 가장한 하나의 필연이었는지도 모른다.

참고문헌

1. 기본자료

김만선, 『압록강』, 동지사, 1948.

염상섭, 「해방의 아침」, 『염상섭전집 10』, 민음사, 1997.

정비석, 「귀향」, 『한국소설문학대계』 23권, 동아출판사, 1995.

채만식, 『소년은 자란다』, 『채만식전집 6』, 창작과비평사, 1989.

후지와라 데이, 『흐르는 별은 살아 있다』, 청미래, 2003.

2. 국내문헌

강인철, 「미군정기의 인구이동과 정치변동」, 『한신논문집』 15집 2호, 1998, 15쪽.

김승민, 「해방 직후 염상섭 소설에 나타난 만주 체험의 의미」, 『한국근대문학연구』 16호, 2007, 269쪽.

김은실, 「민족 담론과 여성」, 『한국여성학』 10집, 1994, 25쪽.

김종욱, 「언어의 제국으로부터의 귀환」, 『현대문학의 연구』 35집, 2008, 115쪽.

노영희, 「『흐르는 별은 살아있다』와 여자의 전쟁체험」, 『일본학보』 72집, 2007, 177쪽.

류보선, 「해방 없는 해방과 귀향 없는 귀환」, 『현대소설연구』 49권, 2012, 176쪽.

안미영, 「해방공간 귀환전재민의 두려운 낯섦－채만식의 『소년은 자란다』를 중심으로」, 『국어국문학』 159집, 2011, 287쪽.

안지나, 「재만일본인 작가의 '귀환'과 '고향상실'」, 『'만주국' 붕괴 이후의 동아시아 문학』, 중국해양대학교 해외한국학 중핵대학 사업단 2단계 제1회 국제학술회의 자료집, 2015, 1-10쪽.

오미정, 『일본 전후문학과 식민지 경험』, 아카넷, 2009, 171쪽.

오태영, 「민족적 제의로서의 '귀환'」, 『한국문학연구』 32집, 2007.6, 515쪽.

이광규, 『신민족주의의 세기』, 서울대출판부, 2006, 17쪽.

이정희, 「아베고보(安部公房)와 <만주>체험」, 『일어일문학연구』 39권, 2001, 346쪽.

장문석, 『민족주의』, 책세상, 2011, 24-25쪽.

정재석, 「해방기 귀환 서사, 결속의 상상력과 균열의 역학」, 『사이間SAI』 2호, 2007, 182쪽.

정종현, 「해방기 소설에 나타난 '귀환'의 민족서사」, 『비교문학』 40집, 2006, 132쪽.

최정아, 「해방기 귀환소설 연구」, 『우리어문연구』 33집, 2009, 382-389쪽.

3. 국외문헌

高崎宗司, 『식민지 조선의 일본인들—군인에서 상인, 그리고 게이샤까지』, 이규수 옮김, 역사비평사, 2006, 182쪽.

山田昭次, 『近代民衆の記録6滿州移民』, 新人物往來社, 1978, 49쪽.

山室信一, 『키메라—만주국의 초상』, 윤대석 옮김, 소명, 2009, 8-341쪽.

淺野豊美 감수 해설, 『살아서 돌아오다—해방공간에서의 귀환』, 이길진 옮김, 솔, 2005, 45쪽.

Barth, Fredrik (ed), *Ethnic Groups and Boundaries*, Waveland Press, 1969, p.13.

Boym, Svetlana, *The Future of Nostalgia*, Basic Books, 2001, p.251.

제2부 일본

기타무라 겐지로의 전후 '만주'

유수정

1. 들어가며

'만주문학'이란 무엇인가. 이 물음은 '만주'라는 용어가 역사적으로 유효했던 시기, 즉 19세기 말에서 현재에 한정해서 보더라도 문학의 창작자뿐 아니라 독자의 입장에서도 다양한 정의와 이해가 존재해 왔고 현재도 그러하다. 중국의 5·4운동의 영향으로 촉발된 중국 근대문학의 동북작가그룹과 그 이후 구딩(古丁)을 비롯하여 '만주국'하에서 활동한 '만계'=중국인 작가들, 일본제국의 관동주와 만철연선(남만주철도 철도부속지) 진출을 기로 '만주'로 이주하여 살던 일본의 문학 애호가들, 시인들과 '만주국' 성립을 전후로 '만주'를 거쳐간 일본작가들, 일본 식민지 지배를 피해 만주로 건너간 조선의 작가들, 백계러시아인(White Russian) 작가 등 '만주'에서 활동한 문학 주체들의 민족적 다양성과 정체성의 복잡성은 거듭 언급할 필요도 없을 것이다. 특히 "만주문학이란 무엇인가"라는 문제로 1936년에서 1938년까지 본격적으로 진행되었던 만주문학 개념화 논의[1]는 '만주국'

배후에 있던 관동군과 일본제국의 제국주의 정책으로 만주에 이주해서 살고 있던 일본인들, 다시 말해 식민종주국 주체에 의해 이루어졌다는 점은 '만주문학'이 갖는 복잡성을 그대로 드러낸다. 게다가 '만주국'이라는 시도가 일본제국의 패망과 함께 미완의 프로젝트로 끝남으로 인해 '만주문학'의 실체는 그 모습을 갖추기도 전에 종료되었다. 그럼에도 불구하고 '만주문학'은 창작이 되었고, 현재 우리 앞에 텍스트로 남아있다.

'만주국'이 '미완의 프로젝트'로 강제 종료되었다는 사실은 '지금' '여기'에 있는 '우리'뿐 아니라, 당시에 '만주국'과 '만주'를 살았던 '그들'도 결국에는 직시해야 했던 문제였다. 전쟁이 끝나고 '목숨을 건' 귀환을 거쳐 전후 일본에 '돌아온' 그들이 회상하는, 또는 재인식하는 '만주'와 '만주문학'은 우리가 인식하는 그것과 어느 정도의 거리를 두고 있을까.

본 글에서는 '만주문학'의 복잡성에 대한 인식을 전제로 만주에서 '만주문학'을 가장 적극적으로 구축하고자 노력했던 일본인 문학자 중 하나인 기타무라 겐지로의 전후 문필활동을 발굴하여 정리하고, 그가 '직시'한 '만주' 또는 '만주국'은 그에게 있어서 어떠한 것이었는지 살펴보고자 한다.

2. '만주국'의 유일한 전업 작가

기타무라 겐지로(北村謙次郎, 1904~1982)는 도쿄에서 태어나 유년기는 관동주 다롄(大連)에서 지냈다. 1923년 진학을 위해 도쿄로 돌아와 10여 년 동안 도쿄의 근대문화를 향유하며, 1931년 일본문단에 데뷔한다. 『작품

1) 유수정, 「만주국초기, 일본어문학계의 <만주문학론>」, 『한일군사문화연구』 제11집, 2011.4.

(作品)』, 『파란 꽃(青い花)』, 『일본낭만파(日本浪曼派)』 등 여러 잡지에 단편소설과 수필을 기고하는 한편, 아카마쓰 겟센(赤松月船), 기야마 쇼헤이(木山捷平), 다자이 오사무(太宰治) 등 시인, 작가들과 교류를 하며 자신의 문학을 계속 모색해갔다. 1937년에 만주국의 수도인 신경(新京)에 이주하여 만영(満映, 만주영화협회)에서 근무했지만, 이듬해 퇴직하고 문학활동에 전념한다. 당시 '만주국'에서 문학활동을 하는 일본인은 정부기관이나 만철, 만영 등 국책회사에 근무를 하고 있었고, 이러한 사정은 '만계' 중국인들도 대부분 마찬가지였다. 따라서 '만주국'에서 문학활동 이외에 생계를 위한 일을 하지 않은 전업 작가는 기타무라 겐지로가 유일했다. 그가 만영을 그만둔 이유는 도만(渡満) 직후 신경에 문예지가 없음을 알고, '만주국' 수도 신경에 걸맞은 잡지를 창간하기 위함이었다. 도만 이듬해인 1938년 10월에 『만주낭만(満洲浪曼)』을 창간하고 1940년11월까지 제1집~제6집의 대표 '저작인'으로 잡지를 간행하였다.[2] 그리고 바로 이어서 다섯 권의 '만주낭만총서'[3]를 발행하면서 기타무라 겐지로는 '만주문학'계의 중심인물이 되었다. 기타무라가 『만주낭만』에서 표방한 것은 '대륙낭만(大陸ロマン)'과 '만주낭만(満洲ロマン)'[4]이었다. 이는 일본낭만파의 사상적 중심이었던 야스다 요주로(保田與重郎)가 말하는 '웅대한 로맨티시즘',[5] '대륙의 문학'[6]을 이어받은 개념이면서 '만주'경험을 통해 '만주의 풍토'와의 '일체화'를 이상으로 하는 확장판이었다.[7]

---

2) 『만주낭만(滿洲浪曼)』 총6권 : 제1집 1938.10, 제2집 1939.3, 제3집 1939.7, 제4집 1939.12, 제5집 1940.1, 제6집 1940.1.

3) 만주낭만총서(滿洲浪曼叢書) : 작품집 『僻土残歌』(1941), 北尾陽三, 『明暗』(1942), 大內隆雄, 『或る時代』(1942), 鈴木啓佐吉, 『愛情の緩急』(未詳), 鳥羽亮吉, 『流沙香綺談』(1942).

4) 北村謙次郎(1940.5), 「探求と觀照」, 『滿洲浪曼』 第5輯, p.72.

5) 保田與重郎(1938.11), 「大陸と文學」,『新潮』 第409号, p.98.

6) 앞의 글, p.99.

잡지 『만주낭만』의 간행 이외에도 기타무라는 '만주'에서 활발한 창작 활동을 이어갔다. 1938년에 「학(鶴)」, 「군맹(群盲)」, 1939년에는 「어떤 환경(或る環境)」 등의 단편소설을 발표하였고, 1941년에는 1월 21일부터 5월 24일까지 『만주일일신문(滿洲日日新聞)』 석간에 95회에 걸쳐 장편소설 「춘련(春聯)」을 연재했다. 1943년에는 「귀심(歸心)」, 「여창(旅窓)」, 「동북(東北)」, 「다듬이(砧)」, 「생의 마지막 거처(つひの栖)」를 묶어 단편소설집 『귀심(歸心)』을 간행한다. 이 중 1940년 8월에 일본 '내지'의 잡지 『문예(文藝)』에 발표한 「생의 마지막 거처(つひの栖)」는 1940년 하반기 제12회 아쿠타가와상(芥川賞) 예선 후보작으로 오르기도 하여,[8] 명실상부 만주 일본어문단을 대표하는 작가가 되었다. 그러나 특이하게도 작품 활동으로 보나, 만주 일본어문단에서의 역할과 영향력으로 보나, '만계' 작가들과의 교류로 보나 기타무라 겐지로는 '만주문학'을 대표할 만한 문학자였음에도 불구하고, 3회에 걸친 대동아문학자대회에는 참가하지 않았다.

태평양전쟁의 전세가 기울어가던 1945년 여름까지 기타무라는 개척단의 역사를 정리하기위해 오지로 출장을 나갈 정도로 다망한 나날을 보내고 있었다. 8월 6일에 히로시마에, 9일에는 나가사키에 원자폭탄이 투하되면서 일본의 패배는 완전히 굳어졌다. 급기야 소련이 만주전선에 참전

---

7) 기타무라 겐지로의 '만주국' 시기의 문학관에 관해서는 韓玲玲(2014), 「雜誌『滿洲浪曼』における北村謙次郎の文學理念」, 『總硏文化科學硏究』 第10号 참조.
"그에게 있어 문학이란 자기표현의 수단이었고, 자신의 인생 체험의 존재 증명이기도 했다. 그는 문학의 순수함을 강조하고 문학의 공리성을 근본적으로 부정했다. (…중략…) 그는 일본문화의 우월감을 전부 버리고, 피부로 만주의 풍토를 느낄 것을 강조하면서, 자신의 '죽음'을 통해 육체로부터 만주풍토를 흡수해야 한다고 주장했다. 그리고 이로써 타민족과 일체화할 것을 기대했다."(p.99)

8) 이때의 심사평은 심사위원 8명 중 우노 고지(宇野浩二) 1명만 남겼다. "잘 쓰기는 하였지만, 너무 간단하다" 芥川賞のすべてのようなもの
http://homepage1.nifty.com/naokiaward/akutagawa/pkogun/pkogun12KK.htm

하고 그 일주일 후에, 기타무라는 자택이 있던 신경 교외의 관성자(寬城子)에서 천황의 패전 조칙(詔勅) 방송을 듣는다.

그 후 1947년에 사세보(佐世保)를 거쳐 도쿄에 귀환하기까지, 이른바 기타무라의 '히키아게(引揚げ : 귀환)'에 관한 기록은 거의 없다. 패전 직후 만주국 각지에서 신경으로 모여들던 사람들에 관한 이야기가 한 페이지 정도, 본격적으로 귀환이 시작되는 1946년 여름을 전후로 하여 일본인들이 소유하고 있던 문화재를 처리하는 과정을 정리한 내용이 3페이지 가량 그의 장편 회고록 『북변모정』에 삽입되어 있다. 그렇지만 이 내용들은 기타무라 자신의 귀환담이라기 보다는 주변 일본인들 개인의 캐릭터를 설명하기 위한 것이었다. 기타무라가 자신의 패전에서 귀환하기까지 과정 중의 일을 글로 남긴 것은 귀환 이후 처음으로 잡지에 기고한 글인 『동북 작가를 생각하며』(1948.8)가 유일하다. 내용은 창춘(長春=新京)을 떠나기 전 날 자신을 찾아와 환송회를 열어준 '만계' 작가들에 대한 추억담이다. 그러나 이 역시 본격적으로 귀환을 시작하기 전, 즉 아직 '만주'의 생활공간에 남아 있을 때의 이야기에 해당된다.

3. 귀환을 둘러싼 체험담의 계보

패전 당시 외지 재주 일본인은 총 약 660만 명으로 추정되고 있다. 이 중 군인이나 군속을 제외한 민간인은 약 330만 명으로 당시 일본 내지 인구가 약 7,000만 명이었던 점을 고려하면, 상당한 수의 일본인이 패전과 함께 패전국민이 되어 외지에서의 생활을 청산하고 일본으로 귀환해야 했다는 것을 알 수 있다.[9] 지역별로는 만주가 약 110만 명, 조선이

약 75만 명, 타이완이 약 40만 명, 사할린 약 40만 명, 중국 본토가 약 40만 명 그리고 홍콩・베트남・인도네시아・필리핀 등 동남아시아 지역이 10만 명, 남양군도가 3만 명 정도였다.[10] 패전 직후부터 1949년까지 이들 중 620만 명 이상이 일본으로 귀환하였다.[11]

외지에 체류하던 일본인들 대부분의 귀환은 패전 직후인 1945년 8월부터 약 1년에 걸쳐 진행되지만 만주와 북한, 사할린 등 소련군이 점령한 지역은 강제이송과 시베리아 억류 등으로 순조롭지 않아 타지역에 비해 긴 기간이 소요되었다. 그리고 이 체험들은 후에 귀환체험담으로 반복적으로 기술되며 기억된다.

최준호는 나리타 류이치[12]의 논의를 밟아 이러한 '귀환체험기(引揚体験記)'를 집필 시기별로 구별하고 있다.[13] 패전직후인 1950년대를 여명기로, 1960년대를 휴지기로, 1970년대를 재연(再燃)기로, 그리고 그 이후의 1980년대는 1970년대의 흐름을 잇는 시기로 파악한다. 1950년을 전후로 한 시기는 아직 생생할 수밖에 없는 체험의 기억이 크게 작용한다. 모리 후미코(森文子)의 『탈출기(脫出記)』(1948)나 아카오 아키코(赤尾彰子)의 『돌로 쫓겨나듯이(石をもて追わるる如く)』(1949), 후지와라 데이(藤原てい)의 『흐르는 별은 살아 있다(流れる星は生きている)』(1949) 등과 같이 주로 고난의 귀환 과정을 경험한 여성들의 수기가 주를 이루었다. 1960년대까지 산발적으로 이어지던 귀환담은 일본사회가 '이제 전후가 아니'라고 선언하며 고도경제성장기로 돌입하면서 휴지기로 들어간다. 그러나 1970년대에 들어서며 귀환담은 다시 활발히 발

---

9) 崔俊鎬, 「日本人植民者の「引揚体験記」−「反復」と「継續」の流れ」, 『日語日文學』 제54집, 2012.5, p.356.

10) 若槻泰雄, 「表一　海外在住者數」, 『戰後引揚げの記錄』, 時事通信社, 1991, pp.16-17 참조.

11) 引揚者援護廳長官官房總務課記錄係編集, 「引揚援護の記錄」, 引用引揚援護廳, 1950, pp.1-2.

12) 成田龍一, 「「引揚げ」に關する序章」, 『思想』 第11号, 2003.

13) 崔俊鎬,, 앞의 논문, pp.359-360 참조.

간되기 시작했다. 이에 대해 혼다 야스하루(本田靖春)는 식민 1세대가 과거를 돌아보는 노년기에 접어들었다는 점과 유년기에 패전과 귀환을 체험한 식민 2세대가 성장하여 자신들의 개인사를 기술할 수 있는 연령이 되었다는 점을 주요한 이유로 들고 있다.[14] 더불어 1972년 중일국교정상화 이후 중국잔류 일본인 문제가 불거지고 1974년 8월 15일 『아사히신문』에 혈육을 찾는 특집기사가 실리면서 이 문제가 본격적으로 매스컴에 등장한다. 이어서 후생성의 공개조사와 국비 보조를 통한 중국잔류 일본인들의 일본방문 등이 1980년대에 어루어지고 이 과정에서 다수의 일본인들이 잊어가고 있던 귀환의 기억을 되살리는 계기가 되기도 하였다.

패전과 귀환의 서사는 체험자들을 통해 생산되고, 이후 소설, 영화, 만화, 드라마 등 다양한 장르로 재생산－해석되면서 일본의 전쟁과 패전, 전후의 기억을 구축하고 있다. 이러한 귀환담/문학은 '피해자로서의 입장만을 강조'한 '자기중심적인 내셔널리즘'[15]으로 이해되기도 하고, '서사의 회피와 자기기만'을 통한 '기억의 은폐'[16]로 해석되기도 하며, '제국주의시대와 그 종언에 대한 트라우마'[17]로 분석되기도 한다. 또한 한편으로는 '반전평화주의'의 일환으로 대중적 층위에서 자발적으로 '귀환체험기'를 발행하게 되는 자극으로 작용했음을 지적하는 연구도 있다.[18]

본 논문의 연구 대상인 기타무라 겐지로 역시 '만주국'에서 패전을 맞

14) 本田靖春, 「日本の"カミュ"たち－「引揚げ体験」から作家たちは生まれた」, 『諸君』 第11巻 第7号, 1979.

15) 崔俊鎬,, 위의 논문.

16) 黃益九, 「「引揚げ」言說と<記憶>の版図－岩森延男「わかれ道」が發信する美談と「故鄉」」, 『日語日文學』 제61집, 2014.2.

17) 朴裕河, 「引揚げ文學論序說－戰後文學のわすれもの」, 『日本學報』 第81号, 2009.11.

18) 박이진(2013.12), 「귀환체험담의 '비극' 재현 담론 속 '반전평화주의'－1970년대 전환기의 귀함체험담 담론비평」, 『일본사상』 제25호, 2009.11.

고, 그 자신이 고난의 귀환 체험을 한 당사자이다. 그뿐 아니라 기타무라가 전후에 자신의 '만주체험'을 기술하기 시작하는 시점 역시 일련의 귀환담 출판과 그 흐름을 같이 하고 있다. 그러나 앞서 언급한 바와 같이 기타무라는 자신의 귀환체험을 본격적으로 쓰지 않았다. 단지 '만주체험'의 일부로 패전 직후 만주의 정황을 일부 언급하고 있을 뿐이다. 누구 못지않은 귀환의 기억을 갖고 있는 기타무라이지만 그의 전후 텍스트는 '귀환'이 아닌 '외지'로서의 '만주국'에 대한 체험에 집중되어 있다는 점은 특기할 만하다.

4. 기타무라 겐지로의 전후 문필활동

전후 기타무라 겐지로의 문필활동은 크게 4가지로 나뉜다. 단카 가인으로의 활동과 어린이를 대상으로 하는 고전작품의 재화(再話) 집필, 수필이나 잡지 기사의 집필, 그리고 소설 창작이 그것이다([표 1]참조). 그 외에는 만주국 시대의 단편작품이 앤설러지에 재수록되기도 했다.

[표 1] 기타무라 겐지로 전후 텍스트

제목		잡지/시리즈	출판사	출판년	기타
1	동북 작가를 생각하며 東北の作家を懐ふ	日本未來派 (9)	日本未來派社	1948.3	수필
2	도쿠다 슈세이의 집 －문단유적순례1 德田秋聲の家－文壇遺跡巡礼－1	文芸往來 3(8)	文芸往來社	1949.9	頁欠

제목		잡지/시리즈	출판사	출판년	기타
3	돈키호테 ドン・キホーテ	世界名作文庫	偕成社	1951	再話
4	아라비안 나이트 アラビアンナイト	世界名作文庫	偕成社	1951	再話
5	다케토리 이야기 · 오치쓰보 이야기 竹取物語・落窪物語 : 日本古典	世界名作文庫	偕成社	1952	再話
6	요시쓰네기 義経記 : 日本古典	世界名作文庫	偕成社	1952	再話
7	헤이케 이야기 平家物語 : 日本古典	世界名作文庫	偕成社	1952	再話
8	다이코기 太閤記	世界名作文庫	偕成社	1955	再話
9	미토 고몬 만유기 黃門漫遊記	實錄時代小說	偕成社	1955	再話
10	호겐 헤이지 이야기 保元平治物語	世界名作文庫	偕成社	1955	再話
11	핫켄덴 이야기 八犬伝ものがたり	兒童名作全集	偕成社	1955	再話
12	걸작 그림이야기 「사색 물고기」 名作繪物語「四色の魚」	中學時代二年生 1(1)	旺文社	1956.11	未見
13	도카이도 여행기 日本古典物語 東海道中膝栗毛	中學時代三年生 8(9)	旺文社	1956.11	未見
14	걸작 그림이야기 「사색 물고기」(2) 名作繪物語 「四色の魚」(二)	中學時代二年生 1(2)	旺文社	1956.12	未見
15	북변모정기 北辺慕情記		大學書房	1960	수필
16	다자이의 싸움 太宰君の喧嘩	あまカラ (117)	甘辛社	1961.5	수필
17	시마키 아카히코- 유적을 찾아 島木赤彦－遺跡をたずねて	短歌 8(8)	角川	1961.8	수필

	제목	잡지/시리즈	출판사	출판년	기타
18	사이토 모키치-유적을 찾아 齋藤茂吉-遺跡をたずねて	短歌 9(6)	角川	1962.6	수필
19	소 키우는 사치오 牛飼い左千夫	あまカラ (131)	甘辛社	1962.7	수필
20	여울의 난파선 灘の難破船	小說新潮 18(5)	新潮社	1964.5	수필
21	악천후 주먹밥 荒天のおにぎり	あまカラ (162)	甘辛社	1965.2	수필
22	아라라기 이야기 あららぎ物語-詩歌に生きた人びと		冬樹社	1966	장편 소설
23	늦은 벚꽃 遲櫻	政界往來 32(8)	政界往 來社	1966.8	단편 소설
24	지진과 문인-9월1일 관동대지진 地震と文人-九月一日の關東大震災	東京タイムズ		1967.8.22	未見
25	가와바타씨와 이즈 川端さんと伊豆	溫泉 37(9)(415)	日本溫 泉協會	1969.9	수필
26	만주사변 발발 40주년 비화-오스기 암살자 아마카스 대위의 비밀 滿州事変勃發四十年目の秘話- 大杉殺し甘粕大尉の秘密	新評 17(12)	新評社	1970.10	기사
27	나가사키의 모키치 長崎の茂吉-あららぎ物語		皆美社	1972	장편 소설
28	일본인과 중국인 사이 日本人と中國人の仲	歷史硏究 (143)	新人物 往來	1972.12	기사
29	가와바타씨의 거처, 편지 등 川端さんの定宿，手紙など	文芸 12(4)	河出書 房	1973.4	수필
30	남해의 들국화 南海の野菊	ちくま (106)	筑摩書 房	1978.2	수필
31	낭만의 시절 浪曼の頃	索通信 15		2013.5～ (1960 ~70년대)	장편 소설 未見

(1) 단카(短歌)

가인 기타무라 겐지로는 단카 동인지 『아라라기(アララギ)』(1908~1997)에서 동인으로 활동했을 것으로 추측되나 필명과 그의 단카작품은 아직 확인되지 않았다. 특히 귀환 이후부터 문필활동을 본격적으로 재개한 1960년까지는 주로 단카 창작이 기타무라의 문학활동의 전부였을 것으로 파악되는데, 이는 동료 문학자들이 남긴 글이나, 기타무라의 수필, 소설의 내용을 통해 확인할 수 있다.

소설가이자 일본에 루쉰(魯迅)을 번역 소개한 오다 다케오(小田嶽夫)는 기타무라 겐지로의 『북변모정기』 추천사에 다음과 같이 남긴다.

> 전후의 소연한 도쿄는 누구에게든 그랬지만, 그에게는 특히 더 익숙해지기 힘들었으리라. 그뿐 아니라 문예저널리즘의 쫓기듯이 빠르게 변하는 모습에, 본격적으로 문학에 뛰어들려는 열정도 쉬이 생기지 않았을 것이다.
>
> 생계를 위한 일을 하고 남는 여가시간에 그는 오로지 정원을 열심히 가꾸거나, 서른 한 자속에 감회를 담아내거나 했던 듯이 보였는데, 그 와중에 어느새 이렇게 「북변모정기」를 쓰고 있었다.[19](이하, 번역과 밑줄은 인용자에 의함)

밑줄 친 부분의 '서른 한 자'는 5・7・5・7・7의 형식을 갖는 단카를 일컫는다. 일본 패전과 만주국 붕괴 이후, 고단한 귀환길을 거쳐 도쿄에 돌아온 기타무라가 '본격적으로 문학에 뛰어들려는 열정'이 쉬이 일어나지 않았을 것이라는 것과 하루하루의 생계를 위해 필사적이었을 당시에 기타무라가 유일하게 지속했던 문학활동은 단카 창작이었다는 동료 문

---

19) 小田嶽夫, 「偶言」, 『北辺慕情記』, 大學書房, 1960, p.6.

학자 오다의 증언이다. 사실 기타무라의 단카와 하이쿠(俳句), 하이카이(俳諧)에 대한 관심과 조예는 전후에 한정된 것은 아니다. 만주국 시기에 발표한 단편소설 「생의 마지막 거처(つひの栖)」는 에도(江戸)를 대표하는 하이카이 가인인 고바야시 잇사(小林一茶)의 하이쿠 "是がまあつひの栖か雪五尺(이것이 바로 마지막 거처인가 오 척 쌓인 눈)"에서 따온 제목임을 하이쿠에 지식이 있는 사람이라면 쉽게 알 수 있다.

기타무라가 읊은 단카를 아직 확인할 수는 없지만, 그가 단카, 그중에서도 근대단카에 적지 않은 관심이 있었다는 사실은 그의 전후 수필이나 소설에서도 찾아볼 수 있다. 1960년에 장편수필 『북변모정기』로 문학활동을 재개한 이후에 발표한 2편의 장편소설은 모두 일본의 근대단카를 개척한 대표적인 단카 동인지 『아라라기』의 동인들에 관한 이야기이다. 1966년에 발표한 『아라라기 이야기—시가에 살아간 사람들(あららぎ物語—詩歌に生きた人びと, 이하 '아라라기 이야기'로 표기)』은 『아라라기』 창간을 전후로 하여 가인들의 생활과 관계를 재구성한 소설이고, 1972년에 발표한 『나가사키의 모키치—아라라기 이야기(長崎の茂吉—あららぎ物語, 이하 '나가사키의 모키치'로 표기)』는 『아라라기』의 대표적 가인인 사이토 모키치(齋藤茂吉)를 중심으로 하여 전편 『아라라기 이야기』의 후속작적 성격이 강하다.[20] 두 장편소설에 관해서는 뒤에 다시 살펴보도록 하고, 여기서는 기타무라가 단카 자체만이 아니라 일본의 근대단카 문단에 적지 않은 관심과 지식이 있었음을 지적해 두는 것으로 한다. 특히 사이토 모키치에게는 각별한 애정이 있었는데 『아라라기 이야기』 작가후기에 "사이토 모키치의 자취

---

20) 작가 자신은 『나가사키의 모키치』가 『아라라기 이야기』의 후속편이나 제2편이 아님을 언급하고 있으나 '전편에서 아라라기 형성을 이야기했다면, 본편(『나가사키의 모키치』: 인용자 주)에서는 집단의 동요와 이동의 조짐을 기술했다고 할 수 있다'(「覺え書」, 『長崎の茂吉—あららぎ物語』, p.253)고 하면서 두 소설의 관계를 설명하고 있다.

를 소설로 남기고자 생각한 것은 이미 오래 전이었다. 내 고향은 야마가타현 요네자와(山形縣米澤)로 모키치의 생가가 있는 가미노야마(上の山)는 요네자와에서 불과 서너 역 떨어진 곳이었다. 모키치를 그리고자 한 마음속에는 동향 문인에 대한 일종의 향수와 같은 감정이 있었다"[21]고 사이토 모키치에 대한 각별함을 설명한다. 뿐만 아니라 모키치에 대한 관심이 점차 그 주변의 가인들에 미치게 되었고, 그 결과 두 편의 장편소설을 쓰기에 이르렀다는 집필동기를 밝히고 있다. 장편 집필에 앞서 기타무라는 사이토 모키치와 함께 아라라기파의 양대 산맥이었던 시마키 아카히코(島木赤彦)의 생가, 나가노현 스와군(長野縣諏訪郡)을 사전 답사하고, 이어서 사이토 모키치의 생가를 답사한 후, 1961년과 1962년에 각각의 기행답사문을 『단카(短歌)』 잡지에 기고했다.

귀환 직후 '만주국'의 중국인 작가들을 회고하는 짧은 글과 소설가 도쿠다 슈세이(德田秋聲)에 관한 글을 쓴 후 10년 동안 이렇다 할 문학 활동이 없었던 기타무라가 1960년에 야심차게 문단에 들고 돌아온 것은 '본업'인 소설이 아니라 만주의 경험을 회고하여 정리한 장편수필이었다. 그러나 그 이후는 말 그대로 '발로 뛰면서' 시간과 노력을 들여 아라라기파 동인들의 자취를 좇았고, 5~6년의 취재와 정보수집을 거쳐 그들의 이야기를 펴냈다. 마치 근대단카와 그것을 확립시켜간 사람들을 그려내기 위해 문학활동을 재기한 것처럼 말이다.

21) 北村謙次郎, 「あとがき」, 『あららぎ物語－詩歌に生きた人びと』, 冬樹社, 1966, p.285.

(2) 재화(再話)

기타무라는 귀환 이후 10여 년 동안 문학 활동을 하지 않았다. 그러나 글을 전혀 쓰지 않은 것은 아니다. 표로 정리한 그의 전후 문필활동을 보면 그 기간 동안 기타무라는 어린이를 대상으로 하는 '고전작품'을 정리하여 다시 쓰는 재화(再話)를 9편 남긴 것을 알 수 있다. 가이세이사(偕成社)에서 펴낸 세계명작문고 시리즈 전 100권 중 '돈키호테', '아라비안 나이트'와 일본의 고전 '헤이케 이야기', '요시쓰네기' 등이 기타무라가 재화한 작품이다. 원본의 분량과는 상관없이 250페이지의 양에 맞추어 쓰였고, 본문에 들어가기에 앞서 1~3페이지에 걸친 간단한 작가, 작품 설명과 삽화(挿畵)가 들어가 있다.

[그림 1] 가이세이샤(偕成社) 소년소녀 세계명작 시리즈 16권
『다이코기(太閤記)』(초판 1955년)

기타무라는 1951년부터 1955년에 걸쳐 이와 같은 재화 작업을 하였고, 이어서 1956년에는 중학생을 대상으로 하는 학습잡지에 아라비안 나이트의 삽화(挿話)나 일본 고전작품을 소개하기도 했다.

이러한 재화작업은 기타무라에게 있어서는 문학활동이었다기 보다는 귀환 이후 궁핍한 가계를 꾸리기 위한 생계 수단이었던 것으로 보인다.

1966년에 발표한 전후 유일한 그의 단편소설 「늦은 벚꽃(遲櫻)」에는 다케지(竹二)라는 화가가 주인공으로 등장한다.

> 12월에 들어서 얼마 지나지 않아, 들어본 적도 없는 어떤 출판사로부터 역시나 들어본 적도 없는 명의로 편지가 왔다.
> 아무 생각 없이 봉투를 뜯어서 읽었다. 다케지의 얼굴에 의아한 표정이 떠올랐다. 지금까지 경험한 적 없는 일이었다. 편지는 소년소녀를 대상으로 한 이야기책에 삽화를 의뢰한다는 내용이었다. 본업인 유화 외에도 외지 생활 중에는 신문소설의 삽화나 잡지 장정그림을 그려 본 경험이 있다. 아이들용 책의 삽화라니, 조금 상상이 가지 않았다. 아니, 그보다도 그쪽의 경험도 없는 다케지의 무엇을 보고 갑자기 이런 주문이 들어왔는지 알 수 없었다.(…중략…)
> 편집자에게서 온 답장을 손에 든 채로, 다케지는 목소리 높여 아내 리에(利惠)에게 말했다.
> "여보, 우리 살았소."
> 그러나 아내는 무정한 빚쟁이 할머니를 대할 때와 마찬가지로 냉정하고 무감동했다. 남편이 큰돈을 버는 덕에 풍요로운 정월을 맞을 것이라고는 상상도 못 하고 있을지도 모른다.[22]

주인공 다케지는 전쟁이 끝나고 20년이 지난 현재, 예순을 맞는 화가로, '외지'에서 귀환한 이후 궁핍한 생활 속에서 어느날 갑자기 출판사로부터 일거리가 찾아왔던 지난날을 회상하고 있다. 다케지의 직업과 기타무라 겐지로의 직업은 다르지만, 소설 곳곳에는 기타무라가 경험했던 체험들이 시간관계 상의 정합성을 갖춘 채 그려지고 있다. 「늦은 벚꽃」이 작가의 경험을 바탕으로, 또 그 자신을 모델로 하여 쓴 소설임은 말할 것도 없다. '들어본 적도 없는 어떤 출판사로부터' 온 편지는 '발등에 불

---

22) 北村謙次郎, 「遲櫻」, 『政界往來』 第32巻 第8号, 1966.8, p.162.

이 떨어진 살림'에서 벗어나 '풍요로운 정월'을 맞이할 '큰돈'을 벌게 해 줄 것이라는 희망으로 소설은 끝난다. 다케지에게, 그리고 기타무라에게 출판사가 의뢰해 온 일감은 그만큼 절실했던 생계 수단이었던 것이다.

(3) 수필, 기사

1948년 일본으로 귀환하여 도쿄에서 생활이 안정되기까지 기타무라는 귀환 직후 잡지에 투고한 2편의 수필 이외에는 문단활동이 없었다. 오로지 생계를 위한 매문위활(賣文爲活)뿐이었다. 10여 년의 휴지기를 지나 그가 다시 문학계에 돌아오면서 내놓은 것은 전전(戰前)의 낭만파도 아니요, 취미로 즐기던 단카도 아니었다. 바로 '만주국'에서 '활약'하던 일본 문학자들의 이야기였다. 소설이 아닌 수필 내지는 수기의 형태로 자신의 체험과 자료를 정리하여 기록하고 『북변모정기(北辺慕情記)』라는 감상적인 제목을 붙여 발표하였다. 만주의 문화단체, 신문, 잡지, 작가・화가 등 문화인들, 문화 관련 정부기관과 관계자, 일본인이 모여살던 지역, '만계' 문학자들과 잡지, 백계러시아인들, 신경(新京)의 풍경 등 기타무라가 직접 경험했거나 보고 들어서 알고 있는 만주를 총망라하여 총 57장 구성으로 펴냈다. 기타무라 자신이 만주에 건너간 1937년 이전부터 생긴 단체나 잡지 등에 대해서도 간략하게 자료를 정리하여 필요하다고 생각되는 내용들을 채웠고, 본인이 겪은 일들은 작은 에피소드를 통해 생생하게 묘사하고 있다.

장편수필 『북변모정기』 외에는 일본 패전 직후에 만주에 잔류하며 '만계' 작가들과 나눈 마지막 친교를 회고한 글(「東北の作家を懐ふ」1948.3)과 만주 도항선에서의 에피소드를 쓴 수필(「荒天のおにぎり」1965.2), 만주 생활을 통해 알게 됐을 아마카스(甘粕正彦)에 대한 비록(秘錄) 기사(「滿州事変勃發四十年目の秘話－大杉殺し甘粕大尉の秘密」1970.10), 그리고 관동주 다롄의 체신관리국(遞信管理局)에서 일한 아버지의 이야기를 소재로 등장시킨 '특별연구' 기사(「日本人と中國人の仲－親日の于冲漢と善隣の宮島大八」1972.12)가 기타무라의 만주체험이 반영된 글이다. 다시 말하면 전후에 기타무라가 본격적으로 자신의 만주체험을 소재로 남긴 글은 『북변모정기』뿐이었다는 이야기가 된다. 책을 펴면 세 편의 추천사와 저자의 서문에 이어, 무려 7페이지에 이르는 세세한 목차가 보인다.

> 제1장 문화회(文話會)－신경・다롄의 문화회원－가을 정례회－만영(滿映) 창립 즈음
> 제2장 신경의 거처－「대신경일보」－이마이 이치로(今井一郎)－신문소설
> 제3장 난징(南京)의 후앙사(黃灑)－오카다 마스요시(岡田益吉)－「만주일일신문」현상소설－기타오 요조(北尾陽三)－당시의 원고료
> 제4장 사카에 빌딩 생활－닛케백화점 아가씨들－분쇼토(文祥堂)와 기사키 류(木崎龍)

목차의 일부만 보더라도 『북변모정기』가 '모정'이라는 감상적인 제목과는 달리 감상에 젖은 에피소드보다는 자료 정리적인 성격이 강한 글들이 주를 이룬다는 것을 알 수 있다. 단체의 멤버 이름이 나열되기도 하고, 잡지명이나 잡지에 실린 작품명이 나열되기도 한다. 인물에 관한 글에서는 전반적인 활동이나 당시의 평가와 더불어 그 대상과 있었던 에피소드로 그 사람에 대한 인상을 표현하고 있다. 만주국의 문화 전반에 대한 연구인지, 회고록인지, 수필인지 구분이 가지 않는 글로 기타무라는 건조하리만치 담담하게 기억 속의 '만주'를 기록하고 있다. 그럼에도 불구하고 '북변모정기'라는 제목을 붙인 데에 대한 이유는 저자의 서문에서 엿볼 수 있다.

> 나날이 생각하는 것은 과거 8년간 이 나라가 걸어온 발걸음이고, 그 보다 더 거슬러 올라가 선배 지우(知友)들이 경영한 흔적이었다. 쓰라린 기억 속에서도 달콤한 모정(慕情)이 아른거리는 찰나를 나는 더 할 나위 없이 사랑했다.[23]

6페이지가 채 되지 않는 서문에는 신경에서 패전을 맞는 1945년 8월을 전후로 한 체험들이 서술되어 있다. 특별히 자신의 감정을 드러내기보다는 주변 사람들을 바라보는 시선과 그들과의 대화에서 담담하게 지난날의 힘든 기억을 끄집어내고, 이 모든 기억과 일본제국의 '과오'인 '만주국', '과거 8년간'의 '쓰라린 기억'을 포함하여 '북변(北邊)'을, '만주'를 그리워하는 마음을 조심스럽게 드러낸다.

> 그리고 다시 15년의 시간이 지났다. 그 엄청난 폭풍의 날들에 그러한 모습으로 내가 아는 많은 지우(知友)가 삭북(朔北)의 풍토와 인생에 깊숙하게 익숙해져갔다는 사실을, 나는 영원히 잊을 수 없을 것이다.[24]

이렇게 서문을 끝마치면서 15년이라는 세월과 자신이 노년에 접어들고 있다는 자각이 10년의 침묵을 깨고 만주를 다시 소환하게 되었다는 것을 밝히고 있다. 기타무라에게 있어서 만주는 쓰라린 제국의 기억으로서 반드시 기록해 두어야 할 과제임과 동시에 '왕년에 잘 나가던' 청춘이기도 했던 것이다.

『북변모정기』와 만주체험을 바탕으로 한 수필과 기사 이외의 다른 글들은 앞에서도 언급한 대로 기타무라가 관심을 갖고 있던 단카 가인들에

---

23) 北村謙次郎, 「序に代えて」, 『北辺慕情記』, 大學書房, 1960, p.15.
24) 위와 같음.

관한 글들과 기타무라와 친분이 있었던 다자이 오사무, 가와바타 야스나리 등과 같은 문단인에 대한 회상이 대부분이다. 이러한 글들을 『북변모정기』와 마찬가지로 감상적인 내용 보다는 담담하게 에피소드를 말하거나 정보적인 내용을 기술하고 있어, '낭만파'적 텍스트이기 보다는 저널리즘에 가까운 성격으로 분류할 수 있을 것이다.

(4) 창작

전후 기타무라 겐지로는 2편의 장편소설과 1편의 단편소설을 발표하였고, 또 다른 한 편의 장편소설은 집필 후 미발표로 남겼다. 그중 2편의 장편 『아라라기 이야기－시가에 살아간 사람들』(1966)과 『나가사키의 모키치－아라라기 이야기』(1972)는 앞서 언급한 바와 같이 일본 근대단카를 확립한 아라라기파(アララギ派) 동인들의 이야기를 사실과 픽션을 섞어 소설로 엮은 것이다. 소설 집필에 앞서서는 몇 번의 취재여행을 통해 조사한 내용들을 잡지 『단가(短歌)』에 발표하기도 했다. 기타무라가 이전부터 단카나 하이쿠에 조예가 깊었던 점과 아라라기파의 대표 가인인 사이토 모키치(齋藤茂吉)와 고향이 같아 친밀감을 느꼈다는 점 등, 두 편의 '아라라기 소설'을 집필하게 된 동기는 이미 앞서 지적하였다. 전편인 『아라라기 이야기』는 지카시(千樫)[25]를 주인공으로 그의 스승격인 사치오(左千夫)[26]와 동료 가인 아카히코(赤彦),[27] 모키치[28]가 어려운 환경 속에서도 동인지 『아라라기』를 만들

25) 본명 고이즈미 이쿠타로(古泉幾太郎, 1886.9.26-1927.8.11). 병약하고 가난한 중에도 창작활동을 계속했던 가인으로 알려졌다.

26) 본명 이토 고지로(伊藤幸次郎, 1864.9.18-1913.7.30). 마사오카 시키(正岡子規)에게 사사받은 가인이자 소설가.

27) 시마키 아카히코(島木赤彦, 1876.12.16-1926.3.27). 본명 구보타 도시히코(久保田俊彦).

어가고 가인으로서의 길을 가는 내용이다. 이어서 6년 후에 발표된 『나가사키의 모키치』는 사이토 모키치를 주인공으로 하여 전편 『아라라기 이야기』의 인물들이 다시 등장하는 후속작적인 성격을 띈다.

흥미로운 것은 『아라라기 이야기』 표지 띠지에 있는 추천사이다. "메이지 백년의 전통 시미(詩美)에 보내는 찬가", "새로운 시가에 인생을 건 사치오, 지카시, 아카히코, 모키치, 보쿠스이(牧水)의 청춘"이라는 굵은 선전문구와 함께, 전면은 타이완에서 태어나 저널리스트를 거쳐 문예평론가로 활동하고 있던 오자키 호쓰키(尾崎秀樹)의 추천사가, 후면에는 일본을 대표하는 신감각파 작가이자 2년 후에 노벨문학상을 받게 되는 가와바타 야스나리(川端康成)의 추천사가 실려 있다.

> 「아라라기」를 사랑하고 「아라라기」와 함께 살았던 사치오, 지카시, 아카히코, 모키치를 비롯하여 문단, 가단에 새로운 바람을 일으킨 수많은 작가들을 소설화. 이것은 메이지・다이쇼를 흐르는 일본 서정을 향한 한 결같은 찬미이다.
>
> —오자키 호쓰키

> 저자는 일찍이 「춘련(春聯)」을 쓰고 만주 낭만개화에 일생의 꿈을 바쳤다. 1945년 종전과 함께 펜을 놓고 글쓰지 않는 작가가 되었지만, 그것이 결코 문예의 상실을 의미하지는 않았다. 20년의 침묵은 심해의 중압을 작가에게 가하는 것이리라.
>
> 중압을 등에 지고 기타무라씨가 낳은 이 신작은, 어딘가 숨죽인 문체와 전통미가 연결된 특이한 기법으로 보인다.
>
> —가와바타 야스나리

---

28) 사이토 모키치(齋藤茂吉, 1882.5.14-1953.2.25). 가인이자 정신과의사였고, 지카시와 함께 사치오의 문하에 들어가 아라라기파의 중심적인 가인이 되었다.

사실 오자키 호쓰키도 가와바타 야스나리도 단카나 가단(歌壇)과는 그다지 관계가 있는 인물들은 아니다. 심지어 오자키는 당시 『근대문학의 상흔』(1863)에 이어 「'만주국'의 문학상(文學相)들」(1971)을 준비하고 있던 연구자이다. 덕분에 추천사는 기교적인 수사보다는 평이한 사실을 나열하는 정도에 그쳤다. 오자키와 기타무라의 관계는 어떤 지면상에도 언급되어 있지는 않지만, 오자키가 '만주국'의 문학을 조사하고 정리하면서 기타무라, 야마다 세이자부로, 아오키 미노루(青木實) 등 만주 귀환 작가들과 다수 접촉하면서 친분을 쌓았을 것으로 예상할 수 있다.

그에 비해 가와바타 야스나리와의 친교는 보다 더 오래됐다. 1941년 4월에 가와바타 야스나리는 신경(新京)을 방문하였고, 만주문화회(滿洲文話會)와 정부 홍보처의 공동주최로 환영회가 열렸었다. 그 이후 가와바타는 『만주각국민족 창작작품집(滿洲各國民族創作作品集)』을 2권 펴내면서, 기타무라의 작품도 일본'내지'에 소개한다. 가와바타와 기타무라의 친교는 이즈음부터 시작됐던 것으로 보이고, 기타무라의 문학적인 역량도 어느 정도는 인정을 하고 있었음을 알 수 있다. 그러한 이유로 『아라라기 이야기』의 짧은 추천사에도 기타무라의 만주에서의 행적과 공백기의 고뇌, 그리고 문학에 대한 평가를 모두 응축시켜 표현할 수 있었던 것이다.

이 추천사들의 흥미로운 점은 내용이 아니다. 바로 단카와는 상관없는, '만주'로 맺어진 인연들이 관계하고 있다는 사실이다. 반복적으로 말하지만, 기타무라는 전후 문학활동을 재기하면서 내놓은 장편회고 수필 『북변모정기』 외에는 적극적으로 '만주'를 내세우지 않았다. 오히려 '만주'와는 단절된, '만주' 이전의 고향과 연결고리를 갖는 단카에 집착을 했다. 그렇지만 '단카에 대한 집착'은 극히 개인적인 것으로 끝나고 말았다. 그의 두 장편소설에 주목하는 사람은 없었던 것으로 보인다. 심지어

가와바타는 단카 이야기를 눈앞에 두고, '만주 낭만개화'를 환기시킨다. 기타무라가 단절시킨 만주는 결코 기타무라에게서 떨어져 나가지 않았다.

5. '만주'라는 굴레

『아라라기 이야기』(1966)와 『나가사키의 모치키』(1972) 사이에 기타무라는 전후 유일한 단편소설인 「늦은 벚꽃(遲櫻)」[29](1966.8)을 발표한다. 1941년에 『춘련』을 쓰기 전까지 소설은 단편만 써왔던 기타무라다. 『춘련』은 '대륙적인 문학'이라는 기치 아래 장편소설을 집필하는 것이 유행이자 의무와 같았던 시절에 집필되었다. 전쟁이 끝나고 일본에 귀환한 후에 발표한 장편소설 두 편은 완전한 창작이라기보다는 사실을 극화한 일종의 전기에 가깝다고 볼 수 있다. 이상 3편의 장편소설을 쓰기는 하였지만 작가 기타무라의 '주특기'는 어디까지나 단편소설이었다.

「늦은 벚꽃」은 패전 이후 20년이 흐른, 바로 이 소설의 집필시점을 현재로 시작한다.

> 전쟁이 끝나고 어느새 20년이 흘렀다. 올여름에는 벌써 21년을 맞는 셈이다. 망막하게 꿈에서 깨지 않은 듯한 20년에서 벌써 새로운 20몇 년을 향해 둔해진 다리를 질질 끌고 간다는 것은 남에게 말 못 할 감회가 함께한다.(p.152)

---

29) 北村謙次郎, 「遲櫻」, 『政治往來』 第32卷 第8号, 1966.8.
이하, 인용문은 본 텍스트에서 발췌하였으며 인용문 말미에 페이지 수만 표기한다.

만주에서 히키아게(引揚げ, 귀환)한 서양화가 고무로 다케지(小室竹二)는 패전 후 20년이 지나 이제 예순에 접어들었다. 20년의 시간 동안 정신없이 많은 일들이 있었지만 다케지 개인에게는 '후회와 상심과, 빈곤과 불명예와 그리고 마음의 불안만이 남았다.'(p.153) 생계를 위해 '오뎅' 포장마차라도 해 볼까 하다가 이내 포기하고 지금 하고 있는 아동용 책에 삽화를 그리는 일을 계속 해야겠다고 생각하며 과거를 회상한다. 히키아게 직후 생활고에 시달리면서도 본업인 유화에 대해서만은 타협하지 않았던 다케지였다. 그러나 친척집과 히키아게 임시숙소를 거쳐 도쿄 교외 판자집에 정착할 때까지 살림은 나아질 것이 없었다. 세상은 바뀌고 '갖고 싶어하지 않겠습니다 이길 때까지는', '사치는 적(敵)이다'라는 전시표어와는 다르게 모두가 '갖고 싶어'하는 세상이 되었다. 옛 동료들 중에 성공한 이들도 몇몇 생기지만 다케지에게는 낯선 도쿄에서 그림은 팔릴 리가 없다. 하루하루의 생계를 걱정하며, 빚쟁이의 독촉을 받기도 하는 막막한 일상이 계속되던 어느날 우연히 맡겨진 아동용 서적에 삽화를 그리는 일을 맡기로 하면서 소설은 끝난다.

기타무라의 경력을 아는 사람이라면 누구나가 주인공과 작가 기타무라를 겹쳐서 이 소설을 읽게 될 것이다. 주인공의 직업은 다르지만, '외지'체험과 패전 후 겪게 되는 변화하는 세상에 대한 감각과 곤란들, 그리고 생계를 위해 본업을 잠시 접어야 했던 사정까지. 주인공 다케지는 기타무라의 분신인 셈이다.

(1) 가난한 일가

「늦은 벚꽃」의 주인공 다케지가 안고 있는 갈등의 요소는 크게 2가지이다. 하나는 가난, 하나는 나이듦이다.

> 가족의 수난은 이 날 시작된 것은 아니다. 이미 한참 전부터, 전쟁이 끝난 그날 즈음부터 목숨을 건 위험까지도 연속해서 계속 일어났다. 그리고 이날부터 새로운 고난의 가시밭이 한층 더 거칠어진 채 보이기 시작했다.(p.158)

전쟁의 종언과 함께 '외지'에서 일본으로 돌아온 다케지 일가는 패전 이후 많은 이들이 그러했듯 가난에 고통 받았다. 히키아게 직후에는 도쿄의 친척집에 머무르지만 이내 갈등으로 히키아게 숙사로 이사하고, 얼마 후 교외 판자촌으로 이사하게 된 날의 암담하고 힘들었던 기억이 인용에 나타나 있다.

> 이사한지 얼마 안 된 그해, 1949년은 어려운 집안살림으로 숨이 끊길 듯 말듯하면서 연말을 향해갔다. 다케지는 아직 아동서적이나 통속잡지 삽화까지 그릴 마음은 없이 오랜 습관대로 오로지 유화에만 집착했다. 때문에 낯선 도쿄 천지에서 그림이 팔릴 리가 없었다.(p.160)

위 인용에는 다케지의 성격이 드러난다. 아무리 가난하고 살림이 어려워도, 상업적인 그림은 거부하고 '오랜 습관대로 오로지 유화에만 집착'하는 고집스러운 자존심의 소유자이다. '운 좋게 기어 올라갈 사람은 기어 올라가 최신 유행의 양복을 입고 번화가를 어슬렁거리는'(p.160) 옛 동료들과 마주치면 자괴감에 빠지기도 한다. 다케지 일가의 가난은 히키아게를 했기 때문만도 아니고, 그가 화가이기 때문만도 아니다. 도쿄에 인맥이 있다면 자신이 그린 유화를 팔아 돈을 벌 수도 있고, '아동서적이나 통속잡지 삽화'를 그려 생계를 유지할 수도 있는 상황이다. 그럼에도 불구하고 다케지는 가난하다. 다시 말해 다케지의 갈등의 원인은 가난 자체라기보다는 가난하지만 현실에 타협하지 못하는 그의 자존심에 있다고 봐야 할 것이다.

(2) 세월과 나이듦

다케지의 두번째 갈등은 나이듦으로 인한 것이다. 소설은 처음부터 '전쟁이 끝나고 어느새 20년이 흘렀다'고 세월의 흐름으로 시작하고 아이가 어른으로, 어른이 노인으로 되는 섭리를 이야기한다. 그리고 이어서 다케지는 자신의 늙음과 죽음을 생각한다.

> 모키치(茂吉)는 향년 72세에 세상을 떠났다. 다케지가 지금 예순이니 모키치까지 불과 12년의 여생이 남은 셈이다. 다케지의 경우 전쟁이 남긴 손톱자국이 지워지려면 한참인 것 같다. 아니, 오히려 점점 더 깊게 살에 파고들 뿐이다.(p.154)

기타무라 겐지로와 마찬가지로 다케지는 모치키에 대한 친밀감이 컸다. 패전에 대한 기억을 모키치의 단카로 대신하고 있을 정도이다[30]. 문학과 인생의 롤모델과도 같은 모키치가 살았던 72년이라는 시간을, 다케지는 자기 자신에게도 대입해 보고 나이듦과 12년 남은 여생을 실감하고 있다. 그렇지만 다케지에게 있어서 나이듦이 단순히 늙음과 죽음에 대한 두려움만을 의미하는 것은 아니었다.

---

30) 모가미강에 새하얀 물보라가 일어나도록 나부낀 어제 저녁 일이런가 하노라.
最上川逆白波のたつまでにふぶくゆふべとなりにけるかも(齋藤茂吉)

'늦은 벚꽃' 즉 '오소자쿠라(遲櫻)'는 일찍이 고바야시 잇사(小林一茶),[31] 요사 부손(与謝蕪村), 마쓰오 바쇼(松尾芭蕉)의 문하생[32] 등 일본을 대표하는 하이쿠 가인[俳人]들이 즐겨 사용한 하이쿠 계절어[季語]이자 본 소설의 제목이기도 하다. 이 '오소자쿠라'에 대해서는 소설 속 나레이터가 요사 부손의 하이쿠를 들어서 직접 해석하고 있다.

> 가는 봄날에 머뭇머뭇 거리는 때늦은 벚꽃[33](p.154)

산과 들은 하루가 다르게 푸르러가고 봄날은 가고 있다. 그런 봄이 가버리는 것을 아쉬워하기라도 하는 듯이 늦은 벚꽃이 아름답게 피어있다는 내용이다. 이 하이쿠에 나오는 '때늦은 벚꽃(오소자쿠라)'은 바로 봄이 가는 것을 아쉬워하는 마음이다. 그 '봄'이 무엇인지가 해석의 관건이라는 것은 자명하다. 지금까지 서술하고 있는 나이듦과 관련시킨다면 '봄'은 말할 것도 없이 '청춘'이 된다. 그러나 그렇게 단순하게 예상이 가능한 비유라면 굳이 나레이터가 직접 설명을 할까? 독자의 단순한 해석을 나무라기라도 하듯이 바로 뒤이어 추가 설명이 이어진다.

> '봄'은 반드시 청춘을 의미하지는 않는다. 시시각각 모든 것들이 떠나고 쉼없이 변한다는 데에 대한 석별(惜別)의 마음이리라.(pp.154-155)

'봄'은 청춘을 의미하기도 하지만, 그뿐 아니라 '시시각각 모든 것들이 떠나고 쉼없이 변하는 데에 대한 석별의 마음', 다시 말해 봄이 가버리고

---

31) 소란스러운 세상 물리치고서 때늦은 벚꽃(騒がしき世をおし祓つて遲櫻).
32) 다케쿠마의 소나무를 보여주오 때늦은 벚꽃(武隈の松見せ申せ遲櫻：擧白).
33) 行く春や逡巡として遲櫻(与謝蕪村).

변하는 것, 변하는 세상, 변하는 모든 것들에 대한 애틋함이라고 설명한다.

> 늦봄에 피는 때늦은 벚꽃에 깃든 잔광(殘光). 이런 것에 마음이 끌리는 심정은 선천적인 성정(性情)으로 인한 요인이 크지만, 세속에 반발하는 마음의 소산이기도 했음이 분명하다.(p.155)

타고난 감수성이 떠나는 것, 변하는 것을 애틋하게 느끼는 서정성과 함께 '세속에 반발하는 마음'이 '때늦은 벚꽃'에 응축되어 애틋한 슬픔으로 작품 전체를 관통한다. 초로에 접어든 가난한 화가 다케지는 봄이 가고, 청춘이 떠나고, 세상이 변하는 것에 애틋함을 느끼고, 심지어 그에 반발하고 있는 것이다. 그렇다면 다케지가 반발하고 있는 '세속'의 변화는 무엇인가.

(3) 전쟁에서 전후로

> 갖고 싶어하지 않겠습니다 이길 때까지는[34)]

이 문장은 태평양전쟁기에 국민의 불만을 억압하고 전의를 고양시키기 위해 만든 유명한 전시표어이다. "사치는 적이다", "석유 한 방울, 피 한 방울" 등과 함께 그 시대를 풍미했다. 1942년 대정익찬회(大政翼贊會)가 여러 신문사를 통해 모집한 '국민결의 표어'에 선발된 10편의 입선작 중 하나로, 당시 도쿄에 살던 10세 소녀가 만들었다고 알려졌지만 전후에 그 소녀의 아버지가 만들었음이 밝혀졌다.

표어의 의미는 "나라가 신민에게 가난을 강요하더라도 전쟁에서 이길

34) 欲しがりません勝つまでは.

때까지는 떼쓰지 않겠습니다. 소비를 안 하고, 저축하여 물자를 공출하고, 불만을 말하지 않으며 전쟁에 협력하고 복종하겠습니다"라는 뜻이다. 흰 밥 한 가운데 빨간 우메보시(매실장아찌)를 심어놓고 '일장기 도시락'이라고 부르고, "파마넌트를 하지 맙시다"라는 일상을 억압하는 표어들이 넘쳐나던 시대였다.[35] <갖고 싶어하지 않겠습니다 이길 때까지>[36]라는 제목의 전시가요까지 나와서 큰 인기를 끌었던 덕분에 이 표어는 일본국민들의 뇌리에 깊게 남게 되었다.

일본이 전쟁에서 지고 전후가 되자 이러한 전쟁표어들은, 이번에는 근거 없는 승리에 대한 신봉과 공권력에 의한 맹목적인 봉사의 강요를 비판하고 비웃기 위한 재료로 사용되기도 했다. 예를 들어 "사치는 적이다(贅澤は敵だ)"라는 표어에 素자 한글자만 더해서 "사치는 멋지다(贅澤は素的だ)"로 바꾸는 식이었다. 생활에 필요한 생필품까지 전쟁에 동원되어 절대적으로 물자가 부족했던 전시의 일상의 모습은 패전 후 폐허가 된 전후일본에서도 당분간 지속되었다. 전시 체제와 전시 표어는 패전 후에도 유효한 듯 했지만, 이내 암시장이 생기고, 돈만 있으면 뭐든지 살 수 있다는 의식이 생기게 된다. 돈으로 모든 것을 해결할 수 있는 사회에서 사람들의 욕구는 점점 커졌다. 정치·사회의 급변 속에 '운 좋게 기어 올라갈 사람은 기어 올라가'고 있었으나 소설 속 다케지 일가는 여전히 빈곤했고, 참아야 했다.

한편 전쟁에서 전후로의 변화는 단지 경제적인 변화만을 야기하는 것은 아니었다. 전쟁이 끝났어도 여전히 가난한 부모에게 욕을 퍼붓는 열

---

35) 遠山茂樹・今井清一・藤原彰, 『昭和史』, 岩波書店, 1959.

36) 야마카미 다케오(山上武夫) 작사, 우미누마 미노루(海沼實) 작곡, 다마마루 미유키(玉丸美雪)·가요 나오토(加世田直人)·콜롬비아 유리카고회 노래. 콜롬비아레코드, 1942년 발매.

집 고등학생 아들이나 이국의 흑인병사에게 웃음을 파는 '팡팡 걸'들을 보며, '같은 일본인들을 소외시키고' '자기만은 다른 인종인 양 (동족을) 멸시하는' '비굴함과 노이로제와 같은 감각'을 '전후 많은 사람들이 많든 적든 공유하'고 있다고 다케지는 생각한다.

시대는 바뀌었다. 국민들이 일심(一心)이 되어 욕망을 억누르던 전쟁의 시대가 더 이상 아니다. 따라서 결과적으로 가난한 다케지가 애틋한 마음으로 아쉬워하는 '봄'은 그가 '외지'에서 청춘을 불사르던 전쟁기를 가리키게 된다.

> 누구나가 지금의 가난의 그늘에서 어느 정도 풍요로웠던 과거를 추측하는 것은 곤란할 것이다. 좀 더 말하자면 일본의 번영 내지는 문화가 온전히 뿌리가 얕은 것들밖에 없었음을 의미하기도 했다. 시비를 떠나 어찌 되었건 일본도 '영토'의 소유자였다. 다케지도 그리고 앞서 말한 S도 북변(北邊)의 어느 '영토'에서 일하던 국민 중 하나였다.(p.156)

다케지와 기타무라는 일본제국이 전쟁을 수행하던 그 시기에 북변에서 민족협화, 왕도락토의 만주국 건설의 꿈을 이루기 위해 정진하고 있었다. '대륙 일본인의 삶의 규범으로서의 낭만'[37]을 '만주낭만' '대륙낭만'이라고 정의하며 일본인이 '만주풍토'에 흡수되어 타민족과 일체화할 것을 바라고 주장했다. 그러나 그렇게 '찬란했던' '봄'은 전후에는 그다지 아름다운 기억으로 자리매김할 수는 없는 것이 되고 말았다. 꿈꾸었던 '일본의 번영'도 '대륙낭만'의 '문화'도 사상누각과 같은 것이었음을, 그리고 그 책임은 다케지와 S처럼 '외지'에 진출한 일본인들 개개인에게도 있다는 자각. 이러한 '변화'를 인정하는 과정이 다케지와 기타무라 겐

---

37) 北村謙次郎, 「探求と觀照」, p.72.

지로의 '전쟁이 끝나고 어느새 20년'이 지난 세월이었던 것이다.

오다 다케오는 『북변모정기』의 추천사 「우언(偶言)」을 다음과 같이 끝맺고 있다.

> 이 책은 그에게 있어서 쓰지 않을 수 없었던 청춘사(青春史)이기도 할 것이다. 이러한 글을 쓰는 그의 마음 어디인가에는 자신의 문학을 만주국의 운명과 함께 했다는 의식이 숨어 있는 것은 아닐까. 원래 낭만파였던 그이기에 어쩌면 이 역시 당연하다고 생각한다. 그러나 그러한 생각에 그가 설마 정말로 따르리라고는 생각지 않는다. 반대로 바로 지금이 그가 다시 활기차게 재생할 때가 아닐런지, 가슴 가득 기대를 품어본다.[38]

만주국의 붕괴, 즉 일본의 패전과 함께 죽어야 했던 기타무라의 문학은 그 재생을 위한 통과의례 『북변모정기』 이후로도 사실상 '활기차게' 살아나지는 못했다. 다시 6년이 흐르고, 이제 예순이라는 노년의 나이에 접어들어 그는 다시 '만주국'과 그 이후를 회상한다. '오소자쿠라(遲櫻)'는 변해가는 전후 일본을 살면서, 쓰라린 기억이지만 '비굴함'도 없었고 '순수'하게 문학을 꿈꾸었던 청춘을 위해 읊은 송가(送歌)이다.

6. 결론을 대신한 결말

소설의 마지막에서 돈벌이를 위한 그림은 그리지 않으려 하던 다케지는 결국 생계를 위해 출판사의 정중한 부탁을 받아들인다. 제국은 사라지고, 사람들은 더 이상 욕망을 감추지 않고, 돈만 있으면 무엇이든 되는

38) 小田嶽夫, 앞의 글, p.7.

'전후'라는 새로운 변화를 받아들인 바로 그 순간이 소설의 결말이다. 예순의 다케지가, 그리고 예순의 기타무라가 회상하는 전쟁의 시기 즉 그에게 있어서의 '만주국'과의 결별은 바로 그 순간이었던 것이다.

한링링(韓玲玲)이 "그(기타무라 : 인용자 주)에게 있어 문학이란 자기표현의 수단이었고, 자신의 인생체험의 존재증명이기도 했다"[39]고 지적한 것처럼 기타무라는 문학을 통해 인생을 살아가려고 했지만, '만주국'의 붕괴와 격변하는 전후 일본은 그에게 문학을 통해 살아갈 수 있는 길을 남겨두지 않았다. '만주국'은 그에게 찬란한 청춘이자 영원한 굴레로 남았고, 오다 다케오의 기대를 저버리고 기타무라의 문학은 '만주국'과 함께 순사(殉死)했다. 외지 체험자들이 모두 고난의 귀환, 피해자로서의 귀환의 기억으로 외지에서의 '풍요로운' 가해자로서의 기억을 은폐하고 단절을 시도할 때, 기타무라는 그 기억을 끄집어내 연속을 기록하고 또한 그와 함께 자신의 문학을 마치고 있는 것이다.

마지막으로 한 가지만 덧붙이자면 기타무라에게는 미발표 장편소설이 있었다. 한링링의 논문에 따르면 1960~70년대에 집필되었던 것으로 최근 사카이 노부오(坂井信夫)가 발행하고 있는 개인잡지 『색통신(索通信)』에 2013년 5월부터 연재되고 있다.[40] 아직 확인을 하지 못 해 구체적인 내용은 알 수 없으나 『낭만의 시절(浪曼の頃)』이라는 제목으로 『만주낭만』을 간행하던 '만주국'시기를 다루고 있는 것으로 보인다. 기타무라가 1982년에 세상을 떠나기까지 10년 이상의 시간이 있었음에도 불구하고, 완성된 소설을 발표하지 않았다는 사실이 그가 문학으로 완전히 '재생'하지 못했음을 다시 한 번 확인시켜 준다.

---

39) 韓玲玲, 앞의 논문, p.99.
40) 위의 논문, p.108, 주석 6번 참조.

참고문헌

박이진, 「귀환체험담의 '비극' 재현 담론 속 '반전평화주의'－1970년대 전환기의 귀함체 험담 담론비평」, 『일본사상』 제25호, 2013.12.

유수정, 「만주국초기, 일본어문학계의 <만주문학론>」, 『한일군사문화연구』 제11집, 2011.4.

小田嶽夫, 「偶言」, 『北辺慕情記』, 大學書房, 1960.

北村謙次郎, 「探求と觀照」, 『滿洲浪曼』 第5輯, 1940.5.

__________, 「序に代えて」, 『北辺慕情記』, 大學書房, 1960.

__________, 『あららぎ物語ー詩歌に生きた人びと』, 冬樹社, 1966.

__________, 「遲櫻」, 『政界往來』 第32卷 第8号, 1966.8.

崔俊鎬, 「日本人植民者の「引揚体驗記」－「反復」と「継續」の流れ」, 『日語日文學』 第54輯, 2012.5.

遠山茂樹・今井清一・藤原彰, 『昭和史』, 岩波書店, 1959.

成田龍一, 「「引揚げ」に關する序章」, 『思想』 第11号, 2003.

朴裕河, 「引揚げ文學論序説－戰後文學のわすれもの」 『日本學報』 第81号, 2009.11.

韓玲玲, 「雜誌『滿洲浪曼』における北村謙次郎の文學理念」, 『總研文化科學研究』, 第10号, 2014.

引揚者援護廳長官官房總務課記錄係編集, 「引揚援護の記錄」, 引用引揚援護廳, 1950.

黃益九, 「「引揚げ」言説と＜記憶＞の版図－岩森延男「わかれ道」が發信する美談と「故鄕」」, 『日語日文學』 第61輯, 2014.2.

本田靖春, 「日本の"カミュ"たち－「引揚げ体驗」から作家たちは生まれた」, 『諸君』 第11卷 第7号, 1979.

保田與重郎, 「大陸と文學」, 『新潮』 第409号, 1938.11.

若槻泰雄, 「表一 海外在住者數」, 『戰後引揚げの記錄』, 時事通信社, 1991.

川賞のすべてのようなもの

http://homepage1.nifty.com/naokiaward/akutagawa/pkogun/pkogun12KK.htm

만주국 붕괴 전후의 야마다 세자부로

-『전향기』 삼부작에 나타난 '전향' 서사를 중심으로-

곽형덕

1. 시작하며

일본이 '만주국(滿洲國)'을 건국한 이후 일본작가들이 만주에서 펼쳤던 문화 활동은 일본문학사 서술 안에서 전시기 일본문학 전체의 질적 변화 양상과 연동돼 고찰됐다기보다, 예외적이고 개별적인 차원(작가론적 범주)에서 주로 다뤄져 왔다. 이는 비단 일본 내 중국문학 연구자들이 만주(국) 문학을 연구하면서 '만인(滿人)'[1] 작가의 작품을 중점적으로 다뤘기 때문이 아니라, 일본문학 연구자들이 만주(국) 문학을 포함한 외지의 일본어문학을 일본문학사 서술체계 안에서 연구하거나 서술하지 않았던 것과 더 밀접하게 연관돼 있다.[2] 중일전쟁 이후 전향작가 등도 참여한 펜부대(ペン部隊, 1938년 8월

---

1) 만주국에서는 중국동북지방에서 중국 국적을 가진 사람은 민족을 불문하고 만인으로 불렀다. 또한 중국어는 만어로 불러서 중화민국과 분리시키려는 일본의 의도가 반영된 호칭이다. 이에 대해서는 梅 定娥「古丁における翻譯--その思想的変遷をさぐる」『日本研究』38, 國際日本文化研究センター, 2008.9, 180쪽 참조.

2) 이에 대해서는 杉野要吉編集,『「昭和」文學史における「滿洲」の問題 1-3』, 早稻田大學教育學部

조직)나 대륙개척문예간화회(大陸開拓文藝懇話會, 1939년 2월 조직) 활동은 이와 직접적으로 관련된 것이다.[3] 그중에서도 『만주국각민족창작선집 1, 2(滿州國各民族創作選集 1, 2)』(創元社, 1942, 1944)의 편집자로 참가했던 문학자 가운데 '내지 측'에 속해있던 가와바타 야스나리(川端康成, 1899-1972), 기시다 쿠니오(岸田國士, 1890-1954), 시마키 켄사쿠(島木健作, 1903-1945), 그리고 '현지 측'에 속해 있던 야마다 세자부로(山田清三郎, 1896-1987)는 '전전' 일본문학을 기술할 때 빼놓을 수 없는 작가들이다. 하지만 이들이 만주(국)에서 펼친 활동에 대한 연구는 이제 막 시작됐다. 그런 만큼 이 작가들이 만주(국) 문화계와 맺은 관련을 밝히는 작업은 만주(국) 문학의 형성과 전개 그리고 붕괴를 종합적으로 해명하기 위해 필수적이라 하겠다. 그중에서도 야마다 세자부로와 시마키 켄사쿠는 둘 다 '전향(轉向)'[4] 작가 출신으로 출

杉野要吉研究室, 1992.7, 1994.5, 1996.7 ; 岡田英樹, 『文學にみる「滿洲國」の位相』, 研文出版, 2000.3 ; 岡田英樹, 『文學にみる「滿洲國」の位相 續』, 研文出版, 2013.8 등을 참조했다. 일본 문학 연구사에서 만주(국) 문학이 오랜 기간 동안 제외됐던 것은 미군정 치하에서 일본이 자신들의 위치를 미국의 식민지에 두고 미 제국주의로부터 해방해야할 공간으로 일본 본토를 위치시키면서 시작된 피해자로의 인식 전도(顚倒)와 밀접히 관련돼 있다. 이에 대해서는 고영란 저, 김미정 역, 『전후라는 이데올로기』(현실문화사, 2013.7)를 참조할 것. 일본인 작가들이 외지(만주를 포함한)와 맺었던 관련 양상이 광범위한 것에 비해, 일본 내 연구가 제한된 범위에서 머무르게 된 것은 일본문학 정전구축 과정 가운데 일본인 작가들의 식민지 / 외지에서의 활동상이 배제됐던 것을 들 수 있다. 다만 이 문제를 밝히는 것이 본고의 목적이 아닌 만큼 문제를 제기하는 차원에서 그친다.

3) 이에 대한 실증적인 연구로는 櫻本富雄, 『文化人たちの大東亞戰爭 : PK部隊が行く』(青木書店, 1993.7)를 들 수 있다.

4) 여기서 말하는 '전향'이란 혼다 슈고(本多秋五)가 『轉向文學論』(未來社, 1972.2)에서 정의하고 있는 것에 따랐다. 즉 일본공산당의 중앙위원장 사노 마나부(佐野學)와 간부인 나베야마 사다키치(鍋山貞親)가 1933년 6월 10일 옥중에서 공표한 전향선언이 의미하는 것처럼 "일본공산당이 코민테른에서 이탈해서 실질적으로는 기소자들의 공산주의 방기를 표명"한 것으로 "공산주의 신봉자가 공산주의로부터 멀어지는 현상"을 말한다. 최근 일본에서는 근대사상사 속의 전향에 대한 연구가 활발히 이루어져 사상의 과학연구소(思想の科學研究會)에서 펴낸 전향 연구 전6권이 다시 간행되었다.
『轉向 : 共同研究. 1-2(戰前篇 上下)』, 平凡社, 2012.2 ; 『轉向 : 共同研究. 3-4(戰中篇 上下)』, 平凡社, 2012.8 ; 『轉向 : 共同研究. 5-6(戰後篇 上下)』平凡社, 2012.8.

옥 후 전향문학을 발표해 문학계에 커다란 파장을 일으킨 후 만주를 하나의 돌파구로 삼았다는 공통점이 있다.[5] '전향'은 주로 신념이나 내면의 변화로 이해돼 왔으나[6] 이는 또한 물리적인 이동을 수반했다. 특히 야마다나 시마키는 전향 이후 도쿄에서 안정을 얻지 못하고 빈번히 일본제국의 식민지(외지)로 지리적 이동을 거듭해 사상적 변화를 구체화시켜 갔다. 이 글에서 야마다의 만주국 시기를 중심에 놓은 것은 전향이라는 지리를, 만주라는 사상을 통해 살펴봄으로써 야마다의 '전전'과 '전후'를 연속적인 관점에서 살펴보기 위함이다. 즉 '전향'이 갖는 사상(신념)적 전환을 지리적 이동을 통해 다시 고찰해 보는 것만이 아니라, 만주국 붕괴 이후 일본 지식인들이 향해간 궤적의 일단을 살펴보고자 한다.[7]

구체적으로는 야마다가 전향 후 만주로 가게 된 내적 필연성을 일제 말에 쓰인 글과 1950년대에 나온 『전향기』 3부작[8]을 통해 살펴보겠다.

---

5) 다만, 시마키는 1939년 3월 말 도쿄를 출발해 만주로 간 후 같은 해 7월 도쿄로 돌아온 것에서 알 수 있듯이 야마다처럼 만주국에 오래도록 머물지 않았다.

6) 쓰루미 슌스케는 이를 "실행가능한 비전향과의 대비"를 통해 기술할 필요가 있다는 관점을 제시해서 전향=악으로 치부해온 기존의 시각 및 전향을 개인사로 환원시키는 구도를 비판했다(R, 「[書評] 『轉向再論』鶴見俊輔・鈴木正・いいだもも」, 『アサート』 287, 2001.10.20. 참조). 코민테른 일본지부 당원 중에서 전향하지 않은 당원을 찾아보기 힘들다는 분석에서도 나타나 있듯이, 일본공산당의 전향 문제는 전세계적으로 유례를 찾아보기 힘든 사태였다(日本共産党中央委員會, 『日本共産党の七十年 上下』, 新日本出版社, 1994.5, 참조). 전향의 문제와는 다소 다르지만 사르트르는 독일 점령기 이후 도피처인 영국에서 노르웨이로 돌아온 올라프 5세가 노르웨이 인구 중 2% 정도가 협력자였다는 것을 예로 들어서, 나치 독일 치하 프랑스에서 전체 인구 중 2% 정도만이 독일에 협력했다고 쓰고 있다(Jean-Paul Sartre, translated by Chris Turner, *The Aftermath of War (Situations III)*, Seagull Books, Jan 1, 2008, pp.41~44).

7) 전향자 그룹이 중일전쟁 이후 어디로 향해갔는지를 밝히는 작업은 전시기 일본의 사상사를 비롯해 문학사 연구에서도 빼놓을 수 없는 한 부분이다. 그러므로 야마다 세자부로의 전전과 전후 행적을 좇는 작업은 전향자가 향해간 방향의 일단을 밝히는 작업과도 근저에서 이어져 있다.

8) 『전향기』 3부작의 서지에 대해서는 4장에서 자세히 밝혀두었다. 이 『전향기』 3부작은 자료적 진실성이라는 면에서 보자면, 의도적으로 왜곡되고 재구성된 부분이 있다. 이

특히 그가 소련 억류 생활 이후 일본에 돌아와 전후 민주주의 문학에 관여하면서 만주를 어떻게 기억했는지를 검토하겠다. 이를 통해서 야마다가 전향 문학자라는 내면의 고백을 통해 만주국 시기의 행적을 만주국 붕괴 이후(1950년대라는 문맥 가운데) 어떠한 방식으로 해석하고 있는지를 밝힐 것이다.

2. '차가운' 도쿄에서 '따듯한' 만주로 —야마다 세자부로의 만주에서의 활동상

야마다 세자부로는 소학교 중퇴 학력으로 노동 현장을 전전하며 독학을 거듭해 1922년 프로문학 잡지 『신흥문학(新興文學)』을 창간하면서 창작 및 비평 활동을 전개했다. 그 후 그는 고마키 오미(小牧近江)의 『다네마쿠히토(種蒔く人)』 동인이 된 후 『문예전선(文藝戰線)』, 『전위(前衛)』 등의 잡지를 편집했고 나프(ナップ) 기관지 『전기(戰旗)』를 발행 및 편집했다. 그는 공산주의 사상 관련 사전을 여러 권 편집할 정도로 탁월한 오거나이저(オルグ)

점은 충분히 유의하며 논문을 구성했다. 하지만, 회상기라고 하는 재구성된 이야기가 바로 해당 텍스트='거짓'이라는 것을 논증하지는 않는다. 그런 식이라면 작가들의 사소설(私小說), 일기, 수필 등 또한 재구성된 이야기라는 점에서 마찬가지 논리로 다뤄져야 할 것이다. 본고는 야마다의 회상기가 100% 진실이라는 관점에 서있지 않다. 문제로 삼고 싶은 점은 과거에 있었던 일을 후일 어떤 식으로 기억하고 재구성하는가, 혹은 그것을 둘러싼 전전과 전후라는 시공간을 둘러싼 이야기다. 야마다의 『전향기』 3부작 마지막 권의 「あとがき」『轉向記 : 氷雪の時代』(理論社, 1958.2, 256쪽)를 보면 이 회상기를 집필하는 과정에서 오비 주조(小尾十三)를 비롯해 만주국 시절에 만났던 많은 문화 인사들에게 원고의 사실성에 대한 검토 및 출판 후 검증을 받았다는 기록이 나와 있다. 그런 점에서 보자면, 이 회상기 자체의 의도적 재구성(사실의 축소와 확대)은 인정한다고 하더라도, 회상기 안에 담긴 행적 자체를 '거짓'이라고 단정 지을 수 있는 근거 또한 빈약하다. 야마다의 회상기에 대해서는 4장에서 자세히 분석했다.

로 활약했던 인물이지만, 프로문학사에서 큰 주목을 받지는 못했다.[9] 야마다가 일본문단에서 작품으로 화제를 모은 시기는 애꿎게도 프로운동이 와해된 이후, 전향소설인 『귓속말 참회(耳語懺悔)』(六芸社, 1938)를 발표한 후였다.[10] 야마다는 전향기를 발표한 이후 만주국으로 이주할 결심을 하게 되는데, 이는 그가 전향작가로서 받아야 했던 사상보호 감찰 때문만은 아니었다.[11]

> 3년 반 만에 나온 감옥 밖에서 파시즘과 군국주의의 폭풍우가 휘몰아치는 가운데 잃어버린 구우(舊友) 사이의 인간관계가 얼마나 무르고 약한 것인지를 한탄하고 독방생활에 끝없이 향수를 느끼며 (…중략…) 나카노 시게하루도, 구보카와 쓰루지로(窪川鶴次郎)도, 에구치 칸(江口渙)도, 후지모리 세키치(藤森成吉)도, 쓰보이 시게지(壺井繁治)도, 미야모토 유리코(宮本百合子)도 내 가출옥(假出獄)을 하나같이 냉담히 묵살했다.[12]

야마다는 프로문학 동료들의 냉담한 반응에 분노하면서 전향 작가 중 그 누구보도 앞장서서 국책활동을 전개하던 하야시 후사오(林房雄)를 찾아간다. 이는 옛 프로문학 동료들이 출옥한 야마다를 돌보지 않을 때 하야시 후사오가 손길을 뻗었기 때문이다.[13] 이후 야마다는 자신을 '애국 전

9) 야마다는 작품 활동보다는 잡지를 만들고 회합을 조직하는 쪽에서 더 활약했기 때문에 나카노 시게하루(中野重治, 1902-1979)나 하야마 요시키(葉山嘉樹, 1894-1945), 구라하라 고레히토(藏原惟人, 1902-1991) 등처럼 '전후' 프로문학사에서 비중 있게 다뤄지지 못했다.

10) 야마다는 수인번호 447번의 몸으로 옥중에서 아내와 450통의 편지를 교환했지만, 출옥 후 아내가 자신의 협력자였던 조선인 프로문학 운동가인 이영원(李永元)과 부적절한 관계를 맺은 것을 알고 절망했다고 『전향기』 3부작에서 쓰고 있다.

11) 야마다는 1931년 치안유지법에 걸려서 검거된 후 보석으로 풀려나지만, 1934년에는 치안유지법 및 불경죄에 걸려서 복역 중 모범수로 선정돼 1938년 2월 11일 기원절(紀元節)에 가석방된다.

12) 山田清三郎, 『轉向記 : 霧の時代』, 理論社, 1957.4, 98～100쪽.

13) 상동, 108쪽. 하야시는 신흥재벌인 오코치 마사토시(大河內正敏, 1878-1952)가 대표로 있는 이화학연구소(理化學硏究所)에 야마다의 일거리를 부탁 해보지만, 전향자가 이미

향자'처럼 보이게 하기 위해 중국 전선에서 선무반(宣撫班)에 지원하지만 그마저도 거절당하고 어떻게 해서든 도쿄를 떠날 기회를 엿본다. 도쿄에서 "더 이상 견딜 수 없었던"14) 야마다는 전향자들이 다수 정착해서 살고 있는 만주를 향해 1939년 3월 무렵 떠난다. 야마다의 전향기 3부작과 당시의 기록을 종합해 보면, 그는 하얼빈에 있다가15) 영안둔에서 5월에서 8월 초까지, 청년의용대 용진(龍鎭)철도 자경촌 훈련소에서는 1939년 8월 4일부터 생활한다. 야마다는 영안둔 개척촌과 용진 자경촌에서 생활을 함께 하며 이를 꾸준히 기록해서 신문 등에 기고했는데, 이는 대륙개척문예간화회가 그에게 요구한 것이었다. 야마다는 1939년 12월 한 달간 도쿄로 잠시 돌아와 만주개척청년의용대의 현지보고 좌담회에 참석하는 등 만주에서의 체험을 도쿄의 정책 입안자들에게 전달하는 역할을 했다.16)

> 나는 만주개척청년 의용대의 의의가 중대함을 인정한다. 그러므로 나는 청년의용대가 반드시 성공해야 한다고 믿고 있다.. 진정으로 청년의용대에 의해 민족협화의 중핵적인 일본인이 현지에서 양성된다면, 그것은 정말로 위대한 사업이라고 할 수 있다. (…중략…) 그것을 위해서는 정말로 좋은 일본인으로서 청소년을 올곧게 성장시키지 않으면 안 된다.17)

많다는 이유로 거절을 당한다.

14) 상동, 115쪽.

15) 야마다는 하얼빈에서 펜부대와 만났다. 아래 인용에서 당시 상황을 엿볼 수 있다. 실제로 하얼빈에서 우연히 만난 곤도 하루오(近藤春雄), 후쿠다 키요토(福田清人), 유아사 가쓰에(湯淺克衛), 다무라 타이지로(田村泰次郎), 다고 토라오(田鄕虎雄), 이토 세이(伊藤整) 등의 척무성(拓務省)에서 파견된 펜 부대의 일행도, 거의 같은 생각(만주에서의 문화 생활이 힘든 점에 대한 걱정—역자 주)이었다. (…중략…) 1939년 5월, 永安屯에서(「開拓地と文化」『一粒の米を愛する心』, 3~11쪽.)

16) 상동, 「龍鎭日記抄」, 『一粒の米を愛する心』, 大阪屋號書店, 1941, 26~45쪽 참조.

17) 상동, 「現地義勇隊青少年の聲」, 56쪽.

야마다는 개척촌을 선도할 인물인 10대의 의용대 청소년의 실태를 파악하고, 이들이 "약 3년 간의 훈련기간을 거쳐 마침내 개척단을 근처에 조직하"[18]는 과정에서 개선 요소를 찾아낸다. 그중에서 야마다가 강조한 것은 '개척 문화'의 척박함에 대한 것이었다. 야마다는 "개척지 도서관 운동", "(내지에서) 책 잡지 발송 운동", "의용대 청소년의 여행 허가" 요청 등의 활동을 통해서 신조직 개척단의 시야를 확대시킨 후 이들을 만주 곳곳에 보내 "동아의 식량 문제"를 해결해야 한다고 주장했다.[19] 이를 보면 여기서 '문화'란 "생활 가운데 생겨나고 또한 생활에 결부돼 발전해 성장해 가는 것"[20]으로 단순히 일본 본토의 문화를 만주에서 재현하는 것만은 아니었다.

한편, 야마다는 와다 히데키치(和田日出吉, 1898-?)의 요청으로 『만주신문(滿洲新聞)』 학예과(후에 문화부로 변경) 과장직을 맡아 1940년 초부터 신경에서 생활하게 된다. 야마다는 개척촌 문제를 계속해서 추진하는 한편으로, 중일전쟁 이후 더욱 그 역할이 중대해진 만주국의 '문화' 선전 활동에 투신해 가게 된다. 야마다는 전향작가라는 특수한 위치를 활용해 만인 작가로 과거에 공산주의 사상과 관련이 있었던 구딩(古丁) 등과 교류하면서 전향자라는 상처를 공동의 기반으로 삼아 신뢰/이해 관계를 구축해 간다.[21] 이를 통해 야마다는 만주국 문학 각종 선집을 기획 편집할 수

18) 상동, 「一粒の米を愛する心」, 84쪽.
19) 『一粒の米を愛する心』, 58~98쪽.
20) 상동, 「開拓文化展を觀て」, 60쪽.
21) 앞의 책 『轉向記 : 霧の時代』, 223~227쪽 참조. 이에 대해서는 앞의 논문 梅定娥의 「古丁における翻譯－その思想的変遷をさぐる」에 상세히 설명돼 있다. 梅定娥은 "(1933년 6월) 좌련상위개조(左聯常委改組). 새로 참가한 徐突微(구딩의 필명－인용 자)가 조직부의 책임을 갖는다(조직부장이 됐다)."(陸万美「憶戰鬪的 "北平左聯" 和 "北平文總"」『北方左翼文化運動資料編』中共北京市委党史硏究室等編, 1991.6, 北京出版社, 351면)의 기록 등을 제시하며 구딩이 左翼作家聯盟과 관련됐었음을 실증적으로 논하고 있다. 이는 야마다의 『전향

있었다.(이에 대해서는 다음 장에서 자세하게 다루겠다.)

야마다가 소학교 중퇴 학력으로 만주국 문화계의 요직에 앉을 수 있었던 것은 단순히 프로문학 편집자 및 활동가로서 실무 경험이 풍부했었기 때문만은 아니다. 만주국의 민족협화라는 이상을 야마다가 프로문학 국제주의가 표방했던 탈민족(인종)주의와 맞닿아 있는 것으로 보고 적극적으로 내면화해 받아들였을 가능성을 배제할 수 없다. 요컨대 그가 수동적으로 혹은 마지못해 선발돼 만주로 간 것이 아니라, 적극적으로 혹은 자발적으로 만주로 향해갔다고 상정할 수 있다. 아니카 컬버가 "만주/만주국은 (야마다를 비롯해 기타가와 후유히코(北川冬彦) 등의 작품에서—인용자 주) 일본 자본주의에 대한 비평을 하는 것에 봉사했고, 정치적인 그리고/혹은 일본 국내에서는 불가능했던 그 발달론 상의 목표를 성취하는 장소로서 기능했다."[22]고 쓰고 있듯 야마다는 전향으로 좌절된 과거의 이상을 그것이 작위적이든 자기 기만적이든, 만주국에서 추구하게 되었던 셈이다.

야마다는 1941년 7월 만주문예가협회가 설립되면서 위원장에 취임한다. 그는 어떠한 연유로 자신이 만주국 문화계를 이끌어가는 자리에 앉을 수 있었는지를 명확하게 인식하고 있었다.

이미 7월 5일에는 만주극단협회가 설립됐다. 문예가협회의 경우는 6월 이후, 나를 포함해 오우치 다카오, 미야가와 야스시(宮川靖), 구딩, 쓰쓰이 슌이치(筒井俊一), 우메모토 스테조(楳本捨三), 헨미 유키치(逸見猶吉), 야마

기』 3부작의 기록과 합치한다. 야마다는 小松, 疑遲, 爵青, 夷夫 등도 좌익적 성향을 과거에 갖았다고 쓰고 있는데 이에 대해서는 현재 검토 중이라 언급만 해둔다. 야마다는 이들 만인 작가 이외에도 만주에 먼저 와 있던 전향자 그룹(角園春之助, 深谷進, 스지키 쇼베[鈴木小兵衛] 등)에게서 따듯한 환영을 받았다고 쓰고 있다.

22) Annika A. Culver, *Glorify the Empire Japanese Avant-Garde Propaganda in Manchukuo* (University of British Columbia Press, 2014), p.37.

> 자키 스에지로(山崎末治郎) 등이 유지(有志)의 형태로 정부 측의 자문에 응해서 협회 설립 준비에 돌입했다. 그리고 이 때, 나는 프로문학운동 경험을 이용하는 것을 잊지 않았다. 예를 들어, 문학, 연극, 음악, 미술 등 각기 독립된 각 단체가 있던 만주예문연맹의 결성 등도 나프 시대의 경험에 따른 내 제언이 바탕이 됐던 것이다. (…중략…) 만주문예가협회는 만장일치의 찬동으로 성립됐다. (…중략…) **무엇보다도 이 경우 프롤레타리아 문학시대의 조직적인 경험이 역으로 이용할 가치가 있는 것으로서 충분히 계산 돼 있음은 두말할 필요도 없는 것이다.** 동시에 또 하나는 나와 '만계' 문학자 사이가 비교적 좋게 보였기 때문이었다.[23]

야마다가 자신의 과거 경력이 만주국에서 관료들에 의해서 이용당하고 있음을 인식하면서도, 국책 사업에 적극적으로 협력할 수 있었던 것은 만주국이 자신(전향자)의 과거 경험을 높이 샀기 때문이었음이 위 인용에는 단적으로 드러나 있다.[24] 하지만 야마다는 다른 전향자 출신과 마찬가지로 만주국 정부로부터 신뢰를 받는 한편으로 감시의 대상이기도 했다.

> 사장인 와다 히데키치가 간절히 바라서 입사한 것도 있어서, 그런 점에서 나는 만주신문사에서는 보호를 받고 있었다. 언론통제가 엄혹해져 신문기자가 홍보처장의 심사에 의한 등록제가 된 이후에도 신문사에서는

---

23) 山田清三郎, 『轉向記 : 嵐の時代』, 理論社, 1957.9, 62~65쪽.

24) 또한 만주국에서 야마다에게 또 다른 가치를 부여한 것은 앞서 살펴본 대로 만인 작가들과 야마다가 맺은 우호적인 관계였다. 야마다는 프로문학 시절에도 이원영과 한만창(韓萬創), 그리고 김이라고만 나오는 조선인 협력자가 있었을 정도로, 식민지 출신 노동자 및 지식인들과의 관계에 익숙했다. 이는 물론 일본 프로문학이 대만인 및 중국인, 조선인 등의 식민지/반식민지 프로문학자들과 폭넓게 맺었던 관계의 한 단면을 보여주는 것이다. 일본 내 일본인과 조선인 프로문학 운동의 연대에 대해서는 아래 책에 자세하다. 특히 박석정 등이 참여한 코프(KOPF)와 조선프롤레타리아예술연맹 동경지부 연합으로 개최된 '조선의 밤' 행사에는 650여 명이 참여하는 등 대성황을 이루었다.
Samuel Perry, *Recasting Red Culture in Proletarian Japan : Childhood, Korea, and the Historical Avant-garde* (University of Hawaii Press, 2014)

> 적당히 대우를 해줬다. 하지만 이번에 내 앞에 표독스러운 발톱을 들이민 것은 놀랍게도 특고(特高)의 앞잡이가 돼달라는 것이었다. (…중략…) 내게 '만계' 문학자 중에 적당한 인물과, 반만 항일 비밀 지하조직(그룹)을 만들어 달라는 것이었다. 그에 필요한 자금, 공간 등은 모두 제공하고 1년 동안은 자유로운 활동을 보장한다. 그 목적은 그러한 그룹을 만들어 놓고서 그것과 연결된 신징에서의 팔로군(중공) 계열의 지하운동을 적발하는 것에 있다. 검거할 때는 내게 절대 피해가 가지 않게 하겠다, 사례라 하기에는 실례지만, 기밀비용은 자유롭게 써도 상관없다는 내용이었다.[25]

야마다가 만주문예가협회 위원장에 취임한 이후에도 특고가 그를 계속해서 주시하고 있었음을 알 수 있는 내용이다. 물론 이 기록은 회상기이니 만큼 그 사실성에 대해서는 유의해야겠지만, 전향자의 위치를 고려해볼 때 전혀 황당무계한 기록이라고 치부할 수는 없다.

야마다의 만주국에서의 활동은 영안둔 개척촌 및 용진 개척청년 의용대 양성소에서의 체험을 통해 그 문화를 증진시키는 역할로부터 시작됐다. 그 후 그는 신경에 체류하면서 만주국 문화계 및 문학계에서 중심적인 역할을 수행했다. 다음 장에서 다룰 세 권의 각 민족 창작집에는 그의 사상적 지향성이 잘 드러나 있다.

3. 전도된 국제주의로서의 만주문학선집

프로문학 시대의 조직자로서의 경험과 전향자라는 위치를 통해 야마다는 도만 후 얼마 지나지 않아 만주신문사 학예부장 자리에 오를 수 있

25) 앞의 책 『轉向記 : 嵐の時代』, 93~94쪽.

었다. 그는 그 후 2년도 채 되지 않은 시점에 『일만러재만작가단편선집(日滿露在滿作家短篇選集)』(春陽堂書店, 1940.12)을 내놓는다.[26] 이는 그가 전향자라고 하는 '특권적' (혹은 불안정한) 위치를 통해 만주국 정부의 국책 문화사업과 이민족 사이를 중개할 수 있었기에 가능한 작업이었다. 하지만 야마다는 "'오족'이라고 할 경우 러(露), 일(日), 선(鮮), 한(漢), 만(滿), 몽(蒙)" 만이 들어가서 그 안에 유태인이나 오로촌(Orochon) 등의 소수민족이 들어가 있지 않다고 불만을 토로했던 지론과는 달리, 작품 선정은 어디까지나 일본인, 만인, 러시아인의 작품으로 한정했다.[27] 만인과 러시아인 이외의 다른 민족의 작품이 선집에 포함되지 않았던 것은, 몽골인과 만주족의 경우는 문학 작품 자체가 거의 없었던 점을, 조선인의 작품이 배제된 것은 1940년 전후 일본 내지문단에서 '외지붐(外地ブーム)'이 절정에 달해 주요 문예지에 외지문단 소식[28]이 빈번히 소개되고 있던 시기라는 점을 상기해 볼 필요가 있다. 당시 『모던니뽄(モダン日本)』 등의 조선특집 등을 시작으로 한 '조선붐'이 내지에서 1939년부터 일어나고 있었기 때문에 만주에서 조선인이 쓴 작품을 애써 게재할 필요성을 작품 선정 과정에서 느끼지 못했을 가능성도 크다.[29] 만인의 작품이 다수 번역된

---

26) 그는 학예부장의 권한을 통해 얀코프스카야, 네스메로프, 샤우송, 우잉(吳瑛) 등 러시아인과 만인 작가의 작품을 『만주신문』 석간 1면에 연재한 후, 춘양당 편집자 아사미 후카시(淺見淵, 1899-1973)가 만주에 왔을 때 선집 출판 계약을 맺었다. 한편, 야마다는 만주문예가협회(滿洲文藝家協會)[1941년에 만주국 홍보처가 개입해서 만들어진 단체]의 위원장직에 취임한 이후, 만주국의 문화전략을 누구보다 앞장서서 실천해 간다.

27) 山田淸三郎, 「新しき東洋への示唆」 『一粒の米を愛する心』, 大阪屋號書店, 1941, 141쪽. 이 선집에서 러시아인의 작품은 上脇進가, 만인의 작품은 安東敏, 森谷祐二가 번역했다.

28) 大內隆雄, 「滿州通信」 『文藝』, 1940.6.

29) 조선인의 만주국에서의 창작 가운데 한가지 주목해서 보아야 할 점은 이마무라 에이지(今村榮治, 본명 張喚基)가 「同行者」라는 일본어 소설을 만주국에서 1939년에 발표한 이후, 수 편의 일본어 소설을 창작해 호평을 얻고 있는 점이다. 그는 재만 조선인작가로서 신경문예집단의 동인의 된 후 만주문예가협회에서 서기가 된다. 일본의 패전 이후 소식이 끊겨 현재까지 그에 대한 소식을 들을 수 없다.

것[30]은 만주국 인구의 압도적인 대다수를 그들이 차지하고 있었던 것 때문만이 아니다. 이미 이들은 『예문지(藝文志)』, 『독서인(讀書人)』, 『문선(文選)』 등의 잡지를 통해서 활발히 문학 활동을 전개하고 있었던 것도 크다. 또한 만인의 작품 활동을 통해 만주국 내의 민족협화의 양상을 내지의 독자들에게 알리기 위한 측면도 강하게 작용했다.

한편, 야마나는 가와바타 야스나리[31]가 도만했을 때 구딩 등을 포함한 만주문예가협회와 관련된 일본문학자 및 만인문학자와 함께 그를 만난다.

> 1941년(쇼와16) 4월이었다. 가와바타 야스나리와 다카다 다모쓰(高田保)가 함께 신징에 왔다. (…중략…) 두 사람을 주빈으로 해서 신징 재주 문화회(文話會), 정부 홍보처의 직원, 협화회 중앙본부의 문화 관계자가, 합쳐서 40명 정도 모였다. (…중략…) 그 때 나는 두 사람에게 멀리서 온 노고를 위로하고, 두 사람이 만주문학에 따듯한 이해를 가져줄 것과, 그 육성을 자극하기 위해서도 일본에 소개하는 노고를 맡아줄 것을 부탁했다. (…중략…) 주빈이 인사할 때 가와바타 야스나리는 만주문학에 호의가 넘친다는 말을 했다.

---

30) 가와바타의 다음과 같은 의견도 이와 관련된다고 할 수 있다.
일본은 지금 남방에도 전쟁을 진행하고 있는데 다른 민족과 함께 국가를 세우고, 문화를 일으키고 있는 곳은 아직 만주국 외에는 없다. 대동아의 이상은 우선 만주에서 실천되고 있으며 여기서 이룰 수 없다면 또한 어디에서도 얻을 수 있는 것이 아닐 뿐만 아니라, 그것을 한민족과 함께 이루는 것도 만주가 중요한 이유이다. 두말할 필요도 없이 한민족 정도로 우수한 민족은 그 외에는 없기 때문이다. 문화의 영역에서 보더라도 그것은 더욱 명확해 보인다(川端康成, 「選者のことば」 『滿洲國各民族創作選集 1』).

31) 아니카 컬버는 가와바타 야스나리의 신감각파 시기 창작을 비롯한 전전의 작품 활동을 만주국과의 관련 속에서 종합적으로 분석했다. 특히 가와바타가 서구 모더니즘 속에서 유실돼 가는 일본적인 것에 대한 추구와 국책문학에의 협력을 연결해 분석하고 있다. (앞의 책 *Glorify the Empire Japanese Avan－Garde Propaganda in Manchukuo,*) 한편 李聖傑은 「川端康成における戦争体験について―「敗戦のころ」を手がかりに―」(『ソシオサイエンス』 6, 2010.3)에서 가와바타의 전쟁체험을 실증적으로 검토했다.

이때 회합이 후일 만주국 건국 10주년을 기념해 공동 기획 편집한 『만주국각민족창작선집 1, 2』(1942, 1944)의 밑거름이 되었다. 이 선집은 과거에는 그 사상적 지향점의 괴리로 인하여 함께 작업하는 것을 상상할 수도 없었던 가와바타와 야마다가 힘을 서로 합쳤다는 점에서 대단히 상징적인 것이다. 총 두 권으로 나온 『만주국각민족창작선집 1, 2』는 『일만러재만작가단편선집』과 마찬가지로 일본인, 만인, 러시아인의 작품으로 이뤄져 있는데, 게재 작품을 민족별로 나눠보면 다음과 같다.

『日滿露在滿作家短篇選集』
일본인 4편, 만인 2편, 러시아인 2편 (山田清三郎 편)
『滿洲國各民族創作選集』
편집자 : 만주국 측 古丁, 山田清三郎, 北村謙次郎, 일본 측 : 岸田國士, 川端康成, 島木健作
1권 : 일본인 13편, 만인 4편, 러시아인 2편
2권 : 일본인 8편, 만인 5편, 러시아인 2, 몽골인 1편[32)]

『滿洲國各民族創作選集』의 중국어→일본어 번역은 오우치 다카오(大內隆雄)와 이시다 다케오(石田達系雄)가, 러시아어→일본어 번역은 다카다 켄키치(高田憲吉)가 맡고 있는데, 전술한 우에와키 스스무(上脇進), 안도 히로시(安東敏), 모리타니 유지(森谷祐二) 등의 번역자까지 시야에 넣고 본다면 러시아어와 중국어의 경우 일본인 문화인들이 적극적으로 배우고 번역해 옮기려 했음을 알 수 있다. 이는 일본에서 번역된 조선문학이 대부분 조선인 지식인들

32) 우르트무토라는 이름을 보면 이 작가가 몽골인임을 추측할 수 있다. 우르토무토의 작품이 실린 1944년은 대동아공영권 내에서도 몽골의 위치가 부각된 바로 직후였다. 이는 제17회 아쿠타가와상 수상작품으로 몽골인의 문화를 다룬 이시쓰카 기쿠조(石塚嬉久三)의 <纏足の頃>(『文藝春秋』 1943.9)을 통해서도 확인할 수 있다.

에 의해 이뤄진 것과는 매우 대조적인 것이다. 한편 러시아인의 작품이 다수 실린 것은 일본과 러시아 사이의 국경을 둘러싼 충돌(할힐골[노몬한]전투) 등이 벌어진 이후의 긴박했던 정치 군사적 상황을 반영한 것은 물론이고, 야마다가 러시아혁명 이후 소련에 품고 있던 강한 동경 또한 작용했다.[33] 야마다는 "혈통을 달리하는 각 작가가 서로 격려하고 경쟁하여 이 나라의 문학을 확립해서 진정으로 이 나라에 적합한 다취다채(多趣多彩)한 문학적 성과"(「編者序」, 『日滿露在滿作家短篇選集』)를 내는 것을 통해서 "만주문학의 선구적 길을 걸어가야만 한다"(「序文」, 『滿洲國各民族創作選集 2』)고 쓰고 있다. 이는 물론 그가 프로문학 작가/편집자/조직자로 활동하던 시기에 프롤레타리아 국제주의에 입각해서 식민자와 피식민자라는 경계를 넘어서 일본제국주의 타파를 위해 힘쓰는 문화 활동을 전개했던 과거의 행적과 동일한 것은 아니었다. 이는 야마다의 『전향기』의 내러티브가 전향자의 불리한 입장을 강조하며, 협력을 불가피한 것으로 기술하는 방식과는 전면적으로 배치되는 것이다. 하지만, '만주문학'의 자리(주어)에 '프롤레타리아 국제주의 운동'을 집어넣고 읽어보면 보면 탈민족적 지향이라는 점에서 그 논지를 전개하는 과정은 놀랍도록 비슷했으며 이 과정에서 내적 갈등은 극대화되는 방향이 아닌 봉합되는 방향으로 전개됐다. 이는 야마다가 복합민족론(탈민족주의)을 표방하면서 일본민족의 우위(우수성)를 내세워 소수민족 문화를 통합해 가려는 지론을 통해 더욱 구체화된다.

> 나는 그것(복합민족문학론—인용자)을 가장 가까운 하나의 예로, 언어 문제를 통해서 깨달았지만, 복합민족어라는 것은 어떤 것이란 말인가. (…중략…) 즉 그것(민족복합어—인용자) 자체가 일본어도 만주어도 아닌

---

33) 「在滿白系露人の生活」, 『一粒の米を愛する心』이나, 『轉向記』에서도 소련에 대한 야마다의 강한 동경과 실망을 읽을 수 있다. 이에 대해서는 다음 장에서 상술하겠다.

> 언어이면서 일본인과 만인 사이에 일상적으로 쓰이는 것이 그것으로, 예를 들어 "메시, 메시(メシ)"라는 종류의 것이다. 이 '메시'라는 것은 일본어 '飯'이 바뀐 것이며……(…중략…) 이러한 비속한 '일만어'적 언어 발생과 범람이 국어의 통일적 방향을 보여주기는커녕……(…중략…) **그렇다면 만주에서 지도성의 우위에 있는 문화의 소유자는 누구인가. 그것은 예를 들면 브리야토 족이나 오로촌 족과 같이 특히 미개에 가까운 소수민족 가운데 찾을 수 없는 것은 말할 필요도 없다.** (…중략…) **즉 단적으로 말하자면, 많은 점에서 그것은 일본민족 가운데서야말로 광영(光榮)이 있는 것이다.**[34)]

야마다는 '복합민족어'를 '국어'의 통일성을 방해하는 것으로 파악하고 일본 민족 주도의 문화 통합을 주장하고 있다. 이는 사실상 오족협화를 통한 유연한 동화론을 지양한 '내만일체론(內滿一體論)'이라 할 수 있다. 이와 같은 방식은 시마키 켄사쿠가 만주를 드나들며 이루려고 했던 일본 본토 민중의 각성을 통한 만주 개척단의 생활 개선운동과는 그 방향성이 대단히 다르다.[35)] 이는 전향 이후 시마키 켄사쿠와 야마다 세자부로가 프로문학 시기에 지녔던 운동 방향과 밀접히 관련된 것이다.[36)] 야마다 세자부로는 전향 이후 도쿄에서 만주로 활동 장소를 옮기면서 소속 단체 또한 일본공산당에서 만주국 협화회로 크게 달라졌다. 하지만 그가 각기 다른 두 조직에서 했던 실무는 (그 지향점의 괴리에도 불구하고) 놀라울 정도로 비슷한 것이었다고 하지 않을 수 없다.[37)]

---

34) 앞의 책『一粒の米を愛する心』,「複合民族と文化の問題」, 187-188쪽.

35) 島木健作,『滿州紀行』, 創元社, 1940.4.

36) 야마다 세자부로가 도쿄에 살면서 프로문학 잡지 편집 및 조직 개편 등에 개입하면서 민족문제 및 이론 투쟁 등을 현장에서 겪었다고 한다면, 시마키 켄사쿠는 가가와현 농민운동에 참여하면서 정당운동에 개입했다.

37) 아니카 컬버는 야마다의 만주국에서의 활동을 "우익 프롤레타리아니즘(Right-Wing Proletarianism)"(앞의 책 *Glorify the Empire Japanese Avant-Garde Propaganda in Manchukuo*,

4. 만주국 붕괴 이후 '기록'과 '기억'의 재편에 대해

야마다는 만주국에 6년 가까이 머물면서 프롤레타리아 문학운동 시기의 경험을 살려서 만주 문화계에서 '복합민족국가(複合民族國家)' 확립을 위한 문화 행사 조직자로서 독특한 위치를 차지하면서, 만인 작가들과 '신뢰' 관계를 쌓았다. 야마다는 만주와 일본이 '광복(光復)'된 이후, 1948년 8월 8일 소련이 만주국을 침공한 이후 1945년 11월 11일 저녁 소비에트 관헌에게 연행 당해 이후 시베리아로 끌려간다. 야마다는 체포되기 전에 본국으로의 인양을 기다리며 만인작가 구딩(古丁)의 원조를 얻어 재장춘일본인민주주의자동맹준비회(在長春日本人民主主義者同盟準備會)를 결성하기도 했는데 이는 패전 당시 만주영화협회 이사장이었던 아마카스 마사히코(甘粕正彥)[38]가 음독자살한 것과 상당히 대조적인 모습이었다. 야마다와 아마카스는 1930년대 초반의 활동만 보면 대척적인 지점에 서 있던 인물이었지만, 1945년 상황에서 이 둘을 변별할 수 있는 것은 외면적으로는 그리 크지 않았다. 그런 의미에서 만주국 문화계의 중요 인물이었던 아마카스와 야마다의 패전 이후 삶과 죽음의 행로를 가른 것은 각각이 갖고 있던 일본제국의 정치/문화를 만주국에 전파한 외형적인 모습이 아니라, 그들이 전시기에 품고 있던 내면 풍경의 차이였다. 이는 다시 말하자면 야마다가 만주국 붕괴 이후 죽음이 아닌 삶의 길로 나아갈 수 있는 동

34쪽)이라고 쓰고 있다. 야마다가 낸 세 권의 만주문학 선집은 작품 개개의 충돌하는 서사를 감안한다 하더라도 전도된 국제주의를 드러냈다고 할 수 있다.

38) 그는 관동대진재 당시 오스기 사카에(大杉榮) 부부와 조카를 고문해서 죽인 후 헌병대 본부의 오래된 우물에 유기한 아마카스 사건을 일으킨 후 복역하다 1926년 출옥 후 1926년에는 육군 예산으로 프랑스로 유학 후, 1930년에 만주로 건너가 남만주철도 동아경제조사국 봉천의 주임된 후 만주국 건립을 위해 암약한다.

인을 지녔음을 말해주는 것이기도 하다. 이에 대한 기록은 야마다 세자부로의 『전향기』 삼부작에 상세히 기술돼 있다.

이 삼부작의 상세 제목은 각각 『안개의 시대—출옥・전향으로부터 대륙 도항까지(霧の時代—出獄・轉向から大陸渡航まで)』(1957.4), 『폭풍의 시대—패전 직후의 폭풍에 휩싸인 만주에서 살면서(嵐の時代—敗戰直後の嵐の滿州に生きて)』(1957.9), 『빙설의 시대—시베리아 억류중의 극한상황에서(氷雪の時代—シベリア抑留中の極限狀況で)』(1958.2)이다. 이 책의 제목은 인간의 힘으로는 쉽게 제어할 수 없는, 안개・폭풍・빙설이라는 비유를 통해 1938년 출옥에서, 1939년 만주행, 1945년 말 소련 억류, 그리고 1950년 송환까지의 체험을 시간 순으로 기술하고 있다. 야마다가 위 회상기를 쓴 시기는 그가 소련에서 억류 생활을 하다 일본으로 돌아온 1950년 4월 15일 이후였다. 이 시기에는 이미 "일본공산당의 분열과 혼란" 및 "민주주의문학 전선의 분열"[39]이 극대화 되고 있었다. 1950년대에 야마다가 프로문학 활동기로부터 투옥, 전향, 만주행, 그리고 소련 억류시기까지를 회상하는 방식은 거대한 역사의 흐름 가운데 주체적 자기 결정권을 상실한 개인으로 대변된다. 이를 일본제국주의 지배로부터의 해방 후(야마다 자신의 규정), 전향과 만주를 둘러싼 기억을 통해서 살펴보면 이는 다음 두 가지 형태로 정리된다.

첫째, 야마다가 전향을 기술하는 것은 참회와 자기 갱생으로의 희망을 드러내는 방식이다. 그의 전향은 상세하게 『전향기』 3부작 전권에 고루 나타나 있는데, 2권부터는 자기 고백과 참회가 주를 이루는 것이 큰 특징이다.

---

39) 山田清三郎, 「あとがき」『轉向記：氷雪の時代』, 理論社, 1958.2.

> 자기혐오와 자기 오욕과 자기 수치와 자기 연민과, 그리고 그것에 의한 자기 애석 사이의 착종하는 마음을 버티고, 나는 자신을 폭로하는 이 고백록을 일부러 세상에 내놓는다. **나는 이 고백록 가운데 노골적인 벌거숭이 상태의 자신의 '고쳐진' 모습과, 이미 자기 자신 외에는 어떠한 자에 대해서도 두려워하지 않겠다는 불령한 기백을 본다.** (「まえがき」『轉向記：霧の時代』)

전향에 대한 참회가 극대화돼 표출된 것은 1950년대라는 시대적 문맥, 즉 일본공산당 운동이 활발히 전개되던 전후 일본의 정치사회적 분위기 가운데 이해될 수 있다. 야마다는 전향에 대해 참회하는 것을 통해 자신의 '결백함'을 주장해 과거 프로문학 시대의 활동과 억류된 이후 송환돼 돌아온 자신의 현재를 연결시키려 하고 있다. 다시 말하자면 야마다가 전향에 대해 참회를 거듭한 것은 과거에 지니고 있던 신념을 다시 되찾는 일종의 제의(祭儀)로 기능했다. 이는 기억을 조작하거나 재편할 필요성이 없는 자기 내면의 고백이라는 형식을 통해 표출됐다. 그의 전향에 대한 기억과 현재적 작위가 합쳐지는 자리에 공통분모로 존재하는 것은 소련 억류 시기의 체험이다. 소련에서의 체험은 만주국 시기에 대한 회상이 그러했던 것처럼 자신의 오욕을 씻어내는 방향으로 나아가 1950년대 전후 일본 사회의 문맥 속에 파고들어 재해석돼 기술된다. 야마다는 소련에서 억류 당시 활동상을 전향 문제와 겹쳐보는 것을 통해 과거 행했던 만주국 시절의 적극적인 국책 협력이라는 문제를 봉인해 간다.

> **내 전향은 갚을 수 없는 것이라고 하더라도 전쟁으로부터 해방 후 걸어온 길은, 무거운 십자가를 어느 정도는 가볍게 해왔던 것은 아니었을까? 옛 동지들도 그 점에서 관용의 눈으로 나를 맞이해 줄 것이라고 생각했다.** 그렇게 생각하는 것으로 나는 역시 귀국하는 것에 대해 마음을 들뜨게 하려고 했던 것이었다. (『轉向記：氷雪の時代』, 131면)

야마다가 "해방 후 걸어온 길"이라고 하고 있는 부분은 소련 억류와 관련된 것이다. 즉 1945년 12월 17일, 야마다가 만주국에 협력한 일본인, 백계 러시아인, 조선인, 만인 등 700여 명을 태운 15톤 압송 열차에 실려 1946년 카자흐스탄 알마티(ALMA ATA) 소련동맹 제40지구 수용소 제3분소에 도착해 강제 노역을 한 이후의 행적을 말한다. 야마다는 라게리(lager', 수용소)에서 프로문학 시기의 경험을 살려서 벽신문(壁新聞)을 제작하고 반파시스트위원회를 창설해 억류 일본인에게 민주주의 운동을 전개한다.[40] 이러한 활동을 통해 그는 1948년 2월 28일 시베리아 제18지구 수용소 제14분소로 재배치돼 억류 일본인들을 상대로 한 민주화 교육 실시 강사단(대다수가 전향자나 특무반 출신으로 구성)에 합류한다. 이후 야마다는 『일본신문(日本新聞)』[41](소련에 억류된 일본인 억류자의 사상 교육용 신문) 발행지인 하바로프스키로 전근되기 전까지 연극 공연을 기획하며 전후 일본공산당의 동향을 주시하며 송환되는 날을 기다린다.[42] 야마다는 일본인 억류자 가운데 거의 마지막 송환 그룹에 들어 『일본신문』이 폐간 되고나서야 일본으로 송환된다. 이 시기를 회고하면서도 야마다가 전향 문제에 과도할 정도로 집착하는 것은 해방 이전과 이후를 연속선에서 보려는 시도를 통해, 만주국 시기의 협화회 활동을 결락시키려는 작위의 산물이었다.

둘째, 야마다는 만주와 관련된 기억을 1950년대라는 시점에서 최대한

---

40) 야마다는 30명 단위 소대의 반장이 돼 일본인을 괴롭히는 (만주국에서는 하층민이었던) 백계 러시아인 문제에도 적극적으로 항의하는 등의 활동을 펼친다.

41) 이 당시 『日本新聞』에는 시베리아 천황이라고 불리던 아사하라 세이키(淺原正基)가 편집위원으로 활동하고 있었다. 아사하라는 KGB 등과 결탁해서 억류 일본인들을 인민재판에 세우는 등 악명이 높았다.

42) 하바로프스키에서 야마다는 일본공산당 중앙위원회 문화부 소속의 옛 동지 구레하라 고레히토와 나카노 시게하루에게 편지를 쓰는데, 이는 야마다가 전향 이후부터 바랐던 옛 동지들과의 관계 회복을 향한 소망만을 드러내는 것이 아니라, 송환된 이후 전향 문제가 어떤 식으로 다뤄질지에 대한 우려를 표출한 행위였다.

거리를 두고 주체적 참여가 결여된 수동적인 형식으로 재구성해낸다. 이는 만주국에서 펴낸 『북만의 일야(北満の一夜)』(万里閣 1941), 『내 개척지 수기(私の開拓地手記)』(春陽堂書店, 1942), 『건국열전(建國列傳)』(滿洲新聞社, 1943) 등의 시국물에 대해서 수치심을 모르고 했던 행위였다고 인정하면서도 전향자로서 자신의 신변을 보호하기 위해 어쩔 수 없이 했던 행위였다[43]고 기술하는 부분에 단적으로 드러나 있다. 예를 들어, 야마다가 만주국 시기의 활동상을 기술하는 방식은 만주국 내 만인 작가나 러시아인들과의 유대감을 표출하는 것과는 대조적으로 아마카스 마사히코나 특고에 대해서는 비판하는 방식을 통해 표출된다.[44] 야마다는 대동아문학자대회에 만주국 대표로 매번 참석해 구딩 등과 같은 처지의 전향자로서의 입장을 취했다. 만주국에서의 활동상이 비주체적인 위장 전향의 형태로 그려지고 있는 것이다.[45]

야마다의 이러한 만주국 시절의 활동상의 기술에 대해, 쓰카세 스스무는 "그런데 전후 회상록은 만주국에서의 의도하지 않은 지위 획득에 대해서 시니컬하게 묘사할 뿐, 자신이 행한 역할을 정확히 총괄하지 않는다. '전향의 옳고 그름'보다도 만주국에서 자신의 의지로 관여했던 것에 대해 성찰하는 자세가 없는 점을 문제로 삼고 싶다."[46]라고 쓰고 있다. 쓰카세의 평가는 야마다의 『전향기』 3부작이 만주 시기의 활동을 형상화하는 방식이 갖는 최대 난점을 적확하게 짚어낸 것이다. 다만 만주국 시기를 "정확하게 총괄하지 않는" 방식은 비단 야마다 만의 문제로 한정

---

43) 앞의 책 『轉向記：嵐の時代』, 104쪽.

44) 야마다는 특고였던 平田勳가 자신을 스파이로 삼아서 만주국내 반만항일 비밀지하조직을 색출하려 했지만, 이에 단호히 반대했다고 쓰고 있다. 『轉向記：嵐の時代』, 91~103쪽 참조.

45) 『轉向記：嵐の時代』, 125~130쪽.

46) 塚瀨進, 『滿州國「民族協和」の實像』, 吉川弘文館, 1998.12, 124쪽.

하기 힘든 전후 일본의 집단기억의 재편성과 맞물린 문제였다. 그러므로 이는 단순히 야마다 개인의 과거 기술이 지닌 난맥으로 한정시켜 단죄하기보다는, 전전에서 전후로 이어지는 일본 지식인들의 과거 인식 가운데 살펴볼 필요성이 있다.

야마다를 비롯해 전시기에 외지로 건너가 활동했던 많은 일본 작가들(그중에서도 전향 지식인)은 전후 다시 찾아온 일본공산당의 융성기 가운데 프롤레타리아 정치/문화/문학 운동 시기 및 전향으로 인한 괴로움을 적극적인 방식으로 표출했지만, 전향 이후 일본 제국의 국책 문화 사업에 적극적으로 참여했던 시기에 대해서는 최대한 생략하거나 비켜가는 방식을 택했다. 이는 이들 문학자의 작품이 전후 전쟁 협력과 관련된 내용이 개정되는 것이나, 전집 편찬 과정에서 해당 작품들이 대거 누락되는 현상으로 드러난다. 그런 의미에서 야마다의 『전향기』 3부작은 전후 일본 지식인들이 전전의 기억을 1950년대라는 전후의 문맥 속에서 전전의 기억을 전후의 현재로 '번역'하는 과정에서 빚어진 의도적 누락과 '의역'의 한 전형이라 할 수 있다.

5. 끝내며

본고는 야마다 세자부로가 『전향기』 3부작에서 자신의 전향 시기 및 만주국 붕괴 전후의 기억을 전후에 어떤 식으로 재구성하고 있는지를, 부각되는 전향에 대한 참회와 지워지는 만주국 시기의 활동상을 통해서 살펴봤다. 본고 2장에서는 야마다의 전향 이후 만주행을 사상(신념)적 전환의 지리적 이동이라는 측면에서 고찰했고, 3장에서는 그가 만주국에서 편집한 세 권의 각 민족 선집에 나타난 만주국 문화 통합 이데올로기가 갖는 의미를 분석했다. 4장에서는 전향 및 만주 그리고 소비에트를 둘러싼 기억의 재편 과정을 『전향기』 3부작에 나타난 기억의 재구성 과정 가운데 조망해 봤다. 야마다 세자부를 살펴보는 데에 있어서 만주국 시기를 중심에 놓은 것은 전향이라는 지리를, 만주라는 사상을 통해 살펴봄으로써 야마다의 '전전'과 '전후'를 연속적인 관점에서 살펴보기 위해서였다. 다만 야마다의 『전향기』 3부작을 현재적 시점에서 읽는 것이 갖는 의미는 전후에 '재구성'된 이야기 가운데 함포된 전후 일본 지식인들의 집단 기억 문제를 단순히 비판하는 것에 있지 않다. 야마다의 『전향기』 3부작은 전후민주주의 문화 운동과 일본공산당이 과거(전전)와 현재(전후)를 1950년대 시점에서 어떤 방식으로 인식했는지를 그 시대적 함의 가운데 살펴보는 것을 통해, 만주국 붕괴 이후 일본 지식인들의 전전 인식과 전후 인식 사이의 접합점과 결락점의 일단을 읽어낼 수 있는 단초를 제시해준다는 점에서 더 큰 중요성을 갖는다.

■ 야마다 세자부로 이력

1896년 교토시에서 출생. 국민학교 중퇴. 소년 시절부터 각종 노동에 종사.

1918년 상경.

1922년 『新興文學』 창간. 이후 프로문학운동에 전념.

1923년 『種蒔く人』 동인이 됨. 이후 『文藝戰線』, 『前衛』, 『新興文學』 편집 담당.
(1920-33년 공산주의 및 프로문학 관련 사전 및 서적 십여 권 출간.)

1931년 치안유지법으로 검거된 후 석방.

1934년 치안유지법 및 불경죄로 구속 수감.

1938년 전향 및 출옥. 전향소설인 『耳語懺悔』 출간.

1939년 3월 만주 행. 하얼빈, 영안둔, 용진 등지에서 현지 생활을 체험.

1940년 만주신문사 학예과 과장. 山田清三郎編, 『日満露在満作家短篇選集』 출간.

1941년 만주문예가협회 위원장 취임. 『一粒の米を愛する心』, 『北満の一夜』 출간.
菊池寬 著 『満鐵外史』(滿洲新聞社, 1941-43)자료 조사 및 초고 대필. 도쿄에 빈번히 출장.

1942년 『私の開拓地手記』 출간. 山田清三郎, 川端康成他編, 『滿洲國各民族創作選集1』 출간.
대동아문학자 제1차 대회(도쿄) 참가.

1943년 『建國列傳』 출간. 대동아문학자 제2차 대회(도쿄) 참가.

1944년 山田清三郎, 川端康成他編, 『滿洲國各民族創作選集2』 출간. 대동아문학자대회 제3차 대회(난징) 참가.

1945년 12월 소비에트 관헌에게 체포.

1946년 초반, 카자흐스칸 알마티 소련동맹 제40지구 수용소 제3분소에서 강제 노역 시작.

1948년 2월 시베리아 제18지구 수용서 제14분소 재배치 됨. 민주화 교육 실시 강사단 합류.
이후 『日本新聞』이 발행되던 하바로프스키에 재배치.

1950년 『日本新聞』이 폐간 된 이후 일본으로 송환됨.
1950년대 신일본문학회 활동을 통해 일본문학계로 복귀.

1957-58년 『轉向記』 3부작 출간.
1950년대 이후 일본프로문학에 대한 다수의 회상기 출간.

1987년 사망.

참고문헌

1차 자료

山田清三郎, 『一粒の米を愛する心』, 大阪屋號書店, 1941.

__________, 『轉向記：霧の時代』, 理論社, 1957.4.

__________, 『轉向記：嵐の時代』, 理論社, 1957.9.

__________, 『轉向記：氷雪の時代』, 理論社, 1958.2.

__________, 川端康成他編, 『滿洲國各民族創作選集 1, 2』, 創元社, 1942, 1944.

山田清三郎編, 『日滿露在滿作家短篇選集』, 春陽堂書店, 1940.12.

大內隆雄, 「滿州通信」, 『文藝』, 1940.6.

島木健作, 『滿州紀行』, 創元社, 1940.4.

2차 자료

고영란 저, 김미정 역, 『전후라는 이데올로기』, 현실문화사, 2013.7.

日本共產党中央委員會, 『日本共產党の七十年　上下』, 新日本出版社, 1994.5.

梅定娥, 「古丁における翻譯--その思想的変遷をさぐる」, 『日本研究』 38, 國際日本文化研究センター, 2008.9.

櫻本富雄, 『文化人たちの大東亞戰爭：PK部隊が行く』, 青木書店, 1993.7.

杉野要吉編集, 『「昭和」文學史における「滿洲」の問題1-3』, 早稻田大學教育學部杉野要吉研究室, 1994.

R, 「[書評] 『轉向再論』 鶴見俊輔・鈴木正・いいだもも」, 『アサート』 287, 2001. 10.20.

李聖傑, 「川端康成における戰爭体驗について－「敗戰のころ」を手がかりに－」, 『ソシオサイエンス』 6, 2010.3.

岡田英樹, 『文學にみる「滿洲國」の位相』, 研文出版, 2000.3.

________, 『文學にみる「滿洲國」の位相　續』, 研文出版, 2013.8.

本多秋五, 『轉向文學論』, 未來社, 1972.2.

Annika A. Culver, *Glorify the Empire Japanese Avant-Garde Propaganda in Manchukuo* (University of British Columbia Press, 2014).

Samuel Perry, *Recasting Red Culture in Proletarian Japan : Childhood, Korea, and the Historical*

Avant-garde (University of Hawaii Press, 2014).

Jean-Paul Sartre, translated by Chris Turner, *The Aftermath of War(Situations III)* (Seagull Books, Jan 1, 2008).

劉春英,「山田清三郎來"滿洲"伊始的創作」,『外國問題研究』4, 2004.

재만일본인 작가의 '귀환'과 '고향상실'

-아키하라 가쓰지의 『커다란 느릅나무-지린의 동란 · 어떤 기억』(1979)을 중심으로-

안지나

1. 고향상실자의 '귀환'

'옥음방송'으로부터 3일 뒤인 1945년 8월 18일, '만주국'은 황제 푸이(溥儀)가 퇴위를 선언함으로써 붕괴하였다. 이에 따라 당시 만주에 거주하고 있던 일본인들은 패전한 '고국'으로 '귀환(引揚)'[1]하게 되었다. 『만몽종전사(滿蒙終戰史)』에 따르면, 종전 당시 재만일본인 인구는 약 155만 명으로 추정된다.[2] 구만주국 지역에서 정식으로 귀환한 일본인의 숫자는 127만 명에 이르렀으며, 이는 전체 귀환자의 약 20%, 당시 일본인 전체 인구의 1%에 이르는 숫자였다.[3]

---

1) 패전 이후 해외 일본인의 본국으로의 귀환을 뜻하는 '引揚'에 대해서는 현재 '인양', '귀환', '히키아게'라는 표기가 병존하고 있다. 여기에서는 인용을 제외하고 '귀환'으로 통일한다.

2) 滿蒙同胞援護會, 『滿蒙終戰史』(東京 : 河出書房新社, 1962), 445쪽.

3) 이는 유용자 및 억류자를 제외한 수치이다. 坂部晶子, 『「滿洲」経驗の社會學-植民地の記憶

이처럼 많은 일본인이 만주에 거주하게 된 것은, 만주국 건국 이후 제국일본의 일관된 이민정책의 결과였다. 즉 "만주는 훌륭한 독립국이지만 우리 일본인에게는 외국이어서는 안 된다. 일만(日滿)은 한 몸이며, 대만주제국의 흥융(興隆)은 일본인의 어깨에 걸려 있다. 특수한 기능을 가진 일본인은 농민이건 기술자이건 관리이건 상인이건 진출하여 여러 민족의 지도자가 되지 않으면 안 된다. 많은 일본인이 이주하여 만주국을 위해 노력하는 것은 동시에 우리나라의 경제・정치・국방상에도 실로 큰 관계가 있는 것"[4]이다. 이는 근대 일본이 제국으로 팽창하는 과정에서 일본인 이민이 어떠한 역할을 맡았는지를 명료하게 드러낸다.

그러나 패전은 만주국이 '독립국'이라는 허상을, 관동군의 후퇴와 무장해제는 '민족협화'라는 환상을 깨뜨렸다. 남겨진 것은 해외 식민지에서 소수의 지배민족으로서 다수의 피지배민족에 둘러싸여 거주하고 있던 '식민자'이자 '패전국민'인 일본인이었다. 결과적으로, 대부분의 재만 일본인은 고통스러운 '귀환'을 경험할 수밖에 없었다.

그러나 구식민지・점령지에서 고통스러운 '귀환'을 통해 일본에 도착한 대량의 귀환자들에 대한 전후 일본 사회의 반응은 결코 우호적이지 않았다. 이연식은 약 400만 명(1946년 7월 기점)을 넘어선 귀환자의 대량 유입으로 인한 민생문제의 심화, '내지' 일본인들의 귀환자들에 대한 반감과 편견에서 비롯된 냉대, 정부와 행정당국의 빈약한 구호의지, 일본

のかたち』(京都：世界思想社, 2008), 9쪽. 이연식은 전후 일본의 총유입 인구를 630만 명에서 최대 700만 명 내외로 보고, 이는 1945년 일본 본토 인구 약 7200만 명의 9~10%에 해당하는 숫자라고 지적했다. 그리고 만주와 중국 본토에서 귀환한 인구는 전 귀환자의 약 40%에 달한다고 추정하였다. 이연식, 「전후 일본의 히키아게(引揚) 담론 구조 : 해외 귀환자의 초기 정착과정에 나타난 담론의 균열과 유포」, 『일본사상』 24(한국일본사상사학회, 2013년 6월), 77쪽.

4) 芳郁勳, 『大東亞の産業と住民』(東京：建文社, 1944), 164쪽.

정부의 차별적인 원호(援護)체계에 불만을 품고 귀환자들이 정치세력화한 과정을 지적한다.[5] '일본인'으로서 구식민지·점령지에서 배제당하고 일본으로 '귀환'한 귀환자들이 이번에는 일본 본토에서 "'일본국민'으로 정당하게 대우"[6]받을 것을 요구해야 하는 입장에 놓인 것이다. 또한 귀환자 집단의 문제성은, 일본정부의 '전쟁피해자'에 대한 '국가책임' 문제를 중심으로 복잡하게 진행되었다.[7] 이러한 상황에서 귀환자들은 한편으로는 전쟁피해자로서의 피해의식을 내면화하면서, 그들에게 냉담한 전후 일본 사회에 받아들여지기 위해 '전쟁피해자'인 선량한 일본인 '동포'라는 점을 강조하게 된다.[8]

실제로 일본에서 '귀환'에 대한 본격적인 연구 성과가 발표되기 시작한 것이 1990년대부터라는 사실[9]은, 전후 일본 사회에서 '귀환'이 가진 복잡

---

5) 귀환자들에 대한 일본 사회의 냉대는 그들이 현지인을 착취한 특권 집단이라는 인식, 전쟁의 고통을 겪은 것은 일본 본토의 전재민, 소개민도 마찬가지라는 생각, 여러 민생 문제가 악화됨에 따른 경계 의식, 식민지 태생 일본인에 대한 편견 등이 있었다. 이연식, 앞의 논문, 88~93쪽.

6) 위의 논문, 92쪽.

7) 이연식은 이 과정에서 일본정부가 일관되게 귀환자를 '패전의 피해자'로 규정하면서도 그들의 재외재산 상실 등의 실질적인 피해에 대한 '국가책임'을 인정하지 않은 점을 지적한다. 주로 피해의 성격과 규모를 중심으로 논의를 진행함으로써 "패전 일본의 참상을 연합국과 국제사회에 호소해 배상액을 줄이고, 보상에 따른 재정적 부담을 고려해 '모든' 일본인이 피해자이므로 딱히 '특정 집단'에 대해 국가배상 책임을 인정할 필요가 없다는 논리를 강화하고자 했던 일본정부의 필요와 지향이 고스란히 녹아 있었다"는 것이다. 위의 논문, 96~97쪽.

8) 모든 귀환자가 귀환 경험에 대해 동일한 태도를 취했다는 것은 아니다. 야마다 쇼지(山田昭次)는, 일부 귀환자들은 고통스러운 귀환 경험을 통해 자신들이 국가에 이용당했다는 인식에 이르렀다고 지적하고 있다. 山田昭次, 『近代民衆の記錄6－滿洲移民』(東京：新人物往來社, 1978), 49쪽.

9) 위의 논문, 72쪽. 대표적인 연구는 다음과 같다. 成田龍一, 「「引揚げ」に關する序章」, 『思想』 955号(東京：岩波書店, 2003. 11)；「「引揚げ」と「抑留」」, 細谷千博・入江昭・大芝亮編, 『記憶としてのパールハーバー』(京都：ミネルヴァ書房, 2004), 淺野豊美, 「折りたたまれた帝國」, 細谷千博・入江昭・大芝亮編, 위의 책, 阿部安成·加藤聖文, 「「引揚げ」という歷史の問い方(上)」, 『彦根論叢』 348(滋賀大學経濟経營硏究所, 2004, 5)；「「引揚げ」という歷史の問い方(下)」, 『彦根論叢』 349(滋

한 사회적, 정치적 위치를 암시한다. 아사노 도요미(淺野豊美)는 '재외동포원호회'의 해산(1950.5)을 계기로 귀환자의 정치적 대항 집단으로서의 아이덴티티가 소멸되었고, 그들의 귀환 체험은 패전의 충격, 비참한 수용소 생활, 귀환과 일본 내 정착의 과정을 거치면서 비참한 고난과 현지인에게 받은 약간의 친절이라는 모티프를 반복하면서, 식민자로서의 행동이나 기억, 감성을 은폐하는 역할을 하게 되었다고 날카롭게 지적한다.10)

이와 같은 선행연구에서 특히 주목되는 것은, 전후 일본의 정치 상황에서 귀환자가 고통스러운 '귀환' 체험을 통하여 전쟁의 희생자이자 피해자인 '귀환자'라는 표상으로 일원화되어갔다는 사실이다. 본래 식민지, 점령지의 '식민자'였던 '귀환자'의 다양성이 전쟁으로 고통받은 '일본인', '일본민족'의 수난으로 통합된 것이다. 나리타 류이치(成田龍一)가 지적하듯이, 그 과정을 매개하고, 촉진시키고, 공적기억으로 정착시키는 역할을 수행한 것이 바로 방대한 양의 수기, 체험기, 소설, 시 등의 '귀환문학'을 포함하는 귀환서사였다.11) 이러한 시각은, 주로 아베 고보(阿部公房)를 비롯한 '전후귀환파(外地引揚派)'의 문학작품을 연구 대상으로 하는 '귀환문학'12) 연구가, 식민지문학에서 전후문학으로 이어지는 연속성을 획득함

賀大學経濟経營研究所, 2004, 7), 坂部晶子, 같은 책, 蘭信三編, 『帝國以後の人の移動』(東京 : 勉誠出版, 2013). 한국에서는 이연식, 위의 논문, 김영숙, 「일본의 패전과 만주지역 일본인의 귀환－개척단 농민들의 사례를 중심으로」, 『동양사학연구』122(동양사학회, 2013년 3월), 박이진, 「귀환체험담의 '비극' 재현 담론 속 '반전평화주의'－1970년대 전환기의 귀환체험담 담론비평」, 『일본사상』 25(한국일본사상사학회, 2013년 12월)등이 있다.

10) 淺野豊美, 같은 논문, 307쪽, 310쪽.

11) 나리타는 패전 직후 일본인의 '귀환'과 그 공적 기억의 문제에 초점을 맞추어, 1950년대를 체험의 시대, 1970년대를 증언의 시대, 1990년을 기억의 시대로 정의하였다. 成田龍一, 앞의 논문(2004), 182쪽.

12) 일본에서 '귀환문학'은 주로 1970년대부터 구 식민지나 점령지에서 유년기나 청년기를 보낸 '전후귀환파'가 주목을 받기 시작하면서 시작되었으며, 귀환을 소재로 한 문학작품이 본격적으로 연구되기 시작한 것은 역시 1990년대이다. 朴裕河, 「引揚げ文學に耳を傾ける」, 『立命館言語文化研究』 24巻4号(立命館大學國際言語文化研究所, 2013. 3), 117쪽,

과 동시에 전후 일본 사회 전체로 확장될 수 있는 가능성을 시사한다. 물론, 귀환자들의 '귀환' 체험이 모두 균질하거나 동일한 것은 아니다.[13] 하지만 많은 귀환서사에서 공통적인 특징이 발견되는 것도 사실이다.

예를 들어, 야마다 쇼지(山田昭次)는 만주귀환자의 귀환서사의 "일반적 특징"으로 "(1) 소련 참전, 8 · 15 시기부터 서술된다. 그 이전에 대한 것은 서술되어도 간략하고, 일본인 이민자의 중국인, 조선인 등과의 관계는 거의 다루지 않는다. (2) '비적(匪賊)'의 반란, 소련군의 폭행, 전염병 발생으로 인한 귀환의 비참함이 묘사된다. (3) 이민자를 남기고 도망친 관동군, 송출할 때와는 대조적으로 냉담한 조치를 취한 국가에 대한 비판이 나온다."[14]를 들고 있다. 한편 나리타는 후지와라 데이(藤原てい)의 귀환 체험을 바탕으로 한 소설『流れる星は生きている』(1949)을 중심으로 귀환서사를 분석하였다. 그는 전후 일본에서 귀환서사가 주로 일본인 귀환자가 패전을 계기로 식민자로서의 특권적 지위를 박탈당하고, 고통스러

崔佳琪, 「滿洲引揚げ文學について－研究史の整理及びこれからの展望－」, 『現代社會文化研究』 55(新潟大學大學院現代社會文化研究科, 2012. 12), 44쪽. 주로 작가연구나 식민지문학, 전후문학과의 관련 속에서 고찰되었다. 尾崎秀樹, 『近代文學の傷痕－旧植民地文學論』(東京 : 岩波書店, 1991), 川村湊, 『異鄕の昭和文學－「滿洲」と近代日本』(東京 : 岩波書店, 1990), 成田龍一, 앞의 논문(2003 · 2004) 등이 있다. 최근에는 한국인 일본문학 연구자가 많은 연구 성과를 발표하고 있다. 朴裕河, 「引揚げ文學論序說－戰後文學のわすれもの」, 『일본학보』 제81호(한국일본학회, 2009년 11월) ; 「「引揚げ」と戰後日本の定住者主義」, 『일본학보』 제93호(한국일본학회, 2012년 11월) ; 「引揚げ文學に耳を傾ける」, 『立命館言語文化研究』 24巻4号(立命館大學國際言語文化研究所, 2013년. 3월), 이정희, 「현대 일본문학과 식민지체험 1－<만주체험>을 중심으로－」, 『일본문화학보』 13(한국일본문화학회, 2002년 5월), 오미정, 『일본 전후문학과 식민지 경험』(서울 : 아카넷, 2009), 박이진, 「아베 고보의 '만주표상'－귀환자의 노스탤지어」, 『만주연구』 14(만주학회, 2012년 12월), 黃益九, 「「引揚げ」言說と<記憶>の図版－石森延男「わかれ道」が發信する美談と「故鄕」」, 『일어일문학』 61(대한일어일문학회, 2014년 2월).

13) 나리타는 귀환자의 경험이 본인의 위치와 입장, 계층, 성별, 연령, 거주 지역과 귀환 시기, 그리고 귀환 관리국에 따라 다르다는 점을 강조한다. 成田龍一, 앞의 논문(2003), 150쪽.

14) 山田昭次, 앞의 책, 49쪽.

운 도피행과 수용소생활을 경험하면서 궁극적인 목적지인 '일본'으로 향하는 '귀향(歸鄕)'의 서사로 '재구축(再構築)된다는 점에 주목하였다.15) 야마다와 나리타의 지적은, 많은 귀환서사가 일본 패전 이전의 '식민자'로서의 경험을 생략하거나 회피하며, 전쟁피해자로서의 귀환자상을 재생산함과 동시에 군대나 국가에 버림받은 '일본인'으로서의 모순과 분열을 어떻게 해석할 것인가 하는 근본적인 문제를 내재하고 있음을 보여준다.

그러한 관점에서, 아키하라 가쓰지(秋原勝二)(본명 渡辺亮, 1913~)의 '귀환' 체험은, 남만주철도주식회사(이하 만철)의 사원이자 만주문단의 중심축 중 하나였던 『작문(作文)』의 동인이었다는 점에서 특히 주목된다. 만철 본사가 있던 다렌(大連)지역의 시인이나 소설가가 중심이 된 동인잡지 『작문』은, 1932년 10월 제1집부터 간행되어 1942년 제55집을 마지막으로 종간되었다. 오자키 호츠키(尾崎秀樹)는 『작문』동인에 대하여 "『예문(藝文)』이 창간될 때까지 만주 일계(日系)문학의 유력한 거점으로서의 역할을 하였다"고 평했다.16)

흥미로운 것은, 아키하라가 1937년에 발표한 수필 「고향상실(故郷喪失)」(≪만주일일신문(滿洲日日新聞)≫, 1937. 7. 29~31)과 소설 「밤 이야기(夜の話)」(『작문』, 1937. 7)를 통하여 재만일본인 2세의 불안한 아이덴티티와 식민정책에 대한 날카로운 회의를 제시했다는 점이다. 그의 초기 대표작인 「밤 이야기」의 주인공은 요코야마 지로(横山二朗)라는 다렌(大連)의 회사원이다. 그는 "일본은 멀고, 어떻게 해도 관념 그 이상을 찾아낼 수 없다. 또한 이미 한결같은 마음으로 이 토지 이민족(異民族)의 생활 연구에 몰입한 적도 있지만, 그러나, 이도 얼마나 동떨어진 것이었는가. 우리의 불행은 여

15) 成田龍一, 앞의 논문(2003), 169쪽.
16) 尾崎秀樹, 앞의 책, 224쪽.

기에 있다. 우리의 마음, 육체는 토착된 이민족처럼 이 토지의 것이 되지 못하고, 또한 일본의 것이 되지 못하는 어떤 것으로 변화하고 있었던 것이다. 아마도 이 변화는 어떠한 훈육도, 경계도, 할 수 없는 명확한, 넘어서기 어려운 토지의 차이인 것이다."[17]라고 제국과 식민지 사이에서 방황하는 재만일본인의 위화감을 토로한다.

아키하라에 대한 선행연구가 거의 「밤 이야기」에 집중되어 있는 것은, 그가 재만일본인으로서 '일본(인)'을 상대화한 비판적 시각이 주목받았기 때문이다.[18] 니시다 마사루(西田勝)는 만주 시대 아키하라의 문학적 영위가 "식민주의란 무엇인가를 묻는 일련의 작품"이었으며, 이러한 작품을 통해 일본 식민지배의 모습을 독특한 시점에서 때로는 날카롭게 비판한 아키하라는 "'만주국'의 내재적 비판자"였다고 높이 평가하였다.[19]

그러나 「고향상실」이나 「밤 이야기」에서 재만일본인은 만주에 뿌리내려야 한다고 선언하였던 아키하라는, 만주국 붕괴 이후 일본으로 귀환하였다(1946. 8). 이후 귀환자에 대한 일본 사회의 냉대와 만철 및 만주국에 대한 비판을 경험하면서 회사원으로 일하는 한편, 옛 동인들과 함께 『작문』을 복간하였다(1964. 8). 1977년 9월호부터는 편집을 맡았고, 1997년 9월에는 발행책임자가 되었으며, 현재까지 발간을 계속하고 있다.[20]

아키하라는 7세라는 어린 나이에 만주로 건너가 성장하였고, 국책회사

---

17) 秋原勝二, 「夜の話」, 滿洲文話會編, 『滿洲文藝年鑑 第2輯』(復刻版, 西原和海解題, 福岡：葦書房, 1993, 大連：滿洲評論社, 1938), 201～202쪽.

18) 小泉京美, 「「滿洲」における故郷喪失－秋原勝二「夜の話」－」, 『日本文學文化』 10号(東洋大學日本文學文化學會, 2010), 西村將洋, 「「滿洲文學」からアヴァンギャルドへ－「滿洲」在住の日本人と言語表現」, 神谷忠孝・木村一信編, 『「外地」日本語文學論』(京都：世界思想社, 2007).

19) 西田勝, 「「滿洲國」の內在的批判者としての秋原勝二」, 『植民地文化研究 資料と分析』 11(不二出版, 2012), 90쪽, 98쪽.

20) 같은 논문, 93쪽, 佐久間文子, 「96歲發行人は元滿鐵職員 同人誌「作文」, 200集に」, ≪朝日新聞≫, 2010년 6월 8일.

인 만철의 사원으로 일하는 한편 『작문』 동인으로 활동하였다. 그가 일본 본토로 '귀환'하여 『작문』을 복간하고 7년에 걸쳐 자신의 귀환 체험을 소설을 통하여 문학적으로 형상화한 것이다. 즉, 만주에서 '만주'와 '재만일본인'을 소재로 한 그의 문학 활동은 만주국 붕괴와 귀환이라는 역사적 사건에도 불구하고 전후 일본 내부로 자리를 옮겨와 이어지고 있는 것이다. 이는 '만주문학(일계문학)'의 측면에서도, 앞에서 검토한 '귀환문학'이라는 측면에서도 매우 흥미로운 점이라고 할 수 있다.

우선, '만주문학'의 측면에서 보자면 만주국의 붕괴는 그대로 '만주문단'의 붕괴를 의미하는 것이었다. 그럼에도 불구하고 재만일본인 작가가 일본 내에서 일본어로 '만주'와 '재만일본인'에 대한 작품 활동을 계속하고 있는 것이다. 이는 '만주문단'에서 소위 '일계문학'이 가지고 있던 근본적인 문제성, 즉 만주에서 일본인 작가가 만주를 소재로 창작한 일본어문학이 과연 '만주문학'이라고 불릴 수 있는 것인가에 대한 의문을 환기한다. 또한 '귀환문학'에 있어서 아키하라의 문학 활동은 전후 일본 사회에서 '식민자'[21]와 '귀환자'로 분리된 귀환자 표상에 대한 근본적인 문제를 제기하는 것이라고 볼 수 있다.

이런 맥락에서, 아키하라의 장편소설 『큰 느릅나무—지린의 동란・어떤 기록』(1979)[22]은 '만주문학'과 '귀환문학', '식민자'와 '귀환자' 사이의

---

21) 아사노 도요미는 '식민자'의 정의로 "근대 일본의 해외팽창의 과정에서 국가의 공식 비공식의 원조를 얻어, 자신도 주체적인 의지를 갖고 '신천지'에서의 생활을 꿈꾸어 '외지'로 생활 거점을 옮긴 사람들"이라고 하였다. 나아가 이주한 현지에서는 "현지사회에 압도적인 영향력을 끼치는 지배적인 행정기구나 그것을 지탱하는 일본인 사회의 구성원이 되어, 거기서 아이를 낳아 기르고, 2, 3세대를 보낸" 사람들이며, "때로는 국가 당국보다도 과격한 팽창주의적인 논의로 자신들의 권익 확장을 부르짖은 사람도 있었다"고 지적하고 있다. 淺野豊美, 앞의 논문, 276쪽. 박유하도 '제국'이란 국민의 '이주'—'이동' 없이는 있을 수 없었으며, 그런 의미에서 제국을 지탱한 것은 군대나 관료만이 아니라 많은 '일반인'이었다고 지적하고 있다. 朴裕河, 앞의 논문(2012), 122쪽.

연속성을 복원시킨다는 점에서 중요한 의미를 가진다. 왜냐하면, 이 소설은 '만주일본인'의 '귀환'을 그리고 있기 때문이다.

이미 살펴보았듯이, 아키하라는 「밤 이야기」를 통해 처음으로 재만일본인 사회에 '일본인'과 구분되는 '만주일본인'의 아이덴티티를 주장한 작가였다. 그리고 『큰 느릅나무—지린의 동란・어떤 기록』은 만주국 체제의 붕괴 속에서 '지도(指導) 민족'이었던 '만주일본인'이 패전국민으로 전락하고 이윽고 일본으로 '귀환'하는 과정을 집요하게 묘사한다. 말하자면 아키하라는 「밤 이야기」(1937)과 『큰 느릅나무—지린의 동란・어떤 기록』(1979)를 통해, 약 42년이라는 긴 시간에 걸쳐 '만주일본인'의 형성과 붕괴의 과정을 문학적으로 '재현'했던 것이다. 이는 근대 동아시아에서 제국일본의 확장과 함께 이루어졌던 일본인의 이동과 이주가, 그 내부에 다양성과 이질성을 내포하면서도 기본적으로 '식민자'의 이동이었다는 한계를 드러내는 것이기도 하다.

그럼에도 불구하고, 『큰 느릅나무—지린의 동란・어떤 기록』은 지금까지 거의 연구의 대상이 되지 못했다. 이는 이 작품이 많은 귀환서사와 공유하는 특성, 즉 작가의 귀환 체험을 거의 그대로 반영한 것이라고 간주되었기 때문일 것이다. 아키하라 본인도 "이 작품은 쇼와20년(1945년) 8월부터 1년간의, 구 만주 지린에서의 견문, 체험을 재료로 기록한 것"[23]이라고 쓰고 있다.

이 소설이 1945년 8월 7일부터 1946년 9월 7일까지 약 일 년에 걸쳐

22) 아키하라는 『작문』(84~108)에서 자신의 '귀환' 경험을 「죽음을 짊어지고(死を負うて)」라는 제목으로 연재하였다(1971년 8월~1978년 6월). 이 장편 소설은 이후 『작문』 별책으로 『큰 느릅나무—지린의 동란・어떤 기록(楡の大樹—吉林の動亂・ある記錄)』(『작문』 116집, 1979)간행되었고, 소설집 『아키하라 가쓰지 작품집(秋原勝次作品集)』(廣島 : 冬夏書房, 1987)에는 『느릅나무에 내린 눈—지린의 동란・어떤 기록(楡に降りしきる雪—吉林の動亂・ある記錄)』이라는 제목으로 수록되었다.

23) 秋原勝二, 「あとがき」, 『楡の大樹—吉林の動亂・ある記錄』(東京 : 作文社, 1979), 175쪽.

소련군에서 중국공산군, 다시 국민정부군으로 바뀌는 점령군 치하에서 경험한 일본인의 고난에 중심을 두고 있는 것은 사실이다. 그러나 도시거주자이자 만철 사원인 주인공 소우키치(惣吉)의 '귀환'은, 조직의 비호를 받을 수 있었다는 점에서 소련 접경지역에 고립된 '개척민' 등의 귀환만큼 가혹한 조건은 아니었다고 할 수 있다.

이 소설에서 중심이 되는 것은 오히려, 도시거주자이자 만철 사원으로서 이민족과 이웃 혹은 동료로 접하고 있던 소우키치의 일상이 패전으로 인해 변화하는 양상이다. '지도 민족'인 일본인으로서 스스로 민족협화를 실천하고자 하는 소우키치는 패전으로 인하여 '패전국민'으로 전락하고, 자신이 '고향'이라 여기고 깊은 애정을 느꼈던 토지가 결국 '자신의 것'은 아니라는 것을 자각하게 된다. 그러나 그가 귀환해야 할 '고향'인 일본은 그에게 낯선 고장이며, 사망함으로써 그의 '귀환'은 궁극적으로 좌절되고 만다. 즉 『큰 느릅나무-지린의 동란 · 어떤 기록』은 식민자의 '실패'하는 귀환을 문학적으로 형상화하고 있는 것이다.

따라서 여기서는 식민지 체제가 붕괴하는 과정에서, '지도 민족'에서 패전국민으로 전락한 재만일본인의 민족의식 및 아이덴티티의 문제에 초점을 맞춘다. 또한 식민지 사회에서 '식민자'로서의 자의식이 현실적 기반을 상실했을 때 어떻게 현실을 인식하고, '민족'과 '국가'의 관계를 재구축하는지를 구체적으로 살펴보고자 한다. 이는 '재만일본인'이 '일본인/일본국민'으로 수렴되는 과정 속에서 억압되고 배제된 모순과 균열을 읽어내려는 시도이기도 하다.

2. 제국일본의 '국민'과 재만일본인

『큰 느릅나무－지린의 동란 · 어떤 기록』은 1945년 8월 7일 밤에서 시작된다. 만철 사원인 소우키치(惣吉)는, 두 살짜리 아들과 조산으로 두 번째 아이를 잃은 지 얼마 안 되는 아내와 함께 공습을 두려워하며 생활하고 있다. 그는 자식을 잃었다는 사실에 슬픔을 느끼지만, 이 전쟁에서 자신도 죽을 것이기 때문에 아이를 잃은 것이 꼭 불행이라고는 할 수 없다고 스스로를 위로한다. 그에게 전쟁은 이미 자신의 죽음, 나아가 가족의 죽음을 전제로 하는 것이다.

실제로 1945년 8월 9일, 소련정부가 일본정부에 선전포고를 하였고, 이와 동시에 소련군이 만주국 국경을 침범하였다. 이에 관동군은 국경을 포기하고, 만주국 정부는 수도인 신경(新京)을 통화(通化)로 이전(移轉)하고 만철을 통해 '재류민'을 후송할 것을 결정하였다(8.10).[24)]

작품에서는 8월 12일에는 무단강(牡丹江)에서 철도 관계자 가족 약 1,000여 명이 도망쳐오고, 소우키치도 5명을 맡아 공동생활을 하게 된다. 이미 패색이 짙게 느껴지는 상황에서, 만철에 근무하는 지인이 역시 만철에 근무하는 형의 전언을 전해준다. 그것은 "－서둘러 죽으려 하지 마라, 하지만, 결코 죽음에 늦지는 말아라－"는 것이었다(10쪽). '문장적 무비(文裝的武備)'라는 슬로건에서 알 수 있듯이, 만철은 유사시 군대를 우선해서 우송하는 식민지 철도였다.[25)] 만주국의 물류체계 및 개발의 중심적 존재였던 만철에 근무하는 소우키치를 비롯한 주변인들이 전황에 민감한 것은 자연스러운 일이다. 하지만 소우키치가 어두운 전황에 자신이나 가족

24) 加藤聖文, 『滿鐵全史』(東京 : 講談社, 2006), 185～186쪽.
25) 山田洋次, 『滿鐵とは何だったのか』(東京 : 藤原書店, 2006), 20～21쪽.

의 죽음을 예감하고 있다는 사실은, 그가 강한 소속감을 느끼고 있는 것이 '만주국'이 아니라 '제국일본'이라는 사실을 드러낸다. 8월 14일 오후, 소우키치는 "내일 중요한 방송이 있는 모양이야. ―방송은, 정전(停戰)의 칙조(勅詔)인 것 같더군."이라는 동료의 말을 듣고 분개한다.

> "뭐라고요? ―누가 그런 소리를 한 겁니까."
> 소우키치는 절규하듯이 내뱉었다. 경우에 따라서는 그냥 두지 않겠다는 기세였다. 그는 상대에게 발언의 책임을 지게 함으로써, 가장 두려워하던 소문의 신빙성을 확인하고자 했다. 반은 분하기도 했다. 책임을 질 수 없는 소문이라면 입을 다물게 하고 싶었다. 아니, 취소하게 하고 싶다. 그 자리에는 다른 동료도 몇 명 있었고, 모두 깜짝 놀란 기색을 보이고 있었기 때문이다.
> "누가라니, 몇 명이나 그랬으니까, 한 두 명이 아니야."
> 상대는 약간 어물거렸다.
> "흠―, 나는 믿지 않습니다. ―나는, 소련의 참전으로 드디어 최후의 때가 왔다, 국민이여, 전력을 다해 이 적을 분쇄하라는 최종적으로 선전포고를 하는 칙조라고 생각합니다. 그렇지 않으면 말이 안 됩니다. 이제 와서 항복해서 어쩌자는 겁니까. 교묘하게 속을 뿐입니다. 목숨이 다할 때까지 하자, 국민에게 이번에야말로 죽어달라는, 이제 물러날 곳은 없다는 돌격 나팔이라고 생각합니다."[26]

이 장면에서 소우키치는 명백히 스스로를 최종적인 선전포고의 칙조가 명령하는 '국민'으로 파악하고 있다. 즉 그는 전쟁을 수행하고 있는 제국의 '국민'으로서 인식하고 행동하고 있는 것이다. 소우키치는 자신이 만주국에 거주하고 있다는 사실과 제국일본의 '국민'이라는 사실 사이에 아

---

26) 秋原勝二, 『楡の大樹－吉林の動亂・ある記錄』(東京：作文社, 1979), 11쪽. 이후 본문 인용은 쪽수만 표시한다.

무런 모순을 느끼지 못한다. 실제로 작품 전체에 걸쳐 소우키치가 스스로를 '만주국 국민'으로 의식하는 순간은 존재하지 않는다. '만주국인(滿洲國人)'이라는 말은 몇 번 등장하지만, 그것은 주로 일본인을 제외한 이민족, 특히 중국인을 지칭하는 데 그친다. 소우키치의 정체성은 '일본인', 즉 '일본민족'과 제국일본의 '국민'과 직결되어 있으며, '만주국'은 그의 인식 속에서는 부재하는 존재이다. 이러한 사실은, 이 작품에서 만주국 황제 푸이의 퇴위 선언(8.18)은 언급조차 되지 않는다는 사실에서도 엿볼 수 있다. 공식적으로 만주국의 '붕괴'를 선언한 것은 푸이의 퇴위 선언이었으나, 소우키치에게 있어 일본의 항복은 곧 만주국의 붕괴였던 것이다.

그리고 만주국의 붕괴는, 필연적으로 재만일본인의 현실에 잠재되어 있는 두려움과 공포를 자극한다. 즉 다수의 피지배민족 사이에서 생활하는 소수의 지배민족이라는 재만일본인의 현실에서, 만주국이 붕괴된다는 사실은 전쟁과는 또 다른 현실적인 불안을 불러일으키는 것이다. 이는 일견 동일한 것처럼 보이는 '내지'의 '종전'과 '외지'의 '패전'이 서로 다른 성격의 사건이었다는 사실에 비추어 생각해볼 수 있다.[27)]

소우키치는 '옥음방송'이 정전(停戰)을 알리는 것일 것이라는 동료의 추측을 강하게 부정하면서도 1, 2년 전에 들은 소문을 상기한다. 그것은 "어떤 얼굴을 한 인간인지, 만주국인인지 조선인인지도 알 수 없는" "어스름 속에서 꿈틀거리는 정체를 알 수 없는 사람들"이 일본인 여성이나 아이에게 접근한다는 것이다(11쪽). 그리고 "당신들은 모르지만, 일본은

---

27) 전후일본인에게 '8월 15일'은 패전임과 동시에 "길고 고통스러운 전쟁의 시대가 드디어 끝나고 새로운 시대가 시작되었다는 긍정적인 의미"가 있었다. 그러나 구식민지·점령지에 거주하고 있던 일본인들에게 8월 15일은 "신시대의 도래가 아니라 전전(戰前)의 '청산(淸算)'이라는 형태로 '전전'이 계속"되었던 것이다. 阿部安成·加藤聖文, 앞의 논문(2004. 5), 138～139쪽.

전쟁에 지고 있어. 본국은 이제 곧 미국에 점령당할 거다."라고 놀린다는 것이다. 소우키치의 아내가 모닝코트를 팔라고 조르는 중국인에게 그 이유를 묻자, 그는 "이제 곧 만주에도 미군이 상륙합니다. 그러면 모닝코트를 입고 환영하러 가는 겁니다. 그래서 모두 갖고 싶어 하죠."라고 답한다(12쪽). 그 이야기를 들은 소우키치는 속으로 "사방을 적으로 둘러싸인 일본이 가슴이나 배를 뜯어 먹히고 있음을 느낀다. 목덜미를 잡아 꾹 눌러줄 수 없는, 잡기 힘든 그림자 무리. —그들 쪽이 진실을 알고, 진실을 말하고 있는 것이다—"라는 속삭임을 듣는다(12쪽).

소우키치는 재만일본인으로서 일본의 패전이 곧 만주국 체제를 붕괴시킬 것이고, 그 붕괴로 인해 재만일본인이 처하게 될 현실적인 고난을 '8월 15일' 이전부터 충분히 인식하고 있는 것이다. 그리고 그의 불안과 두려움은 정체를 알 수 없는 불순한 무리에게만 향하는 것이 아니다. 소우키치는 자신이 "적을 분쇄하라는 최종적으로 선전포고"일 것이라고 강하게 주장한 '옥음방송'을 듣기 위해 기립하면서, 맞은편의 중국인 동료인 리우(劉)가 기립한 것에 '안도'한다. 그가 중국인 동료에 대해 느끼는 불안은 만주국 내의 타민족이 결코 만주국의 체제나 제국일본의 지배에 대해 동의하지 않을 것이라는 인식을 전제로 한다. 결국 '옥음방송'을 듣고, 일본의 항복이 확실해지자 소우키치는 강렬한 수치심을 느낀다.

> 대부분의 일본인은 자신보다도 나라를 의지하며 살아왔다. 그중에서도 소우키치는 그 경향이 강한 남자였다. 돌아가야 할 마을은 없어도, 누구에게나 거리낌 없이 내 것이라고 말할 수 있는 국가 속에서 처음으로 살아갈 길을 발견했던 소우키치는 그것을 치유할 방법을 몰랐다. 그는 자신이 믿은 것을 극단적으로 소중히 한다. 그렇지 않을 수 없다. 그것을 흙발로 짓밟히고서, 살아 그것을 보고 있는 자신이 부끄러웠다. 용서할 수 없었다. 자신에게, 동료에게, 남자를 쳐다보는 일본 여자들에게, 어른을 쳐

다보는 아이들에게, 또한 만주국인, 조선인 앞에, 그 중 누구에게도 얼굴을 들 수가 없다. 그 시선을 견딜 수 없다. 얼굴이 굳는 절망감을 느끼면서도 아직 숨을 쉬고 있는 자신을 용서할 수 없다.(14쪽)

소우키치는 "누구에게나 거리낌 없이 내 것이라고 말할 수 있는 국가"의 패전을 겪고, 일본인으로서 스스로와 동료, 일본인 여성, 일본인 아동, 만주국인, 조선인에 대하여 강렬한 수치심을 느낀다. 그의 수치심은 같은 일본인 중 약자인 여성과 아동에 대해서는 '제국'을 지키지 못한 일본인 남성으로의 수치임과 동시에, 만주국 내에서 '지도 민족'이어야 할 일본민족으로서 '본국'이 패전한 사실로 인해 타민족에게 느끼는 수치이다. 그는 패전으로 인해 '식민자'로서의 자존심과 긍지에 깊은 상처를 입었다는 사실을 자각하지만, 그것은 일본의 '패전'이라는 사실 자체에 대한 것이지 식민지 지배 자체에 대한 것은 아닌 것이다.

3. 식민자의 민족의식과 한계

일본의 항복과 만주국의 붕괴로 인하여, 다민족으로 구성된 만주국 사회에서 일본인은 매우 불안하고 유동적인 위치에 놓이게 되었다. 『큰 느릅나무—지린의 동란・어떤 기록』에서 그 사실을 가장 명확하게 드러내는 것은, 만철 사원인 일본인들의 주거지의 변화이다. 일본인 사원들은 모두 중국인 동료에게 업무를 인계하게 되며, 점령군이 바뀔 때마다 이층짜리 벽돌집인 일본인 사택에서 일 층 목조 건물인 중국인 사택으로, 다시 일본인 초등학교 건물로 내몰린다. 만주국 시대에는 일본인을 정점으로 했던 민족 관계가 만주국 붕괴 이후 중국인을 중심으로 재편된 것이다. 소우키치가 새로운 현실을 인식하게 되는 결정적인 계기는, 도로 맞은편 '만주국인' 사택(社宅)에서 이전 만주국기가 걸려있던 자리에 걸린 중화민국 국기인 '청천백일기만지홍기(青天白日旗滿地紅旗)'를 발견한 순간이다.

> 이렇게 선명하게 마음의 거리를 드러내는 것이 있을까. 이민족 동료가, 전혀 다른 입장으로 떠나버렸다. 그렇게 친숙하던 주위의 산이나 나무가, 적의에 가득 차 우주 끝의 별처럼 멀어져 가는 것이 보였다. 발밑의 풀도 흙도 돌덩어리까지도, 때때로 방문하는 룽탄산(龍潭山)의 산줄기까지도 바늘을 품고 떨어진 것을 새삼스럽게 보았다. 올려다보는 하늘도, 해도 구름조차도 일몰보다도 어둡고 색이 바래보였다. 그는 단념하고 눈을 감았다. 사랑도, 자연도, 결코 다가설 수 없는 완고한 남자가 되려고 하고 있었다.(18쪽)

소우키치는 그 깃발이 새로운 것이 아닌 것을 보고, "그들은 동료로서 일본인에게 복종하면서도 장롱 깊숙이, 몰래 그 깃발을 숨기고 있었다."는 사실을 깨닫는다(18~19쪽). 이는 소우키치가 '옥음방송' 이전에 이민족 동료에게 느꼈던 불안감이 그 예상을 뛰어넘는 적나라한 현실로 나타난 순간이기도 하다. 물론, 앞에서 검토했듯이 소우키치에게도 스스로가 만주국 '국민'이라는 인식은 없었다. 그러나 그가 '만주국인'이라 불렸던 중국인들 역시 결코 만주국 '국민'이 아니었다는 사실을 깨닫는 것은, 그에게 '식민자'로서의 자각을 불러일으킬 수 있는 결정적인 순간이었다고 할 수 있다. 소우키치 자신이 '일본민족'으로서 "누구에게나 거리낌 없이 내 것이라고 말할 수 있는 국가"가 일본이었듯이, 그의 이웃이자 동료인 중국인에게는 그러한 존재가 중국이었다는 사실을 깨달을 수밖에 없기 때문이다.

그러나 소우키치는 "일본인의 독선"을 통감하게 함과 동시에, "한 사람의 성실함이 민족의 성실함으로 이어지는 일"의 "어려움"과 "안타까움"을 느끼는 데 그친다(19쪽). 이 작품에서 소우키치는 스스로를 "대륙에 와서 한번도 중국인을 때린 적이 없는" 일본인으로 인식한다(71쪽). 소우치는 이민족에게 성실한 태도를 취해온 선량한 '일본인'으로서, 자신의 성실함이 일본민족 전체의 성실함으로 확장되지 못했다는 사실에 안타까움을 느끼고 있는 것이다. 이러한 감상적인 해석은, 그가 만주국 사회에 존재하는 민족 간의 갈등을 단순히 '성실함'으로 해결할 수 있다고 간주하고 있음을 드러낸다. 일본의 패전이 명확해짐과 동시에 이웃이 '청천백일기'를 내걸고, 협화복(協和服)이 아니라 중국옷을 입었다는 사실은 그들이 결코 만주국 정부의 통치와 권위를 인정하지 않았다는 사실을 분명하게 드러낸다. 그럼에도 불구하고 소우키치는, 일본민족이 중국인에게 '성실하게' 대하지 못했기 때문이라고 자책하고 있는 것이다.

그가 만주국의 통치를 반드시 긍정하는 것은 아니다. 하지만 '성실한' 일본인인 그는 이민족 동료의 진심이나 정치적 입장에 대한 깊은 이해나 공감에까지 도달하지 못한다. 가장 큰 이유는, 소우키치가 만주국에 존재한 각 민족의 위계가 현실적인 '차이'에 근거하는 것이라는 인식을 갖고 있기 때문이다. 만철의 모든 업무가 중국인 손에 넘어가고, 모든 일본인 사원이 해고당한다. 이 과정에서 소우키치는 우정국(郵政局)에서 일하다가 일본인 사원의 빈자리를 메우기 위해 새로 채용된 중국인 사원들을 지도하게 되는데, 그들이 "지도를 소화할 수 있는 기초가 없다"는 사실에 안타까움을 느낀다(70쪽). 그는 "일본인이 지금까지 그들의 교육에 성의를 다했다고는 말하기 어렵다"는 점을 들어 애써 그 "우월감"을 억누르려고 한다.

일본인이 '패전국민'으로서 만주 사회에서 민족 위계의 밑바닥으로 전락한 상황에서, 소우키치도 과거 만주국의 민족 관계가 사회적·경제적 현실과 긴밀하게 연결되어 있었다는 사실을 깨닫지 않을 수 없다. 예를 들어, 1946년 1월, 소우키치는 철도국에 협력하는 일본인 복무대(服務隊)에 참가한다. 중국인이 장악한 철도국에 '공순(恭順)'과 '협력'의 자세를 보임으로써 일을 얻기 위한 것이었다. 복부대가 맡은 일은 석탄 자루를 기관차에 쌓는 탄대(炭台)로 옮기는 일이다. 말할 것도 없이 일본의 '패전' 전에는 중국인이 맡았던 노동이었다. 처음에 성급하게 일을 서두른 일본인 복무대는 채 한 시간도 되지 않아 지치게 된다. 소우키치는 "자신들이 그때까지 중국인의 노동을 비능률적이라며 그 민족성을 탓하려 했던 것을 떠올렸다. 이런 중노동은 천천히 하지 않으면 견딜 수 있는 것이 아니다, 그 뻔한 사실을 이제서야 깨달았다. 자만의 막(膜)이 또 한 겹 벗겨지는 것을" 느낀다(89쪽). "일본 패전 전에는 중국인에게 시키던 노동"을 경험함으로써, 소우키치는 '식민자'로서의 생활을 재인식하는 기회를 얻은 것이다.

그럼에도 불구하고, 그러한 기회가 소우키치에게 식민 지배의 자각과 반성으로 이어지지는 않는다. 일본인 복무대로 참가하고 6개월 뒤, 소우키치는 쑹화강(松花江) 강북 산악지대 각지의 토치카(tochka) 건설을 위한 노역자 450명 중의 한 사람으로 동원된다. 국민당 군인의 감시 아래 각 민족에게 역할이 맡겨진다. 조선인이 산기슭에서 정상까지 재료를 운반하고, 그것을 중국인이 공사장으로 운반하면 일본인 기술자들이 토치카를 건조하는 것이다.

> 일본인의 작업은 착착 진행되어 재료 운반이 때를 맞추지 못했다. 벽돌, 자갈, 모래, 시멘트, 철근을 산기슭에서 옮기는 조선인들은 중노동을

> 견디기 어려운지 호흡도 끊어질 듯 헐떡이고 있었다. 일본인들은 손이 비면 가까운 나무그늘에서 잠시 쉬었다. 산길을 삼태기에 벽돌을 넣어 운반해온 두 사람의 조선인이 잠시도 쉬지 않고 묵묵히 다시 산을 내려가는 것을 보고 있었다. 그곳에서 다시 재료를 일본인에게 운반하는 중국인이 분해하며 국민당 병사에게 고자질했다.
>
> "일본인이 게으름을 피우고 있다."
>
> 국민당 병사가 일본인에게 와서 쉬지 않고 일하라고 꾸짖었다. 재료가 없다, 기다리고 있다,라고 일본인들이 대답했다. 국민당 병사는 고자질한 중국인에게 빨리 나르라고 거꾸로 재촉했다.(154쪽)

소우키치는 자신들을 감시하는 국민당 병사가 "중국인보다 일본인을 의지하고 있다는 사실의 의미를 생각하고, 산산이 흩어진 일본인의 긍지가 일순이지만 되살아나는 것을" 느낀다. '지도 민족'으로서 사회를 주도하던 재만일본인의 긍지가, 중국인이나 조선인보다 '우수하다'는 사실을 증명함으로써 순간적이나마 회복된 것이다. 만주국에 있어 '우수성'에 기초한 각 민족의 위계는, 일본인이 주도하는 만주국의 사회 구조를 정당화하기 위한 담론이었다. 소우키치에게 '일본인의 긍지'는 여전히 '일본민족'의 우수성에 의해 지탱되고 있는 것이다.

하지만 이 작품에서, '우수한' 재만일본인은 일본의 패전과 동시에 현지 사회에서 철저하게 배제되었다. '일본민족'은 그 우수성만으로는 현지 사회에 수용되지 못하고, 오랫동안 살아왔던 삶의 터전은 일본인이 우월한 지위를 상실하자 즉시 낯선 이향(異鄕)으로 변모한다. 이 사실은, 아키하라가 일찍이 「밤 이야기」에서 토로한 재만일본인들의 현지 주민에 대한 감정, 즉 "어떤 것이, 어떠한 권력이 여기서 행해지건 그들 토민(土民)은 확실히 우리보다도 이 토지를 사랑하고 있다, 그것만은 분명하다. 의심할 여지가 없는 것이다. 그것은 이미 무의식적인 것이 되어있다.

그러나 사랑하고 있다. 사랑하고 있다. 우리는 아니다, 누구보다도, 그것은 그들인 것이다. […] 본래 사랑할 수 있는 토지라는 것은 누구에게나 부여되는 것이다. 그러나 우리들은 어떤가, 그것이 눈앞에, 자신들이 밟고 선, 그 밑에서 찾아낼 수 없다는 것은 얼마나 큰 불행"인가에 대한 인식을 떠올리게 한다.[28]

이웃의 깃대에 나부끼는 청천백일기를 본 순간, 소우키치는 자신이 밟고 선 땅이 자신들의 것이 아니라 이민족의 것임을 깨닫고, 직감적으로 자신들이 이 땅을 더 이상 사랑할 수 없다는 것을 깨달았다. 이 작품 속에서 소우키치가 일본으로 귀환할 때까지 일 년에 걸쳐 겪는 모든 경험들과 국가와 민족에 대한 논리는, 그 한순간의 깨달음을 뒤엎지 못한다. 소우키치는 스스로 자신이 '식민자'임을, 그들 발밑의 토지에 애착을 느끼면서도 온전히 '사랑'하지는 못했음을 처음부터 고백하고 있었던 것이다.

4. '피해자'의 침묵

일본의 패전이 확실해지고 소련군이 입성하기 전까지, 소우키치는 '일본은 장래의 맹우(盟友)'라고 방송하는 국민당 정부가 만주로 들어오기를 바란다. 그러면서도 국민당 선전당국의 도장이 찍힌 포스터에서 "14년간 노예의 쇠사슬을 끊고 광복"이라는 문장을 보면서 만주사변 당시, "만주의 산하에 기민(棄民)과 마찬가지인 이민족이 함께 살아가는, 국가를 만들려고 한 이상(理想)은 당시 많은 일본인 젊은이가 순수하게 바란 것이다.

28) 秋原勝二, 앞의 책(1938), 202쪽.

정부가 뭐라고 왜곡시키건, 군인이 무엇을 꾸미건, 반드시 그렇게 하지 않고는 있을 수 없는 불처럼 뜨거운 소망이 거기에는 있었다."라고 회상한다(19~20쪽). 그에게 있어 만주사변은 관동군에 의한 군사적 침략이 아니라 일본인 젊은이들의 "순수한 소망"이며, 이상이었다.

동시에 소우키치는 아주 자연스럽게 "일본인은 오직 귀국만을 바라는" 것을 받아들인다. 적어도 『큰 느릅나무—지린의 동란·어떤 기록』에서, 온갖 위험에도 무릅쓰고 만주에 남으려는 재만일본인은 거의 찾아볼 수 없다.

그러나 패전 직후 일본 외무성에는, 전후부흥을 위한 중일제휴에 대한 구상의 맥락에서, 재외일본인 잔류를 촉진하는 시도가 있었다.[29] 또한 모든 해외 거주 일본인들이 '종전'을 곧 일본으로의 '귀환'으로 받아들인 것도 아니었다. 그 점에서 일부 해외 거주 일본인들은 "패전을 단순한 '전쟁' 종식으로 생각하고 '제국'의 붕괴라고는 인식하지 않았다"[30]는 지적은 흥미롭다. 이는 스스로를 '식민자'가 아니라 '이주자'로 간주하는 자기인식을 드러내는 것이기 때문이다.[31]

소우키치 개인에게 있어서는, 청천백일기를 통해 직감적으로 자신들이 더 이상 이 토지에 속하지 않는다는 깨달음이 큰 영향을 끼쳤다고 볼 수 있을 것이다. 그러나 소우키치가 겪고 관찰하는 대부분의 재만일본인은 거의 예외 없이 일본으로의 '귀환'을 목적으로 움직인다. 물론 가장 큰 이유는, 소우키치가 일본으로의 '귀환'까지 약 1년간 경험하듯이, 소련군, 중공군, 국민당 정부군의 점령 하에서 행해진 일본인에 대한 린치, 약탈, 폭행과 같은 "이향(異鄕)에서 패전이 부르는 위험"일 것이다.

---

29) 아사미는 타이완이나 다롄 등 관동주 일부에서도 이러한 시도가 있었지만 성공적인 결과를 거두지 못했다고 지적한다. 淺野豊美, 앞의 논문, 290~292쪽.

30) 朴裕河, 앞의 논문(2012), 126쪽.

31) 같은 논문, 126쪽.

그는 패전과 함께 일본인 민간인이 겪은 갖가지 피해, 즉 소위 '잔류 부인', '잔류 고아'의 발생, 일본인 여성에 대한 성폭력, 살해 등을 "일본군이 중국 민중에게 가한 위해(危害)가 일본 민중"에게 돌아오는 것이라고 받아들인다.

> 일본군이 대륙에서 중국 민중에게 가한 위해(危害)를 이번에는 일본 민중이 받고 있다. 머리를 수그리고 어깨를 축 늘어뜨리는 것만으로는 해결되지 않는다. 이런 일이 어둠에 파묻혀 매몰되어 버리기 때문이다. 그것은 민족이라든가 민중이라는 집단 속에서 파악하기만 할 것이 아니라 희생된 개개인의 입장에서 보면 명백해진다. 반드시 가해자가 복수를 당한 것은 아니다. 가해자가 아닌 사람이 새로운 피해자가 된다는 것에 숨겨진 문제가 있다. 이 일본인이 받은 새로운 참혹한 피해는 분별없는 일본인 가해자와 상쇄되어 어둠 속으로 사라져도 되는 것이 아니라, 이 일을 기록하고 가해자에게 물어야 할 것이다.(66쪽)

아키하라는 『큰 느릅나무—지린의 동란・어떤 기록』의 집필 의도로서 "전쟁을 하는 일본인에 의해 짓밟힌, 구(舊) 만주일본인 양심의 문제"가 "전후, 매몰된 채로 놔두면 다른 것과 같이 묻힐 것"[32]에 대한 염려라고 밝히고 있다. 아키하라가 밝히고자 한 것은 '전쟁을 하지 않은' '구 만주일본인'의 '양심'이라고 파악할 수 있을 것이다. 그런 측면에서 본다면, 아키하라는 이 작품을 통해 "일본군이 대륙에서 중국 민중에게 가한 위해"로 인해 재만일본인 민간인이 새로운 전쟁 피해자가 되었다는 사실의 문제성을 제기하고 있다고 볼 수 있다.

문제는, 적어도 이 작품에 있어서 "전쟁을 하는 일본인"이 분명하지 않다는 점에 있다. 소우키치의 중국인 동료인 리우는 천황을 비판하는

---

32) 秋原勝二, 앞의 글(「あとがき」), 175쪽.

중국신문의 기사를 보여주며, 일본인들은 천황의 명령에 따른 것뿐이기 때문에 죄가 없다고 위로하려 한다. 하지만 소우키치는, 천황은 "국민의 의사를 따른 것뿐"이며 천황이 전쟁을 강요한 것은 아니라고 강하게 부인한다. 그는 "나쁜 것은 국민이지, 천황이 아닙니다."라고 단언하며, 실제로 그렇게 믿는다(14쪽). 그러나 그가 재만일본인 등 해외거주 일본인을 포함하는 모든 '일본 국민'에게 실질적인 전쟁 책임이 있다고 여기고 있다고는 보기 어렵다. 그렇다고 전쟁을 수행한 제국일본의 정부나 군부, 혹은 일본인 군인에 대해 구체적인 전쟁 책임을 묻는 것도 아니다.

예를 들어 소우키치는 전쟁 중 '근로봉사대'에 동원되었던 중국인들이 귀향 도중에 일본인에 대한 원한으로 지역 사람들을 부추겨 '폭동'의 선두가 되고 있다는 소문을 듣는다(34쪽). 그 소식을 들은 소우키치는 그것을 과거 "일본인의 악업(惡業)"이라고 생각할 뿐이다. 또한 소련군이 점령하고 있을 때, 전장에서 도망쳐 온 일본군 소대에게 재만일본인들은 항복을 권한다. 하지만 일본인 군인들은 아직 소련군이 진군하지 않은 남쪽으로 떠난다. 작품에서 이 일화는 "무기를 버리지 않고 마지막까지 싸우려는 일본의 젊은 병사들에게 얼마나 든든한 마음이 들었는지 모르는 일본인들은 따스한 손을 내밀지 못하고, 하룻밤 묵을 곳도 주지 못한 채" 어둠 속으로 떠나게 한 것이 "오랫동안 마음속의 쓴 추억으로 지울 수 없었다."고 묘사되고 있다(24~25쪽).

결국 이 작품에서 재만일본인이 피해자로서 가해자에게 책임을 묻기 위해 선결되어야 할 "전쟁을 하는 일본인"의 가해책임은, 식민지에서 일본으로 이익을 가져가려 한 어리석은 일본인, 혹은 일본 정부의 패도성이라는 식으로 애매하게 처리된다. 그리고 "일본인이 범한 죄업(罪業)의 깊이와, 어리석은 일본인. 지순(至純)한 일본인이 그 속에 쓰레기처럼 던

져지는 것이 견디기" 어렵다(42쪽)는 소우키치의 관념성은, 다시 "만주의 산하에 기민(棄民)과 마찬가지인 이민족이 함께 살아가는, 국가를 만들려고 한 이상"에 불타던 순수한 일본인 젊은이들에게로 되돌아간다.

그러나 만주국 '건국'의 직접적인 원인은 관동군이 일으킨 '만주사변'이다. 그러한 역사적 사실이 소거된 이상, "만주 사람들을 위해 순진하게 노력한" 일본인 청년들이 만들어낸 것이 괴뢰국가인 '만주국'이라는 사실의 모순은 설명할 수 없다. 그리고 선량한 일본인인 소우키치는 관념적인 일본의 "반성"을 이야기하면서도 만주국의 체제를 지탱하는 재만일본인 사회를 지탱하고, 그 개인의 선의를 통해 이민족 동료와 이웃에게 일본인의 지배와 지도를 받아들이는 데 공헌했다는 의식으로는 나아가지 못하는 것이다.

그러나 만주국이 붕괴하고 식민지 사회에서 전락한 '식민자'인 일본인의 모습은, 소우키치의 생각만큼 단일하지도 균질하지도 않다. 그는 중국인들이 육군병원을 약탈하는 것을 틈타 같은 일본인이 물건을 빼돌리는 것에 충격을 받는다. '민족'을 단위로 생각하는 그에게, 과거 식민지 사회의 정점에 있던 일본인이 치안이 어지러운 틈을 타 범죄를 저지르거나 타락하는 모습은 쉽게 이해할 수 있는 것이 아니다. 하지만 그가 충격과 슬픔, 균열을 느끼는 것은 비단 일본인의 범죄만은 아니다. 소우키치가 중공군에 합류한 일본인, 중국인과 결혼하여 남을 것을 선택한 일본인 여성, 유용자(留用者)와 억류자를 바라보는 시선은 슬픔과 안타까움뿐이며, 그들의 결정에 대한 이해는 거의 묘사되지 않는다. 그가 성장하고 생활하며 친숙함과 애정을 느꼈을 터인 '토지'에 대한 애착이 거의 표현되지 않을 뿐만 아니라, 자의 혹은 타의에 의해 그곳에 남을 것을 '선택'한 일본인에 대한 깊은 성찰도 보이지 않는 것이다.

『큰 느릅나무—지린의 동란·어떤 기록』에서 소우키치를 비롯한 재만 일본인의 목표는 오직 '일본'으로의 귀환이다. 또한 소우키치는 일본에 무사히 도착하면 "전 국민의 교육 기회균등과 토지 공유의 실천"을 위해 헌신할 것을 꿈꾼다. 일본의 패전을 받아들인 그는 완전한 "일본인"임과 동시에 "일본국민"으로서 일본에 귀환하는 것이다.

그러나 일본으로의 '귀환'은, 곧 그가 '고향'으로서의 만주를 상실한다는 것을 뜻한다. 작품 속에서 소우키치가 고향인 '지린'을 떠나며 느끼는 감상은, 오직 '침묵'으로 표현된다. 일본으로 '귀환'하기 위해 지린에서 보내는 마지막 날 밤, 소우키치는 위험을 무릅쓰고 예전에 살던 일본인 사택 부근의 길에 따라 느릅나무로 만들어진 울타리 안쪽으로 들어간다.

> 밖에 나왔을 때는 이미 아홉시가 지나 있었다. 달이 중천에서 빛나고 있었다. 아직 야간에는 통행이 금지된 밤길을, 아들을 등에 업고 사에와 돌아갔다. 지린에서의 마지막 밤이로군, 하는 마음이 강해, 무서운 것은 아무것도 없었다. 구(舊) 일본 육군 수비대 병사 숙소와 장교 관사 사이에, 길을 따라 느릅나무로 이루어진 울타리가 있었다. 소우키치는 갑자기 거기서 아들을 내려놓더니 울타리 사이로 기어들어가 쭈그리고 앉았다. 울타리 안쪽은 잡초가 무성한 넓은 공터였다.
>
> "이런 데서 꾸물거리다가 총이라도 맞으면 어떡해요."
>
> 사에는 주변 어둠을 둘러보며, 어처구니가 없기도 하고 두려워했다.
>
> "총에 맞아도 좋아. 거기서 기다리고 있어."
>
> 소우키치는 침착하고 여유로웠다. 남편의 용무가 끝날 때까지 사에는 매우 위험한 상황을 의식하면서 거기에 머물렀다.(161쪽)

소우키치는 자신만이 아니라 어린 아들과 아내를 위험 속에 방치하면서도 그곳에 머무를 것을 선택한다. 그러나 정작 그곳에서 그가 느꼈을 감정은 일체 서술되지 않는다. 소우키치에게 있어 일본인 거주지를 둘러싼 '느릅나무'는 바로 '고향'의 상징이었을 것이다. 그러나 일본으로 '귀환'하는 그는 영영 잃어버리게 된 '고향'에 대한 마음을 결코 이야기하지 않는다.

귀환과정에서 파상풍에 시달리며 일본에 도착한 소우키치는 부모의 '고향'으로 가는 길조차 알지 못한다(170쪽). 그가 겨우 도착하여 숨을 거두는 곳은, 부모형제가 없는 '고향'이다. 「밤 이야기」에서 재만일본인 청년이 사랑하겠다고 결심한 만주의 토지는 "일찍이 한번도 고향이었던 적이 없는 이향의 땅과 하늘과 민족"[33]이었다. 그리고 『큰 느릅나무—지린의 동란·어떤 기록』에서, 소우키치는 '일찍이 한번도 고향이었던 적이 없는 고향'에서 죽은 것이다.

5. '고향상실'로서의 '귀환'

만주국 인구의 80% 이상을 중국인 인구가 차지하는 현실에서, '민족협화'의 중핵이자 지도 민족인 일본인의 증가는 제국일본의 지배를 영속화하기 위해 불가결한 것이었다. 그러나 아키하라가 1930년대에 주장했듯이, 만주에서 성장한 재만일본인 2세는 '조국'인 일본과 '향토'인 만주국 사이에서 분열과 괴리를 느끼고 있었다. 재만일본인에게 '일본인'으로서 조국 '일본'을 사랑할 것을 요청하는 것은, 자신의 생활의 장(場)인 만주가 아니라 '조국' 일본을 우선하는 것을 의미한다. 만주 토지에 대한 재만일본인의 '향토애'도 또한 만주국 내의 '일본인' 인구의 증가와 정착

33) 秋原勝二, 앞의 책(1938), 216쪽.

을 촉진한다는 의미에서 제국일본에 대한 '만주국'의 종속을 강화하는 것이었다. 그러한 상황에서 아키하라의 '고향상실'과 '만주일본인'을 둘러싼 문제 제기는, 제국의 이민정책에서 벗어난 재만일본인의 독자적이고 새로운 아이덴티티를 추구하는 주장으로 이해할 수 있는 여지를 갖고 있었다.

그러나 만주국의 붕괴와 일본으로의 귀환은, '식민자'였던 재만일본인의 아이덴티티를 주장할 수 있는 토대 그 자체를 무너뜨리는 것이었다. 그리고 그들 '만주귀환자'들에 대한 전후 일본 사회의 반응은 "제국주의의 앞잡이"라는 냉랭한 것이었다.[34] 귀환자들이 일본의 내셔널리즘에 포섭될 수 있었던 것은, 그들이 구식민지 및 점령지에서 일본으로 '귀환'하는 과정에서 겪어야 했던 고통을 강조함으로써 선량한 일본인 전쟁 '피해자'라는 이미지를 형성했기 때문이다. 이 과정에서 해외거주 일본인은 균질한 '일본인', '일본민족'으로 인식되게 되었다.

그런 맥락에서 보자면, 아키하라가 일본에 귀국한 뒤 지속하고 있는 문학활동과 '만주일본인'에 대한 주장은, 현대 일본 사회에서 매몰되었던 귀환자의 '식민자'로서의 존재를 환기시키는 것이라는 점에서 흥미롭다고 할 수 있다. 더욱이 그가 1970년대에 발표한 『큰 느릅나무—지린의 동란・어떤 기록』은, 중국과 국교정상화(1972) 이후 귀환자의 피해만이 아니라 가해 책임이 서서히 논의되기 시작하던 당시의 사회적 맥락[35] 속에서 고찰되어야 할 문제이기도 하다.

34) 이연식, 앞의 논문, 90쪽.

35) 박이진은 1970년대에 일어난 귀환 체험기의 변화에 대하여 일본을 둘러싼 정치적, 외교적 변화의 영향을 지적한다. 즉, 한일공동성명과 중일공동성명, 중일평화우호조약, 베트남 전쟁의 종결이라는 외적인 정세의 변화를 바탕으로 과거 식민주의에 대한 비판적인 인식이 가능해졌다고 보는 것이다. 박이진, 앞의 논문(2013년 12월), 123쪽.

실제로 아키하라의 『큰 느릅나무—지린의 동란 · 어떤 기록』은 '식민자'로서 만주국에 거주한 일본인 남성의 시선으로 패전에서 귀환까지의 과정을 그리고 있다. 만주사변부터 만주국 붕괴까지 만주국을 총체적으로 경험한 재만일본인의 시각으로, 패전과 귀환을 문학적으로 형상화한 것이다. 나아가 아키하라가 '만주일본인'의 아이덴티티를 주장한 작가라는 점에서, 이 작품은 '식민자'와 '귀환자', 그리고 '만주국'과 전후 일본 사회 사이에 단절된 것처럼 보이는 연속성을 환기시킨다.

그러나 일본인으로서 타민족에 대한 우월감을 억누르고 성실하려 애썼던 소우키치는, 일본인 젊은이들의 이상을 짓밟은 '정부'와 '군'을 비판하면서도 '일본'을 위해 죽음으로 희생하고자 하고, 국체와 천황의 안전이 보장된 것에 안도하며, 부모형제도 없는 낯선 부모의 고향으로 돌아가는 것에 아무런 위화감도 느끼지 못하는 '일본인'이다. 즉 '일본인'과 구분되는 '만주일본인'의 특수성은, 그에게서 찾아볼 수 없는 것이다. 그뿐만 아니라, 이 작품에서 찾아볼 수 있는 재만일본인의 모습은 다민족으로 형성된 만주 사회에 거주하는 '일본인'의 모습일 뿐이다. 때문에 이 작품에서 재만일본인이 일본으로 귀환하고자 하는 것은 자연스럽게 보이는 것이다.

주목할 점은 『큰 느릅나무—지린의 동란 · 어떤 기록』에서 '귀환'이 옛 '식민자'의 귀환이라는 점이다. 이 작품에서 소우키치가 선량한 '일본인'이라는 사실은, 거꾸로 '어째서' 일본인이 제국의 지배체제가 무너진 식민지 사회에 뿌리를 내릴 수 없었는가를 선명하게 보여준다. 재만일본인에게 "누구에게나 거리낌 없이 내 것이라고 말할 수 있는 국가"는 만주국이 아니라 '대일본제국'이었으며, 제국의 패망은 괴뢰국가인 만주국의 붕괴였고, 구식민지 사회에서 일본인은 폭력적으로 배제되었다. 소우키치의 '귀환' 경험 자체가 그가 부정하고 싶어 하는 만주국의 적나라한 현실, 즉 만주국이 '독립국'이라는 허상, '민족협화'의 허위성, 민족 간의 갈등, 전쟁수행을 위해 피지배민족에게 가한 착취와 압박을 드러내고 있는 것이다. 일본의 패전은 그가 이해하지 못했던 만주국의 어두운 현실을 드러내는 계기가 된 것이며, 그 과정에서 소우키치가 겪는 식민사회와 식민자 내부의 균열과 모순은, '일본인'인 소우키치의 이해를 뛰어넘는 것이었다.

『큰 느릅나무—지린의 동란 · 어떤 기록』에서 소우키치는 결국 스스로가 '식민자'임을 직감적으로 깨닫고, 자신이 살아온 땅이 '고향'이 아닌 이민족의 낯선 땅으로 변화하는 과정을 겪으며 일본으로 귀환한다. 대부분의 귀환 이야기가 수난과 고통을 받으면서도 가족과 조국, 동포로 '귀환'하는 구조를 가지는 것[36]과 비교한다면, 소우키치의 죽음은 재만일본인이 만주의 고향을 상실하고, 일본 내의 '고향'도 회복하지 못했다는 결말을 의미한다. 재만일본인의 만주 토지에 대한 '사랑'이, 이민족과 그 토지에 뿌리내리지 못했음을 스스로 인정하고 있는 것이다.

『큰 느릅나무—지린의 동란 · 어떤 기록』은 패전으로부터 일본에 있는 부모의 고향으로의 '귀환' 과정을 통하여 재만일본인이 어떻게 '일본'으로 포섭되어 가는가를 그렸다고 할 수 있다. 이는 동시에 이미 제국 내부의 고향을 상실한 '식민자'가, 식민지배의 종언으로 인하여 이번에는 식민지에서 고향을 상실하는 과정이기도 하다. 그것은 재만일본인이라는 정체성 자체의 메울 수 없는 균열을 드러낸다. 때문에 소우키치는 느릅나무 속에서 보낸 마지막 순간을 이야기할 '말'을 찾지 못하며, 일본의 낯선 '고향'에서 죽음을 맞을 수밖에 없었던 것이다.

---

36) 成田龍一, 앞의 논문(2003), 169쪽.

참고문헌

단행본

오미정, 『일본 전후문학과 식민지 경험』, 아카넷, 2009.

滿蒙同胞援護會, 『滿蒙終戰史』, 河出書房新社, 1962.

坂部晶子, 『「滿洲」経驗の社會學－植民地の記憶のかたち』, 世界思想社, 2008.

蘭信三編, 『帝國以後の人の移動』, 勉誠出版, 2013.

秋原勝二, 『楡の大樹－吉林の動亂・ある記錄』, 作文社, 1979.

秋原勝二, 『秋原勝二作品集』, 冬夏書房, 1987.

秋原勝二, 『夜の話』, SURE, 2012.

加藤聖文, 『滿鐵全史』, 講談社, 2006.

川村湊, 『異鄉の昭和文學－「滿洲」と近代日本』, 岩波書店, 1990.

山田昭次, 『近代民衆の記錄6－滿洲移民』, 新人物往來社, 1978.

山田洋次, 『滿鐵とは何だったのか』, 藤原書店, 2006.

尾崎秀樹, 『近代文學の傷痕－旧植民地文學論』, 岩波書店, 1991.

芳郇勳, 『大東亞の產業と住民』, 建文社, 1944.

논문

김영숙, 「일본의 패전과 만주지역 일본인의 귀환－개척단 농민들의 사례를 중심으로」, 『동양사학연구』122, 동양사학회, 2013.3.

이연식, 「전후 일본의 히키아게(引揚) 담론 구조 : 해외 귀환자의 초기 정착과정에 나타난 담론의 균열과 유포」, 『일본사상』 24, 한국일본사상사학회, 2013.6.

이정희, 「현대 일본문학과 식민지체험 1－<만주체험>을 중심으로－」, 『일본문화학보』 13, 한국일본문화학회, 2002.5.

박이진, 「아베 고보의 '만주표상'－귀환자의 노스탤지어」, 『만주연구』 14, 만주학회, 2012.12.

박이진, 「귀환체험담의 '비극' 재현 담론 속 '반전평화주의'－1970년대 전환기의 귀환체험담 담론비평」, 『일본사상』 25, 한국일본사상사학회, 2013.12.

成田龍一, 「「引揚げ」に關する序章」, 『思想』 955号, 2003.11.

成田龍一, 「「引揚げ」と「抑留」」, 細谷千博・入江昭・大芝亮編, 『記憶としてのパールハーバー』, ミネルヴァ書房, 2004.
朴裕河, 「引揚げ文學論序説－戰後文學のわすれもの」, 『일본학보』 제81호, 한국일본학회, 2009.11.
朴裕河, 「「引揚げ」と戰後日本の定住者主義」, 『일본학보』 제93호, 한국일본학회, 2012.11.
朴裕河, 「引揚げ文學に耳を傾ける」, 『立命館言語文化研究』 24卷4号, 立命館大學國際言語文化研究所, 2013.
佐久間文子, 「96歲發行人は元滿鐵職員　同人誌「作文」, 200集に」, ≪朝日新聞≫, 2010월 6월 8일.
淺野豊美, 「折りたたまれた帝國」, 細谷千博・入江昭・大芝亮編, 『記憶としてのパールハーバー』, ミネルヴァ書房, 2004.
秋原勝二, 「故鄕喪失(下)」, ≪滿洲日日新聞≫, 1937년 7월 3일.
秋原勝二, 「夜の話」, 滿洲文話會編, 『滿洲文藝年鑑　第2輯』(復刻版, 西原和海解題, 葦書房, 1993), 滿洲評論社, 1938.
阿部安成・加藤聖文, 「「引揚げ」という歴史の問い方(上)」, 『彦根論叢』 348, 滋賀大學経濟経營研究所, 2004.5.
阿部安成・加藤聖文, 「「引揚げ」という歴史の問い方(下)」, 『彦根論叢』 349, 滋賀大學経濟経營研究所, 2004.7.
小泉京美, 「「滿洲」における故鄕喪失－秋原勝二「夜の話」」, 『日本文學文化』 10号, 東洋大學日本文學文化學會, 2010.
崔佳琪, 「滿洲引揚げ文學について－研究史の整理及びこれからの展望」, 『現代社會文化研究』 55, 2012.12.
西田勝, 「滿洲國の內在的批判者としての秋原勝二」, 『植民地文化研究 資料と分析』 11号, 2012.
西村將洋, 「「滿洲文學」からアヴァンギャルドへ－「滿洲」在住の日本人と言語表現」, 神谷忠孝・木村一信　編, 『「外地」日本語文學論』, 世界思想社, 2007.
黃益九, 「「引揚げ」言說と<記憶>の図版－石森延男「わかれ道」が發信する美談と「故鄕」」, 『일어일문학』 61, 대한일어일문학회, 2014.2.

제3부 중국

李旭 시의 변화 양상 연구

김경훈

1. 문제 제기

리욱(李旭, 1907~1984)[1]은 해방 전 후에 걸쳐 중국 조선족 시사에서 중

1) 시인 리욱은 본명이 李章源, 아명이 리수룡이며 해방 전에는 李鶴城, 月村, 紅葉, 丹林, 汕琴, 月波 등 필명으로 활약했고 광복 후에 리욱으로 개명, 작품 발표에도 이 이름을 사용하였다. 1907년 7월 25일 러시아 연해주 신한촌(일명 고려촌)에서 가난한 한의 리한을의 맏아들로 태어났다. 증조부 때에 조선에서 중국 화룡현 강장동에 이주하여 살았으나 살기 좋다는 소문에 로령 신한촌으로 이사, 역시 가난에서 벗어나지 못해 시인이 세살 나던 해인 1910년에 다시 강장동으로 돌아왔다. 시인은 어릴 때부터 서당훈장을 지낸 조부와 한학을 익힌 아버지한테서 한문을 배우고 서예를 익혔다. 1924년 4월에 용정동흥중학교 2학년에 편입하였으나 생활난으로 이듬해 7월에 중퇴하였고 그 후 회양, 창동 등 소학교에서 교편을 잡으면서 시 창작을 하였고 1924년에 처녀작 "생명의 예물"을 발표, 여러 편의 서정시와 함께 단편소설 "破鏡"을 발표하여 문단의 주목을 끌었다. 1930년 초에 사회주의사조에 고무되어 소련에 가서 진학하려는 꿈도 가졌으나 뜻을 이루지 못하고 농사를 지었다. 1937년 7월 "조선일보"와 "조광"의 간도특파원을 맡고 기자 겸 신문잡지의 발행에 종사하였고 일제에 의해 이러한 간행물이 폐간되자 연길서점의 점원으로 있었고 1944년 5월에 "매일신보"의 연길주재 임시기자로 있기도 하였다. 1947년에 첫 개인시집 "북두성"을 출간하였다. 1948년 군정대학을 나왔고 "대중"지의 주필, 연길대중도서관 관장을 지냈으며 1949년에 두 번째 시집 "북륙의 서정" 출간하였다. 1949년 4월 연변사범학교에 취임되어 교편을 향사람들"(1957), 서정서사시 "연변의 노래"(한문, 1957), 시집 "장백산하"(한문, 1959)를 출판하였고 1982년에 와서 자선시

요한 위치에 있는 대표 시인으로 시대적인 변화에 따른 그의 작품의 창작양상을 연구하는 것은 조선족문학을 재고하는 데 의미 있는 작업이 될 것이다. 특히 그의 창작에서의 변화상에서 그간 학계에서 지나쳐왔던 부분을 새롭게 밝히고 그의 시가의 특징을 보다 분명히 하는 것은 조선족 시문학뿐만 아니라 민족문학의 객관적인 조명을 위해서도 중요한 가치를 지니게 될 것이라고 내다본다.

지금까지의 연구 상황을 검토해보면, 가장 일찍 리욱의 시에 대한 본격적인 연구를 한 논문으로는 전국권의 「리욱론」(임범송, 권철 주필, 『조선족문학연구』, 1989, 흑룡강조선민족출판사, 247~266쪽)을 들 수 있다. 이 논문은 리욱에 관한 시인론으로는 가장 처음으로 되는 논문으로도 파악되는데 기본적인 구성이나 내용으로 보면 시인의 생애가 자세히 소개된 데 비해 작품에 대한 분석은 소략하게 되어 있어서 시인의 창작적인 변화상이나 특점을 파악하기에는 부족한 느낌이다. 특히 그러한 분석이나 논의를 뒷받침할 수 있는 논리적인 부분이 논문의 서언에서 "조선족의 사회주의사실주의문학의 정초자의 한사람이다"라고 했다가 한 페이지를 넘기지 못하고 "그는 진정한 의미에서의 랑만주의시인이였다."(247쪽)라고 하는 자가당착적인 주장이나 "그의 해방전 작품은 물론, 생애의 마지막까지도 많은 시는 상징법과 인상법을 사용하였는 바 형상성이 아주 강하여 보다 예술적인 원숙성을 보이고있다."라는 평가에서 엿볼 수 있듯이 적지 않게 발견됨은 시인의 작품에 대한 객관적인 이해에 혼란을 가져다 줄 수도 있는 아쉬운 부분이라 하겠다.

집 "리욱시선집"과 장편서사시 "풍운기"(제1부)를 출판하였다. 한편 "풍운기" 제2부를 탈고하였고 자선시집 "땅의 노래"와 한시집 "협중시사"(篋中詩詞)를 탈고했으나 지병으로 1984년 2월 6일 77세를 일기로 생을 마감하였다.

한편, 리욱의 시에 대한 논문은 권철의 「건국전 리욱의 시세계」(연변대학 조선문학연구소 편, 『중국조선민족문학대계 6』, 2005.6. 김조규・윤동주・리욱 시집, 흑룡강조선민족출판사)로 리욱의 해방 전 시 작품에 대한 해제로 나와있다(341~351쪽). 이 논문은 리욱의 생애에 대한 소개를 중심으로 대표적인 작품들을 간략하게 분석하고 있는데 기본 주제에 대한 소개가 있는 외에 시인만의 특유의 시각이라든가 관심 영역, 표현의 방식은 분석되지 않고 있다.

이밖에 조성일 외, 『중국조선족문학사』(1990.7, 연변인민출판사)와 김호웅 외, 『중국조선족문학통사』(상권, 2011.12, 연변인민출판사, 하권, 2012.6, 연변인민출판사) 등에서는 통시적인 시각과 해당 시기의 특정된 사회적인 배경에 의해 리욱의 시창작을 고찰해보고자 하였다. 조성일 외의 『중국조선족문학사』에서는 "제3편 당대문학"에서 제2장을 전문 할애하여 리욱의 해방 후 시를 다루고 있는데 생애의 부분에서 "야학을 꾸려 농민들에게 글을 가르치며 계몽사상을 전수함과 아울러 그들을 단합해가지고 지방토호를 반대하는 투쟁을 벌리기도 하였다."(367쪽)라는 내용이 시인의 생애에 대한 이전의 소개에서 다루어지지 않은 내용으로 보충되고 있다. 시인의 해방 후의 작품에 대한 분석은 "제2절 서정시와 한문시", "제3절 서정서사시 ≪고향사람들≫"로 나누어져 있으며 "제4절 리욱 시문학의 예술적특징"에서는 시인의 시창작에 대해 "력사제재에 대한 흥취가 각별하고 거인적형상창조에 모를 박았으며 격조가 높고 뜻이 깊으며 서정이 짙고 랑만적색채 및 민족적특색이 강하다."(384쪽)라고 그 창작적 특징을 개괄하고 있다.

한편, 김호웅 외의 『중국조선족문학통사』에서는 그 상권의 "제3장 이민후기(1931~1945년)의 시문학", "제6절 생명과 향토에 대한 사랑－리학성과 그의 시"에서, 정착자로서의 남다른 향토애에 초점을 맞추어 그의 작품의 정서적 원천을 분석하고 있는데, 시인 스스로가 고백했던 젊은 시절의 프랑스 상징주의와 곽말약의 랑만주의의 영향을 인용함으로써 시인의 시적인 표현특점에 대한 분석을 대신한 점이라든가, <北斗星>과 같은 작품을 두고 "일제의 통치말기에 이처럼 거시적인 력사적안목과 미래에 대한 확고한 신념을 가지고 해방의 새 아침을 예언하고 노래한 시인이 또 누가 있었던가?"(180쪽)라는 주장은 해방 전의 시인의 복잡한 시 창작의 과정에 대하여 간단하고 직선적이고 다소 감상적인 서술에 그치고 말았다는 아쉬움이 없지 않다. 또 같은 책의 제4장 "리욱과 그의 시 창작"에서는 한 개 장을 전문 할애하여 시인의 해방후 창작을 조명하고 있지만 "제1절 생애와 창작의 길", "제2절 서정시와 한문시", "제3절 서정서사시 '고향사람들'", "제4절 리욱 시문학의 예술적특징"은 그 기술체계는 물론, 내용에 있어서도 조성일 외의 『중국조선족문학사』를 대부분 답습한 느낌이다. 이는 시인의 해방후 창작에서의 특점이라는 중요한 내용을 다룰 때 "제4절 리욱 시문학의 예술적특징"에서 "력사제재에 대한 홍취가 각별하고 거인적형상창조에 모를 박았으며 격조가 높고 뜻이 깊으며 서정이 짙고 랑만적색채 및 민족적특색이 강하다."라고 앞의 책의 내용을 그대로 반복한 것에서 잘 나타난다. 김호웅 외의 『중국조선족문학통사』의 집필진에서 제2저자가 조성일이라는 사실을 감안하더라도 21년이란 시간적 흐름을 돌이켜보면 조금이라도 새로운 관점이 나왔더라면 하는 아쉬움을 자아내는 부분이다.

이와 같은 기존의 연구 상황을 돌이켜보면, 리욱의 시 창작 과정에 대한 연구에서 그의 생애와 사회적인 배경은 물론, 작품에 내재하는 심층적인 층위의 여러 가지 양상들에 대해 보다 객관적이고도 체계적인 논의가 깊이 있게 진행될 필요가 있다고 판단된다.

본 연구는 리욱의 그러한 다양한 시창작에서 해방후의 창작이 어떠한 변모 양상을 보이고 있는지에 초점을 맞추어 해방 전의 대표적인 작품과의 비교 속에서 그러한 변모가 어떠한 특징적인 모습으로 전개되어 갔는지를 알아보고자 한다. 이 연구에서 기본 자료로 활용할 텍스트는 해당 시기에 발표되었거나 출판된 조선문 작품을 대상으로 하고 발표나 출판 시기의 문법체계를 그대로 존중함을 원칙으로 한다는 점을 밝히고자 한다. 아울러 그러한 텍스트에 대한 분석을 위주로 사회역사적인 배경과 기타 관련 문화와의 관계도 아우르는 보다 열린 연구시각을 취하고자 한다.

2. 해방 전 작품의 기본 양상

리욱의 해방 전 작품은 매우 다양한 소재와 개성적인 목소리들로 특징된다 하겠다. 이러한 것들은 작게는 소재의 선택에서, 크게는 시대적인 변화에 민감하게 반응하는데 이르기까지, 또 구체적인 시어에서 나름대로의 상징체계에 이르기까지 여러 가지로 분석될 수 있는 것들이다.

生命은
宇宙이다
그러나 宇宙는 生命보다 작다.

山
바다
나도 生命이 한 개점이어니!

(…중략…)

내 이제 뛰는 生命의 脈搏을 탓기에
生命은
빛난 禮物을 고여들고
니 밤의 광야에서
나의 앞에
횃불을 들었구나.[2]

개인의 정신적인 세계를 자연에서의 우주와 비교하고 이를 우주보다 더 크고 거창한 것으로 주장한 부분이 주목된다. 초기의 시로서 직설적인 표현이 없지 않아 보이지만 그러한 기발한 시상에서 스케일이 큰 대륙적인 기질까지 엿보이는 듯한 느낌은 이후의 시인의 창작에서 보다 폭이 넓은 시적 공간과 주제의 깊이를 가능케 하는 것인지도 모른다.

躑躅花[3]

봄은 파일 고개도 넘어
탐탁한 躑躅꽃이
하염없이 지길래
시드는 꽃송이에
내 진정한 이야기를 부치오

꽃보라속에

2) <생명의 례물>, 1924년 『간도일보』에 게재되었다고 전해짐. 『중국조선민족문학대계 6』, 김조규 · 윤동주 · 리욱 시집, 연변대학 조선문학연구소 편, 2005.6, 흑룡강조선민족출판사, p.352.

3) 1942년 10월에 간행된 『在滿朝鮮詩人集』(藝文堂)에 수록되었다고 한다. 『중국조선민족문학대계 6』, pp.358~359.

나비가 놀라오
나도 늙소
그래도 내마음 薔薇에는
푸른 꿈이 깃들어 슬프지않소

오! 전설의 나라 躑躅아
이제 盛裝을 버린 너는
여름철에
百合꽃을 부러워할테냐?
가을철에
山菊花도 부러워할테냐?
—아니오
—아니오
그렇길래
나는 너의 짧은 青春을 사랑했다.
나는 너의 타는 情熱을 사랑했다.

보다시피 <躑躅花>에 이르러 "생명"이나 "우주"와 같은 딱딱한 시어들이 "躑躅花"나 "나비"나 "薔薇", "百合", "山菊花"와 같은 구체적인 시어로 풍성해지면서 시인이 강조하고자 하는 "青春"이나 "情熱"이란 주제어의 자칫 관습적인 데 머물 수 있는 용어에 형상적인 새로움을 더하는 효과를 거두고 있음을 발견할 수 있다.

하지만 이러한 시적인 성취도는 1941년 12월 7일에 발발한 태평양전쟁으로 일제의 파시즘의 통치가 가장 암흑기를 장식해나가던 시기에 이르면 많은 문인들이 그러했던 것처럼 친일적인 작품들이 쏟아져 나오면서 민족문단의 어둠이 가심화되는 것을 보게 되는데 리욱의 경우도 피해갈 수 없는 운명적인 시기로 파악된다.

百年夢[4)]

太陽이 첫우슴을 펴는동산에
十億同胞가 꽃송이에서呼吸한다
—한뿌리다
—한씨다
祖國의 傳說은 이끼푸른
江床에흐르고
兄弟의 碧血은 수만혼靈座에 물드렷다
직히자 疆土를
사랑하자 同胞를
이젠 자장가는 구성지며
聖스러운 百年夢은 이룩햇거니 半島山河도 軍裝한다
東方民族은 鐵環된다

"百年夢"에 "半島山河도 軍裝"하고 "東方民族"이 철통같이 뭉친다는 뜻의 그러한 내용은 일제가 표방했던 "대동아공영권"을 그대로 떠올린다. 중일전쟁 시기, 일제는 전쟁의 난국을 타개하기 위해 1940년 7월 <기본국책강요>를 발표, "동아신질서는 日滿支를 근간으로 하고 그것에 남양을 추가해 황국의 자급자족경제를 확립한다"는 대동아공영권을 주장하였다. 이러한 주장은 메이지 이래 일제의 대외침략이론으로 떠오른 아시아 주의, 아시아 연대론에 뿌리를 둔 것으로 일제는 구미제국주의 침략에 상대해 동아시아 각 민족의 생존권과 번영을 보장하는 유일한 길이라고 그들의 침략적인 논리를 정당화하고자 하였다. 바로 "한뿌리", 한 "兄弟의 碧血은 수만혼靈座에 물드렷"고 "聖스러운 百年夢은 이룩햇거니 半

4) 『滿鮮日報』 1942년 5월 25일에 "李鶴城"이란 필명으로 발표됨. 『중국조선민족문학대계 6』, p.358.

島山河도 軍裝"했다고 노래하는 "百年夢"은 그러한 "대동아공영권"의 꿈과 크게 다를 바 없다.

역시 "李鶴城"이란 이름으로 1942년 8월 17일 『滿鮮日報』에 발표했던 <捷報>[5]를 보기로 하자.

> 푸른 意慾이
> 薔薇빛地圖에 번지어간다
> 적도아래에는
> 遠征의 隊伍와 隊伍의行列이
> 스치어
> 決戰의 아우성
> 太平洋의 섬과섬은
> 軍神의깃에 그늘지고
> 푸른湖水우에
> 두세白鷗가 물쏭을쳐
> 오돌진꿈이 물몽오리되여퐁겨온다
> 오직 하나인 祈願에머리를 숙으리고
> 새론 歷史의 「이데!-」[6]를 부르자
> 조심스러히 업드린 안테나도
> 世紀의 층층대를 구버본다
> 이제 바다의 頌歌는 돌려오나니
> 香氣로운 南風을깃씃마시며
> 눈물이 철철흐르는 祝盃를 들자(씃)

"日滿支를 근간으로 하고 그것에 남양을 추가해 황국의 자급자족경제를 확립한다"는 대동아공영권의 꿈은 일본의 젊은이들은 물론 식민지나

5) 『중국조선민족문학대계 6』, p.366.
6) ideal를 말함. 필자 주.

식민지의 과정에 놓인 지역의 많은 젊은이들에게 일제의 침략적인 전쟁에 공조하고 떨쳐나설 것을 강요하였고 일정한 정도에서 이들을 쇠뇌시키기도 하였다. 따라서 일제에 의해 왜곡되고 그릇된 현실적인 인식은 "푸른 意慾"들을 좀 먹고, "遠征의 隊伍와 隊伍의行列" 속에서 목이 터져라고 웨쳐대는 "決戰의 아우성"은 "軍神의깃에 그늘" 가운데 "새론 歷史의 「이데!ㅡ」를 부르"고 "눈물이 철철흐르는 祝盃"를 드는 황당한 행동에 자화자찬하게 되는 것이다.

이러한 혼란된 역사와 현실 의식은 <鬪魂>(『滿鮮日報』 1942년 6월 1일, "李鶴城")에 나오는 "烽火가 터젓다 / 軍神이 내렸다"라는 표현이서 반복적으로 강조되고 있는 부분이기도 하였다.

물론 "시국"에 대한 그러한 시적인 화답은 시인에게 마냥 마음 편한 행동일 수가 없었을 것이다. 나름대로의 고민과 회의, 미래에 대한 불확실성은 시인에게 새로운 출구가 어디에 있는지를 탐색하도록 압박하였음이 분명하다. 이는 다음 작품에서 부분적으로 알아볼 수 있다.

帽兒山[7)]

이땅 젊은 생명을 기르는
海蘭江과 부얼하통河는
너 모얼山 創世記의 佳緣이고

이곳 각색 살림을 담은
용드레촌과 야ㄴ지강(崗)은
너 모얼산 지켜온 적은 花園이다.

7) 1944년 3월에 지은 것으로 시집 『北斗星』에 수록되였다. 『중국조선민족문학대계 6』, pp.383~384.

億萬呼吸이 깃드릴 大地이 情熱을 안고도
푸른 하늘을 이고 默默히 앉었으니
너 모얼산은 偉大한 占人같기도 하다.

네 머리우에 해와달이 흘러 흘러
쌓은 情怒가 터지는 날은
自由의 깃발이 날리리니.

우리가 豆滿江 건너서
처음본 너 모얼山은 푸르러야 할텐데
百年을 기다리노?
千年을 기다리노?
(…중략…)

오!
그러나 모얼山아
너는 여태 굴한일없이
우리의 본보기 되었거니.

나는 山에 올라
짐즛 「모세」가 되고
「마호멧트」가 되어
그의 啓示도 깨였고

이제 山에 나려
뭇사람속에서 소리처 불러
너 山울림을 듣는다
너 山울림을—

이 작품은 일제에 어느 정도 부응하기도 했지만 시인의 정신적인 내면의 깊은 층위에 간직하고 있던 민족적인 향수와 우려와 미래적인 염원이 아직 남아있음을 드러내는 작품이라 하겠다. 해당 시기에 매우 모순적이었던 시인의 복잡한 내면세계를 잘 보여주는 작품이다. 이러한 모순된 시인의 심경은 1940년에 지었고 1947년 3월에 시집 『颱風』에 유일한 한 수로 수록된 <血痕에 핀 꽃>이 같은 해에 출판한 시인의 시집 『北斗星』에 <새花園>으로 게재되었고 1980년에 출판된 『리욱시선집』에서 다시 <새花壇>으로 제목을 바꾸었을 뿐만 아니라 제3련인 “壁우에 苦憫을 손톱으로 오려 / 歲月을 쫒던 / 落齒한 늙은 벗이 있었다.”가 삭제되고 있다는 사실에서도 엿볼 수 있어서 시인의 고민이 시대를 뛰어넘으면서도 쉽사리 가셔지지 않을 정도로 깊고 큰 것이었음을 나타내기도 하였다.

3. 해방 후 작품의 변화 양상

리욱 시인이 해방 전에 겪었던 여러 가지 시적은 고민은 그 시대의 사회적인 암울함과 함께 그 시기를 살았던 많은 문인들의 공통된 정신적 고민이나 방황을 그대로 보여주는 것이기도 하다.

물론 리욱 시인의 그 같은 고민이나 방황은 그 자체에 머무는 것은 아니었다. 광복이라는 새로운 시대의 도래는 시인에게 참다운 길, 보다 성숙된 길을 걸을 수 있는 기회를 가져다준 것이다. 그는 <사랑하는 거리>에서 “오오 내 사랑하는 이거리 이거리우에는 / 흰구름이 오가고 노―란달이 흘렀으나 / 이제 풀려서 뛰처 일어난 이거리 이거리는 / 머리에 새 투구를 쓰고 / 손에는 새 방패를 들었다”(제5연에서, 『중국조선민족문학대계 6』, 393쪽)라고 함으로써 새로운 광복이라는 새로운 시대에 맞닥뜨린 시인의 보다 분명한 사회인, 시인으로서의 자세를 보여준다. 이러한 판단은 이 작품이 1945년 8월에 지은 것으로 표기된 점으로 미루어 보아 충분히 그 근거를 찾을 수 있을 것이다.

상황 변화에 따른 이러한 뒤바뀌는 자세는 격변의 시대에 대한 적극적인 인식과 그에 따른 시 창작에서의 새로운 정서와 주제로 확고하게 자리잡아가게 된다.

> 쏘련 홍군이
> 땅크 넘던 비석령!
> 진실로
> 승패많은 곳이고
> 인연생긴 땅이로다!
> (395p)피 피 얼룩져
> 이마을 이야기는 다단하거니
> 오늘은 바로
> 팔로군,
> 의용군,
> 으리으리한 용사
> 보인다 보인다.
>
> －<羅子溝> 5, 6연[8]

시인은 실제로 1946년부터 1948년까지 동북군정대학에서 공부하면서 맑스주의 철학의 영향을 받았고 왕청현 라자구에서 토비숙청에 직접 참가하면서 간고하고 처절한 혁명의 시련을 직접 겪기도 하였다. 바로 예

8) 『중국조선민족문학대계 6』, pp.394～395. 작품의 말미에 "1947년 왕청 라자구"라고 표기되어 있음.

문으로 든 작품에서는 그러한 전투에 참여하면서 경험한 피로 얼룩진 사연들을 소재로 혁명적인 현실에 대한 드팀없는 확신에 기초한 시적인 분위기로 잘 승화해 보여주고 있다 하겠다.

그런데 시인의 그러한 확고한 현실인식은 모든 내용들에서 일사분란하게 분명한 것은 아니었다. 이는 시적인 주제와 표현의 방식에 나누어 살펴볼 수 있는 사항이다.

(1) 주제에서의 변화 양상

우선 광복을 전후한 시대에 살았던 대부분의 조선인들이 그러했던 것처럼 시인 역시 민족이나 국가에 대한 관념에서 혼란된 인식을 보이고 있었다.

民族이 가진 榮譽로운 이름[9)]

東方아세아에 처음 일어선
人民의 나라 조선을
同胞여
兄弟여
가슴 벅차게 노래해야겠다
(…중략…)

이 나라 강산아
내 묻노니
만고의 애국자 그 누구런고

9) 『중국조선민족문학대계 6』, pp.416~417.

억년을 잠자던 만경대 대답하라
천수를 흐르는 大同江이 대답하라

「金日成 將軍」
이 나라 민족이 가진 榮譽로운 이름을
동포여
兄弟여
소리 높여서 불러야겠다

"조선민주주의인민공화국이 1948년 9월 9일에 성립되었음을 감안하면, 이 작품은 1948년 9월이나 10월 경에 창작된 것으로 추정된다. 민족에 관한 근대적인 관념이 아직 정착되지 않았던 중화인민공화국 성립 이전의 시인의 민족관을 보여주는 작품으로 민족 정체성에 대한 인식이 국가 개념에 앞서 있음을 보여주는 작품이라고도 하겠다. 한편 이러한 민족관념에 기초한 시인의 조국관은 다른 한 작품인 <조선이 일어선 아침>에서 노래하고 있는 데서 그 정체성이 아직 이주 초기의 것과 별반 다름없는 것임이 그대로 드러난다.

오 나는 北方한地域에서
조국의 太陽 金日成首相을 삼가 받들었노니
널리 자랑하리라/조국 조선의 헌법을-
길이 빛내리라
조국 조선의 國旗를—

—마감 연, 『중국조선민족문학대계 6』, p.419.

하지만 그러한 관념들은 중화인민공화국이 성립되는 과정에서, "대약진운동"과 "인민공사운동", "반우파투쟁"과 "문화대혁명"이라는 일련의 정치운동이 전개되는 과정에서 정돈되고 수정이 된다.

여기는 동방
태양이 맨 처음 솟아
이른아침 해빛아래
온갖 꽃 피는—
빨간꽃은 충성이요
파란꽃은 행복이요.
……

우리는 동방의 풍격!
그 기상 천추에 빛나리니
충렬의 불꽃으로
지혜의 빛발로
일편단심 고여라
칠색무지개 걸어라.
(…중략…)

나의 청춘 불러 일으켜준 당이여,
나의 간담 붉게 물들여준 당이여,
푸른 하늘이 한 장 종이라도
내 시로는 그 크낙한 은덕 다 못쓰리
태산보다 더 높고
바다보다 더 깊어.

푸른 하늘 붉은 노을아래
한떨기 모란꽃마냥 활짝 피여난
내 조국 아름다운 금수강산!
현대화의 큰 우레 울어울어
전야에는 황금파도

유전에는 석유폭포라
붉은기 휘날리고
천리마 내달리고.[10)]

금풍이 부는 시월 청명한 초하루
세계의 동방에 금빛태양이 솟았으니
그 이름 높이 불러 중화인민공화국!

뜨거운 감격으로 안아올린 력사의 메부리여
인류가 신기하게 쳐다본 세기의 령마루여

태여나서 자란지 서른돐
걸어온 투쟁의 길, 승리의 길
그 길은 자못 심상치 않았거니
아! 하늘길 몇천리런가
바다길 몇만리런가.

그렇게 금수전정을 펼쳤고
영웅사적을 엮었거니

이제 쓰린 추억을 가시고
휘황한 전망에로 나래치자.
(…중략…)

오! 나의 조국
나의 생존의 기둥이여
오! 나의 생활
나의 번영의 샘터여!

---

10) <조국찬가>, 시집 『변강의 무지개』, 연변인민출판사, 1979.3, pp.63~64.

이 나라엔
해와 달이 영원히 꺼질줄 몰라라.
이 나라엔
새소리, 꽃향기 영원히 멎을줄 몰라라.
하여 살로써 아끼고 피로써 지키노라!

조국은 나래친다
하늘바깥 저 푸른 하늘로 나래친다
별이 흐르고 달이 흐르는 푸른 하늘로 나래친다.

나는 늙은 시인이다만
목청을 돋우노라

오오! 시월을
온갖 꽃으로 고여라
온갖 노래로 고여라
온갖 화폭으로 고여라![11]

(2) 표현 방식에서의 변화 양상

해방 후 리욱의 시 창작에서는 일정한 기간, 해방 전에 씌여왔던 표현 방식들이 잔존하여 변화된 시대에 걸맞지 못하고 있는 부분도 적지 않음을 발견할 수 있었는데 이는 시집 『청춘의 노래』(1959. 2, 연변인민출판사)에서 집중적으로 나타났다.

이 시집은 "대약진운동"이 시작되던 해에 기획되어 출판된 것으로 보이는데 1958년 5월 중국공산당 제8차 대회 2차 회의가 소집되어 모택동

11) <오! 시월이여>, 시집 『봄바람』, 연변인민출판사, 1981.2, pp.85~88.

의 건의로 "열의를 북돋워 앞장서고 많이, 빨리, 좋게 사회주의를 건설하자"("鼓足干勁, 力爭上游, 多快好省地建設社會主義")라는 총노선을 결의함으로써 본격적으로 전국적인 범위에서 "대약진운동"이 진행된다. 따라서 이러한 "대약진운동"을 배경으로 출판된 시집 『청춘의 노래』에서 마침 다른 시집들과는 달리 특별히 "독자들에게"란 편집부의 권두언이 붙어있음에 유의할 필요가 있다.

> 독자들에게
> 시집 ≪청춘의 노래≫는 오늘 독자들과 대면하였습니다. 우리는 이 시집을 편집함에 있어 각지의 독자 투고자들로부터 열정적인 지지를 받았습니다.
> 편집부는 국경 헌례 천만건 문예 위성 발사와 발을 맞추어 이제부터는 더 빨리, 더 많이, 더 좋은 시집을 륙속 출판하려고 합니다. 우리는 이러한 시집들의 편집에 있어서도 여러분들의 더욱 큰 지지를 받으리라고 확신합니다.
> 독자 여러분! 작품을 쓰시는 대로 인차 ≪연변 인민 출판사 제3편집실≫로 투고해 주십시오. 그리고 작품과 함께 저희들의 편집에 대한 가지가지 의견들을 많이 제출하여 주십시오.
> 경례
>
> 편집부[12)]

저러한 "광고" 아닌 광고 속에 해당 시기의 사회문화적인 분위기가 얼마나 들끓어있었는지를 감안할 수 있는데 그러나 그 표현에서는 아직 고전적인 어조가 여기저기에서 엿보인다.

---

12) 시집 『청춘의 노래』, 연변인민출판사, 1959.2.

촌과 거리 잇대여
만화방초 우거지고
간곳마다 풍류잡혀
칠선녀도 들떠났네

공장에서 기술 박사
학교에서 로동 영웅
비단 늘여 꽃밭이요
쇠물 흘러 금발이라

아름다운 조국에서
만대 행복 길이 누려
금수강산 천만리에
새 소리와 꽃향기일세.[13)]

청산은 첩첩한데
수림은 우거져
머루 다래 주렁지고
노루 사슴 뛰논다.

송화강 상류
고동하 물에
물새가 날아예고
고기떼가 웅실댄다.

이 고장 목재로써
고대 광실 일어서고
이 고장 보물로써

---

13) <조국>, 6~8연, 시집 『청춘의 노래』, 앞의 책 p.29.

만쌍 논이 풀린다.14)

"풍류", "칠선녀", "고대광실" 등 고루하고 안일한 표현들이 "기술 박사" "로동 영웅"과 같은 현대적이고 혁명적인 표현과 혼재해 있어서 새로운 현실적 변화에 아직 익숙해 있지 못한 시인의 정신적 상황을 그대로 보여준다 하겠다.

그런데 이러한 작품이 수록된 시집 『청춘의 노래』는 시집의 제목은 물론 그 속에 실린 시인들의 구체적인 작품의 제목에 이르기까지 "대약진운동" 시기의 혁명적인 낭만주의 격조가 바로 풍겨오는 듯하다. 앞에서 살펴 본 리욱의 작품 외에 기타 시인들의 작품을 살펴보면, <남포 소리>(김명철), <무쇠 장수 총각>(김섭), <천길 지심에서>(김정호), <논뚝길>(로병덕), <새시조>(류성근), <새 해의 헌례>(리택수), <회춘가>(리향), <로동복>(림화), <앞당긴 가을>(방대홍), <앞으로만 간다>(운생), <인민공사 좋네>(최집길) 등 해당 시기의 격앙된 목소리들이 그대로 들려온다. 그 목소리들을 잘 담아내고 있는 작품 두 수만 예로 든다.

웃음은 방글방글
　가지마다에 꽃이 피고
노력은 주렁주렁
　나무마다에 열매 맺았으니
이런 나무 많이 키워
　공산주의로 가리라.15)

―류성근 <새시조>

---

14) <오도양차에서>, "5. 목재와 보물", 시집 『청춘의 노래』, 앞의 책 p.31.
15) 시집 『청춘의 노래』, 앞의 책 p.25.

천리벌 덮인 서리는
일조양에 다 스러져도
머리에 덮인 한줌 서리야
삼복 더윈들 녹여내랴
광풍인들 쓸어 가랴,
만년 고목에 꽃이 피는
이 세상 살기가 좋을시구
공산주의 새 태양 솟자
눈부신 해살에 눈물이 글썽
호호백발은 제 빛을 잃고
검은 머리 머리를 덮어
백발 환흑(換黑)이로다 헤-
그렇지 그래 얼싸절싸 좋구좋네
너울너울 백학의 춤에
북 장고 대 장단 뚱땅 울려라
회춘지희열에 일해나 보세[16]

—리향, <회춘가>(回春歌), 1연

그런데 그러한 고루하고 안일한 낡은 표현들은 공화국 내에서의 여러 차례의 혁명과 건설의 과정을 거쳐 앞에서 살펴본 조국이나 민족 관념처럼 수정이 되어간다.

아리랑
—≪아리랑≫ 창간을 맞이하여

아!
아쉬운 정 못이겨

16) 시집 『청춘의 노래』, 앞의 책 p.38.

새벽길 떠나 바래외다
랑군님 걸음 하두 재여
아리랑고개에 아침해 웃소이다
신비알("탈"의 오타인 듯)이 아홉굽이요
물굽도 아홉굽이오나
가시는 길 자국자국 밟으며
아리숭한 꿈길을 더듬나이다.

리!
리별은 몰래 서러워
눈가에는 이슬이 맺히나이다
그래도 이 길에서 웃음꽃 피워
반가운 상봉을 고대하노니
랑군님, 성좌로 나이를 세고
백운으로 머리를 올린들 어떠오리까
흐르는 세월 아깝다 마시고
가슴에 품은 큰뜻 이루소서.

랑!
랑군님 오실 고개마루에
들장미 떨기떨기 붉었고
나비는 쌍쌍이 나외다
산넘어 바다건너 오실 때에
기러기편에 소식 전하고
아리랑고개 무지개길로
청운기발 휘날리며
만드레꽃갓[17] 쓰고 오소서.[18]

---

17) 꽃가운데 가장 크고 붉으며 아름답다는 전설중의 꽃, 이 꽃으로 꾸민 갓인바 즉 성공과 승리를 의미함. —시인의 주해.
18) 시집 『봄바람』, 연변인민출판사, 1981.2, pp.88~89.

시어의 선택에서 아직 확연한 새로움은 보이지 않으나, 보다 현실적인 감각에 출발하고 있고, 특히 첫 음을 시작으로 연 구성을 시도하고 있고 "아리랑"의 세 음절이 각각의 의미 있는 고개로 형상화되고 있어서 기본 음성에서 시적인 주제에 이르기까지 유기적인 관계를 이루고 있다는 점이 해방 후 리욱의 시 창작에서 보다 다양하고 입체적인 표현이 비롯되고 있음을 보여주는 사례라 할 수 있다.

싸움의 세월 흘러
그 몇해런가

아들은 훈장을 달고 돌아와
어머니곁에 앉았네

어머니는 뜨락 화단을 가리키며
ㅡ네가 가꾸던 장미 저렇게 컸단다.

빙그레 웃으며 내다보는 아들의 얼굴에
장미꽃이 환히 피였네.[19)]

무자비한 "문화대혁명"의 시기를 지나 경제 건설을 우선시하던 "개혁개방"의 시기에 새롭게 나타난 평화롭고 사회적인 분위기가 느껴지는 작품이다. 1978년 12월 22일에 북경에서 열린 중국공산당 제11차 중앙위원회 제3차 전체회의에서 당의 사업 중점을 정치혁명에서 사회주의현대화건설에 옮긴다는 결정을 내리면서 실시되기 시작한 "개혁개방"의 물결

---

19) <전사와 장미꽃> 전문, 1981년 7월에 지은 것으로 표기되었다. 중국작가협회 연변분회 편, 『연변조선족자치주성립 30돐 기념 서정시집』, 민족출판사, 1982.8, pp.162~163.

은 보다 평화롭고 건설적인 사회문화적인 분위기를 조성해 나갔고 그러한 분위기가 시인의 구체적인 창작의 과정에도 영향을 준 것이다. 작품에서 어머니와 아들의 무언, 그러나 지극히 자연스럽고 감동적인 교감은 시인의 시적인 소재가 격변하는 혁명의 시대를 지나 가정적이고 미세한 인간의 정의 세계로 회귀했음을 보여주기도 한다. 다만, 이러한 회귀는 얼마 지나지 않아 시인의 삶이 끝나면서 더 이상 지속되지 못하는 아쉬움을 남긴다.

4. 결론

리욱의 해방 후 시창작의 변화상을 해방 전과의 비교에서 알아본 결과, 우선 해방 전의 작품에서 초기 창작에서 흔히 엿보이는 단순하고 직설적인 표현 속에서도 스케일이 큰 대륙적인 기질을 엿보이는 시적 상상력은 이후의 시인의 창작에서 보다 폭이 넓은 시적 공간과 주제의 깊이를 가능케 하였다고 보았으며 이는 보다시피 <躑躅花>와 같은 작품에 이르러 “생명”이나 “우주”와 같은 딱딱한 시어들이 “躑躅花”나 “나비”와 같은 구체적인 시어로 풍성해지면서 시인이 강조하고자 하는 주제를 관습적이 아닌, 한결 형상적인 새로운 언어들로 전해주고 있음을 발견할 수 있었다. 물론 이러한 시적인 성취도는 그후 발발한 태평양전쟁으로 일제의 파시즘의 통치가 가장 암흑기를 장식해나가던 시기에 이르면 많은 문인들이 그러했던 것처럼 친일적인 작품들이 쏟아져 나오게 되는데 <百年夢>과 같은 작품을 들여다볼 때, 리욱의 경우도 피해갈 수 없는 운명으로 파악된다.

물론 "시국"에 대한 그러한 시적인 화답을 하면서 시인은 마냥 편한 마음가짐일 수는 없었다. <帽兒山> 등 작품에서 흘러나오는 나름대로의 고민과 회의, 미래에 대한 불확실성은 시인에게 새로운 출구가 어디에 있는지를 탐색하도록 압박하였음이 분명하였다.

다음 해방 후의 창작을 살펴볼 때, 광복이라는 새로운 시대의 도래는 시인에게 참다운 길, 보다 성숙된 길을 걸을 수 있는 기회를 가져다주었음을 발견하게 되는데 이는 구체적으로 격변의 시대에 대한 적극적인 인식과 그에 따른 시 창작에서의 새로운 정서와 주제로 확고하게 자리잡아 가는 과정을 통해 알 수 있었다. 물론 시인의 그러한 확고한 현실인식은 그러나 구체적인 창작의 과정에서는 모든 내용들에서 일사분란하게 분명한 것은 아니었다. 이는 우선 주제에서의 변화 양상으로 분석할 수 있었는데 광복을 전후한 시대에 살았던 대부분의 조선인들이 그러했던 것처럼 리욱도 <民族이 가진 榮譽로운 이름>과 같은 작품들에서 민족이나 국가에 대한 관념에서 혼란된 인식을 보이고 있었다. 그러다가 이러한 관념들이 중화인민공화국이 성립되는 과정에서, "대약진운동"과 "인민공사운동", "반우파투쟁"과 "문화대혁명"이라는 일련의 정치운동이 전개되는 과정에서 정돈되고 수정이 되는데 이는 <조국찬가> 등 작품을 통해 구체적으로 나타났다. 이러한 주제에서의 변화와 함께 시적인 표현 방식에서도 리욱의 시창작은 그 변화 양상을 보인다. 해방 후 리욱의 시 창작에서는 일정한 기간에는 해방 전에 씌여왔던 표현방식들이 아직 남아 있어서 변화된 시대에 걸맞지 못하고 있는 부분도 적지 않음을 발견할 수 있었는데 이는 시집 『청춘의 노래』에서 집중적으로 나타나 고루하고 안일한 표현과 현대적이고 혁명적인 표현과 혼재해 있어서 새로운 현실적 변화에 아직 익숙해 있지 못한 시인의 상황을 그대로 보여주기도 하였다. 물론 그러한 고루하고 안일한 낡은 표현들은 공화국 내에서의 여러 차례의 혁명과 건설의 과정을 거쳐 앞에서 살펴본 조국이나 민족 관념처럼 수정이 되어간다. <아리랑>과 같은 시에서는 제목을 이루는 세 음절이 각각의 의미 있는 고개로 형상화되고 있고 기본 음성에서 시적인 주제에 이르기까지 유기적인 관계를 이루고 있다는 점이 해방 후 리욱의 시 창작에서 보다 다양하고 입체적인 표현이 비롯되고 있음을 보여주었다. 또 <전사와 장미꽃>과 같은 작품에서는 어머니와 아들의 무언, 그러나 지극히 자연스럽고 감동적인 교감은 시인의 시적인 소재가 격변하는 혁명의 시대를 지나 가정적이고 미세한 인간의 정의 세계로 회귀했음을 보여주기도 하였는데 이것은 보다 인간적인 표현의 영역으로서의 문학에 대한 시인의 자세나 표현이 가장 원숙한 단계로 들어섰음을 방증하는 보기이기도 하다.

조선족의 대표시인 중 한 사람으로서의 리욱의 해방 전과 해방 후의 시 창작은 그대로 조선족 시문학의 역사적인 흐름과 점철되어 있다. 따라서 시인의 생애와 사회적인 배경은 물론, 작품에 내재하는 심층적인 층위의 여러 가지 양상들에 대해 보다 객관적이고도 체계적이며 깊이 있는 논의는 조선족 시문학의 역사적인 변모뿐만 아니라 이후의 발전 가능성에 대한 연구에서도 자못 의미 있는 작업임에 분명하다.

참고문헌

1. 기본자료

『在滿朝鮮詩人集』, 1942.10, 藝文堂.

『颱風』, 1947.3.1, 延吉한글硏究會, 憫酒印刷廠.

李旭, 1947, 『北斗星』, 연길시직공인쇄공장.

리욱, 1949.1, 『북륙의 서정』, 민중문화사.

리욱, 1957.9, 『고향사람들』, 민족출판사.

시집 『청춘의 노래』, 1959.2, 연변인민출판사.

시집 『변강의 무지개』, 1979.3, 연변인민출판사.

리욱, 1980.4, 『리욱시선집』, 연변인민출판사.

시집 『봄바람』, 1981.2, 연변인민출판사.

중국작가협회 연변분회 편집, 1982.8, 『연변조선족자치주성립 30돐 기념 서정시집』, 민족출판사.

리욱, 1982.12, 『풍운기』, 료녕인민출판사.

연변조선족문화발전추진회 편, 2004.10, 조중대역판 『중국조선족명시』, 민족출판사.

연변대학 조선문학연구소 편, 2005.6, 『중국조선민족문학대계 6』, 김조규 · 윤동주 · 리욱 시집, 흑룡강조선민족출판사.

2. 단행본

조성일 외, 1990.7, 『중국조선족문학사』, 연변인민출판사.

김호웅 외, 2011.12, 『중국조선족문학통사』 상권, 연변인민출판사.

김호웅 외, 2012.6, 『중국조선족문학통사』, 하권, 연변인민출판사.

김경훈, 2012.11, 『조선족시문학연구』, 연변인민출판사.

3. 논문

전국권, 1989, 「리욱론」, 임범송, 권철 주필, 『조선족문학연구』, 흑룡강조선민족출판사.

권철, 2005.6, 「건국전 리욱의 시세계(해제)」 『중국조선민족문학대계 6』, 김조규 · 윤동주 · 리욱 시집, 연변대학 조선문학연구소 편, 흑룡강조선민족출판사.

김창걸 해방 후 소설에서 보이는 '국민(nation) 상상'

최 일

1. 서론

만주조선인문학에서 있어서 김창걸은 여러모로 특이한 경우에 해당한다.

우선, 김창걸은 만주조선인문단에서 등단하여 꾸준하게 활약을 한 몇 되지 않는 진정한 '로컬(local)'이다. 문턱이 낮았던 만주조선인문단에서 『만선일보』에 작품 한 편 발표하고 이른바 '등단'을 한 경우가 물론 적지는 않았지만 김창걸 만큼 지속적이고 활발한 창작 활동을 하였고 또 만주조선인문학에 유일한 소설집 『싹트는 대지』에 작품이 수록될 만큼 문단의 인정을 받은 만주 본토 출신 작가는 많지 않다.

다음, 김창걸은 만주조선인문단에서 활발할 활동을 하던 문학인들 중 이학성(李鶴城, 즉 李旭)과 함께 '광복' 이후 반도로 귀환을 하지 않은 흔치 않은 경우에 해당한다. 귀환을 하지 않은 이유와 사정은 지금 알 수가 없지만 대부분의 만주조선인작가들이 '광복'이 되자 귀환을 선택한 반면 함북 명천 출신의 김창걸은 고향을 지척에 두고도 돌아가지 않아 진정한

'로컬'로 남게 된다. 즉 김창걸은 만주라는 장소에 살던 조선인, 즉 민족(ethnic group)에서 중화인민공화국의 '조선족'이라는 국민국가(nation state)의 국민으로 거듭나게 된다.

그래서 김창걸은 아직도 논란거리인 만주조선인문학의 귀속문제, 바꾸어 말하면 만주조선인문학과 '중국조선족문학' 사이의 연속성 혹은 내재적 연관성의 문제를 해명하는 데 있어서도 중요한 표본이 된다. 만주조선인문학을 '중국조선족문학'의 전사(前史)로 보는 것이 중국 내 조선족학자들의 대체적인 주장인데 이럴 경우 양자 사이는 시간과 공간의 연속성을 제외하고는 문학 내적으로 이어져 있음을 주장할 만한 작가가 김창걸과 이학성을 제외하고는 별로 없다는 딜레마에 봉착하게 된다.

게다가 김창걸은 '조선족'으로의 신분 전환을 완성한 후 창작활동을 거의 하지 못했다. 1959년 '민족정풍(民族整風)' 중에 '민족주의자'로 몰리게 되면서 '문화대혁명'이 끝날 때까지 정치적인 박해를 받아온 김창걸은 오랫동안 작품을 발표할 수 없어 1954년 '연변문학예술계연합회'에서 편집, 출간한 단편소설집 『세전이별』[20]에 수록된 「새로운 마을」과 「행복을 아는 사람들」, 그리고 「마을의 사람들」, 「마을의 승리」 등 단편소설을 제외하고는 별다른 작품 활동이 없었다. 특히 단편소설집 『세전이별』은 중화인민공화국 건국 이후 처음 출간된 조선족작가들의 단편소설집으로 이 시기 조선족작가들의 창작경향을 확인해볼 수 있는 중요한 텍스트가 된다. 이 작품집에 김창걸의 작품만 2편이 수록되고 나머지 작가들은 모두 1편씩 수록되어있다는 것은 편집자인 연변문학예술계련합회에서 이 두 작품에 대하여 각별히 주목하고 있었음을 알 수 있다. 1982년 료녕인

20) 연변문학예술계연합회 편, 『세전이별』, 연변교육출판사, 1954년.

민출판사에서 출판한『김창걸단편소설집』에 수록된 이른바 "해방 후 개작"된 작품들은 일부 작품에서 원작과 상당한 정도의 차이를 보이고 있지만 새로운 창작으로 보기는 어렵다.

그러다 보니 김창걸은 만주조선인문학과 '중국조선족문학'을 이어주는 상징적인 의미를 가지고 있지만 실질적인 역할은 하지 못했다고 해야 한다. 하지만 바로 그 두 편의 작품-「새로운 마을」과 「행복을 아는 사람들」이 1945년의 광복에서 1953년의 '조선전쟁(6·25전쟁)'의 결속까지, 바꾸어 말하면 '조선족'이라는 'nation+ethnic'그룹이 형성되어 가던 시기에 나온 유수의 작품 중 두 편으로 상당한 의미가 있다고 할 수 있다.

이 시기는 만주를 포함한 중국의 조선인들이 귀환과 정착의 분화를 거치던 시기였고 동시에 중화인민공화국이라는 국민국가가 만들어지던 시기였다. 대내적으로 공산당이 국민당을 몰아낸 지역에서 실시한 '토지개혁'과 대외적으로 '조선전쟁'의 참전은 만주조선인들의 귀환과 정착의 과정에 지대한 영향을 끼친 두 가지 요소로 된다. '토지개혁'으로 절대다수가 농민인 만주조선인들은 가장 기본적이고 중요한 생존기반인 토지를 획득하게 되었다면 '조선전쟁'은 한반도의 적대(敵對)적 분단을 고착화시키면서 만주조선인들이 '중화인민공화국'이라는 신생국가에로의 귀속감 혹은 국민 정체성을 획득하는 과정에 대미를 장식한 요소라고 할 수 있다.

광복 이후, 염상섭과 같은 만주에서 한반도로 귀환한 작가들에 의한 '귀환서사'가 있었다면 귀환이 아닌 새로운 '국민'으로의 정착을 선택한 김창걸은 '정착서사'를 시도했다고 할 수 있다.

본고에서는 김창걸의 상기 두 편의 소설을 통해 '정착서사'의 한 단면 즉 '만주조선인'에서 '조선족'으로의 '국민 되기'의 한 단면을 고찰해보려고 한다.

2. '만주 로컬리티(locality)'의 허구성과 김창걸의 선택

어느 연구자의 통계에 의하면 만주를 거쳐 간 한국인 작가의 수는 137명에 달한다고 한다.[21] 『싹트는 대지』의 편집자인 신영철은 1941년 출간된 『싹트는 대지』의 발문에서 이들 조선인작가들을 "괭이와 호미로 생활을 개척하기에 피와 땀으로 엮은 역사를 수록할 것은 이곳에서 성장한 또는 뒤이어 들어온 문화부대에게 책임이 있다"[22]고 하면서 이들을 "문화부대(文化部隊)"라고 칭했다.

이들이 만주에 정착을 하고 이른 바 '만주조선문학'을 건설했다. 일간지 하나, 소설집 두 권, 시집 두 권, 종합작품집 두 권으로 규모는 지극히 작았지만[23] 그래도 나름대로 '만주조선문학'이란 큰 뜻을 가지고 있었던 같다.

『만선일보』에서는 1940년 1월 12일부터 1940년 2월 6일까지 '만주조선문학건설신제안(滿洲朝鮮文學建設新提議)'이라는 지상토론을 진행했다. 황건, 박영준, 현경준, 안수길, 신서야 등 당시 만주조선인문단에서 존재감이 뚜렷했던 작가들이 참여하여 "滿洲에 朝鮮文學을 建設하랴면 어썬 方面, 어썬 角度에서 어썬 形式 어썬 手法 等等으로 着手하여 開拓해나가야될까"[24]하는 문제에 대한 토론을 벌였다. 만주조선인문학이 추구해야 할 방향, 만주조선인문학의 역사와 전통, 조선인문단의 건설, 작가의 대우 등 다양한 문제들이 논의되었지만 가장 중요한 논제는 단연 만주조선인

---

21) 중국 연변대학교 교수를 지냈던 고(故) 권철(權哲) 교수의 통계에 의하면 만주지역에 생활했던 한국인작가들의 수는 137명이라고 한다.

22) 신영철(申瑩澈), 1941, 「『싹트는 대지』뒤에」『싹트는 대지』, 만선일보출판부.

23) 1973년 7월 4일 자 『동아일보』의 기사 「문단 반세기」에 따르면 신영철이 『재만수필선(在滿隨筆選)』(1939년)을 편집, 출간했다고 하지만 전해지지 않고 있다.

24) 1940년 1월 12일 자 『만선일보』, 「만주조선문학건설신제의」 편자 안(案).

문학의 성격 즉 '로컬리티(locality)'의 문제였다.

이 지상토론의 첫 번째 주자로 나선 황건(黃健)이 우선 만주조선인문학이 '만주 로컬리티'를 갖춰야 함을 역설하고 있다.

"滿洲朝鮮人文壇이 朝鮮文壇의 그대로의 延長이여서는 안되며 짤아서 地方的 役割에 끄처서는 안된다는 眞意가 잇는것이 滿洲朝鮮人文學이 끗까지 『朝鮮文學』이며 滿洲에 와잇는 滿洲國鮮系國民 卽 滿洲朝鮮文學人만이 이룰 수 잇는 文學이다. 다시 말하면 滿洲라는 國家와 그 歷史와 特異한 性格만이 가질 수 잇는 獨自的 文學 卽 滿洲文學이여야할것이며 그러기爲하여서는 朝鮮文學의 傳統을 가장 잘 消化攝取하여야만 될 것이다. 이로써만 비로서 그의 圓滿한 成就가 期待될 것이다."[25)]

황건은 우선 만주조선문학이 만주조선인들의 삶의 기반에 뿌리를 내린 문학 즉 만주의 지역성을 구현한 문학이 되어야 함을 강조하고 나서 '조선문단'에 대한 만주조선인문학의 맹목적인 추종을 비판하고 있다.

"일즉히 成長의 滋養을 바더 呼吸의 始初를 이루엇든 朝鮮文壇에의 鄕愁는 이곳 滿洲朝鮮人文學의 悲劇的 運命觀을 淸算 못한 데서 더 致命的이엿든 것이다. 文學修練의 目標를 朝鮮中央文壇에의 進出에 두고 그곳에서의 가짜운 榮華를 憧憬하여왓든 나머지 이곳 滿洲에서의 活動實踐이라든지 自身이 接息코 잇는 이곳 文壇에 留意함에서의 더한 價値며 意義도 생각함이 업시 文壇建設에의 모든 意慾을 喪失 忘却케 되엿든 것이다. 朝鮮文壇에는 조흔 作品을 보내면서도 이곳에서는 그 나머지 創作을 부끄러움 업시 發表하거나 朝鮮에는 發表하나 이곳에는 發表치 안는 이러한 조치 못한 傾向도 이 한가지로 解釋될 것이엿다."[26)]

---

25) 황건(黃健), 「滿洲朝鮮人文學의 特殊性」, 「滿洲朝鮮文學建設新提議 2」, 『만선일보』, 1940년 1월 13일.

26) 황건(黃健), 「滿洲朝鮮人文學의」 今後 發展策, 「滿洲朝鮮文學建設新提議 3」, 『만선일보』, 1940년

신서야는 여기서 한발 더 나아가 만주조선인문학이 '만주국(滿洲國)'의 문학에 귀속되어야 함을 주장한다.

> "어데까지던지 公明한 政治를 理想으로 한 獨立國으로 各民族이 똑 갓치 王道政治에 參劃하여 協和會 安居樂業의 新天地를 開拓할 歷史的 使命을 가진 前代未曾有의 國家에서 個別的으로 비단 朝鮮文學만을 分離하여 形成할 수 잇슬가?"[27]

상기 인용문에서 작가가 자의적 혹은 타의적으로 첨가한 "공명한 정치를 이상으로 한 독립국" 운운 등 일제의 식민주의담론을 감안하더라도 만주조선인문학을 '만주국'의 문학의 구성원이 되도록 해야 한다는 주장은 위의 황건이나 신서야의 주장과 일맥상통한다고 하겠다.

작품을 통해 이른바 '북향정신(北鄕精神)'을 설파하는 등 만주조선인작가들 중 만주의 의미를 문학적으로 구현하는데 가장 주력했던 안수길(安壽吉)은 실제적인 창작의 중요성을 역설하고 있다.

> 朝鮮中央文壇 進出의 大望도 조타. 日本文壇 進出의 大望도 조코 世界文壇 進出의 野望은 더욱 조타. 이런 노픈 水準을 目標코 文學工夫와 活動을 하는 것이 男兒의 本懷일 것이다. 그러나 이것은 어듸까지든지 目的을 遠大하게 다지는 目標가 될지언정 여기에 秋毫만한 虛榮을 가저서는 아니될 줄 안다. 우리가 살고 잇는 滿洲에서 文學的 活動을 堅實하게 하여 나가는 곳에 朝鮮, 日本, 世界文壇 進出의 길이 열리는 것이라 생각된다.[28]

1월 16일.

27) 신서야(申曙野), 「滿洲朝鮮文學의 性格과 特異性」, 「滿洲朝鮮文學建設新提議 15」, 『만선일보』, 1940년 1월 30일.

28) 안수길, 「文學建設의 具體案과 文學人의 迫力的 活動」, 「滿洲朝鮮文學建設新提議 19」, 『만선일보』, 1940년 2월 3일 자.

상기 지상토론에 참여하지는 않았지만 만주조선인문학의 터줏대감 격이었던 염상섭도 '만주 로컬리티'를 강력하게 주장했었다.

> "다만 滿洲國國民으로서 滿洲生活을 描破한 文藝作品인 다음에는 朝鮮語文으로 씨운 것일지라도 훌륭한 滿洲文學이오, 滿洲文學이면야 滿洲의 文壇에 먼저 보내야 할 은 當然한 일이며, 또 滿洲藝文界로서도 먼저 받아드려야 할 것이 아닌가 한다. 朝鮮文으로 쓴 것이라야 하야 在滿朝鮮人이 끼고 돌 것도 아니요, 滿洲文壇을 제처놓고 먼저 朝鮮文壇으로 다라 나서는 義理가 서지 못할 것이기 때문이다. 萬一 滿洲의 藝文界가 朝鮮文作品이라 하야 無關心한다면 非違는 藝文壇에 있다할 것이니, 滿洲藝文壇도 반듯이 好意로써 마저줄 것을 믿는다."[29)]

그런데 이처럼 정열적으로 만주조선인문학 더욱이는 '만주 로컬리티'가 부여되어있는 만주조선인문학을 건설할 것을 주장했던 문인들이 '광복' 이후 거의 전부가 한반도로의 귀환을 선택했으니 아이러니가 아닐 수 없다.

이처럼 아이러니컬한 상황이 벌어지게 된 근본적인 원인은 결국 '만주 로컬리티'의 허구성에 있다고 해야 할 것이다. 이들의 '만주 로컬리티'는 비슷한 시기 한국 국내에서 논의되었던 '국민문학'의 허구성과 많이 닮아있다. '국민문학'은 한국문학이 '제국'의 언어인 일본어에 의한 글쓰기를 통하여 일제의 식민주의 담론에 의하여 허구된 '국민문학'이라는 질서 속에 편입됨으로써 '선계(鮮係)' 혹은 '외지(外地)'라는 로컬리티를 얻을 수 있고 그로써 '내지문학' 즉 일본 본토의 문학에 연관될 수 있다고 주장하고 있었다.

---

29) 염상섭, 위의 글.

문제는 이 모든 것이 만주라는 장소적 상상에 기대고 있다는 점이다. 또한 "우리 만주만의 문학"을 주장하는 일제의 식민주의담론에 포섭될 위험을 안고 있었다. '만주 로컬리티'는 여러모로 입론의 기반이 허약했다고 할 수 있다. 그래서 '만주국'이라는 준(準) 식민지에 의하여 지탱되고 있던 만주의 장소성이 일제와 '만주국'의 멸망으로 파멸되면서 '만주 로컬리티'의 허구성은 여지없이 드러내게 되었고 그것을 주장하던 작가들은 진정한 장소인 한반도로의 귀환을 선택했다고 할 수 있다.

김창걸은 상기 지상토론에 참여하지 않았지만 비슷한 시기 「滿洲朝鮮文學과 作家의 情熱」이란 글을 통하여 만주조선인문학의 건설에 대한 자기의 견해를 밝혔다. 이 글에서 김창걸은 만주조선인문학의 생존환경이 척박함을 논하면서 다음과 같은 말을 한다.

> 그것은 勿論 우리의 文化程度의 低下와 우리의 經濟的 生活이 너무나 正常的이 못된 悲慘한 때문이란 理由도 업지 안흐나 民族이 잇고 말이 잇고 글이 잇고 또 生活이 잇스면서 어찌 文學이 업슬 수 잇슬가 하고 생각 할 때 아모래도 數三의 作家로 觀衆업는 演劇을 하고 잇지 안흔가 하는 늣심을 가지지 안흘 수 업다.[30]

이어 김창걸은 『만선일보』가 만주조선인문학의 발전을 위하여 더 많은 지면을 할애하고 더 많은 노력을 기울일 것을 촉구한다. 김창걸은 위의 몇 사람들처럼 만주조선인문학의 로컬리티를 강조하고 있지 않는 반면에 만주조선인문학에 대한 그의 애착은 충분히 보여주고 있다.

또한, 확실한 증거는 없어 보이지만 '고려공산청년회'에 가입하여 활

30) 황금성(黃金星), 「滿洲朝鮮文學과 作家의 情熱(上)」, 『만선일보』 1940년 2월 16일 자. 황금성은 김창걸이 만주시기 사용했던 필명 중의 하나이다.

동하는 등 반일의식이 뚜렷했다는 점에서 김창걸의 만주인식은 남달랐다고 할 수 있다. 즉, 김창걸에게 있어 만주는 개인의 생존 혹은 생업을 위한 장소만이 아니라 민족을 위한 투쟁의 장(場) 혹은 초월적인 의미를 가진 장소가 되는 것이다. 따라서 김창걸은 '만주 로컬리티'에 집착을 보이지 않았던 것은 그의 이데올로기적인 소신에서 얻어진 결과라고 볼 수도 있다. '광복' 이후 김창걸이 만주에 정착한 것 역시 이러한 인식적 맥락에서 취한 선택이라 하겠다.

3. '새로운 마을'의 탄생

상술한 바와 같이 김창걸은 중화인민공화국의 건국 이후 계속된 정치풍파에 시달리면서 창작활동을 거의 하지 못했다. 1950년 1월 창작된 「새로운 마을」과 1953년 창작된 「행복을 아는 사람들」은 중화인민공화국이 건국 직후 창작, 발표된 작품으로 김창걸의 '국민상상'을 밝혀볼 수 있는 텍스트가 된다.

「새로운 마을」은 건국 이후 조선족문단에서 발표된 첫 번째 단편소설이었고 1951년 『동북조선인민보(東北朝鮮人民報)』의 '신춘문예'에 입선되었다. 이 소설은 중화인민공화국 건국 직후를 배경으로 어느 조선족 마을의 촌장인 주인공 갑식이 마을사람들을 이끌고 '새로운 마을' 즉 새로운 국가의 새로운 공동체를 건설해 나간다는 이야기를 그리고 있다.

갑식은 마을의 촌장으로 여타의 마을사람들에 비해 마을에 대한 애착뿐 아니라 국가의 시책에 대한 이해가 깊고 또한 솔선수범하여 '새로운 행복한 마을'을 건설해 가는 인물이다. 소설에서 내세운 '새로운 마을'의 키워드는 두 개—집단주의와 문맹퇴치이다. 여기서 집단주의는 물질적인 행복을 이룩하는 수단이고 문맹퇴치는 정신적인 행복을 이룩하는 수단이 된다.

갑식은 우선 "남의 일"과 "내 일"을 구별하지 않는 '사회주의집단주의'를 실천하고 있다. 그가 선택한 방식은 품앗이, 즉 협동노동이었다. 갑식은 품앗이를 통해 낡은 시대의 소농의식(小農意識)에 길들어진 마을사람들을 변화시킨다. 전년도의 가뭄으로 집집마다 양식이 부족하게 되자 마을사람들은 습관적으로 국가에서 내주는 창곡을 기다리게 된다. 하지만 갑식은 "새 중국이 우리 인민의 손으로 이루어졌다는 것, 그래서 우리가 허턱 나라의 신세만 바랄 것이 아니라 오히려 나라를 붙들어 줘야 할 것과, 또 과거와 같이 창곡을 꿔여주어 빚군을 만들 것이 아니라, 우리 힘으로써 얼마든지 할 수 있는 부업의 길을 열어 주어 우리 스스로 해결할 수 있도록 되었다는 것"[31] 등을 마을사람들에게 설명하여 품앗이로 진행되는 부업(副業) 노동이 "우리에게도 정부에도 리익인 이상 이 호소를 받들고 나가야"[32]한다고 마을사람들을 설득한다.

부업 노동이 자리를 잡아가자 갑식은 또 '동학(冬學)',[33] 즉 문맹퇴치운동을 전개한다. 젊은이들은 그런대로 따르는 편이었지만 나이 든 사람들은 공부에 대한 부담감과 개인적인 수입과 직결된 부업 노동에 지장이 있다는 등의 이유로 무척 소극적이었다. 갑식은 "글이란 팔아 먹기 위해서 하는게 아니구, 더욱이 우리 글은 하자구만 들문 하루에두 될 수 있구, 늘게 잡았대야 한두달이문 안될게 없"[34]다면서 우리글 공부가 쉬운

---

31) 연변문학예술계연합회 편, 『세전이벌』, 연변교육출판사, 1954, 9쪽.
32) 동상.
33) '동학(冬學)'은 겨울철 학교라는 뜻으로 문맹퇴치 등을 목적으로 농민들을 대상으로 겨울철 농한기에 실시했던 공부이다.
34) 연변문학예술계연합회 편, 앞의 책, 1954, 19쪽.

것이고 신문을 읽으면 "세상 리치를 환히 알"[35] 수 있다는 실용성을 강조하는 한편 신문에 이 마을 사람들이 부업 노동이 보도되어있음을 예로 든다. 이는 마을사람들의 행동이 나라 전체에 알려질 수 있음을 말하는 것으로 그들이 나라에 대한 귀속감과 정체성을 불러일으키는 것으로 그들의 '공동체 상상'을 자극하게 되는 것이다.

결국 갑식의 헌신적인 노력으로 마을의 부업 노동과 '동학'은 모두 소기의 성과를 이룩하게 된다. '새로운 마을'이란 바로 낡은 시대의 가치관을 타파하여 물질적인 행복과 정신적인 행복을 동시에 도모할 수 있는 "새 중국"의 알레고리라고 할 수 있다.

소설의 말미에서 "'증산－부업－학습－행복－" 아무리 보아야 그것이 다 따로따로 떨어진 것이 아니라 뭉뚱그려진 하나로 밖에 생각되지 않았다."[36]라고 한 갑식의 희망찬 감회는 이에 대한 가장 집약적인 서술이 되겠다.

4. '새로운 인간'의 자리매김

「행복을 아는 사람들」은 "새 중국" 내에서 개인의 정확한 자리매김의 문제를 다룬 작품으로 '국민'이 되어가는 과정과 경로를 다룬 「새로운 마을」과 같은 연장선 위에서 '국민 상상'을 진일보 구체화시킨 작품이라고 할 수 있다.

35) 연변문학예술계연합회 편, 앞의 책, 1954, 20쪽.
36) 연변문학예술계연합회 편, 앞의 책, 1954, 36쪽.

주인공 상훈은 "정치적 품성"과 "과학(학문)실력" 모두 우수하다고 자부하는 졸업을 앞둔 대학생이다. 졸업 이후 직장의 통일배치를 두고 상훈은 고등학교 교원, 연구원,[37] 모교의 조교[38] 등 세 가지 선택에 직면하게 된다. 상훈은 자기의 능력으로 봐서 당연히 조교로 남을 것이 분명하다고 짐작하고 "너무 자고 자대하다는 표현은 삼각는 것이 좋으리라"는 생각에 취직지망을 쓸 때는 짐짓 고등학교 교원, 연구원, 조교의 순으로 거꾸로 써 바쳤다. 하지만 대학의 '통일배치위원회'에서는 상훈의 지망대로 그를 고등학교 교원으로 배치한다.

상훈은 중학교를 졸업하고 소학교에서 교원을 하다 대학에 들어 온 사람으로 다시 교직에 돌아간다면 고등학교의 교원이 아닌 대학의 교수가 되는 것이 꿈이었다. 상훈 역시 "리론상으로는 국가와 인민의 수요에 선뜻 나서야 된다는 것을 부인할 수 없"[39]지만 "아무리 생각했댔자 자기가 꼭 고중 교원으로 가는 것이 사회의 수요일리는 만무"[40]하다고 생각되었다. 모든 면에서 자기보다 못하다고 생각했던 영예군인 출신의 일환이 조교로 남은 결과에 분노와 질투가 치밀어 오른 상훈은 일환을 찾아가 비꼬는 말투로 따진다. 일환은 그런 상훈을 보며 "지식 분자[41]의 낡은 체면을 집어치우"라고 하면서 "해방이 되었기에, 공산당이 령도했기에, 중국 혁명은 성공했고, 우리들은 신세를 초치였고, 따라서 과거에는 상상도 할 수 없던 민족대학이 섰고, 우리 청년들은 당당한 인민장학금을 받아가면서 영광스럽게 대학을 졸업하게 되었고, 오늘날 당당한 국

37) 연구원은 대학원생을 말한다.
38) 중국의 대학에서 조교는 강사 바로 아래의 직급으로 정식 교직에 해당한다.
39) 연변문학예술계연합회 편, 앞의 책, 1954, 49쪽.
40) 연변문학예술계연합회 편, 앞의 책, 1954, 49쪽.
41) 지식분자 : 지식인.

가의 일터를 배치받고 나가는데, 이러한 행복에 무슨 불만이 있을 수 있겠는가"[42]라고 상훈을 설득한다.

하지만 상훈은 설득되지 않았고 울적한 마음으로 대학에서 조직한 졸업견학에 참가하여 베이징으로 떠난다. 베이징견학의 과정에 많은 졸업생들은 교원을 하기 싫었고 울며 겨자 먹기로 직장배치에 복종할 수밖에 없었지만 "이번 참관(견학—필자 주)을 통하여 진정 '조국'을 확실히 인식하는 데서 리지적인 신념으로 전변되였다"고 고백을 한다. 졸업생들을 인솔한 담당교수인 강선생은 학생들의 "졸업병" 즉 나름대로의 좋은 직장을 선호하는 편향을 꾸짖는다. "우리는 진정 행복하다는 것을 알아야 할 것이요. 어째서 행복한가, 누구 때문에 행복한가, 이 행복을 어떻게 지키고 보답할 것인가, 이것을 사상화시키면 문제는 다 해결이요 …… 우리는 지금 모주석(모택동—필자 주)의 령도밑에서 五억 인민이 한길 위에서 보조를 맞춰 나아가는 것이요!"[43]

상훈 역시 심적 갈등 속에서 점차 생각이 바뀌어 갔다. 국경절 경축대회에 참가한 상훈은 천안문을 행진해 지나면서 주석대의 모주석을 보는 순간 벅찬 감격에 눈물을 흘리면서 자신의 그릇된 생각을 뉘우치게 된다. 상훈은 일환을 보고 "일환이! 용서하우. 나는 행복에 겨워 정말 내 행복을 몰랐었소 …… 오늘 모주석을 뵈옵고 진정 내 위치를 알았오."[44]라고 말한다.

결국 이 소설에서 말하고자 하는 것은 "새 중국"의 '새로운 인간'들이 행복에 대한 '상상'이라고 할 수 있다. 소설은 "새 중국"이 있어서 대학에서

42) 연변문학예술계연합회 편, 앞의 책, 1954, 50-51쪽.
43) 연변문학예술계연합회 편, 앞의 책, 1954, 56-57쪽.
44) 연변문학예술계연합회 편, 앞의 책, 1954, 61쪽.

고등교육을 받으면 성장한 새로운 세대들이 자신들이 행복하다는 것을 깨달고 오늘날의 행복이 누구 때문에 얻어진 것인가를 깨달아야 된다고 호소한다. 나아가 행복을 가져다 준 그 '누구'에 대한 보답으로 자신이 "새 중국" 즉 새로운 국가의 당당한 일원임을 자각하고 궂은 일 좋은 일을 가리지 말고 자기의 위치에서 소임을 다해야 하고 그것이 또 행복이 되는 것이다.

5. 결론

지금까지 중화인민공화국의 건국 이후 창작된 김창걸의 소설 두 편을 살펴보았다. 1950년대 초반 이후 작품이 거의 없었던 김창걸의 '국민 상상'은 이 두 작품으로 거의 끝난 셈이 된다. 따라서 이 적은 표본을 가지고 그의 '민족(ethnic group)'에서 '국민(nation)'으로의 정체성 변화를 추적해 보는 것이 어쩌면 무리일 수 있다. 하지만 한반도로의 귀환이 아닌 만주에서의 정착이 상당한 정도에서 김창걸의 자주적인 선택이었다는 의미에서 보면 그 표본으로서의 가치는 충분하다고 할 수도 있다.

일제의 패망은 조선의 해방을 의미한다 하지만 이른바 '조선'은 실체 즉 근대적 의미의 '국민국가'가 아니었다. 조선은 일본에 병탄될 때 봉건 왕조였기에 해방된 이후 근대국민국가로의 전환을 겪어야 했다. 마찬가지로 항일전쟁이 결속된 이후 중국 역시 '반식민지－반봉건(半植民地－半封建)'국가에서 근대국민국가로의 전환을 겪어야 했다. 다시 말하면 중국조선인들은 조선으로 귀환하든 중국에 남아있든 모두 '신민'에서 '국민'에로의 전환을 겪어야 했던 것이다.

'광복'은 만주의 조선인들로 하여금 조국으로의 귀한이 가능하게 하였고 그에 따라 만주조선인과 중국조선족의 분화가 시작되었다. '광복' 이전 만주조선인의 인구는 대체로 200만 정도로 본다. 새 중국이 건립된 뒤 처음 실시한 인구조사(1953년)의 수치에 의하면 당시 중국의 조선족인구는 1,120,405명[45]이였다. 다시 말하면 귀환한 사람과 정착한 사람의 수는 거의 대등하다. 이 귀환과 정착의 분화과정은 '광복'에서 시작하여 '6·25전쟁'까지 이어졌다.[46] 귀환과 정착의 선택에 있어서 보편적인 이유는 정확하게 알 수가 없고 다만 당시의 사회적 여건들을 통하여 짐작해 볼 수 있다.

숫자로 보면 연변지역에 살던 조선인들이 귀환을 선택한 비례가 평균보다 훨씬 적다. 통계에 의하면 1945년 '광복' 직전 연변지역의 조선인은 63.5만 명이었고 1949년 중화인민공화국이 성립될 무렵 연변지역의 조선인은 51.9만 명이었다.[47] 앞서 본 인구보편조사에 의하면 1953년 6월 30일 24시를 기준하여 중국조선족인구는 1,120,405명으로 그중의 73.6만 명이 길림성에 살고 있었고 또 그중의 49만여 명이 연변에 살고 있었다. 즉, 연변지역의 조선인들이 귀환을 선택한 비례는 28%정도로 평균치인 50%에 훨씬 못 미친다. 따라서 당시 연변의 상황을 통해 귀환과 정착의 선택에 준 사회적 요소를 살펴볼 수 있다.

첫째, 연변은 조선인들이 가장 일찍 발을 붙인 곳 중의 하나이고 조선

45) 이 수치의 정확도도 문제가 된다. 왜냐 하면 중국조선인의 국적문제를 처리할 때 관한 기본원칙은 1953년 8월에야 중국공산당중앙의 인가를 받았기 때문이다. 여기서 가리키는 '중국조선족'이 만약 이미 중국국적을 획득한 중국조선인에 한한다면 이밖에 국적문제를 처리하지 못한 사람도 많이 있다고 봐야 한다.

46) 1970년대에 이르기까지 특히는 '대약진(大躍進)'과 '문화대혁명' 초기 수만 명을 헤아리는 조선족들이 조선으로 귀환하였다. 하지만 이는 '조선족'이라는 개념과 실체가 기본적으로 확정된 이후의 일로 따로 논하여야 마땅할 것이다.

47) 安龍禎 編, 『延邊朝鮮族自治州誌』, 中華書局, 1996, 276-277쪽.

인의 인구비례는 줄곧 50% 이상을 유지하고 있었다. 1934년 '만주국'에서 '간도성(間島省)'을 설치할 때 초대 성장(省長) 역시 조선인 이범익(李範益, 창씨명 淸原範益)이었고 뒤이은 성장(省長), 부성장(副省長) 또한 거의 조선인들이었다. 이러한 집거지에서 거주하는 것은 조선인들이 디아스포라로서의 차별을 극복하는 데 유리했다고 할 수 있다. '광복' 직후 중국인들이 일제에 대한 분노를 조선인들에게 전가시키는 경우가 많았는데 연변은 타 지역에 비하여 그 정도가 약했다.

둘째, 연변은 당시 중국에서 국공내전(國共內戰)을 겪지 않은 몇 아니 되는 지역 중의 하나였다. 일제가 패망한 되 국민당은 연변에 발을 붙이지 못해 중국공산당의 통제범위에 속했다. 국공내전이 본격적으로 시작된 다음에도 전화(戰火)는 연변에 미치지 못해 조선인들은 기본적으로 평화롭고 안정된 삶을 누릴 수 있었다.

셋째, 연변은 중국에서 중국공산당이 '토지개혁'을 가장 일찍 진행한 지역 중의 하나였다. 1946년 7월부터 1948년 4월 사이, 세 단계에 거쳐 연변의 '토지개혁'은 완성되었다. 중국공산당의 토지정책은 일관적으로 중국 내 조선인들을 배척하지 않았는바 중국 경내의 조선인들은 중국 '공민(公民)'임을 누차 천명하였다.[48] '토지개혁'의 과정에 조선인들은 중국인들과 동등한 대우를 받았고 지어는 논농사를 위주로 하는 생산습관을 존중받아 보다 많은 수전을 분배하였다. 절대다수가 농민인 조선인들에게 토지는 거의 삶의 전부라고 할 수 있다. 반대로 국민당은 조선인들

48) 1931년 11월에 있은 중화소비에트 제1차 전국대표대회에서 통화한 '중화소비에트공화국헌법대강(大綱)'에서는 "소비에트정권 영역 내의 노동자, 농민, 홍군사병 및 모든 노고민중(勞苦民衆)과 그들의 家屬들은 男女, 種族(漢, 滿, 蒙, 回, 藏, 苗, 黎, 苗와 중국에 있는 臺灣, 高麗, 安南인 등), 宗敎의 구분이 없이 소비에트법률 앞에서는 일률로 평등하고 모두 소비에트공화국의 公民이다."라고 규정하고 있다.

을 '한교(韓僑)'로 규정하여 재산을 몰수하고 축출하는 등의 정책을 취하였다. 따라서 국민당통제지역의 많은 조선인들이 공산당의 통제지역으로 이주하거나 아예 귀환을 선택했다.[49]

결론적으로 안정된 사회와 생업은 중국조선인들이 체류를 선택한 가장 중요한 조건이었다. 조선인들의 만주이민의 주된 목적이 토지였다. 따라서 이들이 자기에게 속하는 토지를 얻게 되었을 때 만주라는 장소에 대한 귀속감은 비로소 가장 확실한 기초를 갖게 되고 김창걸이 그린 '새로운 마을'이 점차 실체화 되었다. 이 '새로운 마을'을 지키려고 조선인들은 중국공산당의 군대에 참가하여 국공내전에 투신하고 '6·25전쟁'이 폭발한 뒤에는 중국공산당이 제출한 '항미원조, 보가위국(抗美援朝, 保家衛國)'의 구호에 보다 선뜻 응할 수 있었다.

"이곳의 땅은 우리의 땀으로 개척하였고 우리의 피로 지켜냈다"는 식의 주장은 현재까지도 중국조선족의 정체성담론에 자주 보인다. 조선인의 손으로 개척한 땅을 조선인들에게 분여함으로써 그들이 장소에 대한 애착을 끌어내는 데 상당한 정도 성공하였다. 문제는 만주라는 장소와 땅이라는 확실한 연결고리가 없는 지식인들에게 "이 땅의 주인이다"라는 인식을 심어주는 것은 쉬운 일이 아니었다. 결국 수령과 같은 상징물을 내세운 '상상'으로 갈 수 밖에 없었다. 그래서 김창걸의 '국민 상상'이 기성세대인 농민을 두고 전개될 때는 상당한 설득력이 있어 보이지만 새로운 세대인 대학생을 두고 전개될 때에는 구체성이 결여되어 있는 것이다.

49) 이와 관련된 내용은 김춘선의 「광복 후 중국동북지역 한인들의 정착과 귀환」(『한국근현대사연구』 2004년 봄호 제28집)을 참조할 수 있다.

참고문헌

신영철 편, 1941, 재만조선인작품집『싹트는 대지』, 만선일보출판부.

연변문학예술계연합회 편, 1954,『세전이별』, 연변교육출판사.

安龍禎 編, 1996,『延邊朝鮮族自治州誌』, 中華書局.

김춘선, 2004,「광복 후 중국동북지역 한인들의 정착과 귀환」『한국근현대사연구』제28집.

'만주국' 중국문학의 결산과 기억

김창호

1. 서론

1945년 8월, 동아시아 지역은 일본 제국주의의 식민지 지배에서 벗어났다. 외세의 억압에서 벗어나 민족이 빛을 다시 찾았다고 하여 광복이라 한다. 광복을 맞은 문학계가 시급히 먼저 해야 할 일은 식민주의 문학을 청산하고 새로운 문단을 건설하는 것이다. 또한 작가 개인의 입장에서 볼 때, 자발적으로 제국주의 정책에 동조했거나, 혹은 그러한 혐의를 받거나 오해를 산 문인들은 자신이 깨끗하다는 것을 증명하기 위해서라도 과거의 티끌을 털어내고 새로운 시대의 흐름에 맞는 옷을 입어야 한다. 그것은 선택이 아니다. 광복이라는 전환의 시대에서 비판의 대상이 되지 않고 살아남기 위한 또 하나의 치열한 내적 전쟁이다. 이 경우 새 시대의 조류를 감지한 자는 자발적으로 새로운 옷으로 갈아입고, 그렇지 못한 자는 그를 아끼는 문우의 권유로 자의 반 타의 반으로 개조의 길로 들어서고, 그렇지 않은 자는 권력에 의해 전환을 강요당하거나 비판을 받아 도태된다.

중국현대문학사를 읽어보면 식민지문학에 대한 서술은 거의 찾아보기 어렵다. 그 이유를 추측해 보면, 해방직후 이미 '무자비할 정도로 철저하게' 청산을 하였기 때문이거나, 혹은 식민지 시기 문학은 문학적 가치가 없기 때문에 거론할 필요가 없다는 선입관 때문이거나, 아니면 '중화민족 대가정'이라는 국가통합의 정책 아래에서 민족의 분열을 가져올 만한 기록은 의도적으로 삭제 혹은 은폐하려는 경향 때문에 아예 문학사 서술에서 배제하였기 때문이다. 물론 종전 후 식민지 청산이 말 그대로 깨끗하게 처리되었다면 아주 바람직하다고 할 것이다. 그러나 새로운 국가 이데올로기를 확립하기 위해 작가의 행적과 작품에 대한 정확한 논증과정을 거치지 않고, 다만 식민지에서 활동했다는 이유로 천편일률적으로 친일분자라는 고깔을 씌운 것이라면, 이는 식미지 극복과정에서 기존 작가들의 활동을 위축시킬 것이며, 더 나아가 문학사 기록의 객관성과 진실성을 훼손시킬 수도 있을 것이다.

이 글에서는 이러한 문제의식에서 출발하여 '만주국' 붕괴 이후 중국에서는 진행된 '만주국' 문학에 대한 결산과 건국 이후 시대의 변천에 따른 기억의 양상에 대해 검토함으로서 식민주의 해체와 극복이라는 탈식민주의의 중국적 특징에 대해 고찰하고자 한다.

이 글이 동북문학을 고찰대상으로 삼은 이유는 먼저, 식민주의 문학연구에 유용하다고 판단하기 때문이다. 만주사변이후 14년 동안 '만주국'이 자리한 동북지역은 타이완을 제외한 중국 내륙지역에서는 가장 오랜 기간 동안 식민주의에 노출된 곳이다. 따라서 전후(戰後) 동북에서 진행된 식민시대 문학 청산에 대한 고찰은 중국식 탈식민주의 문학연구의 전형으로 삼을 수 있다. 또한 그동안 국내외 학계에서 소홀히 다룬 동북 해방전쟁 시기, 즉 광복 후부터 건국 전까지의 문학 연구의 공백을 메울 수 있을 것이다.[1] 아울러 비교문학적인 관점에서 본다면, 유사한 경험을 한 한국과 대만, 그리고 중국 내 다른 윤함구와의 비교 가능성이 있으며, '만주국'이라는 동일한 '문학장(場)'에서 발생한 재만조선인 문학의 청산과 재건 연구에도 참고조가 되기 때문에 궁극적으로는 동아시아 식민주의 문학 연구에 유용하리라고 본다.[2]

이 글이 동북문학을 연구 대상으로 삼은 또 하나의 이유는 이 지역이 가지고 있는 사회적 특징 때문이다. 이 지역은 청대에는 봉금령에 의해 폐쇄되었고, 청대 몰락이후에는 장씨 부자의 동북군벌이 통치하였으며, 만주사변 이후에는 '만주국'이라는 독립국가가 존재한 곳이다. 따라서 중국내부와는 먼 '관외(關外)'로 호명되었고, 광복이전까지 국민당이나 공산당의 관심과 세력이 미비할 수밖에 없었다. 그러나 '만주국' 붕괴이후 상황은 급변하였다. 무주공산이 된 동북은 당시 '동북을 취한 자가 천하를 얻는다'라는 말이 회자될 정도로 중요한 위치로 부상했기 때문에 중국 통일의 교두보로 인식한 국민당과 공산당이 가장 치열하게 전쟁을 벌인 전장으로 변했다. 동북에서의 광복은 다시 찾은 빛이 아니라 새로운 고통의 시작인 것이다. 제국주의와 민족주의 사이의 갈등을 대신한 것은 광복이라는 낭만적 환희가 아니라 공산당과 국민당이라는 이데올로기의

1) 동북해방전쟁시기 문학에 관한 연구는 중국문학사 시기구분에서 현대문학의 끝부분에 해당되기 때문에 그동안 중국현대문학사 기술에서 대부분 누락되었다. 그러나 부분적 연구 성과를 본다면, 당시 가장 극렬한 논쟁이 되었던 샤오쥔(蕭軍)과 문화보에 대한 연구 성과가 가장 많다. 종합적 서술은 지역문학사 연구차원에 이루어진 ≪東北現代文學史≫와 ≪19-20世紀東北文學的歷史變遷≫ 등이 있다. 출판물과 서점의 활동에 관한 연구에는 ≪東北現當代文學與文化論稿≫가 있으며, 해방전쟁시기 신문의 문예란에 관한 연구는 요녕대학 석사학위 논문인 <解放戰爭時期≪東北日報≫副刊硏究> 등이 있다.

2) 해방공간에서 진행된 조선족 문단 재건에 관한 내용에 대해서는 전성호 외 저, ≪중국조선족문학비평사≫, (중국)민족출판사, 2007, 제4장 참조.

대립이었다. 이데올로기의 숭고함을 떠나 해방이라는 미명으로 치른 전쟁의 피해는 결국 지역 인민들의 몫이다. 광복의 기쁨보다는 소련군의 만행, 국민당과 공산당의 치열한 내전에 내몰린 동북 사람들, 특히 첨예한 이념대립에 노출된 지식인은 식민지 시대와 마찬가지로 말해야 할 것과 말하지 말아야 할 것 사이에서 다시 한 번 고민하게 된다. 자신이 선택한 진영이 승리할 경우, 그것은 역사의 '선(善)'으로 기록되지만, 패배할 경우에는 재판장의 피고가 되고 역사의 죄인으로 기록될 수도 있기 때문이다.

2. '만주국' 문학의 결산

광복 이후 동북지역 중에서 '만주국' 문학에 대한 해체 작업이 가장 먼저 진행된 곳은 長春이다. 당시 長春에는 '만주국'의 수도이자 문화 중심지였던 新京 문학이 잔존해 있었기 때문에 자연스럽게 '만주국' 문학에 대한 반성이 가능할 수 있었다. 그 중심에는 1945년 12월 순수 문학을 표방하면서 창간된 ≪東北文學≫이 있다. 이 잡지에는 그 이듬해 1월부터 '結算과 展望'이라는 특집란을 신설하여 각 장르별로 14년간의 '만주국' 문학에 대한 평가를 내놓았다.

먼저 姚遠은 <동북 14년 이래의 소설과 소설가(東北十四年來的小說與小說人)>에서 이 시기에 창작된 소설에 대해 신문, 잡지, 단행본으로 정리하였다. 그의 문장에 따르면, 당시 '만주국'에서 발행된 신문 중 長春의 ≪大同報≫, 遼寧의 ≪盛京時報≫, 하얼빈의 ≪大北新報≫와 ≪濱江日報≫, 大連의 ≪泰東日報≫, ≪滿洲報≫, 錦州의 ≪遼西晨報≫와 吉林의 ≪吉林日報≫ 등이 있는데, 특히 《大同報》, 《盛京時報》, 《大北新報》, 《滿洲報》, 《大同報》, 《大北新報》 등이 문학발전에 공헌을 하였다고 평가하였다.[3] 이어서 그는 만주국에서 발행된 문예잡지에 대해서 언급하였는데, 문예잡지로는 長春에서 발간된 순수 문예잡지 《明明》, 遼寧에서 발간된 부정기 동인지 《文選》이 있고, 정간된 《明明》을 이어서 발행된 동인지 《藝文志》가 있다. 한편 《新青年》은 정기 종합잡지로써 순문예의 성격은 적지만 대중적 환영을 받은 잡지였으며, 《作風》은 외국의 명작을 주로 번역 소개한 잡지로 단지 1기만 발행되고 곧 폐간된 단명한 잡지였다. 만주의 작가들은 이러한 순문예지나 종합잡지를 통하여 활발하게 작품을 발표하였다. 그러나 일제는 1937년 본격적인 중일전쟁과 1941년 태평양전쟁을 일으키면서 문예통치를 강화하였고, 1941년 3월 《藝文指導要綱》을 반포한 이후에는 기관지인 《康德新聞》만을 남기고 모두 폐간하여 동북문학은 암흑기로 접어들었다.[4]

다음으로 姚遠이 제시한 자료는 소설 작품집이다. 그의 조사에 따르면 만주국에서 출판된 소설집으로는 古丁의 《平沙》, 《竹林》, 《平沙》, 《新生》, 小松의 《蝙蝠》, 《無花的薔薇》, 《人和人們》, 《北歸》, 《野葡萄》, 《苦瓜集》, 疑遲의 《風雪集》, 《花月集》, 《天雲集》, 《同心結》, 爵青의《歐陽家的人們》, 《歸鄉》, 金音의 《牧場》, 《教群》, 石軍의 《沃土》, 《新部落》, 《邊城集》, 山丁의 《山風》, 《鄉愁》, 《綠色的谷》, 韋長明의 《荀》, 方季良의 《燈籠》, 梅娘의 《小姐集》, 《第

---

3) 姚遠, <東北十四年來的小說與小說人>, 張毓茂 主編, 《東北現代文學大系・第一集 評論卷》, 瀋陽出版社, 688쪽 참조. 그 외 長春에서 발행된 한글 신문인 《만선일보》는 암흑기 한국문학을 연구하는데 중요한 사료가 되고 있다.

4) 姚遠, <東北十四年來的小說與小說人>, 張毓茂 主編, 《東北現代文學大系・第一集 評論卷》, 瀋陽出版社, 689쪽 참조.

二代≫, 袁犀의 ≪泥沼≫, 秋螢의 ≪去故集≫, ≪河流的底層≫, ≪小工車≫, 克大의 ≪燕≫, 任情의 ≪碗≫, 戈禾의 ≪大凌河≫, 也麗의 ≪花塚≫, 吳瑛의 ≪兩極≫, 姜靈非의 ≪新土地≫, 柯炬의 ≪鄕懷≫ 등 40권이 있다.[5] 이들 작품 중 광복 후 다시 출판된 작품집으로는 山丁과 古丁 등 대표적 작품집을 제외하고는 거의 전문한 실정이다. 이는 문화대혁명을 거치면서 상당부분의 자료가 소실되었거나, 혹은 출판사의 사정에 의한 까닭도 있지만, 현존하는 작품 중에는 내용에 따라 공개불가 정책을 펴고 있기 때문에 알려지지 않은 작품도 있다.

편자는 그중 秋螢, 小松, 古丁 등 주요 작가와 ≪北歸≫, ≪綠色的谷≫ 등 중요 작품에 대해 비교적 상세히 평가하였다. 예를 들어 山丁의 ≪綠色的谷≫에 대해서는 "비교적 성공한" 작품이라고 하면서, "이야기 서술에 치우쳤던 과거의 관습을 파타했을 뿐만 아니라 그 이야기 속에 자신의 의식을 심은"[6] 우수한 작품이라고 평가하고 있다. 여기서 우리가 주목해야 할 점은 이 작품에 대한 평가는 여기에서처럼 항상 호의적이지는 않다는 사실이다. 다시 말해서 山丁과 그의 대표작 ≪綠色的谷≫은 광복 직후와 80년대 이후에 들어서 만주 향토문학의 진미로 평가하고 있으나 이 두 시기의 중간단계인 문화대혁명을 중심으로 한 시기에는 한간문학으로 비판을 받는 등 시대사조의 변천에 따라 다양하게 기억되어 왔다. 따라서 이 작품에 대한 기억의 흐름을 추적하는 것은 중국의 동북문학에 대한 평가를 조명하는 또 하나의 개별적 방법이 될 것이다.

만주에서 생산된 산문에 대한 평가는 林里이 발표한 <동북 산문 14년

5) 姚遠, <東北十四年來的小說與小說人>, ≪東北現代文學大系・第一集 評論卷≫, 瀋陽出版社, 690-691쪽.
6) 姚遠, <東北十四年來的小說與小說人>, ≪東北現代文學大系・第一集 評論卷≫, 瀋陽出版社, 694쪽.

의 수확 東北散文十四年的收穫>에서 이루어졌다. 그는 대표적 산문집과 산문 작가에 대해 평가하였는데, 그가 소개한 산문집을 보면 也麗의 ≪黃花集≫, 楊絮의 ≪落英集≫, 但娣의 ≪安獲與馬華≫, 幸嘉의 ≪草梗集≫, 季風의 ≪雜感之感≫, 그리고 劉漢의 ≪諸相集≫ 등 6권이다. 특히 也麗의 작품집 ≪黃花集≫에 대해서는 다음과 같이 회고하고 있다.

> 동북산문계의 유일한 순수 산문집이나 출판 즉시 위만의 검열기관에 의해 압수당했기 때문에 일반 독자뿐만 아니라 심지어 작가 본인조차 얻을 수 없었으며, 단지 잡지사에서 유출된 몇 권만을 서로 돌려가며 몰래 읽을 수밖에 없었다.[7]

필자의 회고를 통하여 당시 만주국에서 일제의 사상통제가 얼마나 엄격했는지를 생생하게 엿볼 수 있다.

또한 李文湘은 <과거 14년의 시단(過去十四年的詩壇)>에서 "동북 시의 사조는 크게 두 단계로 나눌 수 있는데, 소위 대동아 전쟁을 분수령으로 이전의 시에는 비판과 반항의 역량이 다분히 담겨져 있으나, 정치적 억압으로 인해 단지 숨겨진 상징으로 밖에 승화될 수밖에 없었으며"[8] 전쟁 후에는 "참된 문예가 점점 소멸되었다"[9]고 회고하였다. 그가 "비교적 순박하면서도 진솔"하다고 평가한 전쟁 이전의 작품집으로는 成弦의 ≪青色詩抄≫, 百靈의 ≪未明集≫, 小松의 ≪木筏≫, 金音의 ≪塞外夢≫, 山丁의 ≪季季草≫, 冷歌의 ≪船廠≫이 있다. 아울러 그는 이들 작품집에 대해 간략한 총평을 곁들였는데, 예를 들어 成弦의≪青色詩抄≫의 경우는 내용

7) 林里, <東北散文十四年的收獲>, ≪東北現代文學大系・第一集 評論卷≫, 瀋陽出版社, 506쪽.
8) 李文湘, <過去十四年的詩壇>, ≪東北現代文學大系・第一集 評論卷≫, 瀋陽出版社, 579쪽.
9) 李文湘, <過去十四年的詩壇>, ≪東北現代文學大系・第一集 評論卷≫ 瀋陽出版社, 579쪽.

은 청년의 애정이 가득 차 있으나 시어가 가벼워서 막상 읽고 나면 별로 남는 게 없다고 평가하였고, 百靈의 ≪未明集≫은 담백한 산문시로써 일본의 시조인 하이쿠(俳句)의 맛이 강하다고 평가하였다. 또한 小松의 ≪木筏≫은 아름다운 감정이 넘쳐흐르나 ≪青春詩抄≫보다도 더 산문화가 되었으며, ≪塞外夢≫은 교과서적이고 철리적인 경향이 강한 교훈성 짙은 시집이고, ≪季季草≫은 소설적 수법으로 열정이 가득 차 있으며, ≪船廠≫은 대부분 과거를 회상하는 수법을 사용하여 창작하였기 때문에 "회상파(回憶派)"라고 불린다고 서술하고 있다.[10] 이어서 그는 전후의 작품에 대해서도 간략하게 언급하고 있다. 이 시기의 작품집으로는 外文의 ≪長吟集≫과 韋長明의 ≪七月≫이 있으나, 이들 시집은 기존의 새로운 시를 창작한 것이 아니라 대부분 전쟁 이전에 발표한 작품들을 엮어서 출판한 작품집이라고 밝히고 있다.[11]

다음 달에 발간된 제3기에서 孟語는 <윤함기의 동북 희극(淪陷期的東北戲劇)>을 통하여 각 도시별로 활동한 극단을 중심으로 만주국의 희극에 대해서 회고하고 있다. 그는 먼저 일제가 동북을 점령한 후 長春을 시작으로 착취하였기 때문에 연극 활동도 당연히 長春에서 가장 먼저 성립되었는데, 대표적인 극단이 일본인에 의해 1934년에 설립된 大同劇團이라고 회고하고 있다. 그 밖에 長春에서 활동한 극단으로 1939년 중국 작가인 山丁, 吳郎, 孟語 등이 창단한 文藝話劇團이 있으며, 瀋陽에서 조직된 극단으로는 역시 일제의 선전 조직으로 활동한 協和劇團과 國際劇團 등이 있었으나, 만주국의 희극은 주로 대중의 노예화와 선전의 도구로 이용되었다고 비평하고 있다.[12]

---

10) 李文湘, <過去十四年的詩壇>, ≪東北現代文學大系・第一集 評論卷≫ 瀋陽出版社, 580쪽.
11) 李文湘, <過去十四年的詩壇>, ≪東北現代文學大系・第一集 評論卷≫ 瀋陽出版社, 580쪽.

'만주국' 문학 발전사를 종합할 때 두드러지는 또 하나의 특징은 여성문학가의 활동이 왕성했다는 점이다. 1946년 3월에 발간된 ≪東北文學≫ 제1권 제4기에 발표된 ≪東北女性文學十四年史≫에서 林里는 이와 같은 동북 여성문학의 성과에 대해서 논하고 있다. 그는 이 시기 동북 여성문학은 "풍성한 열매를 거두었다"고 평가하면서 14년간의 수확에 대해서 목록별로 정리하고 있다. 그가 열거한 단행본으로는 1933년에 출판된 蕭紅과 蕭軍의 합작 소설집인 ≪跋涉≫, 敏子의 소설산문집인 ≪小姐集≫(1935), 吳瑛의 소설집 ≪兩極≫, 梅娘의 소설집 ≪第二代≫(1940), 楊絮의 종합 작품집 ≪落英集≫(1943), 但娣의 ≪安獲和馬華≫(1943), 楊絮의 산문 작품집 ≪我的日記≫(1944), 그리고 광복 직전에 출판된 朱媞의 소설집 ≪櫻花集≫ 등 8권이 있다. 그는 이어서 각 문예 잡지에 등재된 작품들에 대해서 北平에서 출판된 ≪女性雜誌≫에 마련된 동북 여작가 특집호에 실린 吳瑛의 소설 1편을 비롯하여 총 4편, ≪新潮≫ 제1권 7기에 마련된 여성 단편 창작선의 朱娣의 소설 ≪遠天的流星≫, 林潛의 소설 ≪珍惜≫ 등 2편, ≪青年文化≫ 제1권 3기의 여성문학 특집에 실린 但娣의 소설 ≪戒≫, 左蒂의 소설 ≪女難≫, 吳瑛의 소설 ≪鳴≫, 藍苓의 시 ≪科尒沁草原的牧者≫, 그리고 ≪新滿洲≫ 제6권 10호와 11호에 발표된 氷壺의 산문 ≪父親的誕日≫과 藍苓의 소설≪日出≫외 4편이 있다고 소개하였다.[13] 마지막으로 논자는 동북 여류작가들이 앞으로 계속해서 정진하기 위해서는 첫째, 자각자신의 생활모순을 벗어버려야 하고, 둘째, 강인하고 건전한 의식을 충분히 발휘할 것을 주문하고 있다.[14]

12) 孟語, <淪陷期的東北戲劇>, ≪東北現代文學大系・第一集 評論卷≫ 瀋陽出版社, 647쪽.
13) 林里, <東北女性文學十四年史>, ≪東北現代文學大系・第一集 評論卷≫ 瀋陽出版社, 512쪽.
14) 林里, <東北女性文學十四年史>, ≪東北現代文學大系・第一集 評論卷≫ 瀋陽出版社, 523쪽.

지금까지 서술한 '결산과 전망'의 의의는 자못 크다. 비록 초보적 수준이긴 하지만 시간적으로 동시대에 속하기 때문에 자료 확보가 용이하고, 또한 친일문학에 대한 비판은 있었으나 집단 이데올로기의 제약이 상대적으로 약하였기 때문에 나름의 객관적 입장에서 '만주국' 14년의 문학에 대해 정리할 수 있었다. 이 글들은 지금까지 중국에서 출판된 '만주국' 자료집 중 가장 방대한 ≪東北現代文學大系≫에 수록되어 동북현대문학이나 동북윤함구문학 연구에 중요한 기초자료로 활용되고 있다.

또 하나, 중국에서 진행된 광복 직후 '만주국' 문학에 대한 회고에서 주목해야 할 점은 위에서 살펴본 바와 같이 각 문학 장르에 대한 개별적 평가뿐만 아니라 만주국에서 활동했던 작가들이 스스로의 문학 활동에 대해 자신의 의견을 피력하였다는 점이다. 예를 들어 만주의 대표적 여류 작가인 但娣는 "자신의 행적과 작품이 '僞滿'에 속하는지의 여부는 오로지 작품의 내용에 따라 결정해야 한다"[15]고 주장하였다. 아울러 이 시기에 자신이 만주국에서 겪은 경험을 소재로 창작한 작품들이 대거 출판되는 등 비평과 창작에서 많은 성과가 있었다. 이처럼 중국에서의 일제하 '만주국' 문학에 대한 평가와 문학성에 대한 방향전환은 광복 이듬해부터 시작되어 채 반년이 지나지 않은 기간 동안에 거시적이고 종합적으로 이루어졌다. 그러나 안타깝게도 이와 같은 광복직후의 성과는 이후 80년대 이전까지 약 30년간 중국의 경직되고 편파적인 문화정책 때문에 계속해서 이어지지 못하였다.

---

15) 但娣, <關於奴化思想及僞滿作家>, ≪東北文學≫ 第一卷 第二期, 中華民國三十五年一月一日, 6쪽.

3. 건국직후 연안파의 비판과 한계

1949년 10월 1일 천안문에서 중화인민공화국이 선포된 이후 중국의 문예계는 집권파인 극좌파와 이에 도전하는 중도좌파 내지는 우파 사이에 전개된 끊임없는 모순의 연속이었다. 1957년 봄, 그동안 통치기반을 공고히 다진 공산당은 일종의 자신감의 표현으로 '백화제방, 백가쟁명'이라는 사상적, 문화적 포용정책을 실시하면서 당에 대한 비판도 권고하였다. 그러나 대학생들과 민주진영을 중심으로 날카로우면서도 조직적으로 비판하자 이에 위기의식을 느낀 당국은 채 반년이 지나기도 전에 다시 이들에 대해 탄압하기 시작했다. 당 기관지인 <人民日報>에는 공산당에 반대하고 비판하는 부르주아 우파들을 공격하라는 사설이 게재되었고, 그 후 1년여에 걸쳐 이른바 '반우파 투쟁'이 대대적으로 전개되었다. 이러한 사회적, 정치적 분위기의 전환은 문학연구에 그대로 반영되었다. 특히 타 지역에 비해 장기간 일제의 통치하에 있었던 동북지방의 경우 작가의 수와 작품의 양에 있어서 상대적으로 많았기 때문에 친일적 경향이 있던 작가들과 그들의 작품에 대한 청산작업은 더욱 가혹하게 진행되었다.

1942년 이후 연안에서 문예이론을 연구하고 광복 후에는 동북문예공작자협회 비서장 등을 역임한 蔡天心은 이 시기에 출판된 그의 대표적 평론집 ≪文藝論集≫[16]에서 <반동적 한간 문예사상을 철저히 청산하자>[17]라는 문장을 통하여 친일청산의 변을 다음과 같이 말하고 있다.

16) 蔡天心, ≪文藝論集≫, 春風文藝出版社, 1959.
17) 이 글은 1957년 11월 6일에 작성한 것임.

> 동북이 해방된 지 12년 동안 정치적인 적들은 굴복시켰으나, 문화방면의 한간과 그들이 14년간 지은 죄악행위, 그리고 그들이 일본 제국주의를 도와 우리 민족에게 가한 학살은 한 번도 철저히 청산된 적이 없다. 오히려 그들은 해방 후 혁명대오로 들어간 후 장시간 반동사상을 가지고 반인민의 입장을 견지하면서 개조를 거부하고 있다. 그들은 어떤 때는 심지어 일본 제국주의에 충실한 것에 대해 "공헌한 점이 전혀 없는 것은 아니다"라고 하거나, 또는 "연구해볼 만한 가치가 있는 문제"라고 생각하고 있으며, 자신들의 작품이 "진보적"이며, "회삽한" 것이라는 여기고 있다.[18)]

그는 이 글에서 문화 한간의 대표적 인물로 古丁과 山丁을 지목하였다. 비판의 화살은 먼저 古丁에게로 향하였다. 그는 먼저 만주국 국무원에서 통계관, 사무관을 역임하였고, 친일 기관인 '滿日文化協會'의 찬조를 받아 출판된 《藝文志》의 책임자였으며, 만주작가를 대표하여 3회에 걸쳐 '대동아문학자 대회'에 참석한 古丁이야말로 한간 문인 중 가장 우두머리라고 비판하였다.

古丁을 표적으로 삼아 비판한 그는 이어 한간문인의 제2인자로 山丁을 지목하였다. 山丁의 경우 이미 광복 직후 진행된 만주소설에 대한 결산에서 "비교적 성공한" 작가라는 1차적 '판결'이 났음에도 불구하고 "향토문학을 창작구호로 한 한간 문인"이라고 고깔을 씌우면서, 그의 대표작 《綠色的谷》에 대해서는 다음과 같이 평가하였다.

> 특히 악독한 것은 山丁은 자신의 이 소설에서 왜곡시켜 묘사한 생활과 인물을 이용하여 일본이 '9·18'사변의 발동하고 점령한 후 동북인민들을 奴役시키는 것에 이론적 근거를 주고 있으며, 일본 침략의 합리성을 설명해 줌으로써 일본의 동북 통치를 공고히 해주고 있다.[19)]

---

18) 蔡天心, 《文藝論集》, 春風文藝出版社, 1959, 101쪽.

이와 같은 평가는 앞에서 살펴본 광복 직후에 진행된 결산과는 상이한 것이다. 다시 말해서 하나의 역사적 사실에 대해서 서로 다른 '기억'이 존재하는 것이다. 이는 '기억'의 주체가 위치한 시간과 공간이 서로 다르기 때문이다. 광복직후 만주에서 재생한 '만주국' 문학에 대한 기억들은 기억의 시간과 위치가 사실과 근접해 있기 때문에 보다 사실성과 객관성을 확보할 수 있었지만, 蔡天心의 경우는 그가 활동한 공간이 연안이었다는 점, 그리고 당시 중국의 사회사상이 극좌적인 성향에 있었다는 점에서 차이가 있다.

蔡天心은 중국 공산당의 본거지인 연안으로 찾아가 공산당 학교에서 교육을 받은 이른바 사회주의 혁명 정신이 투철한 작가로 그의 눈에는 일본의 통치하에 있던 윤함구에서 활동한 작가들은 그가 비록 개인적으로는 항일 정신이 있을지 모르지만, 개인적 경력과 애매한 문학성을 기준으로 판단할 때는 우파내지는 친일적 성향의 작가로 보였을 것이다. 또한 이러한 판단이 성립되기 까지는 위에서 살펴본 바와 같이 당시 사회에 중심 사상이 되었던 '반우파 투쟁'노선도 커다란 작용을 했을 것이다. 그것은 윤함구와 마찬가지로 1942년 모택동의 '연안문예 강화' 이후 공산당 진영에 속한 작가들은 그가 당원이든 그렇지 않았든 간에 '할 수 있는 말'과 '할 수 없는 말' 사이에서 아무도 자유롭지 못한 통제 상황에 처했기 때문이다.

잘못된 과거에 대해서는 반성과 개선이 필요하다. 그러나 그것이 역사의 진실을 규명하는 데 목적을 두어야지 편향된 기억을 창출하기 위한 작업이 되어서는 안 된다. 이러한 작업은 획일화된 편견에서 출발하기

19) 蔡天心, ≪文藝論集≫, 春風文藝出版社, 1959, 116쪽.

때문에 또 다른 오류를 범할 수 있다. 문화대혁명 기간 진행된 일련의 친일청산 작업은 이러한 교훈을 우리에게 알려주고 있다.

4. 신시기 이후 '만주국' 문학의 재평가

80년대 중국의 '개혁개방' 정책은 단지 경제의 몫만은 아니다. 그간 30여 년간, 아니 어쩌면 40년 이상 중국의 지식인들이 갈망하던 신선한 공기는 제한적이나마 허락되어 중국 문학계에 생기를 불어넣는 촉진제가 되었다. '만주국' 문학에 대한 연구도 이러한 시대적 흐름에 발맞추어 제한적이나마 부활하게 된다. 그 첫 신호탄은 1983년에 張毓茂가 발표한 <현대문학 연구의 공백을 메워야 함－윤함시기 동북문학을 예로 들어>라는 논문이다.[20] 그는 이 논문에서 동북 윤함시기 문학을 하나의 독립된 '만주국' 문학으로 보지 않고, 5·4시부터 이어온 동북신문학의 문학사적 전통을 계승한 것이라고 주장하면서 동북 좌익혁명 문예의 역사발전 과정의 일환으로 포함시켜 고찰하였다. 이러한 그의 주장은 과거 문화대혁명 시기에 지속된 편견과 선입관을 벗어나 보다 사실적이고 객관적인 입장에서 '만주국' 문학을 접근할 수 있는 초석이 되었다.

'만주국' 문학에 대해 '한간문학'이라는 고정관념의 이탈은 李春燕의 <윤함시기 동북문학 연구에 관한 생각>이라는 논문에서 더욱 구체화된다. 그는 먼저 윤함구 문학을 편견이 아닌 '실사구시의 시각에서 다루어

20) 張毓茂, <要塡補現代文學研究中的空白－以淪陷時期的東北文學爲例>, ≪中國現代文學研究叢刊≫, 1983年, 第4期.

야한다'고 하면서, 본질과 주류의 입장에서 본다면 '동북 윤함시기 문학은 애국 항일 문학이며, 반전문학이다'라고 주장하고 있다. 그는 아울러 과거의 '동북윤함시기 문학연구 중의 좌경사상을 제거하고 새로운 연구환경을 조성해야한다'[21]고 역설하고 있다. 이러한 그의 주장은 그가 길림성 사회과학원 문학연구소장이라는 위치로 볼 때 '만주국' 문학을 포함한 중국 윤함구 문학 연구의 흐름이 이미 새로운 단계로 방향전환 되었음을 의미하는 것이다.

그 후 '만주국' 문학에 대한 연구는 다양한 차원에서 접근하기 시작했다. 먼저 東北師範大學의 孫中田은 '만주국' 문학을 중국현대문학사 서술과의 총체적 입장에서 고찰하였다. 그는 '문학과 역사의 해석에 현존하고 있는 안개를 걷어 버리고 합리성을 추구해야 하며', 윤함구 문학을 '심미적 관점에서 출발하여 전체 중국현대문학의 흐름 속에서 파악'해야 한다고 주장한다. 아울러 '만일 동북이나 대만을 포함한 윤함구 문학연구를 소홀히 하여 문학사의 틀 안에 넣지 않는다면, 이는 문학사의 완성도에 있어서 손실일 뿐만 아니라 문학사가 사학으로써 추구해야할 객관과 공정, 과학적 품격에 위배되는 것'이라고 강조한다.[22]

80년대는 '만주국' 문학을 재조명한 연구논문뿐만 아니라 자료집 출판도 활발하게 이루어졌다. 자료집은 1980년부터 하얼빈과 瀋陽에서 간행된 ≪東北現代文學史料≫, ≪東北文學研究叢刊≫, ≪東北文學研究史料≫ 등이 있다. 이들 자료집은 비록 부정기적으로 출간되었으나 '만주국' 문학 연구에 있어서 귀중한 자료가 되었다. 여기에는 당시 만주문단에서 활약했던 山丁, 秋瑩 등 작가들이 직접 투고한 글들과 함께, 그간 잘 발굴되

21) 李春燕, <關於淪陷時期東北文學研究的思考>, ≪社會科學戰線≫, 1987年 第4期.
22) 孫中田, ≪歷史的解讀與審美趣向≫, 東北師範大學出版社, 1996, 40쪽.

지 않았던 작품들, 그리고 이들에 대한 작가론, 작품론 등이 소개되었다. 그러나 이들 자료집은 1987년 이후 정간되었는데, 이는 당시 중국사회의 변화와 그 맥을 같이 하는 것이라고 볼 수 있다. 이 시기는 '북경의 봄'에서 '천안문 사태'로 옮겨가는 과정으로, 윤함구 문학에 대한 연구도 이전의 열기를 찾을 수 없었다.

그러나 80년대 말에는 그간의 연구 성과를 바탕으로 '만주국' 문학 연구사에 한 획을 그은 ≪東北現代文學史≫가 출판되었다. 여기서는 동북현대문학 전반에 대해서 5·4신문학 시기와 윤함시기 동북문학, 동북작가군, 그리고 국공내전 시기 등으로 정리하였는데, 80년대의 시각이 농후하게 반영되어 있지만, 문학사로서의 체계나 내용의 다양성은 오늘날에도 좋은 전범이 되고 있다.

'만주국' 문학에 관한 연구는 90년대에 들어서 더욱 활기를 띠게 된다. 1991년에 출판된 ≪東北淪陷時期文學新論≫[23]은 주로 문학사조를 중심으로 고찰한 논문집이며, 비슷한 시기 출판된 ≪東北淪陷時期文學史論≫[24]은 문학사조, 유파, 작가, 작품 등으로 구분하여 '만주국' 문학에 대해서 총체적 입장에서 다룬 문집이다. 1996년에 출판된 張毓茂 주편의 ≪東北現代文學史論≫은 윤함시기 '만주국' 문학을 포함하여 동북현대문학 전반에 걸쳐 소설, 산문, 시가, 희곡, 문학이론 및 운동 등 각종 장르별로 체계적으로 서술한 저서이다.

중국의 '만주국' 문학 연구사에서 90년대의 또 다른 성과는 비교문학적 시각이라는 새로운 연구방법을 도입하였다는 점에서 찾을 수 있다. 이는 크게 다음 두 가지의 색깔을 지닌다. 하나는 중국현대문학과의 비

23) 馮爲群, 李春燕, ≪東北淪陷時期文學新論≫, 吉林大學出版社, 1991.
24) 申殿和, 黃萬華, ≪東北淪陷時期文學史論≫, 北方文藝出版社, 1991.

교이다. 이러한 연구는 먼저 1991년 9월 長春에서 개최된 동북윤함시기 문학 국제학술대회에서 발표된 逄增玉의 ≪동북윤함시기 향토문학과 중국현대문학사의 향토문학 비교≫[25]에서 시도되었다. 그는 이 논문을 통하여 만주 향토문학을 중국현대문학 전체로서의 향토문학과 비교함으로써 중국현대문학 중의 한 부분인 향토문학의 특징과 대별되는 특수한 시기에 특정 지역에서 생산된 일제 강점기 만주 향토문학의 특징을 파악하고자 하였다. 1999년에 발표된 李春燕의 ≪동북윤함시기 문학과 '五·四' 신문학의 비교≫[26]는 지역문학인 '만주국' 문학을 중국 현대문학사 중에서 초기 문학발전 시기에 해당되는 五·四시기에 나타난 문학특징과 비교 검토함으로써 이 시기 '만주국' 문학이 산해관 이남의 이른바 중원 문단과 분리되어 발전된 것이 아니라 전체 중국문학과 밀접한 연관성이 있음을 밝히고 있다.

비교연구의 또 다른 시도는 일제 침략을 겪은 중국 내 다른 지역에서 발생한 문학과의 비교를 통해서 이루어졌다. 주지하다시피 30년대 이후 일제의 중국 함락 지역은 크게 만주국이 위치한 동북지역, 베이징을 중심으로 한 화북지역, 그리고 상하이를 중심으로 한 화중지역으로 나눌 수 있다. 이들 지역의 문학은 일제의 함락기간과 통치 방법, 그리고 각 지역이 지니고 있던 고유한 지역문화에 따라 다소의 차이가 있다. 高翔, 薛勤, 劉瑞弘은 <동북, 화북 윤함구 문학 비교연구>[27]와 <동북, 화북 윤함구 문학 논쟁 및 사단형태 비교>에서 역사 배경이 유사한 두 지역에서 생산된 문학의 각 분야를 비교 고찰하여 비록 유사한 역사 환경 속에 있었다 하더라도 역사 현실의 차이와 각 지역의 문학 전통 등의 다름으

---

25) 逄增玉, <東北淪陷期鄉土文學與中國現代文學史上鄉土文學之比較>, ≪東北淪陷時期文學國際學術研討會論文集≫, 瀋陽出版社, 1992.

26) 李春燕, <東北淪陷時期文學與"五四"新文學之比較>, ≪社會科學戰線≫, 1999年 第6期.

27) 高翔, 薛勤, 劉瑞弘, <東北, 華北淪陷區文學比較研究>, ≪社會科學戰線≫, 2000年 第3期.

로 인해 두 지역의 문학 또한 서로 상이한 문학 특징이 나타났음을 증명하였다. 또한 최근에는 같은 문학 환경 속에 있는 타민족과의 비교도 이루어졌다. 김장선의 ≪위만주국 시기 조선인 문학과 중구인 문학의 비교연구≫가 바로 그것이다.[28] 이는 최근 한국에서 출판된 본 논문은 기존에 한국에서 진행된 재만 문학과는 달리 '만주국'이라는 동일한 공간에서 같은 문학 정책 히에서 진행된 두 민족의 문학을 발생과정, 소설, 시로 나누어 비교 고찰한 논문이다. 그러나 이들 지역 간 비교연구는 아직 초보적 수준이라고 평가할 수 있다. 이러한 비교연구가 보다 활성화되기 위해서는 각 지역의 문학연구가 선행되어야 할 것이다.

문학 연구는 자료의 발굴과 축적을 전제로 한다. 이런 의미에서 1996년에 출판된 ≪東北現代文學大系≫는 '만주국' 문학 연구의 한 획을 긋는 기념비적 성과라도 할 수 있다. 이 전집은 내용면에서 볼 때 편집자의 의도가 짙게 깔려 있지만 1919년부터 1949년까지의 동북문학에 대해서 평론, 단편소설, 중편소설, 장편소설, 산문, 시가, 희극, 자료색인 등으로 구분하여 총8권 14집으로 구성된 자료집으로 지역문학을 집대성했을 뿐만 아니라 중국현대문학에 대한 공헌도에 있어서도 이전의 한계를 뛰어넘는 총서라는 평가를 받고 있다. 이와 더불어 2000년에는 ≪中國淪陷區文學大系≫가 출판되었다. 이 전집은 北京大學의 錢理群에 의해 편집되었다. 이는 중국문학계에서 차지하는 편집자의 비중이나 전집 규모 면에서 볼 때 윤함구 문학이 이미 중국현대문학의 주류에 편입되었다는 사실을 반증하고 있다고 할 수 있다.[29]

---

28) 김장선, ≪위만주국시기 조선인 문학과 중국인 문학의 비교연구≫, 역락, 2004.
29) 중국에서 '大系'의 출판은 정부와의 관계, 자료의 방대함 등으로 인해 연구사적으로 큰 의미를 가진다. 중국현대문학 연구 영역 가운데 '윤함구 문학'을 제외한 '해방구 문학'과 '국통구 문학'의 '대계' 출판은 이미 80년대에 이루어졌다. 錢理群은 ≪中國淪

5. 결론

문학의 역사를 연구하는 문학사 연구가 지난 시기에 축적된 문학성과를 새롭게 기억하는 것이라면, 여기에는 그 문학을 연구하는 연구주체의 비평의식이 담겨져 있다. 그런데 이러한 비평의식의 형성에는 연구자의 개인적 체험이 중요한 요소로 작용하기도 하지만, 집단의 이데올로기가 강요되는 사회의 경우에는 개인적 기억보다는 그가 속한 사회의 집단적 기억, 혹은 문예정책이 더 큰 힘으로 작용하기도 한다. 특히 연구대상이 그 사회가 갖고 있는 민감한 문제라면 이러한 힘의 작용은 더욱 크게 작용할 수 있다. 여기에서의 문학사 연구란 역사적 진실을 탐구하는 입장에서 지나간 문학구도를 객관적으로 복원한다기보다는 집단의 시각에 맞춰 기억의 편견을 재구성한다는 의미로 작용한다.

'만주국' 작가 李季瘋은 그의 산문 <말함과 말하지 못함(言與不言)>(1940)에서 다음과 같이 식민지 지식인의 고통을 토론하였다.

"사람은 마땅히 해야 할 말은 해야 하고, 할 수 있는 말이라면 해야 한다. 그러나 마땅히 해야 할 말을 '어느 때는 말할 수 없다.' '말이 없는' 인사는 이러한 기분을 조금이라도 결코 알 수 없다. 어떤 사람이 다른 사람이 해야 할 말을 못하게 한다면 그는 나쁜 사람이고, 말하고 싶지 않은 것을 하라고 강요한다면 어리석은 자다. 그러므로 말하는 사람은 말하는 이치가 있고, 말 못하는 사람은 말 못하는 고충이 있다. 만일 말하는 데 이치가 없거나 말하지 못하는데 고충이 없다면, 이런 진실을 잃은 언어를

陷區文學大系≫를 펴내면서 서론에서 윤함구 지역 문학연구를 임하는 태도에 대해 밝히고 있는데, 이에 대한 해설은 「키시 요코, 『백란의 노래(白蘭之歌) 번역으로부터 『교민(僑民)까지－梅娘의 창작 궤적에 대한 분석』」; 김재용 · 오오무라 마쓰오 편저, 『제국주의와 민족주의를 넘어서』, 도서출판 역락, 2009, 196쪽 참조.

가진 사람들은 '벙어리'라고 해도 지나치지 않는다."[30]

일본 식민지 시절 지식인의 언설이 자유롭지 못한 것처럼, 일제강점기에 생산된 '만주국' 문학에 대한 연구는 아직까지도 조심스럽게 다루어지고 있다. 그럼에도 불구하고 우리가 앞에서 살펴보았듯이 중국의 ''만주국' 문학`에 대한 연구는 광복이후 지금까지 꾸준하게 진행되어 왔다. 물론 중국현대문학이 그러하듯 '만주국' 문학에 대한 연구도 중국 사회의 변동에 따라 많은 부침 속에 진행되어왔다. 문제는 앞으로의 생명력이다. 90년대 후반 이후 중국에서의 연구는 그렇게 활발하다고는 할 수는 없다. 그 이유는 과거와 같이 정치적인 측면보다는 연구자들의 세대교체가 이루어지고 있기 때문이라고 보는 것이 정확하다. 다시 말해서 80년대에는 이른바 '만주국 작가'들이 생존했고, 문화대혁명으로 지하에 있었던 그들의 작품들이 재조명되었던 시기인 반면, 90년대에 들어서는 그동안의 연구를 바탕으로 다양한 연구서들이 출판되었지만, 새로운 관점으로 접근하는 청년 학자들이 부재하기 때문에 중국의 '만주국' 문학 연구는 일종의 고착상태에 놓여있다고 볼 수 있다.

'만주국' 문학 연구가 활성화되기 위해서는 보다 객관적이고 다양한 방법이 요구된다. 앞에서 살펴본바와 같이 중국의 '만주국' 문학 연구는 국가의 이데올로기와 문예정책에 따라 한간문학, 아니면 항일문학으로 매우 편향되고 단색적인 모습으로 진행되어 왔다. 그러나 많은 연구자들이 주장하였듯이 문학연구는 '실사구시'적인 태도가 요구된다. 보다 객관적이고 사실적인 연구가 진행되기 위해서는 우선 자유스런 연구 환경의 보장과 올바른 비판시각, 그리고 활발한 자료 발굴과 공개가 이루어져야 할 것이다.

---

30) 張毓茂 主編, ≪東北現代文學大系・第九集 散文卷(上)≫, 瀋陽出版社, 1996, 480쪽.

참고문헌

≪東北文學≫1945.1-1946.3期.

錢理群 主編,≪中國淪陷區文學大系≫, 廣西敎育出版社, 2002.

張毓茂 主編,≪東北現代文學大系・第一集 評論卷≫, 瀋陽出版社, 1996.

蔡天心, ≪文藝論集≫, 春風文藝出版社, 1959.

東北現代文學史編寫組,≪東北現代文學史≫, 瀋陽出版社, 1989.

馮爲群, 李春燕,≪東北淪陷時期文學新論≫, 吉林大學出版社, 1991.

申殿和, 黃萬華 ,≪東北淪陷時期文學史論≫, 北方文藝出版社, 1991.

馮爲群, 李春燕 等編,≪東北淪陷時期文學國際學術硏討會論文集≫, 瀋陽出版社, 1992.

孫中田, ≪歷史的解讀與審美趣向≫, 東北師範大學出版社, 1996.

張毓茂, <要塡補現代文學研究中的空白－以淪陷時期的東北文學爲例>, ≪中國現代文學研究叢刊≫, 1983年 第4期.

李春燕, <東北淪陷時期文學與"五四"新文學之比較>, ≪社會科學戰線≫, 1999年 第6期.

李春燕, <關於淪陷時期東北文學研究的思考>, ≪瀋陽師範學院學報≫, 2000年 第11期.

高翔, 薛勤, 劉瑞弘, <東北, 華北淪陷區文學比較研究>, ≪社會科學戰線≫, 2000年 第3期.

高翔, 薛勤, 劉瑞弘, <迂曲中的求索－東北, 華北淪陷區文學論爭及社團形態比較>, ≪社會科學戰線≫, 2000年 第3期.

姬田光義 등 저, 편집부 옮김, ≪중국근현대사≫, 일월총서 27, 일월서각, 1984.

김장선, ≪위만주국시기 조선인 문학과 중국인 문학의 비교연구≫, 역락, 2004.

김재용・오오무라 마쓰오 편저, 『제국주의와 민족주의를 넘어서』, 도서출판 역락, 2009.

김한규, ≪천하국가≫, 소나무, 2005.

마쓰모토 도시로 저, 박선영 역, <'만주국' 경제유산을 어떻게 파악할 것인가>, ≪만주란 무엇이었는가≫, 소명출판사, 2013.

프린신짓트 듀아라 저, 한석정 역, ≪주권과 순수성≫, 나남출판사, 2008.

윤휘탁, ≪신중화주의≫, 푸른역사, 2006.

윤휘탁, ≪만주국 : 식민지적 상상이 잉태한 '복합민족국가'≫, 혜안, 2013.

전성호 외 저, ≪중국조선족문학비평사≫, (중국)민족출판사, 2007.

"蕭軍 문화보 사건(蕭軍文化報事件)"과 "재만" 작가들

-"만주국"에서의 전후 처리-

오카다 히데키

1. 서언

1945년 8월 일본의 패전과 함께 "만주국"은 붕괴해 동북 3성은 중국인의 손에 들어갔다. 그러나 그 후 동북지역은 공산당과 국민당의 패권쟁탈전의 중심지가 된 내전의 주전장의 하나가 된다. 하얼빈에 거점을 두고 주요 도시를 국민당에 주었던 민주 연합군은 1947년 5월을 기해 전면적인 반격에 나섰고, 그 해 말에 시작된 동계 공세로 동북의 주도권을 완전히 장악하게 된다. 1948년 11월 2일 국민당 마지막 거점인 선양(瀋陽)이 함락되고, 공산당의 군사적 승리는 달성됐다. 따라서 蕭軍이 주재한 『문화보』에 대한 비판은 1948년 8월부터 본격화되었는데 이는 공산당의 거점이었던 하얼빈에서 전개되었지만, 동북 전체로 봐도 군사적으로는 거의 마무리되고 정치적, 경제적, 문화적 "건설"의 과제가 전면에 부상하는 시기였다고 말할 수 있다.

"반소, 반공, 반 인민"으로 규정된 蕭軍에 대한 단죄는 그 후 "정풍 운동"에서 다시 논의된 경우는 있어도, 평가가 뒤집히지는 않았다. 이 비판이 잘못되었다고, 蕭軍의 명예가 정식으로 회복되는 것은 1980년 4월 베이징시 혁명 위원회 조직부에서 결정된 "蕭軍 동지의 문제에 관한 재심 결정"에 의해서였다. 이에 따라 엄가염(嚴家炎)은 「역사의 실제에서 출발해 사물의 본래의 모습으로 되돌아가다」라는 논문에서 1979년도 후반 80년도 전반에 출판된 몇 종류의 현대 문학사에는 커다란 전진을 볼 수 있고, 계발되는 곳이 있었다면서,

> 그러나 동시에 여러 문학사가 적잖은 문제에서 여전히 오래된 언설을 답습하고 있으며, 수정되지 않으면 안 될 역사상의 문제를 지금에 이르기까지도 계속 개정하고 있지 않다는 것을 강하게 느꼈다. 蕭軍 문제를 예로 들면, 그가 1948년에 비판을 받고, 지금에 이르기까지 32년이 되지만, 지금 이 원죄를 우리 문학 역사가의 손에 의해 풀지 못하고 있다. 작년 겨울과 올해 봄에 출판된 문학사에서는, 아직도 蕭軍에 대해 비판을 계속하고 있다.[1)]

라고 전제한 뒤 蕭軍 비판의 논점을 정리하고 그것이 어떻게 근거 없는 것인가를 입증한다. 내가 아는 한 이 논문이 "문화보 사건"을 재검토한 최초의 것이고, 그 후에는 동북 거주의 연구자 張毓茂, 鐵峰들에 의해 논의가 전개된다.[2)] 이들의 이론은 당시의 비판 점을 蕭軍이나 『문화보』의

---

1) 嚴家炎, 「從歷史實際出發, 還事物本來面目－中國現代文學史研究筆談之一」, 『中國現代文學研究叢刊』 80年 第4期, 1980.12, 31頁.

2) 張毓茂, 「蕭軍是怎麽從文壇消失的?－重評 『生活報』 與 『文化報』 的論爭」, 『遼寧師範大學學報』 88年 第4期, 1988.7. (復印報刊資料 『中國現代・当代文學研究』 88年 第10期)
張毓茂, 「蕭軍與 『文化報事件』－爲蕭軍先生逝去一周年而作」, 『遼寧大學學報』 98年 第4期, 1998.7.
鐵峰, 「對蕭軍及其 『文化報』 批判的再認識」, 『中國現代文學研究叢刊』 84年 第4期, 1984.12.

원문에서 재검토하고 그 비판이 근거를 가지지 않는 것을 실증함으로써 蕭軍의 명예 회복을 이론적으로 지원하는 의미가 있었다. 하지만 그 시기, 중공동북국(中共東北局)의 이름으로 왜 그러한 잘못된 비판이 이루어지지 않으면 되지 않았는지에 대해서는 논구가 약한 것으로 보인다. 예를 들면 張毓茂의 논고는 "문화보 비판"의 배경에는 파벌주의(종파주의)와 문화 파시즘(문화 전제주의)가 있었다고 이렇게 논의를 끝맺는다.

> (파벌 주의에 대하여 말하면) "문화보 사건"에 연루된 몇명의 동지가 이미 생살여탈의 권리와, 파벌 주의에 더해 행정 권력을 쥐고 있는 것이 이후의 결과를 심각한 문제로 만들었다. 蕭軍은 이러한 상황에서 제1호 피해자이다.
>
> (문화 파시즘에 대해 말하자면)『문화보』과 『생활보』의 충돌은 단순히 개인적 원한에서 비롯된 것이 아니라, 민주적인 의식과 혁명 대열 속에 침투하고 있던 봉건주의적인 의식의 치열한 싸움이었다. "문화보 사건"은 벌써 지나갔다고는 하지만 그것에 대한 반성은 지금도 현실적인 의미를 지니고 있다.[3)]

공산당이 "행정 권력"을 장악한 후 최초의 사상 비판이 있었다는 것, 심지어 민주주의와 봉건주의가 사상적으로 대립했던 것, 그런 의미에서 "지금도 현실적인 의미를 지니고 있다"는 것이다. 張은 이 사건을 해방 후 중국에서의 "정풍 운동"의 모델이었다고 파악하고 현재에도 교훈을 주는 과제는 남아 있다고 지적했다. 그 지적은 현재의 중국에서도 무거운 의미를 갖고 있고 그것 때문에, "종파주의", "문화파시즘", 그 기초에 있는 "봉건주의적인 의식"의 내용과, 그렇게 된 이유에 대해 규명되어야

---

3) 前揭張毓茂, 「蕭軍是怎麽從文壇消失的」, 250頁.

할 과제는 많다.[4]

그러나 이 소론에서는 이러한 비판 운동의 다른 측면을 논의해 보고 싶다. 많은 연구자는 이 문제를 공산당 대 蕭軍이란 도식으로 파악하고, 蕭軍 개인의 언동을 대상으로 논하고 왔다. 확실히 『문화보』는 蕭軍의 문장이 많은 지면을 채워 『蕭軍報』라 야유받을 정도였다. 그리고 『생활보』에서 터지는 공격에 대해 정면으로 대량의 반론을 편 것도, 蕭軍 자신이었다.

그러나 잊어선 안 되는 것은 『문화보』에 원고를 싣고 또 蕭軍의 편에 서서 『생활보』의 불합리함을 추구한 東北人의 존재이다. 그들 중에는 14년에 걸친 일본의 지배 하에서 붓을 잡고 이민족에게 유린된 국토를 걱정하고 "만주국"의 암흑면을 고발해 온 "재만"작가도 포함되어 있다. 그들은 蕭軍이 단죄되는 것과 동시에, "위만작가"라는 딱지 위에, "蕭軍 분자"라는 더욱 무거운 십자가가 더해졌다. 나는 지금까지 "만주국"의 중국 문학에 대해 연구해 왔다. 그 입장에서 말하자면, "문화보 사건"은 이들 작가들의 "만주" 후를 말하는 것이다, "만주국"에 연속되는 것으로서 동북 국공 내전기를 잡게 된다. 본론에서는 "蕭軍 문화보 사건"의 개략을 소개한 후, 동북의 사람들, 특히 "재만"작가들이 이 사건에 어떻게 관련된 것인지에 대해 고찰해 보고 싶다.

---

4) 下出鐵男に, 「國共內戰期の蕭軍－『文化報』と『生活報』の論戰について」, (『中哲文學會報』 第10号, 1985.6) 「再論：國共內戰期の蕭軍」, (『野草』 第64号, 1999.8) がある。これは中國での「再檢討」が, 当時の蕭軍が, いかに共産党の政策に忠實であったかを論証する蕭軍擁護論から論じられているのに對して, 当時の共産党東北局(さらにはその後の中國共産党)の政策や運動論に內包されていた矛盾を, 蕭軍の論が告發する要素を秘めていたとする立場からの論究であり, 檢討に値する問題を提起している。

2. 『문화보』 발행의 경과

1945년 8월 14일에 일본의 무조건 항복 소식이 알려지면서 연안은 항일 전쟁 승리의 기쁨에 들끓었다고 한다. 蕭軍들은 11월에 연안을 출발해 張家口, 齋齋哈爾를 거쳐, 46년 9월에 하얼빈에 도착한다. 하얼빈은 蕭軍이 "만주국" 초기 단계에서 공산당의 지도를 받는 항일 문화 활동을 전개하다가 관헌의 감시가 엄해진 1934년 6월, 蕭紅과 함께 관내로 탈출할 수밖에 없었던 땅으로 蕭軍에게는 12년 만의 "금의환향"의 개선이었다.

하얼빈에 돌아온 蕭軍은 총 60회 이상의 강연에 뛰어다니면서 청중의 질문을 받고 답변한다는 형식을 지켰다고 한다. 위로부터의 일방적인 "설교"은 피하고 싶다고 생각했기 때문이다. 거기에서 나온 질문은,

1. 소련은 결국 사회주의인가, 제국주의인가? 친구인지 적인지?
2. 중국 공산당과 국민당은 본질적으로는 어떤 차이가 있는가?
3. 중국 공산당의 지식인 정책은 어떤 것인가?
4. 중국 공산당이 단결하려는 대상에는 어떤 사람이 포함되어 있을까?
5. 현 단계에서의 중국의 혁명이란 어떤 성질의 것인가?

등 다방면에 걸친 것으로 1은 동북으로 파견된 소련 적군이 폭행과 약탈 등 군기 문란 행위를 행한 것이나, 일본인 경영의 기업에서 접수한 설비를 본국으로 내가고 있다는 현실에서 나온 질문이다. 또 3, 4는 "만주국" 시대 일본에 협력한 중국인 가운데 어디까지를 단결의 대상으로 하고 어떻게 대처하려는 것인가라는 東北人에게는 심각한 문제가 내포되어 있었다. 이러한 절실하고, 복잡한 문제에 蕭軍은 두려워하지 않고 차근차근 대답해 갔다. "蕭軍이 말하는 건, 연안 사람들의 '판에 박힌 문구'이지만

정성을 다하고 있으므로, 듣고 있으니 너무 '기분이 좋았다'』"는 반응이 있었다고 한다.[5)]

14년 동안 일본의 지배하에 놓여, 자유로운 발언이 허용되지 않던 東北・하얼빈의 땅에서 동향인 蕭軍이 동북 사투리의 억양으로 말하는 새로운 세계관, 가치관은 사람들에게 신선한 감동을 준 것이다. 특히, 하얼빈의 청년들은 蕭軍의 이야기에 열중한다. 다음은 "문화보 사건" 때 蕭軍 비판에 참가했던 청년의 발언이다.

> 생활보와 문화보가 사상 투쟁을 행하고 있을 때, 진리와 비진리가 격전을 치르 있을 때, 한 친구가 "왜 일부 청년은 蕭軍이 발언하는 것을 여태껏 지지하지?"고 물어 왔다. 이것은 뻔한 일이다. 그들은 속고 있는 것이다. 그들은 그저 개념적인 생각—蕭軍이 동북 작가이며, "8월의 향촌"을 쓰고, 루쉰 선생님에 추종한 적이 있다는 것만으로 속아 버리는 것이다. 蕭軍이 동북으로 돌아올 무렵, 東北의 청년은 최대한의 숭고한 열의를 담아 그를 환영했다. 그러나 蕭軍이 동북의 청년에게 가져온 것은 뭐였더라? 이 2년 동북의 청년에게 준 것은 뭐였더라? 그것은 무한한 실망이었다.[6)]

지금은 실망했다고 말하는 청년이지만, 처음 蕭軍을 맞이했을 때의 빛나는 이미지는 東北人들이 공유할 수 있는 것이었다.

또 "왔다가 가지 않는 것은 실례이다"는 말을, 『문화보』에 투고해 반소의 죄증이 된 塞上이라는 청년(당시는 아직 중학생이었다고 한다)도 자기 비판한 후에 蕭軍에서 받은 영향을 이렇게 말했다.

---

5) この段の記述は, 以下の文献を參考にまとめたものである。
蕭軍, 「哈爾濱三部曲」『蕭軍近作』四川人民出版社, 1981.6 ; 王德芬, 「蕭軍簡歷年表」, 『蕭軍紀念集』梁山丁編, 春風文芸出版社, 1990.10.

6) 社會新報・赤旗, 「東北青年與蕭軍」『生活報』 第33期, 1948.10.1.

蕭軍이 동북으로 오자 그의 명성은 매우 높아졌다. 그는 동북 청년의 선배이자 또 "8월의 향촌"의 작자이다. 루쉰의 제자이자 동북에 와서는 東北 대학 문학원에서 교직에 종사했고, 문협에서 平劇을 개혁하고 곳곳에서 강연했다—그 당시는 진보적인 내용이었다—나는 완전히 그에게 심취해, 무의식 중에 탄복의 마음을 가져 버렸던 것이다.[7]

또 이런 증언도 있다. 문혁 종료 후 1979년 8월, 30년 만에 하얼빈에 돌아온 蕭軍에게, 낯선 독자 편지가 온다. 그 내용을, 蕭軍은 다음과 같이 소개하고 있다.

그는 올해 45살인데 12살 때 하얼빈에 살면서 어떤 중학교에서 배우고 있었다. 내가 『문화보』에 쓴 "나의 생애"를 읽고 있었는데, 제목 위에 누군가가 나를 스케치한 흰 "뱃사람 모자"의 반신상이 세워져 있었다. 그는 그것이 재미 있어 네모난 흰 천으로 모자르 만들어 쓰고 스스로 "小蕭"라고 말하고 있었다. 뜻하지 않게, 그 뒤 각 학교나 기관에서 "蕭軍 비판"이 전개되어 그는 "蕭軍 옹호파"으로 알려져 비판 투쟁의 "표적"이 되고 말았다는 것이다.[8]

사소한, 또 개인적인 에피소드를 소개해 왔지만, 東北의 사람들, 특히 청소년들에게 침투하고 있던 열광적인 "蕭軍 열풍"을 확인해 두고 싶었기 때문이다. 군사적 투쟁과 함께, 이념적으로도 국민당과의 치열한 투쟁을 요구되고 있던 공산당에게 이 압도적인 인기를 자랑하는 蕭軍의 존재는 귀한 것이었다. 蕭軍의 입을 빌려 공산당의 정책을 선전하고 침투를 도모해, 즉 공산당의 메신저로서의 역할이 기대된 것이다. 蕭軍도 알고서 그 역할을 맡아 자신의 신념을 자신의 말로 말해 왔던 것이다. 그

---

7) 塞上, 「『來而不往非禮也』的作者剖白」 『同上』.
8) 蕭軍, 「第四次回到了哈爾濱－爲『哈爾濱日報』而寫」, 前揭, 『蕭軍近作』, 261頁.

는 당시 처했던 자신의 입장을 자각하고 있고, 공산당의 의도를 이렇게 추측하고 있었다.

> 나는 동북 태생이며 문예 작가이자 동북 인민 사이에, 아직 조금 "명성"이 있어서 일반 사람들의 향토 의식 플러스 명성에 대한 동경 심리를 이용해 일을 한다면 유리한 조건도 생길 것이다.[9)]

공산당은 이러한 정치적 판단 하에 1946년 11월, 그에게 佳木斯 東北대학 루쉰 예술 문학원 원장 자리에 앉기를 요청했다. 그러나 蕭軍은 이러한 직책은 자기 몫이 아니라면서 몇 개월 만에 물러나 하얼빈에 돌아왔다. 그리고 47년 4월 공산당 동북국 선전부의 자금 지원을 받고, 루쉰 문화 출판사를 설립했다. 이 출판사를 거점으로 하여 『문화보』가 간행된다. 蕭軍은 직접 인민을 계발하고 인민의 목소리를 들을 수 있는 미디어를 손에 넣은 것이다. 창간은 47년 5월 4일(주간), 중간에 6개월 정간되었다가 48년 1월 1일 복간되었지만(5일간) 그해 8월 공산당 계열의 기관지 『생활보』의 공격이 개시된다.[10)]

3. 『문화보』가 목표로 한 것

공산당의 충실한 메신저로서의 역할을 하고 있는 한 문제는 생기지 않았다. 그러나 蕭軍은 『문화보』를 "공산당과 인민의 중개" 원칙을 유지

---

9) 前掲, 「哈爾濱三部曲」, 236頁.
10) 本書 附 : 「復刊『文化報』總目次」 參照.

하면서도 어느 정도 인민의 측에 중심을 두는 지위를 유지하겠다고 생각한 것 같다.

예를 들어, 『문화보』는 내용적으로는 낡은 것을 비판하고 새로운 것을 소개하며, 형식적으로는 "시민 형식"을 채용하려고 했다. 구체적으로는 "취미적, 다면적, 상식적인 것으로서 학습의 참고가 되는 읽을거리 식"을 목표로 하고 있다. 방법이나 방식에 대해서는 "점진적으로 온화하게, 개량적, 우호적으로 터놓고 얘기하기"를 목표로 한다고 했다.[11]

혹은 이렇게도 말한다. "전문"화나 "엘리트"화하는 것은 생각하지 않고 독자층으로는 "학생, 점원, 직원, 지식인 및 노동자"를 대상으로 하고 있다고.[12]

이러한 방식에 대해 "당신들의 신문은 프티 부르조아 냄새가 진한 것 같은데 그것을 옳다고 생각하고 계시는지"라는 질문이 나왔다. 그는 그것을 시인한다고 했지만 그 대답에는 프티 부르조아적 방식을 "합리화할 생각이냐?"라고 추궁 받을 만한 다음과 같은 생각을 보여주고 있다.

> 오늘 이러한 낌새는 프롤레타리아 혁명을 그리 방해하지 않는 한, 정부에 의해 인정되고 있다. 그래도(이러한 낌새가) 없어지는 것을 바라고 동시에 또 노동자 농민, 즉 프롤레타리아화까지 노력하고 진보하는 것을 원한다. 하지만 천천히 하지 않으면 안 되고 단숨에 달성할 것은 아니다. 그렇지 않으면 "설익은 밥"을 만들게 돼 다시 짓는 것은 성가신 일이다.[13]

이러한 언사에서 발견되는 것은 동북 인민의 의식이나 감정을 아끼고 광범위한 사람들의 공감을 얻으면서 "프롤레타리아 혁명"을 점진적으로

11) 「問問答答」『文化報』第10期, 1948.1.10.
12) 編輯部, 「和讀者商量」『文化報』第23期, 1948.3.15.
13) 蕭軍, 「春夜抄之三－『文化報』答答問」『文化報』第29期, 1948.4.15.

달성해야 한다는 생각이다. 중국 공산당 동북국, 또는 그 생명이 걸린 『생활보』의 편집부와 대립하는 요인의 하나는 여기에 있었다고 생각한다.

여기에서는 "만주국"시대를 경험한 東北의 사람들을 어떻게 평가하고 대처해야 하느냐는 점에 한해 『문화보』가 취한 자세를 보고 싶다.

> 뭔가 있으면 바로, 그것은 "위만적 방식(僞滿作風)"라고 불리우는데, 그것은 어떤 것이고, 어떤 곳에 나타나는가 하는 독자들의 질문이 전해졌다. 그것에는 "위에 아첨하고 부하에게는 으스댄다, 노회한 사람에게 둘러붙는다, 겉과 속이 일치하지 않는다, 윗사람에게는 순종적이며 권위를 믿고 아랫사람을 사람을 괴롭힌다, 루머나 엉터리를 퍼뜨린다, 자기를 우선하고 공을 떠나 보수적이고 완고하다, 취생몽사의 생활 태도……"라는 "위만작풍"의 부정적 태도를 지적한 뒤,
>
> 이들은 모두 장기에 걸친 불합리한 사회 제도에 억압되는 가운데 형성돼 온 기형적인 병적 노예 정신이 드러난 것이다. 이러한 경향을 가지는 사람에 대해서 선의를 가지고 지적하고 비판해 주고 그것을 일깨우고, 고치고 어엿한 새 공민이 되도록 해야 한다. 새 정부의 어떤 부문의 공작자는 이들을 냉소하고 바보로 만들고 제멋대로 모자를 씌우지만 이는 결코 올바른 작풍이 아니다.[14]

라고 그들을 구제하는 입장에서 처리해야 한다고 답하고 있다.

이러한 추상적인 표현으로는 양자의 이견은 뚜렷하게 되지 않을 것이다. "제멋대로 모자를 씌우다"는 것의 구체적인 사건을 지적한다.

"재만"여성 작가 田琳은 나라 여자 고등 사범 학교에 재학 중부터 『華文大阪每日』 등에 투고된 이름이 알려졌는데,[15] 동북 해방 직후에 "재만" 작가들이 창간한 『동북 문학(東北文學)』(1－1, 1945.12.1)에 "혈족血族"이란

---

14) 「問答」『文化報』第49期, 1948.7.25.

15) 本書,「第Ⅱ部 第２章 田琳の日本留學時代」參照.

소설을 발표했다. 그 직후 『光明報』(12.9)의 문예란 "星光"에 "동북 문학을 읽고"("我讀了東北文學")가 발표되었는데 거기에는 소설의 내용에는 "노예화 사상"이 포함됐으며 작가는 "위만작가"라고 했다. 동인들은 다음달 호에서 일제히 반론을 전개하지만, 해방의 기쁨에 젖었던 "재만"작가에 찬물을 끼얹는 사건이었다.

또한 전림은 동북전영공사(東北電影公司)에 적을 두고 있던 47년, 그 언행이 의심돼 감찰 심사를 받고 18개월 동안 佳木斯公安局의 감옥에 구속된다.[16)]

또 "만주"나 북경에서 창작 활동을 계속하다가 일본 패전 후에 해방구로 옮겨간 뒤 동북으로 돌아온 원서(袁犀)[17)]도 작품 "網と土地と魚 그물과 땅과 물고기"가 비판을 받게 된다. 그의 "연보"에 기록된 곳을 인용한다.

> 당시 하얼빈은 가장 빨리 해방된 대도시이고, 구해방구(老解放區)로부터 많은 문예계 인사들이 모인 '다사제제(多士濟濟)'였다. 어떤 동지들은 극좌 사상의 영향을 받아 파벌주의적 감정을 가지고 있었다. 백랑주(白朗主)편의 『동북 문학』은 문공회(文工會) 석상에서 비판되어 『동북 문학』에 발표된 "그물과 땅과 물고기"와 "한쌍의 새까만 눈 一對の眞っ黑な目" 등 문예 작품이 지명해서 비판을 받았다. 袁犀가 만강의 혼신을 다해 토지 개혁의 상황을 그려낸 소설이 "삼각 관계"를 선전하는 "에로 소설"이라고 비판된 것이다. 그 회장에서는 이른바 "위만작가"의 명단이 뿌려졌고 袁犀의 이름은 그 선두에 실려 있었다.[18)]

---

16) この段の記述は以下の文獻を參考にまとめたものである。
閻純德, 「破損的小舟又啓航了－記田琳」, 『北方文學』 81年12期　1981.12 ; 尹鐵芬, 「一位愛國作家對一個時代的控訴－田琳及其在東北淪陷時期的作品」(『社會科學戰線』 91年 第3期, 1991.7.

17) 本書, 「第Ⅱ部 第5章 大東亞文學賞授賞の波紋」 參照.

18) 「李克異年譜」『李克異研究資料』, 李士非等編, 花城出版社, 1991.5, 39頁.

"구해방구"에서 공산당의 지도하에 혁명 운동을 체험하고 "동북 인민의 해방"라는 명확한 의지와 임무를 자각하고 동북으로 몰려들어 왔던 "연안파"사람들과 일본 통치하 14년간의 고초를 겪던 東北의 사람들의 의식의 낙차는 양측이 예측했던 것보다 큰 것은 아니었던가. "재만"작가를 "위만작가"으로 규정한 세태 혹은 "수상쩍은 존재"로 의심하는 경향은 꽤 널리 퍼졌던 것 같다. 蕭軍의 『문화보』는 그 낙차를 메우려 노력하고 일본에의 협력자도 포함하는 광범위한 사람들과의 제휴를 강조한 것이라고 생각한다.

동북에서 진행되고 있었던 이러한 상황을 배경으로 삼고, 『생활보』와의 사이에서 격렬하게 전개된 "통일 전선"논란에도 양측의 구체적 입장이 보인다.

『문화보』는 1948년 6월 1일자 사평(社評) "당면의 문화계 통일 전선에 대해"에서 이같이 주장했다.

> 동북이든, 관내든, 국제든……98퍼센트에서 99.9퍼센트의 문화 공작자와 단결해야 한다. 그들이 민주를 필요로 하고, 인민 공통의 적 장개석 일당에 반대하고, 중국 인민을 도살하는 미 제국주의 흉악범에 반대하는 한, 우리는 모두 전우로서 대하며 진심으로 존경을 하지 않으면 안 된다. 과거에 인민에게 과오를 범하고 죄를 지은 사람들까지 환영하고, 그들이 "공을 세워서 속죄할"것을 허용해야 한다.
>
> 문화인이 "민주"라는 주제로 연합하는 것은 무조건적이다. 민주에 반대하지 않으며, 민주와 인민해방전쟁을 원하거나 찬성하기만 하면, 그들이 과학자, 철학자, 예술가……이든, 영미파, 독일파, 유물적, 유심적, 고전주의, 낭만주의……무엇이든 문제가 되지 않는다.[19]

19) 本社,「目前文化界統一戰線談」『文化報』半月增刊 第3期, 1948.6.1(『文化報』第39期 6.1 再揭).

라고 말했다. "과오를 범하고 죄를 지은 사람들", "독일파"라는 말은 "대일 협력자", "친일파"로 하는 사람들(그 선을 긋기는 어렵지만)을 고려한 표현이다.

이 주장에 재빨리 반응한 것은 "재만"작가 陳隄이었다. 그도 이 땅의 단결과 통일의 중요성을 뜨겁게 말했다.

> 우리들, 해방구의 문화계에서 이런 일에 종사하는 사람들의 행동 동기는 많든 적든 혁명에 대해 한 가닥 힘을 바치고 싶다는 것이다. 그러므로 단단히 뭉쳐서 제대로 도와야 한다. 이것은 일종의 "개인적인" 단결과 원조를 말하는 것은 아니다, 혁명에 대해 진심으로 힘을 다하는 것이 혁명의 대열을 확대시키고 충실하게 하기 때문이다.[20]

고리키 서거 12주년을 기념하고 그 위대함을 칭찬한 다음의 문장도 논지는 같은 곳에 있다고 생각된다.

> 고리키가 위대한 이유는 1917년 혁명 시기, 그는 러시아 인민을 위해 여러 "재산"－전문적인 지식이나 기능을 갖춘 귀족이나 부르주아 계급에 속하는 "지식인"을 보호하여 새 러시아 건설에 유용하게 쓰려고 한 것이다. 그래서 그는 수고를 마다하지 않고 곳곳에 "간청"하고 어떤 사람들의 "전횡"이나 불필요한 살육에 경고를 보내기 위해 격렬한 어조의 문장도 썼다. 그 결과 일부 사람들의 오해를 받았고, "적의 첩자"라는 말까지 들었다.－당연히 이것에 그의 마음은 고통을 받았고 마침내 그의 신문이 정간에 이르게까지 되었다.[21]

이러한 일련의 "사평"에 대해 『생활보』는 9월 26일의 社論 "蕭軍의 『9.9』를

---

20) 陳隄, 「我們願意響応這一号召－讀『目前文化界統一戰線談』」 『文化報』 第41期, 1948.6.15.
21) 本社, 「高爾基之所以偉大－逝世十二周年紀念」 『文化報』, 半月增刊 第4期, 1948.6.15(『文化報』 第41期 1948.6.15 再揭).

논하다"에서 다음과 같이 그 논점을 비판했다.

> 공산당이 전 농촌의 토지 개혁에서 "그 90퍼센트, 즉 90퍼센트의 빈농, 고농, 농업의 이익과 단결해 10퍼센트, 또한 이보다 적은 봉건적 착취 관계 위에 세워진 지주, 부농의 이익을 타도하도록" 지시를 내렸다고 해서, 蕭軍은 왜 신기한 것을 구해서 99.9퍼센트라는 목표를 제시했는가? 蕭軍의 99.9퍼센트란, 지금까지의 분석에 근거하면 실제 (필요로 하는)것은 9.9이다. 즉 그는 공산당이 말하는 90퍼센트 바깥의 나머지 9.9와 연합하고 싶은 것이다. 蕭軍의 이 9.9에는, 영미파, 독일파와 같은 제국주의의 주구, 유심적 반동분자, 인민에 대한 범죄를 저지른 봉건적 착취 계급의 잔재 및 인민의 혁명적 행동에 적의를 품던 일체의 쓰레기들이 포함되어 있는 것이다.[22]

라고 비판을 가했다. 글자를 떼다가 말꼬리를 잡은 발목 잡기라고 할 수 있는 문장인데, 여기까지 살펴본 『문화보』의 기본자세, 혹은 "사평"에 제시된 폭넓은 통일 전선론, 그 안에 제시된 지식인 정책은 특수한 환경에 놓여 온 동북의 상황을 감안한 문제 제기인 반면, 『생활보』는 공산당의 농촌에서의 ""토지 개혁"정책을 기계적으로 강요했을 뿐이라는 비판이 있었음을 알 수 있다. 더욱이 이 문제는 단순히 "논쟁"의 수준에 머무르는 것이 아니라 전림이나 袁犀의 예에서 볼 수 있듯이, "재만"작가를 "위만작가"—『생활보』의 말을 빌리자면 "독일파와 같은 제국주의의 주구"로서 배제하는 정책을 용인하는 것이었다.

이러한 대립에서 많은 "재만"작가들이 蕭軍 하에 모여들고 蕭軍의 발언에 기대를 걸었을 것임은 충분히 짐작할 수 있다. 이하, 『문화보』에 연루된 "재만"작가의 언동을 정리한다.

---

22) 本社, 「論蕭軍的『九点九』」 『生活報』 第30期, 1948.9.26.

4. 『문화보』와 "재만"작가들

『문화보』 집필자 중에서 45년 이전에 "만주"의 땅에 글을 쓴 경험을 가진 인물을 조사해 보면, 다음과 같다. 통칭되는 이름을 제시하고 『문화보』에서 사용된 필명을 (　　　)에 넣었다.

> 陳隄(姜醒民, 曼娣, 胡丕顯, 衣尼), 袁犀(李無双, 馬双翼), 關沫南, 王秋螢(黃玄), 田瑯(沙利淸), 溫佩筠(溫沛軍), 吳曉邦, 李廬湘, 新生, 莫伽(莫嘉), 顧盈(孟素), 友菊, 鐵錚, 厲戎(滕捷), 史松北(甦旅, 冬青), 蕭戈, 享邑, 寒虹, 藴志, 韓趾翔(支羊), 秋楓, 笑梅

"만주국"시대의 중국인 작가의 규모로 생각하면, 많다고 할 수는 없을지도 모른다. 그러나 당시 하얼빈은 동북 여러 도시와 분리돼 고립된 도시였던 점을 감안하면 하얼빈에 살던 기성 작가를 망라했다고 할 수 있는 멤버였다. 그들은 일본 지배하에서 붓을 잡은 것, 상기 전림, 袁犀와 비슷한 체험을 많든 적든 맛본 것이다. 그러한 신분 불안정, 미래의 불안감 때문에, 蕭軍의 『문화보』에 몸을 의탁하여 안심입명을 도모했다고도 할 수 있다.

그랬던 것이 蕭軍 비판이 시작되자 그들 사이에 동요와 불안은 크게 번졌다. 소려(甦旅)처럼 소군 비판의 쪽으로 돌아선 작가도 있었지만 대부분은 침묵하고, 몇몇 용기 있는 사람은 蕭軍 옹호의 붓을 잡았다. 산정(山丁)에 의하면 "金人은(『생활보』의) 편집 위원회에 참가하고 예전에 '一党員'이란 필명으로 蕭軍 비판의 글을 쓴 적이 있다. 金人을 제외하고는 모든 하얼빈의 친구들은 쓰지 않았다."[23] 金人은 蕭軍과 같이 하얼빈에서 초기 항일 문화 활동에 종사한 후, 관내로 탈출, 연안에서 동북쪽으로 돌아온 작가이다. 또 여기에서 말하는 "모든 하얼빈의 친구들"이란 舒群, 羅烽, 白朗, 林珏 등 연안에서 동북쪽으로 개선해 온, 옛날 蕭軍의 동지였던 공산 당원 작가를 가리킨다고 생각되는데, 나의 조사(가명으로 집필한 것은 놓쳤을지도 모르지만)에서도 그들은 끝까지 침묵을 지키고 있다.

여기에서 "재만"작가의 회상을 몇 가지 들어 비판 운동의 와중에서 곤혹스러웠을 이들의 "그 후"를 확인해 두고 싶다.

"만주국"시대, 하얼빈에서 집필 활동을 계속하다가, 1942년 1월 1일 "하얼빈 좌익 문학 사건"으로 체포돼 일본의 패전을 맞아서 석방된 진(隄)는 통신원 자격으로 기사를 보내는 등 가장 적극적으로 『문화보』에 협조했던 작가였다.

> 논쟁 당시 많은 청년이 蕭軍 때문에 투덜거리면서, 잇달아 『문화보』를 위해서 글을 쓰면서 『생활보』에 반박한 것은 확실하다. 어떤 사람은 나를 향해, 蕭軍 공격에 찬성하는 글을 써서, 『생활보』에 내라고 시사해 준 적이 있었다. 2번 요구 받았지만, 모두 거부했다. 나는 역사적으로 蕭軍을 고찰해 봐도, 일상의 언행에서 고찰해 봐도, 반소, 반공·반인민의 작은 죄증조차 찾지 못한 때문이다. 양심에 눈 감고 쉽게 사람을 해치다니 어떻게 수 있을까! 거꾸로 나는 이름을 "胡丕顯"으로 바꿔, "제삼자의 의견"을 써 『문화보』에 발표하고 논리적으로 蕭軍을 변호했다. 그런데 이 일로 "蕭軍의 앞잡이"라는 모자를 쓰는 예상치 못한 화를 입게 되었다. 그 10년 후의 1958년, 내가 동북 인민 대학에서 가르쳤던 때, 또 어떤 사람의 보고에 "蕭軍의 앞잡이"라고 한바탕 욕하는 것이 있었다.[24]

李廬湘은 당시 막 20살이 된 실업 청년으로 "만주"에서의 창작 경험은 거의 없었지만 루쉰문화사의 문을 두드려 蕭軍의 가르침을 청한 적도 있

---

23) 梁山丁, 「蕭軍精神不死」前揭 『蕭軍紀念集』, 32頁.
24) 陳隄, 「我所認識的蕭軍」 『春風文芸叢刊』 80年 第1期, 1980.4, 218頁.

었다고 한다. 그 후 『대중일보』라는 개인 경영 신문사에 일자리를 얻으면서 『문화보』에 투고자가 되었는데 그러한 때에 蕭軍 비판이 시작되었다.

> 이 자리의 논쟁에 나도 연루되어 갔다. 나는 하얼빈시의 하층 노동자 출신으로 어린 시절부터 현지의 백계 러시아인이 중국인을 억압하고 경멸하는 다양한 행동에 대해 일찍부터 화를 참지 못하고 있었으므로, 백계 러시아인이 중국 인민을 경시하는 진상을 파헤친 글을 썼는데 이것이 때문에 나도 비판을 받았다. 당시 이미 나는 동북 모 간부 학교의 연수생으로 있었지만 조직에 의해 双城縣에 배속되고 말았다.[25]

“만주국”시대, 봉천(심양)에서 신문, 잡지의 편집과 창작의 분야에서 활약했던 王秋螢도 이 시기 일자리를 잃고 하얼빈에 흘러 들어왔다. 그도 蕭軍에 의탁하여 그의 도움으로, 루쉰문화보사의 건물에 식객으로 붙어 있었던 적도 있었다고 한다.

> 1949년, 나도 瀋陽으로 돌아왔는데, 그때까지 『문화보』 비판에 대해 태도를 표명하지 않고 있던 『동북일보』가 그 무렵 잇달아 한 면을 통째로 (특히 2면, 3면) 사용해서, 눈길을 잡아끄는 표제로 蕭軍 및 『문화보』를 반당反党의 위치까지 끌어올리고 있었다. 나를 꺼림칙하게 한 것은 『문화보』에 게재된 나의 잡문(黃玄, “道化役雜談”)이 무고에 의해 누명을 쓴 것이다. 그것은 蕭軍이 이름을 바꾸고 쓴 문장이라고 하여 반당의 죄증으로 제시되었다. 먼저 말했듯이 이 잡문은 내가 국통구(國統區)에서 쓴 것으로 풍자의 대상은 모두 국민당의 인물이었다. 그러나 당시 나는 몸을 바쳐 변명을 못 했다. 당연히 이것은 내가 겁쟁이어서 화를 피하느라 그랬던 것이 아니라, 그 시절, 저러한 격렬하고 엄혹한 정치 투쟁 속에서 별볼일 없는 나 따위가 참견한다고 해도, 당시의 분위기를 누그러뜨릴 수는 없을

---

25) 盧湘, 「三十年風雨記蕭軍」 『同上』, 222頁.

> 것이라고 생각했기 때문이었다. 그 당시는 "실사구시" 같은 것이 아직 없었기 때문이다.[26]

"만주국"초기 단계에서 하얼빈 항일 문화 활동을 소군들과 함께 전개했고, 그들이 떠난 뒤에도 『만주』에 남아 창작한 산정은 이때 역설적으로 『생활보』의 기자가 되어 있었다. 비판 운동이 시작되었을 때 산정은 르포르타주 등의 기사를 보낼 뿐, 蕭軍 비판의 글은 쓰지 않았지만, 동북국의 결정이 내려져 다시 운동이 벌어졌을 때에는 피하지 못하고 "열애로부터 증오에로"[27]라는 비판 글을 쓰지 않을 수 없었다.

> 나는 현재 자기 비판을 해야 한다. 蕭軍을 비판한 이 글은 친구에 대해 변명을 할 수 없는 것이었다. 나는 蕭軍 같은 강골이나, 뜨거운 충성심에 빠져 있었다. 정세에 몰리고, 시류에 휩쓸려 버린 것이다. 蕭軍은 비판 받은 뒤 32년간 땅속에 파묻혔던 것이다. 내 마음은 부끄럽기 짝이 없지만, 나도 예전에는 그의 몸에 흙을 뿌린 것이다.[28]

마지막으로 먼저 든 원서(李克異)의 경우를 본다. 앞의 인용과 같은 "연보"의 기술이다.

> 克異는 『문화보』 때문에 원고를 쓰고 蕭軍과 문학적인 관계를 가졌다. 곧 蕭軍 주편의 『문화보』가 비판의 포위 공격을 받아 다수의 모자를 쓰면서 완전히 고립되고 말았다. 克異와 古達은 자주 그를 만나러 나가 거기서 우정이 생겨났다. 克異는 과거 『문화보』에 글을 쓴 적이 있으며 蕭軍 비판에 가담하지 않아서 "蕭軍 분자"로 여겨졌다. 1979년, 蕭軍이 지은 애

26) 王秋螢, 「故人故情悼蕭軍」前揭 『蕭軍紀念集』, 179頁.
27) 鄧立(山丁), 「從熱愛到憎惡」 『生活報』 第61期, 1949.4.6.
28) 同注 23, 33頁.

도 시 속에는 이런 구절이 있다. "말 발굽 흔적, 거미줄 같은, 극히 일부 근거로 가지고, 누가 여기저기에 파급한 『蕭軍 분자』라는 죄가 그대에게 미쳤네." (蕭軍分子」罪及君, 馬跡蛛絲瓜蔓循), 이는 克異가 정치에 "휘말리게 된" 문제의 하나가 되었다.[29)]

이들은 모두 80년대 들어 蕭軍의 명예 회복이 이루어진 후에 회상한 기억이다. 이 시기까지 말할 수 없었던 내용이지만, 거기에는 미화의 경향도 불가피하다. 하지만 "재만"작가(작가만이 아니었을 터이다) 다수가 蕭軍 비판에 연좌되어 정치적 낙인이 찍혀 멍에를 짊어지고 30년 이상에 걸친 세월을 보내야 했던 사정은 헤아릴 수 있을 것이다.

앞의 문장에 이어, 산정은 눈앞에서 전개되는 가혹한 비판 운동을 보고 "나는 무서워졌다. 이후 문학 창작을 한다는 생각은 포기했다."[30)]고 감회를 말한다. 극히 일부의 작가를 제외하고는 "만주국"시절부터 해방 후의 세계로 창작을 계속한 사람은 없다.

5. 결어

모두에 말한 것처럼 蕭軍 비판의 과오를 인정하고 그의 명예가 회복되는 것은 1980년 4월이었다. 蕭軍이 "99.9퍼센트의 사람들 모두 단결해야 한다"고 하면서 감쌌던 "재만"의 지식인을 "독일파 같은 제국주의의 주구"라고 잘라 말했던 "결정"은 32년간 효력을 가지고 있던 것이다. "재

29) 同注 18, 40頁.
30) 同注 23, 32頁.

만"작가가 整風運動 때마다 "위만작가"로서 비판에 노출되는 근거로 존재한 蕭軍과 함께인 동안 그들은 그 속박에서 해방될 수 없었다.

여기에서는 "蕭軍 문화보 사건"을 소재로, "만주국"시대를 살았던 지식인들이 해방 이후 사회에서 어떤 대우를 받았는지를 검증했다. 그것은 점령지・식민지에서의 "전후 처리"의 문제라고도 할 수 있다. 아시아만 보이도 중국 汪政權의 화중, 화북에서 창작을 계속한 작가들, 혹은 대만 조선의 작가들이 전후 어떻게 "처리" 되었는지, 그 "처리"는 정당한 것이었는지. 이러한 문학의 "전후 처리" 문제는 오랫동안 연구의 대상이 되지 않았다. 중국이 그렇듯이, 대만 그리고 한국도 80년대에 들어와 처음 착수된 것 아닌가. 나의 "만주국" 문학 연구도 그 자그마한 일환이라고 생각한다.

50년대의 메이냥(梅娘)과 상하이 『新民報(晚刊)』

짱페이룽

1. 50년대 메이냥의 생활과 창작 개관

1949년 1월 메이냥의 남편 류우룽광(柳龍光)이 탑승한 여객선 태평호는 타이완 지룽(基隆)으로 향하던 중 건원(建元)함과 부딪혀 침몰하고 그는 불행히 조난을 당한다.[1] 부음을 받은 메이냥은 두 딸을 데리고 아들을 임신한 채 타이완에서 상하이로 향하고, 상하이에서 몇 달간 머무르면서 아들 쑨샹(孫翔)을 출산한다. 8월 북경으로 돌아가 정착하고 북경시 대중문예창작연구회에 참여하면서 그곳에서 처음으로 자우쑤리(趙樹理)를 만난다. 1950년 메이냥은 주변 사람들에게 부탁하여 어렵게 북경 제35중학교 어문교원직을 얻는다. 일 년 후 중국농업영화제작소(中國農業電影制片厂)로 전근되어 시나리오작가로 일하게 되고, 1952년에는 충성정직(忠誠老實)운동 중에서 자산계급의 진부한 사상을 가지고 있다고 하여 비판을 받는다. 그사이 탕윈징(唐云旌)과 알게 되고, 1952년 4월부터 탕이 주필을 맡고

---

1) 張泉, 梅娘年譜初編(초고, 미출간).

있던 『亦報』에 소설을 연재하기 시작한다. 같은 해 산시성(山西省) 핑쑨씨앤(平順縣) 촨디춘(川底村)으로 생활 체험을 다녀오고, 자우쑤리와의 교제가 깊어지면서 자우는 메이냥에게 좋은 인상을 남긴다. 이번의 여행이 후일 『태항산구에서 풍년을 보다(太行山區看豊收)』로 창작되어 1952년 11월 『亦報』에 발표한다. 동시에 같은 해 11월 상하이의 『新民報(晩刊)』에 작품을 발표하기 시작한다. 1955년 숙청운동 중에서 그는 복잡한 신분적 배경과 경력으로 인해 "일본 스파이 혐의"을 받아 비판의 대상이 된다. 같은 해 홍콩의 『대공보』에 『나의 딸은 어떻게 영화를 찍는가(我的女兒怎樣拍電影)』를 연재하여 11살의 딸 류우칭(柳靑)이 영화 『조국의 꽃봉오리(祖國的花朵)』를 찍은 사연을 기록하였다. 1957년 "우파분자"로 낙인찍혀 중국농업영화제작공장 내에서 감독 하에 노동에 종사한다. 다음해 5월 영화제작공장에서는 반혁명분자의 죄악을 공격하기 위한 공장 직원대회가 개최되고 대회에서 메이냥은 즉석에서 해고된다. 그는 딸의 얼굴도 보지 못한 채[2] 바로 北苑 농장으로 이송되어 노동 개조를 받는다. 그동안 『삼각모자(三角帽子)』 등과 같은 작품을 번역한다. 1960년 이후 메이냥은 폐결핵이 오랜 치료에도 호전을 보이지 않자 특별히 귀가 요양을 허락받는다. 그때부터 메이냥은 무직자가 되어 온갖 허드렛일을 전전하면서 생활을 유지하고 그 시기 작은 딸 류우인(柳蔭)이 병원에서 병으로 요절한다.

이렇듯 정치적 운명이 기구하였음에도 불구하고 메이냥은 창작을 중단하지 않았으며 다수의 작품을 지속적으로 발표하였다. 필자가 현재 수집한 자료 통계에 따르면 메이냥은 1952년 4월부터 11월까지 상하이 『亦報』에 장편소설과 수필을 각각 2편씩 발표하였는데 연재회수가 총 183회에 달

---

2) 梅娘著, 侯建飛編, 『梅娘近作及書簡』, 北京：同心出版社, 2005, 23면.

하며 그 외에도 일부 단편들이 여럿 있다. 필명으로는 메이린(梅琳), 류우샤얼(柳霞儿), 쑨샹(孫翔) 등을 사용하였다. 1952년 11월부터 1957년 8월까지 메이냥이 상하이 『大公報』와 상하이 『新民報(晩刊)』(이하 『新民報』로 약칭)에 발표한 산문, 수필, 소설은 총 80여 편에 달하고 그중에서 7편은 우선 『대공보』에 게재하였다가 그것을 다소 수정하여 다시 『新民報』에 게재한 것으로 보인다. 필명으로는 "류우샤얼(柳霞儿)", "류우지아(劉遐)", "루이즈(瑞芝)", "쑨샹(孫翔)", "윈펑(云鳳)", "고우위(高翎)" 등 6개를 사용하고 있다. 그중 『대공보』에 발표한 산문은 약 30편에 달하는데 모두 "云鳳"이란 필명을 사용하였고 대부분 "新野"의 "主婦手記"란에 발표하였다. 『新民報』에 약 50여 편에 달하고 그중 두 편의 장편소설 『내일을 위하여(爲了明天)』와 『사랑이란 무엇인가(什么才是愛情)』가 각각 69회(6만여 자), 54회(4만 8천여 자)로 연재되고, 단편소설 『나와 나의 애인(我和我的愛人)』이 7회로 연재되었다. 산문은 "생활단상", "일상여담", "어린이 이야기"와 각종 견문록으로 나뉘며 견문록은 다시 『開封散記』(9편), 『呂鴻賓 생산합작사 일기』(7편), 「京漢車상에서의 기록」(4편), 「河南車云山에서 부쳐오다」(6편) 등 네 부류로 나뉜다. 『大公報』에 발표한 글들은 대부분 분산되어 있으나 발표 시기는 1954년과 55년에 집중되어 있고 『新民報』에 발표한 글들은 군집되어 있다. 보통은 며칠 동안 연속으로 연재되거나 혹은 두 달 동안이나 지속적으로 메이냥의 작품을 읽을 수 있는 때도 있다. 가끔은 같은 날 같은 면에 "孫翔"의 단문이 게재되어 있는가하면 "瑞芝"의 소설도 함께 연재되고 있음이 확인되는 경우도 있다. 종합하자면 52년과 53년의 발표량이 가장 많아 총 40여 편에 달하고 그중 52년에는 장편을 위주로 썼고, 53년에는 장단편을 병행했다.

윤함구(淪陷區) 여상작가라는 신분, 일본 유학과 대만 체류 경력, 윤함구

문단에서 활약하면서 요직을 역임했던 남편을 두었던 과거[3] 등과 같은 배경이 50년대의 빈번한 정치운동 중에서 메이냥을 불우하고 난감하게 하였다. 이렇게 출신이 “복잡”한 작가가 해방 후 3개의 중요한 지면에 작품을 발표할 수 있었다는 것은 그 자체로 의미심장한 일이 아닐 수 없다. 본고는 『新民報』에 주목하여 메이냥이 어떻게 이 신문들에 지속적으로 대량의 작품을 발표하고 상대적으로 인정적인 발표지면을 확보힐 수 있었는지에 대해 고찰하고자 한다.

2. 메이냥과 탕윈징(唐云旌)의 만남

해방 후 상하이의 타블로이드 신문업은 상당히 번창하였다. 타블로이드 신문은 종류가 다양하고 소일거리로 적당하여 시민들의 많은 사랑을 받았다. 그러나 1949년 신 중국 정부에서 상하이 신문업을 인수하면서 타블로이드 신문은 일률적으로 정간되는 운명에 처한다. 다행히 샤얜(夏衍)의 제의와 주최 하에 신문업에 종사하던 사람들을 임용하여 『大報』와 『亦報』 두 종류의 타블로이드 신문을 창간할 수 있었다. 이는 시민들에게 새 사회 새 신문에 적응할 수 있는 과도기를 제공하였고 과거 신문업에 종사하던 사람들에게 활로를 열어주었으며[4] 새로운 사물과 새로운

---

3) 류우룽광은 연경영화공사(燕京影片公司) 부책임자, 『국민잡지』 주필, 武德신문사 편집부장, 華北作家協會 간사장 등 직을 역임한바 있다(梅娘著, 張泉編, 『梅娘：怀人与紀事』, 中央广播電視大學出版社, 2014, 68면).

4) 장린란(張林嵐)의 회고에 따르면 류우쏘우치(劉少奇)의 정책과 사상은 비교적 관대한 편이었다고 한다. 1948년 그는 “타블로이드 신문의 문인들 중에는 사회적으로 영향력 있는 인물들도 존재하므로 모두 홍콩으로 몰아내지 말고 그들이 우리를 욕할 수 있게 해야 한다.”라고 한 적이 있다고 한다. 때문에 타블로이드 신문의 간행과 거기에 종사하

사상을 선전하는 역할을 하였다. 궁즈팡(龔之方)과 탕다랑이 『亦報』를 주관하였고 그중 탕은 주로 칼럼을 주관하였다. 모든 사람들이 공히 알고 있는 하나의 사실은 저우쭤런(周作人), 장아이링(張愛玲) 등이 이름을 바꾸어 『亦報』에 글을 연재하였다는 사실이다. 이와 동시에 사람들에게 잘 알려지지 않았으나 상당한 의미를 지니는 것은 메이냥 역시 이름을 바꾸어 『亦報』에 소설과 산문을 연재하였다는 사실이다. 더욱이 메이냥에게 할애된 지면은 저우, 장 두 사람에 비해 전혀 뒤지지 않았고 장, 메이 두 사람의 작품이 선후로 신문에 발표되는가하면 주, 메이 두 사람의 글은 여러 차례 같은 호에 병렬 게재되기도 하였다. 유감스러운 것은 『亦報』와 관련된 "난링(南玲)", 저어쭤런에 대한 연구는 이미 충분하게 이루어졌으나 "메이린(梅琳)", "류우샤얼(柳霞儿)", "쑨샹(孫翔)"이라는 필명으로 쓰인 글들이 "베이메이(北梅)"의 것이라는 사실은 최근에야 알려진 것이다. 『亦報』가 『新民報』로 인수 합병된 후에도 메이냥은 지속적으로 많은 작품을 발표하였다. 메이냥은 어떻게 이 두 개의 신문에 다수의 작품을 연재할 수 있었던 것인가?

직접적인 원인은 아마도 메이냥과 탕다랑의 만남일 것이다. 1957년 농업영화사 통신소조는 「농업부문으로 침투한 문화 변절자, 우파분자 孫加瑞」란 글을 발표하여 메이냥의 각종 "악행"을 나열하고 그를 "사생활이 음란하고", "大鳴大放시기에도 사회상의 쉬간(徐淦), 장유우롼(張友鸞), 장버어쮜(張伯駒), 펑이따이(馮亦代), 궁즈팡(龔之方)[5] 등 우파분자들과 회식을

던 문인들을 『新民報』로 흡수시킨 데에는 문인들을 끌어들이기 위한 뜻이 없지 않았다. (張林嵐, 『一張文集(卷一)』, 上海三聯書店, 2013, 219면.)

5) 원문이 흐릿하여 판독하기 어려움. 궁즈팡이라고 추정하며 그는 『亦報』를 주필한 바 있다. 장유우롼은 『南京早報』, 『南京人報』를 창간하였고 많은 신문사의 편집을 역임한 바 있다. 이상 명단만으로도 메이냥의 신문인 인맥이 좁지 않았음을 알 수 있다.

핑계로 모여서는 음모를 꾸미고 당을 공격하기 위한 '탄약'을 수집하였다"[6]고 신랄하게 쓰고 있다. 이 글은 메이냥의 작품이 『新民報』에 발표 가능했던 중요한 원인 중의 하나로 "그는 인민미술출판사 우파분자 쉬간의 소개로 신민보 칼럼 주간 탕윈징과 부정당한 남녀관계를 맺었"[7]기 때문이라고 보고 있다. 이 글의 내용으로 보아 나열한 기타 사실들도 대부분 실제로 있었던 일들로 보인다. 다만 메이냥의 글에 대해서는 곡해하고 있으며, 정치적 원칙과 노선에 빗대어 그에게 적지 않은 오명을 덮어 씌웠다.

쉬간과 메이냥의 인연은 인지상정 중의 일이다. 50년대 메이냥은 인민미술출판사와 상하이미술출판사를 통해 적지 않은 그림 이야기책과 역사총서를 집필한 바 있다. 쉬간[8]은 해방 후 최초로 그림 이야기책 사업에 종사한 인물 중의 하나이다. 51년에 인민미술출판사에 입사하였고 본인 역시 대량의 그림 이야기책 각본을 집필한 바 있다. 쉬간은 이야기 그림책을 집필하는 외에도 "치간(齊甘)"이란 필명으로 『亦報』, 『新民報』

6) 農業電影社通訊小組, 「鉆進農業部門的文化漢奸, 右派分子孫加瑞」, 『中國農報』, 1957년 제23기, 32면.

7) 農業電影社通訊小組, 위의 글.

8) 쉬간(1916-2006)은 저어쟝(浙江) 쏘우씽(紹興) 사람으로 저어쭤런과 동향이다. 徐는 여러 차례 周의 도움을 받은 바 있으며 이로부터 두 사람은 망년지교가 되었다고 한다(徐淦, 『忘年交瑣記』). 상하이가 해방되고 나서 얼마 후 쉬간은 董天野 등 다섯 명의 작가와 綠葉社를 결성하여 본격적으로 그림 이야기책을 편집 제작하였다. 1951년 인민미술출판사에 입사하고 1953년부터 인민미술출판사 그림 이야기책 편집실 심사조 조장, 문장조 조장을 역임하였으며 많은 그림 이야기책 집필과정에 참여한 바 있다. 1957년 우파분자로 낙인 찍혀 해고되고 西大荒 교양 농장으로 보내져 노동 개조를 받았다. 1979년 자유인이 된 후에도 여전히 그림 이야기책 사업에 종사하였다. 쉬간이 참여하여 집필한 그림 이야기책은 내용이 풍부하여 지금까지 재판되고 있다. 대부분 중국고전소설(4대 명작)이나 민간이야기(『東郭先生』), 중국현대소설(바진의 『家』), 그리스신화(『제우스와 헤라』) 등을 개작한 것이다. 쉬간이 별세하고 얼마 지나지 않아 그의 자식들은 부친의 署名權을 얻기 위해 인민미술출판사를 상대로 법원에 소송을 제기한 바 있다.

등에 적지 않은 소품, 우화, 역사 이야기를 발표하였고 그 내용은 흥미롭고 가독성이 뛰어났다. 쉬간은 탕윈징과 아는 사이일 뿐만 아니라 둘 사이에는 서신 왕래도 있었다. 흥미로운 것은 齊甘은 高唐(唐云旌의 필명)에게 편지를 띄워 펑산(鳳三), 류우쉬(柳絮)는 글쓰기에 정진하지 않는다고 비판한 바 있는데 탕이 이 서한을 『亦報』에 공개 게재한 것이다.[9] 이로부터 판친멍(潘勤孟)은 화가 나서 더 이상 『亦報』에 원고를 보내지 않았다고 한다. 이로부터 추측할 수 있는 바 메이냥은 쉬간의 소개로 탕윈징과 알게 되었고 그것이 계기가 되어 『新民報』의 발표지면을 확보할 수 있었던 것이다.

메이냥과 탕윈징[10]의 만남은 아마도 탕이 북경 "革大"에 가서 공부한 10개월 사이일 것이다. 탕은 1951년 3월 북경 華北인민혁명대학으로 연수를 갔다가 1952년 초에 다시 상하이로 돌아온다. 1952년 3월 29일 『亦報』에는 "편자"의 이름으로 단문이 게재되는데, 그 글에 따르면 탕다랑은 革大에서 공부하는 기간에도 『亦報』의 업무를 잊지 않고 두 편의 장편소설을 약속하였는데 그중의 한 부가 바로 메이냥의 『두 모녀(母女倆)』이고 이 작품은 4월 1일부터 『亦報』의 제3면을 통해 연재가 시작된다는 내용이다.

---

9) 蔡叔健・蔡夷白, 『心太平齋日記』(1949年11月-12月)(下), 蘇州雜志, 2002년 제3기, 75면.

10) 탕윈징(1908-1980)의 필명으로는 大郎, 高唐, 劉郎 등이 있다. 쨩쑤(江蘇) 쨔띵(嘉定) 사람으로 중국은행에서 임직한 바 있으며 지폐를 세는 능력이 뛰어나다고 한다. 30년대에 『東方日報』 편집을 맡았고 여가 시간에는 여러 타블로이드 신문에 시를 발표하면서 "타블로이드 신문 장원", "강남 제일필"이라는 칭호를 받기도 하였다. 1949년 7월 샤얜의 제의에 의해 상하이 타블로이드 신문 『대보』와 『亦報』가 선후로 창간되면서 탕다랑은 『亦報』의 총편집을 맡는다. 1951년 3월부터 北京革大에서 연수한 바 있다. 1952년 『대보』가 『亦報』에 흡수되고 같은 해 연말 『亦報』가 다시 『新民報』에 흡수되면서 탕다랑 등 인물들의 참여는 『新民報』에 생기를 가져왔다. 그는 편집을 맡으면서 『繁花』를 주간하였고 "高唐散記" 코너를 집필하기도 하였다. 50년대에도 여전히 『新民報』 칼럼을 주간하였다. 문화대혁명 기간에 牛鬼蛇神이라고 비판하여 외양간에 가두어 놓고 노동을 시켰다. 80년대 초 『新民報』는 복간을 기획하면서 여전히 탕다랑에게 칼럼의 주필을 의뢰하고자 하였으나 유감스럽게도 식도암으로 별세하고 만다.

동시에 편자는 다음과 같이 작가를 소개하고 있다. “메이린(梅林) 동지는 유명한 소설가이고 여기에서는 다만 필명을 바꿨을 뿐이다.”[11] 이로부터 알 수 있는바 메이냥과 탕다랑과의 만남은 1951년 초에서 1952년 4월 사이로 추정된다. 메이냥은 4월 1일부터 『亦報』에 소설을 연재하기 시작하면서 그 후 작품은 끊이지 않았다. 『亦報』가 『新民報』에 흡수 합병되면서 명칭은 『新民報(晩刊)』로 확정되었고, 신문 면은 기존의 4면에서 6면으로 증면하였다. 탕다랑은 『亦報』와 함께 『新民報』로 이전되었고 여전히 칼럼 주필을 맡았다. 메이냥 역시 두 신문이 합병될 때에도 여전히 공백기 없이 다작을 유지하였다. 1952년 11월 20일 『亦報』는 종간과 함께 메이냥의 『태항산구에서 풍년을 보다』(7회)를 연재 완료하고 1952년 11월 21일부터 『新民報』에 메이냥의 『李順達이 西溝村에서』(4회)를 연재하기 시작하였다. 사실 후자는 전자의 제3절 부분이었다.[12] 그리고 보름 후인 12월 13일부터 장편소설 『내일을 위하여』가 게재되기 시작하였다.

앞서 살펴본 비판문에서 메이냥과 탕윈징은 “부적절한 남녀관계를 가졌다”고 하였는데 이는 전혀 근거 없는 말은 아니다. 우리는 메이냥의 적지 않은 초기 작품들, 이를테면 『물고기』, 『수술 전』 등과 같은 작품들에서 그의 여권 의식과 여성의 애욕 본능에 대한 이해와 옹호를 확인할 수 있다. 50년대 작품인 『내일을 위하여』의 주인공 쉬링윈(徐凌云)에게서 메이냥의 그림자를 찾아볼 수 있다. 쉬는 오누이를 거느린 홀어미로

---

11) 編者, 「母女倆」, 『亦報』, 1952년 3월 29일 제3면. 소설이 연재될 당시의 필명은 “梅琳”으로 표기되었지만 그 전의 소개에서는 모두 “梅林”이라 쓰고 있다.

12) 1952년 11월 21일 『新民報(晩刊)』는 제5면에 柳霞儿의 『이순달이 서구촌에서』를 게재하고 작품 서두의 “편집자의 말”에서 다음과 같이 쓰고 있다. “柳霞儿 동지는 『亦報』에 『태항산구에서 풍년을 보다』를 게재한바 있다. 이 작품은 총 세 개의 절로 구성되어 있는데 어제까지 제2절을 게재 완료하였고 본문은 제3절 부분이다. 독립된 소설로도 성립 가능하여 원제를 쓰지 않기로 하였다.”

서 교장 왕이샹(王以祥)에 대한 감정을 전혀 감추지 않을 뿐만 아니라 상대방이 자신을 주목한다는 사실을 알고는 기쁨에 어쩔 줄을 모른다. 두 사람은 결국 아름답고 원만한 결말을 맺는다. 팔순이 넘은 메이냥은『부치지 못한 편지 한 통』을 써서 쑨샤오예(孫曉野)에 대한 본인의 열렬한 감정을 토로한 바 있다. "나는 너무나 괴로웠다. 나는 오직 너를 틀어쥐고 쥐어박고 뒤흔들고 싶었다. 그리고 떨리는 내 두 입술을 포개고 싶었다.", "나는 진정으로 그런 종류의 막말을 시원하게 뱉어내고 싶었다. 애욕과 관련된 그런 선정적인 문구로 화풀이를 하고 싶었다."[13] 메이냥의 사랑에 대한 열렬한 추구가 조금도 사그라들지 않고 있음을 볼 수 있다. 또한 메이냥은 옷차림과 치장에도 신경을 썼다. 여성적인 미를 감추는 법이 없었고 자신의 용모에 대해서도 항상 자신감이 넘쳤고 늘 스스로를 칭하여 "곱상한 청상과부"[14]라고 하였다. 한편 메이냥의 작고한 남편 류우룽광에 대한 감정은 상당히 미묘해 보인다. 그의 만년의 추억 속에서 남편은 그저 판에 박은 듯한 애국자의 모습만으로 부각될 뿐 섬세한 묘사가 결여되어 있으며 두 사람의 친밀한 교제는 찾아보기 어렵다. 사상이 개방적이고 자신감 넘치고 독신인데다가 감정이 열렬한 메이냥은 당연히 그가 흠모하는 남성과 연애를 할 수 있었고 또 그 연애를 통해 과거 결혼생활에서의 감정적 결핍을 보상하고자 했던 것은 가능한 일이다.

다시 탕다랑을 보자. 탕다랑은 재기와 시정배의 기질을 한 몸에 지닌 인물로서 상하이 洋場에서 그는 완전히 물 만난 고기였다. 그는 사람이 유머러스하고 그의 문장에는 웃음과 욕설이 넘쳐 항상 온갖 풍자에 능했다. "선비적인 기질과 영웅본색", "입을 열면 천진하고 사람에 대해서는

13) 梅娘著, 侯建飛編, 앞의 책, 47~48면.
14) 梅娘著, 張泉編,『梅娘 : 怀人与紀事』, 中央广播電視大學出版社, 2014, 180면.

글로도 쓰지 못할 뿐만 아니라 말로는 더욱 못하는"[15]이었다. 천성이 대범하고 풍류가 넘쳐 신문을 편집하고 원고를 쓰는 여가에는 연극쟁이들을 격려하고, 여자 친구를 사귀고, 춤, 마작, 카드놀이, 어느 하나 빠지는 것이 없었다. 또한 돈을 물 쓰듯 하여 하루 저녁에 금괴 스물두 개[16]를 날리기도 한다. 그는 친구 사귀기를 좋아하고 첫 대면에 옛 친구처럼 친해졌으며 안팎으로 교제가 넓었다. 그는 장린란(張林嵐)과 함께 『新民報』에서 근무한 적이 있는데, 장린란의 회고에 따르면 그는 "적극적인 체하거나 말만 번지르르한 사람"에 대해서는 코웃음을 쳤고, 절대로 여색을 꺼리는 법이 없어 "여성 친구 중의 몇몇에 대해서는 평생을 두고 그리워하면서 잊지 못해 했다."[17]고 한다. 탕다랑은 다정하고 또한 정을 깊이 줬다. 처자식에 대한 사랑과 관심이 깊었고 "류우랑(劉郎)"이라는 필명으로 부인(유씨)에 대한 충성을 맹세한 적도 있다. 그는 "신변잡기"를 자주 글로 썼는데 그 글들은 따뜻한 정취가 흘렀고 처자식에 대한 사랑이 행간에 넘쳐났다. 탕다랑이 가장 칭송받는 일 중의 하나는 바로 그가 칼럼 편집을 맡고 있을 때 노작가들, 이를테면 鴛鴦胡蝶派의 작가들이나 정치적 실의에 빠져 가난에 찌들고 기가 죽은 작가들에게 원고를 청탁하여 그들 생활의 곤궁함을 덜어주고자 한 일이다. "강남제일필"이라는 재기와 유머러스하고 순수한 성정, 감정에 있어서는 열렬하고 진실하며, 몰락한 문인을 동정하고 관심하며, 사람의 재능과 기질을 아끼는 이러한 면들이 메이냥과 비슷했고 특히 정치적 실의에 빠진 문인에 대한 도움의 손길은 메이냥을 감동시켰다. 메이냥이 두 개의 신문에 6년 가까이 작품

15) 馬光仁主編, 『上海新聞史(1850-1949)』, 复旦大學出版社, 1996, 226면.
16) 張林嵐, 『一張文集(卷四)』, 上海三聯書店, 2013, 149~150면.
17) 張林嵐, 위의 책, 554면.

을 게재할 수 있었던 것도 그의 창작과 재능에 대한 당의 긍정과 인정 때문에 가능하였던 것이다.

3. 50년대『新民報』의 칼럼 편집 방침과 그 처지

메이냥이 두 개의 신문에 지속적으로 대량의 작품을 발표할 수 있었던 것은 50년대『新民報』칼럼의 편집 방침과 해방 후 동 신문의 지위와 밀접하게 관련된다.

『新民報』칼럼의 편집 방침에 대해서는 창간 초기로 거슬러 올라가야 한다. 1929년 9월『新民報』는 난징(南京)에서 창간되었다. 신문 발행 초기부터 칼럼은 "기사면"과는 달리 사회적인 사조를 선도하고 시대적인 병폐를 지적하는 글을 발표하는 중요한 장치였다. 그러나 신문 잡지와 같은 대중매체는 정치적 배경을 이탈할 수 없는 것이 보통이어서 30년대『新民報』역시 자기 보호적 차원에서 편집 방침을 확정하지 못했고 천밍더(陳銘德)가 표방했던 "내 밥 먹고 나하고 싶은 소리를 하자"는 취지를 실현할 수는 없었다. 당국의 신문 기사면에 대한 탄압이 날로 심해지면서 편집부는 오직 칼럼을 정성들여 근면 성실하게 꾸려나가는 수밖에 없었다. 1933년 작가 고우즈(高植)가 칼럼을 주간하면서 문예계에 근접하였고 정치적인 색채도 옅어졌다. 얼마 후 티앤한(田漢)과 양한성(陽翰笙)이『新園地』칼럼을 통해 "打狗운동"을 개시하면서 매국노의 추태를 폭로하는 국난문예운동 대토론을 전개하기 시작하였다. 37년 서쪽의 중경으로 옮겨간 후에야 비로소 "중립적이지만 좌적인 경향"의 편집방침을 확정하게 된다. 확고하지 못하고 흔들리고 모순되었던 편집방침은 그 시기『新民報』의 중요한 특징이다.

칼럼 역시 시종일관하게 "정치에 대한 함구"와 "정치에 부응하기" 사이를 오가면서 정치적 형세에서 완전히 탈피할 수 없었다.

1946년 5월 1일 상하이『新民報』가 창간되고, 49년 5월 25일에는 신 중국 첫『新民報(晩刊)』이 출간된다. 해방 후 유일한 석간으로서『新民報』는 끊임없이 신문을 어떻게 꾸릴 것인가를 탐색하였다. 상급기관에서도『新民報』에 "지시"를 내린 바 있다. 1949년 9월 20일 후챠우무(胡喬木)는 연설을 발표하여 신문의 합작 분공을 주장하면서『新民報』가 자각적으로 통속적인 읽을거리로서의 기관지 역할을 수행하기를 바랐다. 신문의 내용은 일상적인 생활 상식과 통속 문예를 중심으로 하되 낡은 풍속습관을 고쳐 정치에 "열중"하지 않는 일부 사람들을 지도하고 향상시켜 정치적 의지를 높일 것을 요구하였다.[18)]

1950년 6월 9일, 당시 중국공산당 상하이시 선전부 부장직을 맡고 있던 샤앤이 신문사를 방문하고 중요한 강화를 발표하여 상하이『新民報』의 독자대상과 신문의 발행 취지를 명확히 하였다. 그는『新民報』는 중소공상업자와 대부분의 점원, 里弄(골목)의 시민들과 가정주부를 대상으로 하여야 한다고 하였다. 동시에 칼럼은 문화 오락을 주된 내용으로 하되 가볍고 유익하고 흥미로운 것에 치중하여 하루 종일 노동에 시달린 시민들이 "이야기꽃을 피우고", "희색이 만면"하게 함으로써 독자들의 피로를 풀어주고 이를 기반으로 다시 주민들의 정치적 각오를 높이고 문화수준을 향상시켜야 한다고 하였다.[19)]

비록 후챠우무와 샤앤 두 사람 모두 강화를 발표하여『新民報』의 통속화, 문화 오락화를 강조하였지만 50년대 초의『新民報』는 여전히 속수무

---

18) 孫政清編輯,『探索 新民晩報研究文集』, 上海 : 文匯出版社, 1999, 9~10면.
19) 孫政清編輯, 앞의 책, 18~20면.

책이었고 특히 기사면은 더욱 출로를 찾기 어려웠다. 이는 신문 발행자들이 새로운 환경에서 갈피를 잡지 못하고 갈팡질팡했던 것과 관련되는 일이었고 더욱이는 그 정치적 지위와 긴밀하게 연관되는 일이었다. 그리고 "民營", "私營" 체제의 타블로이드 신문이라는 『新民報』의 처지는 기사거리를 얻는 과정에도 많은 제약을 받았고 이리하여 여타 신문과의 경쟁력을 상실하게 되면서 점차 유지가 어렵게 되었다. 신문의 판매량을 높이고 시사교육적인 역할을 발휘하기 위해 『新民報』 편집부는 적극적으로 정치적 기사에 밀착하여 "시민을 위한 신문 독서팀"을 결성하고 "통속적인 구어체로 시사, 평론, 선전 자료를 다시 썼으며", 심지어는 "기사를 說唱으로 개작하는"[20] 등의 방식을 통해 독자들에게 당의 방침 정책을 선전하였다.

1951년 말에서 1952년 초까지 『新民報』는 "三反", "五反", 抗美援朝 등과 같은 정치운동에 부응하여 연이은 "뜨거운" 여론 폭풍을 조성하지만 "신문 발행 취지는 더 모호해지고 정치적인 설교는 점점 많아지면서 지면은 날로 무거워지는 등 신문의 특색이 전무해지고 있었다."[21] 1952년 하반기에는 "蘇聯", "朝鮮", "黨國" 등과 같은 정치 기사가 4개의 면을 가득 채웠고 2면에는 "매일 저녁 신문읽기", "半周간의 시사 테스트" 등의 코너가 신설되면서 반복적으로 정치적인 대 사건이 제시되었고 또한 빈자리 채우기 형식으로 독자들이 정기적으로 정치 사건을 복습할 수 있도록 해주었다.[22] 신문의 발행인 난 옆에는 "신문은 이런 기사부터 읽어

20) 陳保平主編, 『新民春秋 : 新民報 · 新民晩報八十年』, 上海 : 文匯出版社, 2009, 78면.

21) 陳保平主編,, 위의 책, 80면.

22) "반주간의 시사 테스트" 코너는 빈자리 써넣기가 주된 형식이다. 예하면 ① 中蘇우호협회는 현재 전국 최대의 (　　)중의 하나로 발전하였으며 그 취지는 (　　　　)를 공고히 하고 발전하는 것이다. ② 최근 조선 中線(　)以北에서 진행된 대규모 (　　)에서 적군은 우리 군에 의해 패한 것은 패하고 단 (　　)에서 적군은 (　　　　)명이

야"라는 작은 코너가 있는데 여기에는 매 면의 중요한 정치 기사 제목을 나열하고 이와 함께 "토론제목"을 첨부하여 독자들이 정치적인 대 사건을 주목하고 "정확"히 인식하도록 하였다. 1952년 11월 14일의 "신문은 이런 기사부터 읽어야"를 예로 들면 다음과 같다.

신문은 이런 기사부터 읽어야

제1면 소련 영화는 동북인민을 교육시켰다.
제2면 세계 제일의 번영 부강한 국가
제3면 만난 적이 없는 두 친구
제4면 소련 어린이의 행복한 유년 시절

두 번째 기사 "세계 제일의 번영 부강한 국가"는 편폭이 아주 긴 글로서 소련의 탁월한 국가 체제와 인민의 행복한 생활을 과장하여 묘사하고 있다. 세 번째 기사는 중국 사람과 소련 사람의 우정을 소개하고 있다. 첫 번째, 네 번째 기사는 "소련 큰형"에 대한 숭배와 추종을 분명하게 드러내고 있는 글이다. 신문면의 주제와 내용은 단일하고 흥미성이 떨어지며 "소련 큰형을 학습하자"는 지루하고 긴 문장은 독자들의 흥미 상실을 유발하였다. 따라서 신문의 판매량이 저하되는 것은 어쩌면 당연한 일이었다.

그동안 『新民報』는 적극적으로 신 사회에 부응하여 자신의 출로를 열심히 탐색하였으나 여전히 정체성 상실을 막을 수 없었고 내용을 포함한 모든 신문면의 정치화가 심화되어 갔다. 게다가 기사면은 사람들이 말하는 대로 따라 하거나 재탕하고, 자투리 뉴스를 사용하다보니 경쟁력이

소멸되었다. 괄호의 장단은 답안의 장단을 제시하는 것이다.

떨어졌고 독자는 날로 감소되어 갔다. 주목을 요하는 것은 해방 후 『新民報』의 급속한 하락과 "분명하지 못한" 정치적 위상 등의 요소들이 편집자들로 하여금 모든 정력을 칼럼과 문예면에 쏟아 붓게 하였다는 점이다. 이는 후일 정치적 실의에 빠진 몰락한 문인들을 흡수하는 데에 편의를 제공하였고 동시에 상급기관에서 "비정통" 문인들을 끌어들이고 그들을 위한 생존공간을 제공하는 수단의 시행처가 되었다. 『新民報』의 이와 같은 성격과 상황은 일부 문인들의 처지 그 자체라고 할 수 있는데, 이를테면 메이냥의 운명은 이 신문과 적지 않은 비슷한 점을 가진다. 한편으로는 시사정치에 영합하면서도 다른 한편으로는 미묘하게 배리되는 점 등이다. 이에 대해서는 다음 절에서 상술할 것이다.

1952년 11월 『亦報』와 『新民報』는 각각 자체 신문에 연합 공고를 올린다. 기사는 "이는 사업상 수요에 의한 것이고 신문의 선전 작용을 강화하기 위한 견지"이며 "기존 역보의 정기구독자들에게는 차후 신민보에서 통일적으로 발송한다."라고 쓰고 있다.[23] 기존 『亦報』의 주간 탕다랑과 천량(陳亮)은 『新民報』로 옮겨 일을 보게 되고, 인수합병 초기 『新民報』의 5, 6면은 기존 『亦報』의 칼럼, 연극 영화, 체육 등 세 개 면을 두 개 면으로 재편하여 그대로 옮겨놓은 것이다. 『亦報』의 합류 하에 『新民報』의 "발행량은 기존의 8, 9천 부에서 단번에 근 2만 부로 뛰어올랐고, 그 후 몇 년에 걸쳐 4만 부 정도로 증가되었다."[24]

말하자면 탕다랑은 『亦報』 칼럼의 편집 경험을 직접 『新民報』 칼럼에 옮겨놓은 것이다. 『亦報』는 상하이 타블로이드 신문의 특색을 가지고 있

23) 1952년 11월 19일, 20일 『亦報』 제1면과 1952년 11월 19일~21일 『新民報』 제4면에 각각 게재되었다.
24) 陳保平主編, 앞의 책, 80면.

어 지면이 비교적 작고 문예면은 흥미성을 강조하여 주로 小品文, 신변잡기, 소설과 산문을 위주로 게재하였다. 전통적인 타블로이드 신문의 다른 점이라면 과도기의 『亦報』는 "황색"에서 탈피하여 점차 "적색"으로 물들어갔고, 게재되는 작품도 정치적 색채가 날로 짙어지고 소일거리 단문들도 점점 비시대적이 되어갔다는 점이다. 1952년 기사면은 국가의 정치적 형세를 그대로 반영하였고 문예면도 소련 소설이나 "새 사회 새 기상"을 기록한 산문을 연재하기 시작하였다. 제2면에는 『역보 다이제스트』 코너를 삽입하여 주로 『인민일보』, 『강서일보』, 新華社 등 각지 신문의 정치적 의식이 비교적 강한 문장들을 전재하여 선동성을 높였다. 심지어 小品文이나 우화 등도 시대적인 특징을 반영하여 일상생활의 소소한 사건으로부터 정치적인 대의를 이끌어냈다. 예를 들면 1952년 11월 11일 "里弄小品" 코너에는 쓰원(施文)의 『다시 한 번 더 주자, 힘을!』이 게재된다. 이 글은 주민들을 동원하여 위생 유지를 위한 파리 잡기 대회를 개최한 사실을 정치적인 운동과 연관 지어 해석하면서 사람들에게 "애국위생운동은 미제국주의 세균전을 타도하기 위한 정치운동인 동시에 낡은 풍속을 개량하기 위한 민주개혁운동이기도 하다는 것"[25]을 정확하게 인식시키고 있다. 이와 같은 논조는 치간(齊甘)의 『사냥』에서도 나타난다. 들쥐잡이로부터 들쥐 역시 "미 제국주의가 전쟁 중 흘리고 간 도둑"[26]이라는 것을 연상하여 당연히 잡아야 한다고 생각한다. 때문에 탕다랑은 초기에 『新民報』 칼럼은 "개조"가 필요한 것이 아닌가하는 우려를 하기도 하지만 그는 여전히 『亦報』 칼럼의 편집 특색을 견지하고 海派 타블로이드 신문의 전통적인 색채를 유지함과 동시에 정세에 부응하여 일부 새로운 것을 증가시

25) 施文, 「再加一把勁」, 『亦報』, 1952년 11월 11일 제3면.
26) 齊甘, 「田獵」, 『亦報』, 1952년 11월 8일 제3면.

키고 지속적으로 저우쭤런, 메이냥, 저우써우쮜앤(周瘦鵑) 등과 같은 정치적으로 실의에 빠진 몰락 문인들에게 원고를 청탁함으로써 칼럼 편집에서 일가를 이루었다. 1954년 말의 독자 조사에 따르면 탕다랑 주간의 칼럼과 펑샤오슈우(馮小秀) 주간의 체육면이 가장 인기가 높았다고 한다.[27] 이렇게 볼 때 탕다랑의 편집 취지는 해방 초 후쵸우무, 샤앤의『新民報』에 대한 기대에 크게 부합되고 있었고 통속적이고 활기차서 신사상 신정책의 전달도 가능했다.

『新民報』역시 전체적으로 도시 시민 생활에 점차 밀착하여 갔는데 이는 상급기관의 "지시"에 대한 복종인 동시에 자기보호 정책의 하나이기도 했다. 1955년 조우초우거우는 "문예 오락면"을 증설할 예정이었지만 실현하지 못했고 신문은 다시 정치운동의 추세를 따르게 되면서 기사면에서부터 칼럼에 이르기까지 신문의 모든 면들이 근거 없는 "반혁명집단"에 대한 비판으로 넘쳐났다. 56년 "双百方針"의 제시에 따라『新民報』의 정치적 지위가 상승하게 되면서 신문면에 대한 개편이 진행되었다. 조우초우거우는 1957년 사업총결에서 "기사의 칼럼화와 칼럼의 기사화"라는 구호를 제기하여 칼럼의 글들은 "시사와 실생활을 벗어나서는 안되고 가급적이면 기사면에 협조적이어야 함"을 강조하였다.[28] 동시에 "넓음(广)", "짧음(短)", "유연함(軟)"[29]이란 세 구호를 반복적으로 강조하면서 당의 지도를 견지하는 전제 하에서 석간의 특색을 살려야 함을 지적하였다. 흥미로운 것은 1957년 신문의 성과를 언급하면서 조우초우거우

---

27) 陳保平主編, 앞의 책, 86면.

28) 陳保平主編, 위의 책, 92면.

29) "广"은 신문의 취재와 내용의 다양화를 강조하고, "短"은 할 말이 있으면 길어지고 할 말이 없으면 짧아지는 것이니 단문을 많이 쓰고 장문을 적게 쓰라는 취지이다. "軟"은 사상성이 건전한 전제 하에 각 계층 사람들이 함께 감상할 수 있고 흥미롭고 유익한 것으로 독자들에게 가까이 할 것을 강조하였다.

는 "'지도 사업'면에 있어서는 신문의 여건에 한하여 각자의 능력에 따를 수밖에 없다"라고 말하고 있다.[30] 이는 조우초우거우의 겸손일 뿐만 아니라 『新民報』의 전통과 성격에 대한 명확한 인식이며 동시에 다년간 『新民報』 사원들의 시사정치에 적극적으로 협조적이고자 노력했음에도 불구하고 무가내였던 데에 대한 내심의 목소리였다. "쌍백방침" 하에서 끝내 마음속의 말을 할 수 있었고 자신의 의도에 따라 신문을 발행할 수 있게 되었던 것이다. 그러나 좋은 시절은 길지 않았다. 57년 "반우파" 투쟁이 시작되면서 56년의 개혁과 탐구는 "자산계급적 신문 관점"의 표현이라 하여 비난 받는다. 그 후 『新民報』는 재차 정치적인 소용돌이에 휘말린다. 1966년 탕윈징을 비롯한 일련의 신문사 지도자와 핵심인물들이 "牛鬼蛇神"으로 타도되어 "외양간"에 갇히게 되면서 『新民報』는 강제 폐간된다.

이상은 50년대 『新民報』 칼럼의 편집 방침과 해방 후 동 신문의 지위와 상황을 간략하게 개관한 것이다. 이로부터 신문매체로서의 『新民報』와 칼럼의 편집은 시종일관 정치적 형세와 상급기관의 지시에 따르고자 노력하였다는 것을 알 수 있다. 하지만 개인 신문사였기 때문에 정치적

---

30) 孫政清編輯, 探索 新民晩報研究文集, 上海 : 文匯出版社, 1999 : 47. 조우초우거우의 인식에 따르면 신문의 기본적인 임무에는 대체로 다음과 같은 네 가지가 있다.
1. 정치적 선전은 당면한 투쟁과 사업을 지도한다.
2. 생활을 반영하고 생활을 지도한다.
3. 독자들에게 각종 지식을 제공한다.
4. 독자들의 건강한 취미를 배양한다.
조우초우거우는 후의 세 항에 있어서 『新民報』는 이미 현저한 성적을 거두었으나 제1항에 한해서는 능력에 따를 수밖에 없다고 하였다. "상하이에서 이 임무는 응당 『해방일보』가 맡아야 한다. 『해방일보』는 시위원회의 모든 의도를 잘 알고 있기 때문에 상급기관의 지시도 신문을 통해 직접 관철시킬 수 있다. 우리 신민보도 문화사업 면에서 지도사업을 많이 할 수 있지만 당 기관지처럼 할 수는 없는 것이다. 더 이상 해방초기처럼 대량의 사업 경험과 기관의 지시나 공고를 게재할 수는 없다. 현재 이런 것은 이미 기관 내부의 간행물을 통해 게재되고 있다."

지위가 하락하고 중대한 기사를 취재할 자격이 주어지지 않았다. 게다가 지속적으로 당 기관지를 본보기로 한 편집 방침을 지향했지만 일반 신문면은 내용적으로 한계가 많았다. 이에 비해 칼럼에 대한 제한은 상대적으로 적은 편이어서 탕윈징과 같은 사람들의 주관 하에[31] 상하이 타블로이드 신문의 특징을 다소 유지하면서도 정치적 형세를 따를 수 있었다.

『新民報』 칼럼은 비밀스런 원고 供給源을 가지고 있었는데 그들이 바로 소수의 "별책"에 오른 노작가들이었다.[32] 이런 작가들이 글을 발표할 수 있었던 것은 탕윈징 개인과 관련된 것이고 건국 초기의 "휴양생식"과도 관련되는 일이며[33] 또『新民報』의 정치적 지위가 기관지보다 낮아 확보할 수 있는 자료의 범위가 "좁"거나 혹은 "넓"었던 것과도 관련된다.

때문에 메이냥이『新民報』에 지속적으로 다수의 작품을 발표할 수 있었던 것은 한편으로는 탕윈징과의 개인적인 친분에서 가능한 것이었고 다른 한편으로는『新民報』의 비교적 낮은 정치적 지위가 정치적 실의에 빠진 작가들과 정확하게 형편이 걸맞았기 때문이기도 하다. 또한 메이냥

---

31) 탕윈징의 직위는 선후로 약간의 변동이 있었지만 여전히 주로 칼럼의 주필을 맡았다. 1953년 민관합작 경영이 되면서『新民報』는 편집위원회를 설립하고 편집위원으로 趙超构, 程大千, 蔣文杰, 梁維棟, 錢谷風, 張慧劍, 唐云旌, 歐陽文彬 등이 임명된다. 그러나 얼마 지나지 않아 편집위원회 조직기구는 다시 조정되고 탕윈징이 칼럼조 조장에 임직하게 된다. 1957년 신민보사는 상급기관의 지시에 따라 社長制가 취소된다. 그 후 조우초우거우가 총편집을 전담하고 부총편집으로 束紉秋, 歐陽文彬이 임명되며 편집위원회 성원으로 趙超构,束紉秋, 程大千, 歐陽文彬, 周珂, 楊志誠, 唐云旌, 曺仲英, 沈敏剛, 張林嵐 등이 임명된다.

32) 新民晩報史編纂委員會主編, 『飛入尋常百姓家 新民報-新民晩報七十年史』, 上海：文匯出版社, 2004, 235면.

33) 건국초기 정부의 문예계 인사에 대한 정책은 비교적 개명한 편이어서 정치적 배경이 미묘한 자에 대해서도 관대하게 처리하였다(杜英, 『重构文藝机制与文藝范式 上海1949-1956』, 上海：上海三聯書店, 2011, 51~54면). 또한 샤옌과 같은 개명인사가 상하이 문예계를 주최하면서 메이냥 등과 같은 사람들이『新民報』에 글을 발표할 수 있었고 동시에 이는 신정부의 문예계 인사 "끌어들이기"의 의사 표현이었다.

이 신문에 발표한 작품들은 처음부터 시대적이었고 신문의 편집 방향에도 부합되었다. 1952년 4월 1일 『亦報』에 발표한 첫 작품 『두 모녀』는 편자에 의해 다음과 같이 평가되었다. “한 편의 시의적절한 작품으로서 자산계급사상에 대한 비판을 중심 제재로 하고 있다. 자산계급 착취 사상에 대한 의식은 부모자식 사이도 서로 견제하고 배척하게 함으로써 인간의 감정을 상실하게 한다. 작가는 화려한 슬로건 같은 것을 내걸지 않고도 독자들로 하여금 자연스럽게 자산계급사상과 선을 그을 필요성이 있음을 인식하게 한다.”[34] 지면을 옮겨 『新民報』에 발표한 첫 장편 『내일을 위하여』의 주인공은 학생들의 내일을 위하여 자신에게 잔존하는 낙후된 자산계급사상과 지속적으로 투쟁하며 마침내 교장과도 행복한 가정을 이룬다. 또한 진보적인 청년 꿔원(郭文)이 教導主任職에 오르게 하고 교내의 옛 문인 우청(吳誠)의 잘못된 사상을 개변하는 데에도 도움을 준다. 따라서 메이냥 작품에 나타나는 시대와 함께 전진하고 자아 개조하는 모습은 그가 장기적으로 『新民報』에 글을 발표할 수 있었던 내적인 원인이기도 하다.

4. 50년대 메이냥의 소설에 나타난 두 가지 양상 : 적극적인 영합과 미묘한 배리

앞서 본 논문은 메이냥과 『新民報』 양자의 운명이 흡사한 데가 있음을 지적한 바 있다. 양자는 해방 후의 주류에 비해 모두 상대적으로 복잡하

34) 編者, 「母女倆」, 『亦報』, 1952년 3월 29일 제3면.

고 "정통"이 아닌 신분으로 정치적 지위가 비교적 낮았다. 전자가 윤함구 여성작가이고 과거 戰時에 일본 부녀[35]들을 격려한바 있고 국민당 新六軍 잡지 『제일선』의 주필[36]을 맡았고 일본, 대만을 다녀온 경력이 있는 데에 비해 후자는 국민당 통치 시기 국민당을 대변한 적이 있고 반복적으로 "동요", "모순" 등과 같은 단어들을 사용했다. 양자의 글들은 모두 적극적으로 정치적 주류에 호응하려 노력했으나 노력에 비해 성과를 올리지 못했던 측면이 있다. 전자는 비록 해방 후의 창작 방법을 재빠르게 장악하여 한편으로 적극적으로 찬양하면서 다른 한편으로 자아 반성을 촉구하였으나 예상 밖으로 이런 문장들이 후일 비판받는 "증좌"가 되었다. 후자는 정치 기사로 가득 채웠지만 독자들은 싫어했고 판로는 막막했다. 양자는 모두 시대에 부응하면서 적극적으로 자아를 개조했지만 글에는 더러 "조류에 편승하지 않은" 개성적 특징들이 드러났다. 전자는 글쓰기를 통해 동료와 상급기관 지도자에 대한 비판을 진행하고 자신의 "異意"를 성명하였다. 후자의 칼럼은 상하이 타블로이드 신문의 특색을 유지하면서 동시에 적지 않은 "별책에 이름이 오른" 문인들의 글을 게재하며 "大鳴大放"시기에도 다년간의 불만을 털어놓은 바 있다. 이는 모두 형식적인 면에서의 적극적인 영합과 미묘한 배리였다. 다른 점이라면 『新民報』는 하나의 집단으로서 대중적 기반을 가지고 있는 매스미디어였고 "반우파", 정풍운동 중에서 조우초우거우가 모택동의 보호를 받아 고비를 넘길 수 있었음과 동시에 탕다랑 등의 편집자들도 무사할 수 있었던 데에 반해 메이냥에게는 이런 행운이 존재하지 않았다. 57년 "우파"로 낙인찍힌 후 北苑으로 이송되어 노동 개조를 받았고 이로부터 『新民報』

35) 梅娘, 「四月二十九日對日本广播 爲日本女性祝福」, 『婦女雜志』, 1945.6(5, 6), 9면.
36) 農業電影社通訊小組, 앞의 글, 32면.

와의 우정이 6년간이나 단절된다.

이 글은 이미 『新民報』에 대해 개략적인 소개를 한 바 있다. 여기서는 메이냥이 1952~1953년 『新民報』에 연재한 두 편의 장편소설 『내일을 위하여』, 『사랑이란 무엇인가』와 단편소설 「나와 나의 애인」을 대상으로 세밀한 텍스트 독해를 통해 그가 어떻게 시대와 함께 전진하면서 자아개조를 했고 또 어떻게 이 한 쌍의 주류 의식에 적극적으로 영합하면서 비묘하게 배리하고 있는지에 대해 고찰하고자 한다.

1950년 3월~1951년 2월 '梁京'이라 서명한 장아이링의 소설 『十八春』이 『亦報』에 연재되었는데, 이 소설은 그의 주류의식에 대한 적극적인 지향을 적지 않게 드러내고 있다. 같은 해 장은 『십팔춘』을 수정하여 단행본으로 출간하고 단행본은 원문을 대폭 삭제 수정하고 있다. 사실 장은 이를 통해 본인의 정치적 주류에 부응하고 나서의 반성을 보여주었던 셈이다. 장아이링은 신문 연재와 사후 수정 출판이라는 방식을 통해 본인의 주류담론에 대한 순응에서 반항으로의 사상적 변화를 명확하게 드러냈다.[37] 하지만 이와 다르게 메이냥은 『新民報』에 발표한 소설들을 단행본으로 출간하지 않았으며 오직 신문 연재라는 실시간 플랫폼을 통해 주류의식에 대한 영합과 배리를 동시에 완성했던 것이다.[38]

---

37) 杜英, 「從 ≪十八春≫ 的修訂看解放初期的張愛玲」, 『中國現代文學研究叢刊』, 2006년 제1기, 204~220면.

38) 필자는 신문으로 연재된 『십팔춘』 역시 적극적인 영합과 미묘한 배리를 나타냈다는 것을 부정하지 않는다. 장아이링은 『십팔춘』을 연재하면서 이미 정치적인 용어에 대한 생소함과 거리감을 나타낸 바 있다. 작위적으로 배치된 정치적 의미를 담은 대화나 갑작스럽고 명랑한 결말은 모두 주류적인 정치담론에 대한 그의 거칠고 얕은 인식을 폭로하고 있다. 장은 자신의 소설을 수정할 기회가 있었고 그것을 단행본으로 출간하면서(『십팔춘』은 후에 다시 『半生緣』으로 수정된다.) 본인의 사상 상의 변화를 명확하게 드러냈다. 이에 비해 오직 한 가지 발표 방식만을 가지고 있었던 메이냥은 장아이링보다 더욱 적극적으로 주류에 영합하였고 주류에 대한 "異義" 역시 더욱 교묘하게 표현하고 있었다. 메이냥이 시대에 대한 명석한 인식이 없었던 것은 아닐 것이

세 편의 소설 속에서 주류 의식에 대한 적극적인 지향은 주로 세부 묘사의 시의 적절성과 용어의 변화, 모주석, 당과 농민에 대한 찬양과 지식인(자신을 포함한)에 대한 비판과 반성을 통해 드러난다.

『내일을 위하여』는 1952년 12월 13일부터 연재되는데 소설의 첫 시작은 "1952년의 國慶日" 행사를 위해 북경 제42중학교의 사생일동이 행진 검열에 참여하는 훌륭한 모습과 감격스러운 마음을 장황하게 서술하고 있다. 천안문 앞에서 모주석을 만났을 때 사생 일동은 더욱 고무되어 너도나도 내년에는 더 좋은 성적을 가지고 다시 만나러 오겠다고 다짐한다. 그 후 모주석의 위대한 자태는 주인공 쉬링윈의 자기 편달을 위한 중요한 힘의 원천이 된다. 이와 유사하게 『사랑이란 무엇인가』에서도 양시춘(楊喜春)은 학생들을 대동하고 천안문 앞에서 신 중국 성립을 알리는 성대한 의식에 참여한다. 그는 너무도 흥분하여 "아무리해도 자신의 눈물을 억제할 수 없었다".[39] 이와 같이 중대한 사건에 대한 감정을 시의 적절하게 드러내는 것 외에도 메이냥은 "현하" 추진되는 정책에 대해 소설 속에서 반복적으로 분석하고 선전하는 방식을 통해 적극적인 협조를 나타내고 있다. 「나와 나의 애인」(1953년 4월 9일부터 연재 시작)을 예로 들어보자. 1950년 5월 1일 ≪혼인법≫이 본격적으로 시행되면서 중공중앙의 지도 하에 각지에서 ≪혼인법≫에 대한 관철 시행이 추진되었다. 1953년 3월 전국적으로 ≪혼인법≫ 관철 운동이 전개되고[40] 3월 1일 『新民報』 제1면에도 「혼인법을 대대적으로 관철하라!」라는 대표제 아래 ≪혼인법≫ 관

다. 다만 해방 후 그는 더 이상 중국을 떠난 적이 없기 때문에 설사 당시 단행본을 출간하였다고 하더라도 변화는 크지 않았을 것이다.

39) 瑞芝, 「什么才是爱情」, 『新民報晩刊』, 1953년 7월 18일 제6면.

40) 趙亮, 「1950-1953年貫徹 ≪婚姻法≫工作述論」, 『河南理工大學學報(社會科學版)』 제13권 제1기, 34~39면.

철과 관련된 기사를 함께 게재하고 있다.[41] 그 후 적지 않은 ≪혼인법≫ 관련 기사가 지속적으로 게재되었고 4월에도 많은 사람들이 글을 보내어 혼인의 자유에 대해 의논하고 ≪혼인법≫에 대해 분석하였다. 팡저우(方舟)의 「과부에게도 재가하지 않을 자유가 있다」는 일부 사람들이 "과부의 혼인자유"를 "과부는 재가해야 한다"로 잘못 인식하고 있는 사실을 지적하고 "혼인법을 편협하게 이해해서는 안 된다"고 호소하고 있다.[42] 얼마 후 류우쉬는 「"돈벌이 꾼"과 "부엌데기"」라는 글을 발표하여 "지금은 부부 사이도 서로 아끼고 공경하는 세상"이기에 그런 남존여비의 이상한 호칭은 "이제부터 사라지게 될 것이다"[43]라고 하였다.

이상과 같은 시의 적절한 글들과 마찬가지로 메이냥의 「나와 나의 애인」 역시 ≪혼인법≫에 대해 작은 토론을 벌이고 있다. 소설은 어느 한 문예 관계자의 이야기로서 그는 자신의 농민 출신 아내에 대한 이해가 부족하여 그를 경멸하고 그가 아무런 예술적 교양이 없을 뿐만 아니라 영화, 무용 등에 대해서도 무지하다고 생각하고 있었다. "나"는 본인의 직업상의 좌절과 실패를 아내의 촌스러움에서 기인하는 것이라고 누차 책임전가를 하고 세 번이나 이혼하고자 했으나 성사하지 못한다. 이들 부부는 비록 한 집에서 살고 있고 아들딸도 태어났으나 감정적으로는 여전히 소원함이 없지 않다. 직장에서 ≪혼인법≫에 대해 학습한 후 "나"는 동료 로우왕(老王)의 도움과 지도하에 진정한 사랑은 쌍방의 피차에 대한 이해에서 얻어진다는 것을 알게 된다. "나"는 시험 삼아 아내에게 사진 촬영에 관한 의견을 탐문하고 의외로 아내는 "나"의 비현실적인 촬

41) 같은 날 「자주적 혼인은 행복한 가정을 건립하고, 칠천여만 명의 남녀가 혼인신고를 하다」라는 문장을 함께 게재하여 선전에 협조하였다.

42) 方舟, 「寡婦也有不再嫁的自由」, 『新民報晩刊』, 1953년 4월 10일 제6면.

43) 柳絮, 「"賺錢的"与"做飯的"」, 『新民報晩刊』, 1953년 4월 12일 제6면.

영기법을 꼬집음으로써 "나"는 스스로의 결점을 발견하게 된다. 두 사람은 이를 계기로 공통어를 찾게 되고 "나는 첫사랑 때의 감미로움을 느꼈다."[44] 그리고 아내와 함께 "서로 이해하고 서로 공경함을 전제로 한 사랑"[45]을 확립하고 아이들도 "나"에 대한 소원함에서 친근함으로 돌아서며 가족은 행복한 생활을 하게 된다. 메이냥이 사용한 "애인"이란 단어 역시 시대적인 색채가 농후한 말이다. 「나와 나의 애인」을 연재할 당시 메이냥은 같은 면에 「나의 애인」이란 글을 게재하여 류우쉬의 구식 부부 호칭에 대한 비판에 응답하면서 "애인"이란 이 호칭을 제기하였다. 저자 멍터(孟特)는 "나의 애인"은 제삼자가 자신의 일생의 반려자를 지칭할 때 "가장 합당하고 친절하며 또한 가장 대범한 호칭"[46]이라고 보았다. 동시에 이 호칭은 ≪혼인법≫ 관철에 대한 정확한 사상 인식을 드러낸 것이다.

마찬가지로 『사랑이란 무엇인가』에서도 작가는 주인공 시춘의 입을 빌어 "사랑이란 무엇인가"에 대답하고 있다. 즉 자기의 맡은바 일을 잘하고 개조를 잘 하여 쌍방이 서로 공경하고 이해하는 것만이 진정한 사랑이라고 하였다. 위앤찌앤(原健)의 시춘에 대한 반복적인 혼인 강요에 대해 시춘은 "우리는 사람과 일을 대하는 생각이 근본적으로 달라요"[47]를 이유로 단호히 거절한다. 그러나 『내일을 위하여』의 쉬링윈은 유언비어를 걱정하면서도 자신과 교장 왕이샹은 직업상 서로 공경하고 서로 이해할 수 있게 되었기 때문에, 또 "모두 인민교사의 사업에 헌신할 준비가 되었"[48]기 때문에 확고한 결합 기초가 성립되었다고 생각한다. 당연히

44) 劉遐, 「我和我的愛人」, 『新民報晩刊』, 1953년 4월 15일 제6면.
45) 劉遐, 「我和我的愛人」, 『新民報晩刊』, 1953년 4월 17일 제6면.
46) 孟特, 「我的愛人」, 『新民報晩刊』, 1953년 4월 16일 제6면.
47) 瑞芝, 「什么才是愛情」, 『新民報晩刊』, 1953년 8월 15일 제6면.
48) 高翎, 「爲了明天」, 『新民報晩刊』, 1952년 12월 29일 제6면.

소설은 “무릇 결혼이란 남녀 쌍방의 자원에 의한 것이고 어느 한쪽이든지 상대방을 강요할 수 없으며 임의의 제3자의 간섭도 있을 수 없다”[49] 라는 ≪혼인법≫의 조항에서 출발하고 있으며 이로부터 사업상 공통언어를 발견하고 국가사업을 위하여 헌신해야 한다는 대의를 이끌어내고 있다. 50년대 대중들의 정치적 각오는 비교적 높은 편이었고, 메이냥의 ≪혼인법≫에 대한 이와 같은 이해는 그들의 구미에 맞는 것이었다.

메이냥의 소설적 언어 역시 그의 주류담론에 대한 영합을 보여준다. 메이냥은 소설 언어의 평범함과 단순함, 소박함에 진력을 기울이고 이로써 대중 독자들의 수준에 부응하려고 하였다. 복잡한 감정에 대한 묘사는 감정의 강도와 무관하게 오직 “울다”와 “눈물”로만 표현하였다. 예를 들면 감동이나 희열이나 억울함에 대해 여주인공은 항상 “눈물”로 감정을 표현하고 문장 중에는 “~하여 (거의) 울상이다”라는 식의 문장이 자주 등장한다. 인물의 명명법에 있어서도 메이냥은 나름의 생각이 있었다. 한 사람의 인품은 그의 이름을 통해 드러났다. 메이냥의 흔적을 가지고 있는 여주인공의 이름은 “쉬링윈(凌云)”이고, 그는 조국의 사업에 헌신할 “높고 원대한 뜻(凌云之志)”이 있는 인민교사이다. 시춘(喜春)이란 인물은 청년의 활발함으로 농민군중의 사랑을 한 몸에 받고 있는 “까치(喜鵲)”였다. 소설 속의 긍정적인 인물인 쟝아이화(江愛華), 고우쥔민(高雋民), 장홍런(張宏仁) 등은 모두 좋은 이름을 가졌고, 감언이설에 교활한 자의 이름은 우청(吳誠) / 우청(無成)이다. 이처럼 포폄색채가 선명한 이름을 통해 처음부터 인물들을 긍정 / 부정의 두 부류로 나누고 있다. 이렇게 이름으로 사람을 구별하고, 또 전지적 시점과 여주인공의 제한적 시점 사이에서 변환하면

---

49) 張晋藩 海威 初尊賢, 『國史大辭典』, 哈爾濱 : 黑龍江人民出版社, 1992, 38면.

서 개개인의 장점과 단점을 평가한다. 소설 속에는 작가/여주인공에 의한 개개 인물(자신을 포함)에 대한 비평과 설교가 자주 등장하는데 여기에는 많은 정치적 용어가 사용되고 모택동이나 스탈린과 같은 정치 지도자의 어록도 자주 인용한다. 자신을 마르크스레닌주의자라고 자처하는 쉬링윈은 교장의 사무실에서 우청과 논쟁하기 전 일련의 심리적 투쟁을 거치고 자아 반성을 하기도 한다.

> 우선 우청의 구식 태도에 대해 알고 있을 뿐만 아니라 속속들이 잘 알고 있으면서도 다만 귀찮은 것이 싫고 공연한 화를 피하기 위해 우청에 대해서는 경이원지의 태도를 견지한다. 이것은 바로 모주석이 지적한 "자신과 무관한 일이면 거들떠보지 않는다"는 자유주의자의 태도이다. 다음 학생들은 활동수업에 의견이 있고 꿔쩡윈은 점차 학생들에게서 인기를 잃어 가는데 다만 이것이 자기 班의 일이 아니고 소년아동대의 일도 아니라고 하여 이 일을 어떻게 해결할 지에 대해 생각하지도 않는 이런 식의, 본인이 맡은 바 일부의 일만 잘 하면 된다는 본위주의적 태도를 가지고 있었다. 이것을 과연 마르크스레닌주의자라고 할 수 있는가?[50]

동료 허리쮜앤과 문제를 토론할 때에도 쉬링윈은 모주석의 말을 빌어 그를 "교육"한다. 형식적으로는 질문하고 리드하는 방식이지만 실질적으로는 미리부터 답안을 상정하고 있다.

> "모주석은 이렇게 우리를 지도한 적이 있죠. 주어진 임무가 강 건너기이든 다리 놓기든 배 타기든 목적은 오직 하나 강의 맞은편으로 건너가는 것입니다. 배를 탈 것인지 다리를 놓을 것인지에 대해서는 당시의 구체적인 상황에 따라 정해야 합니다. 우리도 지금 강을 건너고 있는 중입

50) 高翎, 「爲了明天」, 『新民報晩刊』, 1952년 12월 29일 제6면.

니다. 비유하자면 우리는 지금 탈 배는 있지만 강에는 암초가 많아 위험이 너무 크고, 다리를 놓는 것은 배 타기보다 어렵지만 아주 믿음직스럽고 안전합니다. 그럼 당신은 어떻게 할 것인가요? 배를 탈 것인가요, 다리를 놓을 것인가요?"[51)]

문장에 정치적인 용어를 빈번하게 삽입하는 것 외에 적재적소에 모주석 어록을 인용하고 또 "소련 큰형님 따라하기" 조류에 순응하여 메이냥은 작품 속에 소련의 꽃무늬 천, 술, 영화 등을 빈번하게 등장시킨다. 그리고 일단 국가의 미래를 전망하면 무조건 소련이 본보기가 되어 "우리의 조국은 꼭 지금의 소련처럼 될 것입니다."[52)]가 된다. 한편 메이냥은 주인공으로 하여금 자주 추억에 잠겨 현재와 해방 전후를 비교하게 하고 이로부터 훌륭한 현재에 살고 있는 무한한 행복감을 느끼게 하는 동시에 이런 행복감을 서정적 독백으로 공산당, 모주석에 대한 다할 수 없는 사의를 표현하는 방식으로 드러낸다. 또 하나의 선명한 대비 쌍을 이루는 것은 농민과 지식인이다. 시춘은 농업선전기구의 일원으로서 적극적으로 농촌의 생산에 투신하고 농민들과 혼연일체가 되며 농민들에 대한 학습을 통해 자신의 "지식인의 안하무인과 실제를 떠난 작업 풍격"[53)]을 개조한다. 농민과 어울리는 동안 그는 물 만난 고기 같았고 대중들의 사랑을 깊이 받았다. 그러나 "매번 뜨거운 농촌에서 기관으로 돌아올 때면 항상 갑자기 말라버린 우물에 떨어진 것처럼 갑갑하고 부자연스러웠다."[54)] 기관의 인간관계는 복잡했다. 동료들의 오해와 민정에 밝지 못한 지도자 그리고 감언이설에 능하고, 이기적인 일부 동료들로 인해 시춘은 늘 기

51) 高翎, 「爲了明天」, 『新民報晩刊』, 1952년 12월 26일 제6면.
52) 高翎, 「爲了明天」, 『新民報晩刊』, 1953년 1월 18일 제6면.
53) 瑞芝, 「什么才是愛情」, 『新民報晩刊』, 1953년 7월 23일 제6면.
54) 瑞芝, 앞의 글.

분이 좋지 않았다. 여기에서 지식인과 농민은 하나의 대비 쌍을 이룬다. 순박/복잡, 자유, 활발/갑갑, 부자연스러움, 실사구시/현실 이탈 등과 같은 대조를 통해 '포폄' 의미를 드러내고 있다. 작품 속에는 농민과 농촌생활에 대한 예찬이 넘쳐나고 지식인 특히 구 사회 출신의 지식인("나")은 작가가 반복적으로 비판하는 대상이 된다. 또한 소설은 대중들의 도움과 자기반성이라는 내외적인 노력이 있으면 아무리 "나쁜" 지식인이라도 궁극적으로 개조되고 본인의 착오를 인식할 수 있게 된다고 본다. 그리고 소설은 항상 밝고 아름다운 분위기 속에서 막을 내린다.

이상에서와 같이 메이냥은 비록 새로운 문예창작 방법을 재빠르게 수용하였지만 그는 단순한 "정치 유성기"가 되는 것을 원치 않았고 적극적인 영합 과정에도 의식적으로든 무의식적으로든 개인의 견해와 정서를 드러냄으로써 비"시대적"으로 비추어졌다. 결국에는 이것이 후일 그가 정치적 비판을 받는 중요한 "증좌"가 되고 만다.

소설 속에서 여주인공/작가는 동료와 지도자들을 모두 비판한다. 이를테면 쉬링원이 보기에 교장 왕이샹은 새로운 사물에 대한 예민한 감각이 부족하고 보수적이고 상황을 잘 몰라 우칭과 같은 사람들의 감언이설에 쉽게 미혹된다. 또한 쉬링원은 모든 동료의 장단점에 대해 냉정하게 분석하며 특히 "부정적 인물" 우칭에 대해서는 더욱 강하게 비판한다. 마찬가지로 『사랑이란 무엇인가』에서도 기관의 왕주임은 현실에 밝지 못하고 위앤찌앤 등의 인물을 십분 신임한다. 그러나 위앤찌앤은 자신의 권리를 이용해 사리사욕을 채우고 기관의 동료들은 그에 대한 불만이 컸다. 시춘/작가는 말이 많은 천쩡칭(陳正清)을 "八哥"라고 칭하고 시비를 일으키기 좋아하는 순칭장(孫慶章)에 대해서는 "귀싸대기"라 부른다.—"사람들은 모여 앉아 한담을 하다가도 누군가 '귀싸대기'란 말만 하면 모두들 헤어졌다. 사람들은 뱀과 전갈을 피하듯 그를 피해 다녔다."[55] 자기에게 혼인을 강요하는 위앤찌앤은 "여우" …그리고 업무상의 이런저런 좋지 않은 현상은 작가에 의해 일률적으로 지도자의 책임으로 귀결된다. 『사랑이란 무엇인가』에서 작가는 "쟝아이화"라는 청명한 지도자를 설정하여 눈 깜짝할 사이에 기관 내의 복잡한 분위기를 쇄신하게 한다. 시춘은 농촌에서 돌아와 "주위의 분위기가 따뜻해지고 있다는 것을 직감할 수 있었다"[56] 소설의 주인공은 메이냥의 그림자를 가지고 있다. 직업이라든가 기관, 가정 상황, 사람을 평가하는 안목까지 포함하여 모든 점에서 사실과 부합한다. 메이냥의 지도자에 대한 태도는 그의 만년의 인터뷰와 글들에서 여러 차례 거론되었다. 탐방 기자가 메이냥에게 우파로 몰린 이유에 대해 묻자 그는 "평소부터 지도자에게 복종적이지 못했고" 지도자들의 눈에서 자신은 별종이었다고 하였다. 또 "내가 접한 기층 지도자들 일부는 근본적으로는 농민이어서 그들은 지식인들 앞에서 본능적으로 열등감을 느꼈고 천성적으로 적대시하는 심리가 있다."[57]고 하였다. 이와 함께 메이냥은 또 한 가지 사실을 털어놓았다. 지도자는 농업합작사의 단점에 대해서는 써서는 안 된다고 하였다. 그것은 일종의 "자기 얼굴에 먹칠하기" 행위이기 때문이었다. 그러나 메이냥은 이에 동의할 수 없었고 심지어 그는 소설 속 쟝아이화의 입을 통해 자신의 태도를 분명히 한다. "농업생산합작사의 문제는 지적할 수 있는 것이다. 중요한

---

55) 瑞芝, 「什么才是愛情」, 『新民報晩刊』, 1953년 7월 27일 제6면.
56) 瑞芝, 「什么才是愛情」, 『新民報晩刊』, 1953년 8월 15일 제6면.
57) 邢小群, 「人間事哪能這么簡單」, 『文史博覽』, 2004년 제12기, 15면. 여기에서 농민/지식인에 대한 포폄 의미는 드디어 반전을 이루어 50년대 메이냥의 농민에 대한 찬양과는 선명한 대조를 이룬다. 메이냥의 농민에 대한 태도 역시 복잡한 면이 없지 않다. 순박하고 충실하며 선량한 하층의 농민들에 대해서는 진심으로 찬양하였으나 일정한 지식과 권력을 가지고 있고 사상이 보수적인 농민에 대해서는 비판적인 뜻이 없지 않았다.

것은 단점을 지적함에 있어서 전체적으로 고려해야 하는 것이다. 이를테면 문제의 지엽적인 부분, 즉 단점이 형성된 원인과 형성된 후의 영향 등을 모두 현실적으로 재현해야 하고 더욱 중요하게는 문제 개선을 위한 방침을 제시하고 나아가 문제를 시정하고 생산을 진일보 끌어올리는 결과까지를 보여주어야 한다."[58]는 것이다. 새 사회의 우월함을 표방하는 글들이 판을 치던 세상에서 메이냥은 배돌이 모양 새 사회 직장 내의 동료와 지도자들에게 비판을 가했고 심지어 새 사회의 단점을 드러낼 수 있는지의 민감한 문제에 대해 본인의 태도를 분명히 했다. 『내일을 위하여』에서 위잉린(余英林)은 『땅이 돌아오다』란 책자에 불법지주가 총살당한 사진을 붙인다. 시춘은 이에 대해 이의가 있었다. 그가 생각하기에 모든 지주가 다 용서할 수 없는 것은 아니어서 "지주 본인의 죄행이 크지 않고 피 맺힌 원수가 없는 한 노동생산을 통해 그 자신의 계급적 성분을 개변할 수 있는 것이다. 그리고 지주가 생산만 잘 하면 인민과 정부는 모두 그를 좋아할 것이다"[59]고 보았다. 여주인공 / 작가의 문화 수준은 그의 동료나 지도자보다도 높았고 두뇌가 명석하며 일부 의견은 지금 봐도 합리적이지만 당시 정치운동이 빈번했던 50년대에 메이냥의 "이의"는 쉽게 약점이 되었다. 57년 메인냥의 동료와 지도자들(농업영화사통신소조)은 공문의 형식으로 메이냥은 소설 속에서 국가 기관 간부들을 "여우", "고슴도치", "뱀", "八哥"라고 헐뜯었고 "조금도 숨기지 않고 지주와 자산계급을 추켜세웠다"[60]고 질책하였다.

소설 속에서 여주인공의 지도자를 향한 마음은 복잡하다. 한편으로 지

58) 瑞芝, 「什么才是愛情」, 『新民報晩刊』, 1953년 8월 31일 제6면.
59) 瑞芝, 「什么才是愛情」, 『新民報晩刊』, 1953년 7월 18일 제6면.
60) 農業電影社通訊小組, 앞의 글, 32면.

도자의 단점을 하나도 감추지 않고 그들을 신임하지 않으면서도 다른 한 편으로는 지도자를 사랑의 완성을 위한 동경의 대상으로 설정한다. 교장 왕이샹은 해방 전 유격대에 가입한 바 있다. 처음에 그는 집안의 원한을 위해 투쟁했지만 그 후 당의 지도하에 신속하게 진보하고 향상되어 "항일대군 중의 훌륭한 전사로 거듭났다."[61] 그에게는 농민의 순박함이 있고 사람이 진중하고 무던하며 특히 지식인을 중히 여기는 면이 있다. 훌륭한 출신과 고상한 인품은 출신이 좋지 않지만 정치적 각오가 높은 쉬링윈을 매료시켰다. 그러나 왕이상의 당에 대한 충성을 감안할 때 그가 혼인에 대하여 "조직의 의견을 묻지 않을 리 없었던 것이다."[62] 이로 하여 쉬링윈은 큰 타격을 받고 그는 진정한 사랑의 장애물은 신분적 차이, 즉 黨內와 黨外의 차이라는 것을 알게 된다. 그러나 쉬링윈은 여전히 자신감을 잃지 않고 자신과 왕이샹의 결합은 상호 보완적으로 실현 가능하다고 믿는다. "쉬링윈은 문학적 교양과 신생 사물에 대한 예민한 감각, 논리적인 분석 능력 등 여러 면에서 왕이샹의 결핍을 보완할 수 있고 동시에 왕이샹의 결연함과 침착성, 당과 인민에 대한 무한한 충성은 마찬가지로 쉬링윈의 결핍을 보완할 수 있다. 나이에 있어서도 그들은 비슷하다. 이 얼마나 잘 어울리는 한 쌍인가?"[63] 분명한 것은 여주인공은 계급적 신분이 순수한 이성과의 결합을 갈망함으로써 자신의 출신상의 부족을 보완하고 2세를 위한 훌륭한 신분 보장을 마련하고자 했다. 마찬가지로 시춘 역시 자신의 자산계급 대학생이라는 신분이 장아이화에게 어울리지 않을까 걱정하면서도 여전히 공산당 간부, 혁명에 참여한 적이 있

61) 高翎, 「爲了明天」, 『新民報晩刊』, 1952년 12월 20일 제6면.
62) 高翎, 「爲了明天」, 『新民報晩刊』, 1953년 1월 20일 제6면.
63) 高翎, 「爲了明天」, 『新民報晩刊』, 1953년 1월 21일 제6면.

는 새 지도자와의 결합 가능성을 염두에 두고 기뻐한다. 작가는 비록 "출신론"의 곤경에서 탈피하였지만 여전히 위앤찌앤이라는 인물을 통해 자신의 "이의"를 드러냈다.

위앤찌앤은 출신이 "순수"한 인물이다. 그는 "교동 노근거지의 사람이고 집안은 빈농이었다."64) 가족들은 모두 적과의 전투 중에 순사하였고 그는 자신의 항일가족에 대해 자랑스러워했다. 그러나 위앤찌앤에게는 단 한 가지라도 "출신"에 부합되는 인품은 없었다. 시춘은 그의 본모습을 알게 된 후 그에 대한 부정적인 평가를 장황하게 늘어놓는다. 기관에서 그는 감언이설에 능하고 교활하고 직권을 남용하는 인물이고, 농촌에 내려가면 게으름을 피우고 대중을 이탈하여 노동에 참여하지 않는 사람이다. 가장 시춘의 멸시를 자아냈던 것은 시춘에 대한 지속적인 혼인 강요와 함께 기관 내에 소문을 퍼드려 시춘의 이미지를 파괴한 일이다. 어쨌든 출신이 좋은 것 외에 위앤찌앤은 적절한 것이 하나도 없었다.

메이냥의 글에서 "출신"이 결정적 요소는 아니다. 출신이 좋고 인품이 좋으면 당연히 일류(여주인공의 연애대상)이겠지만 출신은 나쁘지만 노력하여 개조하는 자(여주인공 자신) 역시 상급이다. 출신은 좋지만 인품이 극악한 자(위앤찌앤)와 출신과 인품 모두 미달인 자(우칭)는 동급이다. 위앤찌앤과 두 유형의 여주인공은 메이냥의 "모순형" 인물들이다. 위앤찌앤과 반대로 여주인공들은 "구사회 지식인", "자산계급 대학생"이라는 출신과 그 출신이 지닌 잔존 사상 외에는 모든 장점을 다 가지고 있다. 미모에 정치적 각오가 높고, 명석하고, 문화 교양이 높고, 적극적으로 농촌에 투신하여 농민들과 일체가 되며, 또 학생들을 좋아하고 업무 능력이 뛰어난 것

---

64) 瑞芝, 「什么才是愛情」, 『新民報晩刊』, 1953년 7월 20일 제6면.

등이다. 그들은 용감하게 자아비평을 감행하고 적극적으로 자아개조에 임한다. 이와 같은 "모순형"의 인물들은 교묘하게 "출신 결정론"을 전복하고 있는데 이는 주류 담론에 대한 "변명"이자 저항이었던 것이다.

5. 결론

50년대의 메이냥은 그의 작품과 함께 많은 여운을 남긴다. 메이냥은 운이 좋게 탕다랑을 만나 『亦報』와 『新民報』에 발화 공간을 개척하고 그 지면을 6년 동안이나 유지할 수 있었는데, 그것은 건국초기 상하이의 상대적으로 자유로웠던 문예계 정책 덕분이었고 『新民報』와 메이냥의 처지와 성향이 비슷했기 때문이기도 하다. 물론 메이냥 본인의 시대에 대한 예민한 감각과 재빠르게 신문예 창작방법을 수용하고 "시의 적절한" 작품을 창작해 새 사회를 찬양하고 자아반성을 촉구했던 것과도 무관하지는 않다. 한편 메이냥은 또한 명석했다. 그는 큰 틀 안에서 "반항적인 인물"을 창조하여 자신을 위해 변명하고 현실을 향해 항의했다. 시대적인 큰 흐름 속에서 모두 적극적으로 주류 담론에 부응하였더라도 개인적인 차이에 의해 서로 다른 양상이 존재하는 것은 당연하다. 메이냥은 신분, 사상, 심리 상태 등 여러 면에서 모두 복잡한 사람이며 그 작가와 작품은 더 많은 발굴 여지가 남아있다. 이에 대해서는 후속 작업으로 남겨둔다.

참고문헌

『亦報』, 1952.1-12月.

『新民報晚刊』, 1952-1957.

梅娘著, 張泉選編, 『梅娘小說散文集』, 北京：北京出版社, 1997.

陳曉帆編選, 『又見梅娘』, 北京：人民文學出版社, 2002.

梅娘著, 侯建飛編, 『梅娘近作及書簡』, 北京：同心出版社, 2005.

梅娘著, 張泉編, 『梅娘：怀人与紀事』, 北京：中央广播電視大學出版社, 2014.

張泉, 梅娘年譜初編(初稿, 未出版).

張林嵐, 『一張文集(卷一, 四)』, 上海：上海三聯書店, 2013.

陳銘德等著, 『≪新民報≫春秋』, 重慶：重慶出版社, 1987.

張晋藩, 海戚 初尊賢, 『國史大辭典』, 哈爾濱：黑龍江人民出版社, 1992.

馬光仁主編, 『上海新聞史(1850-1949)』, 上海：夏旦大學出版社, 1996.

孫政淸編輯, 『探索 新民晚報研究文集』, 上海：文匯出版社, 1999.

新民晚報史編纂委員會主編, 『飛入尋常百姓家 新民報-新民晚報七十年史』, 上海：文匯出版社, 2004.

孟兆臣著, 『中國近代小報史』, 北京：社會科學文獻出版社, 2005.

陳保平主編, 『新民春秋：新民報・新民晚報八十年』, 上海：文匯出版社, 2009.

李楠著, 『晚淸, 民國時期上海小報硏究 一种綜合的文化, 文學考察』, 北京：人民文學出版社, 2005.

劉曉麗著, 『异態時空中的精神世界－僞滿洲國文學研究』, 上海：華東師范大學出版社, 2008.

杜英著, 『重构文藝机制与文藝范式 上海(1949-1956)』, 上海：上海三聯書店, 2011.

農業電影社通訊小組, 「鉆進農業部門的文化漢奸, 右派分子孫加瑞」, 『中國農報』, 1957, 第23期.

蔡叔健, 「蔡夷白≪心太平齋日記≫(1949年11月-12月)(下)」, 『蘇州雜志』 2002, 第3期.

杜英,「從 ≪十八春≫的修訂看解放初期的張愛玲」,『中國現代文學研究叢刊』, 2006 第1期.

趙亮, 「1950-1953年貫徹≪婚姻法≫工作述論」, 『河南理工大學學報(社會科學版)』, 2012 第1期.

丁言昭,「梅娘送我一張老照片」,『世紀』, 2003 第4期.

邢小群,「人間事哪能這么簡單」,『文史博覽』, 2004 第12期.

편저자 소개

- 김재용_원광대학교 국어국문학과 교수.
- 李海英_중국해양대학교 한국어과 부교수.

집필진 소개

- 최현식_인하대학교 사범대학 국어교육과 교수.
- 韩红花_青島理工大學 한국어과 전임강사.
- 서재길_국민대학교 국어국문학과 교수.
- 고명철_광운대학교 국어국문학과 교수.
- 이경재_숭실대학교 국어국문학과 교수.
- 유수정_가천대학교 아시아문화연구소 연구교수.
- 곽형덕_카이스트 인문사회과학연구소 연구조교수.
- 안지나_가천대학교 아시아문화 연구소 연구원, 숙명여자대학교 한국어문학부 강사.
- 김경훈_연변대학교 조선-한국학대학 교수, 연변대학교 조선문학연구소 소장.
- 최 일_연변대학교 조선-한국학대학 부교수.
- 김창호_강원대학교, 강릉원주대학교, 한림대학교 출강.
- 오카다 히데키_입명관(立命館) 대학교 명예교수.
- 쨩페이룽_중국 화동사범대학교 중문학과 석사과정.

중국해양대학교 한국연구소 총서 08

기억과 재현

-만주국 붕괴 이후의 동아시아 문학-

초판 1쇄 인쇄 2015년 6월 22일
초판 1쇄 발행 2015년 7월 1일

편저자 김재용 · 李海英
펴낸이 이대현
편 집 오정대
디자인 이홍주
펴낸곳 도서출판 역락
서울시 서초구 동광로 46길 6-6 문창빌딩 2층
전화 02-3409-2058(영업부), 2060(편집부)
팩시밀리 02-3409-2059
이메일 youkrack@hanmail.net
역락블로그 http://blog.naver.com/youkrack3888
등록 1999년 4월 19일 제303-2002-000014호

ISBN 979-11-5686-207-9 93830

정 가 30,000원

* 파본은 구입처에서 교환해 드립니다.
* 이 도서의 국립중앙도서관 출판시도서목록(CIP)은 서지정보유통지원시스템 홈페이지(http://seoji.nl.go.kr)와 국가자료공동목록시스템(http://www.nl.go.kr/kolisnet)에서 이용하실 수 있습니다.(CIP제어번호:CIP2015016698)